A trama das árvores

Richard Powers

A trama das árvores

tradução
Carol Bensimon

todavia

Para Aida

O maior encanto ensinado pelos campos e bosques é a sugestão de uma relação oculta entre o homem e o vegetal. Não estou sozinho e sou reconhecido. Eles acenam para mim, e eu para eles. O balançar dos ramos na tempestade é, para mim, novo e velho. Deixa-me surpreso e, no entanto, não me é estranho. Seu efeito é semelhante ao de um pensamento elevado ou de uma forte emoção que se apodera de mim, quando eu julgava que pensava ou agia adequadamente.

Ralph Waldo Emerson

A Terra pode estar viva: não como os antigos a viam — uma Deusa senciente com previdência e propósito —, mas viva como uma árvore. Uma árvore que existe em silêncio, jamais se movendo exceto para balançar com o vento, ainda que converse interminavelmente com o solo e a luz do sol. Usando a luz do sol, a água e os minerais para crescer e mudar. Mas tudo feito de maneira tão imperceptível que, para mim, o velho carvalho no gramado ainda é o mesmo da minha infância.

James Lovelock

Árvore... ela o observa. Você olha a árvore, ela escuta. Não tem dedo, não pode falar. Mas aquela folha... ela bombeando, crescendo e crescendo no meio da noite. Enquanto você dorme, sonha com alguma coisa. Árvores e grama também.

Bill Neidjie

Raízes

No princípio, não havia nada. Depois, havia tudo.

Então, em um parque no alto de uma cidade do Oeste depois do entardecer, o ar está chovendo mensagens.

Uma mulher está sentada no chão, encostada em um pinheiro. A casca pressiona suas costas, tão dura quanto a vida. As agulhas perfumam o ar, e uma força murmura no coração da madeira. Os ouvidos da mulher sintonizam as frequências mais baixas. A árvore está dizendo coisas, em palavras anteriores às palavras.

Ela diz: O sol e a água são perguntas que sempre vale a pena responder.

Ela diz: Uma boa resposta deve ser reinventada muitas vezes, e do zero.

Ela diz: Cada pedaço de terra precisa ser apreendido de uma nova maneira. Existem mais maneiras de criar ramificações do que um lápis de cedro jamais será capaz de encontrar. Uma coisa pode viajar para qualquer lugar, apenas ficando parada.

A mulher faz exatamente isso. Os sinais chovem ao seu redor como sementes.

A conversa vai bem longe esta noite. As torções nos amieiros falam de desastres muito antigos. As inflorescências pálidas dos chinquapins sacodem seu pólen; em breve, elas se transformarão em frutos espinhosos. Os álamos repetem a fofoca do vento. Caquizeiros e nogueiras oferecem seus presentes, e as tramazeiras, seus cachos vermelho-sangue. Velhos carvalhos ondulam profecias sobre o clima futuro. As muitas centenas de espécies de espinheiro riem do único nome que são forçadas a compartilhar. Os loureiros insistem que nem mesmo a morte é uma razão para se perder o sono.

Alguma coisa no aroma do ar comanda a mulher: Feche os olhos e pense no salgueiro-chorão. O choro que você verá estará errado. Imagine um espinho de acácia. Nada em seu pensamento será tão afiado. O que paira bem acima de você? O que flutua sobre sua cabeça agora — *agora*?

Árvores ainda mais distantes também começam a participar: Todas as formas como você nos imagina — manguezais enfeitiçados subindo em palafitas, a espada invertida de uma noz-moscada, troncos retorcidos da árvore-elefante, o míssil preciso de uma árvore-do-sal — são sempre amputações. A sua espécie nunca nos vê por inteiro. Você perde a metade, e mais. Há sempre abaixo do solo tanto quanto há acima.

Esse é o problema das pessoas, o problema raiz. A vida corre ao lado delas, invisível. Logo aqui, próxima. Criando o solo. Fazendo a água renovar ciclos. Trocando nutrientes. Formando o clima. Construindo a atmosfera. Alimentando, curando e abrigando mais tipos de criaturas do que as pessoas são capazes de contar.

Um coro de madeira viva canta para a mulher: Se sua mente fosse uma coisa só um pouquinho mais verde, nós a afogaríamos com propósito.

O pinheiro em que ela está encostada diz: Escute. Há algo que você precisa ouvir.

Nicholas Hoel

É a época das castanhas.

Pessoas estão atirando pedras nos troncos gigantes. As castanhas caem ao redor delas em uma chuva de granizo divina. Acontece em inúmeros lugares neste domingo, da Geórgia ao Maine. Em Concord, Thoreau participa. Tem a sensação de que está jogando pedras em um ser senciente, com sensações mais embotadas do que as suas, mas, ainda assim, uma relação de sangue. *Árvores velhas são nossos pais, e os pais de nossos pais, possivelmente. Se você quiser aprender os segredos da Natureza, deve praticar mais sua humanidade...*

Em Prospect Hill, no Brooklyn, o recém-chegado Jørgen Hoel ri da chuva forte que seus arremessos fazem cair. Cada vez que uma pedra acerta a árvore, baldes de comida precipitam-se. Homens saem correndo como ladrões e enchem chapéus, sacos e barras de calças com as castanhas já livres dos ouriços que as envolvem. Aqui está, o fabuloso e gratuito banquete dos Estados Unidos — mais um golpe de sorte em um país que tira até mesmo seus restos direto da mesa de Deus.

O norueguês e seus amigos do estaleiro da Marinha do Brooklyn comem a recompensa assada em grandes fogueiras em uma clareira na floresta. As castanhas torradas são inexplicavelmente reconfortantes: doces e salgadas, marcantes como uma batata com mel, terrosas e cheias de mistério ao mesmo tempo.

A casca da inflorescência finca, mas o seu *Não* é mais uma provocação do que um obstáculo de verdade. As castanhas *querem* escapar da proteção espinhosa. Cada uma se voluntaria para ser comida para que assim outras possam se propagar ao longe.

Naquela noite, inebriado de castanhas assadas, Hoel pede Vi Powys em casamento, uma garota irlandesa das casas geminadas de pinus a dois quarteirões do seu cortiço, no limite de Finn Town. Ninguém em um raio de cinco mil quilômetros tem o direito de se opor. Eles se casam antes do Natal. Em fevereiro, já são americanos. Na primavera, as castanheiras florescem de novo, longos amentilhos desgrenhados ondulando ao vento como espuma no glauco Hudson.

A cidadania vem acompanhada de uma voracidade pelo mundo ainda não tocado. O casal reúne seus pertences e atravessa as grandes extensões de pinheiros-brancos, as florestas escuras de faia de Ohio, os ocasionais carvalhos do Meio-Oeste, e chega até o assentamento próximo ao Fort Des Moines, no novo estado de Iowa, onde as autoridades cedem terras loteadas na véspera para qualquer um que quiser cultivá-las. Os vizinhos mais próximos estão a três quilômetros de distância. Eles aram e plantam vinte hectares no primeiro ano. Milho, batata e feijão. O trabalho é brutal, mas é deles. Melhor do que construir navios para a Marinha de algum país.

Então vem o inverno da pradaria. O frio testa sua vontade de viver. As noites na cabana crivada de frestas congelam o sangue. Todas as manhãs, eles precisam quebrar o gelo da bacia de água só para lavar o rosto. Mas são jovens, livres, empenhados — os únicos financiadores de sua própria existência. O inverno não os mata. Ainda não. O desespero mais sombrio que há em seu coração é pressionado até virar diamante.

Quando chega de novo a hora de plantar, Vi está grávida. Hoel põe o ouvido na barriga. Ela ri do espanto dele. "O que ele está dizendo?"

Ele responde em seu inglês abrupto e enfático. "Dá comida!"

Naquele mês de maio, Hoel encontra seis castanhas no bolso da bata que usava quando pediu Vi em casamento. Ele as enfia na terra do oeste de Iowa, na pradaria sem árvores ao redor da cabana. A fazenda fica a centenas de quilômetros do habitat natural das castanheiras, e a milhares dos banquetes de castanha de Prospect Hill. A cada mês, fica mais difícil para Hoel lembrar das florestas verdes do Leste.

Mas essa é a América, onde homens e árvores fazem as jornadas mais surpreendentes. Hoel planta, rega e pensa: *Um dia, meus filhos vão sacudir esses troncos e comer de graça.*

O primeiro filho não resiste à primeira infância, morto por alguma coisa ainda sem nome. Não existem micróbios ainda. Deus é o único que leva as crianças, carregando até mesmo as almas temporárias de um mundo a outro, seguindo horários obscuros.

Uma das seis castanheiras não brota. Mas Jørgen Hoel mantém vivas as mudas sobreviventes. A vida é uma batalha entre o Criador e Sua criação. Hoel se torna um especialista nessa luta. Manter essas árvores é trivial, em comparação com as outras guerras que ele precisa travar todos os dias. Ao final da primeira temporada, seus campos estão cheios, e suas melhores mudas têm mais de sessenta centímetros de altura.

Passados quatro anos, os Hoel têm três filhos e um esboço de pomar de castanheiras. Os ramos surgem esguios, os caules marrons, pontuados de lenticelas. As folhas exuberantes, serrilhadas e espinhosas, fazem os galhos de onde elas brotam parecer pequenos. Exceto por essas mudas e alguns carvalhos dispersos ao longo do córrego, a casa é uma ilha em um mar de grama.

Até as mudas magrelas já têm sua utilidade:

Chá feito das árvores novas para problemas de coração,
folhas recém-brotadas para curar feridas,
casca fermentada para estancar o sangramento do parto,
bugalhos quentes para cortar o cordão umbilical,
folhas fervidas com açúcar mascavo para tosse,
emplastros para queimaduras, folhas para encher um
colchão,
extratos para desespero, quando a angústia é excessiva...

Os anos se desenrolam, abundantes e enxutos. Embora sua média tenda a ser baixa, Jørgen percebe uma tendência ascendente. A cada ano que ara, ele descompacta mais terra. E a futura mão de obra dos Hoel continua crescendo. Vi toma conta disso.

As árvores se tornam mais robustas, como objetos encantados. As castanheiras são rápidas: *No tempo que leva para um freixo fazer um taco de beisebol, uma castanheira faz uma cômoda.* Abaixe-se para olhar uma muda e ela vai furar o seu olho. Fissuras na casca giram como um poste de barbearia quando o tronco se torce para o alto. No vento, os galhos cintilam entre o verde-escuro e o verde pálido. Os globos de folhas se abrem, buscando cada vez mais sol. Elas ondulam no agosto úmido, do mesmo jeito que às vezes a esposa de Hoel ainda solta o cabelo que um dia foi âmbar. Quando a guerra volta ao país recém-nascido, os cinco troncos já estão mais altos do que quem os plantou.

O inverno impiedoso de 1862 tenta levar outro bebê. Acaba se contentando com uma das árvores. No verão seguinte, o filho mais velho, John, destrói outra. Nunca ocorre ao menino que tirar metade das folhas para usar como dinheiro de brinquedo pode matar a árvore.

Hoel puxa o cabelo do filho. "Que tal isso? Hein?" Ele acerta o menino com a mão aberta. Vi precisa se jogar entre eles para pôr um fim na surra.

O alistamento obrigatório chega em 1863. Os jovens e solteiros vão primeiro. Jørgen Hoel, aos trinta e três anos, com esposa, filhos pequenos e algumas dezenas de hectares, é dispensado. Ele jamais ajuda a preservar os Estados Unidos. Tem um país menor para salvar.

No distante Brooklyn, um poeta-enfermeiro da União moribunda escreve: *uma folha de relva não é menos que a jornada das estrelas.* Jørgen nunca lê essas palavras. Considera palavras um ardil. Seus milhos, feijões, abóboras — apenas as coisas que crescem revelam a mente tácita de Deus.

Mais uma primavera, e as três árvores restantes explodem em flores cor de creme. Têm um cheiro acre, azedo, de caça, como sapatos velhos ou roupas íntimas rançosas. Então surge um punhado de castanhas doces. Mesmo essa pequena colheita faz o homem e sua esposa exausta lembrarem do maná que os uniu certa noite na floresta a leste do Brooklyn.

"Teremos alqueires", diz Jørgen. Sua mente já está fazendo pão, café, sopas, bolos, molhos — todas as iguarias que os nativos sabem que aquela árvore pode dar. "Podemos vender o excedente na cidade."

"Presentes de Natal para os vizinhos", decide Vi. Mas são os vizinhos que precisam manter os Hoel vivos na seca brutal daquele ano. Mais uma castanheira morre de sede em uma estação do ano em que nem mesmo o futuro merece receber uma gota de água.

Anos passam. Os troncos marrons começam a acinzentar. Raios em um outono seco, com tão poucos alvos altos na pradaria, atingem uma das duas castanheiras restantes. A madeira que teria sido boa para tudo, de berços a caixões, arde em chamas. Não resta nem o suficiente para fazer um banquinho de três pernas.

A única castanheira que sobrou floresce. Mas suas flores não têm outras flores para corresponder-lhes. Não há nenhuma companheira em um raio de incontáveis quilômetros, e uma castanheira, ainda que seja tanto masculina quanto feminina, não poderá se reproduzir sozinha. E, no entanto, essa árvore tem um segredo escondido no cilindro fino e vivo debaixo da casca. Suas células obedecem a uma fórmula antiga: *Fique parada. Espere.* Algo na sobrevivente solitária sabe que mesmo a rígida lei do Agora pode ser superada. Há um trabalho a ser feito. Um trabalho cósmico, mas, mesmo assim, ligado à terra. Ou, como escreve o enfermeiro da União morta: *fique calma e composta ante um milhão de universos*. Calma e composta como madeira.

A fazenda sobrevive ao caos da vontade de Deus. Dois anos depois da batalha de Appomattox, enquanto lavra, ara, planta, capina e colhe, Jørgen termina a nova casa. As colheitas se desenvolvem e são levadas embora. Os filhos de Hoel caminham sobre seus vestígios, com o jeito bovino do pai. As filhas se dispersam em casamentos pelas fazendas vizinhas. Vilarejos brotam. O caminho de terra para além da fazenda se transforma em uma estrada de verdade.

O filho mais novo trabalha no gabinete do fiscal tributário do condado de Polk. O do meio torna-se bancário em Ames. O filho mais velho, John, continua na fazenda trabalhando a terra enquanto seus pais decaem. John Hoel traz a velocidade, o progresso e as máquinas. Compra um trator a vapor que ara e debulha, colhe e ceifa. A coisa berra enquanto trabalha, como algo libertado do inferno.

Para a última castanheira que resta, tudo isso acontece em algumas novas fissuras, dois centímetros a mais de anéis. A árvore encorpa. A casca espirala para o alto como a Coluna de Trajano. As folhas recortadas continuam transformando a luz do sol em tecido. Ela faz mais do que permanecer; ela prospera, um globo verde de saúde e vigor.

E, no segundo junho do novo século, lá está Jørgen Hoel na cama em um quarto de carvalho do segundo andar da casa que construiu, um quarto de onde não pode mais sair, olhando pela janela para um cardume de folhas que nada e brilha no céu. O trator a vapor do filho martela lá fora, mas Jørgen Hoel confunde o som com o de uma tempestade. Os galhos o salpicam de luz e sombra. Algo relacionado àquelas folhas verdes e dentadas, um sonho que ele teve uma vez, uma visão de crescimento e florescimento, faz com que um entusiasmo tome sua cabeça novamente.

Ele se pergunta: Em uma árvore tão larga e reta, o que faz a casca se torcer e espiralar tanto? Será a rotação da Terra? Será que ela está tentando chamar a atenção dos homens? Setecentos anos antes, uma castanheira na Sicília abrigou em seu raio de sessenta metros uma rainha espanhola e cem cavaleiros montados esperando uma tempestade furiosa passar. Aquela árvore viverá cem anos ou mais do que o homem que nunca ouviu falar dela.

"Você se lembra?", Jørgen pergunta à mulher que segura a mão dele. "De Prospect Hill? Comemos tanto naquela noite!" Ele vira a cabeça para os galhos frondosos, a terra estendida para além deles. "Eu te dei aquilo. E você me deu — tudo isto! Este país. Minha vida. Minha liberdade."

Mas a mulher que está segurando a mão dele não é sua esposa. Vi morreu cinco anos antes, de pneumonia.

"Dorme agora", a neta diz, e coloca a mão dele de volta no peito gasto. "Vamos estar todos lá embaixo."

John Hoel enterra o pai atrás da castanheira que o homem plantou. Uma cerca de ferro fundido de um metro de altura rodeia os túmulos dispersos. A árvore logo acima projeta sua sombra sobre os vivos e os mortos com a mesma generosidade. O tronco já se tornou robusto demais para John abraçá-lo. A saia mais baixa dos galhos sobreviventes cresce fora de alcance.

A castanheira dos Hoel torna-se um marco, algo que os agricultores chamam de *árvore sentinela*. Famílias se guiam por ela nos passeios de domingo. Os habitantes locais a usam para dar orientações aos viajantes, o farol solitário em um mar de grãos. A fazenda prospera. Há capital inicial para reproduzir e propagar. Sem o pai agora, e com os irmãos em outros caminhos, John Hoel está livre para ir atrás dos novos maquinários. O galpão de equipamentos se enche de colheitadeiras, peneiras e ceifadeiras-separadoras. Ele viaja até Charles City para ver os primeiros tratores a gasolina de dois cilindros. Quando chegam as linhas telefônicas, compra um aparelho, embora ele custe uma fortuna e ninguém na família possa imaginar qual é a vantagem daquilo.

O filho de imigrante cede à doença do progresso antes que haja uma cura eficaz para ela. Ele compra uma Kodak n. 2 Brownie. *Você aperta o botão, nós fazemos o resto.* É preciso enviar os filmes a Des Moines para revelação e impressão, um processo que logo excede em muitas vezes o custo da câmera de dois dólares. Ele fotografa a esposa de sorriso pregueado e vestido de calicô, inclinada sobre o novo espremedor de roupas. Fotografa os filhos usando a colheitadeira e montando cavalos de tração com lordose que levam os ceifeiros no campo. Fotografa a família em sua melhor versão de Páscoa, amarrados com toucas e garroteados por laçarotes. Quando não resta nada mais a fotografar desse selo postal de Iowa, John volta sua câmera para a castanheira dos Hoel, seu coevo exato.

Alguns anos antes, comprou de presente de aniversário para a filha mais nova um zoopraxiscópio, com o qual ele continuou a brincar depois que ela ficou entediada. Agora aqueles esquadrões de gansos e desfiles de broncos que ganham vida quando o tambor de vidro gira animam seu cérebro. Pensa em um grande plano, como se o tivesse inventado. Decide, por seja lá quantos anos ainda lhe restem, capturar a árvore e ver de que jeito a coisa fica se acelerada na velocidade do desejo humano.

Constrói um tripé no galpão de equipamentos. Então coloca uma pedra de moagem quebrada no alto de uma colina perto da casa. E, no primeiro dia da primavera de 1903, John Hoel posiciona a Brownie n. 2 e tira um retrato de corpo inteiro da castanheira sentinela com as folhas brotando. Exatamente um mês depois, do mesmo lugar e na mesma hora, ele tira mais um. No vigésimo primeiro dia de cada mês, vai para o alto da colina. Isso se torna um ritual de devoção, mesmo na neve, na chuva ou no calor mortal, sua liturgia particular da Igreja do Deus da Propagação Vegetativa. A esposa o provoca sem piedade, assim como os filhos. "Ele está esperando que ela faça alguma coisa interessante."

Quando ele monta as doze impressões em preto e branco do primeiro ano e as percorre com o polegar, eles parecem dar pouquíssima importância à sua experiência. Em um instante, a árvore fabrica folhas do nada. No seguinte, oferece tudo à luz espessa. Fora isso, os galhos apenas perduram. Mas agricultores são homens pacientes testados por estações brutais e, se não fossem afligidos pelos sonhos de uma geração, poucos continuariam lavrando, primavera após primavera. John Hoel está no alto da colina de novo em 21 de março de 1904, como se ele também tivesse mais uns cem ou duzentos anos para documentar o que o tempo esconde para sempre à vista de todos.

Dois mil quilômetros a leste, na cidade onde a mãe de John Hoel costurou vestidos e o pai construiu navios, o desastre acontece antes que alguém perceba. O assassino se infiltra no país vindo da Ásia, na madeira de castanheiras chinesas destinadas a jardins elegantes. Uma árvore no Zoológico do Bronx fica com as cores de outubro em julho. As folhas se dobram e ressecam até a cor de canela. Anéis de manchas laranja se espalham pela casca inchada. Com a menor das pressões, a madeira cede.

Ao longo de um ano, manchas alaranjadas salpicam castanheiras por todo o Bronx — os corpos frutíferos de um parasita que já matou seu hospedeiro. Cada infecção libera uma horda de esporos na chuva e no vento. Os jardineiros da cidade mobilizam um contra-ataque. Cortam os ramos infectados e os queimam. Pulverizam árvores com sulfato de cobre e limão usando carroças puxadas por cavalos. Tudo o que fazem é espalhar os esporos em seus machados usados para cortar as vítimas. Um pesquisador do Jardim Botânico de Nova York identifica o assassino como um fungo desconhecido do homem. Ele publica os resultados e sai da cidade para sobreviver ao calor do verão. Quando volta, algumas semanas depois, não é mais possível salvar nenhuma castanheira da cidade.

A morte corre para Connecticut e Massachusetts, saltando dezenas de quilômetros por ano. As árvores sucumbem às centenas de milhares. Um país assiste estupefato às inestimáveis castanheiras da Nova Inglaterra derreterem. A árvore da indústria do curtume, de dormentes de trem, vagões, postes telegráficos, combustível, cercas, casas, celeiros, escrivaninhas elegantes, mesas, pianos, caixotes, polpa de celulose, de infinita sombra e comida — a árvore mais usada do país — está desaparecendo.

A Pensilvânia tenta cortar uma barreira de centenas de quilômetros que atravessa todo o estado. Na Virgínia, no extremo norte da floresta de castanheiras mais abundante do país, o povo organiza um avivamento para purgar o pecado por trás da praga. A árvore perfeita dos Estados Unidos, espinha dorsal de economias rurais inteiras, a flexível e durável sequoia-vermelha do leste, com três dúzias de usos na indústria — uma a cada quatro árvores de uma floresta que se estende por oitenta milhões de hectares, do Maine até o Golfo — está condenada.

As notícias da praga não chegam até o oeste de Iowa. John Hoel volta ao alto da colina no dia vinte e um de cada mês, não importa o clima. A castanheira dos Hoel continua subindo a marca de inundação de suas folhas. *Está atrás de alguma coisa*, pensa o agricultor, sua única aventura na filosofia. *Ela tem um plano.*

Na noite de seu aniversário de cinquenta e seis anos, John acorda às duas da manhã e tateia a cama como se estivesse procurando algo. A esposa pergunta o que houve. Com os dentes cerrados, ele responde: "Vai passar". Oito minutos mais tarde, John está morto.

A fazenda recai sobre os dois filhos mais velhos. O primogênito, Carl, quer eliminar os custos irrecuperáveis do ritual fotográfico. Frank, o mais novo, sente a necessidade de resgatar os dez anos da pesquisa obscura do pai, levando-a adiante com a mesma teimosia com que a árvore espalha sua copa. Com mais de cem quadros, o filme mudo mais antigo, curto, lento e ambicioso já feito em Iowa começa a revelar o objetivo da árvore. Uma folheada pelos instantâneos a mostra se esticando e dando tapinhas em busca de algo no céu. Uma companheira, talvez. Mais luz. A reivindicação da castanheira.

Quando os Estados Unidos finalmente se unem à conflagração mundial, Frank Hoel é mandado para a França com o Segundo Regimento da Cavalaria. Ele faz seu filho de nove anos, Frank Jr., prometer que vai seguir tirando as fotografias até ele voltar. É um ano de promessas longas. O que o menino não tem de imaginação, compensa na obediência.

Puro e estúpido destino leva Frank pai a escapar do caldeirão de Saint-Mihiel apenas para liquefazê-lo com um morteiro em Argonne, perto de Montfaucon. O que resta não é o suficiente para colocar em um caixão de pinho e enterrar. A família faz uma cápsula do tempo com seus quepes, cachimbos e relógios e a enterra no jazigo familiar, sob a árvore que ele fotografou todos os meses por um curto período de tempo.

Se Deus tivesse uma Brownie, Ele poderia registrar a evolução de outro elemento: a praga pairando por um instante antes de saltar das montanhas Apalaches ao coração da região das castanheiras. As castanheiras do Norte eram majestosas. Mas as do

Sul são deusas. Formam florestas quase puras por quilômetros a fio. Nas Carolinas, troncos mais velhos do que os Estados Unidos chegam a trinta e sete metros de altura e uma largura de três. Florestas inteiras florescem em nuvens ondulantes de branco. Dezenas de vilarejos nas montanhas são construídos com a bela madeira de veios paralelos. Uma única árvore pode render até catorze mil tábuas. O estoque de castanhas que cai das árvores e se acumula até a altura das canelas alimenta condados inteiros, todo ano um ano abundante.

Agora as deusas estão morrendo, todas elas. Nem a força total da engenhosidade humana pode impedir que o desastre se espalhe pelo continente. A praga corre ao longo das encostas, matando pico após pico. Uma pessoa empoleirada em um mirante no alto das montanhas do Sul pode ver, em uma onda, os troncos se transformarem em esqueletos cinza esbranquiçados. Lenhadores correm por uma dúzia de estados para cortar o que o fungo ainda não alcançou. O recém-nascido Serviço Florestal os encoraja a fazer isso. *Pelo menos use a madeira, antes que ela esteja arruinada.* E, nessa missão de salvamento, os homens matam também as árvores que poderiam carregar o segredo da resistência.

No Tennessee, uma criança de cinco anos que vê as primeiras manchas laranja aparecerem na sua floresta encantada não terá nada a mostrar a seus filhos, exceto fotografias. Eles nunca verão a forma madura da árvore, nunca conhecerão a aparência, o som e o cheiro da infância de sua mãe. Milhões de cepos mortos veem nascer ramos que lutam para sobreviver, ano após ano, até acabarem morrendo de uma infecção que, preservada nesses brotos teimosos, nunca desaparecerá. Em 1940, o fungo já levou tudo que há até as florestas mais distantes no sul de Illinois. Quatro bilhões de árvores desaparecem de seu habitat natural e se tornam mitos. Exceto por alguns bolsões secretos de resistência, as únicas castanheiras restantes são aquelas que os pioneiros levaram para longe, para estados além do alcance dos esporos à deriva.

Frank Hoel Jr. mantém a promessa que fez ao pai, muito depois do pai se transformar em memórias borradas, em preto e branco, superexpostas. Todo mês, o menino coloca uma nova foto na caixa de bálsamo. Logo, ele se torna um adolescente. E então um rapaz. Vai levando a vida da mesma maneira que a família Hoel continua a celebrar o Dia de Santo Olavo sem sequer lembrar o que isso significa.

Frank Jr. não sofre de excesso de imaginação. Não consegue nem mesmo se ouvir pensar: *É bem possível que eu odeie essa árvore. É bem possível que eu a ame mais do que amava meu pai.* Pensamentos podem não significar nada para um homem sem nenhum desejo independente de fato, nascido sob a coisa a qual ele está acorrentado, e destinado também a morrer embaixo dela. Ele pensa: *Essa coisa nem deveria estar aqui. Não serve pra ninguém, a não ser que a gente a derrube.* Então há meses em que, através do visor, a copa cada vez maior parece ao seu olho surpreso a expressão máxima de um propósito de vida.

No verão, a água sobe através do xilema e se dispersa pelas milhões de pequenas bocas na parte inferior das folhas, trezentos e oitenta litros por dia evaporando da copa arejada para o ar úmido de Iowa. No outono, as flores amarelas enchem Frank Jr. de nostalgia. No inverno, os galhos nus estalam e murmuram acima da neve, seus brotos dormentes quase sinistros com a espera. Mas, por um instante a cada primavera, os amentilhos verdes pálidos e as flores cor de creme colocam pensamentos na cabeça de Frank Jr., pensamentos que ele não sabe como ter.

O terceiro fotógrafo da família Hoel continua fazendo as imagens, assim como continua indo à igreja por muito tempo depois de concluir que todo o mundo da fé foi enganado por contos de fadas. O ritual fotográfico inútil dá à vida de Frank Jr.

um propósito cego que nem mesmo o trabalho agrícola pode dar. É um exercício mental de observação de algo que não vale a pena ser observado, uma criatura tão inabalável e discreta como a vida.

A pilha de fotos chega à marca das quinhentas durante a Segunda Guerra Mundial. Frank Jr. para certa tarde para folhear as imagens. Sente que ainda é o mesmo menino que fez uma promessa imprudente ao pai quando tinha nove anos. Mas a árvore em *time-lapse* se tornou irreconhecível.

Depois que todas as castanheiras maduras desapareceram de seu habitat natural, a árvore dos Hoel passa a ser uma curiosidade. Um dendrologista de Iowa City vai a público confirmar o boato: uma castanheira escapou do holocausto. Um jornalista do *Register* escreve uma matéria sobre uma das últimas árvores perfeitas dos Estados Unidos. *Mais de duzentos lugares a leste do Mississippi levam a palavra "castanheira". Mas você precisa ir a um condado rural do oeste de Iowa para pôr os olhos em uma.* Dirigindo entre Nova York e San Francisco pela nova rodovia interestadual que corta um canal junto da fazenda dos Hoel, pessoas comuns veem uma única fonte de sombra na vastidão solitária e nivelada da soja e do milho.

No frio cruel de fevereiro de 1965, a Brownie n. 2 quebra. Frank Jr. a substitui por uma Instamatic. A pilha fica mais grossa do que qualquer livro que ele já tenha tentado ler. Mas cada fotografia mostra apenas aquela árvore solitária, ignorando o vazio impressionante que o homem conhece tão bem. A cada vez que Frank Jr. abre a lente, a fazenda está às suas costas. As fotografias escondem tudo: os Loucos Anos Vinte que não são nada malucos para os Hoel. A Depressão que lhes custa oitenta hectares e manda metade da família para Chicago. Os programas de rádio que tiram dois dos filhos de Frank Jr. do trabalho com a terra. A morte de um Hoel no Pacífico Sul e a culpa de outros dois por estarem vivos. Os Deeres e as Caterpillars desfilando pelo galpão dos tratores. O celeiro que é totalmente consumido pelas chamas enquanto os animais indefesos gritam. As dúzias de casamentos, batizados e formaturas alegres. A meia dúzia de adultérios. Os dois divórcios tristes a ponto de silenciarem os passarinhos. A malsucedida campanha de um filho para o Legislativo estadual. A ação judicial de um primo contra o outro. As três gestações inesperadas. A prolongada guerrilha contra o pastor local e metade da paróquia luterana. O produto da heroína e do agente laranja que chega do Vietnã com os sobrinhos. O incesto abafado, o alcoolismo persistente, a fuga de uma filha com o professor de inglês do ensino médio. Os cânceres (mama, cólon, pulmão), a doença cardíaca, o desenluvamento do punho de um trabalhador em um trado de grãos, o acidente de carro fatal do filho de um primo na noite do baile da escola. As incontáveis toneladas de produtos químicos com nomes como Rage, Roundup e Firestorm, as sementes com patentes projetadas para produzir plantas estéreis. O aniversário de casamento de cinquenta anos no Havaí e suas consequências desastrosas. A dispersão de aposentados para o Arizona e o Texas. As gerações de rancor, coragem, paciência e generosidade inesperada: tudo o que um ser humano pode chamar de *história* acontece fora do enquadramento da foto. Dentro do enquadramento, em centenas de estações que se sucedem, há apenas aquela árvore sozinha, a casca fissurada espiralando para o alto no início da meia-idade, crescendo na velocidade da madeira.

A extinção vai se aproximando da fazenda dos Hoel — aproxima-se de todas as propriedades familiares do oeste de Iowa. Os tratores se tornam monstruosos demais, os vagões cheios de fertilizantes de nitrogênio são caros demais, os concorrentes, muito grandes e eficientes, as margens, pequenas, e o solo está tremendamente desgastado pelas sucessivas colheitas em busca de lucro. A cada ano, mais um vizinho é engolido pelas massivas e implacavelmente produtivas fábricas de monocultura. Como qualquer ser humano de qualquer lugar, ao se encontrar diante da catástrofe, Frank Hoel Jr. fica embasbacado com seu destino. Ele se endivida. Vende hectares e direitos de uso. Assina contratos que não deveria assinar com as empresas de sementes. No próximo ano, tem certeza — *no próximo ano*, algo vai acontecer e vai salvá-lo, como sempre aconteceu.

No total, Frank Jr. adiciona setecentas e cinquenta e cinco fotos da gigante solitária às cento e sessenta tiradas pelo pai e o avô. No vigésimo primeiro dia do último abril de sua vida, Frank Jr. está confinado à cama. Seu filho Eric viaja quarenta minutos de casa até a fazenda e, no alto da colina, se prepara para tirar mais um retrato em preto e branco, agora repleto de galhos exuberantes. Eric mostra a imagem ao pai. É mais fácil do que dizer ao velho que ele o ama.

Frank Jr. faz uma careta como se provasse amêndoas amargas. "Escuta. Eu fiz uma promessa e a cumpri. Você não deve nada a ninguém. Deixe aquela maldita coisa em paz."

Era o mesmo que pedir à própria castanheira que parasse de crescer.

Três quartos de século dançam em uma folheada de cinco segundos. O polegar de Nicholas Hoel percorre a pilha de mil fotografias, procurando o significado secreto daquelas décadas. Aos vinte e cinco anos, está de volta brevemente à fazenda onde passou todos os Natais de sua vida. Tem sorte de ter chegado ali, considerando os cancelamentos dos voos. Tempestades de neve vêm do oeste, deixando os aviões parados em todo o país.

Ele e seus pais vieram de carro para ficar com a avó. Amanhã, outros familiares vão chegar vindos do estado inteiro. Folheando as fotografias, as memórias da fazenda retornam: as férias de sua infância, todo o clã reunido para as canções natalinas ou o peru assado, os fogos de artifício e as bandeiras do solstício de verão. De algum jeito, está tudo codificado naquela árvore animada, as reuniões a cada estação, os encontros com os primos para dias de exploração e tédio no milharal. Passando as páginas no sentido inverso, Nicholas sente os anos se desprenderem como papel de parede no vapor.

Sempre os animais. Primeiro os cachorros — sobretudo o de três pernas, meio carente de afeto cada vez que o carro da família de Nick aparecia na estradinha de cascalho. Depois o hálito quente dos cavalos e o toque rígido das escovas rotativas das vacas. Cobras se enroscando na colheita de milho. Uma toca de coelho em que todos tropeçavam, perto da caixa de correio. Em um mês de julho, gatos meio bravios emergiram de debaixo da varanda, cheirando a mistério e leite coalhado. Os ratos mortos de presente na porta dos fundos.

O filme de cinco segundos desperta cenas primordiais. Rondando pelo galpão das máquinas, com seus motores e ferramentas obscuras. Sentado na cozinha cheia de parentes, respirando o mofo do linóleo rachado enquanto esquilos davam batidinhas em seus ninhos escondidos entre as ripas de madeira da parede. Cavando por horas com dois primos mais novos, as antigas pás com cabos em formato de pera cortando fundo um buraco que Nick prometeu que chegaria no magma.

No andar de cima, ele se senta na escrivaninha xerife do escritório do falecido avô para organizar um projeto que já sobreviveu a quatro gerações que trabalharam nele. De todas as coisas que atulham a velha casa da fazenda — os cem vidros de biscoitos e globos de neve, a caixa no sótão que contém os velhos boletins de seu pai, o harmônio com foles acionados pelos pés que foi resgatado da igreja onde seu bisavô foi batizado, os brinquedos arcaicos do pai e dos tios, pinos de boliche de pinho polido, e uma incrível cidade que se movia por ímãs sob as ruas — essa pilha de fotos sempre foi o único tesouro da fazenda do qual ele nunca se cansou. Cada foto, tomada individualmente, não mostra nada além da árvore em que ele subiu tantas vezes que seria capaz de fazê-lo com os olhos fechados. Mas, quando passa as imagens rapidamente, uma coluna coríntia de madeira se expande sob seu polegar, sacudindo-se, desperta e livre. Três quartos de século se passam no tempo que se leva para agradecer a Deus pela comida na mesa. Certa vez, quando tinha nove anos e estava na fazenda para o jantar de Páscoa, Nick folheou aquela pilha tantas vezes que seu avô lhe deu uma bofetada e colocou as fotos na prateleira mais alta de um armário cheio de naftalina. Assim que os adultos já estavam a uma distância segura, no primeiro andar, Nick subiu em uma cadeira para alcançar a pilha.

É seu direito de nascimento, o emblema da família. Nenhuma outra família no condado tem uma árvore como a árvore dos Hoel. E nenhuma outra família de Iowa poderia igualar esse projeto fotográfico esquisito. E, no entanto, parecia que os adultos tinham jurado jamais dizer para onde o projeto estava indo. Nem seus avós nem seu pai podiam explicar o objetivo daquele grosso folioscópio. O avô disse: "Prometi ao meu pai, e ele prometeu ao dele". Mas, em outra ocasião, o mesmo homem declarou: "Faz você pensar de outra maneira sobre as coisas, não é?". Fazia.

Foi na fazenda que Nick começou a desenhar. Primeiro, a lápis, os sonhos de menino — foguetes, carros esquisitos, exércitos, cidades imaginárias, a cada ano mais abarrocados com detalhes. Depois, texturas mais ousadas, fruto de observações diretas — a floresta de pelos no corpo de uma lagarta e os tempestuosos mapas meteorológicos no padrão do assoalho. Foi na fazenda, inebriado com o folioscópio, que ele começou a rascunhar galhos. Deitou-se no chão no Quatro de Julho e ficou olhando a árvore imensa enquanto todos os outros estavam entretidos com o jogo da ferradura. Havia uma geometria na constante divisão dos ramos, um equilíbrio nos diversos comprimentos e espessuras que ia muito além do que seus poderes de artista podiam revelar. Enquanto ia desenhando, se perguntava que tipo de cérebro deveria ter para ser capaz de distinguir cada uma das centenas de folhas pontudas em um determinado galho e reconhecê-las tão facilmente quanto reconhecia o rosto dos seus primos.

Mais uma folheada no filme mágico e, em menos tempo do que é preciso para o brócolis preto e branco se transformar novamente em um gigante sondando o céu, o menino de nove anos que apanhou do avô se transforma em um adolescente, se apaixona por Deus, reza a Deus todas as noites mas quase nunca a ponto de conseguir evitar que se masturbe pensando em Shelly Harper, afasta-se de Deus e se aproxima da guitarra, é preso por causa de meio baseado, é condenado a passar seis meses em um reformatório pavoroso perto de Cedar Rapids, e lá — desenhando por horas a fio tudo que enxerga pela janela gradeada do dormitório — se dá conta de que precisa passar a vida fazendo coisas estranhas.

Tinha certeza de que seria uma ideia difícil de vender. Os Hoel eram agricultores, donos de lojas de ração e vendedores de equipamentos agrícolas, como no caso de seu pai. Pessoas extremamente práticas assentadas na lógica da terra e determinadas a trabalhar dias longos e implacáveis sem nunca se perguntarem por quê. Nick se preparou para um confronto definitivo, algo saído dos romances de D. H. Lawrence que o tinham ajudado a sobreviver ao ensino médio. Ensaiou por semanas, engasgando com o absurdo do pedido: *Pai, eu gostaria muito de saltar para além da existência ordinária, às suas custas, e me tornar um desempregado com diploma de curso superior.*

Ele escolheu uma noite do início da primavera. Seu pai estava deitado no divã da varanda telada, como na maioria das noites, lendo uma biografia de Douglas MacArthur. Nicholas sentou na poltrona ao lado. Uma brisa doce soprava pelas janelas e despenteava o cabelo dele. "Pai. Eu preciso estudar arte."

O pai o encarou por cima do livro, como se estivesse olhando para as ruínas de sua linhagem. "Imaginei que seria algo assim." E então Nick foi embora, preso em uma guia longa o suficiente para chegar ao Chicago Loop com liberdade para testar todas as falhas inerentes ao seu próprio desejo.

Na universidade em Chicago, ele aprendeu muitas coisas:

1. A história humana era a história de uma avidez cada vez mais desorientada.
2. A arte não era nada do que ele pensava que era.
3. As pessoas fariam qualquer coisa que você pudesse imaginar ser possível fazer. Retratos intrincados na ponta do grafite de um lápis. Cocô de cachorro revestido de poliuretano. Terraplanagens que poderiam ser pequenos países.
4. Faz você pensar de outra maneira sobre as coisas, não é?

Seus colegas riram dos seus esboços a lápis e das pinturas hiper-realistas trompe l'oeil. Mas ele continuou, estação após estação. E, no terceiro ano, tornou-se notório. Até mesmo maliciosamente admirado.

Em uma noite de inverno do último ano da faculdade, no seu quartinho alugado em Rogers Park, ele teve um sonho. Uma colega que ele amava perguntou: *O que você quer fazer de verdade?* Ele estendeu a palma das mãos e deu de ombros. Pequenas poças de sangue se acumularam no centro de suas palmas. Dessas piscinas nasceram dois espinhos ramificados. Ele entrou em pânico, voltando à consciência. Meia hora passou até que o coração de Nick se acalmasse e ele entendesse de onde os espinhos tinham vindo: as fotografias em *time-lapse* da castanheira que o cigano-norueguês, seu tataravô, havia plantado cento e vinte anos antes, matriculando-se por sua conta naquele curso de arte primitiva por correspondência que eram as planícies do oeste de Iowa.

Nick senta na mochila, folheando o livro mais uma vez. No ano passado, ganhou o Prêmio Stern de Escultura da Escola do Instituto de Arte. Agora, é estoquista em uma famosa loja de departamentos de Chicago que está morrendo aos poucos há um quarto de século. Reconhecido, ele ganhou um diploma que o habilita a criar artefatos peculiares capazes de constranger os amigos e irritar estranhos. Há um depósito em Oak Park abarrotado de máscaras de papel machê e cenários surreais de uma peça que estreou em um teatrinho perto de Andersonville e saiu de cartaz três dias mais tarde. Mas, aos vinte e cinco anos, o rebento de uma longa linhagem de agricultores quer acreditar que o seu melhor trabalho ainda está por vir.

É dia 23 de dezembro. Os Hoel chegarão aos bandos amanhã, mas a mãe de Nick já está feliz como pinto no lixo. Ela vive para esses dias em que a velha casa gelada se enche de descendentes. Não há mais fazenda, apenas a casa em sua ilha na colina. Toda a terra dos Hoel foi arrendada para organizações administradas por escritórios a centenas de quilômetros de distância. A terra de Iowa foi levada até o seu fim objetivo. Mas, por um tempo, durante o feriado, o lugar será palco de nascimentos milagrosos e salvadores em manjedouras, como sempre foi nos Natais dos Hoel por cento e vinte anos.

Nick desce as escadas. É o meio da manhã, e a avó, o pai e a mãe se amontoam ao redor da mesa da cozinha onde correm os doces de noz-pecã, e as peças de dominó estão tão gastas que parecem caixinhas de chiclete. Do lado de fora, o frio está muito além do cortante. Para combater os ventos polares do norte que atravessam as paredes de cedro, Eric Hoel ligou o antigo aquecedor a gás. Há um fogo aceso na lareira, comida suficiente para alimentar os cinco mil, e uma TV tão grande quanto o Wyoming sintonizada em um jogo de futebol americano para o qual ninguém liga.

Nicholas diz: "Quem quer ir pra Omaha?". Há uma exposição de paisagens americanas no Museu Joslyn, a apenas uma hora de distância. Quando ele expôs a ideia na noite anterior, os velhos pareceram interessados. Agora eles desviam o olhar.

A mãe sorri, envergonhada por ele. "Tô me sentindo um pouco gripada, querido."

O pai acrescenta: "A gente tá bem aqui, Nick". A avó balança a cabeça em uma concordância tonta.

"Tá", diz Nicholas. "Que se danem vocês! Volto pro jantar."

A neve sopra pela rodovia interestadual, e mais neve ainda está caindo. Mas ele é do Meio-Oeste, e seu pai não seria seu pai se não colocasse pneus de neve novinhos no carro. A exposição das paisagens americanas é espetacular. Só os quadros de Charles Sheeler já provocam em Nick ataques de gratidão invejosa. Ele fica até que o museu o expulse. Quando sai, está escuro, e a neve sopra logo acima das suas botas.

Ele consegue voltar à interestadual e se arrasta para o leste. Não há visibilidade nenhuma. Todos os motoristas tolos o suficiente para tentar percorrer a estrada se agarram às luzes traseiras uns dos outros, em uma lenta procissão através do branco. O sulco que Nick ara tem uma relação apenas abstrata com a estrada abaixo. A faixa de vibração que marca o acostamento está tão abafada pela neve que ele não consegue ouvi-la.

Embaixo de um viaduto, ele passa por cima de um manto de gelo liso. O carro ziguezagueia de lado. Ele se entrega à escorregada de estilo livre, direcionando o carro como uma pipa até que ele se endireite. Liga e desliga a luz alta, tentando decidir qual ofusca menos no encontro com a cortina nevada. Uma hora depois, percorreu quase trinta e cinco quilômetros.

Uma cena se desenrola no túnel negro da neve como a filmagem de uma câmera de visão noturna em um documentário policial. Uma carreta se dobra no canteiro do meio e gira como um animal ferido, surgindo na pista de Nick uns cem metros à frente. Ele desvia do acidente e escorrega para o acostamento. O lado direito da traseira do carro quica no guarda-corpo. O lado esquerdo do para-choque beija o pneu traseiro do caminhão. Ele derrapa até parar e começa a tremer tanto que não consegue dirigir. O carro vai sozinho até uma área de descanso cheia de motoristas encalhados.

Há um telefone público em frente aos banheiros. Ele tenta ligar para casa, mas a chamada não completa. É o dia 23 de dezembro, e as linhas telefônicas pararam de funcionar em todo o estado. Tem certeza de que os pais devem estar preocupados. Mas a única coisa sensata a fazer é se ajeitar no carro e dormir por algumas horas até que tudo passe, e os removedores de neve lidem com o ataque de fúria de Deus.

Ele volta à estrada um pouco antes do amanhecer. Quase não neva mais, e os carros se arrastam em ambas as direções. Ele rasteja para casa. A parte mais difícil do trajeto é dirigir na pequena subida logo depois de deixar a rodovia interestadual. Ele sobe a rampa e vira na estrada que chega à fazenda. O caminho está cheio de neve. A castanheira dos Hoel surge ao longe, tomada de branco, o único pináculo em todo o horizonte. Duas luzinhas brilham nas janelas do segundo andar da casa. Ele não consegue imaginar o que alguém pode estar fazendo acordado àquela hora. Alguém passou a noite esperando por notícias dele.

O caminho para a casa está ladeado de pilhas de neve. O velho limpa-neve do avô ainda está no barracão. Seu pai já deve ter ido e voltado com ele pelo menos umas duas vezes. Nick luta contra a neve, mas não consegue vencê-la. Deixa o carro no meio do caminho e segue a pé até a casa. Ao abrir a porta da frente, já começa a falar alto. "Nossa, o tempo lá fora tá assustador!" Mas não há ninguém para rir no andar de baixo.

Mais tarde, ele vai se perguntar se, ao chegar diante da porta, ele já sabia. Mas não: precisa caminhar até o pé da escada onde seu pai está estirado, o rosto para baixo e os braços dobrados em ângulos impossíveis, louvando o chão. Nick grita e se atira para ajudar o pai, mas não há mais nada a ser feito.

Ele se levanta e sobe a escada, dois degraus de cada vez. Mas nesse ponto tudo está tão claro quanto o Natal, tudo o que é preciso saber. No andar de cima, as duas mulheres estão encolhidas em seus quartos e não podem ser acordadas — uma dormida até mais tarde na véspera do Natal.

Uma névoa sobe pelas pernas e pelo tronco de Nick. Está afundando em piche. Corre de volta para o andar de baixo, onde o velho aquecedor de propano ainda chia, liberando o gás que sobe e se acumula de forma invisível sob o teto que o pai de Nick recentemente cobriu com um isolamento térmico extra. Nick dispara até a porta da frente, tropeça nos degraus da varanda e cai na neve. Ele rola no branco congelante, ofegando e renascendo. Quando olha para cima, o que vê são os galhos da árvore sentinela, solitária, enorme, fractal, nua ao lado das pilhas de neve, levantando seus membros inferiores e balançando de leve seu amplo globo. Todos os ramos extravagantes estalam na brisa como se também esse momento, tão insignificante, tão transitório, fosse ser escrito nos anéis e fizesse rezar os galhos que agitam seus sinais contra o mais azul dos céus de inverno do Meio-Oeste.

Mimi Ma

Em 1948, no dia em que Ma Sih Hsuin compra uma passagem de terceira classe para a travessia até San Francisco, o pai começa a falar com ele em inglês. Uma prática forçada para o seu próprio bem. O discurso colonial britânico do pai, em tom professoral, é muito melhor do que as aproximações funcionais de engenheiro elétrico de Sih Hsuin. "Meu filho. Me ouça. Estamos arruinados."

Os dois estão sentados no escritório do segundo andar do prédio em Xangai, metade estabelecimento comercial, metade residência familiar. As obras da avenida Nanjing se infiltram pela janela, e a ruína não parece estar em lugar algum. Mas, de qualquer modo, Ma Sih Hsuin não gosta de política, e sua visão é a de um homem que já resolveu muitos problemas de matemática à luz de velas. Seu pai — um erudito, mestre em caligrafia, patriarca com uma esposa primária e duas secundárias — não consegue evitar cair no terreno das metáforas. Metáforas deixam Sih Hsuin constrangido.

"Esta família chegou tão longe. Da Pérsia até a Atenas da China, pode-se dizer."

Sih Hsuin assente, ainda que nunca fosse dizer tal coisa.

"Nós, muçulmanos hui, pegamos tudo o que este país jogou em nós e empacotamos para vender. Este prédio, nossa mansão em Hangzhou... Pense em tudo a que sobrevivemos. Resiliência dos Ma!"

Ma Shouying desvia os olhos para o céu de agosto e observa todas as calamidades enfrentadas pela Companhia de Comércio Ma. A exploração colonial. A Rebelião Taiping. A destruição das plantações de seda da família por um tufão. A revolução de 1911 e o massacre de 1927. Seu rosto se vira para o canto escuro da sala. Os fantasmas estão por toda parte, vítimas de violações que nem mesmo esse magnata filósofo que contratou um peregrino para ir a Meca em seu lugar se atreve a nomear em voz alta. Ele estende a palma da mão na mesa repleta de pilhas de papel. "Nem os japoneses conseguiram nos derrotar."

O fluxo e o refluxo aleatório da história dão coceira em Sih Hsuin. Vai viajar para os Estados Unidos em quatro dias, fazendo parte do seleto grupo de estudantes chineses para quem foi concedido um visto ao longo de todo o ano de 1948. Durante semanas estudou os mapas, examinou as cartas de aceitação, praticou todos os nomes inescrutáveis: *USS* General Meigs. *Greyhound Supercoach. Carnegie Institute of Technology.* Por um ano e meio frequentou matinês de filmes com Gable Clark e Astaire Fred, praticando sua nova língua.

Ele insiste apesar das dificuldades, por orgulho.

"Se o senhor quiser, fico aqui."

"Eu, querer que você *fique*? Você não tem ideia do que estou dizendo."

O olhar do pai é como um poema:

Por que te demoras
na bifurcação da estrada
esfregando os olhos?
Não me entendes,
não é mesmo, menino?

Shouying se levanta da cadeira e vai até a janela. Olha para baixo, para a avenida Nanjing, um lugar mais ansioso do que nunca para lucrar com aquela balbúrdia, o futuro. "Você é a salvação desta família. Em seis meses, os comunistas estarão aqui. E então todos nós... Filho, encare a realidade. Você não foi feito para os negócios. Precisa ir à escola de engenharia, para sempre. Mas os seus irmãos e suas irmãs? Seus primos, tios, tias? Comerciantes hui com muito dinheiro. Não vamos durar três semanas depois que o fim chegar."

"Mas os americanos? Eles prometeram."

Ma Shouying se dirige novamente para a mesa e coloca os dedos ao redor do queixo do seu menino. "Meu filho. Meu filho tão ingênuo com seus grilos de estimação, pombos-correios e seu rádio de ondas curtas. A Montanha de Ouro vai comê-lo vivo."

Ele solta o rosto do filho e o conduz pelo corredor até a gaiola do guarda-livros, onde destranca a grade e empurra para o lado um arquivo para então revelar um cofre de parede de cuja existência Sih Hsuin nunca suspeitara. Shouying tira de dentro dele três caixas de madeira embrulhadas em pedaços de cetim. Até Sih Hsuin sabe o que elas contêm: gerações de benefícios da família Ma, da Rota da Seda ao Bund, enfiados em uma forma transportável.

Ma Shouying vasculha punhados de coisas cintilantes, se demorando em cada uma delas por um momento, depois joga-as de volta em suas bandejas. Por fim, encontra o que procurava: três anéis, como ovinhos de pássaro. Três paisagens de jade que ele ergue em direção à luz.

Sih Hsuin suspira. "Olha a cor!" A cor da ganância, inveja, frescor, crescimento, inocência. Verde, verde, verde, verde e verde. De uma bolsinha pendurada ao pescoço, Shouying tira uma lupa de joalheiro. Coloca os anéis de jade na luz e os observa daquela vez que também será a última. Entrega o primeiro anel a Sih Hsuin, que olha para ele como se aquilo fosse uma rocha de Marte. É uma massa sinuosa: tronco e ramos de jade em várias camadas de baixo-relevo.

"Você vive entre três árvores. Uma está atrás de você. O lótus — a árvore da vida para os seus antepassados persas. A árvore no limite do sétimo céu, além do qual ninguém deve passar. Ah, mas os engenheiros não precisam do passado, não é?"

As palavras confundem Sih Hsuin. Não consegue interpretar o sarcasmo do pai. Tenta devolver o primeiro anel, mas o pai está ocupado com o segundo.

"Outra árvore está na sua frente — Fusang. Uma amoreira mágica do extremo leste, onde eles mantêm o elixir da vida." Coloca a lupa na palma da mão e olha para cima. "Bom, você está indo na direção de Fusang agora."

Ele entrega a jade. É impressionantemente detalhada. Um pássaro voa acima do emaranhado mais alto da folhagem. Nos galhos tortos, está pendurada uma fileira de casulos de bicho-da-seda. O entalhador deve ter usado uma agulha microscópica com ponta de diamante.

Shouying pressiona a lente de aumento sobre o último anel. "A terceira árvore está ao seu redor: Agora. E, como o próprio *Agora*, vai segui-lo aonde quer que você vá."

Ele dá o terceiro anel ao filho, que pergunta: "Que tipo de árvore?".

O pai desembrulha outra caixa. Uma madeira escura laqueada se abre com dois conjuntos de dobradiças e revela um pergaminho. Ele desfaz a fita do pergaminho, que não é tocada há muito tempo. O pergaminho se desenrola em uma série de retratos, homens enrugados cuja pele tem mais dobras que suas roupas. Um se apoia em um cajado na clareira de uma floresta. Um espia pela janela estreita de uma parede. Outro está sentado debaixo de um pinheiro retorcido. O pai de Sih Hsuin golpeia o ar. "Esse tipo."

"Quem é esses homens? O que fazem?"

O pai olha para as inscrições, tão antigas que Sih Hsuin não é capaz de ler. "*Luóhàn. Arhats.* Mestres que passaram pelos quatro estágios da Iluminação e agora vivem em plena felicidade."

Sih Hsuin não ousa tocar na coisa radiante. Sua família é rica, é claro — tão rica que muitos deles não fazem mais nada agora. Mas rica o bastante para ter *aquilo*? O fato de o pai ter mantido aqueles tesouros em segredo lhe deixa enfurecido, e Sih Hsuin não é um homem que sabe ficar furioso. "Por que eu não sei sobre isso?"

"Você sabe *agora.*"

"O que você quer que eu fazer?"

"Pela madrugada, sua gramática é atroz. Imagino que seus instrutores de eletricidade e magnetismo eram mais competentes que os professores de inglês."

"Quantos anos, isso? Mil anos? Mais?"

Uma mão em concha acalma o jovem. "Filho: escute. Você pode armazenar a fortuna de uma família de muitas maneiras. Esta foi a minha. Pensei que guardaríamos estas coisas e as protegeríamos. Quando o mundo voltasse à sanidade, encontraríamos um lar para elas — um museu em algum lugar, onde todos os visitantes ligariam nosso nome com..." Ele aponta com a cabeça para os *Luóhàns* brincando no limiar do Nirvana. "Faça o que quiser com eles. São seus. Talvez você descubra o que eles querem de você. O mais importante é mantê-los longe das mãos dos comunistas. Os comunistas vão limpar a bunda com eles."

"Levo isso para *América*?"

O pai enrola de novo o pergaminho, colocando com muito cuidado a fita desgastada ao redor do cilindro. "Um muçulmano da terra de Confúcio rumo à fortaleza cristã de Pittsburgh com um punhado de inestimáveis pinturas budistas. Esquecemos de alguém?"

Ele coloca o pergaminho de volta na caixa e a entrega ao filho. Quando pega a caixa, Sih Hsuin deixa cair um dos anéis.

Seu pai suspira e se abaixa para recuperar o tesouro no chão empoeirado. Pega os outros dois anéis das mãos de Sih Hsuin.

"Estes podemos colocar dentro de bolinhos de lua. O pergaminho... Vamos ter que pensar."

Colocam as bandejas de joias no cofre e empurram de volta o arquivo para que fique na frente dele. Então trancam a gaiola do guarda-livros, aferrolham o escritório e descem. Os dois param lá fora na avenida Nanjing, lotada de gente comprando e vendendo, apesar do iminente fim do mundo.

"Vou trazer de volta", diz Sih Hsuin, "quando terminar meus estudos e tudo aqui estiver seguro de novo."

O pai olha para a rua e balança a cabeça. Diz, em chinês, como se para si mesmo: "Não se pode voltar para algo que já não existe".

Com dois baús e uma mala, Ma Sih Hsuin pega o trem de Xangai para Hong Kong. Lá, descobre que seu certificado de saúde, emitido pelo consulado americano de Xangai, não é aceito pelo médico do navio, que então cobra mais cinquenta dólares para examinar Sih Hsuin uma segunda vez.

O *General Meigs* acaba de ser desativado e transferido à American President Lines para ser usado no Pacífico como um navio de passageiros. É um pequeno mundo de mil e quinhentas pessoas de largura. Sih Hsuin se acomoda em um dos deques asiáticos, três andares abaixo da luz do dia. Os europeus ficam na parte de cima, no sol, com suas espreguiçadeiras e seus garçons uniformizados servindo bebidas frescas. Sih Hsuin tem que tomar banho com dezenas de outros homens, usando baldes, totalmente nu. A comida é tenebrosa e difícil de segurar — salsicha encharcada, batata pastosa e carne moída com muito sal. Sih Hsuin não se importa. Está indo na direção dos Estados Unidos e do excelente Carnegie Institute para obter um diploma de engenheiro elétrico. Até mesmo os esquálidos alojamentos reservados aos asiáticos são um luxo — nenhuma bomba caindo, nenhum estupro ou tortura. Ele fica sentado no beliche por horas, chupando caroços de manga, sentindo-se o rei da criação.

Atracam em Manila, depois em Guam, depois no Havaí. Após vinte e um dias, chegam em San Francisco, porto de entrada da afortunada terra de Fusang. Sih Hsuin espera na fila de imigração com os dois baús e a mala frágil, cada um estampado com seu nome inglês. Ele é Sih Hsuin Ma agora — seu antigo eu virado do avesso, como uma elegante jaqueta reversível. Adesivos coloridos cobrem a mala — etiquetas do navio, uma flâmula rosa da Universidade de Nanquim, uma flâmula laranja do Carnegie Institut. Ele se sente despreocupado, americano, cheio de afeição pelas pessoas de todas as nações, exceto pelos japoneses.

A funcionária da alfândega é mulher. Ela confere os documentos dele. "Ma é seu nome de batismo ou sobrenome?"

"Sem nome de batismo. Só nome muçulmano. Hui."

"Isso é um tipo de seita?"

Ele sorri e acena com a cabeça muitas vezes. Ela aperta os olhos. Por um breve momento de pânico, ele acha que foi pego. Mentiu sobre sua data de nascimento, escrevendo 7 de novembro de 1925. Na verdade, nasceu no sétimo dia do décimo primeiro mês — o calendário lunar. A conversão está além da sua capacidade.

Ela pergunta a ele a duração, o propósito e o local de estadia, tudo já detalhado nos papéis. Aquela conversa, Sih Hsuin conclui, é um teste evidente da sua capacidade de lembrar o que escreveu. Ela aponta para os baús. "Pode abrir, por favor? Não. O outro."

A funcionária inspeciona o conteúdo da caixa de comida: três bolinhos de lua cercados por ovos de mil anos. Ao abrir a tumba, ela sente engulhos. "Jesus. Feche isso."

Ela esquadrinha por entre as roupas e os textos de engenharia, parando para examinar as solas de um par de sapatos que ele mesmo consertou. Percebe então a caixa do pergaminho, que Sih Hsuin e o pai decidiram deixar à vista. "O que tem aqui dentro?"

"Lembrança. Pintura chinesa."

"Abra, por favor."

A mente de Sih Hsuin se debate. Ele pensa em seus pombos-correios, na constante de Planck, qualquer coisa exceto essa obra-prima suspeita que, na melhor das hipóteses, vai gerar um imposto alfandegário maior que a soma de seus próximos quatro anos de salário, ou, na pior, fará com que seja preso por contrabando.

O rosto da funcionária se enruga quando ela vê os *arhats*. "Quem são esses?"

"Pessoas sagradas."

"O que há de errado com eles?"

"Felicidade. Enxergam a Coisa Verdadeira."

"E o que é ela?"

Sih Hsuin não sabe nada sobre budismo chinês e apenas arranha na língua inglesa. Agora precisa explicar a Iluminação para essa mulher americana da alfândega.

"Coisa Verdadeira significa: seres humanos, tão pequenos. Vida, tão grande."

A agente bufa. "Eles acabaram de entender isso?"

Sih Hsuin assente.

"E isso os deixa felizes?" Ela balança a cabeça e faz um gesto para que ele passe. "Boa sorte em Pittsburgh."

Sih Hsuin torna-se Winston Ma: um simples ajuste de engenharia. Nos mitos, as pessoas se transformam em tudo que é tipo de coisa. Pássaros, animais, árvores, flores, rios. Por que não um americano chamado Winston? E Fusang — a mística terra do leste de seu pai — torna-se, depois de ser Pittsburgh por alguns anos, Wheaton, Illinois. Winston Ma e sua nova esposa plantam uma substancial amoreira no quintal vazio. É uma árvore com dois sexos, mais antiga que a separação do yin e do yang, a Árvore da Renovação, a árvore do centro do universo, a árvore oca que abriga o sagrado Tao. É a árvore da seda que fez a fortuna da família Ma, uma árvore para homenagear seu pai, que nunca poderá vê-la.

Ele está de pé diante da árvore recém-plantada, o círculo negro de terra como uma promessa debaixo de seus pés. Não quer esfregar as mãos enlameadas nem mesmo na jardineira. Sua esposa, Charlotte, descendente de uma família falida de fazendeiros do Sul que certa vez enviou missionários à China, fala: "Tem um ditado chinês que diz assim: 'Qual é o melhor momento para plantar uma árvore? Vinte anos atrás'".

O engenheiro chinês sorri. "Bom."

"'Qual é o segundo melhor momento? Agora.'"

"Ah! Então tá!" O sorriso se torna real. Até aquele dia, ele nunca tinha plantado nada. Mas o Agora, o segundo melhor momento, é longo e reescreve todo o resto.

Inúmeros Agoras se passam. Em um deles, três menininhas comem cereal embaixo da árvore do café da manhã. É verão. A amoreira exibe seus cachos bagunçados de aquênios. Mimi, a primogênita de nove anos, senta-se com as irmãs entre os salpicos de fruta, as roupas manchadas de vermelho, lamentando o destino da família. "É culpa do Mao." Uma manhã de domingo, verão, 1967, com o som de Verdi saindo do quarto trancado dos pais, como em todos os domingos da infância de Mimi. "Aquele babaca do Mao. Se não fosse ele, seríamos milionárias."

Amelia, a mais nova, para de transformar o cereal em uma pasta. "Quem é Mao?"

"O maior larápio do mundo. Roubou tudo o que o vovô tinha."

"Alguém roubou as coisas do vovô?"

"Não o vovô Tarleton. O vovô Ma."

"Quem é o vovô Ma?"

"O vovô chinês", diz Carmen, a do meio.

"Nunca vi ele."

"*Ninguém* nunca viu ele. Nem a mamãe."

"O papai nunca viu ele?"

"Ele tá num campo de trabalhos forçados. Onde colocam pessoas ricas."

Carmen diz: "Como pode ele nunca falar chinês? É estranho". Um dos muitos mistérios que o pai delas oferece.

"O papai roubou as *minhas* fichas de pôquer quando eu tava dando uma surra nele." Amelia derrama leite da tigela para alimentar a árvore.

"Para de falar", ordena Mimi. "Limpa o seu queixo. Não faz isso. Você vai envenenar as raízes."

"Mas o que o papai faz, afinal?"

"Engenheiro. Dã."

"Eu sei *disso*. 'Eu conduzo o trem. Piui, piuiii!' Ele quer que eu ache engraçado, todas as vezes."

Mimi não tem paciência com estupidez. "Você sabe o que ele faz." O pai delas está inventando um telefone do tamanho de uma maleta que funciona com uma bateria de carro e pode ser levado para qualquer lugar. Toda a família ajuda a testá-lo. Precisam ir até a garagem e sentar no Chevy — *cabine telefônica*, ele chama — cada vez que fazem uma chamada interurbana.

"Você não acha que laboratórios dão arrepios?", pergunta Carmen. "Por ter que se registrar quando se entra neles, como se fossem uma grande prisão?"

Mimi fica quieta, só ouvindo. Verdi emana da janela do quarto dos pais. É permitido que elas comam debaixo da árvore do café da manhã, mas apenas aos domingos. Em uma manhã de domingo, poderiam caminhar até Chicago e ninguém jamais ficaria sabendo.

Carmen segue o olhar de Mimi. "O que você acha que eles *fazem* lá dentro a manhã inteira?"

Mimi estremece. "Quer parar de pensar o que eu tô pensando? *Detesto* quando você faz isso!"

"Você acha que eles tocam um no outro, pelados?"

"Não seja nojenta." Mimi larga a tigela. Precisa de clareza e de um lugar para pensar, e isso significa ir para uma maior altitude. Coloca o pé no "v" mais baixo da amoreira, o coração acelerado. *Minha fazenda de seda*, o pai sempre diz. *Mas sem bicho-da-seda.*

Carmen grita: "É proibido subir. Ninguém na árvore. Eu vou contar!".

"Vou te esmagar como um inseto."

Isso faz Amelia rir. Mimi para no estribo. As frutas balançam ao redor dela. Ela come uma. É doce como uma uva-passa, mas ela já enjoou, já comeu amoras demais em sua curta vida. Os galhos fazem um zigue-zague. Tantas formas diferentes de folhas a deixam incomodada. Corações, luvas, gestos malucos de escoteiros. Algumas são peludas por baixo, o que lhe dá arrepios. Por que uma árvore precisa de pelos? Todas as folhas são denteadas, com três veios principais, como elas três. Ela estende a mão e arranca uma delas, sabendo do horror que virá em seguida. Um espesso sangue leitoso de árvore escorre da ferida. Isso, ela pensa, é o que, de algum jeito, os bichos devem transformar em seda.

Amelia começa a chorar. "Para! Você tá machucando ela. Eu tô ouvindo ela gritar!"

Carmen olha na direção da janela que Mimi está tentando alcançar. "Ele é cristão mesmo? Quando vai na igreja com a gente, nunca diz os troços sobre Jesus."

O pai delas, Mimi sabe, é algo diferente e distante. Um chinês muçulmano, pequeno, bonito, sorridente, caloroso, um homem que adora matemática, carros americanos, eleições e acampamentos. Um planejador de longo prazo que armazena no porão itens comprados com desconto, trabalha até tarde e adormece na poltrona reclinável durante o noticiário das dez. Todo mundo o adora, especialmente as crianças. Mas ele nunca fala chinês, nem mesmo em Chinatown. De vez em quando, diz alguma coisa sobre a vida antes dos Estados Unidos, depois de um sorvete de caramelo ou durante uma noite fria ao redor da fogueira em um parque nacional. Conta que tinha grilos e pombos de estimação em Xangai. Que, uma vez, descascou um pêssego e colocou a casca dentro da blusa de uma garçonete para fazê-la se coçar. *Não riam. Ainda me sinto mal, mil anos depois.*

Mas Mimi não sabia muito sobre o homem até o dia anterior, um sábado horroroso, quando voltou do parquinho chorando.

"O que houve? O que fez você?"

Ela se plantou firme diante do pai. "Os chineses são mesmo todos comunistas que comem ratos e amam o Mao?"

Finalmente ele contou a ela uma história de outro mundo. Mimi não entendeu tudo. Mas, enquanto falava, seu pai se transformou em um personagem de um suspense em preto e branco que passa na TV tarde da noite, cheio de cantos escuros, música misteriosa e um elenco enorme. Ele contou a ela sobre os Acadêmicos Sem Recursos, transformados em americanos pela Lei das Pessoas Realocadas. Descreveu outros chineses que vieram com ele, incluindo um que acabou ganhando o maior prêmio da ciência. Mimi ficou surpresa: os Estados Unidos e os comunistas estavam brigando pelo cérebro de seu pai.

"Esse homem, Mao. Me deve muito dinheiro. Me paga, levo essa família para jantar chique. Melhor rato que já comeram!"

Ela começou a chorar de novo, até que ele lhe assegurasse que nunca tinha visto um rato de perto antes de chegar em Murray Hill, Nova Jersey. Ele baixou a voz e murmurou. "Chineses comem muitas coisas estranhas. Mas rato não tão popular."

Ele a levou para seu escritório. Lá, mostrou a ela coisas que, mesmo no dia seguinte, ela ainda não conseguia entender. Destrancou o arquivo e pegou uma caixa de madeira. Havia três anéis verdes lá dentro. "Mao nunca sabe disso. Três anéis mágicos. Três árvores: passado, presente e futuro. Sorte, tenho três filhas mágicas." Ele bateu com o dedo na testa. "Seu pai, sempre pensando."

Pegou o anel que chamou de *o passado* e o colocou no dedo de Mimi. A folhagem verde retorcida a deixou hipnotizada. O entalhe era profundo — galhos atrás de mais galhos. Impossível que alguém pudesse esculpir uma coisa tão pequena.

"Isso tudo *jade*."

Ela balançou os dedos, e o anel escorregou para o chão. O pai se ajoelhou e o colocou de volta na caixa. "Grande demais. Vamos esperar." A caixa voltou para o arquivo, que ele trancou novamente. Então, ele se agachou dentro do armário e alcançou um estojo laqueado. Colocou o estojo sobre a mesa de desenho e desfez o ritual de travas e fitas. Dois toques rápidos no pergaminho e então lá estava a China na frente dela, a metade de Mimi que não parecia mais real do que uma fábula. Palavras em chinês caíam em colunas, rodopiantes como pequenas chamas. Cada traço de tinta brilhava como se tivesse acabado de ser feito por ela. Não parecia possível que alguém fosse capaz de escrever daquele jeito. Mas seu pai era, se quisesse.

Depois das palavras flutuantes, vinha uma procissão de homens, cada um deles como um esqueleto gordinho. Os rostos sorriam, mas a pele tinha perdido a firmeza. Pareciam ter vivido por centenas de anos. Os olhos sorriam diante da melhor piada da criação, enquanto os ombros se curvavam sob algo pesado demais para suportar.

"Quem são eles?"

O pai encarou as figuras. "Esses homens?" Seus lábios se enrugaram como as figuras sorridentes. "*Luóhàn. Arhat.*

O pequeno Buda. Descobrem resposta da vida. Passam em prova final." Ele virou o rosto na direção dela. Quando sorriu, a fina borda dourada do dente da frente brilhou. "Super-herói chinês!"

Ela soltou a mão dele e observou os homens sagrados. Um estava sentado em uma pequena caverna. Um usava brincos e uma faixa vermelha. Outro havia parado na beira de um penhasco alto, com rochedos e neblina quase sumindo atrás dele. Outro estava encostado em uma árvore, como Mimi no dia seguinte se encostaria na amoreira para contar aquilo às irmãs.

Seu pai apontou para a paisagem dos sonhos. "Essa China. Muito antiga." Mimi tocou no homem sob a árvore. O pai pegou a mão da menina e beijou a ponta dos dedos dela. "Muito antigo para tocar."

Ela encarou o homem, cujos olhos sabiam tudo. "Super-heróis?"

"Eles veem todas as respostas. Nada mais machuca. Imperador vem e vai. Qing, Ming, Yuan. Comunismo também. Insetinho em um cão gigante. Mas esses caras?" Ele estalou a língua e ergueu o polegar, como se os pequenos budas fossem a aposta certa no decorrer do tempo.

Com aquele estalo, uma Mimi adolescente se ergueu de seus próprios ombros de nove anos para olhar os *arhats* do alto e com a distância do tempo. Da adolescente que olhava, surgiu outra mulher, ainda mais velha. O tempo não era uma linha que se desenrolava na frente dela. Era uma coluna de círculos concêntricos com ela no núcleo, o presente flutuando para fora ao longo da borda mais externa. Futuros eus se empilhavam acima e atrás dela, todos retornando a essa sala para olhar mais uma vez o punhado de homens que chegaram à resposta da vida.

"Olha a cor", disse Winston, e todos os eus posteriores colapsaram ao redor de Mimi. "China certamente lugar muito engraçado." Ele enrolou o pergaminho e o colocou de volta dentro do estojo na parte inferior do armário.

Na amoreira, Mimi pensa que, se fosse capaz de subir mais alguns metros acima da Terra, poderia olhar pela janela dos pais e ver o que Verdi está fazendo com eles. Mas, na Terra, a revolução irrompe. "Não pode subir!", diz Amelia. "Desce!"

"Cala a boca", sugere Mimi.

"*Pai!* A Mimi tá na fazenda de seda!"

Mimi pula para o chão, a alguns centímetros de esmagar a irmãzinha. Coloca a mão na boca da menina e faz com que ela se cale. "Fica quietinha e eu te mostro uma coisa."

Naquele entendimento perfeito da infância, as duas irmãs sabem: *uma coisa* é algo que vale a pena ver. Instantes depois, cobertas pelo crescente coro de Verdi, elas rastejam juntas, como soldados, até o escritório do pai. O arquivo está trancado, mas Mimi abre a caixa laqueada. O pergaminho se desenrola na mesa de desenho de Winston até mostrar a figura sentada sob uma paciente árvore retorcida.

"Não toquem! São nossos ancestrais. E eles são *deuses*."

Mais do que qualquer coisa que ama na vida, o engenheiro elétrico chinês que faz a família ir à garagem fazer ligações interurbanas para os avós na Virgínia em um telefone maior que um rocambole ama seus parques nacionais. Winston Ma passa metade do ano planejando o ritual anual de junho, fazendo marcas em mapas, sublinhando guias, escrevendo notas com caligrafia perfeita em dezenas de cadernetas e preparando estranhas moscas para pesca que parecem dragões do Ano-Novo chinês. Em novembro, a mesa de jantar está tão cheia de apetrechos que a família precisa fazer o ritual de Ação de Graças — mariscos e arroz — no cantinho do café da manhã. As férias chegam e lá vão eles de novo, os cinco amontoados no Chevy Biscayne azul-celeste com um bagageiro no teto e bancos traseiros tão largos quanto uma plataforma continental, sem ar-condicionado e com um *cooler* cheio de suco gelado, registrando milhares de quilômetros em viagens para Yosemite, Zion, Olympic e muitos outros.

Nesse ano, retornam ao seu amado Yellowstone. Cada camping do caminho ganha um registro nos cadernos de Winston. Ele anota o número do lote e o avalia de acordo com uma dúzia de critérios. Vai usar os dados durante o inverno para aperfeiçoar a rota do ano seguinte. Faz as meninas praticarem seus instrumentos musicais no banco traseiro do carro. É mais fácil para Mimi, com o trompete, e para Carmen, com o clarinete, do que para a pequena Amelia e o seu violino. Eles se esquecem de levar livros. Mais de três mil quilômetros sem nada para ler. As duas meninas mais velhas encaram a irmãzinha por dezenas de quilômetros em Nebraska até que Amelia cai no choro. Ajuda a passar o tempo.

Charlotte desiste de tentar controlá-las. Ninguém suspeita ainda, mas ela já começou a escorregar para o lugar íntimo e comprido que, a cada ano, se tornará mais profundo. Vai sentada no banco da frente, ajudando o marido com o mapa e cantarolando baixinho alguns noturnos de Chopin. A demência começa ali, nesses dias de silenciosa santidade automotiva.

Eles acampam por três dias perto de Slough Creek. As duas mais novas passam horas jogando cartas. Mimi vai com o pai para o riacho. A lassitude compartilhada do arremesso, o C da linha à medida que ela se alonga no ar, aquele ritmo crescente de quatro tempos com a mão parando entre as dez e as duas, a ondulação da mosca artificial quando ela pousa na água, o leve receio de Mimi de que algo realmente possa atacar, o sobressalto na boca do peixe quando ele aparece na superfície: todas essas coisas são encantadas para ela, e assim serão para sempre.

Quando está com a água fria batendo nos joelhos, o pai dela é livre. Ele mapeia os bancos de areia, mede a velocidade da água, analisa o fundo, procura larvas — essas equações simultâneas sobre vários aspectos desconhecidos que precisam ser resolvidas para se pensar como um peixe —, o tempo todo consciente de apenas uma coisa: a pura sorte de estar na água. "Por que peixes se escondem?", pergunta à filha. "O que fazem?"

É assim que ela vai se lembrar dele, movimentando-se em seu paraíso. Pescando, ele chegou à resposta da vida. Pescando, passou na prova final, o próximo *arhat*, juntando-se àqueles do pergaminho secreto no armário que Mimi continuou visitando em segredo por anos. Agora ela já cresceu o suficiente para saber que os homens do pergaminho não são seus ancestrais. Mas ao ver o pai desse jeito, no rio, completo e em paz, não consegue deixar de pensar: *É um descendente deles.*

Charlotte está sentada em uma cadeira de camping à margem do rio. Seu único trabalho é desembaraçar as linhas dos dois pescadores, desfazendo nós bizantinos e microscópicos hora após hora. Winston observa o sol se pôr no rio, os juncos indo da cor do ouro ao castanho-escuro. "Olha a cor!" E de novo, alguns minutos depois, em um sussurro para si mesmo sob o cobalto desmoronante do céu: *Olha a cor!* Há cores no espectro dele que mais ninguém consegue ver.

Eles fazem um piquenique nas margens de um pequeno lago não muito longe da estrada que vai a Tower Junction. Mimi e Carmen procuram pedras para transformar em joias. Charlotte e Amelia começam seu décimo sétimo jogo consecutivo de damas chinesas. Winston fica em sua cadeira dobrável, atualizando os caderninhos. Há um movimento estranho perto da mesa. Amelia grita: "Urso!".

Charlotte dá um salto, fazendo o tabuleiro voar. Ela ergue no ar a filha mais nova e dispara para o lago. O urso caminha na direção das coletoras de joias. Mimi verifica se ele tem ombros elevados ou perfil ereto. Ela tem que fazer uma coisa com ursos-pardos e outra com ursos-negros. Um sobe em árvores, o outro não. Ela não consegue lembrar qual é qual. "Sobe", ela grita para Carmen, e cada uma escala seu próprio pinheiro.

O urso, que poderia alcançar qualquer uma delas em dois gestos rápidos, perde o interesse. Ele para perto do lago, pensando se hoje é um bom dia para nadar. Observa a mulher com água até o peito, que segura sua filhinha no alto como se estivesse prestes a batizar a menina. O urso espera para ver o que essa espécie sempre insana fará a seguir. Arrasta-se na direção de Winston, que está sentado sobre a mesa de piquenique, tirando fotos com a Nikon. A câmera — o único item japonês que o homem se permitiu comprar — clica, estala, chia.

O animal se aproxima. Winston fica de pé. Então começa a conversar com o urso. Em chinês. Há um banheiro externo perto do local, com a porta aberta. Winston fala com o animal, bajulando-o enquanto se aproxima da porta. Isso desconcerta o urso, que reconsidera seu jeito de lidar com a situação. A tristeza o invade. Ele se senta e tenta agarrar o ar.

Winston continua falando. Mimi está surpresa com aquela linguagem estranha saindo da boca do pai. Ele tira do bolso um punhado de pistaches e os joga na latrina. O urso caminha até os pistaches, grato pela diversão. "Entrem no carro", Winston grita-sussurra. "Rápido!" Elas entram, e o urso nem sequer levanta a cabeça. Mas Winston para e vai recuperar a mesa de acampamento e os banquinhos. Pagou um bom dinheiro por eles, não vai deixá-los para trás.

Naquela noite, em um camping perto de Norris, Mimi pergunta, maravilhada. O pai tinha mudado diante dos olhos dela. "Você não ficou com medo?"

Ele ri, constrangido. "Não é minha hora agora. Não é minha história."

As palavras deixam Mimi arrepiada. Como ele pode saber sua história antes do tempo? Mas ela não pergunta. Em vez disso, diz: "O que você falou pra ele?".

A testa dele se enruga. Ele dá de ombros. Que outra coisa dizer para um urso? "Desculpa! Disse a ele, pessoas muito estúpidas. Esquecem tudo — de onde vêm, aonde vão. Eu disse: Não se preocupe. Humanos vão embora do mundo, logo, logo. Então o urso vai ter de novo cama de cima do beliche."

Em Holyoke, Mimi é uma LAF: lésbica até a formatura. Acontece o mesmo com cerca da metade das alunas das outras faculdades das Sete Irmãs. Colar velcro, como dizem. Divertido, pecaminoso, saudável, sórdido, doce — um ótimo treino para alguma coisa. Para a vida, digamos. Para o que acontece depois da faculdade.

Ela lê poesia americana do século XIX e bebe o chá da tarde em South Hadley por três semestres. É melhor que Wheaton. Mas, em um dia de abril, está lendo *Planolândia*, de Abbott, para uma aula do segundo ano chamada Transcendência quando chega então na parte em que o narrador, A. Quadrado, é jogado do avião no domínio de Espaçolândia. A verdade a atinge como uma revelação: a única coisa em que vale a pena acreditar é em cálculos. Precisa se tornar uma engenheira, como o pai. Não se trata sequer de uma escolha. Ela já é uma engenheira, sempre foi. E, como acontece com o narrador de Abbott, no minuto em que ela volta para Planolândia, seus amigos de Holyoke querem interná-la.

Ela pede transferência para Berkeley. O melhor lugar para engenharia cerâmica que ela poderia encontrar. Uma espantosa distorção temporal. Os futuros mestres do universo estudam junto com revolucionários que acreditam que a Era de Ouro do Potencial Humano atingiu seu pico dez anos atrás.

Ela vai muito bem, a renascida Mimi, parecendo uma pequena cazaque que carrega uma calculadora científica, e, na opinião de muitos, é a coisa mais bonitinha que já declamou a equação de Hall-Petch. Saboreia o clima assustador de *Mulheres perfeitas*. Fica sentada no bosque de eucaliptos, as árvores que crescem no calor seco, resolvendo exercícios e observando os manifestantes com seus cartazes de slogans em letras maiúsculas. Quanto melhor está o tempo, mais iradas são as demandas.

No mês anterior à formatura, ela veste um terninho de entrevista matador — elegante, cinza, profissional, tão inexorável quanto um terremoto do norte da Califórnia. É entrevistada por representantes de oito campus e recebe três propostas. Aceita o emprego de supervisora de fundição em uma fábrica de moldagem porque é o que oferece a maior chance de viajar. É mandada para a Coreia. Apaixona-se pelo país. Em quatro meses, seu coreano já é melhor que seu chinês.

As irmãs dela também vagueiam pelo mapa. Carmen acaba em Yale, estudando economia. Amelia consegue um emprego para cuidar de animais silvestres feridos em um centro de reabilitação no Colorado. Em Wheaton, a amoreira dos Ma é atacada em todas as frentes. Cochonilhas a envolvem em tufos de algodão. Insetos-escama se acumulam nos galhos, indiferentes aos pesticidas do seu pai. Bactérias escurecem as folhas. Os pais delas são incapazes de salvar a criatura. Charlotte, envolta em sua névoa espessa, murmura que eles deveriam trazer um padre para orar pela árvore. Winston examina as bíblias da horticultura e enche seus cadernos de especulações impecavelmente registradas. Mas cada estação deixa a árvore mais perto de capitular.

Winston liga para Mimi. Ela acabou de chegar em Portland, de mais uma viagem à Coreia. Ele faz a ligação da cabine telefônica da família, a garagem dos Ma. Sua invenção encolheu para o tamanho de uma bota de caminhada, tão confiável e econômica em energia que a Bell Labs começou a licenciá-la para outras companhias. Mas Winston não parece empolgado em anunciar para a filha que o trabalho de sua vida inteira finalmente se concretizou. Só consegue falar na amoreira moribunda.

“A árvore. O que faz?”

"O que ela tem, pai?"
"Cor estranha. Folhas, tudo caindo."
"Você testou o solo?"
"Minha fazenda de seda. O fim. Nunca faz um fio."
"Talvez você deva plantar outra."
"Melhor momento para plantar uma árvore? Vinte anos atrás."
"É. E você sempre dizia que o segundo melhor momento era agora."
"Errado. Segundo melhor momento, dezenove anos atrás."
Mimi nunca tinha visto aquele homem, sempre alegre e capaz de dar a volta por cima, soando tão abatido. "Vai fazer uma viagem, pai. Leva a mamãe para acampar." Mas eles acabaram de fazer dezesseis mil quilômetros até os córregos cheios de salmão no Alasca, e os cadernos estão repletos de anotações meticulosas que levarão anos para serem lidas.
"Passa a mamãe."
Há um ruído, a porta do carro abrindo e fechando, em seguida a porta da garagem. Depois de um tempo, uma voz diz: "*Salve filia mea*".
"Mãe? Que troço é esse?"
"*Ego Latinam discunt.*"
"Não faz isso comigo, mãe."
"*Vita est supplicium.*"
"Passa o papai de novo. Pai? Tá tudo bem por aí?"
"Mimi. Meu tempo chegando."
"O que isso quer dizer?"
"Meu trabalho terminou. Minha fazenda de seda, fim. Pesca, todo ano, um pouquinho menos. Fazer o que agora?"
"Do que você tá falando? Faz o que você sempre fez." Faça gráficos e tabelas dos acampamentos do ano que vem. Encha o porão com pilhas de sabonete, sopa, cereal e qualquer outro item que estiver em promoção. Caia no sono todas as noites vendo o noticiário das dez. Liberdade.

"Sim", ele diz. Mas ela conhecia a voz que a criou. Não importa o sentido que ele pretenda dar para aquele *sim*, é mentira. Escreve em um papel para se lembrar de ligar para as irmãs e discutir o colapso em curso em Wheaton. Nossos pais pifaram. O que fazer? Mas uma ligação interurbana para a Costa Leste custa dois dólares por minuto, se você não tem um telefone-sapato mágico. Decide que vai escrever para as duas no fim de semana. Mas é o fim de semana da conferência em Roterdã sobre sinterização de cerâmica, e as cartas a serem escritas fogem da sua cabeça.

No outono, enquanto a esposa estuda latim no porão, Winston Ma, que já foi Ma Sih Hsuin para todos que o conheciam, senta-se sob a amoreira arruinada e, com *Macbeth* de Verdi saindo pela janela do quarto, coloca na têmpora uma Smith & Wesson 686 com cabo de madeira e espalha os mecanismos de seu ser infinito pelas lajes do quintal. Não deixa nenhum bilhete, exceto um pergaminho aberto sobre a mesa do escritório com um poema de Wang Wei escrito há mil e duzentos anos:

Tarde na vida
    só busco a quietude
e consigo me livrar
    de inúmeros incômodos.
Na falta
    de saída melhor,
só me resta voltar
    ao antigo bosque.
O vento nos pinheiros
    solta minha cinta,
e o luar acaricia
    as cordas de minha cítara.
Por que, você pergunta,
    não seguir adiante?

Ah, ouça: vem chegando do lago
o canto de um pescador.

Mimi está no aeroporto de San Francisco, a caminho de uma inspeção em uma fábrica de Seattle. Está olhando as vitrines das lojas quando, da cacofonia das chamadas dos portões e dos avisos gerais do aeroporto, o nome dela é anunciado. Uma coisa gelada sobe pelo seu pescoço. Antes que as pessoas do balcão de atendimento lhe passem o telefone, ela sabe. E durante todo o caminho de volta para Illinois, pensa: *Como é possível que eu já reconheça isso? Como isso pode ser tão parecido com* uma lembrança*?*

A mãe delas não sabe o que fazer. "O pai de vocês não quer nos magoar. Ele tem umas ideias. Não consigo entender todas. É o jeito dele." Suas palavras saem de um lugar onde o estrondo que ela ouviu vindo do porão é apenas uma das muitas possibilidades de ramificação do tempo. Ela parece tão tranquila, tão em paz em sua confusão, tão profundamente submersa no rio que corre. A única coisa que Mimi pode fazer é se ajustar a essa calma irreal. Cabe a Mimi terminar o trabalho do pai. Ninguém mexeu na cena, exceto para remover o corpo e a arma. Pedaços de cérebro pontilham as pedras e o tronco da árvore, como novas espécies de lesma de jardim. Ela se transforma em uma máquina de limpeza. Para o deque salpicado, balde, esponja e água com sabão. Ela falhou em alertar as irmãs ou interromper o que viu que estava acontecendo. Mas é capaz de fazer aquilo, limpar para sempre a carnificina do quintal. Limpando, ela se torna outra coisa. O vento brinca com o cabelo dela. Ela olha para o chão ensanguentado, os pedacinhos de tecido mole que abrigaram as ideias dele. Ela o vê ao lado dela, maravilhado com as manchas do próprio cérebro na grama. *Olha a cor!* Você se pergunta como na vida as pessoas ascendem ou caem? Desse jeito.

Ela se senta sob a amoreira doente. O vento bate nas folhas denteadas. A casca está marcada de rugas, como as dobras no rosto dos *arhats*. Os olhos dela ardem em uma confusão animal. Cada metro quadrado de terra ainda está manchado de frutas, frutas manchadas, dizem os mitos, com o sangue de um suicídio por amor. As palavras saem dela, amassadas e metálicas. "Pai. *Papai!* O que fez?"

E então os uivos silenciosos.

Carmen e Amelia chegam. O trio se senta junto pela última vez. Elas não têm explicação. Nunca haverá. A pessoa de quem menos se esperava isso partiu em uma jornada impossível sem elas. No lugar de uma explicação, a memória. Colocam as mãos nos ombros umas das outras e contam histórias de como as coisas eram. A ópera no domingo. As épicas viagens de carro. Passeios ao laboratório, onde o homem minúsculo flutuava pelos corredores, celebrado por todos os gigantes colegas brancos, o feliz criador do futuro celular. Lembram-se do dia em que a família fugiu do urso. A mãe segurando Amelia sobre a cabeça, dentro da água. O pai falando com o animal em chinês. Duas criaturas, não exatamente da mesma ordem, compartilhando a mesma floresta.

Elas mantêm uma liturgia silenciosa de memória e choque. Mas fazem isso dentro de casa. As irmãs de Mimi não se aproximam do quintal. Não podem sequer olhar para a velha árvore do café da manhã, a fazenda de seda do pai. Mimi conta o que sabe. O telefonema. *Meu tempo chegou.*

Amelia a abraça. "Não é sua culpa. Você não tinha como saber."

Carmen diz: "Ele falou isso, e você não nos contou nada?".

Charlotte está sentada perto delas, sorrindo um pouco. É como se a família estivesse acampando em algum lugar, e ela, à beira de um lago, estivesse desfazendo os pequenos nós da linha de pesca do marido. "Ele detesta quando vocês brigam."

"Mãe." Mimi grita com a mulher. "Mãe. Chega. Coloca na sua cabeça. Ele se foi."

"Se foi?" Charlotte franze a testa diante da tolice da filha. "Do que você está falando? Eu vou ver o seu pai de novo."

As três garotas atacam a pilha de formulários e relatórios. Mimi nunca tinha pensado nisto: a lei não para com a morte. Vai muito além do túmulo, por anos, enredando os sobreviventes em armadilhas burocráticas que fazem com que os desafios pré-morte pareçam moleza. Mimi diz às outras: "Temos que dividir as coisas dele".

"Dividir", diz Carmen. "Quer dizer, *pegar*?"

Amelia diz: "Não deveríamos deixar a mamãe...".

"Você tá vendo como ela tá. Ela nem tá mais aqui."

Carmen se levanta. "Dá pra parar de resolver problemas por um minuto? Qual é a pressa?"

"Eu quero resolver as coisas. Pra mamãe."

"Jogando fora as coisas dele?"

"Vamos distribuir. Cada coisa para a pessoa certa."

"Como resolver uma longa equação de segundo grau."

"Carmen, vamos ter que cuidar disso."

"Por quê? Você quer se livrar da casa sem envolver a mamãe?"

"Como se ela fosse capaz de cuidar disso sozinha, no estado que ela tá."

Amelia coloca os braços ao redor das duas. "Acho que essas coisas podem esperar. A gente não tem muito tempo pra ficar juntas."

"A gente tá junto agora", diz Mimi. "Pode levar muito tempo para isso acontecer de novo. Vamos resolver as coisas."

Carmen se desvencilha do abraço. "Então você não vai vir pra casa no Natal?" Mas algo no seu tom lembra uma confissão assinada. O conceito de *casa* foi embora com o pai, sabe-se lá para onde.

***

Charlotte se agarra a alguns objetos simbólicos. “Essa é a blusa que ele mais gosta. Ai, não leva embora o macacão de pesca. E essa é a calça que ele usa quando a gente faz trilha.”

“Ela tá bem”, Carmen diz quando as três ficam sozinhas. “Tá conseguindo lidar. Só parece um pouco estranha.”

“Eu posso vir de novo daqui a umas semanas”, oferece Amelia. “Dar uma olhada. Conferir se ela tá bem.”

Carmen encara Mimi com um esboço de raiva. “Nem pensa em colocar ela numa casa de repouso.”

“Não tô pensando nada. Só tô tentando cuidar das coisas.”

“Cuidar? Ó. Você é a compulsiva. Divirta-se. Onze cadernos com fichas de avaliação de todos os campings que a gente já ficou. Tudo seu.”

As três heroínas de ópera pairam sobre uma bandeja de prata. Na bandeja, há três anéis de jade. Em cada anel há uma árvore esculpida, e cada árvore se ramifica em um dos três disfarces do tempo. A primeira é o Lótus, a árvore na fronteira do passado para onde ninguém pode retornar. A segunda é aquele pinheiro fino e aprumado do presente. A terceira é Fusang, o futuro, uma amoreira mágica do extremo leste que guarda o elixir da vida.

Amelia olha fixamente. “Com qual cada uma de nós deve ficar?”

“Existe um jeito certo de fazer isso”, diz Mimi. “E uma dúzia de jeitos errados.”

Carmen suspira. “E este é qual?”

“Fica quieta. Fecha os olhos. No três, você pega um.”

No três há umas roçadas de braços, e cada uma das mulheres encontra seu destino. Quando abrem os olhos, a bandeja está vazia. Amelia fica com o eterno presente, Carmen com o passado condenado. E Mimi tem agora o tronco fino das coisas por vir. Ela o coloca no dedo. Está um pouco grande.

Um presente de uma terra que ela nunca verá. Gira no dedo o ciclo interminável da sua herança como se aquilo fosse um abre-te, sésamo. "E agora os budas."

Elas ficam sem entender. Amelia e Carmen não pensam no pergaminho há dezessete anos.

"O *Luóhàn*", diz Mimi, massacrando a pronúncia. "Os *arhats*." Ela desenrola o pergaminho na mesa em que o pai costumava fabricar suas moscas para pegar truta. É mais velho e estranho do que elas se lembravam. Como se alguém o estivesse retrabalhando com cores e tinta a partir de um mundo distante. "Podíamos levar para uma casa de leilões. Dividir o dinheiro."

"Nah", diz Amelia. "Ele não nos deixou dinheiro suficiente?"

"Ou Mimi podia ficar com ele. Isso seria iluminado."

"Podemos doar para um museu. Em memória de Sih Hsuin Ma." O nome soa irremediavelmente americano na boca de Mimi.

Amelia diz: "Seria lindo".

"E teríamos dedução de impostos pra sempre."

"Para aquelas que ganham algum dinheiro." Carmen ri.

Com suas mãos pequenas, Amelia enrola o pergaminho. "Então como a gente faz?"

"Não sei. Vamos ter que pedir uma avaliação primeiro."

"Você faz isso, Mimi", diz Carmen. "Você é boa em resolver coisas."

A polícia devolve a arma. Tecnicamente ela pertence às três, faz parte da herança. Mas seus nomes não constam na licença. Não sabem o que fazer com ela. A arma fica sobre o aparador, enorme, zumbindo através da sua caixa de madeira. Precisa ser destruída, como o anel que deve ser jogado na caldeira do vulcão. Mas como?

Mimi respira fundo e pega a caixa. Ela a amarra no bagageiro da sua bicicleta de adolescente, que por anos os pais deixaram guardada no porão. Então desce a Pennsylvania Street até a loja de armas na Glen Ellyn. A arma foi comprada ali. Ela não sabe se vão comprá-la de volta, mas não se importa com isso. Vai doá-la para caridade. A caixa pesa absurdamente na traseira da bicicleta, ela precisa se livrar daquilo. Carros passam com motoristas irritados. O bairro é endinheirado demais para adultos de bicicleta. A caixa parece um pequeno caixão.

De repente, um carro da polícia. Ela tenta agir de um jeito normal, aquela coisa que a família Ma sempre fingiu ser. A viatura se arrasta atrás dela, suas luzes piscantes invisíveis ao meio-dia. A sirene soa por um quarto de segundo, um soluço de autoridade máxima. Mimi cambaleia e quase tomba ao parar a bicicleta. Pena de prisão sem direito a recurso para porte de arma sem licença. Arma que recentemente foi limpa de tanto tecido humano. O coração dela bate tão forte que ela consegue sentir o gosto de sangue embaixo da língua. O policial desce do carro e vai até ela, que se encolhe na bicicleta. "Você não sinalizou ao virar."

A cabeça dela estremece no talo. Ela só pode assentir.

"Sempre sinalize com a mão quando for virar. É a lei."

Então Mimi está no aeroporto de Chicago, esperando o voo para voltar a Portland. Fica ouvindo o nome dela ser dito nos alto-falantes repetidas vezes. A cada vez ela se endireita com um sobressalto, e a cada vez as sílabas se transformam em outras palavras. O voo atrasa. Depois atrasa de novo. Ela fica sentada girando a árvore de jade no dedo, dezenas de milhares de vezes. As coisas deste mundo não significam nada, exceto esse anel e o inestimável pergaminho em sua bagagem de mão. Ela só quer paz. Mas é aqui que ela precisa viver agora: à sombra da amoreira curvada. O poema inexplicável. O canto do pescador.

Adam Appich

Um menino de cinco anos faz um desenho em 1968. O que há nele? Primeiro, uma mãe, a mulher que deu o papel e as tintas e disse *Faz uma coisa bonita pra mim*. Depois, uma casa com uma porta flutuando no ar e uma chaminé com cachos de fumaça espiralada. Então as quatro crianças Appich em ordem decrescente como copos medidores, terminando em Adam, o menor. Ao lado, uma vez que Adam não sabe colocá-las atrás da casa, estão quatro árvores: o olmo de Leigh, o freixo de Jean, o pau-ferro de Emmett e o ácer de Adam, cada um representado por uma bola verde idêntica.

"Onde tá o papai?", a mãe pergunta.

Adam fica contrariado, mas coloca o homem. Desenha o pai segurando esse mesmo desenho nas mãos enquanto ri e diz: *O que é isso? Árvores? Olha lá pra fora! É assim que as árvores são?*

O artista, minucioso de nascença, acrescenta o gato. E depois o lagarto-de-chifres que Emmett deixa no porão, onde o clima é melhor para os répteis. Depois as lesmas embaixo do vaso de flores e a mariposa que eclodiu de um casulo fiado por uma criatura completamente diferente. Depois as sementes aladas do ácer de Adam e a estranha rocha entre a casa deles e a do vizinho que pode ser um meteorito, ainda que Leigh a chame de basalto. E dezenas de outras coisas, vivas ou quase, até que mais nada caiba na página.

Ele dá para a mãe o desenho finalizado. Ela o abraça com força, mesmo na frente dos Graham, os vizinhos do outro lado da rua que vieram para tomar uns drinques. O desenho não mostra, mas sua mãe só o abraça quando tem um copo na mão. Adam luta contra o abraço para evitar que o desenho seja esmagado. Mesmo quando era menor, já odiava que o segurassem. Cada abraço é uma pequena e macia prisão.

Os Graham riem quando o menino sai correndo. Na metade da escada, Adam ouve a mãe sussurrar: "Ele é meio retardado social. A enfermeira da escola disse pra ficar de olho".

A palavra, ele acha, quer dizer especial, possivelmente alguém com superpoderes. Algo com o qual as pessoas em volta precisam ter cuidado. Na segurança do quarto dos meninos, ele pergunta a Emmett, que tem oito anos — quase um adulto: "O que é retardado social?".

"Quer dizer que você é um retardado."

"Que quer dizer isso?"

"Uma pessoa que não é normal."

Para Adam, isso não parece ruim. Há algo errado com pessoas normais. Elas estão longe de ser as melhores criaturas do mundo.

O desenho ainda está preso à geladeira quando, meses mais tarde, o pai junta as quatro crianças depois do jantar. Eles se amontoam na salinha acarpetada repleta de troféus de beisebol mirim, cinzeiros artesanais e obras de arte feitas de macarrão. As crianças se espalham ao redor do pai, que se debruça sobre *O guia de bolso das árvores*. "Precisamos escolher alguma coisa pro caçula."

"O que é caçula?", Adam sussurra para Emmett.

"É uma planta. Das sementinhas que vão por cima do pão."

Leigh bufa. "Isso é papoula, panaca. Caçula é o bebê."

"Bunda suja", Emmett acrescenta. A imagem é tão ricamente animalesca que Adam vai carregá-la até a meia-idade. Esses momentos de implicanciazinhas representarão uma boa parte do que ele vai guardar da sua irmã Leigh.

O pai coloca um fim na discussão e apresenta as candidatas. Há um tulipeiro, de crescimento rápido, vida longa e flores vistosas. Há uma bétula, pequena e fina, com casca que pode ser usada para fazer canoas. Há uma tsuga, que forma grandes torres e se enche de pequenas pinhas. Além do mais, permanece verde, mesmo sob a neve.

"Tsuga", declara Leigh.

"Por quê?", Jean pergunta.

"Preciso dizer um motivo?"

"Canoas", diz Emmett. "Não precisa nem votar."

O rosto de Adam fica tão vermelho que as sardas quase desaparecem. À beira das lágrimas, pressionado pela responsabilidade impossível, tentando salvar os outros de erros terríveis, ele grita: "E se a gente estiver errado?".

O pai continua folheando o livro. "O que você quer dizer?"

Jean responde. Ela traduz o irmãozinho desde os tempos em que ele ainda não era capaz de falar. "Ele quer dizer, e se não for o tipo de árvore certa para o caçula?"

O pai sofre o golpe daquela ideia incômoda. "É só escolher uma que seja bonita."

O choroso Adam não se convence. "Não, pai. Leigh é meio pra baixo, que nem o olmo. Jean é direita e boa. Emmett é puro pau-ferro, olha pra ele! E o meu ácer fica vermelho, como eu."

"Você só tá dizendo isso porque já sabe qual árvore é de quem."

Adam vai ensinar esse argumento aos estudantes de psicologia quando for ainda mais velho do que o pai é na noite em que escolhem a árvore do futuro Charles. Ele vai construir a carreira a partir desse tema: sugestão, pré-ativação, enquadramento, viés de confirmação, fusão da correlação com a causalidade — todas essas falhas que fazem parte do cérebro do mais problemático dos grandes mamíferos.

"Não, pai. Temos que escolher direito. Não dá pra simplesmente pegar qualquer uma."

Jean passa a mão no cabelo do irmão. "Não se preocupa, Dammie." O freixo é uma árvore nobre de sombra, cheia de curas e tônicos. Seus galhos sobem como candelabros. Mas a madeira queima quando ainda está verde.

"Canoas, e pronto", grita Emmett. O pau-ferro quebra seu machado antes que você consiga derrubá-lo.

Como sempre, o pai manipulou o resultado da eleição. "A nogueira-preta tá em promoção", diz, e esse é o fim da democracia. Por puro acaso, nada no arboreto americano poderia representar melhor o que o bebê Charles vai se tornar: uma coisa proeminente de veios paralelos cujas nozes são tão duras que você precisa esmagá-las com um martelo. Uma árvore que envenena o solo ao redor para que nada mais possa crescer. Mas com uma madeira tão boa a ponto de atrair contrabandistas.

A árvore chega antes do bebê. O pai de Adam, entre impropérios e xingamentos, luta com a massa de raízes embrulhada em um saco de juta e coloca-a em um buraco aberto no verde perfeito da grama. Adam, alinhado com os irmãos diante do buraco, vê algo terrivelmente errado. Não consegue acreditar que ninguém vai dizer nada.

"Pai, para! Esse pano. A árvore tá sufocando. As raízes não conseguem respirar."

O pai grunhe e segue a batalha. Adam se joga no buraco para evitar o assassinato. Todo o peso da massa de raízes atinge suas perninhas finas. Ele berra. O pai grita a mais terrível das palavras. Puxa Adam pelo braço e o tira do seu enterro vivo, arrastando-o pelo gramado e depositando-o na varanda. Ali, o menino fica deitado de bruços no concreto, uivando não por causa da dor, mas pelo crime imperdoável infligido à árvore do futuro irmão.

Charles chega do hospital, um desamparo massivo embrulhado em um cobertor. Todo mês, Adam imagina que a nogueira-preta vai morrer e levar junto o irmão, sufocado em seu cobertorzinho com estampa de palhaço. Mas os dois sobrevivem, o que só prova a Adam que a vida está tentando dizer alguma coisa que ninguém escuta.

Quatro primaveras depois, com as folhas recém brotando, os irmãos discutem sobre qual é a árvore mais bonita. Entram em uma briga de novo quando surgem as sementes e, mais tarde, as nozes, e, finalmente, o fluxo de cores do outono. Saúde e poder, tamanho e beleza: eles brigam por tudo. A árvore de cada uma das crianças tem sua própria excelência: a casca do freixo com seu padrão de diamantes, as longas folhas compostas da nogueira, a chuva de helicópteros do ácer, o olmo e seu formato de planta de vaso, os músculos estriados do pau-ferro.

Com nove anos agora, Adam decide organizar uma votação. Corta uma fenda na tampa de uma caixa de ovos para fazer uma urna de votos secretos. Cinco cédulas, cinco árvores. Cada criança vota na sua árvore. Eles fazem um segundo turno. Emmett compra o voto de Charles, agora com quatro anos, por metade de uma barrinha de chocolate, e Jean muda seu voto para o ácer de Adam por algo que só pode ser chamado de amor. O segundo turno tem o ácer e o pau-ferro como candidatos. A campanha é implacável. Jean ajuda Adam a fazer panfletos. Leigh torna-se a coordenadora de Emmett. Como slogan, Leigh e Emmett distorcem um poema que encontram rabiscado no anuário de ensino médio do pai:

> Tudo bem se seu trabalho é ruim,
> e o salário uma grande piada.
> Até o poderoso pau-ferro
> já foi uma coisinha de nada.

Para contra-atacar, Adam pede que Jean faça um cartaz com o seguinte slogan:

Não vacile, vote no ácer, docinho.
Lá no Canadá, é o único caminho.

"Não sei, Dammie." Jean, três anos mais velha, consegue sentir melhor os humores do eleitorado. "Talvez eles não entendam."

"É engraçado. As pessoas gostam de coisas engraçadas."

Eles perdem a votação, três a dois. Adam fica de cara feia pelos dois meses seguintes.

Aos dez anos, Adam voa praticamente sozinho. As crianças não o deixam em paz. O irmão sai com ele para uma caminhada, e então lhe oferece um cantil cheio de urina e gelo. No parque, os amigos dizem que seu couro cabeludo está ficando verde de tanto comer salgadinho. Ele corre para o colo da mãe, que o repreende por ser tão ingênuo. Ele não entende por que as pessoas fazem aquilo. Sua incompreensão só aumenta a vontade dos outros de enganá-lo.

Tenta ficar na dele, mas até o terreno mais baldio da vizinhança abriga milhões de criaturas. *O guia fabuloso dos insetos* e um vidro com uma tampa perfurada transformam uma tarde solitária de domingo no sonho de um colecionador. Armado com *O guia fabuloso dos fósseis*, conclui que as saliências e protuberâncias nas lajes da entrada da casa são dentes de ictiossauros, extintos muito antes de os mamíferos se tornarem uma mera atração secundária no chão da floresta. *O guia fabuloso da vida no lago*, *O guia fabuloso das estrelas, das rochas e minerais, dos répteis e anfíbios*: os humanos são quase irrelevantes.

Adam passa meses acumulando espécimes. Bolas de regurgitação de corujas e ninhos de corrupião-laranja. A pele descamada de uma cobra-do-milho, com a ponta da cauda e o buraco dos olhos. Ouro de tolo, mica prateada que cintila como folhas de papel, e um fragmento de sílex que ele tem certeza de que se trata de uma ponta de flecha paleolítica.

Ele registra a data de cada descoberta e coloca uma etiqueta com a localização. A coleção toma o quarto dos meninos e se espalha pelo corredor e para a salinha da TV. Até mesmo a sagrada sala de estar é convertida em museu.

Chega mais tarde da escola em um dia de inverno e encontra todo o seu acervo no incinerador. Percorre os quartos, chorando.

"Querido", explica a mãe, "era tudo lixo. Lixo mofado e infestado de insetos."

Ele dá um tapa nela. Ela cambaleia com a ferroada, coloca a mão no rosto, olha para o menino. Não pode acreditar na materialização da sua dor. Não entende o que aconteceu com o filho, aquele que, aos seis anos, tirou das mãos dela um pano de prato úmido e disse que ele terminaria a tarefa.

Naquela tarde, o pai de Adam fica sabendo do tapa. Ensina ao menino uma lição que envolve torcer seu pulso até causar uma fratura. Ninguém percebe que o pulso quebrou até tarde da noite, quando começa a inchar de um jeito estranho e azul como algo saído do *Guia fabuloso dos crustáceos*.

Depois de tirar o gesso, em um sábado de fim de primavera, Adam sobe o mais alto que pode em seu ácer e não sai lá de cima até a hora do jantar. O sol é filtrado pela folhagem, que deixa o ar com a cor de um limão não exatamente maduro. Olhar sobre o telhado dos vizinhos e saber que a vida é muito melhor acima do nível do solo dá a Adam a sensação de um conforto amargo. As folhas palmadas ondulam na brisa suave, uma multidão de mãos de cinco dedos. O som parece o de uma chuva leve, a garoa de milhares de escamas dos gomos. Bem acima da cabeça dele, esquilos roem os aglomerados de flores, sugando a seiva, depois dispersando pelo chão os gastos buquês amarelo-avermelhados. Adam vê quinze tipos de coisas rastejantes, de larvas-de-farinha a manchas achatadas com pernas quase imperceptíveis, rondando seu braço marcado em busca de fontes doces. Pássaros de cabeça preta e cabeça marrom aparecem e somem, alimentando-se dos montes de ovos que os insetos e as borboletas deixam pelos ramos. Um pica-pau entra e sai de um buraco que fez para pescar larvas no ano anterior. É um segredo impressionante que ninguém de sua família jamais saberá: há mais vidas aqui, nesse único ácer, do que seres humanos em toda Belleville.

Adam se lembrará dessa vigília muitos anos depois, no alto de uma sequoia-vermelha, a sessenta metros do chão, no momento em que olhar para baixo e enxergar um aglomerado de pessoas do tamanho de insetos, uma democrática maioria cujo desejo é vê-lo morto.

Está com treze anos quando as folhas do olmo de Leigh ficam amareladas antes do outono. Adam é o primeiro a perceber o declínio. As outras crianças pararam de olhar. Uma a uma, vão trocando o bairro das coisas verdes pela mais atraente e barulhenta companhia de outras pessoas.

A praga que atinge a árvore de Leigh vem surgindo há décadas. Quando Leonard Appich plantou a árvore do primeiro filho, em um ataque de otimismo dos anos cinquenta, a doença holandesa do olmo já havia devastado Boston, Nova York, Filadélfia e New Haven, *A Cidade dos Olmos*. Mas esses lugares ficavam muito longe. A ciência, o homem pensou, logo descobriria uma cura.

O fungo aniquilou Detroit quando as crianças ainda eram pequenas. E, logo depois, Chicago. A árvore urbana mais popular do país, vasos que transformavam bulevares em grandes túneis, estava deixando este mundo. Agora a praga chega aos limites de Belleville, e a árvore de Leigh também sucumbe. Adam, com catorze anos, é o único que lamenta. O pai reclama do custo de derrubar a árvore. A própria Leigh mal se dá conta. Está quase indo para a universidade — cenografia, na Illinois State.

"Claro que você escolheria um olmo pra mim, pai. Você já queria o meu mal desde antes de eu nascer."

Adam pede um pouco da madeira para os homens que vêm retirar e moer o cepo. Ele a aplaina no porão e usa seu kit de pirografia para gravá-la. Encontra as palavras em um livro: *Uma árvore é uma passagem entre a terra e o céu.* Ele estraga *passagem*. *Terra* e *céu* parecem escritas por um retardado. Mas, de qualquer jeito, ele oferece aquilo a Leigh como um presente de despedida. Ela ri do presente e o abraça. Depois que ela se muda, ele encontra o pedaço de madeira nas caixas das coisas a serem doadas ao Exército da Salvação.

É o outono — 1976 — em que Adam se apaixona pelas formigas. Em um sábado de setembro, ele as observa fluírem pela calçada do vizinho, carregando um picolé derretido para a sua base. O tapete cor de ferrugem se arrasta por vários metros. As formigas atravessam obstáculos, empilhando-se sobre si mesmas. Aquele deslocamento em massa iguala qualquer engenho humano. Adam monta acampamento no gramado junto à espuma viva. Formigas à beira do salgueiro-da-virgínia fervilham em suas meias e escalam suas canelas magras. Elas sobem nos cotovelos e nas mangas da camiseta. Exploram o short e fazem cócegas no saco. Ele não se importa. Padrões se revelam enquanto Adam observa, e eles são *insanos*. Ninguém está no controle daquele deslocamento massivo, isso parece óbvio. Ainda assim, elas transportam a comida pegajosa para o formigueiro de um jeito perfeitamente coordenado. Estratégia na ausência de um estrategista. Estradas na ausência de um agrimensor.

Ele vai para casa buscar o caderno e a câmera. Então tem uma ideia. Implora a Jean por um pouco de esmalte. A irmã ficou mais boba com a idade, perdida no redemoinho da moda. Mas ainda é capaz de fazer qualquer coisa pelo irmão mais novo. Ela também já foi apaixonada pelos Guias Fabulosos. Mas os humanos a têm agora em suas garras, ela nunca vai ser livre de novo.

Jean lhe dá cinco cores, um arco-íris do escarlate ao ciano. De volta ao campo, ele começa a pintar. Um pequeno círculo de Rosa Fumegante marca o abdômen de um dos necrófagos. Uma a uma, ele marca dezenas de formigas com a mesma tonalidade. Alguns minutos depois, começa tudo de novo com Pêssego Perfeito. Até a metade da manhã, todo o espectro dos esmaltes está circulando. Logo, as manchas coloridas revelam uma emaranhada coreografia de conga de beleza irreal. A colônia tem alguma coisa. Adam não sabe como chamá-la. Propósito. Vontade. Um tipo de consciência, algo tão diferente da inteligência humana, que a inteligência acha que não é nada.

Emmett, com sua vara de pescar e suas iscas, passa por Adam deitado na grama, tirando fotos e fazendo esboços em um caderno. "Que porra você tá fazendo?"

Adam se fecha como um ouriço e continua trabalhando.

"É isso que você faz no sábado? Não me surpreende que as pessoas não te entendam."

Adam não *entende* as pessoas. Elas dizem coisas para esconder o que querem dizer. Correm atrás de bugigangas inúteis. Ele continua contando de cabeça baixa.

"Ei! Garoto inseto! Garoto inseto — *tô falando com você!* Por que você tá brincando na terra?"

Fica chocado ao perceber a evidência na voz de Emmett: Adam deixa o irmão amedrontado. Ele sussurra para o caderno: "Por que você tortura os peixes?".

Um pé acerta as costelas de Adam. "Que porra você tá falando? Peixes não *sentem*, cérebro de bosta."

"Você não *sabe*. Não pode provar."

"Quer uma prova?" Emmett se abaixa, arranca um punhado de grama e o enfia na boca do irmão. Adam, impassível, cospe a grama. Emmett se afasta balançando a cabeça com pena, mais uma vitória em um debate unilateral.

Adam analisa o seu mapa vivo. Depois de um tempo, o fluxo das formigas identificadas por cores começa a sugerir que os sinais podem ser transmitidos sem que haja um sinalizador central responsável. Ele move de leve a comida. Enxota as formigas. Faz barreiras e cronometra o tempo que leva para elas se recuperarem. Depois que o picolé desaparece, Adam coloca pedacinhos do almoço em diferentes lugares e mede quanto tempo leva para eles sumirem. A colônia é veloz e astuta — tão astuta em conseguir o que precisa quanto qualquer ser humano.

Os sinos do carrilhão episcopal tocam seu hino quadrangular. Seis da tarde: hora de todos os delinquentes dos Appich irem para casa jantar. O resultado do dia são doze páginas rabiscadas, trinta e seis fotos com horários registrados e metade de uma teoria, nada que renderia um ioiô quebrado em uma rodada de trocas entre garotos.

Durante todo o outono, quando não está na escola, ou cortando gramados, ou trabalhando na sorveteria, Adam estuda formigas. Monta diagramas e desenha gráficos. Seu respeito pela inteligência das formigas não para de crescer. Comportamento flexível diante da mudança de condições: o que é isso, se não pura perspicácia?

No fim do ano, ele participa da feira de ciências do distrito. *Algumas observações do comportamento e da inteligência da colônia de formigas.* Há esforços mais bonitos espalhados pelo corredor, e alguns em que claramente o pai do aluno fez toda a ciência. Mas nenhum dos outros participantes olhou para uma coisa da maneira como ele olhou.

Os jurados perguntam: "Quem ajudou você?".

"Ninguém", ele diz, talvez com um orgulho excessivo.

"Seus pais? Sua professora de ciências? Um irmão ou irmã mais velha?"

"Minha irmã me deu o esmalte."

"Você pegou essa ideia de alguém? Você copiou um experimento que não está citando?"

A ideia de que um experimento daqueles já pode ter sido feito o deixa perplexo.

"Você fez sozinho todas essas medições? E começou há quatro meses? Durante as *férias*?"

Seus olhos se enchem de lágrimas. Ele dá de ombros.

Os jurados não lhe oferecem nenhuma medalha, nem mesmo uma de bronze. Dizem que é porque ele não tem uma bibliografia. A bibliografia é uma parte obrigatória do relatório do experimento. Adam sabe qual é o verdadeiro motivo. Acham que ele roubou. Não conseguem acreditar que um menino trabalhou durante meses em uma ideia original por nenhum outro motivo além do prazer em ficar olhando até que enxergasse alguma coisa.

Sua irmã Leigh vai até Lauderdale com várias amigas durante as férias de primavera. Na segunda noite, diante de um quiosque de praia, entra em um Ford Mustang conversível vermelho com um cara que conheceu há três horas. Ninguém a verá novamente.

Seus pais ficam desesperados. Voam até a Flórida duas vezes. Gritam com policiais e gastam montanhas de dinheiro. Meses passam. Não há pistas. Adam se dá conta de que nunca haverá. Seja quem for, a pessoa que levou sua irmã é astuta, meticulosa, humana. Inteligente.

Leonard Appich não desiste. "Vocês conhecem a Leigh. Sabem como ela é. Ela fugiu de novo. Não vai ter funeral até a gente ter certeza do que aconteceu com ela."

Ter certeza do que aconteceu. Eles sabem. A mãe de Adam joga na cara do homem as palavras que Leigh disse na primavera anterior. *Você quer o meu mal desde antes de eu nascer.* Padrões aparecem, e ela se agarra a eles. "Você plantou um olmo para ela, enquanto eles morriam em todos os lugares há anos? Que *ideia* foi essa? Você nunca gostou dela, não é? E agora ela foi estuprada e jogada num aterro sanitário, e nós nunca saberemos onde!"

Leonard quebra o cotovelo dela, por acidente. Legítima defesa, diz para quem quiser ouvir. É quando Adam conclui: a humanidade está profundamente doente. A espécie não vai durar muito. Foi um experimento aberrante. Logo o mundo será devolvido às inteligências saudáveis, as coletivas. Colônias e colmeias.

Jean leva os irmãos à reserva florestal. Ali, os três realizam a cerimônia que o pai não autorizou. Fazem uma fogueira e contam histórias. Leigh, aos doze anos, fugindo de casa depois que o pai deu um tapa nela por murmurar *idiota*. Aos catorze, quando decidiu punir todos por a odiarem recusando-se a falar com qualquer um, a não ser em seu espanhol de nível iniciante. Aos dezoito, no papel de Emily Webb, voltando à Terra para reviver seu aniversário de doze anos. Uma fantasma brilhante que levou toda a escola às lágrimas.

Adam pega a placa de olmo que inscreveu para sua irmã e a joga no fogo. *Uma árvore é uma passagem entre a terra e o céu.* Olmo não é a melhor madeira para usar como lenha, mas queima sem muito esforço. Todas as suas palavras tortas se tornam perfeitas e desaparecem na madeira negra — primeiro *árvore*, depois *passagem*, depois *terra*, depois *céu*.

Os jurados da feira de ciências curam Adam Appich de qualquer vontade de ter um caderno de campo sobre o que quer que seja. Ele supera a fase das formigas. Coloca os Guias Fabulosos no lixo. Livra-se de bom grado dos tesouros secretos de museu que escondia do aspirador da mãe. Coisas infantis.

O ensino médio são quatro anos sombrios no bunker. Não faltam amigos e diversão. Na verdade, há um excesso de ambos. Noites tomando tragos e entrando pelado no reservatório de água da cidade. Fins de semana inteiros em porões lançando dados e discutindo regras obscuras de RPG com garotos obesos e anêmicos que carregam malas cheias de cartas colecionáveis. Os monstros do jogo são a história natural que deu errado. Insetos gigantes. Árvores assassinas. O objetivo do jogo é eliminar todos eles.

"Testosterona", explica o pai. Agora ele tem medo do menino corpulento, e Adam sabe disso. "Tempestade de hormônios, e sem porto à vista."

Embora Adam tenha vontade de machucar o homem, seu pai não está errado. Há garotas, mas elas o deixam confuso. Fingem ser bobas, através da tática da camuflagem protetora. Passivas, quietas, enigmáticas. Dizem o oposto do que pensam para descobrir se você enxerga para além delas. O que elas querem que aconteça. Mas ficam bravas quando acontece.

Ele organiza incursões na escola vizinha, intrincadas operações noturnas que envolvem quilômetros de papel higiênico jogados sobre galhos de tílias. As tiras de papel balançam por meses como flores brancas gigantes. Ele passa por baixo delas em sua bicicleta, sentindo-se como um artista de guerrilha genial.

Junto com um amigo, mapeia a escola, o supermercado, a agência bancária. Pensam em que tipo de equipamento precisariam para um ataque. Os planos vão ficando bastante elaborados. Verificam o quanto gastariam com armas, só por diversão. Para Adam é um jogo: logística, planejamento, gestão de recursos. Para o amigo dele é algo a um passo da religião. Adam observa o menino instável, fascinado. Uma semente que cai de cabeça para baixo no solo vai girar — raiz e caule — em grandes movimentos até finalmente se endireitar. Mas uma criança humana pode saber que está indo na direção errada e, ainda assim, considerar que aquela trajetória é digna de uma tentativa.

***

Ele se torna um especialista em calcular o mínimo de trabalho necessário para passar em qualquer matéria. Nenhum adulto consegue dele nada além do que ele é obrigado a dar. Suas avaliações em queda livre impressionam a mãe. "O que tá acontecendo, Adam? Você é melhor do que isso!" Mas a voz dela soa monocórdia e derrotada. Jean percebe a queda do irmão. Ela o repreende, brinca, discute. Mas então começa a faculdade, no Colorado. Não sobrou ninguém que o faça tomar conta de si mesmo.

Leigh nunca mais volta. A busca do pai de Adam se reduz a nada. Sua mãe começa a ingerir grandes quantidades de codeína. Logo, vai de farmácia em farmácia por todas as cidades vizinhas. Para de cozinhar e limpar a casa. A vida de Adam não sofre nenhum impacto. Ele se adapta e evolui. A sobrevivência dos que sobrevivem.

Uma brincadeira de um amigo — *três dólares se você fizer meu dever de matemática* — e de repente ele começa a ganhar uns trocados fáceis. Tão fáceis, de fato, que resolve anunciar o serviço. Trabalhos completos de qualquer matéria, exceto línguas estrangeiras, de qualquer qualidade desejada e no prazo que você precisa. Demora um tempo para ele chegar ao preço certo mas, quando consegue, os clientes concordam. Ele experimenta descontos por quantidade e planos de pagamento antecipado. Logo torna-se o proprietário de uma pequena empresa bem-sucedida. Os pais ficam aliviados quando veem que ele voltou a fazer os deveres de casa, todas as noites por horas a fio. Eles adoram o fato de ele ter parado de pedir dinheiro. Todo mundo sai ganhando. É manhã na América, com o livre mercado fazendo o que sabe fazer, e Adam vai para a cama todas as noites feliz por ter nascido em uma cultura empreendedora.

Ele é rápido e dedicado. Termina todas as tarefas dentro do prazo. Sua franquia fraudulenta logo se torna a mais confiável e respeitada da Escola Harding de Ensino Médio. Adam é quase um aluno popular. Guarda a maior parte do dinheiro. Nada que pudesse comprar lhe daria mais prazer do que olhar o saldo acumulado na poupança e calcular os dólares obtidos com cada professor que ele engana.

O trabalho, no entanto, exige sacrifício. Adam é obrigado a aprender uma porção de coisas interessantes que não deveriam interessá-lo.

No início da primavera do último ano da escola, Adam está na biblioteca pública fazendo um trabalho de psicologia para um colega que entende a besta bípede ainda menos do que ele. *Cite ao menos dois livros.* Saco. Ele levanta da mesa e se dirige para a seção correspondente. Horas de trabalho o deixam vesgo. Sob a luz baixa da biblioteca, os livros parecem casas geminadas de bonequinhos de pano.

Uma lombada chama a atenção dele. As letras verdes elétricas sobre um fundo negro gritam: *O macaco dentro de nós*, Rubin M. Rabinowski. Adam puxa o volume pesado e se joga em uma poltrona próxima. O livro se abre em uma imagem de quatro cartas:

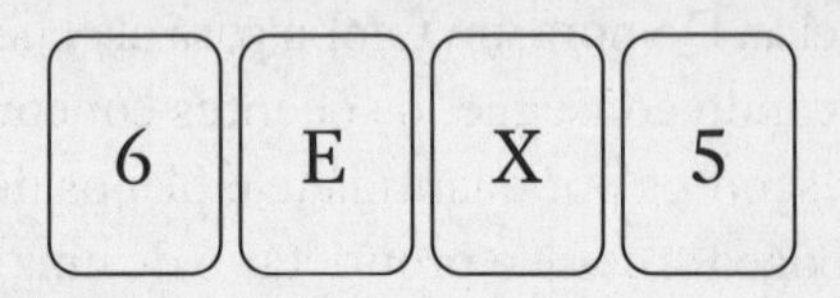

Abaixo, a legenda diz:

> *Cada uma dessas cartas tem uma letra de um lado e um número de outro. Suponha que alguém lhe diga que, se uma carta tem uma vogal de um lado, então tem um número par do outro. Qual ou quais cartas você precisaria virar para descobrir se a pessoa está certa?*

Ele fica animado. Coisas com respostas claras, concisas e diretas são antídotos para a existência humana. Com confiança total, rapidamente resolve o enigma. Mas, quando verifica a solução, descobre que errou. Primeiro, acha que a resposta do gabarito tem um engano. Então vê o que deveria ter sido óbvio. Diz a si mesmo que está exausto das horas dedicadas aos trabalhos dos outros. Não estava concentrado. Teria conseguido, se tivesse prestado atenção.

Continua lendo. O livro diz que apenas quatro por cento dos adultos normais acertam o problema.

> Além disso, quando se deparam com a resposta, quase três quartos dos que erraram dão desculpas sobre por que não conseguiram chegar à conclusão correta.

Sentado na poltrona, tenta explicar a si mesmo por que acabou de fazer o que quase todos os outros seres humanos também fazem. Abaixo da primeira linha de cartas, há outra:

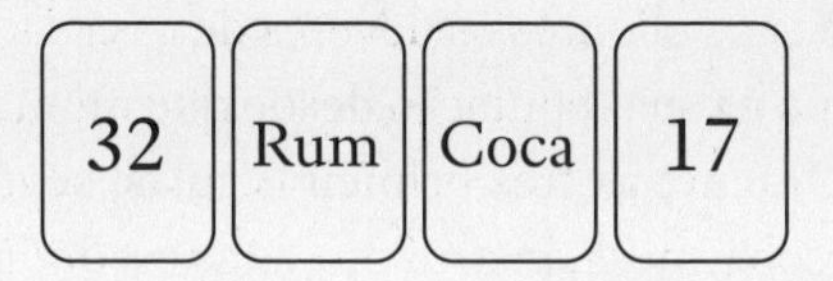

Agora a legenda diz:

> *Cada uma dessas cartas corresponde a uma pessoa em um bar. Um lado mostra a idade dela, o outro, o drinque que está bebendo. Se a idade legal para consumir álcool é vinte e um anos, qual ou quais cartas você precisa virar para descobrir se todos são maiores de idade?*

A resposta é tão óbvia que Adam nem se esforça para chegar a ela. Dessa vez ele acerta, junto com três quartos dos adultos típicos. Então ele lê a pegadinha. Os dois problemas são o mesmo. Gargalha alto, despertando os olhares dos frequentadores noturnos e grisalhos da biblioteca. As pessoas são idiotas. Há um enorme cartaz de NÃO ESTÁ FUNCIONANDO colado no órgão que é o orgulho da sua espécie.

Adam não consegue parar de ler. Repetidas vezes, o livro mostra que o suposto *Homo sapiens* falha até nos problemas mais simples de lógica. Mas eles são rápidos e muito bons em descobrir quem está fora e quem está dentro, quem está em alta e quem está em baixa, quem deve ser louvado e quem deve ser punido sem piedade. Capacidade de executar problemas simples de lógica? Fraca. Habilidade de se comportar como manada? Total, infinitamente brilhante. Novos cômodos se abrem no cérebro de Adam, prontos para serem mobiliados. Ele ergue os olhos do livro e vê que a biblioteca está fechando.

Em casa, passa a noite lendo. E continua na manhã seguinte, durante o café da manhã. Quase perde o ônibus. Não consegue entregar para seus clientes os deveres de casa daquele dia. É o primeiro golpe na sua reputação desde que montou a empresa de fraudes. Durante as três primeiras aulas, segura *O macaco dentro de nós* sob a mesa, instruindo-se às escondidas. Termina antes do almoço, depois começa tudo de novo.

O livro é tão elegante que Adam se repreende por não ter enxergado a verdade antes. Os seres humanos carregam comportamentos e preconceitos herdados, um legado estropiado que vem de estágios anteriores da evolução e que seguem suas próprias regras obsoletas. O que parecem escolhas erráticas e irracionais são, na verdade, estratégias criadas há muito tempo para resolver outros tipos de problemas. Estamos todos presos no corpo de espertalhões e alpinistas sociais moldados para sobreviver na savana policiando uns aos outros.

Durantes dias, o livro mantém Adam em um feliz estado de entorpecimento. Armado com os padrões que o livro revelou, ele se imagina realizando experimentos com todas as meninas da escola, uma gota de esmalte na parte de trás dos sapatos para que ele possa acompanhar suas idas e vindas. A melhor parte é o capítulo 12, "Influência". Se o tivesse lido no início do ensino médio, seria o presidente vitalício da escola. A mera ideia de que o comportamento humano — seu arqui-inimigo de toda a vida — possui padrões ocultos, mas reconhecíveis, e que esses padrões são tão bonitos quanto aquilo que ele testemunhou nos insetos, faz seu coração cantar. Não se sentia tão certo e leve desde que a irmã desapareceu.

Quando chega a hora de fazer as provas de admissão para a faculdade, ele tira de letra. Suas habilidades analíticas são melhores do que a de noventa por cento dos colegas. Na média geral do terceiro ano, no entanto, mal se agarra à posição duzentos e doze de um total de duzentos e sessenta e nove alunos. Nenhuma faculdade que se preze vai sequer considerá-lo.

Seu pai não dá muita bola. "Tenta uma faculdade comunitária por dois anos. Você limpa o seu histórico, depois recomeça."

Mas Adam não precisa limpar o histórico. Só precisa mostrá-lo para alguém que consiga ler nas entrelinhas. Em uma manhã de sábado, antes das férias de inverno, ele se senta à mesa de jantar para escrever uma carta. Tem a sensação de que está registrando observações nos seus cadernos de campo da infância. Pela janela, pode ver o que sobrou das árvores das crianças. Lembra-se de como um dia acreditou em uma ligação mágica entre as árvores e as crianças para as quais elas foram plantadas. Ele tinha mesmo se transformado em um ácer — familiar, franco, fácil de ser identificado, sempre pronto para sangrar açúcar, florescendo de cima para baixo nos primeiros dias ensolarados da primavera. Amava aquela árvore, a simplicidade dela.

Depois, as pessoas o transformaram em outra coisa. Ele leva a caneta ao topo da página e escreve:

Professor R. M. Rabinowski
Departamento de Psicologia
Fortuna College, Fortuna, Califórnia

Caro prof. Rabinowski,
Seu livro mudou a minha vida.

Ele cria uma narrativa de conversão completa: garoto rebelde salvo por um encontro ao acaso com o brilhantismo. Descreve como *O macaco dentro de nós* despertou algo nele, ainda que esse despertar, talvez, tenha chegado tarde demais. Conta como não levava a escola a sério até aquele livro cair no seu colo, e que agora talvez tenha que passar anos limpando o histórico escolar em uma faculdade comunitária até ter a chance de estudar psicologia em alguma instituição séria. Não importa, ele escreve. Ele deve muito ao professor e, como o próprio Rabinowski diz, na página 231: "A gentileza pode até esperar algo em troca, mas isso não a torna menos gentil". Talvez a gentileza inesperada ao longo de sua trajetória ainda possa encurtar o caminho à frente.

Do lado de fora, uma brisa sacode o ácer. Seus galhos repreendem Adam. Ficaria vermelho de vergonha, se não estivesse desesperado. Ele prossegue, empanturrando a carta com meia dúzia de técnicas retiradas do capítulo 12, "Influência". Suas palavras de agradecimentos contêm quatro dos seis principais ativadores que produzem padrões de ação em outra pessoa: reciprocidade, escassez, validação e apelo à responsabilidade. Ele esconde as súplicas constrangedoras sob outro truque que catou no capítulo 12:

> Se você quer que uma pessoa o ajude, convença-a de que ela já o ajudou sem ter dito nada. As pessoas farão qualquer coisa para proteger seu legado.

Seus pais se impressionam, mas Adam não fica totalmente chocado quando recebe em sua casa uma carta do autor de *O macaco dentro de nós*. O prof. Rabinowski escreve que o Fortuna College é uma faculdade pequena e alternativa para estudantes não convencionais que buscam uma abordagem intensa e questionadora. O processo de admissão não leva muito em conta o histórico escolar, mas procura outras evidências de uma motivação especial. E, ainda que não possa oferecer nenhuma garantia, o prof. Rabinowski promete que a candidatura de Adam será seriamente considerada. Adam só precisa escrever o melhor texto de apresentação que puder.

Preso à carta oficial, está um bilhete sem assinatura. Em um rabisco selvagem e assustador em tinta azul, alguém escreveu: "Nunca mais puxe meu saco assim".

Ray Brinkman e Dorothy Cazaly

Não é difícil encontrar: duas pessoas para as quais as árvores não significam quase nada. Duas pessoas que, mesmo na primavera de suas vidas, não sabem a diferença entre um carvalho e uma tília. Duas pessoas que nunca pararam para pensar em um bosque até que uma floresta inteira marchou quilômetros no palco de um teatrinho do centro de St. Paul, em 1974.

Ray Brinkman, advogado iniciante especializado em propriedade intelectual. Dorothy Cazaly, taquígrafa de uma empresa que não trabalha para o escritório dele. Ele não consegue parar de olhá-la enquanto ela transcreve depoimentos. A beleza silenciosa e fluida do seu balé manual o deixa desnorteado. Sonata *Appassionata*, rodopiando de seus dedos mímicos.

Ela o surpreende encarando-a, e o desafia, com uma olhada, a confessar. Ele o faz. É mais fácil do que morrer de admiração platônica aguda. Ela aceita sair com ele, se puder escolher o lugar. Ele assina o acordo, ignorando as cláusulas ocultas. Ela escolhe um teste de elenco de uma montagem amadora de *Macbeth*.

Por quê? Ela diz *por nada*. Uma brincadeira. Um capricho. Liberdade. Mas não há, claro, liberdade alguma. Há apenas profecias antigas que vasculham as sementes do tempo e dizem quais crescerão e quais não crescerão.

Em produção *amadora*, leia-se *aterrorizante*. A audição é como a caça a um monstro sem lanterna. Nenhum dos dois participou de uma peça desde o ensino médio. Mas eles aparafusam sua coragem até o ponto máximo, e acabam extraindo dessa noite uma diversão sombriamente nervosa e masoquista.

"Uau", ele diz, conduzindo-a para a saída. "O que é que foi *isso*?"

"Eu sempre quis fingir que era capaz de atuar. Só precisava de um cúmplice."

"Então o que a gente faz como encore?"

"Você escolhe."

"Que tal alguma coisa menos estressante da próxima vez?"

"Você já subiu num penhasco para pular na água?"

Acontece o seguinte: os dois são escolhidos. *É claro* que são escolhidos. Já tinham sido antes de tentarem. É assim que os mitos funcionam. Macduff e Lady Macbeth.

Em pânico, Ray liga para Dorothy. Como se estivesse brincando com a espingarda do pai e subitamente ela disparasse. "A gente não precisa aceitar os papeis, né?"

"É um teatro *comunitário*. Acho que eles estão contando com você."

Nessa primeira semana juntos, ela já passa a conhecer as piores reações dele. Um senso de responsabilidade quase penal, nesse homem. Patologicamente responsável pelas esperanças e expectativas de sua espécie. E a moça, tão imprudente que nem dez dele dariam conta. Ela praticamente diz: sem *Macbeth*, sem mais encontros. Eles aceitam os papéis.

Dorothy tem o dom. Mas, quanto a Ray: até a diretora de elenco, na noite da primeira leitura, acha que pode ter cometido um erro terrível. Dorothy observa o homem, impressionada. O melhor ator ruim que ela já viu. Ele apenas diz suas falas, com um rancor frouxo e uma ingenuidade surpreendente, como se estivesse defendendo a própria existência diante do Clube de Debate do Fim dos Tempos.

Ela irrompe na biblioteca pública em busca de todos os livros sobre métodos de atuação e sobre como entrar no personagem. Ele recorre ao estoicismo. "Se eu decorar todas as falas, já vai ser alguma coisa."

Duas semanas depois, ele se tornou quase competente. Passadas três semanas, algo a mais começa a acontecer.

"Não é justo", ela diz. "Você anda ensaiando?"

Ele anda sim, de maneiras que só agora percebe. Nunca tinha se dado conta, mas a própria lei é um teatro, mesmo antes de você levar alguém ao tribunal. Ray tem um talento: interpretar a si mesmo com uma intensidade assombrosa. Isso vai fazer com que ele se torne, nos próximos anos, um advogado altamente bem-sucedido de direitos autorais e patentes. Agora, esse talento simples deixa seu Macduff estranhamente hipnótico. Ao ficar parado em um estado de seriedade impassível, ele parece alcançar a vontade planetária.

O principal superpoder de Dorothy, em vigor desde a infância, é sua capacidade de ler todos os músculos ao redor da boca e dos olhos de alguém e então dizer com perfeita exatidão se a pessoa está mentindo. Isso não ajuda em nada sua taquigrafia ou sua Lady Macbeth. Mas faz com que ela queira testar os limites da ingenuidade daquele homem. Após três noites de ensaio semanais durante cinco semanas, ela tem uma certeza: Ray Brinkman realmente abandonaria sua esposa e filhos à própria sorte, em um castelo no meio do nada, apenas para salvar seu país esquecido por Deus.

A adaptação é a cara dos anos setenta. Bem Watergate. A entrada é gratuita, e o investimento da comunidade é recompensado. Por três noites seguidas, Lady Macbeth degringola em uma ruína espetacular. Por três noites seguidas, Macduff e seus homens, vestidos de árvores, ajudam a floresta a migrar de Birnam Wood até Dunsinane. As árvores realmente atravessam o palco. Carvalho, corações de carvalho, exércitos e marinhas de carvalho, pilares e vergas da casa da história. Os homens seguram galhos enormes e, enquanto o imprudente Macbeth declara estar a salvo graças à profecia, seus inimigos dançam tão lentamente pelas tábuas que parecem nem se mover. E, a cada noite, Ray tem uma eternidade para pensar: *algo está acontecendo comigo. Algo que eu não entendo e que vem de longe, pesado, enorme e lento.*

Ele não faz ideia. A coisa que vem até ele é um gênero de mais de seiscentas espécies. Familiar, camaleônico, montando acampamento desde os trópicos até o Norte temperado: o emblema generalista de todas as árvores. Largo, viscoso, enrugado, mas sólido na terra e coberto por outros seres vivos. Trezentos anos crescendo, trezentos anos aguentando, trezentos anos morrendo. Carvalho.

Os carvalhos o nomearam representante temporário em sua luta contra o monstro humano. O bom Macduff se esconde atrás de seus galhos cortados (*Muitos seres vivos foram feridos na produção deste espetáculo*), torcendo para se lembrar de suas próximas falas, rezando para que derrote de novo o usurpador, e maravilhado com as formas estranhas, irregulares e lobadas que brotam de sua camuflagem, como as letras de um alfabeto de algum lugar no espaço sideral, cada glifo traçado por algo que para todo mundo parece deliberado. Não consegue ler o texto do seu cartaz. Foi escrito por uma coisa com quinhentos milhões de pontas de raiz. Diz: Carvalho *e* porta *vêm da mesma palavra antiga.*

Depois da festa de encerramento, Ray e Dorothy acabam na cama. O teatro e os caprichos de Dorothy deixaram os dois sob uma nuvem de opressão por todo esse tempo. E, finalmente, um pulo do penhasco para ele. Está escuro o suficiente para silenciar suas piores sirenes e alarmes internos. Mas, a quinze centímetros do rosto mal iluminado dele, ela ainda consegue distinguir os menores músculos em volta dos olhos de Ray.

"O que você acha dos seus pais? Você já teve pensamentos racistas? Já roubou coisas de uma loja?"

"Eu tô num julgamento? Por que você tá me torturando?"

"Por nada." O rosto dela se contorce como um feijão saltitante mexicano.

Ele deita de barriga para cima e olha para o teto. "Nunca estive no palco desse jeito. Faz a gente sentir que está falando com os deuses."

"Não é exatamente isso?"

E então: "Você acha que a gente tá indo a algum lugar?".

Ela se apoia no cotovelo para olhar para ele. "Nós? Quer dizer, tipo, a humanidade?"

"Claro. Mas eu e você primeiro. E aí todo mundo."

"Eu não sei. Como é que eu vou saber?"

Ele percebe a raiva dela, e acha que entende. A mão dele tateia o lençol, procurando a dela. "Tenho a sensação de que era pra isso acontecer."

"*Isso?*" A impiedosa Lady M., zombando. "Tipo destino?"

Parece que ele está de novo congelado e flutuando pelo palco em *time-lapse*, disfarçado de floresta Birnam. "Eu tenho um bom salário. Vou quitar meus empréstimos nos próximos cinco anos. E virar sócio do escritório num piscar de olhos."

Ela aperta os olhos até eles se fecharem. Em alguns anos, as bombas vão cair, a Terra será dizimada, e os únicos humanos que irão sobrar vão fugir do planeta em foguetes para lugar nenhum.

"Você não precisaria trabalhar, se não quiser."

Ela se senta. A mão dela pressiona o esterno dele, prendendo-o. "Espera aí. Ah, meu Deus. Você tá me pedindo em *casamento*?"

Ele inclina a cabeça e a desafia. Coração de carvalho.

"Isso porque a gente transou? *Uma vez?*" Ela não precisa usar seu talento especial para ver como a brincadeira o machuca. "Pera aí. Eu sou sua *primeira*?"

Ele fica imóvel, congelado no meio do palco. "Talvez você devesse ter me perguntado isso duas horas atrás."

"Olha. Digo... casamento?" A mera palavra na boca dela se torna barroca e alienígena. "Não posso casar. Eu tenho que... Não sei! Fazer um mochilão na América do Sul por dois anos. Mudar para o Village e usar drogas. Me envolver com um piloto de ultraleve que trabalha em segredo pra CIA."

"Eu tenho uma mochila. Existem advogados de patentes em Nova York. Não tenho certeza sobre a parte do piloto."

Ela está cercada, rindo e balançando a cabeça. "Você tá *brincando*. Você *não* tá brincando. Que se foda." Ela se joga nos travesseiros. "Que se foda, sabe. Me convence, Macduff!"

Eles se entregam novamente. Dessa vez é irrevogável. Na quietude subsequente, ela sente o suor na têmpora dele. "Aconteceu alguma coisa?"

"Nada."

"Eu não te deixo morrendo de medo?"

"Não."

"Você tá mentindo. Pela primeira vez."

"Talvez."

"Mas você me ama."

"Talvez."

"'Talvez?' Que diabos isso quer dizer?"

Algo enorme, pesado, lento, vindo de longe e completamente desconhecido, começa a dizer a ele o que aquilo pode significar. Então ele passa a mostrar a ela.

A previsão de Ray estava certa. Ele leva cinco anos para pagar suas dívidas. Torna-se sócio no escritório logo depois disso. É brilhante no que faz: enquadrar ladrões de propriedade intelectual e fazer com que desistam ou paguem. Sua convicção é hipnótica, assim como o compromisso com a justiça e a estabilidade. *Você está lucrando com algo que pertence a outra pessoa. O mundo não funciona assim.* Quase sempre, o outro lado aceita um acordo fora dos tribunais.

Quanto à previsão de Dorothy, ela não está exatamente errada. As bombas estão realmente caindo. Mas bombas de tamanho médio, por todo o planeta, pequenas o bastante para que ninguém precise deixar a Terra, por enquanto. Ela, por exemplo, mantém o emprego, transcrevendo o mais rápido que pode as palavras de pessoas sob juramento. O segredo é não se importar com o significado das palavras. Prestar atenção acaba com a velocidade.

Seis anos se passam como se fossem uma única estação. Eles se separam. Eles voltam a namorar ao interpretar o casal de protagonistas de *Do mundo nada se leva* em uma montagem do Teatro Comunitário Alter Ego. Mais uma vez, ela congela de medo. Eles se reconciliam novamente, depois de caminharem vinte e dois dias juntos pelos oitocentos quilômetros da Trilha dos Apalaches. E depois de novo, por gestos, enquanto saltam de paraquedas.

A duração média é de cinco meses. A quarta vez que ela termina o relacionamento é tão traumática que ela precisa se demitir e desaparecer por semanas. Os amigos dela não contam nada para Ray. Ele implora por notícias, um número de telefone, qualquer coisa. Escreve longas cartas, que eles declaram não poder entregar. Então um bilhete dela, sem crueldade ou pedido de desculpas. Não quer dizer onde está. Dorothy simplesmente expõe sua claustrofobia paralisante, o pânico mortal que sente com a ideia de assinar um documento que cria um vínculo jurídico e determina o comportamento e a conduta do resto da sua vida.

Eu quero estar com você. Você sabe disso. É por isso que fico dizendo sim. Mas um compromisso legal? Direitos e propriedade? Ah, Ray, se ao menos você fosse um médico desacreditado ou um empresário falido. Um agente imobiliário vigarista. Tudo, menos um advogado de patentes.

Ele escreve para o endereço do remetente — uma caixa postal em Eau Claire. Diz que a escravidão é proibida no mundo todo. Ela nunca vai ser propriedade de ninguém. Ele não vai mudar de carreira por causa dela; direito autoral e de patentes é tudo o que ele sabe. É um trabalho necessário, o motor da riqueza do mundo, e ele é bom nisso. Talvez mais do que bom. Mas, se precisa escolher entre desistir da ideia de casamento ou desistir de atuar em outra produção teatral amadora, bem, sem contestações.

Apenas volte, e vamos viver juntos em pecado com dois carros separados, duas contas bancárias separadas, duas casas separadas, dois testamentos separados.

Pouco depois de ele enviar a carta, ela aparece tarde da noite na porta do seu bangalô, segurando duas passagens para Roma. Isso gera algumas perguntas no escritório, mas ele viaja com ela em uma não lua de mel dois dias depois. Na terceira noite na Cidade Eterna, com o prosecco correndo solto e todas as lindas luzes, e as antiguidades em ruínas, e a maldita música de rua, e as tílias com suas copas gloriosas e luzes brancas amarradas nos galhos encantadores, ela pergunta — "e então, hein, Ray?" — se ele vai ser sua propriedade legalmente adquirida, vinculada a ela para sempre de acordo com um contrato. Acabam jogando moedas sobre o ombro esquerdo na Fontana di Trevi. Não é uma ideia original, eles provavelmente devem royalties a alguém.

Voltam para St. Paul a tempo para a Octoberfest. Juram um ao outro nunca contar a ninguém e negar tudo. Mas os amigos percebem no momento em que o casal sai junto sorrindo em público. O que aconteceu com vocês em Roma? *Nada de mais.* Ninguém precisa de nenhum superpoder que envolva interpretar os músculos faciais para saber que eles estão mentindo descaradamente. Vocês foram presos ou algo assim? Vocês casaram? Casaram, é isso? Vocês estão *casados*!

E isso não faz a mínima diferença. Dorothy volta a morar com ele. Ela insiste em uma contabilidade minuciosa, dividindo exatamente na metade todas as despesas compartilhadas. Mas alguma coisa no fundo do seu cérebro pensa, quando ela passa pela adorável biblioteca dele, pela sala de jantar, pelo solário: *Quando acontecer, quando for a hora de procriar, quando eu ficar toda esquisita e com calorões, pronta para propagar, então tudo isso aqui vai ser dos* meus bebês*!*

No primeiro aniversário de casamento, ele escreve a ela uma carta. Dedica algum tempo a isso. Não conseguiria pronunciar as palavras, então as deixa na mesa do café da manhã e vai trabalhar.

> *Você me deu uma coisa que eu nunca poderia ter imaginado antes de te conhecer. Era como se eu tivesse em mim a palavra "livro", e de repente você colocasse um em minhas mãos. Eu sabia o que era a palavra "jogo", e você me ensinou a jogar. Eu sabia o que era a palavra "vida", e você apareceu e disse "Ah! É isso* aqui *o que você quer dizer".*

Ele diz que, no aniversário de casamento deles, não há nada no mundo que ele possa dar a ela para agradecer o que ela lhe deu. Nada, a não ser uma coisa que cresce. *Aqui está a minha proposta*. Ele não sabe de onde tirou aquela ideia. Esqueceu as lentas e pesadas profecias externas que caíram sobre ele na sua primeira peça de teatro amador, quando teve que interpretar um homem que tinha que interpretar uma árvore.

Dorothy lê as palavras dele enquanto se dirige ao tribunal para uma tarde de transcrição de audiências.

Todos os anos, o mais próximo possível desse dia, iremos até a floricultura procurar algo para o quintal. Eu não sei nada sobre plantas. Não sei os nomes ou como cuidar delas. Não sei nem como diferenciar uma maçaroca verde da outra. Mas posso aprender, como tive que reaprender tudo — eu mesmo, o que gosto e o que não gosto, a largura, a altura e a profundidade de onde eu moro — de novo, ao seu lado.

Nem tudo o que plantarmos vai vingar. Nem todas as plantas prosperarão. Mas juntos podemos assistir às que prosperarem tomarem conta do nosso jardim.

Enquanto lê, seus olhos se enchem de lágrimas e ela sobe no meio-fio e bate o carro em uma tília larga o suficiente para destruir sua grade dianteira.

A tília, ao que parece, é uma árvore radical, tão diferente de um carvalho como uma mulher e um homem. É a árvore da abelha, a árvore da paz, dos tônicos e chás que podem curar todo tipo de tensão e ansiedade — uma árvore que não pode ser confundida com nenhuma outra, pois é a única em todo o catálogo de cem mil espécies terrenas em que as flores e os minúsculos frutos pendem de brácteas que parecem pranchas de surfe, cujo único propósito perverso parece ser o de declarar sua própria singularidade. As tílias virão atrás dela, começando com essa emboscada. Mas a adoção completa levará anos.

Ela precisa de onze pontos para fechar o corte logo acima do olho direito, onde o volante entrou com tudo. Ray corre do escritório para o hospital. Em pânico, ele esmaga o para-choque traseiro do BMW de um médico na garagem do hospital. Chora enquanto o conduzem para a ala de cirurgia. Ela está sentada numa cadeira com ataduras enroladas na cabeça, tentando ler coisas. Tudo parece dobrado. A marca na embalagem da gaze parece para ela como *Johnson & Johnson & Johnson & Johnson.*

Os olhos dela se iluminam para vê-lo — ver os dois. "Ray-Ray! Querido! O que foi?" Ele corre na direção dela, e ela recua, confusa. Então ela entende. "Calma. Tá tudo bem. Eu não vou a lugar nenhum. Vamos plantar alguma coisa."

Douglas Pavlicek

Os policiais aparecem diante do minúsculo apartamento de Douglas Pavlicek, na parte leste de Palo Alto, logo antes do café da manhã. A polícia de verdade: um toque interessante. O que poderíamos chamar de realismo. Eles o acusam de assalto à mão armada e leem os seus direitos. Violação dos artigos 211 e 459 do Código Penal. Ele não consegue evitar um sorrisinho enquanto é revistado e algemado.

"Você tá achando isso divertido?"

"Não. Não, claro que não!" Bom, talvez um pouco.

Fica menos divertido quando os vizinhos aparecem de pijama nas varandas para observar os policiais levando Douggie até a viatura. Ele sorri — *Não é o que vocês estão pensando* —, mas o efeito é atenuado pelas suas mãos algemadas nas costas.

Um dos agentes o joga no banco de trás. As portas traseiras não têm maçanetas. Os policiais anunciam sua prisão pelo rádio. Algo bem *Naked City*, embora esse agosto perfeito na região central da península, e a ideia de que estão lhe pagando quinze dólares por dia, fazem a trilha sonora parecer mais animada. Ele tem dezenove anos, ficou órfão há dois, foi recentemente demitido de seu trabalho de estoquista de supermercado, e agora vive do seguro de vida dos pais. É bastante dinheiro, quinze dólares por dia durante duas semanas fazendo nada.

Na delegacia de polícia — a delegacia *de verdade* —, tiram suas digitais, raspam sua cabeça, colocam uma venda em seus olhos. Depois o jogam dentro do carro e o levam embora. Quando tiram a venda, ele está na prisão. Escritório do diretor, escritório do superintendente, várias celas. Correntes nas pernas. Tudo muito bem pensado, convincente. Não tem ideia de onde está, na vida real. Algum prédio de escritórios. As pessoas que comandam o espetáculo estão improvisando, do mesmo jeito que ele.

Todos os guardas e a maioria dos prisioneiros já estão ali. Douggie se torna o detento 571. Os guardas são apenas Senhor, com cassetete e apito, uniforme e óculos escuros. Para voluntários trabalhando por hora, parecem um pouco empolgados demais com os cassetetes. Entrando em seus papéis, agradando os coordenadores do experimento. Tiram a roupa de Doug e colocam um avental nele. Querem ferir seu orgulho, mas isso é fácil de evitar, porque Douglas não tem orgulho nenhum. Uma "contagem" — chamada e ritual de humilhação — ocorre diversas vezes nessa noite. Sanduíche de carne moída no jantar. É melhor do que as coisas que ele vinha comendo.

Perto da hora de apagar a luz, o detento 1037 fica um pouco truculento por causa do teatro exagerado. Leva uma surra dos guardas. Já está claro: há os bons guardas, os guardas durões e os guardas malucos. Todos pegam mais leve quando outras pessoas estão presentes.

Assim que Douggie — 571 — consegue pegar no sono, ele é arrancado da cama para outra contagem desnecessária. São duas e meia da manhã. É quando as coisas começam a ficar estranhas. Ele se dá conta de que o experimento não é sobre o que eles afirmam que é. Percebe que estão testando algo muito mais assustador. Mas ele só precisa sobreviver por catorze dias. Um corpo pode aguentar duas semanas de qualquer coisa.

No segundo dia, uma desavença a respeito de dignidade sai do controle na cela n. 1. Começa com empurrões e vai piorando.

Alguns prisioneiros — 8612, 5704 e outros dois ou três — fazem uma barricada colocando as camas de lado contra a porta. Os guardas pedem reforços para o turno da noite. Jovens machos se empurram e se engalfinham sobre as camas. Alguém começa a gritar: "É uma simulação, caralho. É a porra de uma simulação!".

Ou talvez não. Os guardas acabam com a revolta com extintores de incêndio, acorrentam os líderes e os jogam no buraco. Solitária. Nada de jantar para os rebeldes. Comer, como dizem os guardas para seus prisioneiros, é um privilégio. Douggie come. Ele sabe o que é a fome. O número 571 não vai aceitar passar fome por causa de um teatrinho amador. Os outros podem entrar nessa loucura, se é assim que eles querem passar o tempo. Mas ninguém vai impedi-lo de comer a sua refeição.

Os guardas arranjam uma cela privilegiada. Se um prisioneiro quer contar o que sabe sobre a rebelião, pode ir para um beliche em um lugar mais luxuoso. Os que cooperam podem fazer a higiene, escovar os dentes e até se deliciar com uma refeição especial. O detento 571 não precisa de privilégio algum. Vai cuidar de si mesmo, mas não é um dedo-duro. Na verdade, nenhum prisioneiro aceita a oferta da cela privilegiada. Num primeiro momento.

Os guardas começam a fazer revistas de rotina. Fumar se torna um privilégio especial. Ir ao banheiro se torna um privilégio. Pelos dois dias seguintes, ou segura ou usa o balde de merda. Há tarefas exaustivas que duram horas e são totalmente inúteis. Contagens na madrugada. Limpeza do balde dos outros. Qualquer um flagrado sorrindo precisa cantar "Amazing Grace" de braços abertos. O detento 571 é obrigado a fazer centenas de flexões para cada pequena acusação forjada.

O guarda que todos os prisioneiros chamam de John Wayne diz: "E se eu falar pra você trepar com o chão? Você vai ser o

Frankenstein, 571. Você, 3401, você vai ser a noiva do Frankenstein. Vamos lá, podem se beijar, seus vagabundos".

Ninguém — nem os guardas, nem os prisioneiros — sai do personagem. É insano. Essas pessoas são perigosas, até o 571 percebe isso. Totalmente descontrolados, todos eles. E eles o estão deixando doente junto. Começa a duvidar que pode aguentar duas semanas. Ler anúncios de emprego sob a luz fraca do seu minúsculo apartamento agora lhe parece um grande luxo.

Um pequeno incidente na contagem, e o detento 8612 perde a cabeça. "Liguem pros meus pais. Quero sair daqui!" Mas ele não pode. Precisa ficar duas semanas, como todos os outros. Começa a delirar. "Isso aqui é uma prisão mesmo. Somos prisioneiros de verdade."

Todos veem o que o 8612 está fazendo: fingindo loucura. O filho da puta quer fugir do jogo e deixar os outros limpando merda até o fim de sabe-se lá quantos dias. Então o fingimento torna-se real.

"Jesus, eu tô queimando! Eu tô *fodido* por dentro. Quero sair! Agora!"

Doug viu uma vez um cara enlouquecer, na época do ensino médio, em Twin Falls. Aquele ali é o número dois. Apenas assistindo a seu próprio cérebro derreter.

Levam o 8612 embora. O diretor não diz para onde. O experimento precisa continuar intacto. O experimento precisa se estender. Não há nada que o 571 deseje mais do que sair dali. Mas ele não pode fazer isso com os outros. Seus companheiros de prisão vão odiá-lo para sempre, como ele odeia agora o 8612. É mesmo maluco — o sintoma de um pequeno orgulho que ele não achava que tinha —, mas ele quer manter intacta a reputação do 571. Não quer que um psicólogo acadêmico, espiando e gravando através de um espelho bidirecional, diga: *Ah, esse aqui. A gente também conseguiu fazer ele surtar.*

Um capelão aparece para uma visita, um padre católico de presídio. Um de verdade, do mundo externo. Todos os prisioneiros são obrigados a vê-lo na cela de consulta. "Como você se chama?"

"Cinco sete um."

"Por que você está aqui?"

"Disseram que eu cometi um assalto à mão armada."

"O que você está fazendo para garantir sua libertação?"

A pergunta faz um calafrio percorrer a espinha do 571 e se instalar nas suas entranhas. Ele deveria estar fazendo alguma coisa? E se não fizer? E se não descobrir o que precisa fazer? Será que podem deixá-lo nesse inferno para além do prazo combinado?

O dia seguinte é um dia problemático para todos os prisioneiros. O sofrimento deles diverte os guardas. Eles fazem os prisioneiros escreverem cartas para a família, mas são eles que ditam as palavras. *Querida mãe. Eu estraguei tudo. Fui uma pessoa ruim.* Um dos guardas destrata o 819 chamando-o de infeliz, e o sujeito não aguenta. As autoridades já estavam de olho nele desde a barricada, e agora o jogam na solitária. Seus soluços atravessam a prisão. O resto dos detentos é chamado no corredor para a contagem. Os guardas os fazem cantar: *O detento 819 não se comportou. Por isso meu balde de merda não vai ser esvaziado esta noite. O detento 819 não se comportou. Por isso meu balde...*

Um novo detento, o 416 — substituto do 8612 —, organiza uma greve de fome. Uns poucos prisioneiros se juntam a ele, mas outros o acusam de jogar merda no ventilador. Quando há confusão, todos sofrem. O 571 se recusa a escolher um lado. Ele não é um cara engajado, mas tampouco é um *Kapo*. Tudo está desmoronando. Os prisioneiros estão se voltando uns contra os outros. Ele não pode se dar ao luxo de se envolver naquilo. Diz para todo mundo que quer ficar neutro. Mas não existe neutralidade.

John Wayne ameaça o 416. "Come essa porra de salsicha, garoto, ou você vai se arrepender." O 416 joga a salsicha no chão, que então rola pela sujeira. Antes que as pessoas entendam o que está acontecendo, ele é jogado na solitária, com a salsicha suja na mão. "Vai ficar aí até comer essa salsicha."

Há um anúncio oficial: se algum prisioneiro quiser abrir mão do seu cobertor por uma noite, o 416 vai ser liberado. Se ninguém fizer isso, o 416 vai passar a noite na solitária. O 571 fica deitado na cama, enrolado no cobertor, pensando: *Isso não é a vida. É só a porra de uma simulação.* Talvez devesse lutar contra os pesquisadores, ferrar com suas expectativas, se transformar em um super-homem sagrado. Mas, porra: os outros não fazem nada. Estão todos esperando que *ele* passe frio de noite. Odeia decepcioná-los, mas não foi ele quem mandou o 416 fazer aquela proeza idiota. Poderiam ter simplesmente passado duas semanas de tédio e tudo estaria bem.

Ele fica aquecido a noite toda, mas não dorme. Não consegue desligar os pensamentos. Ele se pergunta: E se tudo isso fosse de verdade? Se fosse preso por dois anos, ou dez, ou duzentos? Preso por dezoito anos por homicídio culposo, como aquele professor bêbado de ensino fundamental em Townsend que colidiu com o AMC Gremlin dos pais dele quando eles voltavam de uma festa? Jogado atrás das grades, como os milhões de invisíveis sobre os quais ele nunca pensou antes, espalhados por todo o país? Ele não seria nada. Não seria sequer o 571. As autoridades de verdade poderiam transformá-lo em qualquer coisa.

Na manhã seguinte, há uma reunião apressada. O diretor e o superintendente são convocados pelos poderes superiores. Um cientista sabichão em uma posição de autoridade finalmente acorda e se dá conta de que não é possível fazer aquilo. O experimento é pavorosamente criminoso. Todos os prisioneiros devem ser soltos, libertados mais cedo que o previsto, despertos daquele pesadelo que durou apenas seis dias.

Seis dias. Não parece possível. O 571 mal se lembra de quem ele era uma semana atrás.

Os pesquisadores conversam com cada um dos participantes antes de soltá-los de novo no mundo. Mas as vítimas estão tensas demais para qualquer reflexão. Os guardas se defendem e os prisioneiros estão doidos de raiva. Douggie também — *Douglas Pavlicek* — aponta o dedo para o ar. "As pessoas encarregadas disso — os supostos psicólogos — deveriam ser presas por violações éticas." Mas ele não entregou seu cobertor. Vai ser agora, e para sempre, o cara que não tomou partido e não abriu mão do cobertor, mesmo em um mero experimento de duas semanas.

Sai da masmorra para o ar belo e brilhante da península. Uma brisa doce que recende a jasmim e pinheiro-manso entra pela camisa e arrepia seus pelos. Agora sabe onde está: no prédio da psicologia, no campus do barão pilantra. Stanford. Terra de conhecimento, dinheiro e poder, com infinitos corredores de palmeiras e intimidadoras arcadas de pedra. O mosteiro dos ricaços onde ele sempre teve medo de ir, mesmo só de passagem, por receio de que alguém o considerasse um impostor e o prendesse.

Dão a ele um cheque de noventa pratas e o levam de volta para o apartamentinho na zona leste de Palo Alto. Ele se esconde no seu bunker privado, comendo salgadinho ensopado em cerveja e assistindo a uma minúscula TV preto e branco com chifres de papel alumínio amassados fazendo as vezes de antena. É ali, três semanas depois, que ele vê os cento e poucos helicópteros americanos perdidos em uma operação fracassada no Laos. Ele sequer sabia que os Estados Unidos estavam no *Laos*. Coloca a lata de cerveja na mesinha de madeira e tem a nítida impressão de que está deixando uma mancha circular no caixão de pinho de alguém.

Levanta-se um pouco tonto, sentindo-se como naquela noite em que o 416 dormiu na solitária. Passa os dedos pelos cachos abundantes que vão abandonar seu crânio prematuramente e em massa. Alguma coisa está claramente errada no status quo, e isso o inclui. Não quer viver em um mundo onde algumas pessoas de vinte anos morrem para que outras pessoas de vinte anos possam estudar psicologia e escrever sobre experimentos fodidos. Tem plena consciência de que a guerra está perdida. Mas isso não muda nada. Na manhã seguinte, está na frente do centro de recrutamento, na Broadway, quando eles abrem as portas. Finalmente, um trabalho estável e honesto.

O sargento Douglas Pavlicek voa mais de duzentas missões em um avião cargueiro nos anos seguintes ao seu alistamento. Mestre de cargas em um C-130, distribui dentro dos aviões toneladas de materiais para barreiras e explosivos de classe I. Descarrega o equipamento militar sob ataques de morteiros tão espessos que espumam o ar. Enche voos de ida com caminhões militares, veículos blindados e paletes cheios de comida enlatada, e carrega voos de volta com sacos de cadáveres. Qualquer um que preste atenção sabe que a causa fracassou há muito tempo. Mas, na economia psíquica de Douglas Pavlicek, prestar atenção não é nem de longe tão importante quanto se manter ocupado. Desde que tenha trabalho para preencher as horas, e que seus colegas de tripulação mantenham o rádio tocando R&B, não lhe interessa quanto tempo vai levar para eles perderem essa guerra sem sentido.

Seu hábito de apagar de desidratação faz com que os outros o chamem de Desmaio. Ele costuma esquecer de beber água, ou ao menos durante o dia. Depois do pôr do sol, engatinhando pela estrada Jomsurang em Khorat ou nos labirintos de sexo de Patpong e Petchburi em Bangkok, a Cidade dos Anjos, os rios de Mekhong e os barris cheios de Singha correm soltos. A birita o deixa mais engraçado, mais sincero, menos babaca, mais capaz de manter intermináveis conversas filosóficas sobre o destino da vida com motoristas de riquixá.

"Você indo pra casa agora?"

"Ainda não, meu amigo. A guerra não terminou!"

"Guerra terminou."

"Pra mim não terminou. O último a sair ainda precisa apagar as luzes."

"Todos diz guerra terminou. Nixon. Kissinger."

"Filho da puta do Kissinger, cara. Nobel da Paz o meu cu!"

"Sim. Foda-se Le Duc Tho. Todos pra casa agora."

Douggie não sabe mais exatamente onde isso fica.

Quando não está trabalhando, fica chapado com erva tailandesa e passa horas sentado tocando riffs no baixo acompanhando canções do Rare Earth e do Three Dog Night. Ou vai rondar os templos em ruínas — Ayutthaya, Phimai. Há algo nas estupas destruídas que o tranquilizam. As torres desabadas engolidas pelas tecas e as galerias arruinadas deixadas para virar migalhas. Em pouco tempo, a selva vai tomar Bangkok. Um dia, Los Angeles. E tudo bem. Não é culpa dele. Apenas história.

As bases monstruosas com suas frotas de bombardeiros pesados estão fechando, e os milhares de pequenos empreendimentos parasitas de uma economia viciada tornam-se violentos. A Tailândia inteira sabe o que está por vir. Foram forçados a fazer um pacto com o Diabo Branco, e agora parece que apoiaram o lado errado. Ainda assim, os tailandeses que Douglas encontra não oferecem aos responsáveis por sua destruição nada além de bondade. Está pensando em ficar ali depois que seu tempo de serviço e a guerra sem fim acabarem. Estava ali no tempo bom, precisa ficar e retribuir no tempo ruim que se aproxima. Já sabe uma centena de palavras em tailandês. *Dâai. Nít nói. Dee mâak!* Mas, por enquanto, é o mais temporário dos militares temporários, parte da tripulação do mais confiável veículo de transporte já construído. É um emprego estável, ou pelo menos por mais alguns meses.

Ele e seus colegas de tripulação preparam o *Herky Bird* para mais uma das viagens diárias ao Camboja. Estão reabastecendo Pochentong há semanas. Agora o reabastecimento está se transformando em evacuação. Ainda um mês, talvez dois. Certamente não mais do que isso. Os vietcongues estão invadindo tudo, como as chuvas de verão. Ele se afivela no assento e logo estão voando, como sempre, sobre o mundo ainda viçoso e brilhante, com seus retalhos dos terraços de arroz e a selva que os circunda. Quatro anos atrás, o percurso era ainda verde ao longo dos rios que desembocam no mar da China Meridional. Então vieram as chuvas devastadoras de herbicidas arco-íris, os doze milhões de galões daquele hormônio vegetal modificado, o agente laranja.

Alguns minutos na terra do Khmer Vermelho, e eles são atingidos. Impossível, todos os instrumentos mostravam o caminho livre até Phnom Penh. O fogo antiaéreo rasga a cabine e o compartimento de carga. Estilhaços acertam o olho de Forman, o técnico de voo. O fragmento de um projétil abre o flanco de Neilson, o navegador, e algo quente, úmido e errado começa a sair de dentro dele.

Toda a tripulação permanece estranhamente calma. Há tempos formam fila para ver esse filme de terror em seus sonhos, e aqui está ele, finalmente. A incredulidade os mantém eficientes. Eles atendem os feridos e inspecionam os danos. Uma fumaça escura, fina e gordurosa escorre de dois motores, ambos a estibordo, o que não é um bom sinal. Em um instante, os fios de fumaça viram colunas. Straub faz a aeronave dar uma guinada extrema de volta para a Tailândia e para a salvação. Pouco mais de duzentos quilômetros. Um Hercules pode voar com um único motor.

Então eles começam a cair, como um pato voltando para um lago. Fumaça sobe da parte de trás do compartimento de carga. A palavra sai da boca de Pavlicek antes que ele saiba o que ela significa: *Fogo!* Em um avião lotado até o casco com combustível e munição. Ele se esforça para abrir caminho e se arrasta na direção das chamas. Precisa tirar os paletes do compartimento de carga antes que peguem fogo. Levine, Bragg e ele lutam para soltar as amarras. Um duto de ar sangrando, rompido na explosão, libera um jorro de vapor ardente nele. O calor escalda o lado esquerdo de seu rosto. Ele não sente nada. Por enquanto.

Conseguem descartar toda a carga. Um dos paletes explode quando está saindo do avião. A merda detona enquanto despenca no ar. Então Pavlicek, ele também, flutua na direção da terra, como uma semente alada.

Alguns quilômetros abaixo e três séculos antes, uma vespa coberta de pólen rastejou para dentro de um figo verde e colocou ovos por todo o involuto jardim de flores escondido lá dentro. Cada uma das setecentas e cinquenta espécies de *Ficus* tem uma vespa específica feita sob medida para fertilizá-la. E aquela vespa, de alguma forma, encontrou a espécie que lhe era destinada. A fundadora pôs os ovos e morreu. O fruto que ela fertilizou tornou-se seu túmulo.

Quando eclodiram, as larvas parasitas se alimentaram do interior dessa inflorescência. Mas pararam antes de devastar totalmente a coisa que os dava alimento. Os machos acasalaram com as irmãs e então morreram dentro de sua prisão macia. As fêmeas emergiram do figo e voaram cobertas de pólen, levando aquele jogo interminável para outro lugar. O figo que deixaram para trás gerou uma semente vermelha menor do que a sarda da ponta do nariz de Douglas Pavlicek. O figo foi comido por um bulbul. A semente passou pelo intestino do pássaro e caiu do céu em um monte de merda fresca que pousou no galho de outra árvore, onde o sol e a chuva alimentaram a muda que nasceu e resistiu aos milhões de caminhos da morte. Ela cresceu. Suas raízes escorregaram e envolveram a hospedeira. Décadas se passaram. Séculos. Guerras no lombo de elefantes deram lugar a bombas de hidrogênio e pousos televisionados na Lua.

O tronco da figueira produzia galhos, e os galhos produziam suas folhas acuminadas. Cotovelos surgiram a partir dos membros maiores, que então se curvaram na direção da terra e se transformaram em novos troncos sólidos. Com o tempo, o caule central único tornou-se um suporte. A figueira se espalhou como um bosque oval de trezentos troncos principais e dois mil secundários. E, no entanto, ainda era uma única figueira. Uma figueira-de-bengala.

O mestre de carga Pavlicek vai caindo de barriga pelo impecável céu azul. O zumbido que acompanha a queda o deixa perplexo. O desastre flutua muito acima, entre as nuvens, e não é mais necessário lidar com isso. Ele só quer perdoar o mundo, esquecer e cair. O vento o carrega para onde quer, para o outro lado da província de Nakhon Ratchasima. Enquanto a terra se apressa para encontrá-lo, Douglas revive. Tenta direcionar o paraquedas para um arrozal, coberto de água e pontilhado de maços verdes. Mas as linhas se enroscam, ele é jogado para longe do alvo e, no colapso louco dos últimos trinta metros, uma arma amarrada à sua coxa dispara. A bala entra abaixo da patela, despedaça a tíbia e sai pela sola da bota. O grito dele perfura o ar, e seu corpo cai sobre os galhos da figueira, aquela floresta de uma única árvore que cresceu por trezentos anos bem a tempo de amortecer sua queda.

Ramos rasgam o traje de voo. O uniforme o enreda em uma mortalha. Com lacerações e queimaduras, um ferimento a bala e uma perna pulverizada, o oficial da força aérea desmaia. Fica pendurado a seis metros do chão em território amigo, virado para baixo e com os braços abertos como uma águia, na árvore sagrada que é maior do que certas aldeias.

Em um *baht bus*, um grupo de peregrinos chega para prestar sua devoção à árvore divina. Caminham pelas colunatas de raízes aéreas em direção ao tronco central, o tronco que se enroscou em uma mãe adotiva que a figueira matou por sufocamento décadas atrás. No caule sinuoso, há um santuário coberto de flores, contas, sinos, papeizinhos de oração, estátuas rachadas e colares sagrados. Os visitantes caminham na direção do altar através da pérgola labiríntica de troncos, cantando em páli. Em seus braços, carregam incensos, marmitas cheias de *gang gai* e guirlandas de jasmim e flor de lótus. Três crianças correm à frente, cantando uma canção *lûk thûng* tão acelerada quanto seus lábios conseguem cantar.

Elas se aproximam do santuário. Adicionam suas guirlandas ao arco-íris de oferendas já penduradas nos galhos. Então o céu cai e um míssil acerta o topo da folhagem. Incensos, guirlandas e marmitas se espalham com o impacto. O choque derruba dois peregrinos.

O caos se dissipa. Os peregrinos olham para cima. Um *farang* gigante está pendurado acima de suas cabeças, quase a ponto de quebrar os galhos e despencar no chão por aqueles metros finais. Eles tentam chamar o estrangeiro. Ele não responde. Inicia-se uma discussão sobre como alcançar o homem e soltá-lo daquele estrangulamento da figueira e do paraquedas. O sargento Pavlicek acorda com vários tailandeses de pé em bancos o cutucando. Acha que está deitado de costas, flutuando em uma piscina de nuvens, enquanto pessoas invertidas se abaixam e o puxam para além da superfície de espelho. A dor na perna e no rosto o assola. Ele tosse um borrifo de saliva vermelha. Pensa: *Estou morto.*

Não, uma voz perto do seu rosto corrige. *Árvore salvou sua vida.*

As três sílabas mais úteis de seus quatro anos na Tailândia saem da boca de Douggie. "*Mâi kâo chai.*" Não entendo. Então ele desmaia de novo e continua sua longa e cíclica queda. Desta vez continua caindo, e a terra abaixo dele se abre e o acolhe. Cai no subsolo profundo, um longo e exuberante tombo no reino das raízes. Mergulha sob o lençol freático, afundando até o início dos tempos, no covil de uma criatura fantástica cuja existência ele jamais imaginou.

A equipe do posto de saúde local não quer mexer na perna de um soldado americano. Um funcionário o leva até Khorat em um Mazda coral em cuja antena há uma bandeira com a roda do dharma estampada. O carro soa como um barco público de Bangkok, e deixa um rastro semelhante de fumaça oleosa. Pavlicek, drogado até a medula no banco de trás, observa os quilômetros verdes passando. A paisagem baixa e exuberante, as colinas onduladas. *Nas águas, há peixe; nos campos, arroz.* A região inteira vai afundar como um barco de folhas de bananeira em um furacão. O vietcongue vai estar tomando sol no Siam Intercontinental no ano que vem. Uma árvore salvou sua vida. Não faz sentido algum.

Quando a injeção do posto de saúde começa a perder o efeito, Pavlicek implora que o motorista o mate. O motorista sacode os dedos ao redor da boca. "Não fale *angrit.*"

A tíbia de Douglas está vazia. Um médico da base em Khorat o remenda e o envia para o hospital militar Fifth Field, em Bangkok. Todos os seus companheiros de tripulação sobreviveram, em grande parte, diz o relatório, graças a ele. E ele — ele deve a vida a uma árvore.

A força aérea não quer saber de aleijados. Eles lhe dão muletas, uma Cruz da Força Aérea — a segunda maior medalha por valentia que eles concedem — e uma passagem gratuita de volta para San Francisco. Consegue trinta e cinco dólares pela medalha em uma loja de penhor no Mission. Não tem certeza se a loja está ajudando um veterano ferido ou passando a perna nele. Mas não faz questão de saber. Assim terminam os esforços do mestre de carga Douglas Pavlicek em ajudar a preservar o mundo livre.

O universo é uma figueira-de-bengala, raízes acima e ramos abaixo. De vez em quando, palavras escorrem pelo tronco até chegarem em Douglas, como se ele ainda estivesse pendurado de cabeça para baixo no ar: *Árvore salvou sua vida.* Elas esquecem de lhe dizer por quê.

A vida faz contagem regressiva. Nove anos, seis empregos, dois casos amorosos abortados, três placas de carro em três estados, duas toneladas e meia de cerveja de qualidade, e um pesadelo recorrente. Com mais um outono chegando ao fim e o inverno já no horizonte, Douglas Pavlicek pega o martelo e faz uma fileira de buracos na estrada meio pavimentada que passa pelo rancho de cavalos em direção a Blackfoot. O objetivo é fazer as pessoas desacelerarem para que ele, parado do outro lado da cerca, possa ver seus rostos um pouco. Quando novembro chegar, pode demorar até que ele tenha esse prazer de novo.

Esse é seu programa de sábado, depois de alimentar os cavalos e ler para eles. O esquema funciona. Se o carro vai devagar o suficiente, ele e o cachorro vão correndo ao lado dele até o motorista abrir a janela para dizer oi ou então sacar uma arma. Teve umas conversas agradáveis assim, uma troca de verdade. Um cara até parou por um minuto. Douggie sabe que o comportamento dele pode parecer um pouco excêntrico, visto de fora. Mas ele está em Idaho e, se você passa todo o seu tempo com cavalos, sua alma se expande um pouco até que os hábitos dos homens se revelem como uma espécie de festa à fantasia da qual você não precisa necessariamente participar.

De fato, Douggie tem cada vez mais certeza de que a maior falha da espécie humana é a incontrolável tendência de confundir um consenso com a verdade. O que mais influencia um corpo a acreditar em algo ou não é o que os corpos vizinhos estão transmitindo pelo rádio. Coloque três pessoas em uma sala, e elas vão concluir que a lei da gravidade é má e deve ser cancelada porque o tio de uma delas tomou um pileque e caiu do telhado.

Ele exprimiu essa ideia para outras pessoas, sem muito sucesso. Mas um pouco de aço perto de sua vértebra L4, o dinheirinho da pensão por invalidez, uma Cruz da Força Aérea (penhorada), um Coração Púrpura atrasado cujo verso o faz lembrar um assento de vaso sanitário, e a habilidade de construir coisas com as mãos lhe dão o direito de ter opiniões fortes.

Ainda manca um pouco quando usa o martelo. O rosto dele se tornou longo, cavalar, uma imitação inconsciente dos animais de que ele cuida. Mora sozinho por sete meses do ano enquanto o casal de idosos dono do rancho faz o circuito de suas demais casas e hobbies. As montanhas o cercam por três lados. A única coisa que ele pega na TV é chuvisco. E, no entanto, uma parte dele ainda quer saber se seus poucos pensamentos íntimos podem ser ratificados por alguém, em algum lugar. A confirmação dos outros: uma doença da qual toda a raça morrerá. E, mesmo assim, ele passa o segundo sábado de outubro trabalhando na estrada em frente à casa, torcendo para que um buraco de bom tamanho faça as pessoas diminuírem a velocidade.

Está quase dando por encerrado o dia de trabalho no obstáculo e voltando para o celeiro para conversar sobre Nietzsche com o Chefe Plenty Coups, o cavalo belga, quando um Dodge Dart vermelho aparece subindo a colina quase na velocidade do som. Ao ver a sequência de crateras, o carro desliza em uma derrapagem admiravelmente controlada. Douggie e o cachorro começam a trotar. Quando chegam ao lado do carro, a janela está aberta. Uma mulher substancialmente ruiva coloca a cabeça para fora. Eles têm muito o que conversar, Douglas percebe. Destinados a se tornarem amigos. "Por que a estrada está tão ruim, bem aqui?"

"Insurgentes", explica Douglas.

Ela fecha o vidro da janela e acelera, fodam-se os eixos do carro. Nem uma olhada. Fim. Isso causa um abalo em Douglas. Mais uma gota de água que faz o copo transbordar. Não sobrou nem mesmo élan vital para ler ao cavalo outro trecho de *Assim falou Zaratustra*.

Naquela noite a temperatura cai abaixo de zero, com flocos de neve lixando a cara dele como se o mundo lá fora tivesse virado um salão de exfoliação californiano. Ele vai até Blackfoot, onde se abastece com coquetéis de fruta suficientes para um mês, caso a neve chegue mais cedo. Acaba no bar de sinuca, distribuindo moedinhas de prata como se fossem pedaços cortados de um tarugo de alumínio.

"Você tem que estar preparado pra se queimar na sua própria chama", ele diz a uma boa parte da clientela. Assim fala o detento 571, que sempre terá de admitir que não ofereceu seu cobertor a um colega de prisão quando deveria. Vai para casa depois de dezoito partidas com mais dinheiro nos bolsos do que quando saiu. Enterra o dinheiro no pasto norte, junto com o resto da sua reserva, antes que o chão fique congelado demais para cavar.

O inverno é ainda mais longo do que a conta que a civilização tem pendente. Ele talha madeira. Faz coisas com sua pilha de galhadas: um cabideiro, uma cadeira, uma luminária. Pensa na ruiva e no seu tipo glorioso e inatingível. Escuta os animais no sótão fazendo calistenia. Vence *The Portable Nietzsche* e segue com *As profecias de Nostradamus*, queimando cada página no fogão a lenha à medida que as termina. Trata os cavalos até não poder mais, monta cada um deles diariamente na pista coberta e lê para eles *Paraíso perdido*, pois Nostradamus é perturbador demais.

Na primavera, leva uma .22 para o mato. Mas não consegue puxar o gatilho, nem para acertar uma lebre manca. Há algo de errado com ele, ele sabe. Quando os patrões voltam, no começo do verão, ele os agradece e se demite. Não tem certeza para onde vai. Desde o último voo como mestre de carga, esse entendimento tem sido um luxo impossível.

Quer continuar indo para o oeste. O problema é que a única faixa que sobrou a oeste dele se parece com ir novamente para o leste. E, no entanto, tem uma F100 usada, mas firme, pneus novos, dinheiro o bastante, a pensão por invalidez e um amigo em Eugene. Lindas estradas secundárias correm pelo meio das montanhas na direção de Boise e muito além. A vida é boa como tem sido desde que ele despencou do céu em cima de uma figueira-de-bengala. O rádio da picape entra e sai do ar ao longo dos desfiladeiros, como se as músicas viessem da Lua. Música de caubói se misturando a techno. De qualquer maneira, ele não presta atenção. Está em transe com os quilômetros de paredes de espruces-de-engelmann e abetos subalpinos. Encosta o carro para esvaziar a bexiga. Ali, entre aquelas montanhas, poderia mijar na linha central da estrada, e a humanidade jamais saberia. Mas a selvageria é uma ladeira escorregadia, como ele costumava ler para os cavalos. Ele sai da estrada e entra na floresta.

E lá, bandeira a meio mastro, olhos na natureza, esperando a bexiga soltar, Douglas Pavlicek vê retângulos de luz em meio aos troncos onde deveria haver sombra até o coração da floresta. Fecha o zíper e vai investigar. Vai entrando mais fundo na floresta atravessando a vegetação rasteira, só que o mais fundo acaba sendo apenas mais longe. Uma caminhada curta, e de novo ele está em uma... nem é possível chamar de clareira. Vamos chamar de lua. Uma desolação cheia de tocos se espalha diante dele. O solo sangra uma escória vermelha misturada a galhos e serragem. Parecem gigantescas aves depenadas, para todos os lados e até onde o olho alcança. É como se o raio alienígena da morte tivesse atingido a área, e o mundo agora implorasse para acabar. Apenas um fato em sua experiência chega perto disso:

os trechos de selva que ele, a Dow e a Monsanto ajudaram a varrer. Mas esse desmatamento é muito mais eficiente.

Ele passa de novo pela cortina de árvores, atravessa a estrada e espia a floresta do outro lado. Mais paisagens lunares se estendem pela encosta da montanha. Dá partida na picape e vai embora. O trajeto parece uma floresta, um quilômetro esmeralda após o outro. Mas agora Douggie vê através da ilusão. Está dirigindo na artéria mais fina da vida de mentirinha, uma gaze que esconde uma cratera deixada por uma bomba, tão grande quanto um Estado soberano. A floresta é só um adereço, um objeto artístico bem pensado. As árvores são como poucas dezenas de figurantes de cinema contratados para uma cena de plano fechado que finge ser Nova York.

Ele para num posto de gasolina para abastecer. Pergunta ao caixa: "Estão *desmatando* ali, subindo o vale?".

O homem pega as moedas de Douggie. "Se tão."

"E escondendo atrás de uma cortininha de hospital?"

"Chamam de faixas naturais. Corredores panorâmicos."

"Mas... aquilo ali não é tudo floresta nacional?"

O caixa apenas o encara, como se talvez houvesse alguma pegadinha na absoluta estupidez da pergunta.

"Achei que as florestas nacionais eram protegidas."

O caixa dá uma bufada sonora. "Você tá pensando em *parques* nacionais. Nas *florestas* nacionais o que se faz é cortar, e barato. Para qualquer um que quiser comprar."

Bom, a educação corre solta. Douglas faz disso um hábito, aprender algo novo todos os dias. Vai ficar pensando nessa pequena informação por um tempo. A raiva começa a transbordar, em algum ponto antes de Bend. Não foram apenas as dezenas de milhares de hectares que desapareceram para ele de uma manhã à tarde seguinte. Ele pode lidar com o fato de que o Smoky Bear e o Ranger Rick embolsem uma pensão paga pela Weyerhaeuser. Mas o truque deliberado, simplório e doentiamente *eficaz* daquela cortina de árvores ao longo da estrada faz ele querer bater em alguém. Cada quilômetro daquilo engana o seu coração, exatamente como eles planejaram. Tudo parece tão real, tão virgem, tão intocado. Tem a sensação de que está na montanha de cedros, do *Gilgámesh* que encontrou na biblioteca do rancho e leu para os cavalos no ano anterior. A floresta desde o primeiro dia da criação. Mas acontece que Gilgámesh e seu amigo marginal, Enkídu, já passaram por ali e destruíram o lugar. A história mais velha do mundo. Você pode atravessar o estado e nunca ficar sabendo. É isso que dá raiva.

Em Eugene, Douglas converte uma robusta torre de moedas de prata em um passeio num aviãozinho turbo-hélice. "Dê a maior volta que você puder por esse valor. Quero conferir como é aqui embaixo visto lá de cima."

Parece o flanco raspado de um animal doente sendo preparado para cirurgia. Por toda parte, em todas as direções. Se aquela vista aparecesse na televisão, o desmatamento pararia amanhã. De volta à superfície que encobre o planeta, Douglas passa três dias no sofá de um amigo, mudo. Ele não tem capital. Não tem habilidade política. Não tem nenhum poder de persuasão. Nenhuma sofisticação econômica ou traquejo social. Tudo o que tem, estejam seus olhos abertos ou fechados, é uma área desmatada à sua frente, assombrando-o até o horizonte.

Começa a fazer perguntas. Então acha um trabalho para a perna e meia que possui, plantando sementes nas terras despojadas. Eles o equipam com uma pá e um saco de mudas pelas quais ele paga alguns centavos cada. E, para cada planta que ainda estiver viva passado um mês, prometem lhe pagar vinte centavos.

Abeto-de-douglas: a madeira mais valiosa dos Estados Unidos, então, claro, por que não fazer uma área de cultivo com nada além disso? Dez novas casas por hectare. Ele sabe que está arremessando árvores para os mesmos filhos da puta que derrubaram os deuses primordiais. Mas não precisa vencer a indústria madeireira, nem mesmo ajudar a natureza a se vingar. Só precisa ganhar a vida e acabar com a imagem daquelas clareiras, uma imagem que entra nele como um besouro no alburno.

Passa o dia atravessando as zonas mortas inclinadas, silenciosas e lamacentas. Arrasta-se de quatro pelos dejetos espalhados, perdendo o equilíbrio na camada impenetrável, rastejando com a força de suas garras pelo caos de raízes, galhos, troncos e cepos, fibrosos e desfiados, deixados para apodrecer em um cemitério emaranhado. Aprende a dominar a arte das cem maneiras de plantar. Ele se abaixa, abre um pequeno buraco no chão, enfia a muda e fecha o buraco com uma carícia do bico da bota. Então faz isso de novo. E de novo. Em padrões radiais ou sem padrão nenhum. Em encostas e ravinas desnudas. Dezenas de vezes por hora. Centenas de vezes por dia. Milhares de vezes todas as semanas até que todo o seu corpo latejante de trinta e quatro anos se estufe como se estivesse cheio do veneno de uma víbora. Em certos dias, teria cortado fora a perna manca com uma lima se tivesse uma à mão.

Dorme em acampamentos de plantadores de árvores cheios de hippies e ilegais, pessoas duronas e amáveis que no fim do dia estão cansadas demais para conversar. Pensa em um ditado de noite quando está deitado, enrijecido pela dor, palavras que leu para os cavalos em sua vida anterior de ajudante no rancho. *Se você estiver segurando uma muda quando o Messias chegar, primeiro plante a muda, depois cumprimente o Messias.* Nem ele nem os cavalos podiam dar muito sentido a isso. Até agora.

O cheiro das árvores cortadas o domina. Uma gaveta úmida de temperos. Lã molhada. Pregos enferrujados. Pimentas em conserva. Cheiros que o levam à infância. Aromas que o enchem de uma felicidade inexplicável. Fragrâncias que o submergem no fundo do poço mais profundo e o seguram lá dentro por horas. Além disso, há o som, como se seus ouvidos estivessem envoltos por travesseiros. O rosnado das serras e do maquinário, em algum lugar distante. Ele é acometido por uma grande verdade: as árvores caem em choques espetaculares. Mas o plantio é silencioso e o crescimento é invisível.

Alguns dias amanhecem em brumas arturianas. Há manhãs em que o frio ameaça matá-lo, inícios de tarde em que o calor o derruba no chão com a bunda semidormente. Fins de tarde de um azul tão extravagante que ele se deita e olha para cima até os olhos lacrimejarem. E vêm chuvas debochadas e impiedosas. Chuva com o peso e a cor do chumbo. Chuva tímida, o teste de elenco de alguém com medo de palco. Chuva que faz musgo e líquens brotarem de seus pés. Um dia houve aqui enormes meadas pontiagudas de madeira entrelaçada. Elas vão voltar.

Às vezes ele trabalha ao lado de outros plantadores de árvores, alguns que não falam uma língua que ele reconheça. Encontra gente nas trilhas querendo saber para onde foram as florestas da sua juventude. Os *pineros* sazonais vêm e vão, e os durões, como ele, continuam ali. Normalmente é apenas ele e o ritmo de trabalho, bruto, vazio e reduzido ao essencial. Abrir o buraco, abaixar-se, colocar, levantar, vedar o buraco com a ponta da bota.

Parecem tão dignos de pena, os seus minúsculos abetos-de-douglas. Como uma escova para limpar cachimbo. Como objetos na maquete de um trem. De longe, espalhados por esses prados feitos pelo homem, são um corte militar em um homem careca. Mas cada caulezinho que ele coloca na terra é um truque de mágica que está em formação há eras. Ele os lança aos milhares, e os ama e confia neles do jeito que adoraria confiar em seus semelhantes.

Deixadas à própria sorte — e esse é o truque —, deixadas sozinhas com o ar, a luz e a chuva, cada uma pode engordar dezenas de milhares de quilos. Qualquer uma de suas mudinhas pode crescer pelos próximos seiscentos anos e fazer com que a chaminé da maior fábrica do mundo pareça uma anã. Pode abrigar gerações de roedores que nunca vão descer até o solo e dezenas de espécies de insetos cujo único desejo é desnudar seu hospedeiro completamente. Pode fazer chover dez milhões de agulhas ao ano em seus próprios galhos inferiores, construindo tapetes de solo que formam seus próprios jardins suspensos no ar.

Qualquer uma dessas mudas desengonçadas pode gerar milhões de pinhas ao longo da vida, os pequenos machos amarelos com seu pólen que flutua e atravessa estados inteiros, as fêmeas com os rabinhos de rato saindo para fora das escamas da pinha, uma aparência que ele aprecia mais do que sua própria vida. E ele é quase capaz de sentir o cheiro das florestas que eles podem recriar, a seiva de uma fruta que não é fruta, o cheiro de Natais infinitamente mais velhos que Cristo.

Douglas Pavlicek trabalha em uma área desmatada tão grande quanto Eugene, dando adeus às suas plantas a cada vez que acomoda uma no solo. *Aguenta firme. Só umas dez ou vinte décadas. Brincadeira de criança, pra vocês. Só precisam viver mais do que a gente. Então não vai ter sobrado ninguém pra foder com vocês.*

Neelay Mehta

O menino que vai ajudar a transformar humanos em outras criaturas está no apartamento da família em San Jose, logo acima de uma padaria mexicana, assistindo a fitas de *The Electric Company*. Na cozinha, sua mãe rajastani sufoca com as nuvens de cardamomo preto moído que entram em choque com as de canela do *pan fino* e das *conchas* vindas da padaria. Lá fora, no Vale do Deleite do Coração, o Santa Clara Valley, os fantasmas de amendoeiras, cerejeiras, pereiras, damasqueiros, nogueiras e ameixeiras se espalham por quilômetros em todas as direções, árvores recentemente sacrificadas em nome do silício. *O Estado Dourado*, é como seus pais ainda o chamam.

O pai guzerate do menino sobe as escadas equilibrando uma enorme caixa com seu corpo de vassoura. Oito anos antes, chegou nesse país com duzentos dólares, um diploma em física do estado sólido e a disposição para trabalhar por dois terços do salário de seus colegas brancos. Agora é o funcionário número 276 de uma empresa que está reescrevendo o mundo. Vai tropeçando com o pacote por dois lances de escada enquanto cantarola a música favorita do filho, aquela que os dois cantam juntos na hora de dormir: *Alegria para os peixes no mar azul profundo, alegria para você e para mim.*

O menino ouve os passos dele e dispara até o corredor. "Pita! Que é isso? Um presente pra mim?" Ele é um pequeno rajapute de sete anos ciente de que a maior parte do mundo é um presente para ele.

"Deixa eu entrar antes, Neelay, por-favor-obrigado. Sim, um presente. Pra nós dois."

"Eu *sabia*!" O menino marcha ao redor da mesa de centro com tanta força que as bolas do pêndulo de Newton começam a balançar. "Um presente de aniversário, onze dias antes."

"Mas você vai ter que me ajudar a construir." O pai coloca a caixa sobre a mesa, empurrando a bagunça para o chão.

"Sou um bom ajudante." O menino está contando com o esquecimento do pai.

"Vai exigir paciência, e você está tentando melhorar isso, lembra?"

"Lembro", o menino garante, e começa a rasgar o embrulho.

"A paciência é a criadora de todas as coisas boas."

O pai conduz o filho pelos ombros até a cozinha. A mãe se coloca diante da porta. "Não entra aqui. Muito ocupada!"

"Oi pra você também, *moti*. Comprei o kit de computador."

"Tá me dizendo que comprou o kit de computador."

"É um *kit de computador*!", o menino urra.

"Claro que você comprou o kit de computador! Agora vão brincar, os dois."

"Não é exatamente brincar, *moti*."

"Não? Então vão trabalhar. Como eu." O menino guincha e puxa a mão do pai, tentando levá-lo de volta para o mistério. Atrás deles, a mãe grita: "Memória de mil palavras ou de quatro?".

O pai abre um sorriso. "Quatro!"

"Quatro mil, claro. Agora vão lá e façam algo bom."

O menino faz beicinho quando a placa verde de fibra de vidro sai da caixa. "Isso é um kit de computador? Pra que serve *isso aqui*?"

O pai sorri o sorriso mais tolo. Está chegando o dia em que a *utilidade* vai ser reescrita por essa coisa. Ele enfia a mão na caixa e ergue o cerne da questão. "Tá aqui, Neelay. Olha!" Está segurando um chip de sete centímetros. A cabeça dele balança de prazer. Um olhar perigosamente parecido com orgulho se espalha por seu rosto ascético. "Seu pai ajudou a fazer este aqui."

"É *isso* aí, Pita? Isso é um *microprocessador*? Parece um inseto com pernas quadradas."

"Ah, mas imagina o que a gente conseguiu colocar aqui dentro."

O menino olha. Ele se lembra de todas as histórias que o pai contou para ele antes de dormir nos últimos dois anos. Contos sobre gerentes de projeto heroicos e engenheiros aventureiros que sofrem mais contratempos do que Hanumam, o macaco branco, e todo o seu exército de macacos. Seu cérebro de sete anos de idade se agita e se reconfigura, construindo axônios arborizados, os *dendritos*, aquelas árvores pequeninas crescendo. Ele sorri, cauteloso e incerto. "Muitos milhares de transistores!"

"Isso aí, garotinho esperto."

"Deixa eu pegar."

"*Ei, ei, ei.* Cuidado. Estática. A gente pode matar esse cara antes mesmo de ele ganhar vida."

O menino se enche de um terror delicioso. "Ele tá ganhando *vida*?"

"Se...!" O dedo paterno balança. "*Se* a gente conseguir fazer as soldas direito."

"E daí o que ele vai fazer, pai?"

"O que você *quer* que ele faça, Neelay?"

Diante dos olhos arregalados do menino, a peça se transforma em um gênio da lâmpada. "Ele faz o que a gente quiser?"

"Só precisamos descobrir como colocar nossos planos na memória dele."

"Vamos colocar nossos planos *aqui* dentro? Quantos planos cabem?"

A pergunta deixa o homem sem resposta, como às vezes acontece diante de perguntas simples. Ele fica perdido entre as ervas daninhas do universo, um pouco encurvado devido à gravidade mais intensa do mundo que está visitando. "Um dia, talvez, isso aqui vai conter todos os nossos planos."

O filho ri, incrédulo. "*Essa coisinha?*"

O homem vai até a estante de livros e pega o álbum de família. Folheia algumas páginas e chama o filho, entusiasmado. "Ei! Neelay. Vem ver."

A foto é pequena, esverdeada e misteriosa. Um emaranhado de jiboias gigantes se projeta da pedra quebrada.

"Tá vendo, *na*? Uma sementinha caiu no telhado desse templo. Séculos depois, o templo desmoronou sob o peso da semente. Mas a semente seguiu."

Dezenas de raízes e caules trançados se alimentam das paredes arruinadas. Tentáculos crescem para baixo tentando preencher as fendas e ranhuras que as pedras deixam. Uma raiz mais espessa que o corpo do pai de Neelay se arrasta por um lintel e se pendura como uma estalactite na porta abaixo. Essa exploração vegetal horroriza o menino, mas ele não consegue desviar o olhar. Há algo de animal na maneira de os caules encontrarem e seguirem as aberturas da alvenaria. Lembram trombas de elefante. Parecem saber e querer encontrar seu caminho. O menino pensa: *Uma coisa lenta e obstinada quer transformar todas as construções dos humanos em terra.* Mas o pai segura a foto diante de Neelay como se ela fosse a prova do mais feliz dos destinos.

"Tá vendo? Se Vishnu pode colocar essa figueira gigante numa semente *deste tamanho*..." O homem se abaixa para beliscar a ponta do mindinho do filho. "Imagina então o que podemos colocar nessa máquina."

Eles constroem o gabinete do computador ao longo dos dias seguintes. Todas as soldas ficam boas. "Então, Neelay-*ji*. O que esse bichinho pode fazer?"

O menino fica paralisado diante das possibilidades. Podem colocar qualquer coisa no mundo, qualquer tipo de capricho deliberado. A única coisa realmente impossível é como escolher.

A mãe grita da cozinha. "Ensina ele a preparar quiabo, por favor."

Eles o fazem dizer "Olá, mundo" em luzes codificadas piscantes. Fazem-no dizer "Feliz aniversário, querido Neelay". As palavras que o pai e o filho escrevem surgem e começam a *agir*. O menino acaba de fazer oito anos, mas, nesse momento, a ficha cai. Ele encontrou uma maneira de transformar suas esperanças e os sonhos mais íntimos em processos ativos.

Imediatamente, a criatura que eles construíram começa a evoluir. Um loop simples de cinco comandos se expande em uma bela estrutura segmentada de cinquenta linhas. Pequenas porções de código se soltam em partes reutilizáveis. O pai de Neelay liga um toca-fitas para carregar facilmente suas horas de trabalho em poucos minutos. Mas o volume precisa ser ajustado corretamente, ou tudo é arruinado por um erro de leitura.

Depois de alguns meses, eles aumentam os quatro mil bytes de memória para dezesseis. E então aumentam mais, para sessenta e quatro. "Pita! Mais poder do que qualquer ser humano jamais teve em toda a história!"

O menino se perde na lógica dos seus próprios desejos. Ele ensina a máquina, treina-a como se ela fosse um cachorrinho. Ela só quer brincar. Fazer uma bola de canhão ultrapassar a montanha e cair sobre o inimigo. Manter os ratos longe da colheita de milho. Girar a roda da fortuna. Procurar e destruir todos os alienígenas do quadrante. Descobrir a palavra antes que o pobre boneco de palito morra enforcado.

Seu pai fica sentado observando o que ele desencadeou. A mãe enrola no punho a ponta mais longa da blusa e repreende todos os homens ao alcance de sua voz. "Olha esse menino! Só fica sentado digitando. Parece um *sadhu* sob efeito de drogas.

Tá viciado, é pior do que mastigar pan." Os comentários implicantes da mãe vão continuar por anos, até que os cheques do filho comecem a chegar. O menino nunca se interrompe para responder. Está ocupado construindo mundos. No início, pequenos, mas seus.

Há uma coisa em programação chamada *ramificação*. E é isso que Neelay Mehta faz. Ele vai reencarnar, viver novamente como pessoas de todas as raças, gêneros, cores e credos. Vai ressuscitar cadáveres em decomposição e comer a alma dos jovens. Vai viver no dossel das florestas mais exuberantes, deitar em pilhas de rocha moída no pé de penhascos impossivelmente altos, vai nadar nos mares de planetas com muitos sóis. Vai passar a vida a serviço de uma grande conspiração, lançada a partir do Vale do Deleite do Coração, para tomar o controle do cérebro humano e mudá-lo mais do que qualquer outra coisa desde o surgimento da escrita.

Há arvores que crescem como fogos de artifício e árvores que se erguem como cones. Árvores que sobem sem nenhuma ondulação, árvores de cem metros em uma linha reta para o céu. Largas, piramidais, arredondadas, colunares, cônicas, tortas: a única coisa que têm em comum é criarem ramificações, como Vishnu balançando seus vários braços. Dentre essas criaturas que se espalham, a mais selvagem é a figueira. Árvores estranguladoras que deslizam suas bainhas pelo corpo dos outros e os engolem, formando um molde vazio em torno dos hospedeiros decompostos. *Peepal*, *Ficus religiosa*, a Árvore de Bodhi, suas folhas afunilando em exóticas pontas de gotejamento. Figueiras-de-bengala que se empanturram como florestas inteiras, com uma centena de troncos separados lutando por um pouco de sol. Aquela figueira comedora de templo na foto do seu pai vai parar dentro do menino. Vai crescer mais rápido com cada pedaço de código reutilizado. Continuará se espalhando, procurando as fendas, sondando todos os meios possíveis de fuga, à procura de novas construções para engolir. Vai crescer sob as mãos de Neelay pelos próximos vinte anos.

Então irá florescer para se tornar o agradecimento tardio por um presente de aniversário antecipado. Sua homenagem para o pequeno e magrelo Pita, arrastando aquela caixa enorme pelas escadas do prédio. Seu louvor a Vishnu, conhecido apenas através dos quadrinhos hindus baratos que ele nunca foi capaz de ler. Seu adeus a uma espécie que, de animal, se transformou em dados. Seu esforço para ressuscitar os mortos e fazê-los o amarem novamente. Tantos prolongamentos crescendo para baixo a partir da mesma árvore. A semente que o pai plantou nele vai comer o mundo.

Eles se mudam para uma casa no vale perto de El Camino, em Mountain View. Três quartos: um luxo desses deixa Babul Mehta confuso. Ele ainda dirige um carro de vinte anos atrás. Mas, a cada dois meses, troca os computadores.

Ritu Mehta entra em pânico a cada vez que chega uma nova caixa. "Quando isso vai terminar? Você está nos deixando pobres!"

A garagem está tão cheia de aparelhos velhos que não há mais lugar para o carro. Mas cada componente, por mais desatualizado que esteja, é uma maravilha de complexidade incompreensível criada por uma equipe de engenheiros heroicos. Nem o pai nem o filho conseguem jogar fora esses milagres obsoletos.

O ritmo de lesma da lei de Moore deixa Neelay louco. Ele está ávido por mais RAM, mais MIPS, mais pixels. A espera pela próxima atualização avassaladora demora um décimo da sua jovem vida. Alguma coisa dentro daqueles minúsculos e mutáveis componentes está esperando para ser libertada. Ou melhor: há algo para o qual essas coisas reticentes podem ter sido feitas, algo que os humanos ainda nem imaginam. E Neelay está a ponto de descobrir e dar um nome para isso, se ao menos conseguir encontrar as novas palavras mágicas.

Ele desliza pelo pátio da escola como alguém que está traindo a infância. Aprende os xiboletes: os bordões de inúmeros *sitcoms*, os ganchos das nocivas musiquinhas de rádio, as biografias das celebridades gostosas de quinze anos por quem ele deveria estar fissurado. Mas, de noite, seus sonhos são povoados não pelas batalhas do pátio da escola ou pelas fofocas maliciosas do dia, e sim por visões de códigos simples e adoráveis fazendo mais com menos — bits de dados que passam da memória para o registrador, em seguida para o acumulador, e depois tudo de novo, uma dança tão bonita que ele nem sequer conseguiria explicá-la aos amigos. Eles não conseguiriam enxergar o que ele colocaria diante dos seus olhos.

Cada programa constrói um túnel de possibilidades. Um sapo tenta atravessar uma rua movimentada. Um macaco se defende com bombas de barril. Debaixo daquelas peles dentadas ridículas, criaturas de outra dimensão entram no mundo de Neelay. E há apenas uma janela de tempo muito estreita para vê-las de fato, antes que coisas que nunca existiram se transformem em coisas que sempre existiram. Em alguns anos, crianças como ele serão tratadas com terapia cognitiva comportamental por conta de sua Asperger e com ansiolíticos para que suavizem suas estranhas interações com humanos. Mas ele tem certeza de uma coisa, antes de praticamente qualquer um: é isso que as pessoas querem. Antes, o destino dos seres humanos talvez estivesse nas mãos dos bem ajustados, das pessoas sociáveis, dos mestres das emoções. Agora tudo isso está ganhando uma versão atualizada.

Ele ainda lê um bocado à moda antiga. De noite, se debruça sobre épicos alucinantes que revelam os verdadeiros escândalos do tempo e da matéria. Contos arrebatadores sobre arcas espaciais que carregam gerações. Cidades com domos que parecem terrários gigantes. Histórias que se dividem e se bifurcam em inúmeros mundos quânticos paralelos. Há uma história pela qual ele estava esperando muito antes de se deparar com ela. Quando enfim a encontra, fica com ela para sempre, ainda que nunca vá ser capaz de encontrá-la de novo, em nenhum banco de dados. Alienígenas pousam na Terra. São seres nanicos, como sempre são as raças alienígenas. Mas eles metabolizam como se não houvesse amanhã. Movem-se como um enxame de mosquitos, rápidos demais para serem vistos. Tão rápidos que os segundos da Terra parecem anos para eles. Para eles, os humanos não são nada além de esculturas de carne imóvel. Os recém-chegados tentam se comunicar, mas não há resposta. Não encontrando sinais de vida inteligente, eles se voltam para as estátuas congeladas e começam a curá-las como um monte de carne-seca para sua longa viagem de volta para casa.

O pai é a única pessoa com quem Neelay se importará mais do que com suas criações. Os dois se entendem sem precisar de palavras. Nenhum deles está feliz exceto sentados lado a lado diante do teclado. Apertar o pescoço, cutucar as costas. Provocar e dar risada. E sempre aquela frase gentil cantarolada: "Se liga, Neelay-*ji*. Cuidado! Não abusa dos seus poderes!".

Todo o vasto universo está esperando para ser animado. Juntos, eles precisam criar possibilidades a partir dos menores átomos. O menino quer escalas musicais e canções, mas as máquinas são mudas. Então Neelay e o pai criam suas próprias ondas dente de serra, ligando e desligando tão rápido o pequeno alto-falante piezoelétrico que ele começa a cantar.

Seu pai pergunta: "Como é que você virou uma criatura com tanta capacidade de concentração?".

O menino não responde. Os dois sabem. Vishnu colocou todas as possibilidades de vida naquele microprocessador de oito bits, e Neelay vai ficar sentado na frente da tela até conseguir libertar a criação.

Quando chegar à meia-idade, o menino vai conseguir arrastar um ícone bonitinho e colocá-lo no diagrama de uma árvore em um rápido movimento de pulso, algo que ele e o pai demorariam seis semanas para criar no porão de casa. Mas nunca mais terá essa sensação do inconcebível esperando para ser concebido. No saguão de sequoia-vermelha do complexo multimilionário de escritórios, pago por uma galáxia vizinha, ele vai manter por muitos anos uma placa com as palavras de seu autor favorito:

Todo homem deve ser capaz de todas as ideias,
e entendo que no futuro será.

O menino de onze anos presenteia o pai com uma pipa para o Uttarayan, o grande festival de pipas. Não uma pipa de verdade: algo melhor. Algo que os dois podem fazer voar juntos sem que ninguém em Mountain View fique pensando que eles são ignorantes adoradores de vacas. Ele experimenta uma nova técnica de animação de *sprites* sobre a qual leu em uma revista mimeografada chamada *Love at First Byte*. É uma ideia engenhosa e bonita. Você faz um esboço da pipa em diferentes *sprites*, depois os coloca diretamente na memória de vídeo. Então os embaralha na tela como um *flip-book*. A primeira pequena vibração o faz se sentir como Deus.

A grande sacada de Neelay é escrever o código de uma maneira que o *próprio* programa pode se reprogramar. Deixar o usuário digitar a melodia de sua escolha com simples letras e números, depois fazer a pipa dançar nesse ritmo. A grandeza do projeto faz a cabeça de Neelay rodar. Pita vai escolher uma música guzerate legítima para a dança da pipa.

Neelay enche um fichário com notas, diagramas e impressões da última versão. O pai pega o fichário, curioso. "O que é isso, sr. Neelay?"

"Não mexe nisso aí!"

O pai sorri e balança a cabeça. Segredos e presentes. "Sim, Neelay, meu mestre."

O menino trabalha no projeto quando o pai não está por perto. Ele leva o projeto para a escola, aquele labirinto de corredores repletos de tortura organizada, que vai inspirar muitas masmorras de sua futura criação. O fichário preto parece algo sério. Finge tomar notas nele enquanto trabalha em seus códigos. Os professores se sentem lisonjeados demais para suspeitar.

O plano funciona perfeitamente até o quinto período: literatura americana, com a srta. Gilpin. A turma está lendo *A pérola*, de John Steinbeck. Neelay até que gosta da história, especialmente da parte em que o bebê é picado por um escorpião. Os escorpiões são criaturas extraordinárias, especialmente os gigantes.

A srta. Gilpin tagarela sobre a simbologia da pérola. Para Neelay, é uma pérola. Ele está quebrando a cabeça por causa de um problema *de verdade*: como sincronizar a pipa dançante com a música. Folheia as páginas com as impressões quando de repente encontra a solução: dois loopings aninhados. É como se os deuses desenhassem isso com um giz brilhante no quadro-negro da mente dele. Neelay balbucia para si mesmo: "*Aí sim!*".

A turma explode em uma gargalhada. A srta. Gilpin tinha acabado de perguntar: "Ninguém quer ver o bebê morrer, não é?".

Ela faz cara feia exigindo silêncio. "Neelay. O que você está fazendo?" Ele sabe que não deve dizer nada. "O que tem aí no seu fichário?"

"Dever de casa de computação." Todo mundo ri de novo daquela ideia maluca.

"Você está fazendo *aula de computação*?" Ele balança a cabeça afirmativamente. "Traga aqui."

No meio do trajeto até a mesa dela, ele pensa em tropeçar e torcer o tornozelo. Entrega o fichário. Ela vai passando as páginas. Desenhos, fluxogramas, códigos. Ela franze a testa. "Sente."

Ele volta para o seu lugar. A srta. Gilpin retorna para o Steinbeck enquanto Neelay afunda em uma piscina de injustiça e vergonha. Depois do sinal, quando a sala se esvazia, ele vai até a mesa da srta. Gilpin. Sabe por que ela o odeia. Pessoas como ele vão levar pessoas como ela à extinção.

Ela abre o fichário em uma série de folhas quadriculadas com imagens de pipas meio retangulares. "O que é isso?"

Ela não faz ideia do que é o Uttarayan, ou como é ter um pai como o dele. É loira, de Vallejo. As máquinas são suas inimigas. Acha que a lógica mata tudo de bom que há na alma humana. "Uns negócios de computador."

"Você é um menino inteligente, Neelay. O que você não gosta no inglês? Você é tão bom em analisar frases." Ela espera, mas não pode sobreviver a ele. Dá uma batidinha no fichário. "Isso é um tipo de jogo?"

"Não." Não do jeito que ela quis dizer.

"Você não gosta de ler?"

Ele tem pena dela. Se ao menos ela soubesse o que ler poderia ser. O Império Galáctico e seus inimigos estão varrendo toda a espiral da Via Láctea, travando guerras que duram centenas de milhares de anos, e ela está preocupada com esses três pobres mexicanos.

"Achei que você tinha gostado de *Uma ilha de paz*."

Ele gostou mais ou menos. O livro até o deixou um pouquinho sem fôlego. Mas não sabe o que isso tem a ver com pegar de volta sua propriedade privada.

"*A pérola* não parece interessante pra você? É sobre *racismo*, Neelay."

Ele fica piscando, como se esse fosse seu primeiro contato com uma inteligência alienígena. "Posso só pegar o meu fichário de volta? Não vou mais trazer pra aula."

O rosto dela se enruga. Até ele consegue perceber como a traiu. Ela achava que ele estava do seu lado, mas Neelay se afastara dela ao longo das semanas e se tornou um inimigo. Ela toca no fichário e franze a testa de novo. "Vou ficar com ele por enquanto. Até que a gente se acerte de novo."

Dentro de poucos anos, alunos vão matar seus professores por menos do que isso. Ele vai até a sala dela no fim do dia. Enche a cabeça com um arrependimento sincero. "Desculpa por ficar trabalhando no fichário enquanto a senhorita dava aula."

"*Trabalhando*, Neelay? Era isso que você estava fazendo?"

Ela quer uma confissão. Quer que ele a agradeça por tê-lo salvado dos perigos dos jogos enquanto todo o resto da turma trabalhava duro para extrair pérolas da ficção. Cinquentas horas de esforço na pipa do pai estão a um metro dele, inalcançáveis. Ela quer humilhá-lo. Ele estoura de raiva. "Pode devolver a porra do meu fichário? Por favor?"

A palavra é um tapa na cara. Os olhos dela se fixam nele, e ela decide ir para a guerra. "Isso é gravíssimo. É assim que você fala com a sua *professora*? O que os seus pais vão dizer?"

Ele fica paralisado. A mãe vai acertá-lo com um golpe fulminante, como em um abate *jathka*.

A srta. Gilpin olha o relógio. Tarde demais para mandá-lo ao diretor. O namorado vai buscá-la em dez minutos. Eles vão rir juntos da teimosia estúpida desse menino indiano com o fichário cheio de hieróglifos. Vão rir da insistência dele de que não se tratava de um jogo. Ela se transforma em um pilar de autoridade. "Quero que você volte aqui nesta mesa amanhã de manhã, antes do primeiro sinal. Aí vamos falar sobre o que vai acontecer com você."

O sangue do menino martela e os olhos queimam.

"Pode ir agora." As sobrancelhas dela fazem uma pequena flexão de comando. "Até amanhã. Sete em ponto."

Ele precisa pensar. Em vez de pegar o ônibus, vai caminhando para casa. O dia é uma daquelas estranhas imitações do paraíso na península Central: vinte graus e céu azul, o ar espesso de louro e eucalipto. Ele se arrasta pelo trajeto conhecido muito mais devagar do que o normal, passando pelas modestas casas de classe média pelas quais em pouco tempo as pessoas pagarão um milhão e meio de dólares, só para derrubá-las e reconstruí-las. Neelay precisa de um plano. Falou um palavrão para uma professora, e sua velha e gloriosa vida agora se despedaça em duas terríveis sílabas. O desrespeito a uma pessoa branca vai arruinar o pai dele. *Paciência, Neelay. Reserva. Lembra? Lembra?* A notícia vai se espalhar pela comunidade de indianos expatriados. A mãe dele vai morrer de desgraça.

Ele caminha pela espiral de ruas ladeadas por árvores, no bairro encurralado por três rodovias. A quatro quarteirões de casa, corta caminho pelo parque, o lugar aonde sempre vai quando os pais o obrigam a sair um pouco de casa. O caminho serpenteia por uma fileira de *encinas* baixas, com ramos fantasmagóricos que crescem desde que a Califórnia era o posto militar mais remoto da Espanha. Se ele alguma vez já olhou para essa espécie, foi só no cinema: as árvores de Sherwood e Bagworthy, representações de florestas para assustar os peregrinos e desafiar os náufragos. Quando Hollywood precisa de árvores, apela para a única espécie folhosa próxima que pode dar conta do recado.

Elas acenam, bizarras, oníricas, contorcidas. Um enorme feixe de galhos mergulha na direção do solo como se estivesse se deitando para descansar. Um pequeno impulso e, do galho baixo, Neelay pula para outro perfeitamente horizontal, no qual se senta como se tivesse sete anos de novo. Dali, faz um balanço da sua vida arruinada. Do alto da maluca estrutura em viga do carvalho, olhando para a calçada onde duas crianças jogam beisebol com um galho e algumas pedrinhas, e uma mulher corcunda de cabelo branco passeia com seu dachshund, Neelay consegue ver toda aquela grande confusão pelos olhos da srta. Gilpin. Ela não estava errada em repreendê-lo. Mas, ainda assim, roubou sua *propriedade*. O desastre todo, analisado a partir desse ninho de corvos, apresenta o que a srta. Gilpin chamaria de ambiguidade moral.

Ele abre espaço no galho sinuoso do carvalho para os dois meninos de *Uma ilha de paz*. Observa-os jogando aqueles jogos de meninos brancos de escola preparatória, jogos de amor e guerra, naquela árvore dos dois perto do rio. Muito abaixo, o solo marrom-esverdeado da Califórnia se move a cada vez que uma brisa sacode os galhos. Ele não sabe quase nada sobre o mundo dos pais, mas uma coisa é tão certa quanto a matemática: para os indianos, a vergonha é pior do que a morte. A srta. Gilpin já deve ter ligado para eles para contar os detalhes do crime. A cabeça de Neelay palpita com o pensamento, e ele sente um gosto metálico na língua. Ouve a mãe gritar: *Você deixou aquela mulher com cabelo de rato humilhar toda a sua família?* Em breve, um país distante cheio de tias, tios e primos vai saber o que ele fez.

E também o pai, que se manteve invisível por anos, só pelo direito de morar e trabalhar nesse Estado Dourado: ele olha para Neelay horrorizado, perguntando-se como uma criança é capaz de ser tão arrogante a ponto de achar que pode responder a uma americana em posição de autoridade, e sair vivo disso.

Neelay, em seu ninho de águia no alto do carvalho, olha para o caminho lá embaixo, a mente uma massa de códigos emaranhados. Uma ideia se ilumina dentro dele, um vislumbre de paz. Se ficasse um pouquinho machucado, poderia ganhar um voto de simpatia. Não se pode bater em um menino ferido. Um terror delicioso acaricia seu pescoço, como acontece quando ele assiste a velhos episódios de *The Twilight Zone*. A ideia é maluca. Ele precisa aceitar as coisas, ir para casa e receber o castigo. Inclina-se para dar uma boa olhada no panorama, a última vez que fará isso pelos próximos tempos. Seus pais vão deixá-lo de castigo por meses.

Ele respira fundo. Pisa no galho logo abaixo para descer. E escorrega.

Haverá anos para ficar se perguntando se os galhos se moveram. Se a árvore queria prejudicá-lo. Troncos o açoitam no caminho para o chão. Jogam-no de um lado para outro como uma bola de *pinball*. A terra se aproxima. Ele aterrissa no caminho de concreto e bate o cóccix, que racha a base da coluna cervical.

O tempo para. Ele fica deitado com as costas despedaçadas, olhando para cima. A cúpula acima dele paira, uma concha rachada prestes a cair em cacos ao seu redor. Milhares — milhares de milhares — de alevinos com as extremidades verdes se dobram sobre ele, orando e ameaçando-o. A casca se desintegra. A madeira clareia. O tronco se transforma em fatias de metrópoles em expansão, redes de células pulsando com energia e sol líquido, a água subindo por juncos finos, anéis de juncos unidos em canos que bombeiam minerais dissolvidos através de túneis estreitos de galhos transparentes até suas pontas ondulantes, enquanto a substância produzida pelo sol escorre em tubos dentro dos troncos. Um elevador espacial de um bilhão de partes independentes, que se estende e se ergue para levar o ar ao céu e o céu às profundezas do solo, tirando possibilidades do nada: o modelo mais perfeito de código autogerado que seus olhos poderiam ver. Então seus olhos se fecham, em choque, e Neelay desliga.

Acorda dias depois no hospital, amarrado e contido. Tubos constringem seus braços e pernas. Duas peças metálicas pressionam as orelhas, deixando a cabeça presa. Ele não vê nada além do teto, que não é azul. Ouve a mãe dizer: "Ele está com os olhos abertos". Não consegue entender por que ela está soluçando essas palavras, como se fossem uma coisa ruim.

Neelay jaz em uma nuvem de ignorância narcótica. Às vezes, ele é uma sequência de código armazenado em um microprocessador maior do que uma cidade. Às vezes, um viajante naquele país surpreendente que ele vai construir assim que as máquinas finalmente forem rápidas o bastante para acompanhar sua imaginação. Às vezes, gavinhas monstruosas se dividem e vêm atrás dele.

A coceira é insana. Todos os lugares acima da cintura são terrenos inacessíveis que queimam. Quando ele volta para a Terra, a mãe está lá, enrodilhada na cadeira ao lado da cama. Uma mudança na respiração dele a acorda. O pai está ali, também ele, sabe-se lá como. Neelay fica preocupado: o que os chefes vão dizer quando descobrirem que ele não está no escritório?

A mãe diz: "Você baixou de uma árvore".

Ele não consegue entender. "Caí?"

"Sim", ela diz. "Foi isso que você fez."

"Por que minhas pernas estão dentro de tubos? Pra que eu não saia quebrando coisas?"

O dedo dela balança no ar, depois toca os lábios. "Vai ficar tudo bem."

Sua mãe não costuma dizer essas coisas.

As enfermeiras oferecem um pouco de alívio intravenoso. A angústia se instala à medida que os remédios secam. Pessoas chegam para vê-lo. O chefe do pai. As amigas da mãe que jogam baralho com ela. Sorriem como se estivessem fazendo exercícios físicos. O consolo que oferecem o deixa aterrorizado.

"Você passou por muita coisa", diz o médico. Mas Neelay não passou por nada. O corpo dele, talvez. Seu avatar. Mas ele? Nada de importante mudou no código.

O médico é gentil, com um tremor quando deixa as mãos junto do corpo, e olhos que encaram um ponto branco no alto da parede. Neelay pergunta: "Pode tirar essas coisas aí em volta das minhas pernas?".

O médico acena com a cabeça, mas não como se concordasse. "Você precisa de uns reparos."

"Tá me incomodando não poder mexer as pernas."

"Só pense em ficar melhor. Então vamos conversar sobre o que vai acontecer depois."

"Você pode pelo menos tirar as botas? Não consigo nem mexer os dedos dos pés."

Então ele entende. Não tem nem doze anos. Viveu durante anos em um lugar criado por ele mesmo. Não pensa nas inúmeras coisas boas escapando de sua vida. Ainda tem aquele outro lugar, o embrião do paraíso.

Mas a mãe e o pai: *eles* vão desmoronar. Horas terríveis virão, dias de descrença e barganhas desesperadas de que ele não vai se lembrar. Haverá anos de soluções sobrenaturais, práticas alternativas e curas milagrosas. Por muito tempo, o amor dos pais vai piorar sua sentença, até que finalmente eles depositem a fé em *moksha* e aceitem que o filho é um aleijado.

Ele ainda está deitado na cama de tração ortopédica, dias depois. A mãe saiu para comprar alguma coisa. Talvez não por acaso. A professora dele surge na porta, puro calor e energia, mais bonita do que ele se lembrava.

"Srta. Gilpin. Uau!"

Algo errado acontece no rosto dela. Mas, de qualquer maneira, olhando agora do seu novo lugar privilegiado, o rosto das pessoas sempre tem algo de errado por baixo. Ela se aproxima e toca no ombro dele. Ele se assusta.

"Neelay. Que bom te ver."

"Bom te ver também."

Todo o tronco dela treme. Ele pensa: *Ela sabe das minhas pernas. A escola inteira sabe.* Quer dizer a ela: *Não é o fim do mundo.* Não do mundo que importa, de qualquer maneira. Ela fala das aulas e do que eles estão lendo agora. *Flores para Algernon.* Ele promete ler o livro também.

"Todo mundo está com saudade de você, Neelay."

"Olha." Ele aponta para a parede, onde a mãe colou o cartão gigante assinado por todo o nono ano. Ela desmorona. Ele não pode fazer nada. "Tá tudo bem", ele diz.

A cabeça dela se ergue, louca de esperança. "Neelay. Você sabe que eu nunca quis... Eu nunca pensei..."

"Eu sei", ele responde, e quer que ela vá embora.

Ela pressiona o rosto com as duas palmas abertas. Então enfia a mão na bolsa e pega o fichário dele. O programa das pipas para o pai. "Isto é seu. Eu nunca deveria..."

Ele fica tão feliz que nem ouve as palavras que ela continua a balbuciar. Achava que o fichário havia sumido para sempre, mais uma coisa irrecuperável da vida que tinha antes de ser derrubado pela árvore.

"Obrigado. Ah, obrigado mesmo!"

Ela solta um gemido. Quando ele volta a olhar para ela, a srta. Gilpin se vira e sai correndo. A aflição dura apenas até o momento de abrir o fichário. Então ele fica folheando as páginas recuperadas, lembrando-se de tudo. Tanto trabalho, tantas ideias boas, agora *salvas.*

Seis anos se passam. A puberdade transforma Neelay Mehta. O menino se torna uma criatura fantástica: dezessete anos, um metro e noventa e oito, sessenta e oito quilos, fundido à sua cadeira de rodas. O tronco se estica. Até suas pernas, dois ramos grossos enrugados, ficam estupidamente longas. As bochechas se movem como placas tectônicas e o rosto gera cardumes de espinhas. Fios pretos brotam das outrora imaculadas partes íntimas. Ele passa de soprano a contratenor. O cabelo fica tão longo quanto o de um adepto do siquismo, só que ele não o prende em um coque. Deixa-o solto em videiras grossas que emolduram o rosto alongado e descem pelos ombros angulosos.

Neelay vive em sua máquina rolante de metal, a cadeira do capitão de uma espaçonave em uma viagem eterna pelas estranhas regiões do pensamento. Algumas pessoas que não podem mais andar acabam engordando. Mas essas pessoas comem. Ele sobrevive o dia inteiro com um pacote de sementes de girassol de cinquenta centavos e dois refrigerantes cafeinados. Claro, raramente gasta uma caloria por nada. Depois que se desloca de manhã até a mesa customizada, seu CPU e seu monitor precisam de mais energia do que ele. Os dedos roçam o teclado e os olhos examinam a tela, mas o cérebro queima uma quantidade considerável de glicose enquanto Neelay modela seus protótipos, dezoito horas por dia, um comando cuidadoso após o outro.

Stanford o aceita, com dois anos de antecedência. O campus fica perto, na El Camino. O departamento de ciências da computação está florescendo, fertilizado pelos presentes extravagantes dos fundadores da empresa em que o pai de Neelay trabalha. Neelay frequenta o campus desde os doze anos de idade. Muito antes de entrar como calouro, já é uma mascote extraoficial do universo da ciência da computação. *Sabe, o garoto indiano ectomorfo, na cadeira de rodas bacana.*

Alguma coisa está nascendo nas entranhas de meia dúzia de prédios do campus. Feijões mágicos brotam por toda parte, da noite para o dia. Fica sabendo disso durante conversas com amigos, no laboratório de informática do porão, onde passa o tempo e trabalha em seus códigos. Eles são um bando taciturno mas, nas noites de domingo, os programadores tiram os olhos dos códigos por tempo o suficiente para distribuir garrafas de refrigerante e pegar um pedaço de pizza enquanto falam alguma merda filosófica.

Alguém diz: "Somos o terceiro ato da evolução". Escorre molho da boca escancarada.

É como se todos tivessem a ideia juntos. A biologia foi a primeira fase, desdobrando-se ao longo das épocas. Então a cultura acelerou a taxa de transformação para meros séculos. Agora há uma nova geração digital a cada vinte semanas, cada sub-rotina acelerando a próxima.

"Os chips dobrando o número de transistores a cada ano e meio...? Tipo, tem que levar a lei de Moore *a sério*, cara."

"Digamos que seja assim pro resto das nossas vidas. A gente pode viver mais sessenta anos."

A matemática insana gera risadinhas. Quarenta períodos dobrando. Pilhas estratosféricas de arroz no lendário tabuleiro de xadrez.

"Um aumento de um trilhão de vezes. Programas *bilhões* de vezes mais complexos e elaborados do que qualquer coisa já escrita."

Ficam em silêncio para sentir o maravilhamento. Neelay se inclina na direção da sua fatia de pizza intocada, olhando para ela como se fosse um problema de geometria analítica. "Coisas vivas", ele diz, quase para si mesmo. "Que aprendem sozinhas. Que criam sozinhas." A sala inteira ri, mas ele dobra a aposta. "Tão rápido que elas vão pensar que nós nem estamos aqui."

No início, a ideia de programar é poder oferecer tudo. Filantropia pura. Ele vai encontrar um maravilhoso programa inicial em domínio público. Então vai aprimorá-lo, adicionar coisas, ligar seu modem 1200, discar para um provedor local e fazer o upload do programa para quem quiser aumentá-lo. Em pouco tempo, sua criatura se propaga em servidores de todo o planeta. Todos os dias, pessoas do mundo inteiro adicionam novas espécies aos repositórios. É como a explosão cambriana, mas um bilhão de vezes mais rápida.

Neelay entrega sua primeira obra-prima, um jogo de estratégia por turnos em que você é um monstro de cinema japonês devorando as metrópoles do mundo. Centenas de pessoas em uma dúzia de países o querem, mesmo que o download demore quarenta e cinco minutos. E daí que jogar o jogo faz com o seu tempo livre o que os monstros estão fazendo com Tóquio? Seu segundo jogo — conquistadores devastando as Américas virgens — é mais um hit do freeware. Um grupo de Usenet se forma apenas para compartilhar estratégias de jogo. O programa gera um Novo Mundo inédito e geologicamente realista a cada vez que você joga. Transforma qualquer empacotador de supermercado em um robusto Cortez.

O jogo gera imitações. Quanto mais as pessoas roubam as ideias dele, mais Neelay se sente bem com sua vida presa à cadeira. Quanto mais ele oferece, mais ele tem. Da sua posição privilegiada, preso a uma cadeira de rodas em um laboratório em um porão, ele vê continentes inteiros surgirem. A economia de oferta — a duplicação de comandos bem-feitos — promete finalmente resolver a escassez e curar a fome no âmago do coração. O nome *Neelay Mehta* torna-se microlendário entre os pioneiros. As pessoas lhe agradecem em fóruns discados e grupos sobre jogos. Estudantes universitários falam dele em salas de chat como se fosse um personagem do Tolkien. Na internet, ninguém sabe que você é um varapau encalhado, incapaz de se mover sem a ajuda de máquinas.

Mas, quando ele faz dezoito anos, cercas começam a brotar no paraíso. Os ex-filantropos do código livre passam a falar sobre direitos autorais e dinheiro de verdade. Têm inclusive a cara de pau de formar empresas privadas. Verdade seja dita, eles ainda estão carregando mochilas cheias de disquetes para vender, mas já está claro para onde as coisas vão. As licenças abertas estão se fechando. A cultura da gratuidade será estrangulada no berço.

Neelay esbraveja sobre essa traição a cada encontro semanal do Home-Rolled Club. Passa o tempo livre recriando e aprimorando uma das mais famosas ofertas comerciais, depois libera o clone no domínio público. Violação? Talvez. Mas todas as chamadas propriedades protegidas por direitos autorais contam com décadas de arte gratuita. Durante um ano, Neelay faz o papel de Robin Hood, acampado na floresta anárquica com seus homens alegres, debaixo de um enorme carvalho mais antigo que a escritura da terra onde cresce.

Passa meses trabalhando em um RPG de ópera espacial que tem tudo para ser a melhor coisa que ele já ofereceu. Os gráficos são *sprites* de alta resolução de 16 bits, e ganham vida em sessenta e quatro cores gloriosas. Para povoar os planetas, ele sai em busca de bestiários surreais. Em um fim de tarde de primavera, acaba na biblioteca central de Stanford, debruçando-se sobre as capas de revistas da era de ouro do sci-fi e folheando as páginas de Dr. Seuss. As imagens lembram a vegetação louca que via na infância nas revistinhas baratas de Vishnu e Krishna.

Precisando de uma pausa, cruza o campus para conferir o que está acontecendo nos laboratórios. É quase noite, aquela perfeição suave que enche esse lugar de aromas durante nove meses do ano. Ele vai na direção do seu cubículo no laboratório de rede, deslocando-se como se estivesse em um jogo em primeira pessoa. A grandiosa galeria de palmeiras do Oval serpenteia à sua direita. À esquerda, as montanhas de Santa Cruz espreitam por detrás dos falsos claustros românicos espanhóis. Certa vez, em uma outra vida, ele caminhou com o pai e a mãe sob as sequoias-vermelhas nas trilhas perto de Skyline. Atrás das montanhas, em trinta minutos dirigindo uma van adaptada para deficientes físicos, está o mar. As praias e baías não são proibidas para ele. Ele as visitou há apenas três meses. Vários amigos precisaram carregá-lo até perto da água e ajeitá-lo na areia. Ficou sentado olhando as ondas e observando os pássaros mergulharem, ouvindo suas queixas fantasmagóricas. Horas mais tarde, depois que os amigos se cansaram de nadar, jogar frisbee e correr atrás uns dos outros na areia, ele era o único que não havia se divertido o suficiente.

Sobe a rampa até a Memorial Court na praça central do campus, passando diante dos *Burgueses de Calais*, de Rodin, em tamanho humano. A noite vai ser longa, e ele precisa de um estoque de salgadinhos para aguentá-la. Vai guiando a cadeira pelo pátio interno, na direção da saída dos fundos que leva ao banco e às melhores máquinas de venda automática. Perdido em planos intergalácticos, quase atropela um grupo de turistas japoneses que está tirando fotos da capela. Quando dá a ré, se desculpando, passa por cima do pé de uma mulher idosa em sua primeira viagem ao exterior. Ela se dobra, mortificada. Neelay se liberta, faz a cadeira dar uma guinada à esquerda e olha para cima. Ali, dentro de um vaso do tamanho de um carro, bem ao lado da entrada da capela, está o organismo mais incrível que ele já viu, bulboso e mastodôntico. É a coisa que ele estava procurando para a ópera intergaláctica. Uma alucinação viva originária de um sistema estelar próximo, na outra extremidade de um buraco de minhoca espacial. Os jardineiros devem ter trazido aquilo no meio da noite, protegidos pela escuridão. Ou ele passou ali todas as noites por meses a fio sem nunca ter percebido a criatura.

Ele se aproxima da árvore e ri. O tronco parece um termômetro gigante de peru de cabeça para baixo. Os galhos se projetam e se torcem em ângulos tortos. Chega mais perto para tocar a casca. É perfeita. Absurda. Parece que está tramando alguma coisa. Uma plaquinha diz: *BRACHYCHITON RUPESTRIS*. Árvore-garrafa-de-queensland. O nome não se justifica e explica menos ainda. É um invasor alienígena, tanto quanto Neelay.

Não consegue decidir o que é mais incrível: a árvore, ou o fato de nunca ter reparado nela. Formas cintilam em sua visão periférica. Alguma coisa está acontecendo atrás dele. Tem a sensação avassaladora de estar sendo observado. Um coro silencioso canta em sua cabeça: *Vire-se e olhe. Vire-se e veja!* Ele gira a cadeira. Nada parece certo. Todo o claustro mudou. Um hiperssalto, e ele pousou em um arboreto intergaláctico. Por todos os lados, furiosas especulações verdes acenam para ele. Criaturas feitas para climas de outros mundos. Loucas de todos os tipos e perfis. Coisas de épocas tão remotas que fazem os dinossauros parecerem novatos. Todos esses seres sencientes e sinalizadores o desconcertam. Nunca experimentou drogas, mas o efeito deve ser esse. Plumas creme e amarelas; uma cachoeira roxa que evapora antes de tocar o chão. Árvores que parecem experimentos bizarros acenam de oito vasos grandes, cada uma delas uma arca especial em miniatura a caminho de algum outro sistema.

Neelay arrasta a cadeira pelo pátio. O corpo paraplégico se tensiona enquanto, em sua formação circular, o concílio brilha, observando Neelay fazer o circuito. Ele passa por outro monstro do Dr. Seuss, tão alienígena quanto o primeiro. Lê a placa de identificação: uma paineira proveniente de florestas brasileiras que estão encolhendo milhares de hectares por dia. Cones verrugosos de ponta afiada cobrem o tronco, espinhos que evoluíram para afastar bestas extintas há dezenas de milhões de anos.

Ele vai de um vaso a outro, tocando os seres, cheirando-os, ouvindo seus sussurros. Vieram de ilhas quentes e lugares distantes extremamente secos, vales remotos da Ásia Central violados apenas recentemente. Árvore-do-lenço, jacarandá, colher-do-deserto, canforeira, flamboaiã, kiri-japonês, perna-de-moça, amoreira-vermelha: vida sobrenatural, esperando para emboscá-lo nesse pátio enquanto ele a procurava em planetas distantes. Neelay toca os troncos e sente, logo abaixo das peles, as aglomerações fervilhantes de células, como se fossem populações planetárias inteiras, pulsando e zumbindo.

Os turistas japoneses voltam para dentro do ônibus estacionado na Galvez Street. Neelay permanece imóvel no espaço vazio, como um coelho escapando de uma ave de rapina. Fica sozinho por não mais do que alguns segundos. Mas, nesse intervalo, os invasores alienígenas inserem um pensamento diretamente no sistema límbico dele. Haverá um jogo, um bilhão de vezes mais vívido do que qualquer coisa já feita, que será jogado por inúmeras pessoas ao redor do mundo ao mesmo tempo. E Neelay precisa torná-lo realidade. Vai trabalhar na sua criação em estágios graduais e evolutivos ao longo de décadas. O jogo colocará os jogadores no meio de um mundo vivo, animista, que respira e fervilha, cheio de espécies diferentes, um mundo que precisa desesperadamente da ajuda dos jogadores. E o objetivo do jogo será descobrir o que o novo e desesperado mundo quer de você.

A visão chega ao fim, devolvendo-o ao pátio de Stanford. A visão, religiosa e verde-escura, desvanece em sua sombra platônica, a madeira. Neelay continua parado, agarrando-se ao que acabou de ver, à coisa que seu cérebro de algum jeito apreendeu, escondida no final da curva da lei de Moore. Ele vai precisar abandonar a faculdade. A partir de agora não tem mais tempo para aulas. Precisa pegar o ritmo para a longa corrida. Vai terminar a pitoresca ópera espacial na qual está trabalhando e então colocá-la à venda. Dinheiro de verdade, dólares terrenos. Seus fãs vão surtar. Vão difamá-lo nas BBSs do país como se ele fosse o maior dos traidores. Mas, a quinze dólares por trinta parsecs, o jogo será um arraso. Os lucros de sua primeira incursão na vida alienígena pagarão pela sequência, um jogo feito para superar em muitas vezes a ambição do original. E, dando esses pequenos passos, ele vai chegar ao lugar que acabou de ver.

Neelay sai do claustro assim que a luz desaparece atrás das montanhas. As colinas lançam uma sombra sobre si mesmas, um azul de machucado se transformando em um preto esquecido. No alto, para além do que ele vê, rastejam afloramentos rochosos carregados de manzanitas, soltando suas cascas carmesim onduladas. Loureiros cercam os prados feitos por madeireiros. Madrones laranja descascando para um verde cremoso e grudento se acumulam nos cânions. Carvalhos-vivos-da-califórnia, como aquele que o deixou aleijado, se reúnem nos penhascos. E lá embaixo, em corredores frescos e ribeirinhos, cheirando a lodo e agulhas em decomposição, as sequoias-vermelhas elaboram um plano que levará mil anos para ser realizado — o plano que está usando Neelay agora, embora ele acredite que a ideia foi toda sua.

Patricia Westerford

É 1950, e como o menino Ciparisso, de quem ela logo vai ouvir falar, a pequena Patty Westerford se apaixona pelo seu cervo de estimação. O dela é feito de galhos, embora pareça muito vivo. E ainda: esquilos que são pares de cascas de nozes coladas, ursos feitos com os frutos da árvore-do-âmbar, dragões de vagens de cafeeiros-americanos, fadas usando chapéus de bolota e um anjo cujo corpo de pinha só precisa de duas folhas de azevinho como asas.

Ela constrói casas elaboradas para essas criaturas, com jardins de seixos e móveis de cogumelo. Coloca-as para dormir em camas com edredons de pétalas de magnólia. Ela cuida deles, o espírito protetor de um reino cujas cidades se aninham atrás de portas fechadas nos nós das árvores. Buracos na madeira se transformam em janelas basculantes, através das quais, apertando os olhos, ela pode ver as convidativas salas de estar dos cidadãos amadeirados, os parentes perdidos dos humanos. Ela vive com suas criaturas na minúscula arquitetura da imaginação, muito mais rica do que a vida em tamanho real oferece. Quando as cabecinhas de madeira das bonecas se soltam, ela as planta no jardim, certa de que um novo corpo vai crescer ali.

Todas suas criaturas feitas de galhos são capazes de falar, embora, como Patty, a maioria não precise de palavras. Ela mesma não disse nada até os três anos de idade. Os irmãos mais velhos interpretavam a linguagem dela para os pais apavorados, que começaram a achar que a filha tinha uma deficiência mental. Levaram Patty a uma clínica em Chillicothe para fazer testes que revelaram uma deformação em seu ouvido interno. A clínica a equipou com aparelhos auditivos do tamanho de um punho, que ela odiava. Quando finalmente começou a falar, os balbucios esconderam seus pensamentos atrás de um lodo incompreensível para os não iniciados. Não ajudava nada o fato de seu rosto ser meio inclinado e ursino. Os filhos dos vizinhos começaram a fugir dela, daquela coisa que parecia apenas vagamente humana. As pessoas de bolota são muito mais tolerantes.

Só o pai entende o seu mundo da floresta, como sempre entende cada palavra inchada que sai da boca da filha. Ela ocupa um lugar de destaque junto dele, o que os dois meninos aceitam. Com eles, o pai joga bola, conta as piadas das embalagens de chiclete e brinca de pega-pega. Mas ele guarda os melhores presentes para sua menininha-planta, Patty.

A proximidade entre eles incomoda a mãe. "Me diz uma coisa. É possível ser mais unha e carne do que vocês dois?"

Bill Westerford leva Patricia com ele quando visita as fazendas do sudoeste de Ohio nas viagens como agente de extensão rural. Ela é a copilota no velho Packard com frisos laterais de madeira. A guerra terminou, o mundo está se recuperando, o país está louco por ciência, o segredo para viver melhor, e Bill Westerford leva a filha para conhecer o mundo.

A mãe de Patty é contra as viagens. A menina deveria estar na escola. Mas a autoridade branda do pai prevalece. "Em nenhum lugar ela aprenderia mais do que vai aprender comigo."

Quilômetro arado após quilômetro, eles mantêm aquele tutorial errante. Ele a encara para que ela possa ler os lábios dele. Ela ri das histórias — estrondos concentrados e lentos — e lança respostas entusiasmadas para cada uma das perguntas que ele faz. O que existe em maior quantidade: estrelas na Via Láctea ou cloroplastos em uma única folha de milho? Quais são as árvores que florescem antes de folhar, e quais florescem depois? Por que as folhas no alto das árvores são geralmente menores do que as da parte de baixo? Se você escrever seu nome a um metro de altura na casca de uma faia, em que altura ele vai estar depois de meio século?

Ela adora a resposta da última: *Um metro*. Ainda um metro. Sempre um metro, não importa o quanto a faia cresça. Ela ainda vai amar essa resposta, meio século depois.

Dessa maneira, o animismo de bolota pouco a pouco se transforma em seu descendente, a botânica. Ela se torna a estrela do pai e sua única pupila pela simples razão de que apenas ela, em toda a família, pode enxergar o que ele sabe: as plantas são obstinadas, astutas e estão atrás de algo, assim como as pessoas. Ele conta a ela, enquanto dirige, sobre todos os milagres oblíquos que o verde é capaz de inventar. Não são só as pessoas que têm comportamentos curiosos. Outras criaturas — maiores, mais lentas, mais duráveis — tomam as decisões, fazem o clima, alimentam a criação e criam o próprio ar.

"As árvores foram uma ótima ideia. Tão boa que a evolução continua inventando elas, de novo e de novo."

Ele a ensina a diferenciar uma nogueira-americana de uma nogueira-branca-americana. Ninguém da sua escola sequer sabe a diferença entre uma nogueira-amarga e um carvalho-americano. Ela considera isso bizarro. "Meus colegas acham que uma nogueira-preta se parece muito com um freixo-americano. Eles são *cegos*?"

"Cegos pra plantas. A maldição de Adão. Só vemos as coisas que se parecem com a gente. História triste, né, filha?"

O pai dela tem um pequeno problema com o *Homo sapiens*. Está em uma posição difícil. De um lado, há os agricultores cujas propriedades familiares não estão conseguindo subjugar a terra; de outro, as empresas que querem vender-lhes o arsenal para o domínio definitivo. Quando a frustração com o dia chega a níveis muito altos, ele suspira e diz, apenas para os ouvidos debilitados de Patty: "Ah, me compra uma encosta que fique de costas pra cidade".

Eles dirigem por um lugar que já foi coberto por uma floresta de faias escuras. "A melhor árvore que se pode encontrar." Forte e larga, mas cheia de graça, uma base bojuda e nobre, o seu próprio pedestal. Generosa, produz nozes que alimentam todos que aparecem. O tronco liso, branco-acinzentado, é mais pedra do que madeira. As folhas cor de pergaminho que sobrevivem ao inverno — *marcescente*, ele diz a ela —, brilhando ao lado de outros troncos nus de madeira de lei. Elegantes, de galhos robustos parecidos com braços humanos, virando para cima nas pontas como mãos oferentes. Nebulosas e pálidas na primavera, mas, no outono, seus galhos de brotos, chatos e largos, banham o ar de dourado.

"O que aconteceu com elas?" As palavras da garota ficam espessas quando a tristeza se apossa delas.

"Nós acontecemos." Acha que ouve o pai suspirar, ainda que ele nunca tire os olhos da estrada. "A faia disse ao fazendeiro onde arar. Calcário por baixo, coberto pela melhor e mais escura terra com a qual um campo poderia sonhar."

Eles vão de fazenda em fazenda, entre as pragas do ano passado e o solo superficial desgastado do ano que vem. O pai mostra a ela coisas extraordinárias: o câmbio cortical de um plátano que engoliu o quadro de uma velha bicicleta, deixada ali por alguém há décadas. Dois olmos que abraçaram um ao outro e se tornaram uma única árvore.

"Sabemos tão pouco sobre o crescimento das árvores. Praticamente nada sobre como elas florescem, se ramificam, perdem as folhas, se curam. Aprendemos sobre algumas dessas coisas, isoladas. Mas nada é menos isolado e mais social do que uma árvore."

O pai é sua água, seu ar, sua terra e seu sol. Ele a ensina como ver uma árvore, a bainha viva de células sob cada centímetro de casca, que faz coisas que nenhum homem ainda é capaz de compreender. Dirigem até um bosque de madeira de lei que foi poupado, no fim de um riacho lento. "Aqui! Olha isso. Olha *isso*!" Um grupo de árvores de hastes finas, cada uma com folhas grandes e caídas. Um cão pastor vegetal. Ele a faz cheirar a folhagem gigante em forma de colher, depois de esmagá-la. Tem um cheiro acre, como asfalto. Ele pega no chão um fruto grande e amarelo e o segura diante dela. Poucas vezes ela o viu tão animado. Ele puxa o canivete e corta a fruta ao meio, expondo a polpa amanteigada e as sementes pretas brilhantes. A carne a faz ter vontade de gritar de prazer. Mas sua boca está cheia de pudim de caramelo.

"*Pawpaw!* A única fruta tropical que escapou dos trópicos. A maior, melhor, mais estranha e selvagem fruta nativa que este continente produziu. Crescendo nativa, aqui em Ohio. E ninguém sabe disso!"

Eles sabem. A menina e o pai. Ela nunca vai contar pra ninguém onde fica esse bosque. Vai ser só deles, a cada vez que o outono da banana-da-pradaria chegar.

Observando o homem, Patty, com suas dificuldades para ouvir e para falar, aprende que a verdadeira felicidade consiste em perceber que a sabedoria humana é menos importante do que o balançar das faias ao vento. Tão previsível quanto uma tempestade que vem do oeste, as coisas que as pessoas sabem com certeza mudarão. Não existe saber *sem sombra de dúvida*. As únicas coisas confiáveis são a humildade e a observação.

Ele a encontra no pátio dos fundos fazendo pássaros a partir das asas geminadas das sâmaras do ácer. Um olhar estranho surge no rosto dele. Ele segura uma das sementes e aponta para o gigante que a lançou ao solo. "Você já percebeu que ele solta mais sementes nas correntes de ar ascendentes do que quando o vento está soprando pra baixo? Por que isso?"

Essas perguntas são a coisa de que ela mais gosta no mundo. Ela pensa. "Porque vão mais longe?"

Ele coloca o dedo no nariz dela. "Bingo!" Ele olha para a árvore e franze a testa, trabalhando novamente em enigmas antigos. "De onde você acha que vem toda essa madeira, pra essa coisinha aqui virar *aquilo*?"

Chute total. "Da terra?"

"Como se faz pra descobrir?"

Montam o experimento juntos. Colocam noventa quilos de terra em uma banheira de madeira junto à face sul do celeiro. Então extraem uma noz de faia da cúpula da árvore, pesam-na e empurram-na para baixo da argila.

"Se você vir um tronco cheio de letras talhadas, é uma faia. As pessoas não resistem, precisam escrever na superfície cinza lisinha. Deus as perdoe. Querem ver os corações e as iniciais crescendo, ano após ano. *Alguém apaixonado, cruel como sua chama, escreve nessa árvore o nome de quem ama. Uma pena, mal percebe que a beleza que vê à de sua amada excede!*"

Ele conta a ela que a palavra *beech*, faia, tornou-se a palavra *book*, livro, passando de um idioma a outro. E que *livro* saiu das raízes da faia, lá atrás na língua original. Conta que na casca de faia foram escritas as primeiras letras sânscritas. Patty imagina as pequenas sementes crescendo para então serem cobertas de palavras. Mas de onde vem a massa de um livro grande assim?

"Vamos manter a banheira úmida e sem ervas daninhas pelos próximos seis anos. Quando você fizer dezesseis, vamos pesar de novo a árvore e a terra."

Ela o ouve e entende. Isso é ciência, e vale um milhão de vezes mais do que qualquer coisa que qualquer pessoa possa jurar para você.

Com o tempo, ela fica quase tão boa quanto o pai em dizer o que está roendo ou fazendo murchar as colheitas de uma fazenda. Ele para de lhe fazer perguntas e começa a consultá-la, não na frente dos agricultores, claro, mas depois, no carro, quando podem se dar ao luxo de pensar em equipe sobre as infestações.

Ele oferece a ela, como presente de aniversário de catorze anos, uma tradução censurada de *Metamorfoses*, de Ovídio. A dedicatória diz: *Para minha querida filha, que sabe de verdade o quanto a árvore genealógica é grande e larga.* Patricia abre o livro e lê a primeira frase:

> *Deixe-me cantar para você agora sobre como as pessoas se transformam em outras coisas.*

Com essas palavras, ela é levada de volta para um mundo onde nozes estão a um passo de ser rostos, e pinhas formam o corpo de anjos. Ela lê o livro. As histórias são estranhas e fluidas, tão antigas quanto a humanidade. De algum jeito, soam familiares, como se Patty as conhecesse desde que nasceu. As fábulas falam menos sobre pessoas se transformando em outros seres do que sobre outros seres que, em momentos de grande perigo, reabsorvem o que há de mais selvagem dentro das pessoas, algo que nunca realmente desapareceu. Agora, o corpo de Patricia está em plena metamorfose torturante, uma transformação pela qual ela não desejava passar. O alargamento dos quadris e dos peitos, o arbusto crescendo entre as pernas. Ela também está se transformando em uma fera primordial.

Sem dúvida prefere as histórias em que as pessoas se transformam em árvores. Dafne transformada em loureiro antes que Apolo a capture e a machuque. As assassinas de Orfeu, presas pela terra, olhando os dedos dos pés se transformarem em raízes e as pernas em troncos. Ela lê sobre o menino Ciparisso, a quem Apolo transforma em um cipreste para que ele possa chorar para sempre por seu cervo morto. A menina fica vermelha como uma beterraba, uma cereja ou uma maçã ao ler a história de Esmirna, transformada em uma murta depois de se deitar na cama do pai. E ela chora por aquele casal devotado, Baucis e Filémon, passando juntos os séculos como um carvalho e uma tília, sua recompensa por terem recebido estranhos que, no fim, se revelaram deuses.

Chega o décimo quinto outono dela. Os dias ficam mais curtos. A noite cai cedo, sinalizando às árvores que abandonem seu projeto de fabricação de açúcar, se livrem de todas as partes vulneráveis, e endureçam. A seiva cai. As células se tornam permeáveis. A água flui dos troncos e se concentra como líquido anticongelante. A vida adormecida logo abaixo da casca é revestida de uma água tão pura que não resta nada para ajudá-la a cristalizar.

O pai explica o truque. "Pensa! Elas descobriram como viver presas num lugar, com nenhuma outra proteção, açoitadas por ventos de trinta e cinco graus abaixo de zero."

Mais tarde naquele inverno, Bill Westerford está voltando para casa de noite depois de uma viagem a trabalho quando o seu Packard passa por cima de uma camada de gelo negro. O carro desliza na direção de uma vala enquanto Bill é arremessado para fora. Seu corpo voa por sete metros antes de acertar uma fila de laranjeiras-de-osage que os agricultores plantaram como uma barreira um século e meio atrás.

No funeral, Patty lê Ovídio. A conversão de Baucis e Filémon em árvores. Seus irmãos acham que ela enlouqueceu de tristeza.

Não deixa a mãe jogar nada fora. Coloca a bengala dele e o chapéu *porkpie* em uma espécie de santuário. Guarda sua preciosa biblioteca: Aldo Leopold, John Muir, textos de botânica, os panfletos educativos de extensão rural que ele ajudou a escrever. Ela encontra nas coisas dele um exemplar não censurado de Ovídio, todo cheio de marcas, como as pessoas marcam as faias. Os sublinhados começam, triplos, já na primeira linha: *Deixe-me cantar para você agora sobre como as pessoas se transformam em outras coisas.*

O ensino médio tenta matá-la. Viola de arco na orquestra, o ácer uivando sob o queixo com velhas lembranças da encosta. Fotografia e vôlei. Ela tem duas quase-amigas que entendem a realidade dos animais, pelo menos, ainda que não exatamente a das plantas. Evita todo tipo de bijuteria, veste flanela e jeans, carrega um canivete suíço e usa o cabelo comprido em tranças embutidas.

Um padrasto aparece, alguém que é esperto o suficiente para não tentar mudá-la. Há um trauma envolvendo um menino quietinho que por dois anos sonha levá-la ao baile da escola, um menino cujo sonho deve morrer com uma estaca de carvalho-branco enterrada no coração.

No verão de seu décimo oitavo ano, Patricia está preparando a mudança para o leste do Kentucky, onde vai estudar botânica, quando se lembra da faia crescendo na banheira de terra, perto do celeiro. Sente um arrepio de vergonha: como pôde ter esquecido do experimento? Dois anos sem cumprir a promessa que fez ao pai. Ignorou completamente o tão especial aniversário de dezesseis anos.

Passa uma tarde inteira de julho libertando a árvore do solo e esfarelando cada naco de terra preso às raízes. Então pesa a planta e a terra da qual ela se alimentava. As poucas gramas de uma noz de faia agora pesam mais do que Patty. Mas o solo ainda pesa o mesmo, menos uns trinta ou quarenta gramas. Não há outra explicação: quase toda a massa da árvore veio do próprio ar. O pai dela sabia disso. Agora ela também sabe.

Replanta o experimento em um lugar onde ela e o pai gostavam de sentar nas noites de verão para ouvir o que as outras pessoas chamavam de silêncio. Ela se lembra do que ele disse sobre essa espécie. As pessoas, Deus as perdoe, precisam escrever por todo o tronco das faias. Mas algumas pessoas — alguns pais — são escritas de cima a baixo por árvores.

Antes de ir para a faculdade, ela faz com o canivete um minúsculo entalhe na casca acinzentada e lisa, a um metro do chão.

A Universidade do Leste do Kentucky a transforma em outra pessoa. Patricia floresce como algo voltado para o sul. O ar dos anos 1960 estala quando ela atravessa o campus, uma mudança no clima, o cheiro dos dias aumentando, o aroma de possibilidades quebrando o gesso dos pensamentos retrógrados, um vento límpido descendo das colinas.

O dormitório dela é repleto de vasos de plantas. Ela não é a única do andar que colocou um jardim botânico entre a escrivaninha e o beliche. Mas as plantas dela são as únicas com informações coladas nos vasos terracota. Enquanto seus amigos cultivam mosquitinhos e violetas azuis, ela cultiva coreópsis, ervilha-de-perdiz e outros experimentos. Mas também cuida de um bonsai de junípero que parece ter mil anos, uma criatura sem nenhum propósito científico, que lembra um haicai espetado.

As garotas do andar de cima descem algumas noites para ver como ela está. Ela é o passatempo favorito delas. *Vamos embebedar a Patty-Planta. Vamos arranjar a Patty-Planta para aquele beatnik da economia.* Elas zombam da dedicação de Patty e riem quando o professor lê o nome dela na chamada. Elas a obrigam a ouvir Elvis. Colocam nela vestidos sem mangas e empilham seu cabelo em um penteado bufante. Elas a chamam de Rainha da Clorofila. Ela não faz parte do rebanho. Nem sempre as ouve direito e, quando ouve, nem sempre as palavras delas fazem sentido. Mesmo assim, suas frenéticas companheiras mamíferas a fazem sorrir: milagres por todos os lados e, ainda assim, precisam de elogios para se manter felizes.

Segundo ano da faculdade, e Patty consegue um emprego nas estufas do campus — duas horas roubadas todas as manhãs antes da aula. Genética, fisiologia vegetal e química orgânica a acompanham até o fim da tarde. Ela fica todas as noites na sala de estudos até que a biblioteca feche. Então lê por prazer até pegar no sono. Experimenta os livros que suas amigas estão lendo: *Sidarta*, *Almoço nu*, *On the road*. Mas nada a comove mais do que as *Histórias naturais*, de Peattie, um livro da biblioteca do pai. Agora essa é sua fonte infinita de revigoramento. As frases se ramificam e se viram para apanhar o sol:

Tronos se esfacelaram e novos impérios surgiram; grandes ideias nasceram e grandes quadros foram pintados, e o mundo foi revolucionado pela ciência e pela invenção; e, no entanto, nenhum homem é capaz de dizer quantos séculos esse carvalho viverá e a quantas nações e credos irá sobreviver...

Onde o cervo salta, onde a truta emerge, onde seu cavalo se detém para beber da água gelada enquanto sua nuca está sentindo o calor do sol, onde cada respiração proporciona um sentimento de satisfação plena — é aí que os álamos crescem...

E, sobre a árvore que o pai dela amava:

Deixe as outras árvores fazerem o trabalho do mundo. Deixe a faia permanecer onde ela ainda se mantém irredutível...

Ela nunca se torna exatamente um cisne. No entanto, a veterana que emerge do patinho feio calouro sabe o que ama e de que maneira pretende viver a vida, e isso é uma novidade para a juventude de qualquer época. Aqueles que ela não afasta vêm farejá-la, essa garota afiada, caseira e franca que escapou da constante submissão social. Para sua surpresa, ela tem até pretendentes.

Há algo nela que deixa os rapazes animados. Não a aparência, é claro, mas a leve virada de cabeça quando ela caminha, que eles não conseguem exatamente compreender. Pensamento independente — um poder de atração único.

Quando os garotos a chamam para sair, ela faz com que eles a levem para um piquenique diurno no Cemitério de Richmond — atendendo às necessidades dos mortos desde 1848. Às vezes eles fogem, e fim. Se ficam e mencionam as árvores, ela sabe que vai vê-los novamente. O desejo, ela escreve em seus cadernos de campo, tem variações infinitas e é o mais cativante dos truques da evolução. E, nas tempestades de pólen da primavera, até Patricia se revela uma flor mais do que satisfatória.

Um menino permanece, mês após mês. Andy, da letras. Ele toca na orquestra com ela e adora Hart Crane, O'Neill e *Moby Dick*, ainda que não consiga dizer por quê. Ele consegue fazer pássaros pousarem no ombro dele. Está à espera de algo para mudar sua vida sem rumo. Certa noite, durante um jogo de cartas, diz que acha que ela pode ser a mudança. Ela pega a mão dele e conduz Andy para a cama estreita. Verdes e desajeitados, eles descascam sua blindagem de roupas. Dez minutos depois, ela se transformou numa árvore, um pouco tarde demais para ser poupada.

A vida de verdade começa na pós-graduação. Há manhãs em West Lafayette em que a sorte de Patricia Westerford a deixa assustada. *Engenharia florestal.* Ela se sente uma fraude. É paga pela Universidade de Purdue para cursar as disciplinas que deseja há anos. Ganha casa e comida para ensinar botânica aos estudantes de graduação, algo que pagaria com gosto para fazer. E sua pesquisa envolve passar longos dias nas florestas de Indiana. É o paraíso de uma animista.

Mas, no segundo ano, a pegadinha fica evidente. Em um seminário sobre manejo florestal, o professor declara que árvores mortas ou arrancadas pelo vento devem ser retiradas do solo e trituradas para que assim a floresta se torne mais saudável. Isso não parece certo. Uma floresta saudável certamente precisa de árvores mortas. Elas estão ali desde o início dos tempos. Os pássaros as utilizam, e também os pequenos mamíferos, e mais insetos se abrigam e jantam nelas do que a ciência já foi capaz de contar. Ela quer levantar a mão e dizer, como Ovídio, que toda vida se transforma em outras coisas. Mas não tem dados para provar. Tudo o que tem é a intuição de uma garota que cresceu brincando nos descartes da floresta.

Logo, ela percebe. Algo está errado com todo aquele campo de estudo, não apenas em Purdue, mas no país inteiro. Os homens encarregados da silvicultura americana sonham em produzir grãs uniformes e verticais na maior velocidade possível. Eles falam de florestas jovens *saudáveis* e florestas velhas *decadentes*, de *incremento anual médio* e *maturidade econômica*. Ela tem certeza de que esses homens que mandam no setor terão que cair, no ano que vem ou no seguinte. E, dos troncos abatidos de suas crenças, uma nova e rica vegetação rasteira vai brotar. É a partir daí que Patricia vai prosperar.

Ela prega por essa revolução secreta aos seus alunos de graduação. "Daqui a vinte anos, vocês vão olhar pra trás e ficar perplexos com o que todas as sumidades da silvicultura consideraram uma verdade óbvia. É o refrão de toda a boa ciência: '*Como é que não percebemos antes?*'."

Ela trabalha bem com os colegas da pós. Vai a churrascos e showzinhos de música folk e consegue participar das fofocas do departamento sem deixar de ser seu próprio pequeno Estado soberano. Certa noite, tem um desentendimento vertiginoso e acalorado com uma mulher da genética vegetal. Patricia coloca a situação constrangedora em uma gaveta do coração e nunca mais a abre, nem sequer para olhá-la.

Uma suspeita secreta a diferencia dos outros. Ela tem certeza, baseada em evidência nenhuma, de que as árvores são criaturas sociais. Parece óbvio para ela: coisas estáticas que crescem em extensas comunidades mistas devem ter desenvolvido maneiras de se sincronizar umas com as outras. Há poucas árvores solitárias na natureza. Mas a crença de Patricia faz com que ela se sinta abandonada. Ironia cruel: aqui está ela, com sua turma, finalmente, mas nem mesmo eles enxergam o óbvio.

A Universidade de Purdue consegue um dos primeiros protótipos de espectrômetro de massa quadripolar por cromatografia gasosa. Algum deus pagão traz a máquina direto para Patricia, como recompensa por sua lealdade. Com esse aparelho, ela pode medir quais compostos orgânicos voláteis as grandes árvores do Leste colocam no ar, e o que esses gases fazem com os vizinhos. Ela apresenta a ideia ao seu orientador. As pessoas não sabem nada sobre as coisas que as árvores fazem. É um mundo verde totalmente novo, pronto para ser descoberto.

"Como isso vai produzir alguma coisa útil?"

"Talvez não produza."

"Por que você precisa fazer isso numa floresta? Por que não nas áreas de testes do campus?"

"Você não iria ao zoológico para estudar animais selvagens."

"Você acha que árvores cultivadas se comportam diferente das árvores de uma floresta?"

Ela tem certeza disso. Mas o suspiro do orientador é tão claro quanto uma propaganda governamental: garotas fazendo ciência são como ursos andando de bicicleta. Possível, mas bizarro. "Vou reservar algumas árvores do lote. Vai facilitar as coisas e te poupar bastante tempo."

"Eu não tenho pressa."

"A tese é sua, o tempo a perder é seu."

Ela o perde com todo o prazer. O trabalho não é nada glamoroso. Consiste em colar sacos plásticos numerados nas extremidades dos galhos e, mais tarde, coletá-los em intervalos predeterminados. Ela faz isso repetidas vezes, em silêncio, hora a hora, enquanto o mundo a seu redor explode de raiva em assassinatos, tumultos raciais e guerras na selva. Trabalha o dia todo no bosque com ácaros trombiculídeos rastejando em suas costas, o couro cabeludo povoado de carrapatos, a boca cheia de terra e folhas, os olhos com pólen, o pescoço arrodeado por teias de aranha, como cachecóis, os pulsos envoltos por pulseiras de hera venenosa, os joelhos cortados por escoriações, o nariz com linhas de esporos, a parte traseira das coxas como um texto em braile de picadas de vespas, e o coração repleto de felicidade naquele dia tão generoso.

Leva ao laboratório as amostras coletadas e passa horas tediosas descobrindo as concentrações e os pesos moleculares e determinando quais gases cada uma das árvores liberou. Deve haver milhares de compostos. Dezenas de milhares. O tédio a deixa em êxtase. Ela chama isso de paradoxo da ciência. É o trabalho mais mentalmente brutal que alguém pode realizar, mas pode fazer o cérebro enxergar o que, além dele, está agindo no mundo. E Patricia vai trabalhar sob o sol filtrado ou sob a chuva, o cheiro de húmus enchendo seu nariz com algo vivo e intensamente almiscarado. No mato, o pai está de novo com ela, o dia inteiro. Ela pergunta coisas a ele, e o simples ato de perguntar em voz alta a ajuda a perceber. O que faz com que um poliporo só cresça até certa altura de um tronco? Quantos metros quadrados de painéis solares uma determinada árvore produz? Por que há uma diferença tão absurda entre o tamanho da folha de um amelanqueiro e a de um plátano?

A fotossíntese é um milagre, ela diz aos alunos: uma façanha da engenharia química que sustenta toda a catedral da criação. Toda a algazarra da vida na Terra pega carona nesse ato mágico embasbacante. O segredo da vida: as plantas comem luz, ar e água, e a energia armazenada fabrica e realiza todas as coisas.

Ela conduz o grupo até o santuário do mistério: centenas de moléculas de clorofila se juntam em complexos antena. Inúmeras dessas antenas formam um disco tilacoide. Pilhas desses discos alinham-se em um único cloroplasto. Cem dessas fábricas de energia solar podem alimentar uma única célula vegetal. Milhões de células podem formar uma única folha. Um milhão de folhas farfalham numa única e gloriosa ginkgo.

Zeros demais: os olhos dos estudantes se dispersam. Ela precisa tirá-los da fronteira porosa entre o torpor e o maravilhamento. "Há bilhões de anos, uma única célula sortuda com o poder de se duplicar aprendeu a transformar uma bola estéril de gás venenoso e rochas vulcânicas neste jardim povoado. E tudo o que você quer, teme e ama se tornou possível." Eles acham que ela enlouqueceu, e isso não a incomoda. Fica satisfeita em deixar uma memória nos futuros distantes dessas pessoas, futuros que vão depender da inescrutável generosidade das coisas verdes.

Tarde da noite, cansada demais das aulas e da pesquisa para continuar trabalhando, ela lê seu amado Muir. *Caminhando mil milhas até o golfo* e *Meu primeiro verão na Sierra* fazem sua alma flutuar até o teto e a rodopiam como se ela fosse um sufi. Ela escreve seus trechos favoritos no verso da capa dos cadernos de campo e dá uma espiada neles quando a politicagem do departamento e a crueldade dos humanos assustados a deixam desolada. As palavras resistem a toda a brutalidade do dia.

Todos nós viajamos na Via Láctea juntos, árvores e homens. [...] *A cada caminhada com a natureza recebemos mais do que estávamos procurando. O caminho mais claro para adentrar o universo é através de uma floresta selvagem.*

Patty-Planta se torna Pat Westerford, uma maneira de disfarçar seu gênero nas correspondências profissionais. Seu trabalho sobre tulipeiros lhe rende um doutorado. Acontece que aqueles tubos de drenagem longos, verticais e encorpados são fábricas mais complexas do que qualquer um imagina. O *Liriodendron* tem um repertório de aromas. Ele exala compostos orgânicos voláteis que fazem todo tipo de coisa. Ela ainda não sabe como o sistema funciona. Sabe apenas que é complexo e bonito.

Ela consegue um pós-doutorado em Wisconsin. Em Madison, procura por vestígios de Aldo Leopold. Tenta encontrar a imponente robínia, com seus cachos perfumados e suas vagens de sementes, uma árvore que impressionou tanto John Muir a ponto de ele querer se tornar naturalista. Mas a robínia transformadora foi cortada doze anos antes.

O pós-doc se transforma em uma vaga de professora adjunta. Não ganha quase nada, mas a vida não exige muito. Seu orçamento está felizmente livre daquelas duas despesas principais, status e entretenimento. E a natureza está repleta de comida gratuita.

Ela começa a examinar áceres-açucareiros em uma floresta a leste da cidade. Sua descoberta acontece como acontece a maioria das descobertas: por acidente, um acidente longamente preparado. Patricia chega na mata em um dia ameno de junho e encontra uma de suas árvores ensacadas sob uma brutal invasão de insetos. A princípio, tem a impressão de que os dados dos últimos dias estão arruinados. Improvisa e guarda as amostras da árvore avariada, bem como de alguns áceres vizinhos. De volta ao laboratório, amplia a lista de compostos a serem observados. Nas semanas seguintes, descobre algo em que nem ela mesma está pronta para acreditar.

Uma segunda árvore é infestada. Patricia faz as medições mais uma vez. E, de novo, duvida das evidências. Chega o outono, e as folhas de suas complexas fábricas químicas param de funcionar e caem no chão da floresta. Ela se prepara para o inverno dando aulas, tornando a conferir os dados, tentando aceitar as implicações malucas que eles trazem. Vagueia pela floresta, pensando se deve publicar os resultados ou continuar com o experimento por mais um ano. Os carvalhos ainda brilham em um tom avermelhado, e as faias, em um bronze deslumbrante. Parece prudente esperar.

A confirmação chega na primavera seguinte. Mais três testes, e ela se convence. As árvores atacadas bombeiam inseticidas para se salvar. Isso é incontestável. Mas os dados mostram outra coisa que faz sua pele ficar arrepiada: árvores um pouco mais distantes, intocadas pelos enxames invasores, aumentam suas próprias defesas quando as vizinhas são atacadas. Algo as *alerta*. Ficam sabendo do desastre e se preparam. Patricia controla todos os fatores que pode, e os resultados são sempre os mesmos. Apenas uma conclusão faz sentido: as árvores doentes enviam alertas que as outras árvores farejam. Os áceres de Patricia estão *sinalizando*. Estão conectados em uma rede de transmissão aérea, compartilhando um sistema imunológico ao longo de hectares de floresta. Esses troncos estacionários e sem cérebro estão protegendo uns aos outros.

Ela não consegue acreditar. Mas as evidências confirmam. E, na tarde em que ela finalmente aceita o que os dados estão mostrando, seu corpo esquenta e lágrimas escorrem pelo rosto. Até onde sabe, ela é a primeira criatura nessa aventura expansiva da vida que percebeu uma coisinha pequena, mas clara, que a evolução está tramando. A vida está falando consigo mesma, e ela ouviu a conversa.

Escreve sobre os resultados com a maior sobriedade possível. Seu relatório é pura química, concentrações, taxas; nada além do que o aparelho de cromatografia gasosa é capaz de registrar. Mas, na conclusão do artigo, não resiste a sugerir o que os resultados mostram:

> *O comportamento bioquímico de árvores individuais apenas faz sentido se olharmos para essas árvores como membros de uma comunidade.*

O artigo da dra. Pat Westerford é aceito por uma publicação respeitável. Os revisores erguem as sobrancelhas, mas os dados são sólidos, e ninguém é capaz de encontrar sequer um problema, exceto o bom senso. No dia em que o artigo é publicado, Patricia sente que pagou sua dívida com o mundo. Se morrer amanhã, vai ter acrescentado essa pequena coisa àquilo que a vida descobriu sobre si mesma.

A mídia capta o que ela desvendou. Ela é entrevistada por uma revista de ciências popular. Tem dificuldade de ouvir as perguntas pelo telefone e acaba tropeçando nas respostas. Mas a matéria é publicada, e outros jornais a procuram. "Árvores falam umas com as outras." Ela recebe cartas de pesquisadores de vários cantos do país pedindo detalhes. É convidada para falar no encontro regional da sociedade dos profissionais de silvicultura.

Quatro meses depois, a revista científica que publicou o artigo publica uma carta assinada por três dendrologistas renomados. Os homens dizem que os métodos dela são falhos e as estatísticas, problemáticas. As defesas das árvores intactas podem ter sido ativadas por outros mecanismos. Ou pode ser que as árvores já estivessem comprometidas por insetos de alguma maneira que ela não percebeu. A carta zomba da ideia de que as árvores enviam alertas químicos umas às outras:

> *Patricia Westerford exibe uma incompreensão quase constrangedora sobre as unidades de seleção natural* [...]. *Mesmo que, de alguma forma, uma mensagem seja "recebida", isso não implicaria de forma alguma que tal mensagem tenha sido "enviada".*

A carta sucinta contém quatro menções a *Patricia* e nenhuma a qualquer título de doutoramento, exceto quando os autores assinam. Dois professores de Yale e um acadêmico renomado da Northwestern contra uma garota adjunta desconhecida da Madison: ninguém da área tenta sequer replicar a descoberta de Patricia Westerford. Os pesquisadores que lhe escreveram pedindo mais informações param de responder as cartas dela. Os jornais que escreveram as matérias impressionadas publicam agora relatos de seu brutal desmascaramento.

Patricia comparece à sua palestra agendada no congresso de silvicultura do Meio-Oeste, em Columbus. A sala é pequena e abafada. O aparelho auditivo dela uiva com a microfonia. Os slides travam no carrossel. As perguntas são hostis. Lidando com elas detrás do púlpito, Patricia sente seu antigo defeito de fala retornar para puni-la por sua prepotência. Durante os três agoniantes dias do congresso, as pessoas se cutucam quando ela passa pelos corredores do hotel: *Aquela ali é a mulher que acha que as árvores são inteligentes.*

A Universidade de Madison não renova o seu contrato. Ela se apressa para arrumar um emprego em outro lugar, mas o ano letivo já está adiantado demais. Não consegue ao menos um trabalho para lavar o material de laboratório de algum pesquisador. Nenhum outro animal se reagrupa mais rápido do que o *Homo sapiens*. Sem um laboratório para usar, ela não pode provar que está certa. Aos trinta e dois anos, Patricia começa a dar aula como substituta no ensino médio. Amigos da área murmuram consolos, mas ninguém vai a público defendê-la. Sua razão de viver escoa como o verde de um ácer no outono. Depois de longas semanas solitárias relembrando o que aconteceu, decide que é hora de trocar de pele.

É covarde demais para se entregar às cenas que rodam na sua cabeça todas as noites enquanto tenta dormir. A dor a impede. Não a dela: a dor que ela infligiria à mãe, aos irmãos e aos amigos que restaram. Só a floresta a protege da vergonha perpétua. Ela vagueia pelas trilhas de inverno, sentindo os botões robustos e pegajosos dos castanheiros-da-índia com os dedos congelados. O sub-bosque se enche de pegadas como dedos acusatórios rabiscados na neve. Ela escuta a floresta, a conversa sussurrada que sempre a sustentou. Mas tudo que consegue ouvir é a sabedoria ensurdecedora das multidões.

Meio ano se passa no fundo do poço. Em uma manhã de domingo azul brilhante, no auge do verão, Patricia encontra vários chapéus ainda não abertos de *Amanita bisporigera*, em uma área de carvalhos nas terras baixas do Token Creek. Os fungos são lindos, mas assumem formas que fariam corar a velha doutrina das assinaturas. Ela os coloca dentro de um saco de coleta e os leva para casa. Lá, prepara um banquete de domingo para uma só pessoa: filé de peito de frango com manteiga, azeite de oliva, alho, echalotas e vinho branco, todos temperados com a quantidade necessária de Anjo Destruidor para fazer seus rins e seu fígado pararem de funcionar.

Ela põe a mesa e se senta para uma refeição que cheira a saúde. A beleza do plano é que ninguém vai saber. Todos os anos, micologistas amadores confundem *A. bisporigera* com *Agaricus silvicola* ou mesmo *Volvariella volvacea*. Nem amigos, nem familiares, nem colegas de trabalho pensarão algo além do seguinte: ela estava errada em sua pesquisa controversa, e errada na escolha de corpos de frutificação de fungos para o jantar. Leva o garfo fumegante à boca.

Algo a detém. Sinais inundam seus músculos, mais bonitos do que qualquer palavra. *Isso não. Venha. Não tema.*

O garfo volta para o prato. Ela desperta como uma sonâmbula. Garfo, prato, banquete de cogumelos: tudo se transforma, enquanto ela observa, em um acesso de loucura, agora dissipado. Em um piscar de olhos, não consegue acreditar no que seu medo animal estava disposto a fazer com ela. A opinião dos outros a deixou pronta para sofrer a mais agonizante das mortes. Joga toda a comida no lixo e fica com fome, uma fome mais maravilhosa do que qualquer refeição.

Sua vida de verdade começa nessa noite, um longo bônus pós-morte. Nada nos próximos anos poderá ser pior do que o que ela estava disposta a fazer consigo mesma. A estima humana não pode mais atingi-la. Agora ela está livre para experimentar. Para descobrir qualquer coisa.

Um espaço em branco de vários anos. Sim, vistos pelo lado de fora: Patricia Westerford desaparece nos subempregos. Organizando caixas em depósitos. Limpando chão. Trabalhos esquisitos que a levam do norte do Meio-Oeste através das Grandes Planícies até as altas montanhas. Ela não está ligada a nenhum grupo, não tem acesso a equipamentos. Não tenta vagas em laboratórios ou pensa em voltar à sala de aula, mesmo quando ex-colegas a incentivam a se candidatar. Praticamente todos os seus velhos amigos a adicionam à lista de pessoas atropeladas pela ciência. Na verdade, ela está ocupada aprendendo uma língua estrangeira.

Com poucas pretensões no tempo e nenhuma na alma, ela se volta para o exterior, para a floresta, a negação verde de todas as carreiras. Não teoriza nem especula mais. Apenas observa, anota e desenha em uma pilha de cadernos, as únicas posses que mantém além das roupas. Seus olhos ficam mais próximos e mais estreitos. Em muitas noites, ela acampa com Muir sob os espruces e os abetos, completamente perdida, procurando vertiginosamente o cheiro dos oceanos terrestres, dormindo em leitos de líquen espesso, quarenta centímetros de um travesseiro de agulhas marrom, a terra viva sob a mochila dela, a influência fluida da terra ascendendo em suas fibras, e todos os troncos gigantescos que cercam e vigiam. A partícula do seu *eu* mais íntimo se junta novamente a tudo aquilo do qual foi separado — o plano do verde fugitivo. *Saí apenas para uma caminhada e finalmente decidi ficar fora até o pôr do sol, uma vez que sair, descobri, era na verdade entrar.*

Ela lê Thoreau diante de fogueiras à noite. *E como eu não me entenderia com a terra? Não sou também folha e húmus?* E: *Quem é esse Titã que me possui? Fale de mistérios! — Pense em nossa vida na natureza — diariamente apresentados à matéria, fazendo contato com ela — rochas, árvores, vento em nossas faces! a terra* sólida*! o mundo* verdadeiro*! o* senso comum*!* Contato! Contato! Quem somos nós? Onde estamos?

Agora ela vagueia para o Oeste. É impressionante como as economias duram quando você aprende a forragear e coletar a própria comida. Esse país está inundado de comida grátis. Você só precisa saber onde procurar. Certa vez ela olha para o próprio rosto, enquanto joga água nele em um posto de gasolina próximo a uma floresta nacional de um estado onde ela é só uma principiante. Parece maravilhosamente gasta pelas intempéries, muito mais velha do que os anos que tem. Já entrou em decadência. Logo vai começar a deixar as pessoas assustadas. Bom, ela sempre deixou as pessoas assustadas. Pessoas furiosas que odiavam o mundo selvagem acabaram com a carreira dela. Pessoas com medo zombaram da sua ideia de que as árvores enviam mensagens umas às outras. Ela perdoa todas elas. Isso não é nada. As coisas que mais assustam as pessoas um dia serão admiradas. E então as pessoas farão o que quatro bilhões de anos as moldaram para fazer: parar e enxergar o que estão vendo exatamente.

Em uma tarde de fim de outono, ela estaciona sua lata-velha no acostamento ao longo da pista panorâmica de Fishlake, no extremo oeste do planalto do Colorado, no sul de Utah. Dirigiu por estradas secundárias saindo de Las Vegas, capital dos pecadores ignorantes, na direção de Salt Lake City, capital dos santos malandros. Desce do carro e caminha até as árvores da encosta, no lado oeste da estrada. Há álamos espalhados ao longo da cordilheira para além do que os olhos podem ver. *Populus tremuloides.* Nuvens de folhas douradas cintilam em troncos finos tingidos de verde pálido. O ar está parado, mas os álamos tremulam como se estivessem ao vento. Só os álamos estremecem enquanto todas as outras árvores permanecem completamente imóveis.

Os longos e achatados pés das folhas se retorcem diante da brisa mais suave e, ao redor de Patricia, um milhão de espelhos bitonais de cádmio piscam contra o céu azul puro.

As folhas oraculares tornam o vento audível. Elas filtram a luz direta e a enchem de expectativa. Os troncos se erguem retos e nus, desbastados pela idade na parte de baixo, depois lisos e esbranquiçados até que surjam os primeiros galhos. Círculos de líquen verde pálido se espalham sobre eles. Ela está dentro de uma sala branca acinzentada, um saguão com pilares para a vida após a morte. O ar estremece, dourado, e o chão está coberto de ramos caídos e rametas mortos. A encosta tem um cheiro seco e expansivo. A atmosfera é quase como um riacho correndo na montanha.

Patricia Westerford abraça a si mesma e, por nenhum motivo, começa a chorar. A árvore da casa de sol navajo canta. A árvore que Hércules transformou em uma coroa, a árvore que ele sacrificou quando voltou do inferno. A árvore das folhas cuja infusão protegia do mal os caçadores nativos. Essa árvore, a mais largamente distribuída da América do Norte, com parentes próximos em três continentes, parece de repente insuportavelmente rara. Patricia caminhou por florestas com álamos no Canadá, a solitária madeira de lei resistindo em uma latitude dominada pela monotonia das coníferas. Esboçou os tons pálidos de verão deles em toda a Nova Inglaterra e no norte do Meio-Oeste. Acampou entre eles em afloramentos quentes e secos acima de riachos de neve derretida, nas Montanhas Rochosas. Encontrou-os rabiscados de conhecimento codificado em arborglifos nativos. Deitou com os olhos fechados nas montanhas do Sudoeste, memorizando o tom de arrepio inquieto. Traçando seu caminho pelos galhos caídos, ela escuta de novo. Nenhuma outra árvore faz esse som.

Os álamos ondulam em sua brisa indetectável, e ela começa a perceber coisas escondidas. Na parte superior de um tronco, ela vê marcas de garra logo acima de sua cabeça, a escrita enigmática dos ursos. Mas esses cortes são antigos, com cicatrizes enegrecidas nas bordas. Nenhum urso cruza essa floresta há muito tempo. Raízes emaranhadas se derramam pelas margens de um riacho. Patricia as observa, a parte exposta de uma rede subterrânea de dutos que conduzem água e minerais por dezenas de hectares, até que surjam outros caules aparentemente distintos que revestem os afloramentos rochosos onde é difícil encontrar água.

No ponto mais alto da subida, há uma pequena clareira criada com uma motosserra. Alguém andou tentando melhorar as coisas por ali. Ela pega a lupa presa ao chaveiro e observa um dos cepos para estimar o número de anéis. As mais velhas entre as árvores derrubadas tinham cerca de oitenta anos. Ela ri do número, tão cômico, pois essas cinquenta mil arvorezinhas ao seu redor brotaram de uma massa de rizoma mais antiga do que os cem últimos milênios. Debaixo da terra, os troncos de oitenta anos têm pelo menos cem mil. Ela não ficaria surpresa se descobrisse que essa grande e combinada criatura de clones semelhante a uma floresta está ali há mais de um milhão de anos.

Foi por isso que Patricia parou: para ver a maior e mais antiga coisa do mundo. Ao redor dela, um único macho de troncos geneticamente idênticos se espalha por mais de cinquenta hectares. É uma coisa de outro planeta, algo além da sua capacidade de compreensão. No entanto, como bem sabe a dra. Westerford, as coisas de outro mundo estão por todos os lados, e as árvores gostam de brincar com as ideias dos homens, do mesmo jeito que um menino brinca com um besouro.

Do outro lado da estrada onde ela estacionou, os álamos descem na direção de Fish Lake, onde cinco anos antes um engenheiro chinês refugiado acampou com as três filhas a caminho de Yellowstone. A menina mais velha, batizada em homenagem à heroína de uma ópera de Puccini, logo vai ser procurada pelo FBI por incêndios criminosos cujo prejuízo equivale a cinquenta milhões de dólares.

Três mil quilômetros a leste, um estudante de escultura nascido em uma família de agricultores do Iowa, em uma peregrinação ao Metropolitan Museum, passa diante do único álamo-trêmulo em todo o Central Park, e não o nota. Viverá para passar diante da árvore novamente trinta anos depois, mas apenas porque jurou à heroína de Puccini que, aconteça o que acontecer, ele não vai se matar.

Ao norte, na espinha curva das Montanhas Rochosas, em uma fazenda perto de Idaho Falls, um veterano da força aérea, nessa mesma tarde, constrói baias para os cavalos de um amigo do tempo de seu velho esquadrão. Um trabalho oferecido por piedade, que vem com casa e comida, mas que o veterano quer abandonar assim que puder. Por ora, no entanto, ele faz as laterais do curral com madeira de álamo. Mesmo que a madeira não seja lá muito boa, não vai se despedaçar com o coice de um cavalo.

Em um subúrbio de St. Paul, não muito longe de Lake Elmo, dois álamos crescem no lado sul do terreno de um advogado especialista em propriedade intelectual. Ele está apenas vagamente ciente da presença deles e, quando sua namorada de espírito livre pergunta, responde a ela que são bétulas. Em algum momento, dois derrames sérios vão derrubá-lo, reduzindo todos os álamos, bétulas, faias, pinheiros, carvalhos e áceres a uma única palavra que ele levará meio minuto para pronunciar.

Na Costa Oeste, no emergente Vale do Silício, um menino guzerate-americano e seu pai constroem álamos primitivos com sólidos pixels preto e branco. Estão criando um jogo que, para o menino, dá a sensação de que ele está caminhando no meio de uma floresta virgem.

Essas pessoas não significam nada para Patty-Planta. E, no entanto, as vidas delas estão conectadas há muito tempo, no subsolo profundo. Sua consanguinidade será como um livro que se abre. No futuro, o passado sempre fica mais claro.

Daqui a muitos anos, ela escreverá seu próprio livro, *A floresta secreta*. Na primeira página, estará escrito:

> Você e a árvore do seu jardim vêm de um ancestral comum. Há um bilhão e meio de anos, vocês tomaram caminhos separados. Mas, mesmo agora, depois de uma imensa jornada em direções distintas, você e aquela árvore ainda compartilham um quarto de seus genes...

Ela continua parada no alto da elevação, olhando na direção de uma ravina seca. Álamos por todos os lados, e o fato de nenhum deles ter crescido a partir de uma semente dá um nó na sua cabeça. Em toda essa parte do Oeste, em dez mil anos, poucos álamos cresceram assim. Há muito tempo o clima mudou, e as sementes de álamos não conseguem mais se desenvolver aqui. Mas eles se propagam pelas raízes. Eles se espalham. Há colônias de álamos no extremo norte, onde estavam os mantos de gelo, colônias mais antigas do que os próprios mantos. As árvores imóveis estão *migrando* — conglomerados imortais de álamos que recuam diante das últimas geleiras de três quilômetros de espessura, depois as seguem de volta na direção norte. A vida não responderá à razão. E *sentido* é uma coisa muito jovem para ter algum poder sobre ela. Todo o drama do mundo está reunido no subsolo — uma massa de coros sinfônicos que Patricia pretende ouvir antes de morrer.

Ela olha para a baixada e tenta adivinhar para que lado está indo o seu macho, esse álamo clone gigante. Está vagando pelas colinas e barrancos há dez milênios em busca de uma fêmea gigante para fertilizar. Algo na subida seguinte lhe dá um soco no estômago. Esculpido no coração do clone tentacular, há um conjunto habitacional entre as fitas de novas estradas. As casas, com apenas alguns dias de idade, cortam vários hectares do sistema de raízes de uma das coisas mais exuberantes da Terra. A dra. Westerford fecha os olhos. Ela viu árvores morrendo por todo o Oeste. Os álamos estão secando. Comidos por tudo que possui cascos, e sem acesso ao fogo rejuvenescedor, bosques inteiros estão desaparecendo. E agora ela vê uma floresta, que se espalha por essas montanhas desde antes de os humanos deixarem a África, sendo substituída por casas de férias. Ela vê isso em um grande vislumbre de ouro reluzente: árvores e humanos, em guerra pela terra, pela água e pela atmosfera. E é capaz de escutar, mais alto do que o farfalhar das folhas, qual lado perderá ao vencer.

No início dos anos 1980, Patricia vai para o noroeste. Há ainda gigantes crescendo no país, retalhos de florestas primárias, do norte da Califórnia ao estado de Washington. Ela quer ver como é uma floresta virgem, enquanto ainda existe alguma para ver. O oeste da cordilheira Cascades em um setembro úmido: nada em sua experiência a preparou para aquilo. De uma distância média, sem nenhuma noção de escala, as árvores não parecem maiores do que os sicômoros e tulipeiros do leste. Mas, de perto, a ilusão desaparece, e Patricia se perde no oposto da razão. Tudo o que consegue fazer é olhar, rir e olhar um pouco mais.

Tsuga, abeto gigante, cedro-amarelo, abeto-de-douglas: coníferas monstruosas com contrafortes desaparecem na névoa acima dela. Espruces-marítimos se projetam em cecídios maiores que uma minivan — quilo por quilo, uma madeira mais forte que o aço. Um único tronco pode encher um caminhão. Até os menores espécimes seriam grandes o suficiente para dominar uma floresta oriental, e cada hectare possui pelo menos cinco vezes mais madeira. Muito abaixo desses gigantes, no sub-bosque, o próprio corpo dela parece assustadoramente pequeno, como uma das pessoas de bolota que ela fazia na infância. Um buraquinho em uma daquelas colunas de ar solidificado poderia ser sua casa.

Estalos e rangidos perturbam o silêncio da catedral. O ar parece tão verde crepuscular que ela sente como se estivesse debaixo d'água. Chovem partículas: nuvens de esporos, teias desfeitas e pelos de animais, corpos secos de ácaros, excreções de insetos e penas de pássaro... Todos tentam subir mais alto do que os outros, brigando por retalhos de luz. Se ela ficar parada por muito tempo, as videiras vão usá-la de suporte. Patricia caminha em silêncio, esmagando dez mil invertebrados a cada passo, procurando rastros em um lugar onde pelo menos uma das línguas nativas usa a mesma palavra para *pegadas* e *compreensão*. A terra cede debaixo dela, como um colchão rajado.

Uma encosta exposta a leva até uma depressão. Ela balança o bastão de caminhada logo a frente, e a temperatura cai quando ela atravessa uma cortina térmica. O dossel da floresta é um escorredor pontilhando com manchas de sol as superfícies repletas de besouros. Para cada tronco imenso, há centenas de mudas amontoadas na serrapilheira. Samambaias-espada, hepáticas, líquens e folhas tão pequenas quanto grãos de areia mancham cada centímetros dos troncos úmidos levados ao chão. Os musgos são densos como florestas em miniatura.

Ela pressiona fissuras nas cascas e seu indicador afunda até o segundo nó. Uma caminhada de exploração pelo sub-bosque revela o tamanho da putrefação prodigiosa. Toras esfareladas e crivadas de criaturas, apodrecendo há séculos. Emaranhados góticos retorcidos, prateados como pingentes de gelo invertidos. Ela nunca tinha inalado uma decomposição tão fecunda. A enorme massa de vida moribunda em cada metro cúbico, tecida com filamentos fúngicos e teias de aranha evidenciadas pelo orvalho, deixa Patricia tonta. Cogumelos sobem pelas laterais dos troncos em saliências escalonadas. Salmões mortos alimentam as árvores. Encharcadas pela neblina durante todo o inverno, coisinhas verdes esponjosas que ela não sabe como chamam cobrem cada pilar de madeira com um feltro grosso, até muito acima da cabeça dela.

A morte está por todos os lados, linda e opressiva. Ela entende de onde veio a doutrina da silvicultura à qual ela tanto resistiu na universidade. É possível perdoar uma pessoa que, diante desse apodrecimento glorioso, pense que *velho* significa decadente, que esses grossos tapetes de decomposição são cemitérios de celulose que precisam de um machado rejuvenescedor. Ela entende por que a espécie dela vai sempre temer esses matos densos e sufocados, onde a beleza das árvores solitárias dá lugar a algo amontoado, assustador e insano. Quando as fábulas se tornam apavorantes, quando os filmes de assassinos em série chegam ao horror primitivo, é aqui que as crianças condenadas e os adolescentes rebeldes precisam vagar. Há coisas piores aqui do que bruxas e lobos, medos ancestrais que nenhum nível de civilização jamais domará.

A floresta prodigiosa a faz avançar. Ela passa diante do tronco imenso de um cedro-vermelho-ocidental. Sua mão acaricia as tiras fibrosas que descascam de um tronco canelado cuja circunferência é semelhante à altura de um corniso-florido. Tem cheiro de incenso. A parte superior foi arrancada, substituída por um candelabro de galhos promovidos a troncos substitutos. Uma gruta se abre ao nível do solo no coração apodrecido da madeira. Famílias inteiras de mamíferos podem viver dentro dela. Mas os galhos, mil anos depois, borrifos escamosos inclinados para baixo, uma dúzia de andares acima dela, ainda estão cheios de pinhas.

Ela fala com o cedro, usando as palavras dos primeiros humanos da floresta. “Criador da Vida Longa. Eu estou aqui. Aqui embaixo." Ela se sente boba, no início. Mas cada palavra é um pouco mais fácil do que a anterior.

"Obrigada pelas cestas e pelas caixas. Obrigada pelas capas, chapéus e saias. Obrigada pelos berços. As camas. As fraldas. Canoas. Remos, arpões e redes. Postes, toras, estacas. As telhas que não apodrecem. A lenha que sempre acenderá."

Cada novo item é uma libertação e um alívio. Sem razão para desistir agora, ela deixa a gratidão transbordar. "Obrigada pelas ferramentas. Os baús. Os deques. Os guarda-roupas. Os painéis. Estou esquecendo... Obrigada", ela diz, seguindo o ritual antigo. "Por todos esses presentes que você ofereceu." E ainda sem saber como parar, ela acrescenta: "Desculpa. Não sabíamos como era difícil vocês voltarem a crescer."

Ela consegue um emprego no Departamento de Gestão de Terras. Guarda-florestal. A descrição da vaga parece tão milagrosa quanto as árvores descomunais: ajudar a preservar e proteger, para as gerações presentes e futuras, os lugares onde o homem é um mero visitante transitório. A mulher do mato precisa usar um uniforme. Mas ela é paga para ficar sozinha, carrega nas costas o mais que bem-vindo peso de uma mochila, lê um mapa topográfico, cava caminhos de escoamento, fica atenta à fumaça e ao fogo, ensina as pessoas a não deixarem rastro, segue os ritmos da terra e vive totalmente de acordo com as estações do ano. Sim, limpar depois da passagem dos seres humanos. Juntar intermináveis sacolinhas, salgadinhos, lacres de cerveja, papel-alumínio, latas e tampas de garrafa espalhados por prados floridos ou paisagens cênicas remotas, espetados nos galhos de abetos nobres, sob riachos gelados, atrás de cachoeiras. Ela sem dúvida pagaria ao governo para que isso fosse feito.

O supervisor pede desculpas pelo estado da cabana onde ela vai ficar, perto de um bosque de cedros antigos. Não há água corrente, e os insetos e roedores têm uma biomassa muito maior do que a da bípede recém-chegada. Ela só consegue rir. "Você não imagina. Você não imagina. Isto aqui é um palácio."

Amanhã ela vai caminhar quarenta quilômetros, afrouxando os parafusos das placas presas às árvores da trilha para que seus câmbios corticais possam continuar crescendo. Do outro lado da encosta, a casca de um grande espruce engoliu uma placa dos anos 1940 do Serviço Florestal que agora diz apenas CUIDADO COM.

A chuva noturna começa. Ela vai até a clareira e se senta sob o aguaceiro, usando somente uma camiseta larga de algodão, e fica ouvindo a madeira desenvolver novas células. Volta para dentro da cabana. Na cozinha, acende o lampião de querosene com um fósforo e carrega a chama para o quarto. O estrondo de um rato-trocador telegrafa outro ataque aos pertences inúteis de Patricia. Na semana passada, foi um par de presilhas de cabelo. Muito escuro agora para procurar o mais recente item saqueado. Ela faz a higiene sobre a bacia de água fria no canto do cômodo e vai para a cama. Assim que seu ouvido escuta o travesseiro bolorento, ela é transportada para a casa de férias ancestral, onde o futuro ainda irradia as mais belas formas infinitas.

Trabalha por onze venturosos meses. Não é ameaçada uma única vez por animais silvestres e, pelas pessoas acampando, apenas duas. Na chuva constante, tudo fica mofado. Árvores monstruosas sugam o aguaceiro e o liberam de volta em forma de vapor. Esporos se espalham por todas as superfícies úmidas. Suas pernas ostentam frieiras até os joelhos. Às vezes, quando ela se deita e fecha os olhos, sente que o musgo vai cobrir suas pálpebras antes que ela as abra de novo. Trabalha por dias para construir um depósito de ferramentas, limpando alguns metros quadrados de matagal. No final do ano, o pequeno corte na vegetação rasteira está novamente coberto de arbustos e mudas. Ela adora pensar que todos os avanços do homem diante da blitz verde são implacavelmente esmagados.

Ela não sabe disso mas, enquanto reabilita áreas para fogueiras e limpa acampamentos ilegais cheios de latas de cerveja e papel higiênico, um artigo aparece. É publicado em uma revista respeitável, uma das melhores que a humanidade já criou. Árvores trocam mensagens por partículas de aerossol, diz o artigo. Elas fabricam remédios. Suas fragrâncias despertam e alertam as vizinhas. São capazes de sentir uma espécie predadora e convocar uma força aérea para vir em seu auxílio. Os autores citam o artigo dela de tanto tempo atrás, tão ridicularizado. Reproduzem as descobertas da dra. Westerford e as estendem para contextos surpreendentes. Palavras que ela quase esqueceu continuaram à deriva no ar, iluminando outras palavras, como um sopro de feromônios.

Um dia Patricia está em uma vala de drenagem, serrando galhos de uma trilha remota que o vento derrubou. Percebe um movimento na vegetação rasteira — os animais mais perigosos. Chegando mais perto, fica observando dois pesquisadores, cientistas andarilhos da confederação desorganizada que se reúne todos os verões nos trailers frágeis cheios de equipamentos de laboratório, em uma clareira a alguns quilômetros da cabana dela. Ela tem medo de confrontos com sua antiga tribo. Sempre fala o mínimo possível. Hoje, diminui o passo e observa. Através da floresta e a essa distância, os dois homens parecem ursos de circo, eretos e desajeitados, usando roupas de lenhador.

A dupla anda pelo meio do mato e se aproxima de um lugar que lhes parece interessante. Um dos homens pia suavemente, uma imitação ronronante perfeita. Ela já ouviu esse chamado durante a noite, embora nunca tenha visto quem estava chamando. Essa imitação a teria enganado. O homem repete o som. Supreendentemente, algo responde. Um dueto se forma: o claro e atrevido canto de acasalamento do humano seguido pelo pesado mas prestativo pássaro, que se esconde entre as árvores. Um risco no céu, e a coruja aparece. A ave da sabedoria e dos feiticeiros. É a primeira *Strix occidentalis* que Patricia vê na vida. Coruja-pintada: a espécie ameaçada de extinção que os cientistas querem salvar deixando intocadas florestas primárias de bilhões de dólares porque são o único lugar onde esses animais podem viver. Ela pousa, mítica, em um galho a três metros da dupla de sedutores. Ave e homem se olham. Uma das espécies tira fotos. A outra só gira a cabeça e pisca os olhos enormes. Então a coruja desaparece e, após mais algumas anotações, também os humanos. Patricia se pergunta se está dormindo ou acordada.

Três semanas mais tarde, ela está de novo no mesmo lugar, arrancando plantas invasoras. Os ramos grossos e peludos das árvores-do-céu deixam seus dedos fedendo a café e manteiga de amendoim. Ela sobe um caminho em zigue-zague em um bom ritmo e encontra de novo os dois pesquisadores. Estão alguns metros acima na encosta, ajoelhados diante de um tronco caído. Antes que ela possa sair correndo, eles a veem e acenam. Pega em flagrante, ela acena de volta e vai caminhando até eles. O homem mais velho está no chão, de lado, colocando criaturas minúsculas dentro de frascos de coleta.

"Besouros-de-ambrosia?" As duas cabeças se voltam para ela, assustadas. Toras em decomposição: o tópico já foi sua paixão, e ela não consegue se controlar. "Quando eu era estudante, meu professor nos dizia que troncos caídos não eram nada além de obstáculos e potenciais causas de incêndio."

O homem no chão olha para ela. "O meu disse a mesma coisa."

"'Tire eles do caminho para melhorar a saúde da floresta.'"

"'Queime todos por questões de limpeza e segurança. Acima de tudo, deixe eles longe dos rios.'"

"'Faça isso e veja como o lugar estagnado volta a produzir!'"

Os três riem. Mas a risada se parece com apertar um machucado. *Melhorar a saúde da floresta.* Como se as florestas estivessem esperando há quatrocentos milhões de anos que nós aparecêssemos para curá-las. A ciência a serviço da cegueira intencional: como tantas pessoas inteligentes não viram o óbvio? Basta alguém olhar para perceber que um tronco morto tem muito mais vida do que os vivos. Mas a observação nunca tem muita chance contra o poder da doutrina.

"Bom", diz o homem no chão. "Eu estou peitando o velho cretino agora!"

Patricia sorri, a esperança empurrando a dor como uma brisa na chuva. "O que vocês estão estudando?"

"Fungos, artrópodes, répteis, anfíbios, pequenos mamíferos, excrementos de insetos, teias, tocas, solo... Tudo que a gente puder flagrar um tronco morto fazendo."

"Há quanto tempo vocês estão fazendo isso?"

Os dois homens se olham. O mais jovem entrega ao outro mais um frasco de coleta. "Há seis anos."

Seis anos em uma área em que a maioria dos estudos dura alguns meses. "Mas como vocês conseguiram financiamento por tanto tempo?"

"Nosso plano é estudar esse tronco específico até que ele desapareça."

Ela ri de novo, um pouco mais solta. Um tronco de cedro no chão molhado da floresta: os tataranetos dos alunos de pós-graduação dos pesquisadores vão ter que terminar o projeto. Durante sua ausência, a ciência ficou maluca como Patricia sempre achou que ela deveria ser. "Vocês vão desaparecer muito antes dele."

O homem do chão se senta. "A melhor coisa em estudar a floresta é que você vai morrer antes que o futuro o acuse de não ter visto o óbvio!" Ele olha para ela como se também valesse a pena pesquisá-la. "Doutora Westerford?"

Ela pisca, perplexa como uma coruja. Então se lembra do distintivo no peito, disponível para qualquer um ler. Mas aquele *Doutora*. Só podem ter tirado do passado enterrado dela. "Desculpa", ela diz. "Não lembro de ter conhecido vocês."

"Você não nos conhece! Ouvimos uma palestra sua, anos atrás. No congresso de estudos florestais, em Columbus. Sinalização pelo ar. Fiquei tão impressionado que pedi cópias do seu artigo."

Não era eu, ela gostaria de dizer. *Era outra pessoa. Alguém morta e apodrecendo em algum lugar.*

"Eles te atacaram bastante."

Ela dá de ombros. O cientista mais jovem a contempla como um menino visitando o museu Smithsonian.

"Eu sabia que você seria absolvida." A perplexidade dela é suficiente para deixar tudo óbvio. O porquê de ela estar vestindo um uniforme de guarda-florestal. "Patricia. Eu sou Henry, prazer. Esse é o Jason. Venha visitar a estação." A voz dele é suave, mas urgente, como se houvesse algo em jogo. "Você vai gostar de ver o que o nosso grupo está fazendo. Vai gostar de saber o que aconteceu com o seu trabalho enquanto você esteve ausente."

No fim da década, a dra. Westerford chega à mais surpreendente descoberta: ela é capaz de amar seus semelhantes. Nem todos eles, mas, com uma robusta e duradoura gratidão verde, pelo menos os trinta e poucos de sempre que a acolhem e fazem com que a Estação de Pesquisa Dreier, na floresta experimental Franklin da cordilheira Cascades, lhe pareça um lar, e é ali que ela passa várias dúzias de meses seguidos, os meses mais felizes e produtivos que ela jamais imaginava viver. Henry

Fallows, o pesquisador-chefe, lhe oferece uma bolsa. Outros dois grupos de pesquisa de Corvallis a adicionam em suas folhas de pagamento. O dinheiro é pouco, mas eles oferecem a ela um trailer mofado no Gueto da Pradaria, além de livre acesso ao laboratório móvel, com todos os reagentes e pipetas de que ela precisa. As latrinas e os chuveiros comunitários parecem luxos pecaminosos perto da cabana de guarda-florestal, com seus banhos gelados de esponja na varanda à noite. Além disso, há comida caseira no refeitório, embora em certos dias ela esteja tão imersa no trabalho que alguém precisa avisá-la que já chegou a hora de comer de novo.

A reputação pública da dra. Westerford, como a filha de Deméter, emerge de volta do submundo. Artigos científicos dispersos ratificam seu trabalho original sobre sinais aéreos. Jovens pesquisadores encontram evidências que sustentam a ideia, em variadas espécies. Acácias alertam outras acácias quando há girafas rondando. Salgueiros, choupos, amieiros: todos são pegos alertando uns aos outros pelo ar sobre invasões de insetos. Não faz diferença, a reabilitação dela. Ela não se importa muito com o que acontece fora dessa floresta. Tudo de que precisa está aqui, sob esse dossel: a maior biomassa de qualquer lugar da Terra. Rios íngremes e implacáveis percorrem os rochedos onde o salmão desova — água gelada o suficiente para aplacar qualquer dor. Cascatas brilham sobre encostas transformadas em jade pelo musgo e tombam carregando galhos caídos. Nas clareiras dispersas, distribuídas aqui e ali pelo sub-bosque, reúnem-se congregações secretas de amora-salmão, sabugueiro, mirtilo, sinforina, bengala-do-diabo, spray-do-oceano e uva-de-urso. Imensas coníferas, monolitos retilíneos com quinze andares de altura e a circunferência equivalente à largura de um carro, sustentam um telhado acima de tudo. O ar ao redor dela ressoa com barulho de vida acontecendo. *Chibi* de carriças invisíveis de inverno. Pústulas industriais causadas por marteladas de pica-pau. Zumbidos de mariquita. Agitação de turdídeos. O amontoado de tetrazes ciscando pelo chão da floresta. De noite, o pio frio das corujas gela seu sangue. E, sempre, a canção eterna das rãs arborícolas.

Através desse Éden, as descobertas surpreendentes dos colegas confirmam as suspeitas dela. Uma observação longa e lenta faz parecer ridículo o que as pessoas pensam sobre árvores. Em resumo: a rica massa marrom do solo — formada sobretudo por micróbios e invertebrados desconhecidos, talvez um milhão de espécies — canaliza a decadência e se utiliza da morte de maneiras que só agora ela começa a entrever. Ela adora se sentar para o almoço e fazer parte do riso e dos dados compartilhados, a rede vertiginosa trocando descobertas. O grupo inteiro, *observando*. Ornitólogos, geólogos, microbiologistas, ecologistas, zoólogos evolutivos, especialistas em solo, sumos sacerdotes da água. Cada um deles conhece inúmeras verdades locais minuciosas. Alguns trabalham em projetos concebidos para durar duzentos anos ou mais. Outros saíram diretamente de Ovídio, humanos prontos para se transformarem em coisas mais verdes. Juntos, formam uma grande associação simbiótica, como as que eles estão estudando.

Acontece que, para manter os circuitos fluindo, os milhões de fios emaranhados e invisíveis da selva temperada precisam de todo tipo de intermediário da morte. Limpar tal sistema significa secar os inúmeros poços que se autoabastecem. Esse evangelho da nova silvicultura é confirmado pelas descobertas mais incríveis: barbas de líquen bem no alto, que crescem somente nas árvores mais antigas e injetam de volta ao sistema vivo um nitrogênio essencial. Roedores subterrâneos que se alimentam de trufas e espalham pelo chão da floresta os esporos de fungos anjo-da-morte. Fungos que se fusionam às raízes das árvores em cooperações tão apertadas que é difícil dizer onde um organismo termina e outro começa. Coníferas pesadas que no alto do dossel fazem brotar raízes adventícias, que então mergulham de volta para se alimentar da terra acumulada nos ângulos de seus próprios galhos.

Patricia se entrega aos abetos-de-douglas. Retos como flechas, cilíndricos, subindo trinta metros antes do primeiro galho. Eles formam seu próprio ecossistema, hospedando mais de mil espécies de invertebrados. Matéria-prima das cidades, rainha das árvores cultivadas, a árvore sem a qual os Estados Unidos teria sido um projeto muito diferente. Os espécimes favoritos de Patricia estão espalhados perto da estação. Ela consegue encontrá-los com a lanterna frontal. O maior deles deve ter seis séculos de idade. É tão alto, tão próximo dos limites impostos pela gravidade, que a água leva um dia e meio para subir das raízes até a mais elevada das sessenta e cinco milhões de agulhas. E cada ramo cheira a libertação.

As coisas que ela flagra os abetos-de-douglas fazendo a enchem de alegria. Quando as raízes laterais de dois abetos se encontram no subsolo, elas se fundem. Através desses nós autoenxertados, as duas árvores unem seus sistemas vasculares e se tornam uma só. Ligadas no subsolo por milhares de quilômetros de fios fúngicos vivos, as árvores de Patricia alimentam e curam umas às outras, mantêm vivas as jovens e as doentes, unem seus recursos e metabólitos em fundos comunitários... Levará anos para que isso seja compreendido. Haverá descobertas, verdades inacreditáveis confirmadas por uma rede mundial de pesquisadores no Canadá, na Europa, na Ásia, todos empolgados trocando informações por canais cada vez melhores e mais rápidos. Suas árvores são muito mais sociais do que até mesmo ela suspeitava. Não há indivíduos. Não há sequer espécies separadas. Tudo o que há na floresta é a floresta. A competição não pode ser separada dos infinitos compostos da cooperação. As árvores lutam tanto quanto as folhas de um único indivíduo. Parece, no fim das contas, que a maioria da natureza *não* está brigando com unhas e dentes até tirar sangue. Para começar, as espécies da base da cadeia alimentar não têm garras nem dentes. Mas, se as árvores compartilham seus depósitos, então cada gota vermelha precisa flutuar em um mar verde.

Os homens querem que ela volte a Corvallis para dar aula.

"Não sou boa o suficiente. Ainda não sei nada direito."

"Isso nunca nos impediu!"

Mas Henry Fallows pede a ela que pense sobre isso. "Vamos conversar quando você estiver pronta."

O coordenador da estação de pesquisa, Dennis Ward, sempre traz presentinhos quando está por ali. Ninhos de vespas. Galhas de insetos. Pedras bonitas polidas pelos córregos. Esse arranjo entre os dois faz Patricia se lembrar do que ela tinha com o rato-trocador com quem dividia a cabana. Visitas relâmpago, regulares e tímidas, negociando bugigangas inúteis. Depois, dias sem aparecer. E, assim como Patricia se apegou ao seu roedor residente, ela também se afeiçoa a esse homem gentil e lento.

Certa noite, Dennis traz comida para o jantar. É um ato de puro forrageamento. Travessa de cogumelos e avelãs, com o pão que ele assou dentro de um protetor de planta direto nas chamas de uma queimada de vegetação rasteira. A conversa dessa noite não é muito inspirada. Raramente é, e ela é grata por isso. "Como estão as árvores?", ele pergunta, como sempre faz. Ela diz a ele o que é capaz de dizer, poupando-o da bioquímica.

"Caminhada?", ele pergunta quando terminam de enxaguar a louça em um captador de água de reúso. Uma das perguntas que ela mais gosta, e para qual sempre responde: "Caminhada!".

Ele deve ter dez anos a mais do que ela. Ela não sabe nada sobre ele, e não faz perguntas. Falam apenas de trabalho: a lenta pesquisa dela sobre as raízes dos abetos, o trabalho impossível dele em encurralar cientistas e fazê-los cumprir as regras mais básicas. Ela mesma já entrou no outono da vida. Quarenta e seis anos — mais velha do que o pai era quando morreu. Todas as flores murcharam há muito tempo. Mas aqui está a abelha.

Eles não vão muito longe; não podem. A clareira é pequena, e as trilhas, muito escuras para serem percorridas. Mas eles não precisam ir muito longe para estar no meio de tudo que ela ama. A decomposição, o declínio, a madeira morta, a prolífica e exuberante morte ao redor deles, de onde um verde terrível se ergue, cavalgando em todas as direções com suas serpentinas transformadoras.

"Você é uma mulher feliz", diz Dennis, em algum lugar nesse grande vale entre a pergunta e a afirmação.

"Eu sou *agora*."

"Você gosta de todo mundo que trabalha aqui. Isso é impressionante."

"É fácil gostar das pessoas que levam as plantas a sério."

Mas ela também gosta de Dennis. Em seus movimentos vagos e no silêncio abundante, ele obscurece a fronteira entre duas moléculas quase idênticas, a clorofila e a hemoglobina.

"Você é autossuficiente. Como suas árvores."

"Mas essa é a questão, Dennis. Elas não são autossuficientes. Tudo aqui está fazendo acordos com todo o resto."

"Eu também acredito nisso."

Ela ri da pureza da intuição dele.

"Mas você tem sua rotina. Você tem o seu trabalho. Isso mantém você ocupada o tempo todo."

Ela não diz nada, já assustada. No limiar de uma meia-idade satisfatória, essa emboscada.

Ele sente o corpo dela contraído. Pela duração de vários cantos de coruja, ele não acrescenta nenhuma sílaba. Então: "O negócio é o seguinte. Eu gosto de cozinhar pra você".

Ela dá um suspiro longo e escorrega para a maneira como as coisas devem ser. "É legal ter alguém que cozinhe pra mim."

Mas tudo é menos assustador do que ela poderia ter imaginado. Muito mais leve. Ele diz: "E se a gente continuar cada um com o seu lugar separado? E só... se encontrar de tempos em tempos?".

"Isso... pode funcionar."

"Fazer nosso trabalho. Se encontrar pro jantar. Como agora!" Ele parece surpreso ao fazer a conexão entre sua proposta ousada e o que o presente já lhe apresenta.

"Sim." Ela ainda não consegue acreditar que a sorte pode ir tão longe.

"Mas eu gostaria de assinar os papéis." Ele olha por uma abertura entre os abetos-ocidentais, onde o sol inegavelmente começou a se pôr. "Porque daí, quando eu morrer, você pode receber a pensão."

Ela pega a mão trêmula dele no escuro. A sensação é boa, como a que uma raiz deve ter quando, depois de séculos, encontra no subsolo outra raiz à qual se entrelaçar. Há cem mil espécies de amor, inventadas separadamente, cada uma mais engenhosa que a outra, e todas elas continuam fazendo coisas novas.

Olivia Vandergriff

A neve está na altura de suas coxas, e a caminhada é lenta. Olivia Vandergriff atravessa montículos brancos como um animal de carga, de volta à pensão no limite do campus. A última aula de sua vida de modelos de séries temporais e regressão linear finalmente chegou ao fim. O carrilhão na praça central repica cinco horas, mas, tão perto do solstício, a escuridão se fecha ao redor de Olivia como se fosse meia-noite. Sua respiração cria uma casca no lábio superior. Ela toma ar de novo, e cristais de gelo cobrem a faringe. O frio sobe pelo nariz feito um filamento de metal. Ela poderia morrer aqui, de verdade, a cinco quarteirões de casa. O frescor das coisas a deixa entusiasmada.

Dezembro do último ano da faculdade. O semestre tão perto de terminar. Ela pode tropeçar agora, cair de cara no chão e, ainda assim, rolar até a linha de chegada. O que falta? Uma prova de respostas concisas sobre análise de sobrevivência. Um trabalho final de macroeconomia intermediária. A identificação de cento e dez imagens para a aula de Obras-Primas da Arte Universal, sua matéria eletiva de escape. Mais dez dias e um semestre, e aquilo vai terminar de vez.

Três anos atrás, ela achava que ciências atuariais era o mesmo que contabilidade. Quando o orientador educacional disse que se tratava do custo e da probabilidade de eventos inesperados, o rigor aliado ao aspecto macabro fez com que ela respondesse: *Sim, por favor*. Se a vida exigia uma dedicação servil a uma carreira, havia coisas piores a que se dedicar do que calcular o valor pecuniário da morte. Ser uma das três únicas mulheres do curso também lhe causou um pequeno frisson. Era estimulante, desafiar as probabilidades.

Mas o estímulo há muito tempo havia parado de funcionar. Ela fez três vezes o exame preliminar da Sociedade Nacional de Atuários e bombou nos três. Parte do problema é a aptidão. Parte são o sexo, as drogas e as festas que viram a madrugada. Ela vai conseguir se formar. É capaz de lidar com isso. Caso contrário, vai experimentar quaisquer oportunidades que o desastre trouxer. Um desastre, como provam as ciências atuariais e como diz Olivia a seus amigos excessivamente preocupados, é apenas mais um número.

Ela dobra na Cedar Street na semiescuridão. Outros estudantes, tropeçando sob o peso de suas mochilas, traçaram caminhos pela neve, seguindo rastros pouco confiáveis da primeira pessoa que passou por ali. Embaixo da neve fresca, calçadas rachadas avançam sobre as raízes salientes das árvores, as ondas sísmicas mais lentas do mundo. Ela olha para cima. Embora vá sentir falta de pouca coisa quando deixar esse fim de mundo para trás, ela realmente adora os postes de luz. Seus globos cor de creme da virada do século parecem velas suaves. A luz tímida ilumina o caminho entre as residências estudantis até que ela chegue ao seu desconjuntado, de estilo gótico americano, que já foi o palacete de um cirurgião e agora está dividido em cubículos privativos com cinco escadas de incêndio e oito caixas de correio.

Iluminada pelo poste de luz em frente a sua casa, há uma árvore singular que outrora cobriu a superfície da Terra — um fóssil vivo, uma das coisas mais antigas e estranhas a já ter aprendido o segredo da madeira. Uma árvore cujo esperma precisa nadar através de gotículas para fertilizar o óvulo. Suas folhas são tão variadas quanto os rostos humanos. Seus galhos, à luz da rua, têm uma silhueta extraordinária e, alinhados com os bizarros ramos laterais curtos, tornam a árvore inconfundível mesmo no inverno. Olivia mora há um semestre debaixo dessa árvore e não sabe que ela está ali. Nessa noite, passa de novo pela árvore sem vê-la.

Vence os degraus nevados e entra no corredor escuro repleto de bicicletas. Fecha a porta, mas o ar gelado continua fluindo pelas frestas. O interruptor de luz debocha dela no outro lado do saguão. Seis passos no corredor polonês, e Olivia corta o tornozelo no câmbio traseiro de uma bicicleta. Seus xingamentos ecoam pelas escadas. Ela reclamou das bicicletas nas reuniões da casa durante todo o semestre. Mas as bicicletas seguem aqui, apesar de todos os votos contra, de seu tornozelo gélido talhado e sujo de graxa e de seu senso de justiça enfurecido gritando: "Merda, merda, *merda*!".

Mas nada importa. Só mais cinco meses, e a vida vai começar. Mesmo que ela esteja vivendo num apartamentinho alugado sem água quente em cima de uma lanchonete gordurenta onde é garçonete, todos os futuros crimes e contravenções serão gloriosamente dela.

Alguém no alto da escada dá uma risadinha. "Tá tudo bem?" Risos sufocados escoam da cozinha. Seus colegas de pensão, entretidos pela raiva habitual de Olivia.

"Tudo", ela diz. Casa. Doze de dezembro de 1989. O Muro de Berlim caindo. Do Báltico aos Bálcãs, milhões de pessoas oprimidas tomam as ruas invernais. O tornozelo aberto escorre sangue pelo hall de entrada. E daí? Ela se abaixa e pressiona um lenço de papel na ferida para estancar o fluxo. A ardência é brutal.

Abraços a esperam no andar de cima: dois rotineiros, um debochado, um frio e outro carregado de saudade envergonhada. Ela detesta os contínuos abraços fajutos dos companheiros de casa, mas retribui o gesto. Na última primavera o grupo convergiu em uma orgia de entusiasmo mútuo. No fim de setembro, o festival de amor comunitário se transformou em recriminações diárias. *De quem são esses pelos na minha gilete? Alguém roubou o naco de haxixe que eu deixei no freezer. Quem enfiou todo aquele resto de peru no triturador?* Mas uma garota pode fazer qualquer coisa perto da linha de chegada.

A cozinha tem um cheiro maravilhoso, ainda que ninguém a convide para comer. Ela dá uma olhada na geladeira. As perspectivas são atrozes. Não come há dez horas, mas decide aguentar um pouco mais. Se conseguir esperar para comer depois de sua festa particular, o ato de comer vai ser como dançar com semideuses.

"Me divorciei hoje", ela anuncia.

Palmas e parabéns dispersos. "Demorou demais", diz a menos favorita de suas ex-almas gêmeas.

"Verdade. Meu processo de divórcio já tá mais longo que meu casamento."

"Não volte a usar o nome de solteira. O seu atual é bem melhor."

"Que ideia foi essa de casar, afinal?"

"Esse tornozelo tá feio. Melhor pelo menos limpar a graxa." Mais uma rodada de risinhos abafados.

"Também amo vocês." Olivia rouba a garrafa de cerveja de alguém — a única coisa na geladeira que não está rançosa — e a leva para o seu quarto reabilitado no sótão. Lá, na cama, mata a garrafa inteira sem sequer levantar a cabeça. Talento adquirido. A graxa e o sangue do tornozelo mancham a colcha.

Ela e Davy se encontraram no tribunal pela última vez naquela tarde, entre as aulas de econometria e análise linear. Agora tudo acabou, e a certidão de divórcio não pode deixá-la mais triste do que já está. Mas ela tem, sim, seus arrependimentos. Amarrar sua vida à de outra pessoa — um impulso do segundo ano de faculdade — parecia tão total, arrebatador e inocente. Durante dois anos, seus pais permaneceram furiosos com aquela idiotice. Seus amigos nunca entenderam. Mas ela e Davy pareciam obstinados a provar que todos estavam errados.

Os dois se amavam, do jeito deles, mesmo que esse jeito consistisse principalmente em ficar chapado, ler Rumi em voz alta, e então se pegarem entorpecidos. Mas o casamento transformou os dois em pessoas abusivas. Depois da terceira vez improvisando um túnel do terror de um parque mal-ajambrado, que acabou com ela fraturando o metacarpo do dedo mindinho, alguém teve que ficar de cara limpa e acabar com a brincadeira. Não tinham bens sobre os quais discutir, e nenhuma criança envolvida, exceto eles mesmos. O divórcio deveria ter levado um dia e meio. O fato de ter demorado dez meses se deveu principalmente à luxúria nostálgica por parte de ambos os litigantes.

Olivia coloca a garrafa vazia sobre o aquecedor, junto com as outras recrutas mortas, e vasculha o ninho de tranqueiras ao lado da cama até encontrar o CD player. O divórcio pede uma cerimônia. O casamento foi sua aventura, e ela precisa comemorar. Davy levou o Rumi, mas ela ficou com vários discos de trance que eles adoravam, e maconha o suficiente para hoje transformar os arrependimentos em risadas. Há a prova final de análise linear para deixá-la preocupada, claro. Mas ainda faltam três dias, e ela sempre estuda melhor quando está um pouco mais relaxada.

Deveria ter se dado conta há dois anos, mesmo durante aquele arrebatamento inicial, que qualquer relação em que ela mentisse três vezes nas primeiras duas horas poderia não ser uma boa aposta a longo prazo. Eles estavam caminhando debaixo das cerejeiras no arboreto do campus. Ela declarava um amor profundo por todas as coisas com flores, o que tinha um sabor de algo verdadeiro, pelo menos naquele momento.

Contou a ele que o pai era um advogado de direitos humanos, algo que também não era totalmente falso, e que a mãe era escritora, ainda que baseado em fatos possíveis. Ela não tem vergonha dos pais. Na verdade, uma vez foi suspensa na escola primária por dar um soco em uma garota que chamou seu pai de "flácido". Mas, no mundo das histórias gratificantes — seu terreno favorito —, os pais de Olivia são muito menos do que deveriam ter sido. Então ela os enfeitou um pouquinho para o homem com quem já havia decidido passar o resto da vida.

Davy também mentiu. Contou que não precisava se formar, que tinha se saído tão bem em um concurso que o Departamento de Estado lhe oferecera um emprego. A lorota era tão ultrajante a ponto de ter uma espécie de beleza. Ela tinha uma queda por pessoas que fantasiavam. Mais tarde, debaixo da chuva das flores de cerejeira, ele mostrou a ela a latinha vitoriana com a propaganda de cera de bigode na tampa e as seis longas e finas balas de maconha dentro. Ela nunca tinha visto nada parecido, exceto nos filmes antidrogas do ensino médio. Logo depois disso, se vendeu à arte de planar sobre a Terra agitada. Assim começou seu romance, ainda em andamento, com uma dádiva que não parava de ser dada, um romance que, ao contrário daquele com Davy, certamente duraria a vida toda.

Ela coloca para tocar a playlist de trance, se acomoda em seu amado assento na janela, abre o vidro para a noite gélida e sopra nuvens de fumaça na armadilha mortal que é a escada de incêndio. O telefone toca, mas ela não atende. É um dos três homens a quem não pode continuar enganando com a sua logística. O telefone continua tocando. Olivia não tem secretária eletrônica. Quem usaria um aparelho que o torna responsável por retornar uma ligação? Ela conta os toques, uma espécie de meditação. Uma dúzia de intimações enquanto expele duas nuvens gordas de haxixe no ar congelado da rua. A persistência insana elimina algumas possibilidades, até que ela se dá conta.

Só pode ser o ex tentando falar com ela, na esperança de marcar a ocasião com uma última briga passional.

O despertar psico-sócio-sexual da pequena Olivia: muito mais educação do que ela imaginava que ia receber quando veio para a cidade. Chegou ao campus três anos antes com um ursinho de pelúcia, um secador de cabelo, uma pipoqueira elétrica e uma honraria do ensino médio pelo seu desempenho no vôlei. Ela pretende sair na próxima primavera com um histórico escolar repleto de crateras, dois piercings na língua, uma tatuagem de flores na escápula e um caderninho de viagens mentais que ela nunca poderia ter imaginado.

Ainda é uma boa garota, ou uma espécie disso. O plano é simplesmente ser uma garota mais ou menos má por alguns meses. Então vai se endireitar e seguir para o Oeste, para onde sempre vão todos os bons miseráveis. E, uma vez que estiver lá — onde quer que seja lá —, haverá tempo de sobra para descobrir como salvar o seu diploma meia-boca. Ela é esperta, quando necessário. E sabe, com um pouco de dedicação, como ser mais do que apenas bonitinha. Coisas estão acontecendo; o mundo está se abrindo. Talvez ela dê um pulo em Berlim, agora que o futuro está se encaminhando para lá. Vilnius. Varsóvia. Algum lugar onde as regras estão sendo criadas do zero.

A música acerta seus deltoides e leva seu cérebro para uma brisa preguiçosa. Há uma colônia de aranhas sob sua pele. Quando coloca a palma da mão sobre a coxa, a correnteza continua deslizando até o horizonte das ideias. Logo surge uma explosão de pensamentos, uma ideia ligada à outra de um jeito que faz toda a bagunça da história da humanidade parecer tão adorável e evidente. O universo é grande, e por um tempo ela pode voar pelas galáxias próximas, liquidando coisas só pela diversão, se não abusar de seus poderes nem machucar ninguém. Ela adora tanto essa viagem.

Então as melodias começam, as internas. Desliga o CD player e pensa em como vai cruzar o oceano do quarto. Quando se levanta, a cabeça continua subindo, ereta, até uma nova camada da existência. Sua risada a impulsiona, ajuda no equilíbrio, e ela navega pelas tábuas do assoalho, os seios brilhando como pérolas preciosas. Depois de um tempo, chega aonde queria e fica parada por um minuto, tentando se lembrar por que mesmo precisava ir até ali. Difícil ouvir qualquer coisa enquanto tocam as melodias mágicas que ela mesma inventou.

Ela se senta na escrivaninha de madeira aglomerada e pega o caderno de música. Notações musicais de verdade lhe parecem uma escrita secreta, mas ela criou seu próprio sistema para preservar as melodias que chegam até ela enquanto viaja. Cor da linha, espessura e localização codificam o registro das melodias ofertadas. E, no dia seguinte, depois que o zumbido passa, ela olha para esses rabiscos e pode ouvir a música tocando de novo. Como ficar chapada por estar perto de alguém fumando, de graça.

A música dessa noite a empurra de volta para a cadeira enquanto uma banda com instrumentos desconhecidos toca a canção que os anjos irão tocar a Deus na noite em que Ele decidir levar todo mundo de volta para casa. É a melhor trilha sonora interior que ela já criou, talvez a melhor coisa que fez em toda a vida. Começa a chorar e tem vontade de ligar para os pais. Quer voltar para a área comum da casa e abraçar os colegas, desta vez de verdade. A música diz: *Você não sabe como cintila de um jeito tão brilhante.* Diz: *Tem algo reservado para você, aquela coisa límpida e perfeita que você quer desde a infância.* Então aquele êxtase sagrado se torna ridículo, e ela ri, com certo descontrole, da sua própria alma desperdiçada.

Mas a música e a sensação de êxtase deixam todo o corpo formigando. Tomar um banho quente se torna uma urgência religiosa. Seu banheiro improvisado — instalado no mesmo sótão do quarto — ostenta uma pele de gelo no interior da parede norte. O segredo é ligar a água quente antes de tirar a roupa. Quando entra na ducha do tipo faça-você-mesmo, está quase desmaiando de fome, e o ar do banheiro parece uma caxemira com padrões de gelo e fogo. Ela olha para baixo. O chão do box se enche de espuma ensanguentada. Dá um grito. Então se lembra do tornozelo cortado. Enquanto ensaboa o machucado aberto, é de novo acometida por risadinhas. Os seres humanos são tão frágeis. Como conseguiram sobreviver tempo o suficiente para fazer toda a merda que fizeram?

Limpar a ferida arde como o diabo. É um corte dentado e feio. Se deixar uma cicatriz, ela pode escondê-la com mais uma tatuagem — tipo uma correntinha de tornozelo, quem sabe. Começa a ensaboar as pernas. A suavidade da pele parece o melhor presente de divórcio que uma garota poderia ganhar. Cada toque é elétrico. Seu corpo cintila e exige ser satisfeito.

Alguém bate na porta com força. "Tudo bem aí?"

A voz dela leva um instante para sair. "Me deixa, por favor."

"Você gritou."

"Grito parou. Obrigada!"

Ela volta a se materializar no quarto. O corpo, envolto em toalha e vapor, brilha de necessidade. Até o ar gelado toca nela como um *sex toy*. O mundo não oferece nada melhor do que esse passeio solitário até a crista do êxtase. Ela deixa a toalha cair e se abre sobre a cama. O mergulho nos cobertores dura para sempre e vai ficando cada vez melhor. Ela se estica até a cúpula da luminária de chão para apagá-la e mergulhar na escuridão deliciosa. Mas, quando a mão úmida acaricia o interruptor no soquete barato, toda a corrente da casa entra em seu braço e se espalha pelo seu corpo. Os músculos envolvem o solavanco como em um experimento científico, fazendo com que a mão se feche ao redor da descarga que a está matando.

Ela fica deitada ali, nua, molhada, convulsionando, a mão serpenteando no ar, tentando tirar a palavra *socorro* do fundo dos pulmões através de uma boca rígida pela voltagem. Consegue dar à luz um gemido ambíguo antes que seu coração pare. No andar de baixo, seus colegas de casa ouvem o grito, o segundo da noite. O som cru de intimidade os faz corar.

"Olivia", diz um deles, sorrindo.

"Sem comentários."

A casa inteira escurece no momento em que ela morre.

Tronco

Um homem está sentado em sua cela em uma prisão de segurança média. As árvores o colocaram ali. As árvores e o excesso de amor por elas. Ele ainda não sabe dizer o quanto estava errado, ou se escolheria novamente estar tão errado. O único texto que pode responder a essa pergunta se espalha, ilegível, sob suas mãos.

Seus dedos traçam a grã no tampo de madeira da mesa. Ele tenta entender como essas espirais na madeira podem ter vindo de uma coisa tão simples como anéis. Um mistério no ângulo do corte, o encaixe da plaina entre os cilindros. Se seu cérebro fosse um pouquinho diferente, a questão poderia ser simples. Se ele mesmo tivesse crescido de outro jeito, poderia ser capaz de ver.

A grã embaixo de seus dedos ondula em faixas irregulares — espessa clara, fina escura. Ele fica surpreso ao constatar, depois de uma vida toda olhando para a madeira: está vendo as estações, o pêndulo anual, a explosão da primavera e o recolhimento do outono, a batida de uma canção de compasso dois por quatro, em um meio que a própria peça criou. A grã vagueia como ravinas e cordilheiras em um mapa topográfico. O pálido avançando, o escuro se retraindo. Por um momento, os anéis se transmutam a partir do corte angular. Ele pode mapeá-los, projetar suas histórias na plaina da madeira. Ainda que ele seja analfabeto. Largos nos anos bons — com certeza — e estreitos nos ruins. Mas nada além.

Se pudesse ler, se pudesse traduzir... Se fosse uma criatura um pouquinho diferente, então seria capaz de aprender sobre o sol que brilhou, a chuva que caiu e a direção do vento que soprou contra esse tronco, e por quanto tempo, e com qual intensidade. Poderia decodificar os vastos projetos que o solo organizou, os congelamentos mortais, o sofrimento e a luta, as deficiências e os excedentes, os ataques repelidos, os anos de luxo, as tempestades vencidas, a soma das ameaças e oportunidades que vieram de todos os lados durante todas as estações que essa árvore já viveu.

Seus dedos se movem pela escrivaninha da prisão, tentando aprender essa escrita estrangeira, transcrevendo-a como um monge em um scriptorium. Ele segue a grã e pensa nas coisas que esse almanaque antigo e ilegível poderia dizer, as coisas que a madeira cheia de memórias poderia lhe contar nesse lugar onde o trancaram, sem mudança de estações e com um clima constante.

Ela fica morta por um minuto e dez segundos. Sem pulsação, sem respirar. Então o corpo de Olivia, arrancado da luminária no instante em que os fusíveis queimam, se derrama sobre a borda da cama e desaba no chão. O impacto volta a colocar o coração parado em movimento.

Nua e em coma nas tábuas do assoalho de pinho: é assim que o novo ex-marido de Olivia a encontra quando entra no quarto, na esperança de uma briga explosiva seguida de sexo de reconciliação. Ele a leva às pressas ao hospital universitário, onde ela revive. Ainda está zonza. Suas costelas estão machucadas, a mão está queimada e o tornozelo, lacerado. O médico quer um relato completo, o que Olivia não consegue dar.

O ex-marido inútil e perturbado a deixa nas mãos dos médicos. Eles querem fazer algum tipo de avaliação neurológica. Querem um exame de imagem. Mas Olivia foge quando ninguém está olhando. É um hospital universitário, todo mundo está ocupado. Ela atravessa o saguão, o retrato da saúde perfeita. Quem vai impedi-la? Volta para a pensão e se tranca no quarto. As pessoas da casa sobem ao sótão para vê-la, mas ela se recusa a abrir a porta. Por dois dias inteiros, fica escondida no quarto. A cada vez que alguém bate na porta, a voz lá dentro responde: "Eu tô bem!". Ninguém sabe para quem ligar. Não se ouve nem um som atrás da porta, exceto um arrastar de pés abafado.

Olivia dorme, fica deitada, abraça as costelas machucadas e tenta se lembrar do que aconteceu. Ela tinha morrido.

Naqueles segundos sem pulsação, formas poderosas, mas desesperadas, acenaram para ela. Elas lhe mostraram alguma coisa, imploraram a ela. Mas, no momento em que Olivia voltou à vida, tudo desapareceu.

Encontra o caderno de música prensado atrás da mesa. Rabiscos coloridos recriam a melodia que estava em sua cabeça logo antes da eletrocussão. Através da música, ela recupera grande parte do desastre noturno. Vê a si mesma desfilando pelo sótão reformado, viciada em seu próprio corpo. É como observar um animal de zoológico circulando pela jaula. Pela primeira vez, se dá conta de que *estar sozinha* é uma contradição idiomática. Até nos momentos mais íntimos de um corpo, algo se junta a ele. Alguém falou com ela quando ela estava morta. Usou sua cabeça como uma tela para pensamentos desencarnados. Ela passou por um túnel triangular com luzes estroboscópicas e emergiu em uma clareira. Ali, as presenças — a única maneira de chamá-las — removeram sua venda e a deixaram olhar *através*. Depois ela voltou ao corpo cárcere, e as vistas incríveis desfocaram e sumiram.

Ela pensa: *Talvez eu esteja com lesões cerebrais*. Precisa fechar os olhos várias vezes por hora, enquanto palavras movem seus lábios silenciosos. *Me diga o que aconteceu. O que devo fazer agora?* Demora um pouco até ela perceber que está rezando.

Ela falta a todas as provas finais. Liga para os pais e diz que não vai voltar para casa no Natal. O pai fica perplexo, depois magoado. Normalmente, ela começaria a gritar mais alto do que ele. Mas a raiva de ninguém pode machucar uma garota que já morreu. Conta tudo a ele, a solitária celebração do divórcio, a eletrocussão. Não adianta esconder agora. Algo está observando tudo — sentinelas atentos e enormes sabem quem ela é.

Seu pai parece perdido, do mesmo jeito que ela se sente quando está na cama de noite, certa de que nunca mais vai recuperar o que lhe mostraram enquanto estava morta. Agora, post mortem, ela ouve o medo do pai — correntes subterrâneas sombrias que ela nunca imaginou existirem naquele advogado. Pela primeira vez desde que deixou de ser criança, tem vontade de consolá-lo. "Pai, eu fiz merda. Cheguei no meu limite. Preciso descansar."

"Vem pra casa. Você pode descansar aqui. Não dá pra ficar sozinha no fim de ano."

Ele parece tão frágil. Sempre foi um estranho para ela, um homem de procedimentos onde deveria haver paixões. Agora ela se pergunta se ele também pode alguma vez ter morrido.

Não se falavam por tanto tempo havia anos. Ela conta a ele como é a sensação de morrer. Tenta até mesmo contar sobre as presenças na clareira, aquelas que mostraram coisas, ainda que ela tente usar palavras que não o assustem. *Impulsos. Energia.* Em dois momentos, ele fica a ponto de entrar no carro e dirigir os mil e poucos quilômetros para trazê-la de volta para casa. Ela o convence a não ir. Setenta segundos de morte lhe concederam um poder estranho. Tudo entre eles mudou, como se agora ele fosse a criança e ela, a guardiã.

Ela diz algo que nunca disse antes. "Passa pra mamãe um minutinho. Quero falar com ela." Agora Olivia deve reconhecer e tranquilizar até mesmo a fúria de sua mãe. No fim da conversa, as duas mulheres estão chorando e prometendo uma à outra coisas absurdas.

Ela fica sozinha na casa entre o Natal e o Ano-Novo. Todos os entorpecentes que tem são jogados na privada. Suas notas chegam: dois F, um D− e um C. As letras a distraem da coisa que ela está lutando para tentar lembrar. Passam-se dias inteiros em que mal come. Uma tempestade de gelo cobre a cidade com uma crosta lapidada. Arranca os galhos de carvalhos e áceres. Olivia se senta na cama onde seu coração parou, os joelhos no peito e o caderno de música no colo. Fica de pé, vagueia. O pedaço de assoalho onde Davy a encontrou naquela noite parece quente sob os pés descalços. Ela está viva e não sabe por quê.

Ela passa a noite acordada, olhando para o teto, se lembrando de quando esteve perto da única descoberta que realmente importa. A vida sussurrou instruções para ela, e ela não conseguiu anotar nada. A coisa de rezar vai ficando mais fácil. *Estou parada. Estou ouvindo. O que vocês querem de mim?* Na virada do ano, ela dorme às dez. Duas horas mais tarde, acorda com tiros e levanta sobressaltada, gritando. Então o relógio lhe diz: fogos de artifício. Os anos 1990 chegaram.

Os colegas de pensão voltam no ano que começa. Eles a tratam como se ela estivesse doente. Têm medo dela, agora que sua agressividade desapareceu. Ela fica sentada na cozinha enquanto as pessoas em volta se divertem, enchem a cara e tentam ignorar o fantasma na mesa. Acha impressionante que nunca tenha sentido a tristeza deles ou notado sua angústia. Surpreendentemente, eles ainda acreditam que estão seguros. Vivem como se um calço e um pouco de fita adesiva pudessem mantê-los inteiros. Aos olhos dela, tornaram-se vulneráveis, e infinitamente estimados.

No primeiro dia do novo semestre, Olivia se senta no canto de um auditório enquanto o notável palestrante calcula os pagamentos necessários para que tanto a companhia de seguros quanto a pessoa morta saiam com a sensação de ter ganhado. "O seguro", diz o palestrante, "é a espinha dorsal da civilização. Sem *risk pool* não haveria arranha-céus, filmes *blockbuster*, agricultura em larga escala, organizações médicas."

O assento vazio ao lado dela farfalha. Ela se vira. Então, a centímetros do seu rosto, está a coisa pela qual ela tem rezado. Um cone de ar carregado entra em seus pensamentos. Eles voltaram, acenando. Querem que ela se levante e saia do auditório. Vai fazer qualquer coisa que eles pedirem. Desce os degraus de pedra vestida com o casaco de inverno, atravessa o largo gelado. Passa pelos prédios de salas de aula, a biblioteca, um dormitório de calouros, caminhando sem pensar, atraída e guiada pelas presenças. Por um momento, imagina que seu destino é o cemitério da Guerra de Secessão, ao sul do campus. Depois fica claro que vai na direção do estacionamento onde deixou o carro.

Dentro do carro, entende que vai passar um tempo dirigindo. Para na pensão para buscar algumas coisas. Três idas ao quarto são suficientes para pegar tudo o que poderia querer. Empilha as roupas no banco de trás. Então vai embora.

O carro chega à rodovia estadual. Logo ela está passando pelos prados e pelos bosques de carvalho a noroeste da cidade. O restolho do outono pontilha os campos cobertos de neve. Ela dirige por um longo tempo, obedecendo as presenças. Como a estação de rádio de outra cidade, o sinal delas oscila entre a clareza e a estática. Olivia se torna um instrumento da vontade delas.

Do outro lado do rio Maumee, o caminho vira para o sudoeste. Uma barra de cereal no porta-luvas serve de almoço. Sua bolsinha de moedas tem várias notas e um cartão de débito de uma conta com saldo um pouco abaixo de dois mil dólares. A mente dela não tem nada que se pareça minimamente com um plano. Mas ela se lembra do que Jesus disse sobre as flores e sobre não se preocupar com o amanhã. Uma vez, as freiras obrigaram todos os alunos a decorar um trecho da Bíblia. Ela escolheu aquele para irritar a professora, que adorava pregar responsabilidade pessoal. Olivia gostava do Jesus que assustaria qualquer cristão americano cumpridor da lei e comprador de propriedades. O Jesus comunista, o maluco que vandaliza o comércio, o amigo dos vagabundos. *A cada dia basta o seu cuidado.* Uma rajada de remorso a atinge enquanto ela dirige. *Estou perdendo a aula de inferência estatística.* Apropriado. Até esse ponto da vida, ela perdeu tudo. Agora a inferência desaparece, e logo ela vai *saber.*

Indiana e o crepúsculo chegam mais rápido do que ela imaginava. E a escuridão, ridiculamente cedo, ainda tão perto do solstício. Está ávida por comida de verdade, e tão cansada que passa por cima da faixa de sonorizador coberta de neve que marca o acostamento. As presenças desaparecem por meia hora. A autoconfiança de Olivia vacila. É difícil rezar e dirigir ao mesmo tempo. Diante dela, se espalham os campos de milho vazios do verdadeiro Meio-Oeste. Ela não faz ideia de por que está ali. Então algo vem ocupar o banco do passageiro, e ela consegue dirigir mais cento e cinquenta quilômetros.

Davy lhe disse uma vez que o melhor lugar para dormir na rua é perto de um mercado atacadista. Ela encontra um sem dificuldade e estaciona o carro em um canto bem iluminado do terreno, embaixo de uma câmera de segurança. Uma entrada rápida para ir ao banheiro e comprar um lanche, e então ela volta para o carro e monta acampamento no banco de trás. Adormece sob três pilhas de roupas, rezando, esperando, ouvindo.

Indiana, 1990. Aqui, cinco anos é uma geração, cinquenta é arqueologia, e qualquer coisa mais antiga do que isso vai desaparecendo até virar lenda. E, no entanto, os lugares lembram o que as pessoas esquecem. O estacionamento onde ela dorme já foi um pomar, com árvores plantadas por um membro maluco e gentil do swedenborgianismo que vagava por essas paragens vestindo trapos e um chapéu de lata, pregando o Novo Céu e apagando fogueiras para que os insetos não morressem. Um santo destrambelhado que praticava a abstinência enquanto abastecia quatro estados com uma quantidade suficiente de cidra de maçã para manter todos os pioneiros americanos, dos nove anos ao noventa, um tanto ébrios por décadas e décadas.

Ela passa o dia inteiro seguindo o caminho que Johnny Appleseed percorreu no interior. Olivia leu sobre o homem uma vez, em uma história em quadrinhos que o pai lhe deu.

A revistinha o tornou um super-herói, com o poder de fazer coisas brotarem da terra. Mas não falava nada sobre o filantropo com uma noção perspicaz de propriedade, o andarilho que morreria como dono de quinhentos hectares da terra mais rica do país. Ela sempre achou que ele fosse apenas um mito. Ainda precisa descobrir que mitos são verdades fundamentais distorcidas por fórmulas mnemônicas, instruções enviadas do passado, memórias esperando para se tornar previsões.

Eis uma verdade sobre a maçã: ela gruda na garganta. É uma compra casada: cobiça e compreensão. Imortalidade e morte. Polpa doce e sementes de cianeto. É uma pancada na cabeça que engendra ciências inteiras. Uma discórdia deliciosa e dourada, um presente arremessado em uma festa de casamento que leva a uma guerra sem fim. É a fruta que mantém os deuses vivos. O primeiro e o pior crime que caiu do céu. *Bendito seja o tempo em que a maçã foi apanhada.*

E eis uma verdade sobre as sementes de maçã: elas são imprevisíveis. Pode acontecer qualquer coisa na descendência. Pais tranquilos geram uma criança agitada. O que é doce pode azedar, e o que é amargo pode ficar amanteigado. A única maneira de preservar o sabor de um certo tipo é unir um enxerto e um porta-enxerto. Olivia Vandergriff ficaria surpresa em saber: cada tipo de maçã com um nome remonta à mesma árvore. Jonathan, McIntosh, Empire: giros sortudos na roleta da espécie *Malus.*

E uma maçã com um nome é uma maçã patenteável, como o pai de Olivia diria a ela. Ela brigou com ele certa vez por conta de um dos casos dele. Ele estava ajudando uma multinacional a processar um agricultor que guardara parte da safra de soja e a replantara sem pagar novos *royalties*. Ela ficou indignada. "Você não pode ser dono dos direitos sobre um ser vivo!"

"Você pode. Você deve. Proteger a propriedade intelectual gera riqueza."

"E a soja? Quem tá pagando a soja pela propriedade intelectual dela?"

Ele olhou para ela com aquela careta de quem está julgando: *Você é filha de quem mesmo?*

O homem que já foi dono do terreno onde ela dorme — o missionário errante da maçã com uma panela na cabeça — tinha certeza de que a enxertia causava dor nas árvores. Colhia sementes de maçã do bagaço de um moinho e semeava um pomar a partir dela, um pouco mais para o oeste. E não importa quais fossem as sementes que colocava no solo, elas iriam realizar seus próprios experimentos intencionais e imprevisíveis. Como magia arcana, a mão do homem transformou uma faixa da Pensilvânia a Illinois em um terreno de árvores frutíferas. Durante o dia inteiro, ela dirigiu por aquela área. Dorme agora em um estacionamento que já foi um pomar cheio de maçãs imprevisíveis. As árvores desapareceram, e a cidade esquece. Mas não a terra.

Acorda bem cedo, encolhida de frio, debaixo de uma pilha de roupas. O carro está repleto de seres de luz. Eles estão por todos os lados, insuportavelmente belos, do jeito que ela os viu na noite em que seu coração parou. Eles adentram e se movimentam no corpo dela. Não a repreendem por ela ter esquecido a mensagem. Simplesmente a impregnam com ela mais uma vez. Ela transborda de alegria por tê-los de volta e então começa a chorar. Eles não falam em voz alta. Nada tão bruto assim. Eles não são sequer *eles*. São parte dela, um parentesco de algum tipo que ainda não está claro. Emissários da criação — coisas desse mundo que ela viu e conheceu, experiências perdidas, pedaços de conhecimento ignorados, ramos familiares cortados que ela deve recuperar e reviver. Morrer lhe deu novos olhos.

Você era uma inútil, eles sussurram. *Agora não é mais. Você foi poupada da morte para fazer uma coisa da maior importância.*

Que coisa?, ela tem vontade de perguntar. Mas precisa ficar imóvel e em silêncio.

O momento definidor da vida chegou. Um teste pelo qual ela ainda não passou.

Ela vive pela eternidade, sob uma pilha de roupas, no banco de trás de um carro gelado. Entidades desencarnadas do outro lado da morte se apresentam a ela, aqui, agora, no estacionamento desse mercado, pedindo ajuda. O sol vai se distanciando da Terra. Duas pessoas saem da loja. Acabou de amanhecer, e eles estão empurrando um carrinho com uma caixa do tamanho do carro de Olivia. Os pensamentos dela se fixam em um ponto. *Me digam. Digam o que querem, e eu faço.* Um caminhão passa, triturando as marchas a caminho das docas de carga. Com o barulho, os seres se dispersam. Olivia entra em pânico. Eles não terminaram de lhe dar a missão. Vasculha a bolsa em busca de algo com o que escrever. Em uma caixa de pastilhas para tosse, rabisca *poupada*, *teste*. Mas essas palavras não significam nada.

Agora a manhã chegou de verdade. A bexiga dela está explodindo. Mais um minuto, e só o que importa é fazer xixi. Sai do carro e atravessa o estacionamento na direção da loja. Lá dentro, um homem mais velho a cumprimenta como se ela fosse uma velha amiga. A loja é um carnaval de bem-estar e alegria. Televisões formam uma parede no fundo, variando do tamanho de uma caixa de pão ao de um monolito. Todas estão sintonizadas na mesma diversão matinal. Centenas de paraquedistas se juntam para um culto de igreja no ar. Ela mergulha cinquenta metros pela fileira de telas na direção do banheiro. O alívio, quando vem, é divino. Depois triste de novo. *Só um sinal*, ela implora enquanto se seca. *Só digam o que querem de mim.*

De volta à fila de televisões, o massivo culto aéreo dá lugar a outro acontecimento. Ao longo de toda a parede, na tela de diversos aparelhos, pessoas acorrentadas umas às outras fazem uma trincheira diante de uma escavadeira em uma pequena cidade que o texto da manchete identifica como Solace, Califórnia. Um corte rápido e uma dúzia de pessoas ao redor de uma árvore formam um círculo que mal conseguem fechar. A árvore parece um efeito especial. A câmera, mesmo distante, captura apenas a base nua. Há manchas de tinta azul no tronco colossal. Uma narração explica o conflito, mas a árvore, replicada em uma parede de telas, deixa Olivia tão desconcertada que ela perde os detalhes. A câmera corta para uma mulher de cinquenta anos com os cabelos puxados para trás, camisa xadrez e olhos como faróis. Ela diz: "Algumas dessas árvores já estavam aqui antes de Jesus nascer. Nós já derrubamos noventa e sete por cento das mais antigas. Não podemos achar um jeito de manter os últimos três por cento?".

Olivia congela. As criaturas de luz que a emboscaram no carro acabam de cercá-la novamente, dizendo, *Isso, isso, isso.* Mas, no instante em que entende que deve voltar toda a sua atenção para aquilo, a reportagem termina e outra começa. Ela continua parada, observando pessoas debaterem se lança-chamas são protegidos pela Segunda Emenda. Os seres de luz desaparecem. A revelação se desintegra em forma de eletrodomésticos.

Ela caminha, atordoada, para fora da loja monstruosa. Está faminta, mas não compra nada. Nem consegue se imaginar comendo. Agora no carro, sabe que deve seguir para o Oeste. O sol nasce atrás dela, se derramando pelo espelho retrovisor. A neve rosada do amanhecer cobre os campos. Do lado oeste, as nuvens de estanho começam a clarear, e, em algum lugar abaixo delas, está o grande momento da vida.

Precisa ligar para os pais, mas não tem como contar o que está acontecendo. Dirige mais oitenta quilômetros tentando reconstruir o que acabou de ver. As terras de Indiana depois da colheita brilham amarelas-marrons-pretas até o horizonte.

As estradas estão limpas e os carros são poucos, longe de praticamente qualquer zona urbana. Dois dias atrás, em uma estrada assim, ela estaria dirigindo a cento e trinta. Hoje, dirige como se sua vida valesse alguma coisa.

Perto da fronteira de Illinois, Olivia chega ao alto de uma colina. Mais adiante, uma cancela de ferrovia pisca. Um longo e lento trem de carga interiorano desliza na direção de Gary e Chicago. O constante *ca-tum* das rodas passando pelo cruzamento cria uma melodia de *dub* na cabeça dela. O trem é interminável. Ela se acomoda. Então vê o que o trem está carregando. Os vagões passam estalando, todos lotados de pranchas de madeira. Um rio de madeira cortada em vigas uniformes corre sem fim. Ela começa a contar os vagões, mas para em sessenta. Nunca viu tanta madeira. Um mapa animado surge em sua cabeça: nesse exato instante, trens como esse percorrem o país em todas as direções, alimentando as grandes cidades e suas áreas metropolitanas. Ela pensa: *Eles fizeram isso pra mim.* Depois pensa: *Não: esses trens passam o tempo todo.* Mas agora está preparada para ver.

O último dos vagões com pilhas de madeira passa, a cancela zebrada se levanta, e a luz vermelha para de piscar. Ela não se move. Alguém atrás buzina. Ela continua parada. O motorista buzina com tudo, depois ultrapassa o carro dela, gritando na cabine selada e sacudindo o dedo do meio como se estivesse tentando acendê-lo. Ela fecha os olhos: nas pálpebras, vê pequenas pessoas sentadas e acorrentadas ao redor de uma árvore enorme.

Os produtos mais maravilhosos desses quatro bilhões de anos de vida precisam de ajuda.

Ela ri e abre os olhos, subitamente cheios de lágrimas. *Confirmado. Estou escutando vocês. Sim.*

Ela olha por cima do ombro esquerdo, e vê que um carro no outro sentido parou ao lado dela e abaixou o vidro. Um asiático usando uma camiseta que diz *NOLI TIMERE* está perguntando, pela segunda vez: "Você está bem?". Ela sorri, confirma com a cabeça e faz um gesto pedindo desculpas. Ela dá partida no carro, que tinha desligado enquanto observava o interminável rio de madeira. Então continua dirigindo para o Oeste. Mas agora sabe para onde está indo. Solace. O ar ao redor faísca com conexões. As presenças se iluminam em volta dela, entoando novas melodias. *O mundo começa aqui. Este é o mero início. A vida pode fazer qualquer coisa. Você nem imagina.*

Anos antes e muito mais a noroeste, Ray Brinkman e Dorothy Cazaly Brinkman estão voltando de uma festa, tarde da noite, depois da estreia de *Quem tem medo de Virginia Woolf?*, do grupo St. Paul Players. Acabam de interpretar o jovem casal Nick e Honey, que, após alguns drinques com novos amigos, aprendem o que sua espécie é capaz de fazer.

Meses antes, no início do período de ensaios, os quatro protagonistas saborearam a crueldade da peça. "Eu sou *louquinha*", Dorothy declarou ao resto do elenco. "Admito isso. Mas essas pessoas, essas pessoas *passaram do ponto*." Quando chega a noite de estreia, todos os quatro estão cansados e cheios um do outro, prontos para machucar de verdade. Isso contribui para a qualidade do teatro comunitário. A peça é, de longe, a melhor performance dos Brinkman. Ray impressiona a todos com sua conivência negligente. Dorothy está brilhante nas duas horas de queda livre, da inocência ao conhecimento. Só precisaram de um pouquinho do método Stanislávski para encontrar seus demônios interiores.

Na sexta-feira seguinte, Dorothy faz quarenta e dois anos. Ao longo dos últimos anos, eles gastaram cento e cinquenta mil dólares em tratamentos de fertilidade que se mostraram tão ineficazes quanto vodu. Três dias antes da estreia da peça, receberam o golpe final. Não há mais nada para tentar.

"Minha vida, né?" Dorothy está enrodilhada e chorosa no banco do passageiro, voltando para casa depois do seu sucesso. "Toda minha. Ela é supostamente *minha*, né?"

Tornou-se um ponto dolorido entre eles, a noção de *propriedade*: algo que Ray passa o dia todo protegendo. Nunca conseguiu convencer a esposa de que processar alguém por roubar boas ideias é a melhor maneira de deixar todo mundo mais rico. A bebida não ajuda no nível do debate. "Minha propriedade privada. Posso fazer a porra de uma liquidação?"

O próprio trabalho de Dorothy faz com que agora ela se sinta péssima. Pessoas processando outras pessoas, e ela tendo que registrar todos os sentimentos caluniosos com a máquina estreita de estenografia, uma palavra exata após a outra. Tudo o que ela quer é ter um filho. Uma criança, enfim, lhe daria um trabalho significativo. Se isso não acontecer, ela quer processar alguém.

Durante os ataques dela, Ray é um mestre em ficar imóvel. Ele diz a si mesmo, não pela primeira vez, que nunca tirou nada dela. *Na verdade*... ele pensa. Mas se recusa a formar esse pensamento. É seu direito: não pensar o que parece justo pensar.

Ele não precisa. Tem o pensamento guardado dentro dele. Aperta o controle e a garagem abre. Eles estacionam. "Você devia terminar comigo", ela diz.

"Dorothy. Para, por favor. Você tá me enlouquecendo."

"Sério. Vai embora. Vai pra outro lugar. Encontra alguém com quem você possa formar uma família. Os homens sempre fazem isso. Caras podem engravidar garotas quando eles têm oitenta anos, pelo amor de Deus. Eu não me importo, Ray. Sério. É justo. Você é o cara da justiça, lembra? Ops. Ele não responde. Não tem nada pra dizer. Nada pra dizer em sua defesa."

O silêncio é o que ele tem. Sua primeira e última melhor arma.

Eles entram pela porta da frente. *Que chiqueiro*, os dois pensam, embora nenhum deles precise dizer em voz alta. Jogam suas coisas no sofá e vão para o segundo andar, onde tiram a roupa, cada um em seu closet. Começam a escovar os dentes, cada um em sua pia. Nunca atuaram tão bem quanto naquela noite. Um teatro de bom tamanho cheio de aplausos entusiasmados. Pedidos de bis.

Dorothy segue adiante, exagerando o gesto, como se a polícia — o marido — a estivesse fazendo andar em linha reta. Põe a escova na boca, passeia com ela pelos dentes, depois começa a chorar, mordendo uma extremidade do cabo de plástico enquanto segura a outra.

Ray, o motorista da noite, mais sóbrio do que gostaria de estar, larga a escova e vai na direção de Dorothy. Ela deita a cabeça no ombro dele. Pasta de dente escorre da boca pelo roupão xadrez de Ray. Pasta de dente e saliva por todos os lados. As palavras dela estão cheias de grumos. "Só quero ficar no saguão antes da peça começar e dizer pra todo mundo que for entrando. *Não tem bebê porra nenhuma!*"

Ele a faz cuspir e limpa a boca dela com a toalha. Então a leva para a cama, um lugar que, nos últimos dois meses, tem se parecido muito com um caixão de pinho para duas pessoas. Precisa levantar os pés dela, depois dar um empurrãozinho para abrir espaço. "A gente podia ir pra Rússia." Falar com sua própria voz dá uma boa sensação, depois de muitas horas agindo como um bajulador. Ele não quer mais participar de peças, nunca mais. "Ou pra China. Tantos bebês precisando de pais que amem eles."

Há uma coisa que as pessoas chamam no teatro de *colocar um abajur*. Digamos que haja um pedaço enorme e horroroso de cano saindo do fundo do palco, e você não consegue se livrar dele. Coloque um abajur ali e chame de acessório.

As palavras dela se distorcem no travesseiro úmido. "Não seria nosso."

"Claro que seria."

"Quero um RayRayzinho. Seu filho. Um menino. Como você era quando pequeno."

"Não seria..."

"Ou uma menininha, parecida com você. Não importa."

"Amor. Não pense assim. O que importa é como você cria uma criança. Não os genes que você..."

"Os genes são o que você *recebe*, poxa." Ela dá um tapa no colchão e tenta se levantar. A velocidade da subida a derruba. "A única. Coisa. Que é. Sua. De verdade."

"Nossos genes não nos pertencem", ele diz, deixando de acrescentar que genes podem pertencer a empresas. "Escuta. A gente vai pra um lugar onde há um excesso de bebês. A gente adota dois. Vamos amar eles, brincar com eles, ensinar para eles o que é certo e o que é errado, e eles vão crescer grudados na gente. Eu não me importo de quem vão ser os *genes* deles."

Ela coloca o travesseiro sobre a cabeça. "Olha o que ele tá dizendo. Esse cara pode amar qualquer coisa. Vamos comprar um cachorro pra ele então. Ou melhor ainda, uns vegetais que a gente pode enfiar no jardim e esquecer." Então ela se lembra do ritual de aniversário de casamento deles, negligenciado nos últimos dois anos. Dá um salto para recuperar as palavras que saíram dela. Mas, assim que se inclina para a frente, seu ombro acerta o queixo dele. Os dentes esmagam a lateral da língua. Ele grita, depois coloca as mãos no rosto, se contorcendo de dor.

"Ai, Ray. Merda. *Desculpa!* Eu não quis... Eu não quis dizer..."

Ele balança a mão no ar. *Eu tô bem.* Ou: *Qual é o seu problema?* Ou até mesmo: *Sai de perto de mim.* Ela não saberia dizer, mesmo depois de uma década de casamento e tantos outros teatros amadores. No jardim, ao redor da casa, as coisas que eles plantaram ao longo dos anos estão ganhando significado, criando propósito, de um jeito tão simples quanto produzem açúcar e madeira com o nada, o ar, o sol, a chuva. Mas os humanos não ouvem nada.

Cinco rodovias interestaduais levam para o Oeste, os dedos de uma luva deitada no continente, com o pulso em Illinois. Olivia pega a do meio. Agora ela tem uma meta: chegar ao norte da Califórnia pelo caminho mais rápido, antes que a última das árvores do tamanho de um foguete caia. Ela atravessa o rio Mississippi nas Quad Cities e para na Maior Parada de Caminhões do Mundo, na I-80, perto da fronteira de Iowa. O lugar é uma pequena cidade. Há mais bombas de gasolina do que ela é capaz de contar antes de morrer de frio. Centenas de caminhões circulam pelo local onde ela estaciona, tubarões colossais loucos por comida.

A luz se foi. Olivia paga para tomar um banho e volta a ser humana. Ela anda por uma rua coberta cheia de restaurantes lotados que oferecem inúmeras maneiras de consumir milho, xarope de milho, frango alimentado com milho, gado alimentado com milho. Há um consultório de dentista e um massagista. Um enorme showroom de dois andares. Um museu que revela o quanto o mundo depende dos caminhões. Há salas de jogos e pistas de boliche, exposições, *lounges* e uma lareira rodeada de poltronas. Ela se enrodilha em uma delas e cochila. Acorda com um segurança chutando seus tornozelos.

"Não pode dormir."

"Eu só tava dormindo."

"Não pode dormir."

Ela volta para o carro e cochila de novo embaixo das roupas até o amanhecer. De novo no túnel de comida, compra um bolinho, troca quatro dólares por moedas, encontra um telefone público e se prepara para o pior. Mas, em seu peito, há uma calma estranha recém-descoberta. As palavras virão.

Uma operadora pede que ela insira bastante dinheiro. O pai dela atende. "Olivia? São seis da manhã. O que houve?"

"Nada! Eu tô bem. Tô em Iowa."

"*Iowa?* O que está acontecendo?"

Olivia sorri. O que está acontecendo é grande demais para caber no telefone. "Pai, tá tudo certo. É uma coisa boa. Muito boa."

"Olivia. Alô? Olivia?"

"Tô aqui."

"Você está com algum problema?

"Não, pai. O contrário disso."

"Olivia. *Mas o que é que está acontecendo?*

"Eu fiz… uns novos amigos. Ahn, organizadores. Eles têm um trabalho pra mim."

"Que tipo de trabalho?"

Os produtos mais maravilhosos desses quatro bilhões de anos de vida precisam de ajuda. Parece bem simples, e óbvio, depois que os seres de luz apontaram para aquilo. Todas as pessoas sensatas do planeta deviam ser capazes de ver. "Tem um projeto. No Oeste. Um trabalho voluntário importante. Eu fui recrutada."

"Como assim, *recrutada*? E as suas aulas?"

"Eu não vou terminar a faculdade nesse semestre. Por isso que eu tô ligando. Preciso de um tempo."

"Você *o quê*? Não seja ridícula. Não se dá *um tempo* faltando quatro meses para a formatura."

Teoricamente verdade, embora santos e futuros bilionários tenham feito exatamente isso.

"Você só tá cansada, Ollie. São só mais umas semanas. Quando se der conta, já vai ter terminado."

Olivia olha para os motoristas que se reúnem na praça de alimentação para o café da manhã. Curioso para além do imaginável: em uma vida, ela morre eletrocutada. Em outra, está na maior parada de caminhões do mundo, explicando ao pai que foi escolhida por seres de luz para ajudar a preservar as criaturas mais maravilhosas da Terra. A voz do outro lado da linha começa a soar desesperada. Olivia não consegue segurar um sorriso: a vida para a qual o pai implora que ela volte — as drogas, o sexo sem proteção, as festas de *psytrance* e as apostas possivelmente fatais — é a própria definição de inferno, enquanto essa viagem para o Oeste a está trazendo de volta do mundo dos mortos.

"Não vão devolver o seu aluguel. É tarde demais para um reembolso da matrícula. Termina o curso, e no verão você pode fazer seu trabalho voluntário. Tenho certeza de que a sua mãe..."

Ao fundo, a mãe de Olivia grita: "Tenho certeza de que a sua mãe o *quê*?".

Olivia ouve a mãe berrar alguma coisa sobre ter pagado pelos próprios estudos. As pessoas se acumulam ao redor de Olivia. Ela sente a ansiedade delas, o horizonte sempre móvel da fome. Sua vida até agora foi uma névoa de privilégio, narcisismo e adolescência infinitamente prolongada, repleta de autoproteção e de um sarcasmo metido e mesquinho. E então ela foi chamada.

"Olha só", o pai sussurra no telefone. "Seja sensata. Se você não consegue lidar com mais um semestre agora, só volta pra casa."

Desde a infância não sentia tanto amor correndo dentro dela. "Pai. Obrigada. Mas eu preciso fazer isso."

"Fazer *o quê*? Onde? Filha? Você tá aí? Amor?"

"Tô aqui, pai." Pedaços da garota que ela era há apenas alguns dias a cutucam sem parar, repetindo *Lute, lute*. Mas a luta é real agora, e em outro lugar.

"Ollie, aguenta aí. Eu vou te buscar. Posso chegar aí em..."

Tudo é tão óbvio, tão extasiadamente claro. Mas seus pais não conseguem ver isso. Há um trabalho enorme, prazeroso e essencial a ser feito. Mas primeiro a pessoa precisa deixar para trás seu amor-próprio sem fim.

"Pai, eu tô bem. Te ligo quando eu tiver mais detalhes."

A voz gravada de uma mulher a interrompe, pedindo mais setenta e cinco centavos. As moedas de Olivia acabaram. Tudo o que ela tem é uma mensagem, dita pela mulher de olhos brilhantes na parede de televisões em promoção e reformulada pelos seres de luz, que ditam para ela agora de modo tão claro como se estivessem do outro lado da linha telefônica. *As coisas vivas mais maravilhosas do mundo precisam de você.*

Através das portas de vidro da parada de caminhões, Olivia vê as dezenas de bombas de gasolina e, para além delas, a vastidão plana da I-80 ao amanhecer, os campos cobertos de neve, a constante troca de reféns dos viajantes que vão para leste e para oeste. O pai continua falando, recorrendo a todas as técnicas de persuasão ensinadas na faculdade de direito. O céu faz coisas incríveis. Parece um machucado na liberdade do oeste, enquanto, para o leste, ele se abre como uma romã. A chamada é encerrada. Olivia desliga, uma órfã nova em folha. Uma criatura que vai se aproximando do sol, pronta para o que vier.

Deixa para trás a parada de caminhões, apaixonada pela humanidade sem rumo. De volta à autoestrada interestadual, o sol nasce novamente em seu espelho retrovisor. Colinas se erguem e baixam. A estrada corta uma dupla trincheira até o horizonte através do branco da neve. As atrações não são muitas, mas todas a encantam. A Biblioteca e Museu Herbert Hoover. Os leilões Sharpless. As colônias Amana. Os acessos da rodovia soam como personagens de um romance sobre a deslumbrante e indócil aristocracia sulista: Wilton Muscatine, Ladora Millersburg, Newton Monroe, Altuna Bondurant...

Alguma coisa a domina, uma estranha e bela coragem. Ela não tem dinheiro, tem apenas o nome de um local de chegada e nenhuma ideia sobre o que precisa fazer quando chegar lá. Fora do carro está sombrio e ártico, e todos os seus pertences mundanos ficaram na pensão. Mas ela tem um cartão vinculado a uma pequena poupança, um senso de destino e amigos que ela pode apenas supor que estão em posições muito altas.

As horas passam como as nuvens. Ela já andou bastante na linha reta de agrimensor entre Des Moines e Council Bluffs, sem nada em qualquer direção exceto palha congelada a perder de vista, quando algo acena na sua visão periférica. Ela se vira e vê um caroneiro fantasma parado na neve junto ao acostamento direito da estrada. Ele balança mais braços do que Vishnu. Um deles segura um cartaz que Olivia não consegue ler.

Ela tira o pé do acelerador e aperta o pedal do freio. O caroneiro se transforma em uma árvore tão grande que poderia encher um vagão inteiro daquele trem da morte carregado de madeira em Indiana. O tronco fissurado se enrosca por alguns metros e depois se abre em vários caules volumosos que se assomam. A árvore se afasta da estrada, uma coluna contra o céu, a única coisa mais alta do que uma casa rural em um raio de muitos quilômetros. No banco do passageiro, as presenças se agitam. Enquanto se aproxima da árvore, Olivia consegue ler as palavras pintadas no retângulo de madeira pendurado em um galho enorme: ARTE EM MADEIRA GRÁTIS. As presenças roçam seus galhinhos na nuca de Olivia.

Ela vira na saída seguinte. Abaixo da placa de PARE, onde a rampa encontra uma estrada secundária, um cartaz pintado à mão, com as mesmas letras que lembram videiras, sinaliza para que ela vire à direita. Um quilômetro depois, um segundo cartaz aponta de volta para a árvore fabulosa. Na descida da estrada curva, o Éden salta diante dela: uma clareira de árvores de folhas largas florescendo como se fosse maio. É como uma passagem para um verão oculto nesta terra congelada e esquecida. Alguns metros adiante, a clareira se torna a parede de um velho celeiro, transformado por uma fabulosa pintura trompe l'oeil. Ela entra no caminho de cascalho, estaciona ao lado do celeiro e desce. Fica olhando para o mural. Mesmo de perto, a ilusão a impressiona.

"Você veio por causa do cartaz?"

Ela se vira. Um homem de jeans e blusa de malha branca acinzentada, com o cabelo de um profeta da Idade do Bronze, observa Olivia. A respiração dele produz vapor. As mãos nuas apertam os cotovelos opostos. É um pouco mais velho do que ela, triste e selvagem, assustado de ver uma cliente. A porta da casa, a seis metros deles, está aberta. A árvore fica a certa distância da casa. Olivia se dá conta de que alguém a plantou há muito tempo simplesmente para atrair a atenção dela. "Sim. Acho que foi isso."

Ela está tremendo, desejando a parca que ficou no carro. Ele a observa como se fosse fugir. O queixo dele sobe e desce duas vezes. "Bem. Você é a primeira." Ele aponta um dedo longo para o celeiro pintado, a mão de uma crucificação renascentista. "Quer ver a galeria?"

Ele faz com que ela o siga por uma pequena subida e se abaixe para entrar no lugar. Um toque no interruptor revela um espaço metade território de morador de rua, metade tumba faraônica. Talismãs por todos os lados: totens, desenhos e culto à carga dispostos em tábuas espalhadas sobre cavaletes. Parecem o trabalho de um panteísta neolítico autista, desenterrado pela arqueologia.

Olivia balança a cabeça, perplexa. "Você tá dando essas coisas?"

"Não vai dar certo, né?"

"Não estou entendendo." Ela quer dizer, *Isso é loucura*. Mas, desde que começou a ouvir vozes, a palavra se tornou menos útil.

Passa pela sua cabeça que ela deveria se preocupar, ali no meio do nada com um homem que, mesmo em uma análise generosa, seria considerado um estranho. Mas uma olhada é o suficiente para averiguar: a coisa mais estranha nele é a sua inocência.

E a arte é real. Ela se inclina para observar uma pintura com uma atmosfera gótica estranha. Mesmo na luz fraca do celeiro, a imagem é clara o suficiente. Um homem está deitado em uma cama estreita, olhando para a ponta do galho de uma árvore que entra pela janela e vai até o rosto dele. Em uma etiqueta verde colada ao painel, está escrito *$0*. Ela vai até a próxima peça. É pintada em uma placa de madeira em baixo-relevo que faz parte de uma porta. O painel, por sua vez, torna-se uma porta, que se abre para uma clareira vista através de um espesso emaranhado de galhos.

Ele vasculha a mesa, coberta de obras com temas semelhantes. Sempre árvores, serpenteando pelas janelas, paredes ou tetos de salas aparentemente seguras, procurando algum alvo humano, como se fossem sondas infravermelhas. Em alguns dos trabalhos, palavras pintadas flutuam acima de cenas surreais: *Árvore genealógica. Árvore de sapato. Árvore do dinheiro. O fruto não cai longe do pé.* Em outra mesa, quatro esculturas de argila escura acenam como as mãos dos mortos se erguendo do chão no dia do juízo final. Todas as peças têm uma etiqueta verde que diz *$0*.

"Tá bom. Em primeiro lugar..."

"Eu te dou duas pelo preço de uma. Já que você é a minha primeira cliente."

Ela larga o desenho que estava segurando e olha para o seu criador. Os braços dele estão cruzados sobre o peito e agarram os ombros, como se ele estivesse se colocando em uma camisa de força antes que o mundo o ponha. "Por que você tá fazendo isso?"

Ele dá de ombros. "Parece que oferecer de graça é o que o mercado pode aguentar."

"Você devia vender isso em Nova York. Ou Chicago."

"Não me fala em Chicago. Desenhei ilusões anamórficas com giz na calçada do Grant Park por dois anos e meio. Foram bastante pisadas."

Ela morde os lábios, em busca de orientação. Mas, depois de a trazerem aqui — ARTE EM MADEIRA GRÁTIS —, os seres de luz a abandonaram. "Eu fui a primeira pessoa que parou?"

"Pois é! Tipo: quem pararia por causa de um cartaz daqueles? A cidade mais próxima fica a dezenove quilômetros e tem cinquenta habitantes. Achei que eu ia atrair principalmente criminosos em fuga. Você não é uma criminosa em fuga, é?"

Ela precisa pensar, descobrir como isso se encaixa na missão que acabou de receber. Vai de uma mesa a outra. Caixas de Cornell surreais recheadas com um intrincado contrabando lenhoso. Assemblages de cerâmica quebrada, miçangas e fatias de borracha de pneu feitas para parecerem raízes e gavinhas. Os galhos que a levaram até ali. "Você fez todas essas coisas? E são todas..."

"Minha fase das árvores. Nove anos e alguns meses."

Ela estuda o rosto dele, procurando a chave que ele deve conter. Talvez ela tenha a chave. Mas ela nem sabe o que pode ser a fechadura. Dá um passo em sua direção e ele recua, estendendo a mão. Ela a aceita, e eles dizem seus nomes. Olivia Vandergriff segura a mão de Nick Hoel por um momento, em busca de uma explicação. Então ela a solta e volta para a arte. "Quase uma década? E tudo... são árvores?"

Por alguma razão, isso o faz rir. "Mais meio século, e vou virar meu avô."

Ela olha para ele, intrigada. A título de esclarecimento, ele leva Olivia até uma mesa de baralho ao lado da exposição. Alcança um livro grosso feito à mão. Ela abre na primeira página, um desenho a nanquim obsessivamente detalhado de uma árvore jovem. A página seguinte tem o mesmo desenho.

"Vai passando." Ele faz a mímica da sugestão com os próprios polegares.

Ela passa. A coisa ganha vida e espirala. "Meu Deus! É a árvore ali da frente." Mais uma informação que ele não nega. Ela vira as páginas de novo. A simulação é precisa demais para ser um mero produto da imaginação. "Como você fez os desenhos?"

"A partir de fotos. Uma por mês durante setenta e seis anos. Eu venho de uma longa e distinta linhagem de obsessivo--compulsivos."

Ela continua olhando as obras. Ele a observa, inquieto, ansioso, o dono de uma pequena empresa à beira da falência. "Se você gostar de alguma coisa, posso embalar pra você."

"Essa fazenda é sua?"

"Da minha família mais afastada. Eles acabaram de vender para o diabo e todas as suas subsidiárias. Tenho dois meses para desocupar."

"Como você faz pra viver?"

O homem sorri e inclina a cabeça. "Você tá fazendo uma grande suposição."

"Você não tem renda?"

"Apólices de seguro de vida."

"Você vende seguros?"

"Não. Sou bancado por eles. Até agora." Ele olha para as mesas de mercadorias como um leiloeiro em dúvida. "Tenho trinta e cinco anos. Não é muito para mostrar do trabalho de uma vida."

A confusão do homem irradia dele como o calor de uma fogueira. Ela a sente a dois metros de distância. "*Por quê?*" As palavras saem com mais ênfase do que ela planejava.

"Por que dar tudo isso? Não sei. Parecia ser mais uma obra. A última da série. As árvores dão tudo, não dão?"

A comparação a empolga. Arte e pinhas: ambas um excesso de oferta que costuma dar errado.

O homem lança um olhar frio sobre os cavaletes e as tábuas. "Pode chamar isso de queima de estoque. Não. Mofo de estoque."

"O que isso quer dizer?"

"Aqui." Ele vai na direção da porta do celeiro. "Vou te mostrar."

Atravessam o campo coberto de neve, para além da casa. Ela se detém para pegar a parca. Ele não veste nada além dos jeans e da blusa de malha. "Você não tá com frio?"

"Sempre. Sentir frio faz bem. As pessoas se mantêm quentes demais."

Nick a leva para o outro lado da propriedade, e é lá que está a coisa enorme, espalhada contra o céu de porcelana. Uma lógica bonita e estranha governa a sustentação dos cem galhos, dos mil ramos, dos dez mil gravetos, uma beleza que o celeiro cheio de arte a preparou para ver.

"Nunca vi uma árvore assim."

"Poucas pessoas vivas viram."

Da estrada, ela não conseguiu perceber a elegância afunilada e maciça daquilo. A maneira como flui para cima até a primeira e generosa ramificação. Não teria percebido, se não fosse pelo *flip-book*. "O que é?"

"Castanheira. A sequoia-vermelha do leste."

As palavras fazem toda a carne dela franzir. Uma confirmação, embora nem precisasse disso. Eles passam pela linha de gotejamento e por baixo da coroa.

"Todas já desapareceram. Por isso você nunca viu uma."

Ele conta para ela. Conta que o pai do seu tataravô plantou a árvore. Conta que seu tataravô começou a fotografá-la no começo do século. Conta que a praga cruzou o mapa em apenas alguns anos e acabou com a melhor árvore do leste dos Estados Unidos. E que esse espécime deslocado e solitário, tão longe de qualquer contaminante, acabou sobrevivendo.

Ela olha para cima, para a rede de galhos. Cada tronco é um estudo para outra daquelas esculturas perturbadas que estão no celeiro. Alguma coisa aconteceu com a família desse homem: ela vê isso como se estivesse lendo a cola de uma prova. Ele vive há uma década nessa casa construída por seus ancestrais, fazendo arte a partir de um sobrevivente titânico esquisito. Ela coloca a mão na casca fissurada. "E você... superou isso? Vai seguir em frente?"

Ele recua, horrorizado. "Não. Nunca. Foi ela que cansou de mim." Ele vai até o outro lado do tronco gigantesco. Seu dedo longo e renascentista aponta novamente. Em vários pontos da casca espalham-se anéis secos com manchas alaranjadas. Ele pressiona as manchas. Elas afundam.

Ela toca o tronco esponjoso. "Ah, que merda. O que é isso?"

"A morte, infelizmente." Os dois se afastam do deus moribundo. Com passos lentos, tomam a subida que leva à casa. Ele bate os sapatos na escadinha da porta dos fundos para tirar a neve. Faz um gesto na direção do celeiro, a sua suposta galeria. "Você levaria uma obra ou duas com você, por favor? Isso faria deste um ótimo dia."

"Primeiro, preciso te contar por que eu estou aqui."

Ele prepara um chá na cozinha onde seus pais e sua avó se sentaram naquela manhã de uma década atrás, quando ele se despediu deles e dirigiu até o museu de arte de Omaha. A visitante conta a história dela, entre sorrisos e caretas. Descreve a noite de sua transformação: o haxixe, a nudez úmida, o soquete fatal da lâmpada. Ele fica sentado ouvindo, corando e concentrado em cada descrição.

"Eu não me sinto louca. Isso é o mais estranho. Eu era louca *antes*. Eu sei o que é ser louca. Isso tudo parece... Não sei. Como se eu finalmente estivesse enxergando o óbvio." Ela pousa as mãos ao redor da xícara de chá quente.

A castanheira morta a deixa agitada de um jeito que ele não entende muito bem. Ela é jovem, livre, impulsiva, e tomada por uma nova causa. De qualquer perspectiva confiável, ela é mais do que meio doidinha. Mas ele quer que ela continue assim, discorrendo sobre teorias malucas na cozinha pela noite inteira. Tem companhia na casa. Alguém voltou do reino dos mortos. "Você não parece louca", ele mente. Não louca *perigosa*, de qualquer modo.

"Vai por mim, eu sei como fico parecendo. Ressurreição. Coincidências bizarras. Mensagens em TVs numa loja de atacado. Seres de luz que eu não consigo ver."

"Bom, dizendo assim..."

"Mas existe uma explicação. Deve existir. Talvez seja meu subconsciente, finalmente prestando atenção em outra coisa que não eu mesma. Talvez eu tenha ouvido sobre esses manifestantes há semanas, antes de me eletrocutar, e agora eu finalmente estou vendo eles em todos os lugares."

Ele sabe como é receber instruções de fantasmas. Está há tanto tempo sozinho, desenhando a sua árvore moribunda, que não ousaria contradizer a teoria de ninguém. Não há estranheza mais estranha do que a estranheza dos seres vivos. Ele ri, saboreando aquele amargor como se mordesse a ponta da caneta. "Eu fiz montes de quinquilharias mágicas nos últimos nove anos. Sinais secretos são o meu idioma."

"É isso que eu não entendo." Os olhos dela imploram por compaixão. O chá, o vapor no rosto, as terras nevadas de Iowa: uma história tão antiga e extensa que sua mente não consegue abarcar. "Eu estava dirigindo pela estrada e vi o seu cartaz, pendurado em uma árvore que parecia..."

"Você sabe, basta dirigir o bastante..."

"Eu *não* sei. Não sei no que acreditar. É tão idiota acreditar em qualquer coisa. A gente sempre, sempre tá errado."

Ele se imagina pintando aquele rosto com uma pintura de guerra brilhante.

"Pode chamar como quiser. *Alguma coisa* está tentando chamar a minha atenção."

Alguém acredita que todos aqueles dez anos de estudos da Castanheira dos Hoel pode significar alguma coisa. Isso para ele é o suficiente. Ele dá de ombros. "É impressionante como as coisas loucas se transformam, uma vez que você começa a olhar para elas."

Ela vai da angústia à convicção em zero segundos. "É disso que eu tô falando! O que é mais maluco? Acreditar que podem existir presenças perto da gente sobre as quais não sabemos nada? Ou cortar as últimas poucas sequoias milenares da Terra para fazer varandas e telhas?"

Ele levanta um dedo, pede licença e vai até o andar de cima. Volta carregando um mapa rodoviário e três volumes de uma enciclopédia que seu avô comprou de um caixeiro-viajante em 1965. Há, de fato, uma cidade chamada Solace na Califórnia, no coração da floresta de árvores altas. Há, realmente, sequoias-vermelhas que chegam à altura de trinta andares, tão antigas quanto Jesus. Os loucos são uma espécie longe de estar em perigo de extinção. Ele olha para ela; seu rosto está brilhante com propósito. Ele quer ir para qualquer direção que a visão dela apontar. E, quando a visão falhar, quer continuar seguindo-a para onde ela for.

"Você não tá com fome?", ela pergunta.

"Sempre. Sentir fome faz bem. As pessoas deveriam ficar com fome."

Ele faz para ela um prato de aveia com queijo derretido e pimenta. Ele diz: "Preciso pensar nisso durante a noite".

"Você é como eu."

"Como assim?"

"Eu me escuto melhor quando estou dormindo."

Ele a coloca no quarto dos avós, onde não entrava desde o Natal de 1980, a não ser para tirar pó. Ele dorme no andar de baixo, no seu quartinho de infância, debaixo das escadas. E, durante toda a noite, fica escutando. O pensamento dele se estende por todas as direções em busca de luz. Percebe que nada mais na sua vida, nem com muita generosidade, pode ser chamado de plano.

Quando ele acorda, ela está na cozinha, usando uma roupa que pegou no carro, tentando fazer panquecas da farinha que ele deixou ser infestada por carunchos. Ele se senta à mesa redonda com seu roupão de flanela. Sua voz esbarra nas palavras. "Preciso esvaziar a casa até o fim do mês."

Ela acena com a cabeça, olhando para as panquecas. "Dá tempo."

"E preciso me livrar da minha arte. Fora isso, tenho uma pequena brecha no meu calendário pelo resto do ano."

Ele olha pelos muitos quadrados de vidro da janela. Para além da Castanheira dos Hoel, o céu está tão cheio de azul que parece que foi besuntado com tinta pelos dedos de uma criança pequena.

A primavera chega de novo para Mimi Ma, a primeira sem o pai. As macieiras, as pereiras, as cercis e os cornisos explodem em rosa e branco. Cada pétala sem coração zomba dela. As amoreiras, em especial, fazem com que ela queira colocar fogo em tudo que está florescendo. Ele não verá nem um pouquinho desse encanto. E ainda assim elas transbordam, as cores cruéis e indiferentes do Agora.

Outra primavera logo chega, e então uma terceira. O trabalho a deixa mais dura, ou as flores começam a perder o brilho. Em maio Mimi se torna cliente platinum do programa de fidelidade da companhia aérea. É mandada para a Coreia. É mandada para o Brasil. Aprende a falar português. Aprende que pessoas de todas as raças, cores e credos têm uma demanda infinita por moldagem de cerâmica personalizada.

Começa a correr, fazer trilhas e andar de bicicleta. Começa a praticar dança de salão, depois jazz, depois salsa, o que acaba para sempre com seu desejo de fazer qualquer outra dança. Começa a observar pássaros, e logo tem uma lista de observação com cento e trinta espécies. É promovida pela empresa a chefe de departamento. Faz um curso de arte renascentista, cursos noturnos de poesia moderna, todas as coisas da Universidade de Holyoke que havia descartado para se tornar engenheira. A intenção é quase patriótica: jogar em todos os campos. Ter tudo. Ser tudo.

Uma colega a convence a jogar hóquei no time do escritório. Logo ela se torna insaciável. Joga pôquer com homens em quatro continentes e faz sexo com homens em dois. Passa uma semana em San Diego com uma garota de apetites surpreendentemente variados cujo coração Mimi acaba partindo, apesar do acordo inicial. Apaixona-se por um homem casado de outro time de hóquei que é sempre muito gentil ao empurrá-la contra os muros da quadra. Eles se encontram uma vez em Helsinque em dezembro para uma vida mágica alternativa de três dias na escuridão do meio-dia. Ela nunca mais o vê.

Quase se casa. Imediatamente a seguir, não consegue lembrar como isso chegou tão perto de acontecer. Ela faz trinta anos. Depois (engenheira de confiabilidade), trinta e um e trinta e dois. Em seu sono, está sempre passando por aeroportos épicos, no meio de multidões fervilhantes, quando seu nome é chamado no alto-falante.

A empresa a transfere para a sede. O aumento de nove mil dólares quase não faz diferença, a não ser deixá-la insaciável de novo, no mesmo instante. Mas ela é promovida de um cubículo em uma fábrica a um escritório com uma janela do chão ao teto que tem vista para um bosque de pinheiros que, de alguma forma em sua cabeça, torna-se o destino final de uma longa viagem de carro em família. O menor e mais íntimo substituto de bosque do mundo.

Ela decora o escritório com coisas que sua mãe não sabe que ela roubou. Uma mala coberta de decalques: CARNEGIE INSTITUTE, GENERAL MEIGS, UNIVERSIDADE DE NANQUIM. Um baú estampado com um nome impronunciável. Sobre a mesa, há um porta-retrato com duas pessoas, seus supostos avós, segurando uma fotografia de suas três netas inexplicáveis. Próximo a ele, está a própria foto-dentro-da-foto: três menininhas, cuja raça era difícil definir, sentadas no sofá com uma postura exemplar, fingindo ser crias da Universidade de Wheaton. A mais velha parece pronta para forçar seu caminho até ser aceita. Pronta para dar um soco em qualquer um que achar que ela está perdida.

Ao longo das paredes do escritório, como se fosse um friso clássico, corre o pergaminho do pai. É errado expor as pinturas até mesmo às pequenas quantidades de sol do noroeste que escorrem pela imensa janela. Errado colocar fita adesiva no verso de uma arte tão antiga e rara. Errado deixar algo de valor inestimável em um lugar onde qualquer funcionário do turno da noite pode enrolá-lo e colocá-lo no bolso do macacão. Errado pendurar a coisa que a faz lembrar do suicídio do pai toda vez que ergue os olhos.

As pessoas que entram pela primeira vez em seu escritório costumam perguntar sobre os budas mirins na antessala da Iluminação. Ela escuta o pai no dia em que ele mostrou o pergaminho pela primeira vez. *Esses homens? Passam em prova final.* Há dias em que, sentada à mesa, em seu frenético sucesso profissional, ela tira os olhos da maré crescente de *invoices* e estimativas e olha para o pergaminho, imaginando que recebe a mesma nota final que seu pai recebeu. Quando a sensação de afogamento a aperta logo abaixo dos seios, ela olha o bosque pela janela, onde três meninas temporariamente livres e selvagens, nas margens de um lago antigo, juntam pinhas que fingem ser moedas. Às vezes, isso quase a acalma. Às vezes, quase consegue ver o homem de cócoras escrevendo tudo o que se pode dizer sobre esse camping em seu copioso caderno.

Os colegas usam o escritório dela como refeitório nos almoços em que ela não está comendo ovos de mil anos. Hoje seu cardápio é sanduíche de frango, de modo que o lugar está seguro para qualquer etnia. Três outros gerentes e um garoto do RH empilham apostas simbólicas para uma rodada de cartas, uma partida de Up and Down the River. Mimi está dentro. Está sempre dentro de qualquer jogo que envolva riscos inúteis e um esquecimento temporário. Sua única condição é que fique com a Cadeira do Comandante.

"O que exatamente ela *comanda*, Capitão?"

Ela aponta para a janela. "Essa vista."

Os outros jogadores a encaram por cima de suas cartas. Apertam os olhos e dão de ombros. Tá bom: uma pracinha do outro lado do terreno desbastado, cheia de árvores. Árvores são o que o Noroeste sabe fazer. Árvores por todos os lados e em todas as altitudes, espremendo-se umas nas outras, rastejando pelo chão, fechando o céu.

"Pinheiros?", o vice-presidente de marketing chuta.

Um gerente de controle de qualidade que quer o cargo de Mimi declara: "Ponderosas".

"Pinheiro ponderosa do vale Willamette", diz o homem enciclopédia, diretor de pesquisa e desenvolvimento.

As cartas correm pela mesa do escritório. Pilhas de centavos mudam de mãos. Mimi toca em seu anel de jade. Ela o usa com o baixo-relevo virado para trás, de maneira que ninguém fique tentado a cortar seu dedo para roubá-lo. Ela gira o anel. A amoreira retorcida de Fusang — a árvore que ela pegou quando as irmãs dividiram os pertences do pai — roda em torno do dedo. A palma da mão dela se volta para quem distribui as cartas, em foco total. "Vai lá. Me dá alguma coisa boa."

Mais uma mão fraca. Ela levanta os olhos de novo. Um meio-dia azul atravessa sua floresta particular. O sol cria explosões estelares no azinhavre das agulhas, mil arandelas de luz astral. As grandes placas dinossaurianas dos troncos têm tons de laranja, terracota e canela. O homem do controle de qualidade, que quer o emprego dela, diz: "Já sentiu o cheiro da casca?".

"Baunilha", diz o cara do controle de qualidade.

"Esse é o pinheiro-jeffrey", declara o homem enciclopédia.

"Olha o expert falando. De novo!"

"Não é baunilha. É terebintina."

"Tô te dizendo", diz o cara do controle de qualidade. "Pinheiro ponderosa. Baunilha. Eu fiz um curso."

O homem enciclopédia balança a cabeça. "Não. Terebintina."

"Alguém vai lá cheirar as fissuras." Gargalhadas gerais.

O cara do controle de qualidade dá um soco na mesa. As cartas escorregam e as moedas caem. "Dez dólares."

"Agora sim!", diz o garoto do RH.

Mimi está a meio caminho da porta antes que alguém saiba o que está acontecendo.

"Ei! A gente tá no meio do jogo."

"Dados", a filha engenheira do engenheiro responde. E, em poucos passos, está na rua. O cheiro já está nela antes que ela chegue às árvores. Cheiro de resina e lugares amplos do Oeste. O cheiro puro dos únicos dias imaculados da sua infância. E também a música das árvores, afinando o vento. Ela se lembra. O nariz desliza para uma das fissuras escuras entre as placas terracota. Mimi é capturada pelo cheiro, um aroma devastador de duzentos milhões de anos atrás. Não consegue nem imaginar o que esse perfume foi criado para fazer. Mas ele faz alguma coisa com ela agora. Controle da mente. Não é nem baunilha nem terebintina, mas algo repleto de notas de cada uma. Uma dose de caramelo espiritual. Um incenso de abacaxi. Não tem cheiro de nada além de si mesmo, pungente e sublime. Ela inspira, olhos fechados, o verdadeiro nome da árvore.

Continua com o nariz na casca, em uma intimidade transgressora. Fica tomando doses daquilo por um longo tempo, como um paciente em cuidados paliativos que administra morfina em si mesmo. Substâncias químicas correm por sua traqueia e viajam pela corrente sanguínea para as províncias de seu corpo, atravessando a barreira hematoencefálica e entrando em seus pensamentos. O cheiro gruda no tronco cerebral até que ela e o homem morto estejam pescando lado a lado de novo à sombra do pinheiro onde os peixes se escondem, no parque nacional mais íntimo da sua alma.

Uma mulher que caminha pela calçada a vê fungando e se pergunta se aquilo é uma emergência. Emocionada pela memória e por compostos orgânicos voláteis, Mimi a acalma com um olhar. Dentro do escritório, seus companheiros de baralho estão à beira do janelão, olhando como se ela tivesse se tornado perigosa. Ela se inclina na direção da árvore, capturada mais uma vez pelo cheiro inominável. Com os olhos fechados, lembra-se do *arhat* embaixo do pinheiro, com aquele leve sorriso nos lábios enquanto se inclina para a plena aceitação da vida e da morte. Algo acontece com ela. A luz fica mais forte; o cheiro se intensifica. O desapego a faz flutuar para o alto, impulsionada pelas marés da infância. Ela se afasta do tronco tomada por uma profunda sensação de bem-estar. *É isso então? Eu cheguei?* Colado ao tronco da próxima árvore, há um cartaz feito à mão:

REUNIÃO NA PREFEITURA! 23 DE MAIO!

Ela se aproxima do cartaz para ler. A cidade declarou que a acumulação de cascas e agulhas mortas pode causar um incêndio, e que as árvores são muito antigas e caras de limpar, ano após ano. Pretendem substituir os pinheiros por uma espécie mais limpa e segura. Grupos que se opõem à derrubada solicitaram uma audiência pública.

VENHA DIZER O QUE VOCÊ PENSA!

Eles querem cortar as árvores dela. Ela olha para trás, na direção do escritório. Os colegas estão grudados no vidro, rindo dela. Eles acenam. Dão batidinhas na janela. Um deles tira uma foto com uma câmera descartável. O nariz de Mimi se enche com um sachê de aromas que vão além da rudeza das palavras. Chame isso de se lembrar. Chame isso de previsão. Baunilha, abacaxi, caramelo, terebintina.

Um homem quase chegando aos quarenta oferece moedinhas de prata em um restaurante de beira de estrada na rodovia 212, não muito longe de uma cidade apropriadamente chamada Damascus. Damascus, Oregon. "Tô comemorando, porra. Tem que usar pra comprar cerveja."

A solicitação tem os seus adeptos. "O que a gente tá comemorando, Rockfeller?"

"Minhas cinquenta mil árvores. Nove horas por dia, no sol e na chuva, cinco dias e meio por semana, em todos os meses de plantio por quase quatro anos."

Aplausos dispersos e um pio de coruja. Todo mundo no lugar diz que vai brindar a isso.

"Trabalho pesado para um velho."

"Você já fez uma prótese de lombar?"

"Sabe que eles vão cortar tudo de novo, daqui a uns anos."

Gratidão de estranhos em um bar de beira de estrada, ganharam uma bebida a troco de nada. Douglas Pavlicek sorri e tolera. Empilha mais vinte dólares em moedas na quina de uma mesa de sinuca e acena com o taco de ácer, convidando todo mundo. Logo dois caras aceitam, Dum e Dee.

Eles jogam bilhar francês, em turnos. Douglas é mais que lamentável. Quatro anos caminhando sobre galhos, lama e terra arrasada, se abaixando e plantando, atingiram seu sistema nervoso, destruíram sua perna ruim e o deixaram com um tremor que poderia ser registrado por um sismógrafo da baía de San Francisco. Dum e Dee quase se sentem mal em pegar o dinheiro, partida após partida, aposta após aposta. Mas Douggie se diverte, ali na cidade grande, tomando mijo de cachorro espumoso e relembrando a alegria de ter companhia anônima. Vai dormir em uma cama essa noite. Tomar um banho quente. Cinquenta mil árvores.

Dum encaçapa todas as três bolas na primeira tacada. Segunda vez hoje que ganha no primeiro lance. Talvez esteja organizando as bolas no triângulo para uma vitória instantânea. Douglas Pavlicek não se importa. Depois Dee completa em quatro lances.

"Então. Cinquenta mil árvores", diz Dum, só para distrair Douggie, que já está se esforçando o suficiente sem a demanda cognitiva de ter que continuar uma conversa.

"Aham. Posso morrer agora, e vou estar ganhando o jogo."

"O que você faz pra conseguir mulher lá?"

"Tem um monte de mulher plantando árvores. É trabalho de verão pra várias. Qualquer coisa vale." Distraído pelas boas memórias, ele encaçapa a bola branca. Até isso o faz rir.

"Pra quem você tá plantando?"

"Pra quem quiser me pagar."

"Um monte de oxigênio novo aí, por sua causa. Um monte de gases de efeito estufa fora do jogo."

"As pessoas nem têm ideia. Sabe que eles fazem xampu com madeira? Vidro temperado? Pasta de dente?"

"Eu não sabia disso."

"Graxa pra sapato. Espessante de sorvete."

"Prédios, né? Livros e coisas assim. Barcos. Móveis."

"As pessoas nem têm ideia. Ainda estamos na Idade da Madeira. As coisas mais baratas e inestimáveis que já existiram."

"Amém, meu irmão. Outra rodada de vinte dólares?"

Eles jogam por horas. Douggie, que não consegue beber sem que isso tenha uma consequência visível, luta para não cair no abismo. Dee e Dum vão embora, substituídos pelos recém-chegados Coisa Um e Coisa Dois. Doug paga outra rodada, explicando para o pessoal do turno da noite o que exatamente eles estão comemorando.

"Cinquenta mil árvores. Hm."

"É um começo", diz Douglas.

Coisa Dois está concorrendo fortemente ao título de mais babaca da noite. Talvez da semana. "Desculpa acabar com suas ilusões, amigo. Mas sabia que só a BC carrega dois milhões de caminhões de toras por ano? Uma única empresa! Você teria que plantar por tipo quatro ou cinco séculos só pra..."

"Tá bom. Vamos continuar o jogo."

"E você sabe que essas companhias pras quais você trabalha tão ganhando créditos por cada muda que você planta? Cada vez que você coloca uma no chão, elas podem aumentar o volume de corte anual permitido."

"Não", Douglas diz. "Não pode ser assim."

"Ah, sim, é assim. Você tá plantando os bebês para que eles possam matar os avôs. E quando suas mudas crescerem, vão virar uma monocultura cheia de pragas, meu. Fast food de insetos felizes."

"Tá bom. Cala a boca por um segundo, por favor." Douglas levanta o taco, depois a cabeça. "Você ganhou, amigo. A festa acabou."

Mimi não participa do próximo jogo de cartas da hora do almoço. Come ao ar livre, sob os pinheiros.

"Mas dá pra gente usar a sua sala?", pergunta o garoto do RH.

"É toda de vocês. Fiquem à vontade."

Ela se senta, de costas para os troncos laranja. Olha para cima, para os clarões de luz que atravessam a bainha das agulhas. Imita o *arhat*, espera, respira. Foi assim com o príncipe indiano Sidarta, quando a vida o abandonou e seus prazeres desapareceram. Ele se sentou embaixo de uma magnífica figueira-dos-pagodes, *Ficus religiosa*, e prometeu não se levantar até compreender o que a vida esperava dele. Um mês passou, depois outro. Então ele despertou do sonho da humanidade. Verdades faiscavam em sua cabeça, coisas tão simples escondidas na luz intensa. Naquele momento, a árvore acima do novo Buda — suas mudas ainda crescem no mundo inteiro — explodiu em flores, e as flores se transformaram em figos roxos rechonchudos.

Mimi não espera por nada que tenha um centésimo daquela grandiosidade. Na verdade, ela não espera absolutamente nada — um nada suficiente em que ela possa se perder. Aquele cheiro inominável — é tudo o que ela quer. Esse bosque. Esse perfume de duzentos milhões de anos. A família dela na sua versão mais livre, a sua própria nação autóctone. Pescando de novo ao lado do único homem que a conheceu, na corrente de um rio que reaparece depois de muito tempo.

Uma mulher empurrando um carrinho duplo com gêmeos se senta por um instante em um banco próximo. "Bom lugar na sombra", diz Mimi. "Você sabia que a cidade quer cortar essas árvores?"

Está ficando politizada. Militando. Ela odeia militantes, sempre sacudindo na sua cara algo que não tem nada a ver com você. No minuto seguinte, está contando à jovem mãe assustada sobre a reunião na prefeitura no dia 23. E o fantasma de seu pai observa não muito longe dali, sob os pinheiros, sorrindo para a filha.

Enquanto Douglas Pavlicek acorda, Mimi enche os pulmões mais uma vez e volta para o prédio climatizado. Ele demora mais uma breve eternidade para se dar conta de que está em seu quarto de motel, aquele que alugou depois de gastar duzentos dólares em cerveja e perder mais cem nas partidas de bilhar. Nada disso lhe causa um estremecimento sequer. Nessa tarde, o pavor de despertar é mais substancial. Toda a sua ansiedade está focada no corte anual permitido, e se, nos últimos quatro anos, ele foi ludibriado e levado a desperdiçar sua vida, ou algo ainda pior.

Faz quatro horas que o café da manhã cortesia foi encerrado. Mas o funcionário do hotel lhe vende uma laranja, uma barra de chocolate e uma xícara de café, três inestimáveis tesouros feitos a partir de árvores, que então o levam à biblioteca pública. Lá ele encontra um bibliotecário para ajudá-lo na pesquisa. O homem pega na prateleira vários volumes de regulamentos e códigos, e juntos eles procuram. A resposta não parece boa. O desgraçado conversador do Coisa Dois estava certo. Plantar mudas não fez nada além de autorizar mais desmatamento. Já é hora do jantar quando não resta a Douggie nenhuma dúvida quanto a isso. Não comeu nada o dia todo exceto os três presentes de árvores. Mas a ideia de comer — de voltar a comer um dia — o deixa nauseado.

Precisa caminhar. Caminhar: a única coisa de bom senso a fazer. O que ele realmente gostaria era correr até uma encosta escalpelada e colocar o futuro de volta no solo. É o que seus músculos sabem fazer, especialmente o maior músculo do seu inventário: a alma. Uma pá e um saco cheio de recrutas verdes. O que ele, até hoje, enxergava como esperança.

Caminha durante toda a tarde, parando apenas para responder às demandas do corpo: um hambúrguer, que ignora suas papilas gustativas em seu caminho para dentro. A noite está amena e o ar tão leve que, durante um quilômetro, ele se esquece da sua completa sensação de horror. Mas não consegue evitar as perguntas: *O que eu vou fazer agora, pelos próximos quarenta anos? Qual é o trabalho que não pode ser transformado pelos golpes eficientes da humanidade em puro fertilizante?*

Ele caminha por horas e muitos quilômetros, contornando o centro de Portland até um bairro calmo, atraído por um cheiro que não consegue nomear. Para em um armazém de esquina para comprar uma garrafa de um suco esverdeado, que toma enquanto lê os cartazes pregados em um mural perto da saída da loja. *Procura-se: gato incrivelmente esperto. Reequilíbrio do Qi. Chamadas interurbanas baratas.* E então:

REUNIÃO NA PREFEITURA! 23 DE MAIO!

Algum legado insano no cérebro da espécie dele não funciona direito, e faz com que ela não se dê bem com todas as outras. Ele pergunta ao menino do caixa onde fica o parque em questão. O menino o encara como se um rato tivesse mordido o nariz dele. "É muito longe pra ir a pé."

"Não pra mim." Na verdade, Douggie passou pelo lugar no caminho. Ele volta pelo trajeto de onde veio. Sente o cheiro do pequeno parque antes de vê-lo — é como uma fatia do bolo do aniversário de Deus. As árvores condenadas têm três agulhas por fascículo foliar e grandes placas laranja. Velhas amigas. Ele monta acampamento em um banco sob os pinheiros. Deixa que as árvores o consolem. Está escuro, mas o bairro parece seguro. Mais seguro do que transportar equipamentos militares pelos céus do Camboja. Mais seguro do que muitos dos bares onde ele já caiu no sono. Gostaria de cair no sono ali. Fodam-se os aspectos práticos e todas as obrigações que vêm com eles. Dê para o sujeito uma noite ao ar livre, com nada entre a cabeça nua e uma chuva de sementes. O 23, ele se dá conta — a reunião na prefeitura —, é dali a quatro dias.

Seu sonho, quando vem, é o mais vívido dos últimos anos. Dessa vez o avião cai na selva khmer. O capitão Straub é empalado em uma vegetação rasteira maligna que Douglas não consegue enxergar. Levine e Bragg aterrissam nas proximidades, mas Douglas não consegue ir até eles e, em pouco tempo, os dois param de responder aos seus gritos. Está sozinho de novo, no que então percebe ser uma versão bizarra de Portland, engolida em sua totalidade por uma única figueira-de-bengala. Acorda com o som de helicópteros vasculhando o dossel da selva, procurando por ele com seus holofotes brilhantes.

Naquela noite, os helicópteros se transformam em caminhões. Homens desembarcam deles, repletos de equipamento. Por um minuto, eles ainda são grunhidos, chegando para imolar a aldeia de Douggie em um tiroteio final. Então ele acorda o suficiente para ver as motosserras. Olha o relógio: pouco depois da meia-noite. A princípio, acha que passou quatro dias dormindo. Ele se levanta e sai em reconhecimento.

"Ei!" Aproxima-se do maquinário. "Oi!" Os caras de capacete de segurança recuam, como se ele fosse um louco. "Vocês não vão trabalhar aqui, né?"

Eles continuam trabalhando, colocando combustível nas máquinas. Passando uma fita ao redor do perímetro. Posicionando a plataforma elevatória articulada e travando suas rodas.

"Acho que vocês estão enganados ou algo assim. A audiência é daqui a uns dias. É só olhar o cartaz."

Algum tipo de coordenador da equipe se aproxima dele. Não exatamente *ameaçador*. O termo é *com autoridade*. "Por favor, o senhor vai ter que sair antes que a gente comece a cortar."

"Vocês vão cortar? Tá um breu." Mas claro que não está. Não com os dois refletores que eles trouxeram. Não há mais *breu*. Então a ficha, do tamanho da cidadania, finalmente cai. "Pera aí um pouquinho."

"Ordens da prefeitura", diz o capataz. "Você vai ter que passar pro outro lado da fita."

"Ordens da prefeitura? O que é que essa merda quer dizer?"

"Quer dizer sai daqui. Pra trás da fita."

Douglas avança na direção das árvores condenadas. O movimento deixa todos surpresos. Demora um segundo até que os capacetes de segurança corram atrás dele. Sobe cerca de um metro em uma das árvores antes que o alcancem. Eles agarram seus pés. Alguém o derruba com a ponta inferior de um longo bastão de poda. Ele desaba no chão sobre a perna ruim.

"Não façam isso. É um absurdo!"

Dois dos cortadores o seguram no chão até que a polícia apareça. É uma da manhã. Apenas mais um crime contra um bem público, executado enquanto a cidade dorme. Desta vez as acusações contra ele são perturbação da ordem, obstrução de serviço público e resistência à prisão. "Você acha isso engraçado?", pergunta o policial que o algema.

"Pode acreditar, você também acharia."

Na delegacia da Second Street, perguntam o nome dele. "Prisioneiro 571." Precisam pegar à força a carteira no bolso da calça jeans para saber sua verdadeira identidade. E é necessário isolá-lo para evitar que ele incite os outros criminosos a fazer uma rebelião.

Sete e meia da manhã. Mimi chega cedo ao escritório. Houve um problema com um pedido de impulsores para bombas centrífugas na fábrica da Argentina. Ela pousa o copo de café, acende as luzes da sala, liga o computador e espera que ele se conecte à rede da empresa. Vira para dar uma olhadinha para fora, e uiva. Onde deveria haver folhagem, há apenas uma extensão de cúmulos-nimbos azul-acinzentados.

Em dois minutos, Mimi está no meio do terreno desnudo, sem as árvores para as quais costumava olhar por instantes de lembrança e paz. Nem trocou os tênis pelos sapatos de salto. A limpeza elegante nega que algo tenha acontecido ali. Nenhum tronco ou galho deixado para trás. Apenas serragem e agulhas em volta dos cortes frescos nivelados com o chão. A madeira amarelo-alaranjada exposta ao ar, a seiva subindo na borda mais externa dos anéis. Anéis ao lado de anéis, mais anéis do que os anos de Mimi.

E o cheiro, o cheiro de expectativa e perda, de pinheiro recém-cortado. A mensagem, a droga que invadiu o seu cérebro, agora concentrada, está exposta em um corpo morto. Começa a chuviscar. Mimi fecha os olhos. É invadida pela indignação, as artimanhas do homem, uma sensação de injustiça maior do que toda a sua vida, a velha perda que nunca, nunca terá uma resposta. Quando volta a abrir os olhos, verdades surgem na sua cabeça. Como a Iluminação, mas sem o brilho.

A germinação se dá depressa. Neelay termina a sua ópera espacial. Alguma parte do menino comprido na cadeira de rodas futurista ainda quer oferecer o jogo de graça. Mas há um momento, que sempre chega até mesmo no jogo, em que você deve transformar seu lindo açude de água parada em um fluxo de receita.

É preciso criar uma empresa para lançar o jogo, mesmo que só uma falsa. A sede é seu apartamento funcional térreo com uma rampa de acesso perto de El Camino, em Redwood City. A empresa precisa de um nome, mesmo que todo o quadro de funcionários se resuma a um indiano-americano de vinte e poucos anos aleijado deslizando por aí como um feixe de gravetos em uma charrete. Mas dar um nome para uma empresa acaba sendo mais difícil do que criar um planeta com códigos de programação. Por três dias Neelay brinca com palavras-valise e neologismos, que ou acabam não lhe agradando, ou já foram usados. Está chupando seu jantar — um palito de dente de canela — e olhando para um papel timbrado falso quando a palavra *Redwood* se destaca no endereço do remetente. A sequoia. É como se alguém sussurrasse em seu ouvido a resposta óbvia. Usando um programa de desenho, ele cria um logotipo — uma cópia da temível árvore de Stanford. E assim nasce a Sempervirens.

Ele batiza o primeiro lançamento da empresa de *As Profecias Silvestres*. Com um programa de editoração eletrônica, cria um anúncio. No alto da página, centraliza as palavras:

HÁ UM NOVO PLANETA BEM AO SEU LADO

Então Neelay publica o anúncio por todo o país na contracapa de revistas de quadrinhos e de computação. Um aparelho duplicador em Menlo Park grava três mil disquetes. Ele contrata dois ex-colegas de Stanford para levar os jogos a lojas de norte a sul, de costa a costa. Em um mês, *As Profecias Silvestres* esgota. Neelay grava mais disquetes. Eles esgotam de novo. Ele fica surpreso que tantas máquinas por aí tenham as configurações mínimas exigidas pelo jogo. O boca a boca continua. Os rendimentos escoam, e logo o trabalho fica pesado demais para ele fazer sozinho.

Assina um contrato de aluguel de cinco anos de uma sala que costumava ser um consultório odontológico. Contrata uma secretária e a chama de gerente. Contrata um hacker e o chama de programador sênior. Admite um cara com um diploma de contabilidade que se metamorfoseia em administrador. Montar a equipe é um pouco como construir o planeta de *As Profecias Silvestres*. Dos incontáveis candidatos, Neelay contrata aqueles que menos se perturbam ao ver seu corpo de palitinho brotando da cadeira motorizada.

Surpreendentemente, os novos funcionários preferem receber um salário a dividir os lucros da empresa no futuro. É uma falta total de imaginação. Não fazem ideia de para onde sua espécie está indo. Tenta convencê-los, mas todos escolhem a segurança e o dinheiro.

Logo o administrador avisa Neelay: já não adianta fingir que ele é uma empresa. Precisam se formalizar de verdade. A Sempervirens passa a ser uma pessoa jurídica. Neelay vai para a cama à noite sonhando em se ramificar e se espalhar. É uma indústria totalmente nova, com uma curva de crescimento ilimitada. Ele só precisa de alguns jogos de sucesso, cada um incorporando o sucesso do anterior. Então vai mudar o mundo, da maneira como, em um piscar de olhos, as formas de vida alienígena no terrário selvagem de Stanford mostraram a ele.

Durante o dia, quando não está aprendendo a administrar uma empresa, Neelay continua programando. A programação ainda o surpreende. Declare uma variável. Especifique um procedimento. Faça cada rotina bem formada desempenhar seu papel dentro de estruturas maiores, mais inteligentes e mais capazes, como organelas construindo uma célula. E, a partir de simples instruções, surge uma entidade com um comportamento autônomo. Palavras que viram ações: é essa a Próxima Novidade do planeta. Quando está codificando, sente que ainda é um menino de sete anos, com um mundo inteiro de possibilidades chegando pelas escadas nos braços do pai.

O primeiro jogo ainda está vendendo em um ritmo animador quando a Sempervirens lança a sequência. *As Novas Profecias Silvestres trazem uma verossimilhança inacreditável em surpreendentes 256 cores.* Há uma embalagem de verdade agora, com um design gráfico profissional, embora o jogo ainda consista na mesma velha exploração e escambo em uma gloriosa nova galáxia em alta resolução. O público não se importa que seja uma repetição. O público não se cansa. Eles adoram o fato de aquele ser um jogo de mundo aberto. Não há nenhuma maneira de ganhar. Assim como na gestão de uma empresa, o objetivo é ficar jogando pelo maior tempo possível.

As Novas Profecias Silvestres entra na lista dos mais vendidos, mesmo antes de seu antecessor deixar o top dez. Os jogadores postam mensagens em BBSs sobre as criaturas selvagens que encontraram em planetas remotos, combinações estranhas e imprevisíveis de animais, vegetais e minerais. Muitas pessoas acham que mexer com a flora e a fauna do jogo é mais divertido do que encontrar o tesouro no centro da galáxia.

Juntos, os dois jogos faturam mais do que muitos filmes hollywoodianos, e com um custo muito mais baixo. Neelay direciona todos os lucros para o terceiro jogo da franquia, já mais ambicioso do que os dois anteriores juntos. Nove meses depois,

A Revelação Silvestre é lançada com o ultrajante preço de cinquenta dólares. Mas, para uma quantidade cada vez maior de pessoas, esse é um valor baixo a se pagar por uma experiência transformadora que nem sequer existia dois anos antes.

Uma grande distribuidora de jogos chamada Digit-Arts propõe comprar a marca. O arranjo faz bastante sentido. Profissionais assumiriam as vendas e a distribuição de todos os futuros produtos, deixando a Sempervirens livre para se dedicar ao desenvolvimento. Neelay não quer administrar uma empresa; quer criar mundos. A oferta da Digit-Arts garantiria a sua liberdade e o manteria para sempre em cadeiras de rodas de última geração.

Na noite em que, a princípio, aceita o acordo, Neelay não consegue dormir. Fica deitado em sua cama ajustável, enfeitada com um trilho de patchwork cheio de bolsos feito pela mãe e arqueado por uma barra de aço envolta em um estofamento de espuma. Por volta da meia-noite, suas pernas começam a sofrer espasmos como as de uma pessoa em um ambulatório. Precisa se levantar. Seria mais fácil com a cuidadora, mas Gena só vai chegar dali a muitas horas. Uma apertada de botão deixa a cabeceira da cama totalmente levantada. Neelay envolve a barra vertical direita com o braço e lança o braço esquerdo na barra horizontal. A perda de massa muscular deixou seus antebraços parecidos com galhos boiando em um rio. Os cotovelos se expandem como nós inchados. Ele precisa usar toda a força que tem para conseguir sentar. Seus ombros tremem, e ele consegue passar pelo momento em que sempre pode cair para trás, de volta na cama. Neelay se balança por um tempo, e então inclina o tronco para a frente até que consiga colocar os dois braços para trás e se endireitar. Primeiro passo. De cinquenta e dois ou mais, dependendo de como você conta.

A calça de moletom está na posição "prontidão", na altura dos joelhos, onde ele sempre a mantém quando está com o cateter. Ele se inclina o quanto pode, quase se dobrando ao meio, de maneira que o peso da cabeça e dos ombros se estabilize o suficiente para que Neelay consiga colocar as mãos perto da bunda. O braço direito desliza sob a coxa esquerda. Também há uma carninha preciosa que sobrou ali — nenhuma, na verdade —, mas ela garante às suas pernas que elas ainda estão ancoradas o bastante para manter o torso murcho de Neelay na posição vertical.

Ele agarra a calça e cai para trás, amortecendo a queda com o cotovelo esquerdo. A ponte levadiça da perna se ergue. A bunda levanta o suficiente para que ele consiga passar a calça por baixo dela. O sucesso ainda está quase por vir. A perna cai, ele despenca de costas sobre as omoplatas salientes e, mais uma vez, fica prostrado. Esticando-se de novo com a ajuda do puxador preso à barra, ele repete o processo do lado direito até que a calça de moletom esteja bem firme na cintura. Endireitar as pernas da calça leva tempo, mas o tempo, no meio da noite, é um recurso abundante. Então uma agarrada na barra superior e, novamente em equilíbrio, estendendo a mão para um dos muitos ganchos suspensos cheios de acessórios, ele se agarra à eslinga de lona em forma de U e, em cem pequenos avanços, estica-a na cama ao redor de seu tronco ereto. Cada perna é presa por baixo em uma alça e erguida no meio.

Ele faz de novo um movimento brusco e enlaça a cabeça do guincho, depois puxa-o pela viga horizontal até que fique posicionado diretamente acima da sua cabeça. As quatro alças da eslinga passam pelas travas do guincho, duas de cada lado. Neelay coloca o controle remoto na boca e, segurando as correias no lugar, morde o botão de liga e desliga até que o guincho o deixe ereto. Prende o controle remoto na eslinga e solta o coletor de urina da lateral da cama. Segurando a mangueirinha com os dentes para deixar as duas mãos livres, ele fixa o coletor à bolsa em que ele mesmo está ligado. Então pressiona de novo o botão do guincho, se segura e é suspenso no ar.

Há sempre esse momento, quando ele desliza de lado da cama para a cadeira, em que todo o sistema precário vacila. Já aconteceu outras vezes de Neelay se ejetar de maneira errada e acabar descendo com força, acertando as estruturas de metal e caindo no chão cheio de dor e urina. A jornada dessa noite, no entanto, não apresenta nenhum erro. O assento da cadeira de rodas precisa ser ajustado, as rodas reposicionadas, mas ele acerta a aterrissagem. Uma vez na cadeira, ele faz todos os passos ao contrário, solta o guincho, pendura o coletor de urina e, como Houdini, se liberta da eslinga que está embaixo dele sem sequer se levantar. Vestir a bata longa é fácil. Os sapatos, mesmo que sem cadarços e grandes como os de um palhaço, não são tão simples. Mas ele está em movimento agora, deslizando e acelerando graças ao joystick, algo tão fácil quanto fazer uma manobra de Immelmann em um simulador de voo. Toda a provação levou pouco mais de trinta minutos, apenas.

Mais dez minutos e ele está diante da van, esperando que o piso hidráulico desça até o chão. Vai com a cadeira para cima do quadrado de aço e sobe. Rola pelo casco aberto até a cabine vazia. O elevador se retrai, as portas se fecham e ele posiciona a cadeira na frente de um painel em que o acelerador e o freio são alavancas na altura da cintura que até braços defeituosos podem operar.

Mais algumas dezenas de comandos nesse algoritmo da liberdade e ele estaciona a van, desce e desliza até o pátio interno de Stanford. Gira trezentos e sessenta graus observando, cercado, como há seis anos, por aquelas formas de vida de outro planeta. Todas elas criaturas de uma galáxia muito, muito distante: árvore-do-lenço, jacarandá, colher-do-deserto, canforeira, cipó-de-são-joão, kiri-japonês, perna-de-moça, amoreira-vermelha. Ele se lembra das plantas sussurrando a respeito de um jogo que ele estava destinado a criar — um jogo com inúmeros jogadores espalhados pelo mundo, um jogo que colocava os usuários no meio de uma selva viva e pulsante, repleta de um potencial apenas vagamente imaginável.

Esta noite, as árvores estão de boca fechada, recusam-se a lhe dizer qualquer coisa. Ele tamborila os dedos nas coxas murchas, espera, com os ouvidos atentos, por mais tempo do que levou para chegar até ali. Não há ninguém em volta. A lua é um telefone resplandecente através do qual qualquer pessoa da Terra pode ligar para ele, simplesmente olhando para cima e vendo o que ele vê. Ele deseja que o zoológico de árvores lhe dê um sinal. Os seres extraterrestres agitam seus ramos bizarros. As batidinhas coletivas no ar o recriminam. As memórias fluem no interior, como seiva. E agora é como se os galhos ao vento o guiassem para além do pátio e o levassem até Escondido, depois pela Panama Street, passando pelo Roble…

Ele vai para onde o movimento das árvores o leva. Ao sul, os topos arredondados das montanhas Santa Cruz se elevam acima dos telhados do campus. E agora ele se lembra: um dia, há mais tempo do que a metade da sua vida, caminhando com o pai por uma trilha na floresta da encosta se deparou com uma sequoia-vermelha colossal, um matusalém solitário que, de alguma forma, escapara dos madeireiros. Agora ele entende: deve ter sido aquela árvore que deu o nome à sua empresa. E, sem pensar duas vezes, ele sabe que deve consultá-la.

Os zigue-zagues da íngreme Sand Hill Road, lancinantes ao meio-dia, são mortais à noite. Ele vai para um lado e para outro como se estivesse em uma daquelas cápsulas voadoras que você pode construir ao chegar no nível tecnológico 29 de *As Profecias Silvestres*. A estrada está vazia a essa hora, ninguém para ver o esquelético Ent das pernas inúteis pilotando com seus bizarros dedos ossudos uma van modificada. No alto da cordilheira, no Boulevard Skyline, uma estrada batizada com o nome do teleférico que despojou essas colinas para construir San Francisco, ele vira à direita. Até ali, ele se lembra. Se as memórias modificam os caminhos do cérebro, então a trilha ainda deve estar lá. É só uma questão de esperar que as criaturas selvagens surjam no sub-bosque.

Ele dirige pelo meio da floresta secundária, que cresceu em cem anos o suficiente a ponto de ele acreditar, nesse breu, que essa é uma floresta virgem. Um recuo à direita parece familiar o bastante para fazê-lo parar. Há uma lanterna no porta-luvas. Ele desce pelo elevador da van até a terra esponjosa e fica parado, sem saber como pilotar a cadeira pela trilha à sua frente, ainda que ela seja bem robusta e esteja equipada com pneus grossos. Mas é isso que seu jogo de point-and-click quer.

Nos primeiros cem metros da trilha, ele vai bem. Então o pneu esquerdo passa por um declive molhado e escorrega. Ele aperta o joystick, tentando vencer a inclinação. Depois recua e gira, na esperança de uma ultrapassagem pela lateral. O pneu joga lama para cima e afunda. Ele aponta o facho de luz da lanterna à sua frente. Sombras se erguem como espectros preparados para atacar. Cada som de galho quebrando soa como a ação de superpredadores extintos. O motor de um carro começa a soar mais forte, no distante Boulevard Skyline. Neelay grita com seus plenos pulmões magricelos e balança a lanterna como um louco. O barulho do carro soa mais forte, depois se distancia.

Neelay fica na escuridão completa, perguntando-se como a humanidade sobreviveu a este lugar. Algum trilheiro vai encontrá-lo assim que o sol nascer. Ou no dia seguinte. Quem sabe quanto movimento há nessa trilha? Ouve um guincho atrás dele. Aponta a lanterna, mas não consegue se virar o suficiente. O coração dele demora um pouco para voltar ao normal. Quando volta, Neelay precisa esvaziar o coletor de urina no chão, o mais longe possível das rodas da cadeira.

Então ele a vê, tecida às outras sombras, a menos de dez metros à sua frente. Ele sabe por que não viu antes: é grande demais. Grande demais para fazer algum sentido. Grande demais para ser considerada uma coisa viva. É uma porta de correr feita de escuridão na lateral da noite. A luz da lanterna ilumina apenas uma pequeníssima porção do tronco sem fim. E lá se vai o tronco para o alto, ereto, para além da compreensão, um ecossistema coletivo e imortal — Sempervirens.

Abaixo da vida estupenda, um homem pequenino e seu filho ainda menor olham para cima. Juntos, são mais baixos do que o contraforte que emerge do sistema radicular dessa coisa. Neelay observa, ciente do que está por vir. A memória é tão densa como se estivesse codificada nele. O pai se inclina para trás e levanta as mãos para o céu. *A figueira de Vishnu, Neelay*-ji. *Voltou para nos engolir!*

O menino de pé deve ter rido naquele dia, como o sentado quer rir agora.

Pita? Não seja louco. É uma sequoia-vermelha!

O pai explica: todos os troncos do mundo vêm da mesma raiz e se projetam para fora, descendo pelos galhos espalhados de uma única árvore, tentando alguma coisa.

Pense no código que fez essa coisa gigante, meu Neelay. Quantas células dentro dela? Quantos programas estão rodando? O que eles fazem? O que estão tentando alcançar?

Luzes se iluminam em todo o interior do crânio de Neelay. E ali, na floresta escura, sacudindo a pequena lanterna e sentindo um zumbido emanar da coluna preta monstruosa, ele chega à resposta. Os ramos querem apenas continuar se ramificando. O objetivo do jogo é seguir jogando. Ele não pode de jeito nenhum vender a empresa. Há um certo código ancestral, já presente nos primeiros programas que ele e o pai escreveram, que ainda precisa dele. Ele enxerga o próximo projeto, e parece a coisa mais simples. Como a evolução, o jogo deve reutilizar todas as partes antigas e bem-sucedidas de tudo o que veio antes. Como a *evolução*, basta apenas se desdobrar.

Agora ele não pode mais se dar ao luxo de esperar até o dia seguinte para ser encontrado. Neelay tem outra ideia, muito menor, só que mais imediata. Tira a bata longa e a coloca no chão, na frente do pneu preso. Uma empurrada no joystick e ele está livre, de volta à trilha e, logo em seguida, dentro da van, que dirige com o dorso nu através de mil passos e sub-rotinas até chegar ao seu local de trabalho em Redwood City.

No dia seguinte telefona para a Digit-Arts e cancela o acordo. Os advogados de propriedade intelectual fazem ameaças e berram. Mas a única coisa que eles queriam com a fusão era ele. Ele é o único ativo da Sempervirens que vale a pena adquirir. Sem sua boa vontade, o acordo não significa nada.

Com a fusão das empresas rompida, ele reúne sua equipe na sala de conferências e conta como será o próximo projeto. O jogador começará em um canto desabitado de uma nova Terra recém-arquitetada. Ele poderá cavar minas, cortar árvores, arar campos, construir casas, igrejas, mercados, escolas — qualquer coisa que seu coração desejar e suas pernas puderem alcançar. Ele viajará por todos os ramos de uma enorme árvore tecnológica, pesquisando desde o trabalho com pedra até as estações espaciais, livre para seguir qualquer éthos, para fazer qualquer cultura flutuar em seus barcos de última geração.

Mas há um probleminha: outras pessoas, pessoas de verdade, do outro lado dos modems, estarão promovendo sua própria cultura em outras partes desse mundo virgem. E todas essas outras pessoas reais vão querer as terras que pertencem ao império de outro jogador.

Nove meses depois, uma versão teste rodando pelo escritório deixa a Sempervirens paralisada. Uma vez que os funcionários começam a jogar, não querem fazer mais nada. Param de dormir. Esquecem de comer. Os relacionamentos viram um incômodo secundário. *Mais um pouquinho. Só mais um pouquinho.*

O jogo se chama *Domínio*.

Nick e a visitante passam duas semanas fechando a casa dos Hoel. Parentes de Des Moines chegam para comprar o carro de Nick e tomar posse das relíquias da família. Em seguida, vêm os organizadores do leilão, que colam etiquetas verdes em qualquer móvel ou eletrodoméstico que possa render alguma coisa. Homens grandes com músculos marcados colocam os bens móveis e o maquinário agrícola enferrujado em uma carreta e os levam para um lugar a dois condados de distância, onde tudo será posto à venda em um sistema de consignação. Nick não estabelece lances mínimos. As posses acumuladas por muitas gerações se dispersam como pólen levado pelo vento. Então não é mais a casa dos Hoel.

"Meus ancestrais chegaram aqui de mãos vazias. Eu devo sair do mesmo jeito, você não acha?"

Olivia toca no ombro dele. Passaram catorze dias e treze noites fechando juntos a casa, como se, depois de meio século plantando e sobrevivendo aos caprichos do clima, tivessem finalmente decidido se aposentar e se mudassem para Scottsdale para morrer encurvados sobre um tabuleiro de xadrez, com uma testa encostada na outra. A imensurável estranheza da situação não deixa Nick dormir de noite. Está indo para a Califórnia com uma mulher que teve o impulso de sair da estrada quando viu o cartaz absurdo que ele escreveu. Uma mulher que escuta vozes silenciosas. *Agora, isso sim*, pensa Nicholas Hoel, *é uma performance artística de verdade.*

As pessoas transam com estranhos. As pessoas se casam com estranhos. As pessoas passam meio século juntas na cama e acabam como estranhas umas para as outras no final. Nicholas sabe de tudo isso; ele limpou a casa depois que os pais e os avós morreram, fez todas as terríveis descobertas que só a morte pode oferecer. Quanto tempo leva para se conhecer alguém? Cinco minutos, e pronto. Nada pode desfazer uma primeira impressão. Sabe aquela pessoa no banco do passageiro de sua vida? É sempre um caroneiro que será deixado em algum ponto mais à frente da estrada.

O fato é que as obsessões dos dois se entrelaçam. Cada um deles tem a metade de uma mensagem secreta. O que ele pode fazer, além de tentar encaixar as metades? E se perderem o controle do carro e acordarem do sonho sem nada, o que ele terá sacrificado, além da espera solitária?

Depois da meia-noite, Nick está sentado no quarto vazio de seus ancestrais, lendo sob a luz fraca do lampião. Dez anos de ocupação nesse lugar, e ele se sente como se estivesse vivendo de subsistência em uma cabana remota. Continua lendo o verbete da sequoia-vermelha na enciclopédia, a enciclopédia marcada com a etiqueta do leiloeiro. Lê sobre árvores que têm a altura equivalente a um campo de futebol. Uma árvore de cujo cepo se fazia um assoalho sobre o qual duas dúzias de pessoas dançavam um cotilhão.

Ele lê o verbete da enciclopédia sobre transtornos mentais. A seção sobre diagnóstico de esquizofrenia contém esta frase: *As crenças não devem ser consideradas delirantes se estiverem de acordo com as normas sociais.*

A hóspede dele cantarola para si mesma enquanto se prepara para a partida. Sua expressão faz a respiração dele parar. Ela é jovem e ingênua, destemida, com uma vocação mais forte do que a de qualquer freira medieval. Ele não podia deixar de aceitar uma viagem de carro com ela, assim como não podia parar de transformar os sonhos dele em desenhos. De qualquer maneira, ele já estava dando no pé. Agora sua vida tem um luxo que ele nunca teve: um destino, e alguém para acompanhá-lo.

Duas semanas juntos em uma casa durante um inverno do Meio-Oeste, e ele nem sequer tenta tocar nela. Essa é a única coisa delirante. E ela sabe que ele não vai tentar. O corpo dela, quando perto dele, não fica contaminado por algo tão vulgar quanto o nervosismo. Ela não é mais cautelosa com ele do que a superfície de um lago é cautelosa com o vento.

Tomam juntos um café da manhã frio depois que a carreta do leilão transporta os últimos pertences dos Hoel. Passaram a noite em sacos de dormir. Agora ela está sentada no assoalho de pinheiro-branco, perto de onde a mesa de carvalho feita pelo tataravô de Nick permaneceu por mais de um século. Os sulcos no piso vão lembrar disso para sempre. Ela está usando uma camisa oxford felizmente comprida, e uma calcinha listrada como um pirulito.

"Você não tá congelando?"

"Nos últimos tempos parece que eu tô sempre com calor. Desde que eu morri."

Ele desvia o rosto e dá um tapinha nas pernas nuas dela. "Dá pra você... colocar uma calça ou algo assim? Um cara pode se machucar."

"Ah, por favor. Nada que você não tenha visto antes."

"Não em *você*."

"São sempre os mesmos itens básicos."

"Eu não saberia dizer."

"Haha. Tinha mulheres morando aqui. Recentemente."

"Que nada. Sou um artista celibatário. Tenho um dom especial."

"Creme antirrugas no armário do banheiro. Esmalte." Ela para, fica corada. "A não ser que você..."

"Não. Nada tão criativo assim. Mulheres, recentemente. Uma mulher."

"E a história?"

"Ela foi embora não muito tempo depois de eu descobrir a praga na castanheira. Assustada. Achava que de vez em quando um cara deveria pintar algo que não fossem galhos."

"Aliás. A gente precisa guardar a galeria."

"Guardar?" O sorriso dele se torce como se ele estivesse chupando uma pedra-ume — lembranças da U-Stor-It em Chicago, onde ele armazenou os melhores trabalhos dos seus vinte e poucos anos, até transformar todos em uma grande obra conceitual em combustão.

Ela fica com aquele olhar distante, como se estivesse novamente recebendo instruções de outras formas de vida. "E se a gente enterrasse tudo lá nos fundos?"

Ele pensa em técnicas antigas, pátinas e coisas malucas, práticas de cerâmica subterrânea que aprendeu no curso de arte. A ideia pelo menos parece tão aceitável quanto tentar dar sua arte aos motoristas de passagem. "Por que não? Deixar tudo se decompor aqui."

"Eu tava pensando em plástico-bolha."

"É janeiro, né. Mesmo que esteja ameno pra época. A gente teria que alugar uma escavadeira pra fazer um buraco." Então ele se lembra. A ideia o faz rir. "Vai se vestir. O casaco. Vem."

Ficam um ao lado do outro em uma elevação atrás do galpão das máquinas, que não é visível a partir da casa, olhando para uma colina de cascalho, que bate na cintura dos dois, e para o buraco considerável próximo a ela.

"Quando a gente era criança, eu e meus primos estávamos sempre cavando aqui. Rumo ao núcleo fundido da Terra. Ninguém nunca se deu ao trabalho de fechar o buraco."

Ela examina o plano. "Hm. Boa. Pensando no futuro."

Eles enterram as obras. A coleção de fotos — aquele *flip-book* de um século de crescimento de uma castanheira — também vai para o buraco. Mais seguro do que qualquer lugar acima do solo.

À noite, estão na cozinha de novo, preparando-se para ir embora de manhã. Ela, mais recatada, de moletom e legging. Ele, andando de um lado para outro, com a sensação de estômago revirado que acompanha os saltos no escuro. Metade terror, metade empolgação: tudo se dispersando pelo ar. Vivemos, saímos por aí, e depois não mais, para sempre. E nós *sabemos* o que está por vir — graças ao fruto da árvore tabu que fomos criados para comer. Por que colocar ali, e depois proibir? Só para garantir que ele seja comido.

"O que eles estão dizendo agora? Os seus encarregados."

"Não é assim, Nicholas."

Ele junta as mãos embaixo da boca. "Como é então?"

"Eles estão dizendo: *Confere o óleo.* Tá bom?"

"Como a gente vai encontrar eles?"

"Meus encarregados?"

"Não. Os manifestantes. O pessoal das árvores."

Ela ri e encosta no ombro dele. Começou a fazer isso, e ele gostaria que ela parasse.

"Eles estão *tentando* aparecer no jornal. Não deve ser difícil. Se a gente chegar por lá e não encontrar ninguém, vamos começar nosso próprio movimento."

Ele tenta responder com uma risada, mas ela parece estar falando sério.

De manhã, os dois vão embora. O carro está transbordando de coisas. Cinco horas para o Oeste, e eles já se conhecem tão bem quanto duas pessoas podem se conhecer, exceto em uma catástrofe. Ele conta a ela, enquanto dirige, coisas que nunca contou a ninguém. Sobre aquela noite não planejada em Omaha, quando voltou para casa e encontrou seus pais e a avó envenenados pelo gás.

Ela encosta no braço dele. "Eu sabia que era isso. Quase exatamente isso."

Dez horas de viagem, e ela diz: "Você fica tão confortável com o silêncio".

"Eu tive um pouco de prática."

"Gosto disso. Eu tenho um bom caminho pra chegar a esse ponto."

"Queria te perguntar... Não sei. A sua postura. A sua... aura. Como se você estivesse fazendo uma reparação."

Ela ri como uma menina de dez anos. "Talvez eu esteja."

"Pelo quê?"

Olivia encontra a palavra no horizonte oeste, borbulhando com montanhas distantes. "Pela imbecil que eu era. Pela pessoa atenciosa que eu não fui."

"Há bastante conforto em não dizer nada."

Ela experimenta a ideia e parece concordar. Ele pensa: *Se um dia eu for preso, ou tiver que ficar em um abrigo nuclear com alguém, escolheria essa pessoa.*

No motel, um pouco depois de Salt Lake City, o recepcionista pergunta: "Uma cama *king* ou duas *queen*?".

"Duas *queen*", Nick diz, ouvindo atrás dele aquela risadinha infantil. Usam o banheiro em turnos desajeitados. Então se deitam e ficam acordados por mais uma hora, conversando através do abismo de meio metro entre as camas. Tagarelas, se comparado aos mais de mil e quinhentos quilômetros que acabaram de fazer.

"Nunca participei de uma manifestação."

Ele deve pensar: certamente algum ato de fúria política, no tempo da faculdade. Ele fica surpreso ao ter que dizer: "Eu também não".

"Não consigo imaginar quem não se juntaria a essa."

"Lenhadores. Libertários. Pessoas que acreditam no destino da humanidade. Pessoas que precisam de deques e telhas de madeira." Logo os olhos dos dois se fecham por vontade própria, e ele é carregado de volta ao sono, aquele lugar noturno de libertação vegetal.

Nevada é amplo e árido o suficiente para zombar de todas as políticas da humanidade. Deserto no inverno. Ele observa em segredo enquanto ela dirige. Ela fica nauseada de espanto.

Então logo é a Sierra Nevada, onde encaram uma tempestade de neve. Nick precisa comprar correntes de um vendedor de beira de estrada. No Donner Pass, fica preso atrás de uma carreta de três eixos, ambas as pistas carregadas de metal indo a cem por hora sobre uma folha de neve compacta. Ele guia o carro por telepatia, encontra um pequeno espaço na pista da esquerda, e começa a ultrapassar. Então, visibilidade zero. Bandagens de gaze no para-brisa.

"Livia? Merda. Não consigo *enxergar*!"

O carro derrapa para o acostamento com um baque e rodopia. Ele volta desajeitado para a pista, acelera, anda aos trancos, e se livra da morte por alguns centímetros nevados.

Quilômetros depois, ainda está tremendo. "Meu Deus. Eu quase te matei."

"Não", ela diz, como se alguém estivesse lhe descrevendo o jeito que as coisas vão ocorrer. "Isso não vai acontecer."

Eles descem a encosta oeste até Shangri-la. Em menos de uma hora, o mundo para além da cápsula dos dois vai das florestas de coníferas enterradas na neve ao verde e extenso Central Valley, com plantas perenes florescendo nas margens da autoestrada.

"Califórnia", ela diz.

Ele nem tenta lutar contra o sorriso. "Acho que você tem razão."

Chega o dia de Douglas no tribunal.

"Você está sendo acusado de obstruir serviços públicos", profere o juiz. "Como você se declara?"

"Meritíssimo. O serviço público fedia como algo fumegante que o cachorro de alguém deixou na praça."

O juiz tira os óculos e esfrega o nariz. Ele olha para as profundezas da jurisprudência. "Infelizmente, isso não tem nenhuma relação com o seu caso."

"Por que não, meritíssimo, se posso respeitosamente perguntar?"

Em dois minutos, o juiz lhe explica como funciona a lei. Propriedade. Governança civil. Pronto.

"Mas os funcionários estavam tentando acabar com a democracia."

"O tribunal está aqui para que qualquer grupo de cidadãos busque justiça por qualquer ação que a cidade tenha realizado."

"Meritíssimo. Sou um veterano de guerra condecorado. Ganhei um Coração Púrpura e uma Cruz da Força Aérea. Nos últimos quatro anos, plantei cinquenta mil árvores."

Ele ganha a atenção do tribunal.

"Caminhei por não sei quantos mil quilômetros, colocando sementes no chão, tentando reverter um pouquinho do progresso. Então me contaram que tudo que estou fazendo é dar crédito aos cretinos para que eles possam cortar árvores mais antigas e em maior quantidade. Me desculpa, mas ver a estupidez tão de perto naquele parque da cidade me deixou no limite. Simples assim."

"Você já foi preso antes?"

"Pergunta difícil. Sim e não."

O tribunal delibera. O acusado obstruiu um serviço conduzido por uma companhia privada de corte de árvores contratada pela prefeitura, que estava sendo realizado durante a madrugada. Não agrediu nenhum funcionário. Não destruiu a propriedade alheia. O juiz dá a Douglas uma pena de sete dias que suspende condicionalmente, mais uma multa de duzentos dólares ou três dias de trabalho, plantando freixos para o arborista da cidade. Douglas escolhe o plantio. Quando corre do tribunal de volta ao motel, sua caminhonete já foi guinchada.

Os ladrõezinhos querem trezentos dólares para devolvê-la. Ele pede que guardem a caminhonete até que ele junte o dinheiro. Tem umas moedas de prata enterradas aqui e ali.

Ele dá o sangue pela cidade, plantando árvores por uma semana — vários dias a mais do que sua pena exigia. "Por quê?", o arborista pergunta. "Você não precisava."

"O freixo é uma árvore nobre." Resiliente que só. Material para cabos de ferramentas e tacos de beisebol. Douglas adora aquelas folhas pinadas, o modo como filtram a luz como se fossem penas, fazendo a vida parecer mais suave do que é. Adora as sementes afuniladas que parecem veleiros. Gosta da ideia de plantar alguns freixos antes de fazer a única coisa que alguém *precisa* mesmo fazer.

Quanto mais pesado o homem trabalha, mais culpado o arborista se sente. "Não foi a melhor coisa que aconteceu na cidade, aquilo no parque." É uma pequena admissão mas, vinda de um homem que está na folha de pagamento da prefeitura, isso é quase incendiário.

"Montando a porra toda. Na calada da noite. Dias antes de uma audiência pública que as pessoas estavam organizando."

"A vida é cruel", diz o arborista. "Como a natureza."

"Os seres humanos não sabem porra nenhuma sobre a natureza. Ou sobre democracia. Você já pensou que os malucos podem estar certos?"

"Depende. Que malucos?"

"Os malucos ecologistas. Vários deles ajudando a plantar numa área desmatada, lá em Siuslaw. Conheci uns outros num protesto na floresta de Umpqua. Estão saindo das madeireiras de todo o Oregon."

"Garotos e drogados. Por que todos eles têm cara de Raspútin?"

"Ah!", Douggie diz. "Raspútin tinha uma presença." Ele espera que o arborista não o denuncie por insubordinação.

Não sai de Portland imediatamente. Volta à biblioteca pública para ler sobre silvicultura de guerrilha. Seu velho amigo bibliotecário continua sendo mais do que prestativo. O homem parece ter uma quedinha por ele, apesar do aroma de Douggie. Ou talvez por causa dele. Algumas pessoas são atraídas por solo fértil. Uma notícia sobre uma ação perto da floresta de Salmon-Huckleberry chama a sua atenção — uma organização que treina pessoas para bloquearem as estradas das madeireiras. Tudo o que Douglas precisa fazer é pegar a caminhonete de volta. Mas antes vai ter que realizar uma pequena ação de guerrilha. Não tem certeza se há uma permissão legal para ele voltar à cena do crime. Outro ato de desobediência civil o levaria, muito possivelmente, de volta à prisão. A parte de Douglas que gosta de olhar para a Terra das alturas, como fazia quando era mestre de carga, quase espera por isso.

A raiva aumenta à medida que ele se aproxima do parque. Ainda não é meio-dia. Seus ombros, o pescoço e a perna defeituosa sentem de novo — arremessados ao chão por bandidos ludibriando o povo. A raiva, no entanto, não faz com que ele se sinta mais forte. Muito pelo contrário. Faz Douglas se dobrar e socar o plexo solar até que, quando chega ao bosque, ele esteja arrastando o pé.

O primeiro dos cepos frescos ainda exala resina. Ele se deita no chão perto dele e saca uma caneta de feltro e a carteira de motorista para usar como régua. Segura as duas sobre a madeira serrada como se estivesse fazendo uma cirurgia, e então vai contando para trás. Os anos passam sob seus dedos — as inundações e as secas, as ondas de frio e as estações das queimadas, tudo escrito nos diferentes anéis. Quando a contagem chega a 1975, ele desenha um X preto caprichado e registra a data. Então recua mais vinte e cinco anos, faz outro X em um raio só um pouquinho mais distante no sentido anti-horário, e escreve 1950.

O trabalho continua, em incrementos de um quarto de século, até que ele chegue ao centro imóvel. Não sabe quantos anos a cidade tem, mas a árvore claramente já era uma muda robusta antes que qualquer pessoa branca chegasse perto desse lugar. Quando Douglas registra o ano mais recente que ainda pode estabelecer com precisão, vai até a borda do cepo, até recentemente ainda em expansão, e escreve, em letras maiúsculas que correm como uma roda pela metade da circunferência, CORTADA ENQUANTO VOCÊ DORMIA.

Ele ainda está lá, marcando os cepos, quando Mimi sai para almoçar. A raiva é seu novo jogo de cartas da hora do almoço, que ela joga sozinha enquanto come sanduíches de ovo e pimenta em um banco do recentemente minimizado jardim zen. Desde o ataque noturno, ela deu dezenas de telefonemas, participou de uma reunião pública ineficaz e conversou com dois advogados que declararam que a justiça era uma fantasia. O almoço ao ar livre é seu único recurso. Olhar para os cepos crus mastigando a raiva. Ela vê o homem de quatro registrando os danos e explode. "O que você tá fazendo *agora*?"

Douggie olha para a mulher que se parece com uma acompanhante de Patpong chamada Lalida, a qual um dia ele amou mais do que amava respirar. Uma mulher por quem valia a pena esburacar a estrada inteira apenas para chegar perto dela. Mimi se aproxima, ameaçando-o com um palito de prender sanduíche.

"Já não basta ter matado elas? Precisa vandalizar também?"

Ele mostra a palma das mãos, depois aponta para os hieróglifos em um dos cepos cortados. Ela para e olha para os anéis identificados que correm para trás até o centro do círculo. O ano em que o pai dela explodiu os miolos pelo quintal inteiro. O ano em que ela se formou e conseguiu esse emprego infeliz. O ano em que toda a família Ma saiu correndo do urso. O ano em que o pai lhe mostrou o pergaminho. O ano do nascimento dela. O ano em que o pai chegou para estudar no grande Instituto Carnegie de Tecnologia. E, no ano mais externo, a legenda: CORTADA ENQUANTO VOCÊ DORMIA.

Ela volta a olhar para o homem ajoelhado no chão. "Ah, meu Deus. Desculpa. Achei que você era... Quase te dei um chute na cara."

"Os caras que fizeram isso foram mais rápidos que você."

"Pera aí. *Você estava aqui?*" As sobrancelhas dela se juntam enquanto ela faz um cálculo de ensaio de tração. "Se eu tivesse aqui, teria machucado alguém."

"As árvores grandes estão sendo derrubadas em todos os lugares."

"Sim. Mas esse era o *meu* parque. Meu refúgio de todo dia."

"Sabe, você olha pra essas montanhas e pensa: *A civilização vai desaparecer, mas isso aqui vai durar pra sempre.* Entende? Só que a civilização está bufando como um boi com hormônios de crescimento, e essas montanhas estão sumindo."

"Eu falei com dois advogados. Nenhuma lei foi desobedecida."

"Claro que não. As pessoas erradas têm todos os direitos."

"O que se pode fazer?"

Os olhos do louco dançam. Ele parece o décimo segundo *arhat*, se divertindo com a tolice de todas as aspirações humanas. Ele vacila. "Posso confiar em você? Quer dizer, você não está aqui pra roubar um dos meus rins ou algo do tipo?"

Ela ri, e isso é tudo no que ele precisa acreditar.

"Então escuta. Você não teria por acaso trezentos dólares em algum lugar? Ou talvez um carro que funcione?"

Os Brinkman começam a gostar de ler quando estão sozinhos juntos. E, juntos, ficam sozinhos a maior parte do tempo.

O teatro comunitário acabou; não participam de nenhuma peça desde aquela sobre o bebê inexistente. Nunca disseram um ao outro que seus dias de atuação ficaram para trás. Diálogos não são necessários.

No lugar de filhos, então, livros. Em suas preferências de leitura, cada um permanece fiel aos sonhos da juventude. Ray gosta de vislumbrar o grande projeto de civilização ascendendo ao seu destino ainda obscuro. Ele só quer ler, até tarde da noite, sobre a crescente qualidade de vida, a constante libertação da humanidade através da invenção, o ponto de virada do conhecimento que finalmente salvará a raça. Dorothy precisa de reivindicações mais soltas, histórias livres de ideias e embebidas de eus locais. Sua salvação é próxima, calorosa e privada. Depende da capacidade de uma pessoa dizer *no entanto*, fazer uma pequena coisa que parece inesperada até para si própria e, assim, por um momento, conseguir quebrar a lógica do tempo.

A estante de Ray está organizada por tópicos; a de Dorothy, por ordem alfabética de autor. Ele prefere livros recém-publicados com direitos autorais fresquinhos. Ela precisa se comunicar com mortos distantes, almas estrangeiras tão diferentes dela quanto possível. Uma vez que Ray começa um livro, segue em marcha forçada até a conclusão, por mais difícil que seja a empreitada. Dorothy não se importa de pular as filosofias do autor para chegar aos momentos em que uma personagem, muitas vezes a mais surpreendente, consegue entrar fundo em si mesma e se torna melhor do que sua natureza permitiria.

A vida aos quarenta. Quando um livro qualquer entra na casa, nunca mais pode sair. Para Ray, o objetivo é estar pronto para tudo: um livro para cada necessidade imprevisível. Dorothy se esforça para manter vivos os livreiros independentes e salvar das lixeiras as joias negligenciadas. Ray pensa: *Nunca se sabe quando você pode finalmente começar a ler aquele volume que comprou cinco anos atrás.* E Dorothy: *Um dia você vai precisar pegar um livro caindo aos pedaços e folheá-lo até aquele trecho no canto inferior direito, a dez páginas do final, aquele que faz você ser tomada por uma dor tão doce e cruel.*

A conversão da casa deles em biblioteca acontece de forma gradual demais para ser notada. Ela deita de lado os livros que já não cabem, em cima das fileiras existentes. Isso amassa as capas e deixa Ray louco. Por um tempo, eles resolvem o problema com mais estantes. Duas de madeira de cerejeira para serem postas entre as janelas do escritório dele, no andar de baixo. Uma enorme de nogueira na sala da frente, no espaço tradicionalmente reservado para o altar da televisão. Uma de madeira de ácer no quarto de hóspedes. Ele diz: "Isso deve ser o suficiente por um tempo". Ela ri porque sabe, por todos os romances que já leu, o quão breve *um tempo* pode ser.

A mãe de Dorothy morre. Eles não suportam se separar de um único exemplar da biblioteca da mulher morta. Então os adicionam a uma coleção que teria suscitado a inveja de reis. Dorothy encontra por um ótimo preço, em uma loja de livros raros, os Romances Waverly Completos, de Walter Scott. "Mil oitocentos e oitenta e dois! E olha esse papel maravilhoso nas guardas. Marmorizado."

"Sabe o que a gente poderia fazer?" Ray lança a ideia no caminho para o caixa. Ao lado do Scott, ele coloca um exemplar de *A era das máquinas inteligentes*. "Tem aquela parede estranha no quartinho do segundo andar. Podíamos pedir pra um marceneiro fazer umas estantes embutidas."

Os planos que um dia eles tiveram para aquele quarto parecem agora mais antigos do que qualquer obra naquelas prateleiras. Ela concorda com a cabeça e tenta sorrir, se esforçando para encontrar uma expressão dentro de si mesma. Mas não sabe qual é. Não sabe nem mesmo que é aquilo que ela está fazendo. *No entanto*. A expressão é *no entanto*.

Eles têm um ritual de Natal, uma piada sempre pronta para, a qualquer momento, não ser mais uma piada. Um dos presentes que um dá ao outro precisa ser uma tentativa anual de conversão. Nesse ano, ele dá a ela *Cinquenta ideias que mudaram o mundo.*

"Amor! Muito obrigada!"

"Com certeza mudou a minha vida."

Ele nunca vai mudar, ela pensa, e o beija perto da boca. Então ela segue com sua parte do ritual: uma nova edição comentada de Quatro Grandes Romances de Jane Austen.

"Dorothy, meu amor. Você leu meus pensamentos!"

"Você podia, sei lá, *tentar* uma hora dessas."

Ele tentou, anos atrás, e quase morreu sufocado de claustrofobia.

Os dois passam o fim de ano de roupão, cada um lendo o presente que deu ao outro. No Ano-Novo, lutam para ficar acordados até a meia-noite. Ficam deitados na cama, lado a lado, perna a perna, mas com as mãos firmes nas páginas à frente. Quase adormecendo, ele lê o mesmo parágrafo uma dúzia de vezes; as palavras se transformam em coisas rodopiantes, como sementes aladas girando no ar.

"Feliz Ano-Novo", ele diz, quando a bola finalmente cai na Times Square. "Sobrevivemos a mais um, hein?"

Tomam o espumante que ficou esperando ao lado da cama em um balde de gelo. Ela brinda, bebe e diz: "A gente tinha que fazer uma aventura este ano".

As estantes de livros estão cheias de resoluções antigas, discutidas e arquivadas. *Cozinha indiana sem trabalho. Cem trilhas no Grande Yellowstone. Um guia de campo de pássaros canoros do Leste. Flores silvestres do Leste. Europa para além do óbvio. Tailândia desconhecida.* Manuais de fabricação de cerveja e de vinho. Textos intocados em idiomas estrangeiros. Todas aquelas explorações dispersas para provar e gastar. Viveram como deuses frívolos e negligentes.

"Alguma coisa envolvendo risco de vida", ela acrescenta. "Eu estava pensando nisso *agora*."

"A gente podia correr uma maratona."

"Eu... podia ser seu treinador. Ou sei lá."

"Algo que a gente possa fazer juntos. Tirar licença de piloto?"

"Talvez", ele diz, em torpor pelo cansaço. "Bom." Ele coloca a taça na mesinha e dá um tapa nas coxas.

"É. Mais uma página antes de apagar a luz?"

Ela afunda na angústia real dos seres imaginários. Fica deitada sem se mexer, tentando não acordá-lo com os soluços. *O que é isso apertando meu coração, como se significasse alguma coisa? O que dá a esse lugar imaginário tanto poder sobre mim?* Apenas isto: o vislumbre de alguém vendo algo que não deveria ser capaz de ver. Alguém que nem sabe que ela foi inventada, e que ela permanece no jogo diante da trama inescapável.

Por alguma razão, quando o aniversário de casamento chega, os Brinkman esquecem novamente de plantar alguma coisa.

As sequoias-vermelhas os deixam completamente sem palavras. Nick dirige em silêncio. Até os troncos jovens parecem anjos. E quando, depois de alguns quilômetros, eles passam por um monstro cujo primeiro galho, saltando para cima a doze metros do chão, é tão espesso quanto a maioria das árvores do Leste, Nick se dá conta: a palavra *árvore* precisa crescer, tornar-se *real*. Não é o tamanho que o desconcerta, ou não *apenas* o tamanho. É a perfeição dórica estriada das colunas marrom-avermelhadas que disparam para o alto a partir das samambaias de mais de um metro de altura e do chão coberto de musgo — em linha reta, sem afilar, como uma apoteose castanha e coriácea. E quando as colunas começam a formar uma copa, isso acontece tão no alto, tão distante da base dos pilares, que aquilo lá em cima poderia muito bem ser um segundo mundo, muito mais próximo da eternidade.

Toda a agitação da jornada se esvai de Olivia. É como se ela conhecesse aquilo, embora nunca tenha viajado para nenhum lugar a oeste do Six Flags de St. Louis. Em uma estrada estreita que corre ao longo da floresta costeira, ela grita: "Pare o carro".

Ele estaciona no acostamento macio que tem agulhas até meio metro ou mais de profundidade. A porta do carro se abre, e o ar parece doce e salgado. Ela sai do lado do passageiro e vai até um bosque de gigantes. Quando ele se aproxima, o rosto dela está raiado e os olhos, quentes e líquidos de alegria. Ela balança a cabeça, incrédula. "É isso. São *eles*. Chegamos."

Não é difícil encontrar os defensores da floresta. Diversos grupos estão se organizando em toda a Lost Coast. Quase diariamente, há um relato de alguma ação nos jornais regionais. Nick e Olivia vivem sem muita coisa, dormindo no carro por alguns dias, tentando entender quem é quem em um elenco mambembe temporário e uma organização, para dizer o mínimo, improvisada.

Ficam sabendo de um acampamento de voluntários nos campos lamacentos de um simpático pescador aposentado, não muito longe de Solace. O bivaque pulula com mais movimento do que coerência. Jovens ágeis, barulhentos em sua devoção, chamam os outros através do prado pontilhado de barracas. Narizes, orelhas e sobrancelhas emanam um brilho metálico. *Dreadlocks* emaranham-se nas fibras dos trajes multicoloridos. Eles fedem a terra, suor, idealismo, óleo de patchuli e a doce *sinsemilla* cultivada em toda a floresta. Alguns ficam por dois dias. Outros, a julgar por sua microflora, estão no acampamento há muito mais tempo do que algumas temporadas.

O acampamento é um dos muitos centros nervosos de um movimento caótico sem liderança que costuma ser chamado de Força de Defesa da Vida. Nick e Olivia circulam pelos campos, conversando com todo mundo. Jantam feijão e ovos com um homem mais velho chamado Moisés. Ele, por sua vez, também os questiona e examina, assegurando-se de que não são espiões da Weyerhaeuser, da Boise Cascade ou da força mais próxima na região, a Humboldt Timber.

"Como a gente consegue... funções?", Nick pergunta.

A palavra faz Moisés gargalhar alto. "Não tem funções aqui. Mas o trabalho nunca termina."

Eles cozinham para dezenas de pessoas e ajudam a limpar depois. Há uma marcha no dia seguinte. Nick trabalha nos cartazes enquanto Olivia se junta à cantoria. Uma mulher de cabelos flamejantes com silhueta de falcão, vestida de xadrez, passa pelo acampamento enrolada em um xale de lã. Olivia agarra Nick. "É ela. A que apareceu na TV quando eu estava em Indiana." A que os seres de luz queriam que ela encontrasse.

Moisés acena com a cabeça. "Essa é a Mãe N. Ela consegue transformar um megafone num Stradivarius."

Quando o dia acaba, Mãe N dá uma palestra de orientação em uma clareira próxima à barraca de Moisés. Ela examina os círculos de corpos sentados, reconhecendo veteranos e dando boas-vindas aos que acabaram de chegar. "É bom ver que muitos de vocês ainda estão aqui nesse final de temporada. No passado, vários de vocês voltaram para casa para o inverno, quando as chuvas interrompem o espetáculo madeireiro até a primavera. Mas a Humboldt Timber começou a trabalhar o ano inteiro."

Vaias reverberam pela multidão.

"Eles estão tentando derrubar tudo antes que a lei os alcance. Mas eles não contavam com todos *vocês*!"

Aplausos irrompem como uma onda sobre Nicholas. Ele se vira para Olivia e pega a mão dela. Ela a aperta, como se não fosse a primeira vez que ele a tocasse desse jeito alegre. Olivia sorri, e Nick de novo se maravilha com a certeza dela. Ela os trouxe tão longe conduzida por sensações — *tá ficando quente, por aqui, mais quente* —, instruções sussurradas por presenças que só ela é capaz de escutar. E aqui estão eles, como se soubessem o tempo todo para onde estavam indo.

"Muitos de vocês estão aqui há algum tempo", Mãe N continua. "Tanto trabalho importante! Piquetes. Teatro de guerrilha. Manifestações pacíficas."

Moisés massageia a cabeça raspada e grita: "Agora botamos medo de verdade neles!".

Os aplausos aumentam. Até Mãe N sorri. "Bom, pode ser! Mas a FDV leva a sério a não violência. Para quem acabou de chegar, queremos que vocês façam um treinamento de resistência pacífica e se comprometam com o código de não violência antes de participar de qualquer ação direta. Não toleramos de jeito nenhum a destruição de propriedade..."

Moisés grita: "Mas você ficaria surpresa com o que um pouquinho de cimento de secagem rápida pode fazer no eixo de um caminhão".

Os cantos dos lábios de Mãe N se torcem. "Nós somos parte de um processo muito longo e muito amplo, acontecendo em todo o mundo. Se aquelas lindas mulheres do movimento Chipko da Índia podem ser ameaçadas e espancadas, se os caiapós do Brasil podem colocar sua vida em risco, nós também podemos."

Está chuviscando. Nick e Olivia mal percebem.

"A maioria de vocês já sabe tudo sobre a Humboldt Timber. Para os que ainda não sabem, eles foram uma empresa familiar por quase um século. Administravam a última empresa progressista do estado e pagavam benefícios incríveis. O sistema de aposentadoria deles tinha excesso de contribuição. Eles cuidavam do pessoal deles e raramente contratavam gente de fora. E, melhor de tudo, faziam cortes seletivos das árvores, por um rendimento que poderiam ter sustentado para sempre.

"Como cortavam as árvores antigas lentamente, eles ainda tinham muitos bilhões de metros da melhor madeira conífera do planeta, muito tempo depois de seus concorrentes ao longo de toda a costa entregarem os pontos. Oitenta mil hectares — quarenta por cento de toda a área remanescente de floresta primária. Mas o valor das ações da Humboldt Timber ficou para trás em comparação ao das empresas que maximizam os lucros. O que, pelas regras do capitalismo, significava que alguém tinha que vir e mostrar aos veteranos como administrar um negócio. Vocês lembram do Henry Hanson, o Rei dos Títulos Podres? O cara que foi preso no ano passado por extorsão? Ele fechou o acordo. Um amigo larápio dele fez o esquema, vindo lá de Wall Street. Engenhoso, na verdade: você bota o dinheiro arrecadado em títulos podres em uma aquisição hostil, e depois vende a dívida para uma instituição financeira, que no fim vai ter que ser salva pelo poder público. Então você hipoteca toda a empresa para pegar o dinheiro sujo, saquear o fundo de pensão, esvaziar as reservas, vender tudo o que há de valor e liquidar a casca falida que sobrou por qualquer coisa que você possa obter. Mágica! Uma ladroagem que ainda te paga um adicional pelo roubo em si.

"Agora eles estão naquela penúltima etapa: negociar todos os pedaços de madeira vendável do inventário. O que nesse caso significa um monte de árvores de setecentos, oitocentos anos. Árvores mais largas do que vocês são capazes de imaginar vão para a Serraria B e saem em forma de tábuas. A Humboldt está cortando quatro vezes mais do que a média da indústria.

E cortam cada vez mais rápido, antes que a legislação possa alcançar a empresa."

Nick se vira para Olivia. A garota é alguns anos mais nova do que ele, mas ele começou a olhar para ela em busca de explicações. O rosto de Olivia se endurece e os olhos se fecham de dor. Lágrimas correm pelas bochechas.

"Obviamente, não podemos esperar que a legislação mude. Até a Justiça tomar uma providência, a nova e eficiente Humboldt Timber vai ter cortado todas as gigantes. Então essa é a pergunta que eu faço a cada um de vocês. De que forma você pode contribuir com a luta? Aceitamos tudo o que você puder dar. Tempo. Empenho. Dinheiro. O dinheiro é surpreendentemente útil!"

Aplausos e gritos soam depois do discurso, e as pessoas se dispersam para comer sopa de lentilha preparada em várias fogueiras. Olivia ajuda a cozinhar, ela, que costumava roubar da geladeira a comida dos colegas com quem morava em vez de ferver um pouco de água para um macarrão instantâneo. Nick repara nesses homens da floresta, alguns não tomam banho há semanas, se esforçando para parecer blasés enquanto Olivia os serve, como se uma dríade não tivesse acabado de cair ao lado deles nesse prado.

Um grupo sob a supervisão de um homem chamado Barba Negra retorna de uma ação que inutilizou com xarope de milho o motor a diesel de uma retroescavadeira. Eles brilham de realização à luz cintilante da fogueira. Pretendem sair de novo, depois de escurecer, para testar a vigilância da empresa nas máquinas maiores no alto da encosta.

"Não gosto de crimes contra a propriedade", diz Mãe N. "Não gosto mesmo."

Moisés ri dela. "Nenhuma propriedade valiosa foi destruída, a não ser essas florestas. Estamos em uma guerra de exaustão. A gente atrasa os madeireiros por algumas horas, depois eles consertam as máquinas. Mas, enquanto isso, perdem tempo e perdem dólares."

Barba Negra olha com fúria para as chamas. "A Humboldt é *puro* crime contra a propriedade. E a gente tem que ser bonzinho?"

Duas dúzias de voluntários começam a falar ao mesmo tempo. Tendo passado anos no interior de Iowa, Nick é como uma criança criada com um radinho minúsculo que de repente ouve sua primeira sinfonia ao vivo. Ele aterrissou em uma seita druida de culto às árvores, como aquelas sobre as quais lia na enciclopédia da família Hoel durante as noites de inverno. Veneração pelo carvalho no oráculo de Dodona, os bosques dos druidas na Grã-Bretanha e na Gália, a adoração xintoísta pela árvore sakaki, as árvores dos desejos adornadas com joias na Índia, as mafumeiras maias, os sicômoros egípcios, a ginkgo sagrada da China — todos os ramos da primeira religião do mundo. Uma década de desenhos obsessivos foi um treinamento para qualquer arte que a seita demande dele.

Olivia se aproxima. "Você tá bem?" A resposta dele fica colada em seu largo sorriso coprófago.

O grupo de ataque se prepara para sair novamente. Barba Negra, Agulhas, Comedor de Musgo e Revelador: guerreiros competindo pela palma, pelo louro, pela azeitona.

"Espera aí", Nick diz a eles. "Vamos tentar uma coisa." Ele os senta em banquinhos de acampamento na sombra do fogo enquanto lhes pinta o rosto. Mergulha um pincel em uma lata de tinta verde que uma mulher chamada Sininho usa para escrever faixas. Acompanha o contorno do crânio deles, as curvas da testa e as saliências das maçãs do rosto, seguindo adiante o caminho em espirais e verticilos, surreais lembranças à mão livre das tatuagens maori *tā moko*. Camisetas *tie-dye* e rostos estampados de caxemira: o efeito é assombroso. Os soldados da noite dão um passo para trás e admiram um ao outro. Algo adentra neles; eles se tornam outros seres, inscritos e alterados, tomados pelo poder dos sinais antigos.

"*Meu Deus!* Eles vão ficar cagados de medo."

Moisés aprova com a cabeça a obra do novo rapaz. "Ótimo. É bom eles pensarem que somos perigosos."

Olivia aparece atrás de Nick, orgulhosa. Ela envolve o braço dele com as mãos. Não tem ideia de que efeito isso causa em Nick, depois dos dias juntos atravessando o país, das noites dormindo lado a lado em grossos sacos de dormir. Ou talvez ela saiba e não se importe. "Bom trabalho", ela sussurra.

Ele dá de ombros. "Não exatamente útil."

"Urgente. Sei disso por fontes seguras."

Eles se batizam com nomes da floresta nessa noite, sobre um cobertor de agulhas, em meio ao gotejamento suave das sequoias-vermelhas. A brincadeira parece infantil, a princípio. Mas toda arte é infantil, assim como todas as narrativas, toda a esperança dos seres humanos e todo o medo. Por que eles não deveriam ganhar novos nomes para esse novo trabalho? As árvores recebem uma dúzia de identificações diferentes. Castanheiro-da-índia, do Texas, falso castanheiro e Monillo, todos nomes para a mesma planta. Árvores de nomes tão perdulários quanto sementes de ácer. Há a figueira-doida, também conhecida como figueira-do-faraó, também conhecida como sicômoro: como um homem com uma gaveta repleta de passaportes falsos. Em um lugar há *limeira*, em outro *linden*, *tília* em geral, mas *basswood* quando se transforma em madeira ou mel. Vinte e oito nomes apenas para pinheiros de folhas longas.

Olivia avalia Nick na escuridão, longe do fogo. Procura evidências de como chamá-lo. Prende o cabelo dele atrás da orelha, inclina o queixo de Nick com as mãos frias. "Sentinela. Faz sentido? Você é meu Sentinela."

Observador, espectador. Aprendiz de protetor. Ele dá um sorrisinho, exposto.

"Agora você me dá um nome!"

Ele se aproxima dela e segura nos dedos aquela coisa que parece trigo e que nunca vai ser mais leve que lama. Ela se espalha sob os dedos dele. "Cabelo-de-Anjo."

"Isso existe?"

Existe, ele lhe diz, um outro nome para um fóssil vivo, mais antigo que as árvores que dão flores, mais antigo que as mais antigas das coníferas, uma planta nativa por um tempo, aqui ao longo desses córregos, que então desapareceu por milhões de anos e depois voltou a ser cultivada. Uma árvore do tempo do início das árvores.

Ela se encosta nele enquanto adormecem na tenda improvisada, protegidos de qualquer coisa mais íntima do que calor humano devido à proximidade de tantos outros voluntários. Ele fica olhando para as costas dela, a leve subida e descida da caixa torácica. A camiseta que ela usa como pijama cai do ombro, revelando uma tatuagem na escápula com uma fonte ornada: *A change is gonna come*, "uma mudança virá".

Ele permanece o mais imóvel que pode, um monge tumescente. Ele conta as batidas do coração lá em cima, nos ouvidos, até que as ondas enfraqueçam em forma de sono. Enquanto adormece, um pensamento intrincado gira em sua cabeça. As pessoas de outro planeta vão se perguntar qual é o problema com os nomes terrenos, por que é preciso muitos nomes para definir uma única coisa. Mas aqui está ele, deitado ao lado dessa amiga que conheceu há apenas algumas semanas, reunidos novamente depois de tantas vidas. Nick e Olivia, Sentinela e Cabelo-de-Anjo — um quarteto completo —, entregues à noite de janeiro, sob colunas sem fim de sequoias-vermelhas costeiras, a sempre viva *Sempervirens*.

Patricia Westerford está sentada em sua cadeira de ripas horizontais na mesa de pinus da fazenda, caneta apontada para o ar, registrando o que dizem os insetos. São quase onze horas, e ela não tem nada — nenhuma frase que não tenha revisado até a morte. O vento sopra pela janela, com cheiro de compostagem e cedro. O aroma desencadeia um desejo profundo que parece não ter sentido. A floresta está chamando, e ela precisa ir.

Durante todo o inverno, esforçou-se para tentar descrever a alegria do trabalho de sua vida e as descobertas que se solidificaram em poucos anos: o modo como as árvores conversam umas com as outras, no ar e sob o solo. Como cuidam e alimentam umas às outras, orquestrando comportamentos compartilhados por uma rede subterrânea. Como criam sistemas imunológicos que têm o tamanho de uma floresta. Ela passa um capítulo inteiro detalhando como um tronco morto dá vida a inúmeras outras espécies. Remova a árvore seca, e você matará o pica-pau que mantém os carunchos sob controle, que, por sua vez, matariam as outras árvores. Ela descreve as drupas e os racemos, as panículas e os invólucros diante dos quais uma pessoa poderia passar a vida inteira sem nunca perceber. Ela conta que os amieiros de pinhas lenhosas colhem ouro. Que uma nogueira-pecã de alguns centímetros pode ter dois metros de raiz. Que a parte interna das cascas das bétulas pode alimentar alguém com fome. Que um único amentilho de faia-branca contém milhões de grãos de pólen. Que pescadores indígenas usam folhas trituradas de nogueira para deixar os peixes atordoados e pescá-los. Que os salgueiros limpam do solo as dioxinas, os bifenilos policlorados e os metais pesados.

Ela explica como as hifas fúngicas — incontáveis quilômetros de filamentos empilhados em cada punhado de solo — fazem as raízes se abrirem para acessá-las. Conta que os fungos conectados alimentam as árvores com minerais. Conta que as árvores pagam por esses nutrientes com açúcares, os quais os fungos não são capazes de produzir.

Algo maravilhoso está acontecendo no subsolo, algo que estamos começando a aprender a ver. Tapetes de cabeamento micorrízico ligam árvores a comunidades gigantescas e inteligentes espalhadas por centenas de hectares. Juntos, eles formam vastas redes de troca de mercadorias, serviços e informações...

Não existem indivíduos em uma floresta, não existem eventos isolados. O pássaro e o galho em que ele pousa são uma coisa conjunta. Um terço ou mais dos alimentos que uma grande árvore produz podem acabar alimentando outros organismos. Até mesmo diferentes tipos de árvores formam parcerias. Corte uma bétula, e um abeto-de-douglas nas proximidades pode sofrer...

Nas grandes florestas do Leste, carvalhos e nogueiras sincronizam suas produções de nozes para confundir os animais que se alimentam delas. Uma notícia se espalha, e as árvores de uma determinada espécie — estejam elas ao sol ou à sombra, úmidas ou secas — resistem muito ou não resistem, juntas, como uma comunidade...

As florestas se fortalecem e se moldam através de sinapses subterrâneas. E, ao se moldarem, moldam também as dezenas de milhares de outras criaturas que fazem parte dela. Talvez seja interessante pensar nas florestas como sendo superárvores subterrâneas que se ramificam e se espalham.

Ela conta que um olmo ajudou a iniciar a Revolução Americana. Que uma enorme algaroba de quinhentos anos cresce no meio de um dos desertos mais áridos do planeta. Que ver por um instante um castanheiro-da-índia através de uma janela deu esperança a Anne Frank, mesmo em seu esconderijo desalentador. Que as sementes levadas para a Lua e trazidas de volta germinaram por toda a Terra. Que o mundo é habitado por criaturas magníficas que ninguém conhece. Que pode levar séculos para que as pessoas venham a saber sobre as árvores tanto quanto já souberam.

O marido dela vive na cidade, a vinte e dois quilômetros. Eles se veem uma vez por dia, nos almoços que Dennis faz com o que estiver disponível na estação. Durante todo o dia e toda a noite, suas únicas companhias são as árvores, e seu único meio de falar por elas é com palavras, esses órgãos dos retardatários saprófitas que vivem da energia produzida pelas coisas verdes.

Artigos científicos sempre foram bastante difíceis. Seus anos de pária voltam à tona a cada vez que ela escreve um, mesmo quando é apenas uma entre doze coautores. Sente-se ainda mais ansiosa quando outros estão assinando. Preferia se aposentar de novo do que infligir a esses queridos colegas qualquer coisa parecida com o que ela sofreu. No entanto, até os artigos científicos são um passeio na floresta em comparação com escrever para o público leigo. Os artigos de periódicos permanecem em arquivos, são indiferentes para quase todo mundo. Mas este livro, este fardo: tem certeza de que vai ser ridicularizada e incompreendida pela imprensa. E nunca vai ganhar em direitos autorais o adiantamento que a editora já pagou a ela.

Durante todo o inverno, se debateu pensando em como contar a um estranho tudo o que ela sabe. Os meses foram um inferno, mas também o paraíso. Daqui a pouco, o paraíso infernal chegará ao fim. Em agosto vai fechar seu laboratório, empacotar o equipamento e levar todas as amostras meticulosas para a costa e para aquela universidade onde — parece impensável — ela voltará a dar aulas.

Esta noite, as palavras se recusam a surgir. Ela deveria simplesmente dormir e ver o que seus sonhos têm a dizer. Em vez disso, se estica para espiar o relógio da cozinha acima da geladeira antiga e atarracada. Ainda há tempo para um passeio à meia-noite até o lago.

Os abetos perto da cabana balançam profecias sinistras sob a lua quase cheia. Há uma linha reta deles, a lembrança de uma cerca desaparecida em que cruzas-bico gostavam de pousar e defecar sementes. As árvores estão ocupadas esta noite, fixando carbono em sua fase escura. Não vai demorar muito para tudo florescer: mirtilo e groselha, asclépias vistosas, uvas-do-oregon altas, milefólios e *sidalceas*. Ela fica de novo impressionada com o fato de que a suprema inteligência do mundo foi capaz de descobrir os cálculos e as leis da gravidade antes de saber para que servia uma flor.

Esta noite, os pilares se encontram tão molhados e turvos quanto sua mente cheia de palavras. Ela pega a trilha e vai até embaixo de sua amada *Pseudotsuga*. Um caminho surge debaixo dos pináculos iluminados pela lua do final do inverno, um caminho que ela percorre quase todas as noites, indo e voltando como aquele velho palíndromo: *La ruta nos aportó otro paso natural.* Os muitos compostos voláteis não catalogados expelidos pelas agulhas à noite diminuem seus batimentos cardíacos, suavizam sua respiração e, se ela estiver certa, alteram até seu humor e seus pensamentos. Tantas substâncias na farmácia florestal que ninguém identificou ainda. Poderosas moléculas na casca, na medula e nas folhas, cujos efeitos ainda não foram descobertos. Uma família de hormônios do estresse usados por uma de suas árvores — jasmonatos — fornece a nota dominante de todos os perfumes femininos que brincam com o mistério e a intriga. *Me cheire, me ame, estou em perigo.* E elas estão em perigo, todas essas árvores. Todas as florestas do mundo, até as estranhamente nomeadas *terras de reserva.* Mais em perigo do que ela tem coragem de contar aos leitores do seu livrinho. O perigo, como a atmosfera, flui por toda parte, em correntes que os seres humanos não têm o poder de prever ou controlar.

Ela chega à clareira do lago. O céu estrelado irrompe acima dela, toda a explicação que uma pessoa precisa sobre o porquê de os humanos terem sempre travado uma guerra com as florestas. Dennis contou a ela o que os lenhadores dizem: *Vamos deixar um pouco de luz entrar naquele pântano.* As florestas aterrorizam as pessoas. Coisas demais acontecendo ali. Os seres humanos precisam de um céu.

Seu assento está vago, à sua espera — o tronco caído coberto de musgo à beira da água. No momento em que ela olha para a água, a mente desliga e ela encontra o trecho que procurava. Estava procurando um nome para os grandes troncos antigos da floresta virgem, aqueles que mantêm em funcionamento o mercado de carbonos e metabólitos. Agora ela encontrou um:

> Os fungos mineram as pedras para abastecer as árvores com minerais. Eles caçam colêmbolos que servem de alimento para seus anfitriões. As árvores, por sua vez, armazenam reservas de açúcar nas sinapses dos fungos para distribuir aos doentes, aos feridos e aos poucos expostos à luz. Uma floresta cuida de si, mesmo enquanto cria o microclima de que precisa para sobreviver.
>
> Antes de morrer, um abeto-de-douglas com meio milênio de idade enviará suas reservas de substâncias químicas de volta para as raízes, e então de lá para seus parceiros fúngicos,

doando para a comunidade, em um último desejo testamentário, os seus bens mais preciosos. Podemos muito bem chamar esses benfeitores anciãos de *árvores doadoras*.

O público leitor precisa de uma frase assim para deixar o milagre mais vívido. É algo que ela aprendeu há muito tempo, com o pai: as pessoas veem melhor o que se parece com elas. *Árvores doadoras* é algo que qualquer pessoa generosa pode entender e amar. E, com essas palavras, Patricia Westerford sela o próprio destino e muda o futuro. Até mesmo o futuro das árvores.

De manhã, joga água fria no rosto, faz uma mistura lamacenta de linhaça e frutas vermelhas, a toma enquanto lê o jornal da véspera, depois se senta à mesa de pinho prometendo não se levantar até que tenha um parágrafo decente para mostrar a Dennis na hora do almoço. O cheiro do lápis de cedro vermelho a entusiasma. O lento deslize do grafite no papel a faz lembrar da evaporação constante que, todos os dias, carrega centenas de galões de água por dezenas de metros dentro de um tronco gigante de abeto-de-douglas. O ato solitário de se sentar diante da página e esperar que a mão se mova talvez seja o mais próximo que ela chegará da iluminação das plantas.

O capítulo final lhe escapa. Precisa de um trio impossível: esperançoso, útil e verdadeiro. Poderia usar a Velha Tjikko, aquele espruce da Noruega que tem a metade da idade da Suécia. Acima do chão, a árvore possui somente algumas centenas de anos. Mas abaixo, no solo crivado de micróbios, ela remonta a nove mil anos ou mais — milhares de anos mais velha do que o truque de escrita que Patricia usa para tentar apreendê-la.

Durante toda a manhã, ela trabalha tentando espremer uma saga de nove mil anos em dez frases: uma procissão de troncos caindo e brotando de novo a partir da mesma raiz. Aí está o *esperançoso* que ela estava procurando. O *verdadeiro* é um pouco mais brutal. No final da manhã ela chega no presente, quando, pela primeira vez, a nova atmosfera criada pelo homem faz os mais novos troncos da Velha Tjikko — usualmente deformados e atrofiados pela neve — brotarem como árvores de tamanho normal.

Mas esperança e verdade não são nada para os seres humanos sem a *utilidade*. Na desajeitada pintura a dedo de palavras, Patricia procura a utilidade da Velha Tjikko, algo naquela crista árida que morre e ressuscita infinitamente a cada mudança do clima. Sua utilidade é mostrar que o mundo não é feito para o nosso uso. Que uso as árvores podem encontrar em nós? Ela se lembra das palavras do Buda: Uma árvore é uma coisa extraordinária que abriga, alimenta e protege todos os seres vivos. Oferece sombra até mesmo aos lenhadores que a destroem. E, com essas palavras, ela chega ao fim do livro.

Dennis aparece ao meio-dia, tão certo como a chuva, levando uma lasanha de brócolis e amêndoas, sua mais recente obra-prima de almoço. Ela pensa, como várias vezes por semana, na sorte que tem em ter passado esses últimos anos abençoados na companhia do único homem da Terra que lhe permitiria passar a maior parte da sua vida sozinha. Dennis, o intrépido, o amável, o paciente. Ele protege o trabalho dela e precisa de tão pouco. Em seu coração de faz-tudo, ele já sabe que o homem é a medida de poucas coisas. E ele é generoso e disponível como ervas daninhas.

Enquanto comem o banquete que ele preparou, ela lê o trecho de hoje sobre a Velha Tjikko. Ele ouve, atônito, como uma criança feliz deve ouvir os mitos gregos. Ela termina. Ele aplaude. "Uau, gata. Tá ótimo." Algo no fundo de sua alma verde e ingênua gosta de ser a gata mais velha do mundo. "Odeio dizer isto, mas acho que você terminou."

É assustador, mas ele tem razão. Ela suspira e olha pela janela da cozinha, onde três corvos fermentam seus planos elaborados para invadir a caixa de compostagem. "E agora, o que eu faço?"

A risada dele é calorosa, como se ela tivesse dito algo engraçado. "Você digita e nós enviamos para os seus editores. Com quatro meses de atraso."

"Não posso."

"Por que não?"

"Tá tudo errado. A começar pelo título."

"O que tem de errado com *Como as árvores vão salvar o mundo*? As árvores não vão salvar o mundo?"

"Certamente vão. Depois que o mundo nos dispensar."

Ele ri e junta a louça suja. Vai levá-la para casa, onde há pias de verdade, ralos e água quente. Ele olha para ela, do outro lado da cozinha. "Chame de *A salvação da floresta*. Aí você não está afirmando quem está salvando o quê."

"Eu te amo de verdade."

"Alguém por acaso disse que você não me amava? Escuta, gatinha. Vai ser prazeroso. Falar com as pessoas sobre a maior alegria da sua vida."

"Den, você sabe. Da última vez que eu estive nos holofotes, as coisas não deram muito certo."

Ele dá um tapinha no ar. "Isso foi em outra vida."

"Linchadores. Eles não queriam me refutar. Eles queriam sangue!"

"Mas você foi absolvida. Muitas e muitas vezes."

Ela quer contar a ele o que nunca mencionou: que o trauma daquele dia foi tão grande que ela preparou para si mesma um banquete fatal da floresta. Mas não consegue. Tem muita vergonha daquela menina que já morreu há muito tempo. Parte dela não acredita mais que um dia ela tenha considerado um desfecho assim. Teatro da negação. Um jogo. Então ela esconde a única coisa que nunca contou a ele: um dia, quase colocou cogumelos venenosos na boca.

"Gata, você é praticamente uma profeta hoje em dia."

"Eu também passei muitos anos como uma pária. Ser profeta é muito mais divertido."

Ela o ajuda a levar a louça suja para o carro. "Eu te amo, Den."

"Por favor, para de dizer isso. Você tá me assustando."

Ela digita o manuscrito. Poda algumas palavras e desbasta algumas frases. Há agora um capítulo chamado "As árvores doadoras" sobre seus amados abetos-de-douglas e o estado de bem-estar social subterrâneo. Ela vai percorrendo as florestas do país, dos choupos que chegam a trinta metros em uma década aos pinheiros Bristlecone, que morrem lentamente por cinco mil anos. Depois, segue para a agência dos correios, onde toda a ansiedade se esvai no instante em que paga a postagem e envia o manuscrito para a outra costa.

Seis semanas depois, o telefone do escritório toca. Ela detesta o telefone. Esquizofrenia ao alcance da mão. Vozes invisíveis sussurrando à distância. Ninguém liga para ela, a não ser que tenha um assunto desagradável. É o editor, que ela nunca conheceu, ligando de Nova York, uma cidade que ela nunca viu. "Patricia? Esse seu *livro*. Acabei de terminar!"

Patricia estremece, à espera do golpe.

"Inacreditável. Quem poderia imaginar que as árvores aprontavam tudo isso?"

"Bom. Algumas centenas de milhões de anos de evolução te dão um repertório."

"Você faz elas ganharem *vida*."

"Na verdade, elas já estavam vivas." Mas Patricia está pensando no livro que o pai lhe deu quando ela tinha catorze anos. Chega à conclusão de que precisa dedicar o livro ao pai.

E ao marido. E a todas as pessoas que, com o tempo, se transformarão em outras coisas.

"Patty, você não vai acreditar no que você me fez ver entre a estação do metrô e o meu escritório. E aquela parte sobre as árvores doadoras? Inacreditável. Não te pagamos o suficiente pelo livro."

"Vocês me pagaram mais do que eu ganhei nos últimos cinco anos."

"Em dois meses, você vai receber muito mais."

O que Patricia Westerford gostaria de receber de volta é a sua solidão, seu anonimato, mas começa a sentir — da maneira que as árvores conseguem sentir uma invasão ainda distante — que nunca mais terá nada daquilo.

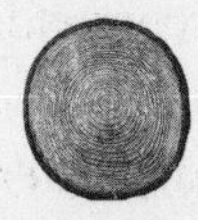

Domínio chega, e não há como voltar atrás. Dois meses depois do lançamento do jogo na América do Norte, o presidente, CEO e acionista majoritário da Sempervirens coloca uma cópia para rodar em sua máquina burro de carga, no apartamento que fica sobre a nova e reluzente sede da empresa no alto da Page Mill Road. Tudo foi feito de vidro e sequoia-vermelha — um playground de espaços extravagantes e meditativos. Ângulos esquisitos cercam os átrios abertos onde foram plantados gigantescos pinheiros-mansos italianos. Trabalhar em uma baia é como estar acampando em um parque nacional.

O refúgio de Neelay fica escondido no alto, acima da colmeia. A única maneira de chegar lá é por um elevador privativo, escondido atrás de uma escada de incêndio. No centro do covil oculto há uma complexa cama hospitalar. Neelay a usa pouco agora. Quarenta minutos para sair dela ou para voltar. Nos últimos tempos, até mesmo deitar se parece com a morte. Não há tempo. Ele dorme na cadeira de rodas, raramente mais de quarenta minutos de cada vez. Ideias o torturam como as Erínias. Planos e desenvolvimentos para o seu mundo em construção perseguem-no pela galáxia sem piedade.

Ele se senta na frente de uma tela gigante, sobre uma mesa de trabalho alta o suficiente para que deslize a cadeira por baixo dela. Para além da tela, um panorama envidraçado revela o alto do Monte Bello. Essa vista, e o céu de estrelas brilhando de noite na claraboia, são as maiores viagens que Neelay faz ao mundo exterior. Suas investidas agora são como as invasões de hoje — expedições pelas costas de terras que começam envoltas por neblina e se abrem para a descoberta. Ele criou a base do jogo, escreveu uma porção considerável do código e passou meses percorrendo seus possíveis caminhos. *Domínio* não deveria ser ainda capaz de surpreendê-lo. Mesmo assim, o jogo nunca deixa de acelerar seu coração. Um clique do mouse, alguns comandos no teclado, e ele está de novo cara a cara com o próximo continente virgem.

Na verdade, o jogo é patético. É bidimensional — sem cheiro, sem toque, sem sabor, sem sensações. É minúsculo e granulado, com um modelo de mundo tão simplista quanto o do Gênesis. Mesmo assim, aquele mundo cai de boca no tronco cerebral de Neelay sempre que ele roda o jogo. Os mapas, os climas e os recursos se renovam a cada vez. Seus oponentes podem ser Conquistadores, Construtores ou Tecnocratas, Adoradores da Natureza, Avarentos, Humanitaristas ou Utopistas Radicais. Nunca existiu nada parecido com aquele lugar. Ainda assim, estar nele é como voltar para casa. A mente dele estava esperando por um playground desses desde muito antes de ele cair da árvore traidora.

Hoje, ele escolhe ser um Sábio. Rumores estão se espalhando pelas BBSs de todo o mundo a respeito de uma estratégia de vitória avassaladora que os jogadores estão chamando de *Iluminismo*. Os líderes do ranking estão fazendo pressão para que todo aquele procedimento seja banido. Mas, mesmo como Sábio, ele precisa de bastante carvão, ouro, minério, pedra, madeira, comida, honra e glória para pagar pelo crescimento populacional. Deve explorar terrenos desconhecidos, formar rotas comerciais e invadir assentamentos vizinhos, trabalhando através de gerações por Cultura, Artesanato, Economia e Tecnologia. O jogo apresenta quase tantas escolhas significativas quanto a Vida Real, ou, como sua equipe passou a chamá-la, com um pouco de ironia: VR. Naquela manhã, os gráficos parecem um pouco rudimentar em comparação com *Domínio 2*, já em fase de produção. Mas gráficos nunca significaram muita coisa para Neelay. O visível está apenas guardando lugar para o desejo real. Tudo o que ele e meio milhão de outros jogadores de *Domínio* precisam é da transformação interminável e fácil de um reino que está para sempre crescendo.

Alguma coisa se retorce dentro dele. Demora uns minutos para ele reconhecer a sensação como fome. Deveria comer, mas comer é um processo tão complicado. Vai até o frigobar e pega um energético e algo que parece um folhado de frango, que engole sem nem esquentar no micro-ondas. De noite vai fazer uma refeição de verdade, ou amanhã. Está colocando em uma arca gigante uma pilha de tábuas de ciprestes, cortados por seus melhores serradores, quando o telefone toca. O telefonema marcado com o jornalista que quer entrevistar a estrela em ascensão da indústria nascente, o menino de apenas vinte e poucos anos que construiu um lar para tantos meninos sem-teto.

Esse repórter não parece muito mais velho do que o seu tema, e está petrificado. “Sr. Mehta?”

Sr. Mehta é o pai dele, que Neelay escondeu em um palacete nos arredores de Cupertino com piscina, home theater e um lago em cuja margem há um templo hindu de jacarandá, no qual a sra. Mehta faz sua *puja* semanal e reza aos deuses para que tragam ao filho felicidade e uma garota que enxergue sua essência.

Um reflexo no vidro ergue os olhos para desafiá-lo: um louva-a-deus marrom e magricelo com articulações bulbosas e um crânio enorme de pele esticada. "Pode me chamar de Neelay."

"Ah, minha nossa. Tá bom. Uau! Neelay. Eu sou o Chris. Obrigado por aceitar essa conversa. Então, minha primeira pergunta é: Você sabia que *Domínio* seria um sucesso?"

Neelay sabia, muito antes de o jogo ser posto no mundo. Ele soube assim que teve a ideia, debaixo daquela árvore gigante e espalhada que pulsava, no alto do Skyline. "Mais ou menos. Sim. A versão beta fez meus funcionários pararem de trabalhar. Meu gestor de projetos teve que proibir o jogo."

"Caraca. Você tem o número das vendas?"

"Tá vendendo muito bem. Em catorze países."

"E a que você atribui isso?"

O sucesso do jogo é bastante simples. É um fac-símile bem fiel do lugar que Neelay imaginou aos sete anos, quando, pela primeira vez, seu pai subiu com uma enorme caixa de papelão pelas escadas do edifício. *Então, Neelay*-ji. *O que esse bichinho pode fazer?* O que o menino queria que a caixa preta fizesse era bem inocente: que o levasse de volta aos dias dos mitos fundadores, quando todos os lugares onde uma pessoa poderia ir eram verdes e maleáveis, e a vida ainda tinha o potencial de ser qualquer coisa.

"Eu não sei. Tem regras simples. O mundo reage a você. As coisas acontecem mais rápido do que na vida. Você pode ver o seu império crescer."

"Eu... tenho que confessar. Estou totalmente apaixonado! Ontem à noite, quando finalmente parei de jogar, eram quatro da manhã. Eu só precisava saber o que ia acontecer com mais uma ação. E quando parei de olhar pra tela e levantei, todo o meu quarto estava balançando e tremendo."

"Sei bem como é." E Neelay sabe. Exceto pela parte de se levantar.

"Você acha que o cérebro das pessoas que jogam está mudando?"

"Sim, Chris. Mas todo o resto também, acho."

"Você viu o artigo no *Times* da semana passada sobre o vício em jogos? Sobre pessoas passando cinquentas horas por semana no video game?"

"*Domínio* não é video game. É um jogo de reflexão."

"Tá bom. Mas, você tem que admitir, um monte de tempo produtivo está sendo jogado fora."

"O jogo sem dúvida é cronofágico." Ele escuta um pequeno ponto de interrogação surgir em um balão de pensamento no outro lado da linha. "Comedor de tempo."

"Isso incomoda você, ser um destruidor de produtividade?"

Neelay olha para um pedaço de montanha desnudado há meio século. "Eu não acho que... Não é necessariamente ruim, destruir um pouco de produtividade."

"Hm. Tá bom. O jogo está matando a *minha* vidinha, de qualquer maneira. Continuo encontrando coisas que não estão no manual de cento e vinte e oito páginas."

"Sim. É em parte por isso que as pessoas continuam jogando."

"Quando estou no jogo, sinto que tenho um objetivo. Sempre tem algo a mais pra fazer."

Sim, ah, sim, Neelay tem vontade de dizer. Seguro e compreensível, sem pântanos de ambiguidade para o tragarem, sem a escuridão inter-humana, e onde a sua própria vontade recebe o território que merece. Pode chamar isso de *sentido.* "Acho que muitas pessoas se sentem mais em casa, lá dentro, do que se sentem aqui fora."

"Talvez! Um monte de caras da minha idade, pelo menos."

"Sim. Mas estamos planejando todo tipo de novos papéis na próxima versão. Novas maneiras de jogar o jogo. Vias de possibilidades para todos os tipos de pessoas. Queremos que seja um lugar bonito para todo mundo."

"Uau. Tá bom. Isso é incrível. Então qual é o próximo passo da empresa?"

A empresa está fugindo do controle de Neelay. Gerentes e equipes povoam um organograma que ele não consegue mais acompanhar. Os melhores desenvolvedores do Vale do Silício batem em sua porta todos os dias, querendo fazer parte do jogo. Engenheiros de software da Rota 128 perto de Boston, recém-formados da Georgia Tech e da Carnegie Mellon — cérebros moldados desde a infância pelos jogos que Neelay costumava distribuir de graça — imploram para que ele lhes dê a chance de ajudar na criação do êxodo massivo já em curso.

"Gostaria de poder contar pra você."

Chris geme. "E se eu implorar?"

Sua voz tem toda a confiança de um homem saudável e capaz de caminhar. Provavelmente branco e bonito. O charme e o otimismo de um sujeito que ainda não sabe o que as pessoas são capazes de fazer umas com as outras e com outros seres vivos quando terrores, mágoas e necessidades se instalam.

"Só uma palhinha?"

"Bom, na verdade, é simples. Mais de tudo. Mais surpresas. Mais possibilidades. Mais lugares, cheios de mais tipos de criaturas. Imagine *Domínio* com duas vezes a riqueza e quarenta vezes a complexidade atual. A gente nem sabe como seria um lugar assim." *Tudo saído de uma semente* desse *tamanhinho*.

"Ah. Isso é tão incrível. Tão... bonito!"

Algo acerta Neelay. Ele gostaria de dizer: *Pergunte de novo. Tem mais.*

"Posso perguntar sobre você?"

O coração de Neelay dispara, como se ele estivesse tentando se içar no seu conjunto de argolas de exercício. *Por favor, não. Por favor, não pergunte.* "Claro."

"Eu li algumas histórias sobre você. Seus funcionários dizem que você é um eremita."

"Eu não sou eremita. É que... minhas pernas não funcionam."

"Eu li sobre isso. Como você administra a empresa?"

"Telefone. E-mail. Mensagens online."

"Por que não existem fotos suas?"

"Não são bonitas."

A resposta perturba Chris. Neelay gostaria de dizer: *Tá tudo bem. É só a VR.*

"Você acha que ser filho de imigrantes..."

"Ah, não acho. Provavelmente não."

"Não o quê?"

"Não acho que isso me influenciou muito."

"Mas... e o fato de ser indiano-americano? Você não acha que..."

"O que eu acho é o seguinte. Eu já fui Gandhi e Hitler e o Chefe Joseph. Empunhei espadas nível +6 enquanto usava biquíni fio dental de cota de malha que, falando sério, não me davam muita proteção!"

Chris ri. É uma risada bonita e confiante. Neelay não se importa com a aparência do homem. Não se importa se ele pesa cento e oitenta quilos e está coberto de herpes. O desejo o invade. *Você gostaria de sair um dia?* Mas sair teria que ser entrar. *Não tem que acontecer nada. Nada* poderia *acontecer, na verdade. Tudo isso daí acabou. A gente podia só... sentar juntos em algum lugar, falar sobre tudo, sem medo, sem dor, sem consequências. Só sentar e conversar sobre para onde as pessoas estão indo.*

Impossível. Uma olhada nos membros grotescos de Neelay, e até mesmo esse jornalista alegre e confiante ficaria enojado. No entanto, esse tal de Chris adora o jogo de Neelay. Joga a noite toda, madrugada adentro. O código que Neelay escreveu está modificando o cérebro desse homem.

"É só isso. Eu já fui muitas coisas. Vivi em todos os lugares. Na África da Idade da Pedra e na orla exterior de outras galáxias. Acho que em breve — não agora, mas em breve —, se o software continuar melhorando e nos dando mais espaço, acho que vamos conseguir nos transformar em qualquer coisa que quisermos."

"Isso... parece meio extremo."

"É. Talvez seja."

"Jogos não são... As pessoas vão continuar querendo dinheiro. Vão continuar querendo prestígio e status. Política. Coisas que sempre vão existir."

"Sim. Sempre? Talvez." Neelay olha para sua tela, um mundo que vem se impondo com força, onde o status social virá inteiramente dos votos, em um espaço que é ao mesmo tempo instantâneo, global, anônimo, virtual e impiedoso.

"As pessoas ainda têm corpos. Querem um poder de verdade. Amigos e namorados. Recompensas. Realizações."

"Claro. Mas logo nós vamos carregar tudo isso dentro do bolso. Vamos viver, negociar, fazer acordos e ter relações amorosas em um espaço de símbolos. O mundo vai ser um jogo, com placares direto na tela. E tudo isso aqui?" Ele estica o braço, como as pessoas fazem no telefone, mesmo sabendo que Chris não está vendo. "Todas as coisas que você disse que as pessoas querem *de verdade*? A vida *real*? Daqui a pouco a gente nem vai se lembrar de como ela era."

Um carro na rodovia 36 está indo para o norte. Impala, quinze quilômetros por hora acima do limite no momento em que atinge o ápice da subida. No longo declive que vem logo depois, há uma dúzia de caixas pretas bloqueando a estrada. Caixões. O motorista freia e consegue parar o carro a alguns metros do funeral em massa. No ar, sobre os caixões, através de um cabo esticado entre duas árvores tão robustas quanto faróis, uma puma fêmea escala. Um arnês abraça sua cintura parda, presa por um mosquetão a um cabo de segurança. A cauda balança entre as ancas lustrosas, e a cabeça nobre com bigodes felinos se inclina sobre o pescoço enquanto ela inspeciona uma faixa enroscada.

Surge um segundo carro, vindo do sul. Um Rabbit, que derrapa até parar em frente aos caixões. O motorista buzina duas vezes, até perceber o puma. A cena é tão estranha, mesmo ali, na terra da ganja, que o motorista não se importa de ficar parado, boquiaberto. O animal é jovem, ágil e veste apenas um macacão colado no corpo, as palavras *A change is gonna come* espreitando por baixo do collant. A felina briga com a faixa. Os motoristas aguardam, curiosos. Mais um carro que vem do norte fica preso. E então mais um.

Em uma plataforma na beira da estrada, um urso usa uma vara, tentando desenrolar o estandarte do seu suporte. O focinho e os olhos afundados do urso são de papel machê, maravilhosamente pintados. Os buracos para os olhos são tão pequenos que o urso precisa sacudir o grande focinho para enxergar o que quer que seja. Depois de mais alguns minutos, os carros vindo de ambas as direções começam a dar marcha a ré. Dois caras descem dos veículos. Estão furiosos, mas não conseguem deixar de rir da megafauna. Um golpe de pata do puma e finalmente o pedaço de tecido cai, pega vento e ondula acima da estrada como a vela de um barco:

As bordas abundam em folhas e flores, como as margens de um manuscrito medieval. Por um momento, os motoristas bloqueados só conseguem olhar. Alguns deles irrompem em aplausos espontâneos. Um homem abaixa o vidro e grita: "Posso ajudar com o seu problema de virgindade, linda!". Bem acima da estrada, o puma acena. Os reféns respondem ao gesto, polegar para cima ou dedo do meio em riste. A máscara selvagem da felina, olhando para baixo lá do alto, causa uma agitação ancestral nas vísceras dos espectadores.

Um dos motoristas investe contra os caixões. "Meu trabalho na madeireira paga o seguro-desemprego de vocês. Liberem a estrada, porra!" Ele chuta as caixas pretas, mas elas não se mexem. De uma gargantilha no pescoço, o puma puxa um apito e sopra três vezes. Os caixotes se abrem todos ao mesmo tempo, e corpos se levantam como se fosse o dia do juízo final. O urso aumenta o caos lançando bombas de fumaça. Criaturas emergem de cada caixão, enfeitadas com as cores da criação. Há um alce cujas galhadas se arqueiam como asas de anjo. Um tâmia-de-sonoma com incisivos gigantes de hashi. Um beija-flor-de-anna cintilando um rosa quente e um bronze iridescente. A salamandra-gigante-do-pacífico que parece um pesadelo de Dalí. Uma lesma-banana que é uma bolha viscosa amarela.

Os motoristas bloqueados riem da ressurreição animal. Mais aplausos e outra rodada de palavrões. Os animais começam uma dança selvagem. Isso enerva os condutores: eles já viram esse bacanal antes — animais correndo em círculos malucos —, memórias das páginas ilustradas dos primeiros livros pelos quais passaram os dedos, na época em que todas as coisas eram possíveis e reais. Distraídos pela dança animal, o urso e o puma soltam seus arneses e descem dos poleiros.

Quando uma sirene de polícia soa logo atrás dos carros, parece, no início, que ela faz parte do espetáculo. A polícia segue pelo acostamento da estrada bloqueada, dando aos animais tempo de sobra para se espalharem pelo sub-bosque. Enquanto isso, uma mulher mais velha e um homem com uma filmadora saem atrás deles e desaparecem na floresta.

Dois dias depois, a gravação chega ao telejornal nacional. As reações percorrem todo o espectro. Os que penduravam a faixa são heróis. São bandidos arrogantes que deveriam ser presos. São animais. Sim, animais. Animais de cérebro grande, altruístas e ilusionistas, que foram capazes de bloquear uma rodovia estadual por um tempo, e fazer parecer que as coisas selvagens podem ter o seu lugar.

Quatro anos no Fortuna College resumem-se a uma tarde: Adam, em seu lugar na primeira fila, no auditório Daniels. O prof. Rubin Rabinowski no púlpito — Afetividade e Cognição. Última aula antes da prova final, e Rabinowski está examinando todas as evidências científicas que sugerem — para a alegria da turma superlotada — que ensinar psicologia é uma perda de tempo.

"Agora vou mostrar a vocês as autoavaliações das pessoas que responderam quão suscetíveis elas acham que são em relação ao efeito de ancoragem, à falácia da frequência de base, ao efeito dotação, à heurística de disponibilidade, à perseverança de crença, ao viés de confirmação, à correlação ilusória e à sugestão — todas as distorções que você aprendeu neste curso. Aqui estão os resultados do grupo de controle. E aqui estão os resultados de dezenas de pessoas que fizeram este curso nos últimos anos."

Muitas risadas: os números são quase iguais. Ambos os grupos confiando em sua vontade implacável, sua visão clara, seu pensamento independente.

"Aqui estão os desempenhos em várias avaliações concebidas para ocultar aquilo que estavam testando. A maioria das pessoas do segundo grupo foi testada menos de seis meses depois de fazer este curso."

As risadas se transformam em gemidos de surpresa. Cegueira e irracionalidade desenfreadas. Formados gastando duas vezes mais energia para economizar cinco dólares do que gastariam para ganhar os mesmos cinco. Formados que temem ursos, tubarões, raios e terroristas mais do que temem motoristas bêbados. Oitenta por cento acreditando que são mais inteligentes do que a média. Formados inflando descontroladamente seu palpite sobre quantas jujubas estão em um frasco com base nos chutes ridículos de outra pessoa.

"O trabalho da psiquê é nos manter alegremente ignorantes de quem somos, o que pensamos e como vamos nos comportar em determinada situação. Todos nós estamos operando sob uma névoa densa de reforço mútuo. Nossos pensamentos são moldados principalmente por estruturas herdadas que evoluíram para deduzir que todos os outros *devem estar certos*. Mas, mesmo quando a névoa é apontada, *não conseguimos nos orientar muito melhor*.

"Então por que, vocês podem querer saber, eu continuo falando aqui em cima? Por que continuar, ano após ano, depositando os cheques da universidade?"

Agora as risadas são todas de simpatia. Adam está admirado com a pedagogia brilhante. Pelo menos ele, Adam promete, vai se lembrar dessa aula daqui a alguns anos, e as revelações do professor o tornarão mais sábio, não importa o que os estudos mostrem. Pelo menos ele vai desafiar os números acusatórios.

"Deixa eu mostrar as respostas que vocês mesmos deram em um questionário simples que fiz vocês preencherem no início do semestre. Provavelmente vocês até se esqueceram dele." O professor olha as respostas mais frequentes e faz uma careta. Os lábios se contraem de dor. Risadinhas no auditório. "Vocês devem ou não se lembrar de que eu perguntei se vocês achavam que..." O prof. Rabinowski mexe na gravata. Gira o braço esquerdo para trás, faz uma careta de novo. "Com licença, um minutinho." Desce do estrado e sai pela porta. Um murmúrio toma conta do auditório. Baques vêm do corredor — uma pilha de caixas tombando. Cinquenta e quatro alunos ficam sentados esperando pelo desenlace da piada. Sons fracos e abafados preenchem o corredor. Mas ninguém se mexe.

Adam perscruta os assentos atrás dele. Os estudantes trocam olhares ou se ocupam fazendo anotações. Ele se vira para olhar a mulher magnífica que sempre fica dois assentos à sua esquerda. Castanho tostado, bonita sem saber, no caminho para estudar medicina, fichário cheio de notas escritas à mão, e ele pensa de novo em como seria incrível tomar uma cerveja no Bucky's conversando sobre essa aula espantosa. Mas o semestre termina em dois dias, ele tinha perdido a chance.

Ela olha para ele, confusa. Adam balança a cabeça e não consegue deixar de sorrir. Inclina-se para sussurrar, e ela se aproxima também. Talvez sua chance não tenha evaporado. "Kitty Genovese. O efeito de difusão de responsabilidade. Darley e Latané, 1968."

"Mas ele está bem?" O hálito dela tem cheiro de canela.

"Lembra que a gente teve que responder se ajudaria alguém que...?" Uma mulher fora do auditório grita para que alguém chame uma ambulância. Mas, até que paramédicos levem a ambulância para o pátio central, o prof. Rabinowski já está morto por um infarto do miocárdio.

"Não entendo", diz a beldade e futura médica, sentada no Bucky's. "Se você achou que ele estava demonstrando o efeito de difusão de responsabilidade, por que continuou sentado?"

Ela está no terceiro café gelado, e isso incomoda Adam. "Não é essa a questão. A questão é por que outras cinquenta e três pessoas, incluindo você, que achavam que ele estava tendo um ataque cardíaco, não fizeram nada. *Eu* achei que ele estava sacaneando a gente para provar alguma coisa."

"Então você devia ter levantado e desmascarado ele!"

"Eu não queria estragar o espetáculo."

"Devia ter levantado em cinco segundos."

Ele bate na mesa. "Não teria feito nenhuma diferença!"

Ela se encolhe na cadeira, como se ele quisesse bater nela. Ele levanta as mãos, se aproxima para pedir desculpas, e ela volta a se encolher. Então congela, as mãos no ar, vendo o que a mulher contraída vê.

"Desculpa. Você tem razão." A última lição do prof. Rabinowski. Aprender psicologia é, de fato, algo praticamente inútil. Ele paga as bebidas e vai embora. Nunca mais a vê, exceto na semana seguinte, a quatro assentos de distância, durante as duas horas da prova final.

Ele é aceito no novo curso de psicologia social da Universidade de Santa Cruz. O campus é um jardim encantado cravado em uma encosta com vista para a baía de Monterey. É o pior lugar que ele consegue imaginar para se terminar um doutorado — ou conseguir fazer qualquer trabalho de verdade. Por outro lado, é perfeito para fazer contato interespécies com leões-marinhos no cais, subir na Árvore do Pôr do Sol chapado e nu de madrugada ou ficar deitado no Grande Prado, tentando encontrar um tema para uma tese nas loucas nuvens de estrelas. Depois de dois anos, os outros doutorandos começam a chamá-lo de Menino do Viés. Em qualquer discussão sobre a psicologia das formações sociais, Adam Appich, mestre em ciências, aparece com diversos estudos que mostram como a cegueira cognitiva herdada sempre impedirá que as pessoas ajam de uma maneira favorável para elas.

Ele tem uma reunião com a orientadora. Profa. Mieke Van Dijk, a do sublime cabelo chanel holandês, consoantes cortantes e vogais suaves. Na verdade, ela o obriga a encontrá-la a cada quinze dias em seu escritório no College Ten, esperando que o encontro forçado fará a pesquisa de Adam pegar no tranco.

"Você está se arrastando sem chegar a lugar nenhum."

Na verdade, ele está sentado, o corpo reclinado em um divã vitoriano, enquanto ela permanece em sua escrivaninha, como se fosse sua psicanalista. Os dois acham isso engraçado.

"Arrastando... Não mesmo. Estou completamente paralisado."

"Mas por quê? Você está dando importância demais para isso. Pensa numa tese..." — diz com sua pronúncia peculiar — "como um longo projeto de um seminário. Você não tem que salvar o mundo."

"Não? Posso pelo menos salvar um ou dois Estados-nação?"

Ela ri. A protusão maxilar dela faz o coração de Adam acelerar. "Me ouve, Adam. Faz de conta que isso não tem nada a ver com a sua carreira. Nada a ver com nenhuma validação profissional. O que *você*, pessoalmente, quer descobrir? O que te daria prazer estudar durante alguns anos?"

Ele observa as palavras saindo daquela boca bonita, sem o jargão das ciências sociais que ela tende a usar nos seminários. "Esse *prazer* de que você fala..."

"*Shh*. Você quer descobrir *alguma coisa*."

Ele quer descobrir se, ao menos uma vez, ela pensou nele em termos sexuais. Não é algo inconcebível. Ela é só dez anos mais velha do que ele. E ela é... ele quer dizer *robusta*. Sente uma estranha necessidade de contar a ela como chegou aqui, àquela sala, à procura de um tema para a tese. Quer traçar uma linha com todo o seu percurso intelectual — de pintar o abdômen de formigas com esmalte até assistir ao amado mentor morrer — e então perguntar a ela para onde essa linha vai levá-lo agora.

"Estou interessado em… tirar a venda." Ele olha de relance para ela. Se ao menos as pessoas, como alguns invertebrados, ficassem absurdamente roxas quando se sentissem atraídas. Isso faria com que toda a espécie fosse muito menos neurótica.

Ela morde os lábios. Deve saber que fica linda fazendo isso. "Tirar a venda? O que você quer dizer com isso?"

"As pessoas podem chegar a decisões morais independentes, que vão contra as crenças da sua tribo?"

"Você quer estudar o potencial transformador como uma função de forte favoritismo normativo do grupo."

Ele concordaria com a cabeça, mas o jargão lhe dá arrepios. "Assim. Eu me vejo como uma boa pessoa. Um bom cidadão. Mas digamos que eu seja um bom cidadão da Roma antiga, quando um pai tinha o poder, às vezes o dever, de matar o próprio filho."

"Entendi. E você, um bom cidadão, está motivado a preservar sua distintividade positiva…"

"Estamos presos. Em nossas identidades sociais. Mesmo quando verdades gigantescas estão bem na nossa frente…" Ele ouve os colegas zombarem dele, o *Menino Viés*.

"Hm, não. Claramente não, ou o realinhamento dos grupos nunca aconteceria. A transformação da identidade social."

"Ela acontece?"

"Claro! Aqui nos Estados Unidos, as pessoas foram da crença de que as mulheres eram muito frágeis para votar para a nomeação de uma candidata a vice-presidente por um grande partido, isso em algumas décadas. Do caso Dred Scott para a

Emancipação em alguns anos. Crianças, estrangeiros, prisioneiros, mulheres, negros, deficientes e doentes mentais: de propriedade, todos passaram a ser indivíduos. Eu nasci numa época em que a ideia de um chimpanzé ser ouvido num tribunal parecia totalmente absurda. Quando você tiver a minha idade, vamos nos perguntar como pudemos negar a esses animais o seu lugar de criaturas inteligentes."

"Quantos anos você tem, afinal?"

A profa. Van Dijk ri. Suas belas maçãs do rosto coram; ele tem certeza disso. Difícil de esconder, com essa pele. "Vamos voltar ao tema, por favor."

"Eu queria descobrir os fatores de personalidade que possibilitam que alguns indivíduos se perguntem como todos podem ser tão cegos..."

"... enquanto todos os outros ainda tentam consolidar as lealdades de grupo. Agora estamos chegando a algum lugar. Isso poderia ser um tema. Com *muito mais* especificidade e definição. Você poderia pensar no próximo passo dessa mesma progressão histórica da consciência. Estudar essas pessoas que apoiam uma posição que qualquer indivíduo de bom senso da nossa sociedade acha uma loucura."

"Por exemplo?"

"Estamos vivendo numa época em que se faz reivindicações por uma autoridade moral que está além do ser humano."

Uma contração suave dos músculos abdominais dele, e Adam se senta. "O que você quer dizer?"

"Você viu as notícias. De cima a baixo nessa costa, pessoas estão arriscando suas vidas pelas plantas. Eu li uma reportagem semana passada: um homem teve as pernas cortadas por uma máquina em que ele tentou se acorrentar."

Adam *viu* essas reportagens, mas as ignorou. Agora não entende por quê. "Direitos das plantas? Plantas como indivíduos." Um garoto que um dia ele conheceu pulou em um buraco e correu o risco de ser enterrado vivo para proteger a muda do irmão que ainda não tinha nascido. Aquele garoto morreu. "Eu detesto ativistas."

"E daí? Por quê?"

"Ortodoxia e gritos de guerra. Chato demais. Odeio quando aqueles caras do Greenpeace me sacodem na rua. Alguém que vira uma pessoa *justa*... não entende."

"Não entende o quê?"

"O quanto somos irremediavelmente frágeis e o quanto estamos errados. Sobre tudo."

A profa. Van Dijk franze a testa. "Entendi. Ainda bem que não estamos fazendo um estudo psicológico sobre *você*."

"Essas pessoas estão realmente lutando por uma nova ordem moral não humana? Ou estão só sendo sentimentais em relação a coisas verdes bonitinhas?"

"É aí que entram as estatísticas psicológicas controladas."

Ele dá um sorrisinho. Mas algo surge dentro de si, e ele não pode nem se mexer no divã, ou aquilo vai desaparecer. Um caminho a seguir. "Formação de identidade e os fatores globais de personalidade em ativistas pelos direitos das plantas."

"Ou: Quem o abraçador de árvores realmente está abraçando quando abraça uma árvore?"

O sol está brilhando no oeste da cordilheira Cascades quando Mimi e Douglas param no acostamento da estrada do Serviço Florestal, repleta de carros. Corpos circulam pela pequena clareira. Isso não é uma manifestação. É um parque de diversões. A gerente de moldes cerâmicos pergunta ao ferido de guerra: "Quem é toda essa gente?".

Douggie desce do carro com aquele sorriso estúpido de quem se alimenta de ar e de sol de que Mimi passou a gostar, do jeito que se pode gostar dos latidos de um cachorro resgatado em um abrigo. Ele acena para a multidão com a mão nodosa do trabalho, em uma alegria pateta. "*Homo sapiens*, cara. Sempre aprontando alguma coisa!"

Mimi trota para alcançá-lo. A multidão a deixa tonta. "O que fazem?"

Douglas se aproxima dela com o ouvido bom. "O que você disse?" Os manifestantes fazem barulho no circo de sua causa, e ele perdeu boa parte da audição trabalhando em aviões de carga.

Ela ainda fica surpresa. Um homem que se dá ao trabalho de ouvir. "Meu pai costumava falar assim. *O que fazem?*"

"O que fazem?"

"Aham. Querendo dizer *Aonde é que essa gente quer chegar com isso?*"

"Ele era estrangeiro?"

"Chinês. Achava que o inglês deveria ser mais eficiente do que é."

Douglas bate na testa. "Você é *chinesa*."

"Metade chinesa. O que você tinha achado?"

"Não sei. Algo mais moreno."

A verdadeira pergunta, Mimi sabe, é *O que* ela *faz?* Está surpresa que ele tenha conseguido trazê-la para essa manifestação. Sua única ação política da vida foi uma desforra contra o presidente Mao durante a escola primária. O ressentimento que sente é com a cidade, aquele ataque noturno premeditado contra os pinheiros dela. Mas essas árvores aqui, tão longe da cidade: pelo amor de Deus, ela é *engenheira*. Essas árvores estão pedindo para serem usadas.

Mas algumas palestras e uma visita a uma reunião organizacional na companhia desse desajeitado inocente partiram seu coração. Essas montanhas, essas cascatas na floresta — agora que Mimi as viu, elas lhe pertencem. Então aqui está ela, em uma manifestação que teria feito o pai imigrante sair correndo de casa com medo de deportação, tortura ou algo pior. "Olha toda essa gente!"

São vovozinhas com violões e crianças com pistolas de água da era espacial. Estudantes universitários querendo provar que merecem uns aos outros. Sobrevivencialistas empurrando carrinhos de bebê como se fossem SUVs de Hobbits. Alunos do ensino fundamental empunhando cartazes sérios: RESPEITE OS MAIS VELHOS. PRECISAMOS DOS NOSSOS PULMÕES. Uma aliança arco-íris de calçados de todos os tipos sobe um entroncamento e vai na direção da estrada de transporte — mocassins e tênis esportivos, sandálias rasteiras, all-stars rachados no bico e, sim, botas de lenhador. As roupas são ainda mais variadas: camisas sociais e jeans rasgados, *tie-dye* e flanela, uniformes de trabalho e até uma jaqueta da força aérea idêntica à que Douggie penhorou por alguns dólares quinze anos atrás. Trajes de palhaço, trajes de banho, trajes folclóricos — todo o tipo de trajes, exceto trajes executivos.

A maioria das pessoas foi levada até ali por quatro organizações ambientais muito diferentes que tendem a entrar em guerra umas com as outras quando não há nenhum alvo mais próximo. Um grupo de mochileiros fez uma travessia por terra de dois dias para se juntar a esse espetáculo, todos agora reunidos tentando escapar do oceano do capitalismo em uma jangada de bambu. Um punhado de moradores da região aparece para assistir. Em um lugar tão remoto, muitas das pessoas em um raio de cento e cinquenta quilômetros existem graças à extração de madeira. Elas também seguram cartazes escritos à mão. MADEIREIROS: A VERDADEIRA ESPÉCIE AMEAÇADA. A TERRA EM PRIMEIRO LUGAR! VAMOS DESMATAR OS OUTROS PLANETAS DEPOIS.

Dois homens com barbas que descem até o esterno pairam às margens da multidão, apontando câmeras de vídeo apoiadas nos ombros. Uma mulher grisalha de legging, colete e fedora de feltro grava entrevistas com qualquer um disposto a falar. Embrenhados na floresta, um homem e uma mulher com megafones definem o humor da multidão. "Pessoal! Vocês são demais. Quanta gente. Obrigada a todos! Prontos para a caminhada na floresta?"

Gritos irrompem, e o bloco de gente vai seguindo por um caminho de cascalho em direção à estrada recém-construída pelos madeireiros. Douglas os acompanha, com Mimi ao lado. Entrelaçam-se na multidão colorida que agita faixas do arco-íris e grita epítetos ultrajantes. Na atmosfera festiva, sob um céu tão azul, subindo a leve inclinação de braços dados com estranhos, Mimi percebe. Durante a vida inteira, involuntariamente, ela aderiu ao primeiro princípio ensinado por seus pais: Não faça barulho neste mundo. Ela, Carmen e Amelia — todas as três meninas Ma. Não se destaque; você não tem esse direito. Não espere nada dos outros. Seja discreta, vote com a maioria e concorde como se tudo fizesse sentido. No entanto, aqui está ela, querendo se meter em confusão. Agindo como se o que ela está fazendo pudesse ter alguma importância.

Eles andam lado a lado pela estrada, em fileiras de dez pessoas, em mais colunas do que ela consegue contar. Cantam músicas que Mimi cantou pela última vez nos acampamentos de férias ao norte de Illinois, músicas da sua infância melodiosa. "This Land Is Your Land." "If I Had a Hammer." Douggie sorri e cantarola em uma voz grave e inexpressiva. Entre as músicas, uma líder de torcida com um megafone, andando de lado perto da dianteira do grupo, incita bordões e gritos de guerra. *Cortar tudo é um absurdo! Salvem as últimas gigantes!*

A busca por justiça deixa Mimi louca. Ela sempre foi alérgica a pessoas com convicções. Só que mais do que odeia convicções, odeia o poder sorrateiro. Ficou sabendo de coisas sobre essa encosta que a deixaram enojada. Uma madeireira poderosa, apoiada por um circo florestal pró-indústria, está se aproveitando do vácuo de poder, que perdurará até uma grande decisão judicial, para cortar ilegalmente uma área de coníferas que vêm crescendo há séculos, muito antes da ideia de propriedade chegar a essas terras. Ela está disposta a fazer qualquer coisa para retardar esse roubo. Até buscar justiça.

Eles caminham por uma mata fechada de abetos pela duração de três refrões. Os troncos cortam a luz do sol em fragmentos. *Dedos de Deus*, é como ela e as irmãs chamavam esses raios inclinados. Árvores cujos nomes ela ignora se espalham por todos os lados, envoltas em videiras ou caídas no chão como barricadas — tanta vida e com tantos aromas que ela tem vontade de tirar a roupa e sair correndo. O sub-bosque é repleto de plantas jovens que ela poderia abarcar com os dedos, cabos de vassoura que podem estar lutando pela vida há cem anos. Mas o dossel é sustentado por troncos que mesmo uma corrente de vários manifestantes não conseguiria abraçar.

Vistas se abrem entre as ameias verdes. Mimi puxa a manga de Doug e aponta. Para o nordeste, descendo e subindo encostas íngremes demais para caminhar, uma saudável almofada de alfinetes recobre as colinas. A névoa envolve o topo dos abetos do mesmo jeito que no dia em que os primeiros navios europeus farejaram nessa costa baías onde atracar. Mas, em outro ponto ao sul, uma devastação lunar sobe a encosta — restos de madeira encharcados de diesel e queimados a ponto de até os fungos morrerem, depois afogados em herbicida para que nada volte a brotar além das fileiras de monocultura dessa empresa que, Mimi aprendeu, só vão durar no máximo mais alguns ciclos até que o solo esteja morto. Do alto, parece que até as árvores que se espalham por essas montanhas estão em guerra. Áreas de verde exuberante marcham contra áreas de vômito lamacento até o horizonte. E as pessoas reunidas ali: exércitos ignorantes atacando uns aos outros, como sempre fizeram, por razões que até os mais impetuosos desconhecem. Quando vão parar? *Agora*, se você conseguir acreditar nessa multidão que ri e canta enquanto marcha pelos sulcos de pneus na direção dos trabalhadores que pretende convencer. *Agora*: o segundo melhor momento.

A estrada se estreita e a floresta se densifica. Troncos monstruosos tomam conta da paisagem e desorientam Mimi. O musgo cresce sobre tudo em grossos cobertores. Até as samambaias chegam na altura dos seios dela. O homem ao seu lado conhece os nomes das árvores, mas Mimi é orgulhosa demais para perguntar. Mesmo vivendo há uma década no estado, mesmo tendo feito sucessivas tentativas de dominar os guias de campo e as chaves de identificação, ela não é capaz de distinguir um pinheiro-maleável de um pinheiro-doce, muito menos um cipreste-de-lawson de um cedro-branco-da-califórnia. Os abetos gigantes, prateados, brancos e vermelhos são um grande borrão de babados. E o sub-bosque apinhado — impossível. As urzes, pelo menos, ela conhece. Trevos e trilios. Mas o resto é uma salada de folhagens inescrutáveis, rastejando até a beirada da trilha, pronta para agarrar os tornozelos dela.

Douglas aponta para algo à esquerda da estrada. "Olha!" No meio da confusão azul-esverdeada, sete árvores robustas crescem em uma linha tão reta quanto os devaneios de Euclides.

"Como pode? Será que alguém...?"

Ele ri e dá um tapinha no ombro dela. Mimi gosta daquele toque. "Pensa antigamente. Bem antigamente."

Ela pensa, e não vê nada. Douglas mantém o suspense por mais um tempo.

"Algumas centenas de anos atrás, bem na época em que os peregrinos estavam pensando, *Mas que porra, hein? Vamos nessa*, um monstrengo enorme caiu. Um tronco apodrecendo é um canteiro perfeito. Um monte de sementes usou o tronco como um sulco, como se Deus tivesse plantado elas com uma enxada!"

Algo brilha diante de Mimi, revelado pelas manchas de luz, da mesma maneira que o orvalho revela uma teia de aranha. Redes apertadas de dezenas de milhares de espécies tricotadas em fios tão finos que ninguém conseguiria enxergar. Que medicamentos podem estar escondidos ali? A próxima aspirina, a próxima quinina, o próximo Taxol. Razão suficiente para que esse último pequeno bastião permaneça intacto por um pouco mais de tempo.

"Que loucura, né?"

"Sim, Doogles."

Esse homem tentou salvar os pinheiros dela. Pôs o corpo entre as serras e as árvores. Ela não estaria ali, mesmo nesse paraíso ameaçado, se não fosse por ele. Mas, na opinião de Mimi, ele é mais do que meio biruta. Seu entusiasmo errante por qualquer coisa a deixa assustada. O brilho nos olhos quando ele encara a floresta lembra o de uma criatura que não foi totalmente domesticada. A cabeça dele gira, maravilhada com a multidão, feliz como um cachorrinho que foi autorizado a voltar para dentro de casa.

"Tá ouvindo isso?", Douglas pergunta.

Mas ela está ouvindo aquilo desde o início da manhã. Em mais meio quilômetro, o gemido contínuo fica mais claro. Ao longo da estrada, no meio dos arbustos de amora-silvestre, máquinas mostarda e laranja rasgam a terra — motoniveladoras e raspadeiras, levando essa estrada para um novo território.

"Ah, nossa, olha isso, Mimi. O que eles estão fazendo com esse lugar tão bonito. *O que fazem?*"

Os manifestantes chegam a um portão de barras de metal soldadas, do outro lado da estrada. A guarda avançada para diante do obstáculo, e os cartazes se agrupam ao redor dela. A mulher do megafone diz: "Vamos entrar agora na área de corte. Vai ser uma invasão da área de desmatamento que estamos contestando. Quem não estiver disposto a ser preso, tem que ficar aqui. A presença e a voz de vocês ainda são importantes. A imprensa está atenta ao que vocês acham disso!".

Aplausos, como o bater de asas de uma tetraz.

"Quem estiver disposto a seguir em frente, obrigada. Vamos entrar agora. Mantenham a ordem. Mantenham a calma. Não caiam em provocações. Esse é um embate pacífico."

Uma parte da multidão segue até o portão. Mimi ergue uma sobrancelha para Douglas. "Tem certeza?"

"Porra, claro. É por isso que a gente tá aqui, né?"

Ela fica pensando se ele quis dizer *aqui*, nos limites de uma floresta nacional sendo vendida para quem pagar mais, ou *aqui*, na Terra, a única entidade capaz de fazer prospecção. Ela deixa a filosofia de lado. "Vamos lá."

Mais dez metros, e eles se transformam em criminosos. O rugido fica insuportável. Em um quilômetro, se deparam com a excelência da engenhosidade humana. Ela conhece o nome das bestas de metal mais do que conhece os nomes das árvores. Na clareira, há um *feller buncher*, arrebatando feixes de pequenos troncos, arrancando os galhos e cortando as toras em um comprimento determinado, fazendo em um dia o trabalho que uma equipe de lenhadores levaria uma semana para realizar. Há um caminhão autocarregável com uma grua florestal, empilhando nele mesmo os troncos cortados. Mais perto deles, um trator-esteira estende o leito da estrada, e uma raspadeira emparelha um pouco a terra antes da chegada do rolo compactador. Ela aprendeu sobre máquinas que afundam as mandíbulas em árvores de quinze metros e as moem até a base em menos tempo do que um processador de alimentos levaria para ralar uma cenoura. Máquinas que empilham toras como palitos de dente e as transportam até serrarias onde troncos de seis metros giram tão rápido que o toque de uma serra angular raspa a carne em contínuas folhas de compensado.

Homens de capacete de segurança bloqueiam a estrada à frente deles. O capataz diz: "Vocês estão invadindo".

A mulher do megafone, por quem Mimi desenvolveu uma paixonite colegial, diz: "Estas terras são públicas".

O outro operador de megafone dá o comando, e os manifestantes se espalham pela estrada de terra. Eles se sentam um colado ao outro, tomando toda a estrada. Mimi e Doug entrelaçam os braços, juntando-se à fila contínua. Mimi aperta as mãos diante de si. A amoreira do seu anel de jade pressiona o pulso contrário. Quando os lenhadores percebem o que se passa, a coisa está feita. As duas extremidades da corrente humana se acorrentam com cadeados de bicicleta em árvores de ambos os lados da estrada.

Dois caras caminham até a fileira humana de braços dados. O cano de suas botas reforçadas com aço quase toca os olhos de Mimi. "Porra", o loiro diz. Mimi vê o incômodo genuíno dele. "Quando é que vocês vão crescer e cair na real? Por que vocês não cuidam da vida de vocês e deixam a gente cuidar das nossas?"

"Isso aqui tem a ver com a vida de todo mundo", Douglas responde. Mimi dá um puxão nele.

"Vocês sabem onde estão os problemas *de verdade*? No Brasil. Na China. É lá que tá o desmatamento desenfreado. Vocês deviam ir protestar lá. Vão lá ver o que eles vão achar quando vocês disserem que eles não podem ficar ricos como a gente."

"Vocês estão derrubando as últimas florestas virgens do país."

"Você não ia saber o que é uma floresta virgem nem se ela caísse em cima de você. A gente tá cortando nessas encostas há décadas, e replantamos. Dez árvores para cada uma cortada."

"Opa, pera aí. *Eu* estava replantando. Dez mudinhas de celulose para cada um desses gênios variados e antigos."

Mimi fica observando o capataz fazer todo tipo de cálculos de custo-benefício. É uma coisa engraçada do capitalismo: o dinheiro que você perde com atrasos é sempre mais significativo do que o dinheiro que você já ganhou. Um dos caras balança a bota e joga uma camada de lama no rosto de Douglas.

Mimi afrouxa o braço para limpá-lo, mas Douglas a aperta com o bíceps.

Mais um pouco de lama. "Ah! Desculpa, amigo. Foi mal."

Mimi se enfurece. "Seu desgraçado!"

"Fala com esses caras aí. Me processa da cadeia."

O sujeito aponta para trás dos manifestantes sentados, onde a polícia está liberando a estrada do Serviço Florestal à força. Eles quebram a corrente como alguém que arranca um dente-de-leão. Então unem de novo com algemas as pessoas que tinham separado. Mimi e Douglas acabam com dois estranhos acorrentados entre eles e mais dois de cada lado. São deixados sentados na estrada enlameada enquanto a polícia limpa o caos.

"Preciso fazer xixi", Mimi diz a um policial por volta das duas da tarde. Meia hora depois, ela repete ao mesmo policial. "Preciso muito muito ir ao banheiro."

"Não, não precisa. Não precisa mesmo."

A urina escorre pela perna dela. Ela começa a chorar. A mulher algemada nela engulha e faz uma careta.

"Desculpa. Desculpa. Não deu pra segurar."

"Calma, tudo bem", diz Douglas, algemado a duas pessoas de distância. "Não fica pensando nisso." Os soluços dela se tornam histéricos. "Tá tudo bem", Douglas continua dizendo. "Imagina que eu tô te abraçando."

O choro para. Não vai irromper de novo por muitos anos. Cheirando como um cepo mijado por um animal, Mimi é presa e fichada. Enquanto uma policial tira as impressões digitais dela, Mimi, pela primeira vez desde a morte do pai, sente que deu ao dia tudo o que foi pedido.

O beijo alcança o alto da cabeça de Ray, por trás, quando ele está sentado em seu escritório, lendo. Nos últimos tempos, beijos, rápidos e precisos, como mísseis teleguiados, são a marca registrada de Dorothy. Ele invariavelmente sente um arrepio.

"Tô indo cantar."

Ele se endireita para olhá-la. Dorothy tem quarenta e quatro anos, mas, para ele, ainda parece estar com vinte e oito. É porque não teve filhos, ele acha. O vicejar ainda está nela, o puro feitiço, como se a beleza ridícula ainda tivesse uma missão, mesmo tão longe da juventude. Jeans e uma blusa de algodão fazendo pregas, que se agarram às suas costelas melancólicas. Coberta por um xale lilás, docemente desgrenhado e jogado ao redor do pescoço, o único pedaço de pele que ela acha que a entrega. O cabelo cai sobre o xale, brilhante, castanho perfeito, o mesmo comprimento que tinha quando ela fez o teste de elenco para Lady Macbeth, no primeiro encontro dos dois.

"Você tá linda."

"Ah! Que bom que você não está mais enxergando bem." Ela faz cócegas no lugar em que deu o beijo. "Tá ficando ralinho aqui."

"A carruagem alada do tempo."

"Estou tentando imaginar esse veículo. Como é que funcionaria, exatamente?"

Ele se endireita ainda mais. Apertada em uma mão, contra as coxas de corredora, ela tem uma Edição Peters verde pálida estampada com a palavra preta gigante:

BR   MS

quebrada em dois pelo antebraço perfeito. Embaixo, em fonte menor:

Ein Deu   equiem

O concerto é no fim de junho. Ela vai estar no palco com cem outras vozes, discreta entre as mulheres, exceto pelo fato de ser uma das poucas ainda não grisalhas, e vai cantar:

Siehe, ein Ackermann wartet
auf die köstliche Frucht der Erde
und ist geduldig darüber,
bis er empfahe den Morgenregen und Abendregen.

Eis que o lavrador espera pelo precioso fruto da terra e tem muita paciência para isso, até receber a chuva temporã e serôdia.

Agora cantar é tudo para ela. Faz parte de uma longa lista de hobbies aos quais ela se dedicou firmemente, na esperança de preencher a semana com o máximo de atividades possível. Natação. Salvamento aquático. Desenho anatômico em carvão e pastel. Enquanto isso, ele se retirou para a fortaleza do escritório. Está trabalhando mais horas do que nunca, na vaga esperança de comprar uma segunda casa para eles, em algum lugar mais bonito. Algum lugar cercado, senão por natureza, ao menos pela lembrança dela.

"Muitos ensaios." Dois ensaios de duas horas por semana, e ela não faltou a nenhum.

"São divertidos." Ela está se preparando há semanas. A verdade é que praticou tanto em casa que poderia cantar a peça nesta noite mesmo, do início ao fim, fazendo todas as linhas vocais. "Certeza que não quer ir? Precisamos de mais graves."

Mais do que nunca, ele se surpreende com ela. O que ela faria se ele dissesse sim? "Talvez no outono. Para o Mozart."

"Você tem bastante coisa com o que se distrair?"

Isso é o que as pessoas fazem — resolvem seus próprios problemas através da vida dos outros. Ele ri. "Por enquanto, sim. Estou me debatendo com isto aqui." Ele lhe mostra as páginas: "As árvores deveriam ter legitimidade processual?".

Ela lê o título e franze a testa. Ray analisa as palavras, ele mesmo intrigado. "Ele parece estar dizendo que o problema da lei é que ela só reconhece vítimas humanas."

"E isso é um problema?"

"Ele quer estender os direitos a coisas não humanas. Quer que as árvores sejam recompensadas por sua propriedade intelectual."

Ela sorri maliciosamente. "Ruim para os negócios, hein?"

"Não sei se devo jogar o livro longe e dar risada ou colocar fogo nele e me matar."

"Me avisa sobre o que você decidir. Te vejo entre dez e onze. Não me espera se estiver com sono."

"Eu já estou com sono." Ele ri de novo, como se tivesse feito uma piada. "Tá com bastante roupa? Vai esfriar. Abotoa o sobretudo."

Ela segura a porta por um instante, e o momento está lá novamente, entre eles. A súbita onda de raiva e derrota mútua. "Não sou sua propriedade, Ray. A gente tinha um acordo."

"Do que você tá falando? Eu não disse que você era minha propriedade."

"Você disse sim", ela responde e vai embora. Apenas quando a porta fecha é que ele entende. Sobretudos. Botões. Vento soprando livremente. *Cuide-se direito. Você pertence a mim.*

Ela dirige pela Birch na direção oeste, sob os áceres alaranjados. Ele não se preocupa em observar os faróis traseiros ou ver onde ela vira. Seria um insulto para ambos. Ela é esperta, passaria pelo auditório primeiro. Além do mais, ele já ficou na janela em outras noites observando as luzes traseiras. Ele fez de tudo, todas as coisas desesperadas e repugnantes. Procurou os números desconhecidos na conta de telefone. Conferiu os bolsos das roupas da noite anterior. Procurou bilhetes na bolsa. Não achou nenhum bilhete. Só evidências de A a Z de sua própria vergonha.

Suas semanas de descrença se transformaram há muito tempo em quedas livres mais assustadoras do que as de sua fase de paraquedista na juventude. O pânico de descobrir logo se converteu em tristeza, do tipo que sentiu quando a mãe morreu. Então a tristeza transmutou-se em virtude, que ele cultivou em segredo por semanas, até que a virtude desmoronou sob seu próprio peso e se converteu em imobilidade amarga. Cada pergunta é uma loucura voluntária. Quem? Por quê? Há quanto tempo? Quantas vezes antes?

Que importância tem isso? Deixe o sobretudo desabotoado. Agora ele só quer paz, e quer ficar perto dela um pouco mais, pelo tempo que puder, antes que ela coloque tudo abaixo apenas para puni-lo pela descoberta.

Ela para o carro no estacionamento atrás do auditório. Chega até a entrar por um minuto, não tanto para estabelecer um álibi, mas para fazer com que o alçapão que abre sob seus pés pareça uma loucura ainda maior. Quando as cem pessoas do coro tomam seus lugares, ela sai pelos fundos, como se quisesse buscar algo que esqueceu no carro. Um minuto depois, está na rua lisa de chuva, com frio, *viva*, o coração batendo loucamente. Vai se deixar *levar*, de mil maneiras diferentes, por muito tempo e afetuosamente e sem propósito, com nenhuma obrigação contratual, por um homem que ela mal faz ideia de quem seja. O pensamento percorre todo o corpo, como se ela tivesse acabado de injetar algo.

Vai fazer algo feio. Mais uma vez. Estupidamente feio. Fazer coisas que ela nem imaginava ser capaz de fazer. Coisas novas. Vai aprender mais sobre si mesma — coisas mais rápidas, em alta velocidade, feliz. O que ela gosta e o que não gosta quando não está no fingimento preguiçoso da decência. Jogar os últimos trinta anos no fogo libertador. O pensamento a esmaga — mágica. *Crescimento*, e ela está encharcada e praticamente gozando só com o contato das próprias pernas, como uma menina ingênua de dezesseis anos, quando vê o BMW preto junto ao meio-fio e então entra nele.

Quarenta e oito minutos de experiência intensa. Imediatamente depois, ela tem dificuldade de lembrar. Talvez ele a tenha drogado um pouco, só pela diversão. Ela se lembra de estar sentada com os joelhos abertos na cama gigante, rindo como uma princesa de irmandade universitária alterada. Ela se lembra de passar a se sentir enorme, poética, rainha, divina, um dilúvio de Brahms. E depois de voltar a sentir dor nas pernas e nos pulmões, como uma corredora de longa distância. Ela se lembra dele sussurrando em seu ouvido enquanto enfiava os dedos nela — sílabas vagas, excitantes, de ameaça, de adoração, das quais ela se alimentava sem exatamente entender.

De vez em quando, no mar revolto, como havia acontecido na semana anterior, detalhes dos romances de adultério favoritos dela surgiam em sua cabeça com uma especificidade terrível. Ela se lembra de pensar: *Agora sou a heroína da minha própria história de perdição*. Depois, um longo e carinhoso beijo de boa-noite dentro do carro escuro, a três quadras do auditório. Dez passos pela calçada escorregadia, e ela transfere toda aquela aventura à imaginação, algo que aconteceu apenas dentro de um livro.

Volta para dentro e se posiciona na arquibancada do coral com tempo de sobra, esperando pelo retorno da onda de vozes enquanto o barítono canta: *Veja, aqui vos digo um mistério; nem todos dormiremos, mas todos seremos transformados. Em um instante, em um piscar de olhos.*

Ray petisca no jantar — pistaches e uma maçã. A leitura é lenta, e tudo o distrai. Olhando para a parte de baixo do miolo da maçã, percebe que a *sépala* — uma palavra que ele jamais aprenderá nesta vida — não é nada exceto o resto de uma flor murcha. Ele ergue os olhos do matagal de palavras três vezes por minuto, esperando que a verdade caia sobre ele como um carvalho desabando no telhado da casa. Nada surge para matá-lo. Absolutamente nada acontece, e continua acontecendo com bastante força e paciência. Nada acontece de forma tão irrestrita que, quando ele confere o relógio para ver por que Dorothy ainda não voltou, fica perplexo ao descobrir que menos de meia hora se passou.

Ele abaixa a cabeça e se fixa na página. O artigo atiça sua angústia. As árvores *devem* ter legitimidade processual? Um mês atrás, testar esse argumento engenhoso teria sido a grande diversão da sua noite. O que pode ser possuído e quem pode possuir? O que transmite um *direito*, e por que os humanos, apenas eles em todo o planeta, deveriam tê-los?

Mas esta noite as palavras flutuam. Oito e trinta e sete. Tudo aquilo que era *dele* está desmoronando, e ele nem sequer sabe o que causou o desastre. A lógica horrorosa do ensaio começa a cansá-lo. Crianças, mulheres, escravizados, aborígenes, doentes, loucos, pessoas com deficiências físicas: ao longo dos séculos, todos, algo antes impensável, se transformaram em indivíduos pelos olhos da lei. Então por que árvores, águias, rios e montanhas vivas não poderiam processar os humanos por roubos e danos intermináveis? A ideia toda é um pesadelo sagrado, uma dança mortal de justiça como a que ele está vivendo agora, olhando o ponteiro dos segundos no relógio se recusar a se mover. Sua carreira inteira até aquele instante — proteger a propriedade daqueles que têm direito a crescer — começa a parecer um longo crime de guerra, algo pelo qual ele será preso quando a revolução chegar.

A proposta pode parecer estranha, assustadora ou risível. Isso ocorre em parte porque, até que algo sem direitos receba esses direitos, não conseguimos vê-lo como nada além de uma coisa a ser usada por "nós" — aqueles que atualmente detêm os direitos no momento.

Oito e quarenta e dois, e ele está desesperado. Faria qualquer coisa agora para enganá-la, para fazê-la pensar que ele não sabe de nada. O rompante de loucura dela seguirá o seu curso. A febre que a transformou em alguém que ele não reconhece vai ceder, e ela vai ficar bem de novo. A vergonha vai trazê-la de volta a si, e ela vai se lembrar de tudo. Os anos. A vez que foram para a Itália. A vez que saltaram do avião. A vez que ela bateu o carro em uma árvore enquanto lia a carta de aniversário de casamento e quase acabou se matando. O teatro amador. As coisas que plantaram juntos no quintal que construíram.

É inválido o argumento de que riachos e florestas não podem ter legitimidade processual porque riachos e florestas não podem falar. As corporações tampouco podem falar, e o mesmo vale para Estados, propriedades, bebês, pessoas consideradas incapazes, municípios ou universidades. Os advogados falam por eles.

O fundamental é que ela nunca saiba que ele sabe. Ele precisa continuar de bom humor, esperto, engraçado. No momento em que ela suspeitar, aquilo vai destruir os dois. Ela poderia viver com qualquer coisa, exceto com o perdão.

Mas a dissimulação o está matando. Ele nunca poderia fazer o papel de ninguém além de um Macduff sincero. Oito e quarenta e oito. Tenta se concentrar. A noite se estende como duas penas consecutivas de prisão perpétua. Tem apenas esse artigo para lhe fazer companhia e torturá-lo.

O que há dentro de nós que gera essa ânsia de não apenas satisfazer as necessidades básicas, mas de estender nossas vontades sobre as coisas, objetificá-las, torná-las nossas, manipulá-las, mantê-las a uma distância psíquica?

O artigo tremula sob seus dedos. Não consegue acompanhar, não consegue decidir se é brilhante ou um lixo completo. Todo o seu eu está se dissolvendo. Todos os seus direitos e privilégios, tudo o que ele possui. Aquilo que lhe foi ofertado desde que nasceu está sendo tirado dele. É um grande e luxuoso ato de autoengano, uma mentira descarada, a seguinte afirmação de Kant: *No que diz respeito àquilo que não é humano, não temos deveres diretos. Tudo existe apenas como meios para um fim. E esse fim é o homem.*

Um sentimento de nojo a atinge enquanto dirige para casa. Mas até mesmo o nojo tem gosto de liberdade. Se uma pessoa consegue ver o pior em si mesma... Se uma pessoa consegue chegar à honestidade total, ao completo conhecimento do que ela realmente é... Agora que ela está saciada, quer a pureza novamente. No semáforo da Snelling, olha para o espelho retrovisor e entrevê os olhos se escondendo do próprio olhar furtivo. Pensa: *Vou parar. Ter a minha vida de volta. Decência. As coisas não precisam terminar numa bola de fogo flamejante.* O próximo concerto pode absorver seu excesso de energia. Depois disso, ela vai encontrar outra coisa para ocupá-la. Para mantê-la sã e sóbria.

Na Lexington, dez quarteirões adiante, ela já está planejando mais uma dose. Só mais uma, para lembrar como é esquiar naquele continente montanhoso. Não vai ser patética. Vai aceitar o vício, sem as resoluções lamentáveis. Ela não sabe o que está viciado: se seu corpo ou sua vontade. Sabe apenas que vai continuar, para onde quer que isso a leve. Quando vira na sua rua arborizada, já recobrou a calma.

Ela entra corada do frio. O cachecol arrasta no chão enquanto ela fecha a porta. A partitura de *Réquiem* cai de suas mãos. Ela se abaixa para pegá-la e, quando se endireita, os olhos dos dois se encontram, revelando tudo. Assustados, desafiadores, suplicantes, agressivos. Querendo estar de novo em casa com um velho amigo.

"Ei! Você não saiu dessa poltrona."

"Foi bom o ensaio?"

"Maravilhoso!"

"Que bom. Que partes você cantou?"

Ela vai até onde ele está sentado. Algo do ritmo antigo dos dois. Dá um abraço nele, *Ziemlich langsam und mit Ausdruck*. Antes que ele possa se levantar, ela continua andando na direção da cozinha, sentindo em si mesma a mistura de sal e alvejante. "Só vou tomar um banho rápido antes de dormir."

Ela é uma mulher inteligente, mas nunca teve muita paciência com o óbvio. Tampouco acha que ele seja capaz de fazer uma simples dedução. Ela tomou um banho de vinte minutos antes de sair para cantar seu Brahms.

Na cama, de pijama estampado de pavões, escaldada e renovada pelos jatos quentes, ela pergunta: "Como tá a leitura?".

Ele leva um instante para se lembrar do que ficou tentando ler a noite inteira. *O que precisamos é de um mito...*

"Difícil. Eu não estava totalmente concentrado."

"Hm." Ela se vira na direção dele, com os olhos fechados. "Me conta."

Não acho que seja muito remota a possibilidade de virmos a considerar a Terra, como alguns sugeriram, como um único organismo do qual a humanidade é uma parte funcional — a mente, talvez.

"Ele quer conceder direitos a todas as coisas vivas. Argumenta que pagar as árvores pelas invenções criativas delas tornaria o mundo inteiro mais rico. Se ele estiver certo, então todo o nosso sistema social... tudo pelo que já trabalhei..."

Mas a respiração dela já mudou, e ela flutua para longe como uma recém-nascida após um dia de primeiras descobertas.

Ele apaga a luz de cabeceira e deita de costas para ela. Ainda assim, ela murmura enquanto dorme e se engancha nele, agarrando suas costas em busca de qualquer calor que ele possa gerar. Os braços nus dela sobre ele, a mulher por quem ele se apaixonou. A mulher com quem ele se casou. A engraçada, frenética, selvagem, a indomável Lady Macbeth. Amante de romances extensos. Saltadora de aviões. A melhor atriz amadora que ele já conheceu.

Sentinela e Cabelo-de-Anjo, nas profundezas da floresta de sequoias. Ele carrega uma mochila com provisões. Ela segura a filmadora do acampamento com uma mão; com a outra, está agarrada ao braço dele, como um nadador pendurado em um bote. De vez em quando ela aperta o pulso dele, dirigindo a atenção de Sentinela a uma coisa colorida ou pontiaguda, ou a algo que vai muito além da compreensão dos dois.

Na noite anterior dormiram no chão frio, ao relento. Um fosso de lama cercava a ilha com bordas de samambaia. Ele deitou em um saco de dormir dos anos 1950 manchado de urina e ela em outro, abaixo de criatura suaves, volumosas e sossegadas.

"Você não tá morrendo de frio?", ele perguntou.

Ela disse que não. E ele acreditou.

"Dor no corpo?"

"Não muita."

"Tá com medo?"

Os olhos dela dizem: "*Por quê?*". A boca diz: "Deveríamos estar?".

"Eles são tão poderosos. A Humboldt Timber tem centenas de funcionários. Milhares de máquinas. Faz parte de uma multinacional multibilionária. Todas as leis estão do lado deles, apoiadas pela vontade do povo americano. Nós somos um bando de vândalos desempregados, acampados na floresta."

Ela sorri, como para uma criança que simplesmente perguntou se os chineses poderiam alcançá-los através de um túnel debaixo da terra. A mão dela toca o saco de dormir dele. "Acredita em mim. Eu sei por fontes seguras. Coisas incríveis já estão acontecendo."

Enquanto ela adormece, a mão dela fica entre os dois, como uma linha transversal.

Eles seguem um atalho por um caminho de drenagem distante, até que a passagem se transforme em um riacho de lama. Três quilômetros depois a trilha desaparece, e os dois precisam caminhar pelo meio do mato. A luz é peneirada pelo dossel. Ele a observa atravessar um tapete de flores-estrelas amontoadas com trevos. Apenas alguns meses atrás, segundo ela mesma, Olivia era uma filha da puta narcisista, desagradável e exausta, com um problema de abuso de substâncias, levando bomba na faculdade. Agora ela é... o quê? Uma criatura em paz com o fato de ser humana, aliada a outras nem tão humanas assim.

As sequoias-vermelhas fazem coisas estranhas. Elas cantarolam. Irradiam arcos de força. Seus cecídios brotam em formas encantadas. Olivia agarra o ombro dele. "Olha isso!" Doze apóstolos de árvores formam um anel tão perfeito quanto os círculos que o pequeno Nicky desenhava com um transferidor nos domingos chuvosos, décadas atrás. Séculos depois da morte de seus antepassados, uma dúzia de clones basálticos cercaram o centro vazio, rodeando aquela rosa dos ventos. Um sinal químico passa pelo cérebro de Nick: suponha que uma pessoa tivesse esculpido qualquer uma dessas árvores, exatamente como estão. Essa única obra seria um marco da arte humana.

Percorrendo a margem do riacho de seixos, eles chegam a um gigante caído que, mesmo de lado, é mais alto que Olivia. "Chegamos. Logo à direita, a Mãe N disse. Por aqui."

Ele vê primeiro: um conjunto de troncos de seiscentos anos de idade, correndo para o alto, a perder de vista. Os pilares avermelhados da nave de uma catedral. Árvores mais antigas que a tipografia móvel. Mas seus sulcos estão pintados em spray branco com números, como se alguém tivesse marcado uma vaca viva com o diagrama de um açougueiro, mostrando os vários cortes de carne escondidos por baixo. Instruções para um massacre.

Olivia ergue a filmadora e grava. Nick tira a mochila das costas e parece flutuar leve por alguns passos. Um arco-íris de latas de spray sai de dentro da mochila. Ele deita as latas sobre um grupo de cavalinhas recém-brotadas: meia dúzia de cores do espectro. Cereja em uma mão, limão na outra, Nick caminha na direção de uma das árvores marcadas. Observa os traços brancos que já estão lá. Então levanta a lata e aperta o spray.

Mais tarde o vídeo será editado, finalizado com *voice-over* e enviado para todos os jornalistas simpáticos à causa da lista de contatos da Força de Defesa da Vida. Por enquanto, a trilha sonora são as centenas de gritos da floresta pontuados pelo espanto — *Como você faz isso?* —, bem próximo ao microfone. Nick volta à sua paleta no chão da floresta e escolhe mais dois tons. Pinta, depois recua para avaliar a obra. Aquela espécie de árvore é tão selvagem quanto qualquer uma que habita a vitrine de um museu. Ele passa para a próxima árvore desfigurada por números e começa de novo. Logo mais, os números ficam irreconhecíveis e se transformam em borboletas.

Ele passa a pintar os troncos marcados com uma simples marca azul. Estão por todos os lados, essas sentenças de morte feitas com um simples traço. Então ele passa a pintar as árvores sem nenhuma marcação, até que seja impossível dizer quais troncos foram condenados ao corte e quais são meros espectadores. A tarde termina; ambos estavam no tempo da floresta, longo demais para ser contado em meras horas. O trabalho chega ao fim em um instante, num piscar de olhos.

Olivia percorre com a câmera o bosque transformado. Onde antes havia medidas e prospecção, um plano de números concretos, agora há apenas borboletas-azuis, bruxas, viuvinhas e monarcas. Poderia ser um bosque de abetos sagrados nas montanhas mexicanas, onde insetos art nouveau da Tiffany organizam sua migração de muitas gerações. Assim, duas pessoas, em uma tarde, desfazem uma semana de trabalho de avaliadores e agrimensores.

A voz do vídeo não editado diz: "Eles vão voltar". Ele se refere aos homens dos números, que virão de novo para marcar os abates de uma maneira mais infalível.

"Mas isso está maravilhoso. Vai custar caro pra eles."

"Pode ser. Ou talvez a madeireira simplesmente chegue e leve tudo, como fizeram em Murrelet Grove."

"A gente tem a filmagem agora."

Dá para ouvir na melodia da voz gravada: a crença de que o afeto ainda pode resolver as questões de liberdade. Então o filme acaba. Ninguém vê o que acontece em seguida entre os dois humanos, ali no chão da floresta, entre as fileiras de samambaias e selos-de-salomão. Ninguém, a menos que você considere as inúmeras criaturas invisíveis cavando sob o solo, rastejando debaixo das cascas das árvores, percorrendo os galhos, escalando, saltando e estocando comida no dossel da floresta. Até mesmo as árvores gigantes respiram as poucas moléculas por bilhão de boas-vindas dispersas no ar.

A quatrocentos metros de distância, Patricia escuta: a caminhonete de Dennis esmigalhando o cascalho da estrada. O som a deixa contente — contente antes de saber que está contente. De certa maneira, os baques e o chiado a fazem ficar tão animada quanto o trinado de uma toutinegra contornando os limites de uma clareira. A caminhonete não deixa de ser uma rara criatura selvagem, embora apareça todos os dias, tão pontual quanto a chuva.

Patricia segue na direção da estrada, sentindo o quanto a espera a deixou nervosa nos últimos vinte minutos. Sim, ele está trazendo o almoço, e também a correspondência, aquela sacola diversa de conexões com o mundo exterior. Novos dados do laboratório de Corvallis. Mas *Dennis*: é disso que sua alma precisa agora. Ele a estabiliza e a escuta, e ela se pergunta com um horror encantado se vinte e duas horas podem ser tempo demais entre duas visitas. Ela se aproxima da caminhonete parada e precisa recuar quando ele abre a cabine. Ele envolve a cintura dela com o braço longo e acaricia seu pescoço.

"Den. Meu mamífero favorito."

"Gatinha. Espera até ver o que vamos comer hoje." Ele lhe entrega a correspondência e pega o *cooler*. Sobem a encosta até a cabana, lado a lado, em silêncio e em paz um com o outro.

Ela senta na varanda diante da mesa de carretel, percorrendo a correspondência enquanto ele desempacota o almoço. Como as trapaças mais ardilosas — *Informações importantes sobre seu seguro. Abra imediatamente!* — podem encontrá-la até mesmo aqui? Ela vive longe do comércio há décadas, e ainda assim seu nome é uma mercadoria desejada, comprada e vendida sem parar enquanto ela fica sentada em sua cabana lendo Thoreau. Espera que os compradores não estejam pagando muito. Não: espera que eles estejam sendo extorquidos.

Nada de Corvallis, mas há um pacote de sua agente literária. Deixa o pacote sobre as ripas de madeira, ao lado do prato. Ainda está lá quando Dennis traz duas pequenas e magníficas trutas recheadas.

"Tá tudo bem?"

Ela faz que sim e não com a cabeça ao mesmo tempo.

"Nenhuma má notícia, né?"

"Não. Não sei. Não consigo abrir."

Ele serve o peixe e apanha o pacote. "É da *Jackie*. Qual é o motivo pra ter medo?"

Ela não sabe. Processos judiciais. Reprimendas. Convites formais. Abrir logo de uma vez. Ele lhe entrega o envelope e sacode a mão no ar, estimulando sua coragem.

"Você é bom pra mim, Dennis." Ela desliza o dedo sob a aba colada. Muitas coisas se espalham sobre a mesa. Resenhas. Cartas de fãs. Uma carta de Jackie com um cheque preso nela. Ela vê o cheque e grita. O papel cai no chão virado para baixo, na terra eternamente úmida.

Dennis pega o cheque e limpa a sujeira. Ele assobia. "Caramba!" Olha para ela, de sobrancelhas erguidas. "Colocaram um zero a mais aqui, hein?"

"Dois zeros!"

Ele ri, os ombros estremecendo, como a sua velha caminhonete tentando ligar depois de uma noite congelante. "Ela disse pra você que o livro estava indo bem."

"Tem um erro. Vamos ter que devolver."

"Você fez uma coisa boa, Patty. As pessoas gostam de coisas boas."

"Não é possível..."

"Não fica tão empolgada. Não é *tanto* assim."

Mas é. É mais do que ela já teve em qualquer conta bancária, em toda a sua vida. "O dinheiro não é meu."

"Como assim, não é seu? Você trabalhou nesse livro por sete anos!"

Ela não o ouve. Está escutando o vento que sopra entre os amieiros.

"Você pode doar se quiser. Fazer um cheque para a American Forests. Ou quem sabe para aquele programa de retrocruzamentos de castanheiras. Podia investir no grupo de pesquisa deles. Anda. Agora come seu peixe. Levei duas horas pra pegar esses daí."

Depois do almoço, ele lê as resenhas para ela. De alguma forma, naquele tom barítono de locutor de rádio, elas soam bastante favoráveis. Gratas. As pessoas dizem, *Eu não tinha me dado conta.* As pessoas dizem, *Comecei a ver coisas.* Então ele lê em voz alta as cartas dos leitores. Alguns só querem agradecê-la. Alguns a confundem com a mãe de todas as árvores. Alguns a fazem se sentir como a Miss Corações Solitários. *Tenho um enorme carvalho-carrapicho no nosso quintal que deve ter duzentos anos. Na primavera passada, um dos lados dele começou a adoecer. Está me matando vê-lo morrer em câmera lenta. O que eu posso fazer?*

Muitos mencionam as árvores doadoras — aqueles abetos-de-douglas centenários que, em seu último ato, dão todos os seus metabólitos secundários à comunidade.

"Tá ouvindo isso, gatinha? '*Você me fez pensar na vida sob outra perspectiva.*' Isso deve ser um elogio."

Ela ri, mas soa como um lince preso em uma armadilha.

"Ah. Agora, isso aqui sim. Um convite para participar do programa de rádio mais ouvido do país. Estão fazendo uma série sobre o futuro do planeta, e precisam de alguém para falar pelas árvores."

Ela ouve as palavras dele do alto de um abeto-de-douglas, no meio de uma tempestade uivante. A indústria humana, por todos os lados. As pessoas querem dela coisas. As pessoas não entendem quem ela é. As pessoas querem arrastá-la de volta para o que chamam erroneamente de *mundo*.

Moisés volta esgotado para o acampamento. Ações em todos os lugares, e eles perderam treze pessoas nos últimos quatro dias, detidas ou presas. "Temos aqui uma árvore-legado precisando de defensores. Alguém está a fim de passar um tempo lá em cima?"

A mão de Cabelo-de-Anjo dispara para o ar antes mesmo de Sentinela entender qual era a pergunta. Uma expressão esquisita se forma no rosto dela: *Sim. Isso. Finalmente.*

"Tem certeza?", Moisés pergunta, como se não tivesse acabado de cumprir as previsões das vozes de luz. "Você vai ficar lá em cima por pelo menos alguns dias."

Ela tranquiliza Nick enquanto arruma suas coisas. "Se você acha que vai ser mais útil aqui embaixo... Eu vou ficar bem sozinha. Eles não vão ter coragem de fazer nada comigo. Pensa na repercussão!"

Ele não vai ficar bem, exceto se estiver perto dela. É simples assim, absurdo assim. Ele não diz isso a ela. A coisa é tão estupidamente óbvia, até mesmo na maneira que ele se mexe e concorda com a cabeça. É claro que ela sabe. Ela consegue ouvir criaturas que nem estão ali. É claro que ela consegue ouvir os pensamentos dele se batendo e o sangue pulsando nos ouvidos, mesmo sob aquela chuva interminável.

Primeiro jogam as mochilas por cima do portão. Então é a vez deles — Cabelo-de-Anjo, Sentinela e o guia, Loki, que há semanas faz o apoio terrestre àquela árvore. Seus pés pousam em território da Humboldt Timber, invasão de propriedade com intenção criminosa. As mochilas estão pesadas e o caminho é íngreme. Semanas de chuva constante transformaram a trilha em café turco. Algumas semanas atrás, eles não teriam sequer chegado ao quilômetro cinco. Mesmo agora, depois de oito quilômetros, Sentinela toma o ar com dificuldade. Tem vergonha e fica para trás na trilha, onde ela não vai ouvi-lo ofegar. O caminho sobe por uma escarpa lamacenta. O peso da mochila e a terra movediça puxam seus pés para baixo a ponto de cada passo parecer um salto com vara. Ele para e recupera o fôlego, o ar encharcado flui dentro dele. Bem à frente, Cabelo-de-Anjo avança como uma fera mítica. Do chão coberto de agulhas, o poder ascende pelos pés dela. Cada mergulho na lama a renova. Ela está *dançando*.

A covardia adiciona várias pedras à mochila que Nick carrega. Ele não quer ser preso. Não é exatamente louco por altura. Só o amor é capaz de levá-lo até a beira do penhasco. Ela é movida pela necessidade de salvar tudo que está vivo.

Loki estende a palma da mão. "Estão vendo a luz piscando? Urubu e Faísca. Eles estão nos ouvindo." Ele envolve a boca com as mãos e imita o som de um pássaro. No alto da floresta, a luz pisca de novo, impaciente. Isso também faz Loki rir. "Os filhos da puta mal veem a hora de descer de volta para a terra. Dá pra perceber?"

Até Nick está pronto para isso, e ele nem sequer saiu do chão ainda. Eles se arrastam pelas últimas centenas de metros. Uma silhueta emerge do matagal, tão grande que deve haver algo errado.

"Pronto, aí está", Loki diz, sem necessidade. "Essa é a Mimas."

Alguns sons emergem e saem da boca de Nick, sílabas que significam, vagamente, *Ah, meu Jesus amado*. Tem visto árvores monstruosas há semanas, mas nunca uma assim. Mimas: uma largura maior do que a antiga casa de fazenda do pai do seu tataravô. Ali, com a luz do entardecer pintando os três, a sensação é primitiva, *darshana*, um encontro cara a cara com o divino. A árvore sobe como uma chaminé e se esquece de parar. Vista de baixo, poderia ser Yggdrasil, a Árvore da Vida, com suas raízes no submundo e a copa na terra dos deuses. A sete metros acima do solo, um tronco secundário brota da vastidão do flanco, um galho maior que a castanheira dos Hoel. Outros dois troncos se alargam acima do eixo principal. Todo aquele conjunto parece um exercício de cladística, a Árvore

Evolutiva da Vida — uma grande ideia se fragmentando em novos ramos de famílias, ascendendo com a passagem do tempo.

Sentinela se aproxima de onde Cabelo-de-Anjo está parada olhando, pensando se é tarde demais para voltar atrás. Mas, mesmo sob a luz fraca, o rosto dela tem o brilho de uma causa. Toda aquela agitação que ele viu nela desde que ela parou o carro na entrada da casa da fazenda, lá em Iowa, parece ter sido drenada e substituída por uma certeza tão pura e dolorosa como o grito solitário de uma coruja. Ela abre os braços contra os sulcos do tronco. É uma pulga tentando abraçar o cachorro. Levanta o rosto para ver o tronco titânico. "Não dá pra acreditar. Não dá pra acreditar que não existe outro jeito de proteger essa coisa, a não ser com o nosso corpo."

Loki diz: "Se ninguém tá perdendo dinheiro ou se ferindo, a lei tá pouco se lixando".

A base da árvore, entre dois enormes cecídios, se abre em um buraco de contornos enegrecidos, grande o suficiente para abrigar os três essa noite. Marcas negras de fuligem correm pelo tronco, as cicatrizes de incêndios que ocorreram muito antes de haver uma América. Um rasgo na parte inferior do tronco lembra um relâmpago ainda fresco o suficiente para escorrer. E, do alto do emaranhado de galhos, desaparecendo a caminho do céu, vêm os gritos de duas pessoas exaustas fora do seu elemento que, por algumas horas essa noite, só querem voltar a estar secas, aquecidas e seguras.

Alguma coisa despenca lá de cima. Sentinela dá um grito e puxa Cabelo-de-Anjo para o lado. A cobra despenca no chão da floresta. Uma corda balança no ar, da largura do dedo indicador de Sentinela, na frente de um pilar mais largo do que seu campo de visão.

"O que a gente faz com isso? Prendemos as mochilas?"

Loki dá uma risada. "Você escala." Ele aparece com um arnês, cordas com nós e mosquetões.

Começa a colocar o arnês na cintura de Sentinela.

"Pera aí. O que é isso? Isso aqui são *grampos de grampeador*?"

"Tá um pouco gasto. Não se preocupa. Não são os grampos e a *silver tape* que seguram o seu peso."

"Não, esse cadarcinho de tênis aqui é que segura."

"Já levou gente muito mais pesada que você."

Olivia se mete entre a rixa dos dois homens e pega o arnês. Ela o coloca na própria cintura. Loki prende os mosquetões. Ele pendura Cabelo-de-Anjo à corda de escalada com dois nós de Prusik deslizantes, um para o peito e outro para fazer um estribo no pé.

"Tá vendo aqui? Seu peso puxa esses nós bem junto da corda, como pequenos punhos. Mas quando você solta..." Ele faz um dos nós deslizar para cima. "Apoia o pé no estribo. Leva o nó do peito o mais alto que puder. Se inclina para trás e deixa ele carregar o seu peso. Senta de novo no arnês. Desliza o nó do estribo o mais alto possível. E aí pisa nele. E começa tudo de novo."

Cabelo-de-Anjo ri. "Como uma lagarta?"

Exatamente. Ela se arrasta. Fica de pé. Se inclina para trás e se senta. Fica de pé e se arrasta mais uma vez, subindo uma escada de ar, erguendo-se cada vez mais para além da face da Terra. Sentinela a observa de baixo enquanto ela desliza para o céu. A intimidade — o corpo dela se contorcendo acima dele — faz sua alma corar. Ela é o esquilo, Ratatoskr, subindo a Yggdrasil, carregando mensagens entre o inferno, o céu e aqui.

"Ela tem jeito pra coisa", diz Loki. "Tá voando. Vai chegar no alto em vinte minutos."

E é o que acontece, embora todos os seus músculos estejam tremendo na chegada. Lá em cima, aplausos comemoram a sua escalada. Embaixo, o ciúme toma conta de Nick, e quando o arnês cai novamente, ele salta na direção dele. Sobe cerca de trinta metros antes de surtar. Não é possível que essa corda seja capaz de segurá-lo. Está se torcendo e fazendo uns gemidos estranhos de nylon. Estica o pescoço para ver quanto falta. Uma imensidão. Então comete o erro de olhar para o chão. Loki gira em círculos lentos lá embaixo. Seu rosto está voltado para o alto como uma minúscula flor-estrela prestes a ser pisoteada. Os músculos de Sentinela se rendem ao pânico. Ele fecha os olhos e sussurra: "Não consigo fazer isso. Vou morrer". Ele sente a aproximação, a queda interminável, percorrendo suas pernas. Dois caroços de vômito sobem pela garganta e vão parar no corta-vento.

Mas Olivia está falando, bem perto do ouvido dele. *Nick. Você já fez isso. Faz semanas que eu vejo. Uma mão*, ela diz. *Um pé. Sentar. Deslizar o nó. Levantar.* Ele abre os olhos e vê o tronco de Mimas, o ser vivo mais gigante, forte, largo, velho, seguro e sensato que ele já conheceu. Guardião de meio milhão de dias e noites, que agora quer Nick em sua copa.

Gritos de boas-vindas no topo. As pessoas que estão acima dele o prendem na árvore com dois mosquetões. Olivia dispara pelas plataformas, conectadas por escadas de corda. Urubu e Faísca há tempos já repassaram com ela todas as cláusulas do contrato de aluguel. Os dois querem apenas descer antes que a noite os envolva. Vão descendo pela corda na direção de Loki, que os chama do meio da escuridão invasora. "Alguém vai trazer os substitutos de vocês daqui a uns dias. Até lá, só o que vocês precisam fazer é ficar no alto."

Então Nick fica sozinho com essa mulher que se apoderou da sua vida. Ela pega a mão dele, que ainda não relaxou depois de ficar agarrada à corda. "Nick. A gente tá aqui. Na Mimas."

Ela pronuncia o nome da criatura como se fosse uma velha amiga. Como se estivesse falando com aquele ser há muito tempo. Eles se sentam um do lado do outro na escuridão de agulhas, a sessenta metros do chão, no lugar que Urubu e Faísca batizaram de Salão de Baile: uma plataforma de dois metros por três feita a partir de três portas aparafusadas. Lonas deslizantes os protegem em três lados.

"Maior do que o meu quarto na faculdade", diz Olivia. "E melhor."

Equilibrada em outro galho logo abaixo, acessível por uma escada de corda, há um pedaço menor de madeira compensada. Um galão coletor de chuva, um pote e um balde com tampa formam o banheiro. A dois metros acima deles, em outro galho, mais uma plataforma serve de despensa, cozinha e sala de estar. Está cheia de água, comida, lonas e suprimentos. Uma rede de deitar esticada entre dois galhos embala uma biblioteca substancial, deixada ali por babás anteriores. Toda a casa da árvore de três andares se equilibra sobre uma enorme forquilha, criada séculos atrás após o tronco ser atingido por um raio. Ela balança a cada brisa.

Um lampião de querosene ilumina o rosto de Cabelo-de-Anjo. Ele nunca a viu tão convicta. "Vem cá." Ela pega o pulso dele e o leva até ela. "Aqui. Mais perto." Como se mais longe fosse uma opção. E ela o conduz como alguém que tem certeza de que a vida precisa dela.

Durante a noite, algo macio e quente roça o rosto dele. É a mão dela, ele acha, ou uma mecha de cabelo que cai quando ela se inclina sobre ele. Até a gôndola lenta e mareante que é o saco de dormir parece uma coisa abençoada — os alojamentos apertados do amor. Uma garra arranha a bochecha dele, e a súcubo dispara emitindo gritinhos em falsete. Sentinela se levanta gritando: "Merda!". Ele salta em direção à borda da plataforma, mas seu cabo de segurança o segura. Uma palma afunda a fantasia das paredes de lona. Vidas saem berrando pelos galhos.

Ela se levanta num piscar de olhos e segura os braços dele. "Nick. Calma. *Nick!* Tá tudo bem." O perigo se estilhaça em mil pedaços. Na saraivada de sons, ele demora para entender o que ela fica repetindo. "São esquilos-voadores. Estão brincando aqui em cima de nós há uns dez minutos."

"Jesus! Por quê?"

Ela ri, faz carinho nele e o deita de novo. "Vai ter que perguntar pra eles. Se um dia eles voltarem."

Ela se aconchega no pescoço dele, a barriga colada às costas de Nick. Não conseguem dormir. Existem criaturas que vivem tão alto e tão longe do homem que nunca aprenderam a ter medo. E, graças à insanidade em suas células, Nick — na primeira noite da primeira vez como babá de árvore — ensinou os esquilos a terem medo.

A luz se reúne sobre o rosto dele em punhados salpicados. Ele quase não dormiu, mas acorda revigorado, de um jeito normalmente reservado aos trabalhadores. Ele rola para o lado e ergue a lona. Todo o espectro de cores surge à sua frente, dos azuis aos marrons, dos verdes aos dourados absurdos. "*Olha pra isso!*"

"Vamos ver." A voz dela sopra em seu ouvido, sonolenta, mas ansiosa. "Uau, nossa."

Eles olham juntos: agrimensores se arriscando em uma terra recém-descoberta. A vista expande o peito dele. Nuvem, montanha, Árvore da Vida e névoa — toda a emaranhada estabilidade da criação que, para começar, deu origem às palavras — deixam Nick estúpido e mudo. Troncos reiterados crescem fora da linha principal de Mimas, brotados paralelamente como os dedos da mão erguida de um Buda, imitando a árvore-mãe em escalas menores, repetindo a forma inata de novo e de novo, os galhos correndo um na direção do outro, fusionados e labirínticos demais para serem traçados.

A neblina cobre o dossel. Visíveis por uma abertura na copa de Mimas, os pináculos escabelados dos troncos próximos se erguem no meio da névoa de uma paisagem chinesa.

Há mais substância nas nuvens acinzentadas do que nos espinhos verde-amarronzados que as atravessam. Por todos os lados, espalha-se um conto de fadas fantasmagórico e ordoviciano. É uma manhã como a manhã em que a vida surgiu em terra firme pela primeira vez.

Sentinela abre outra das cortinas de lona e olha para cima. Há mais dezenas de metros de Mimas se desdobrando para o alto — troncos que tomaram o poder quando um raio a atingiu. O topo do sistema emaranhado desaparece entre as nuvens baixas. Fungos e líquens por todo lado, como respingos de tinta de uma lata celestial. Sentinela e Cabelo-de-Anjo se empoleiram, quase no alto do edifício Flatiron. Ele olha para baixo. O chão da floresta é um cenário de bonecas que uma menina fez usando bolotas e samambaias.

As pernas dele congelam com a ideia de despencar. Ele abaixa a lona. Ela o encara, uma loucura nos olhos castanhos que se espalha como gargalhadas. "Chegamos. Conseguimos. Eles nos querem aqui." Ela parece alguém destinada a ajudar os produtos mais maravilhosos desses quatro bilhões de anos de vida.

Aqui e ali, pináculos solistas se elevam acima do coro de gigantes. Parecem nuvens verdes de cúmulos-nimbos, ou as colunas de fumaça de foguetes. De baixo, os vizinhos mais altos parecem cedros de tamanho médio. É só agora, a sessenta metros do solo, que Nicholas consegue ter noção do tamanho dessas poucas anciãs, cinco vezes maiores do que a maior baleia do mundo. Gigantes marcham pela ravina que os três percorreram na noite anterior. No horizonte, a floresta se alarga em um azul mais denso e mais profundo. Ele leu sobre essas árvores e essa névoa. Por todos os lados, as árvores batem no céu baixo e úmido, em nuvens que elas mesmas ajudaram a semear. Meadas de agulhas aéreas — mais nodosas e retorcidas, tão diferentes dos brotos macios que crescem ao nível do solo — bebem a neblina, condensando o vapor da água e peneirando-o pelas comportas de galhos. Nick olha para a cozinha, no andar de cima, onde o sistema de captação de água construído por humanos está funcionando, jogando gotículas dentro de uma garrafa. O que na noite passada lhe pareceu engenhoso — água saída do nada — agora lhe parece rudimentar em comparação com o que a árvore inventou.

Nicholas assiste ao drama como se estivesse folheando um *flip-book* infinito. A Terra se desdobra, montanha após montanha. Seus olhos se ajustam à abundância barroca. Florestas de cinco tons diferentes se banham no nevoeiro, cada uma delas um bioma para criaturas que ainda não foram descobertas. E todas as árvores que ele enxerga pertencem a um investidor do Texas que nunca viu uma sequoia-vermelha na vida, mas que pretende estripar todas elas para pagar a dívida que assumiu ao adquiri-las.

Uma mudança na temperatura ao redor lembra Sentinela de que ele não é o único grande vertebrado nesse poleiro.

"Se eu continuar olhando, minha bexiga vai estourar."

Ele observa Olivia descer a escada de corda até a plataforma de baixo. Pensa: *Acho que é melhor olhar pro outro lado.* Mas ele está vivendo em uma árvore a sessenta metros acima da superfície do planeta. Esquilos-voadores inspecionaram o rosto dele. A névoa dos primórdios do mundo faz o relógio retroceder eras e eras, e ele sente que está se tornando outra espécie.

Ela se agacha sobre o pote de boca larga e um riacho corre para fora dela. Nunca tinha visto uma mulher urinando — algo que boa parte de todos os homens que já viveram poderia declarar em seu leito de morte. Esse ritual oculto subitamente parece o comportamento de um animal estranho apresentado em um documentário da BBC sobre vida selvagem, como peixes que mudam de sexo quando precisam, ou aranhas que consomem os parceiros após o acasalamento. Ele ouve a reverenciada pronúncia britânica padrão em uma narração sussurrada: *Quando separados de outros de sua espécie, os indivíduos humanos podem mudar de maneiras extraordinárias.*

Ela sabe que ele está olhando. Ele sabe que ela sabe. Aqui, cru, agora: a cultura adequada a este lugar. Quando termina, ela inclina o pote no limite da plataforma. O vento leva o líquido e o dispersa. Seis metros, e os resíduos atomizam na névoa. As agulhas vão transformá-los em algo vivo de novo. "Minha vez", ele diz quando ela volta. E então ela o vê ficar de cócoras sobre o balde forrado de sacolas, que serão entregues a Loki para remoção e compostagem da próxima vez que ele aparecer.

Eles tomam café da manhã ao ar livre. Os dedos frios colocam avelãs e damascos secos em bocas abertas, impressionadas com a vista. Permanecer imóvel e observar: a descrição do novo trabalho dos dois. Mas eles são humanos, e logo os olhos já viram o bastante. Ela diz: "Vamos explorar". As principais rotas que saem do Salão de Baile foram montadas com elos e mosquetões lagosta, escadas de corda e lugares para enganchar um mosquetão. Ela lhe estende o arnês. Então faz um para si mesma a partir de três cabos de escalada. "Vai de pé descalço. Vai aderir melhor."

Ele cambaleia em um galho vacilante. O vento sopra, e toda a copa de Mimas balança. Ele vai morrer. Cair do vigésimo andar em uma cama de samambaias. Mas está se acostumando com a ideia, e há maneiras piores de ir embora.

Eles tomam direções diferentes. Inútil tentar enxergar o outro. Ele caminha ao longo de um ramo tão grosso quanto um barril, preso nas cordas, deslizando no arnês. O galho raspado cheira a limão. Um raminho que brota dele exibe um chumaço de pinhas, todas menores que bolas de gude. Ele alcança uma delas e a bate contra a palma da mão. Caem sementes como pimenta moída. Uma delas fica presa no vinco da sua linha da vida. De uma coisinha dessas, surgiu uma árvore que o segura a sessenta metros do chão, sem se dobrar. Essa torre-fortaleza que poderia abrigar uma aldeia inteira e ainda ter espaços para alugar.

Lá do alto, ela grita: "Mirtilos! Um arbusto inteiro aqui".

Insetos voam, coloridos, iridescentes, monstros minúsculos de filmes de terror. Ele se dirige para um entroncamento estranho, tendo o cuidado de nunca olhar para baixo. Duas grandes vigas, ao longo dos séculos, se fundiram como argila de modelagem. Ele vai se segurando até o alto do montículo e percebe que ele é oco. Dentro, há um pequeno lago. Plantas crescem ao longo de uma lagoa salpicada de minúsculos crustáceos. Algo se move na água rasa, mosqueado de castanho, bronze, preto e amarelo. Segundos se passam antes de Nick expelir um nome: *salamandra*. Como uma criatura que busca a umidade, equipada com patas de três centímetros, escala dois terços de um campo de futebol por uma casca seca e fibrosa? Talvez um pássaro tenha derrubado a sua janta. Pouco provável. O peito da criatura escorregadia sobe e desce. A única explicação plausível é que os ancestrais da salamandra embarcaram ali há mil anos e foram subindo o elevador ao longo de quinhentas gerações.

Nick volta pelo caminho de onde veio. Está sentado no canto do Salão de Baile quando Cabelo-de-Anjo retorna. Ela tirou a corda de segurança. "Você não vai acreditar no que eu encontrei. Uma tsuga de um metro e oitenta, crescendo num solo fundo assim!"

"Meu Deus. *Olivia.* Você estava escalando sem equipamento?"

"Não se preocupa. Subi em muita árvore quando era pequena." Ela dá um beijo nele, um ataque rápido e preventivo. "E, bom, a Mimas disse que não vai deixar a gente cair."

Ele a desenha enquanto ela registra as descobertas matinais em um caderno de espiral. O exercício da solidão é muito mais fácil para ele do que para ela. Depois de anos acampando em uma casa de fazenda em Iowa, um dia no alto desse leviatã parece um passeio. Ela, no entanto, em sua química básica, ainda é uma estudante universitária viciada em uma alta taxa de estímulos por segundo da qual não abdicou totalmente. A névoa se dissipa. Nas profundezas do meio-dia, ela pergunta: "Que horas você acha que são?". A pergunta tem mais perplexidade do que agitação. O sol ainda não passou por cima deles e, mesmo assim, os dois já são muito mais velhos do que eram ontem a essa hora. Ele tira os olhos dos galhos labirintos que está desenhando e sacode a cabeça, confuso. Ela dá uma risadinha. "Tá bom. Que *dia*?"

No entanto, em pouco tempo, uma tarde, meia hora, um minuto, meia frase ou meia palavra vão todos parecer ter o mesmo tamanho. Eles são levados pelo ritmo da falta de ritmo. Só cruzar a plataforma de três metros já é um épico nacional. Mais tempo se passa. Um décimo de uma eternidade. Dois décimos. Quando ela volta a falar, a suavidade o despedaça. "Nunca imaginei que as pessoas eram uma droga tão pesada."

"A mais forte. Ou pelo menos a que vicia mais."

"Quanto tempo demora para... fazer um detox?"

Ele pensa. "Ninguém se livra completamente desse vício."

Ele a desenha enquanto ela prepara o almoço. Enquanto ela dorme. Enquanto ela atrai pássaros e brinca com um rato a sessenta metros de altura. A luta dela para desacelerar parece, para ele, o resumo da saga humana. Ele desenha a ravina cheia de sequoias, e os gigantes dispersos que se erguem acima dos irmãos menores. Então coloca o bloco de desenho de lado, para examinar melhor as mudanças da luz.

"Tá ouvindo eles?", ele pergunta. Um zumbido distante, metódico e competente. Serras e motores.

"Sim. Eles tão por toda parte." Cada gigante que cai traz os lenhadores para mais perto. Árvores de três metros de espessura e novecentos anos de idade são derrubadas em vinte minutos e desmembradas em uma hora. Quando uma árvore grande cai, mesmo à distância, é como se um projétil atingisse uma catedral. O solo se liquefaz. A plataforma onde estão estremece. As maiores árvores que o mundo já fez, poupadas para esse último encontro.

Ela encontra um livro na biblioteca da rede. *A floresta secreta.* Há um teixo pré-histórico na capa, acima e abaixo do solo. A contracapa proclama *Um best-seller inesperado — traduzido em vinte e três idiomas.* "Quer que eu leia um pouco pra você?"

Ela lê como se estivesse na frente da turma da escola, recitando as longas estrofes de *Folhas de relva* que todo o nono ano foi obrigado a decorar.

Você e a árvore do seu quintal vêm de um ancestral comum.

Ela para e olha pela parede transparente da casa na árvore.

Há um bilhão e meio de anos, vocês dois seguiram caminhos diferentes.

Faz uma outra pausa, como se precisasse fazer as contas.

Mas mesmo agora, após uma imensa jornada em direções separadas, você e a árvore ainda compartilham um quarto dos genes.

Dessa forma, velejando na brisa do pensamento da autora, eles seguem o caminho por quatro páginas até que a luz se torne insuficiente. Comem de novo à luz de velas — mistura para sopa instantânea flutuando em duas xícaras de água aquecidas no fogareiro de camping. Quando terminam, a escuridão já tomou conta. As máquinas dos lenhadores pararam, substituídas pelos mil desafios espectrais noturnos que eles não são capazes de decodificar.

"É bom poupar a vela", ela diz.

"É bom."

Ainda faltam horas até o momento de dormir. Estão deitados na plataforma longa e oscilante do seu compromisso, conversando um com o outro no escuro. Ali no alto não há perigos, exceto o mais antigo entre eles. Quando o vento sopra, parece que estão atravessando o Pacífico em uma jangada improvisada. Quando o vento para, a quietude os deixa suspensos entre duas eternidades, acariciados pelo aqui e agora.

No escuro, ela pergunta: "No que você tá pensando?".

Ele está pensando que a vida dele atingiu o auge, agora, nesse dia específico. Que viveu para ver tudo o que queria. Viveu para se ver feliz. "Tava pensando que essa noite vai ser fria também. Talvez a gente tenha que juntar nossos sacos de dormir."

"Tô dentro."

Todas as estrelas da galáxia se estendem acima deles, no meio das agulhas preto-azuladas, em um rio de leite derramado. O céu noturno — a melhor droga que existia, até as pessoas se juntarem para experimentar algo mais forte.

Eles juntam os sacos de dormir. "Sabe", ela diz, "se um de nós cair, o outro vai junto."

"Vou pra qualquer lugar atrás de você."

Acordam antes de o dia clarear totalmente, ao som das máquinas, nas profundezas abaixo deles.

A multa por conduta desordeira custa a Mimi trezentos dólares. Não é um mau negócio. Já pagou o dobro por um casaco de inverno que lhe deu metade da satisfação. A notícia da detenção chega ao seu trabalho. Mas os chefes dela são engenheiros.

Se ela é capaz de entregar a tempo os projetos de moldagem de sua equipe, a empresa não liga se o escritório dela for em uma prisão federal. Quando mil manifestantes carregando cartazes vão até a sede do Departamento Florestal em Salem para exigir mudanças no processo de aprovação do Plano de Extração de Madeira, Mimi e Douglas se juntam a eles.

Na manhã de um sábado de abril, a dupla parte para uma ação na Coast Range. Douglas tira um dia de folga na loja de ferragens onde agora trabalha. A manhã está incrivelmente bonita, e à medida que eles se dirigem para o sul, ouvindo música grunge e as manchetes do dia, o céu esfria do rosa crepuscular ao cerúleo. Uma mochila no banco de trás do carro contém dois pares baratos de óculos de mergulho, camisetas para cobrir o nariz e as bocas, e garrafas de água modificadas. Além disso, algemas de aço profissionais de trava dupla e um par de cadeados U-lock para bicicletas. Há uma corrida armamentista acontecendo. Os manifestantes começam a achar que até podem ser capazes de conseguir mais fundos do que a polícia, cujo financiamento depende de pessoas convencidas de que pagar impostos é um roubo, mas que doar madeira pública não é.

Eles viram na estrada de acesso e dirigem até o local do protesto. Douglas observa os veículos estacionados. "Nenhum carro de televisão. Nem unzinho."

Mimi esbraveja. "Ok, sem pânico. Com certeza o pessoal dos jornais tá aqui. Com fotógrafos."

"Sem TV, é como se não acontecesse."

"É cedo. Eles ainda podem estar a caminho."

Um grito sobe pela estrada, o som de uma multidão depois de um gol. Por entre as árvores, exércitos opostos se preparam para a batalha na cara um do outro. Há gritos, um pouco de baderna. Em seguida, um cabo de guerra com a jaqueta de alguém. Os recém-chegados trocam olhares e começam a correr. Chegam à zona de conflito, em uma clareira desmatada.

É como um circo italiano. Um anel duplo de manifestantes cerca uma Caterpillar sob esteira motor C7 cujo braço se ergue sobre a multidão como um dinossauro de pescoço longo. Lenhadores e funcionários circundam a anarquia. Um tipo peculiar de fúria paira no ar, o produto da distância que há entre essa floresta e a cidade mais próxima.

Mimi e Doug avançam pelo morro. O rugido de uma motosserra faz com que ela puxe o braço dele. Uma máquina rosnadora dá a deixa para a outra. Logo, um coro de serras movidas a gasolina berra na floresta. Os lenhadores operam as máquinas lacônicos, indolentes. Ceifadores com foices.

Douglas para. "Que porra é essa, eles tão *malucos*?"

"Isso é teatro. Ninguém vai atacar com uma motosserra um ser humano desarmado." Mas, enquanto Mimi pronuncia essas palavras, um carregador florestal em que duas mulheres estão algemadas é colocado em marcha pelo motorista. As duas são arrastadas. Os manifestantes gritam, incrédulos.

Os lenhadores desviam a atenção para a Caterpillar refém. Começam a trabalhar em um tronco de abeto-gigante, ameaçando deixar a árvore cair no meio dos preguiçosos algemados. Doug murmura e dispara. Antes que Mimi possa reagir, ele está indo na direção do conflito que se desenrola, mochila a tiracolo. Doug entra no confronto como um cão furando ondas, correndo entre os manifestantes, agarrando um homem pelos ombros, e depois mais um. Ele aponta para os lenhadores atacando os abetos. "Junta o máximo de pessoas que conseguir para subir nas árvores."

Alguém grita: "Cadê a porra da polícia? Eles estão sempre aqui pra acabar com tudo quando a gente tá ganhando."

"Certo", diz Douglas. "Essas árvores vão ser história em dez minutos. Vamos nos mexer!"

Antes que Mimi consiga alcançá-lo, ele dá um salto em um abeto com galhos baixos o suficiente para começar sua subida.

Uma vez no ar, os ramos são praticamente uma escada de vinte e cinco metros de altura. Duas dúzias de manifestantes com faixas revivem e disparam atrás dele. Os lenhadores veem o que está acontecendo em seus flancos. Saem correndo atrás, o mais rápido que suas botas com solas de prego permitem.

Os primeiros manifestantes chegam até as árvores e se misturam à folhagem. Mimi vê um abeto com galhos que até ela é capaz de alcançar. Está a seis metros do tronco quando algo perverso agarra suas pernas. Ela cai sobre arbustos de bengalas-do-diabo. O ombro bate em uma pedra coberta de líquen. Uma coisa pesada se acomoda sobre a parte de trás de suas panturrilhas. Douglas, a nove metros de altura, grita com o agressor. "Vou te matar, juro por Deus. Vou arrancar a cabeça desse seu pescoço de cretino."

O homem, sentado sobre as costas dos joelhos de Mimi, fala lentamente: "Pra isso você vai ter que descer daí, não vai?".

Mimi cospe lama. O agressor aperta as canelas contra as coxas dela. Ela não consegue segurar o grito. Doug desce um galho. "Não", ela diz. "Fica!"

Os manifestantes que foram derrubados estão deitados no chão. Mas outros conseguiram alcançar as árvores e agora se balançam nos ramos. Ali, mantêm os perseguidores à distância. Os sapatos vencem os dedos.

Mimi geme: "Sai de cima de mim".

O lenhador que a mantém imobilizada vacila. Há muito menos gente no time dele, e ele está ali preso, contendo uma mulher asiática pequena demais para escalar qualquer coisa maior do que um arbusto. "Promete que vai ficar no chão."

A civilidade a deixa estupefata. "Se a *sua* empresa mantivesse promessas, nada disso estaria acontecendo."

"Promete."

Nada além de juramentos frágeis, conectando todos os seres vivos. Ela promete. O lenhador se levanta em um salto e vai se juntar ao seu time retrancado. Os lenhadores se agrupam, tentando resolver a situação. Não vão conseguir cortar os abetos sem matar alguém.

Mimi olha para Douglas, no alto da árvore. Ela já viu aquela árvore. Leva muito tempo para reconhecer: é a árvore atrás do terceiro *arhat* no pergaminho do pai. Os lenhadores ligam as motosserras de novo. Eles as movimentam em pequenos golpes no ar e cortam arbustos, empilhando os restos nas zonas de queda em frente aos abetos. Um dos funcionários faz um corte em uma grande árvore. Mimi observa, chocada demais para gritar. Querem derrubá-la usando os galhos onde um manifestante está. O abeto gigante estala, e Mimi grita. Fecha os olhos e ouve um tremendo estrondo. Abre os olhos e vê a madeira abatida rasgando o bosque. O posseiro está agarrado ao mastro, gemendo de terror.

Douglas lança impropérios aos cortadores. "Vocês tão malucos, porra? Podiam ter matado ele."

O chefe da equipe grita. "Vocês invadiram uma propriedade." Os lenhadores preparam uma nova zona de queda. Alguém aparece com um alicate e começa a cortar as algemas dos manifestantes acorrentados à Caterpillar como se estivesse podando um arbusto. Um tumulto eclode na clareira; o luxo da não violência chegou a fim. No bosque de abetos, um lenhador passa a serra na manteiga do próximo abeto condenado, calculando derrubá-lo a um metro da árvore onde está outro manifestante. O grito do alvo se perde no barulho das serras, e não pode ser ouvido pelos lenhadores, com seus protetores auriculares acolchoados. Mas eles veem seus braços balançando loucamente e, param só pelo tempo necessário para que o manifestante apavorado role para o chão. A derrota é total em ambas as frentes. Os veículos bloqueados começam a se mexer. Nove dos invasores que restam caem de seus poleiros. Os lenhadores, triunfantes, balançam as motosserras no ar. Os manifestantes recuam, como cervos diante de um incêndio florestal.

Mimi continua sentada no lugar onde prometeu ficar. O ar atrás dela vibra entusiasmado. Ela se vira, vê luzes piscando e pensa: *A cavalaria.* Vinte agentes de uniforme completo são expelidos de um caminhão blindado. Capacetes pretos de policarbonato com balaclava cobrindo o rosto. Jaquetas de kevlar. Escudos antitumulto à prova de balas. A polícia varre a clareira, prendendo os invasores, estalando algemas nos pulsos até daqueles que já ostentam um grilhão cortado.

Mimi se levanta. A mão de alguém agarra seu ombro e a empurra de volta ao chão. Ela se vira e dá de cara com um policial assustado de uns vinte anos de idade. "Senta! E não se mexe."

"Eu não ia me mexer."

"Se abrir a boca de novo, vai se arrepender." Três guerreiros florestais de fim de semana passam trotando diante deles, a caminho da estrada que leva a seus carros. O garoto policial grita: "Vocês, parem onde estão e sentem. Agora, agora, agora!".

Eles param, se viram e se sentam. Lenhadores ali perto aplaudem. O garoto policial gira e dispara na direção de outro grupo de manifestantes tentando fugir. Um esquadrão se espalha sob as árvores. Em pares, ficam embaixo dos últimos manifestantes trepados nos abetos, e batem nos seus pés com cassetetes. Os cinco invasores restantes desistem, exceto Douglas Pavlicek, que sobe ainda mais. Ele tira uma algema de dentro da mochila e fecha uma das argolas no pulso. Então envolve o tronco com os braços e prende o outro pulso.

Mimi coloca as mãos na cabeça. "Douglas. Desça. Acabou."

"Não dá!" Ele sacode as algemas, trancadas no abraço do tronco. "Tenho que aguentar até a TV chegar aqui."

O resistente irado chuta a escada que os policiais tentam posicionar no abeto. Ele ginga em uma jogada de defesa tão bonita que até os lenhadores aplaudem. Mas, não muito depois, quatro policiais alcançam suas pernas. Acorrentado, Douglas não consegue se desvencilhar deles. A polícia pega os alicates para cortar as algemas. Ele estende os braços, acomodando a corrente contra o tronco. Os lenhadores entregam machados à polícia, mas Douglas entrelaça os dedos diante da corrente. A polícia só consegue alcançar a cintura dele. Uma rápida deliberação, e eles cortam sua calça com tesouras industriais. Dois policiais seguram as pernas. O terceiro rasga o jeans surrado de Douglas até a virilha.

Mimi observa. Nunca tinha visto as coxas dele. Vinha se perguntando, nos últimos meses, se um dia chegaria a ver. O desejo que Douglas sente é tão escancarado quanto a expressão de maravilhamento no rosto dele quando os dois estão dividindo um milk-shake. O único mistério é o que está impedindo algo mais calamitoso do que o gesto de tocar a nuca de Mimi. Semanas atrás, ela concluiu que tinha a ver com algum ferimento de guerra. Agora ela o observa ser despido em público, na frente de uma multidão atordoada. Uma perna está exposta, ossuda e pálida, quase sem pelos, a coxa sulcada de um homem muito mais velho. Em seguida a outra perna, a calça jeans agora pendendo da cintura como uma bandeira desfiada. Chega a hora do spray de pimenta tripla ação: capsaicina misturada a gás lacrimogênio.

Os espectadores gritam. "Ele tá preso, cara. Não pode se mexer!"

"O que vocês querem dele?"

O oficial coloca a lata na virilha de Douglas e pressiona a válvula. Fogo líquido se espalha pelo saco e pelo pau — um coquetel com alguns milhões de unidades de pungência na escala de Scoville. Douglas se segura, pendurado nas algemas, dando pequenos suspiros aspirados. "Ca, ca, caralho..."

"Pelo amor de Deus. Ele não pode se mexer. Deixem ele em paz!"

Mimi se vira para ver quem gritou. É um lenhador, baixinho e barbudo, como um anão raivoso das páginas dos irmãos Grimm.

"Abre as suas algemas", um dos policiais ordena. As palavras entopem a boca de Douglas. Nada sai de dentro dela, exceto um tom grave, como o primeiro meio segundo de um ataque aéreo. Eles usam o spray de novo. Manifestantes que estavam sentados, esperando tranquilamente o momento de serem fichados, começam a se revoltar. Mimi se levanta, indignada. Grita coisas que dali a uma hora já não vai lembrar. Outros ao seu redor também se levantam. Eles marcham na direção da árvore do prisioneiro. A polícia os repele. Os agentes que estão na árvore acertam de novo a virilha nua com mais uma lata de spray. O zumbido grave e discreto que sai da boca de Douglas começa uma ascensão lenta horrorosa.

"Solta as suas mãos e você pode descer. É fácil."

Ele tenta dizer alguma coisa. Alguém lá embaixo grita: "Deixem ele falar, seus animais".

Os policiais se aproximam e ficam perto o suficiente para ouvi-lo sussurrar: "A chave caiu".

Os policiais cortam as algemas de Douglas e tiram-no da árvore como Jesus da cruz. Não deixam Mimi chegar perto dele.

Quando o calvário do fichamento termina, ela o leva para casa. Tenta lavá-lo com os emolientes mais suaves que consegue encontrar. Mas a carne dele está um salmão vibrante, e ele tem vergonha de deixá-la ver.

"Vou ficar bem." Está deitado na cama, lendo as palavras do teto. "Vou ficar bem."

Ela vem dar uma olhada nele todas as noites. A pele permanece laranja por uma semana.

Domínio 2 fatura a renda anual de Estados inteiros. *Domínio 3* chega assim que seu antecessor começa a ficar obsoleto. Pessoas de seis continentes abarrotam o lugar aperfeiçoado — desbravadores, peregrinos, agricultores, mineradores, guerreiros, sacerdotes. Eles formam guildas e consórcios. Constroem edifícios e fabricam produtos que os programadores nunca previram.

Domínio 4 é em 3D. Acaba sendo um empreendimento monumental que quase quebra a empresa, e que precisa do dobro de programadores e artistas do que seu progenitor. Oferece uma resolução quatro vezes melhor, uma área de jogo dez vezes maior e uma dúzia de novas missões. Trinta e seis novas tecnologias. Seis novos recursos. Três novas culturas. Mais obras-primas e maravilhas do novo mundo do que alguém consegue explorar em anos jogando. Mesmo com a constante duplicação das velocidades dos processadores, durante meses o jogo força os limites das melhores máquinas disponíveis no mercado.

Tudo se desenrola exatamente como Neelay previu anos atrás. Surgem os *navegadores* — mais um prego no caixão do tempo e do espaço. Um clique, e você está na Organização Europeia para a Pesquisa Nuclear. Outro, e você está ouvindo música underground de Santa Cruz. Outro, e você pode ler um jornal no MIT. Cinquenta grandes *servidores* no início do segundo ano, e quinhentos no final. Sites, buscadores, *gateways*. As cidades gastas e lotadas do planeta industrializado deram vida a essa coisa bem a tempo: o salvador do evangelho do crescimento sem fim. A web vai do inimaginável ao indispensável, tecendo um mundo coeso em dezoito meses. *Domínio* entra na onda, lança o modo online, e mais um milhão de garotos solitários emigram para a nova e aperfeiçoada Terra do Nunca.

O estilo de vida autossuficiente acabou. Os jogos crescem, juntam-se às fileiras dos produtos globais de elite. *Domínio 5* supera até os sistemas operacionais em termos de complexidade e número de linhas de código. As melhores inteligências artificiais do jogo são mais inteligentes do que as sondas interplanetárias do ano passado. *Jogar* se torna o motor do crescimento humano.

Mas nada disso faz muita diferença para Neelay, em seu apartamento acima da sede da empresa. A sala está repleta de telas e modems que piscam como o Natal. Seus aparelhos eletrônicos variam de módulos do tamanho de caixas de fósforos a racks de servidores maiores que um homem. Cada um desses dispositivos, como diz o profeta, é indistinguível da magia. A ficção científica mais ousada da infância de Neelay não foi capaz de prever esses milagres. Ainda assim, a impaciência dele vai dobrando a cada vez que a tecnologia dobra. Ele se sente mais ansioso do que nunca — por mais uma inovação, a *próxima*, algo simples e elegante que irá mudar tudo mais uma vez. Ele vai até suas árvores do oráculo no jardim botânico marciano para perguntar o que deve acontecer a seguir. Mas as criaturas ficam em silêncio.

Escaras o atormentam. Seus ossos cada vez mais frágeis fazem com que sair se torne um perigo. Dois meses atrás, ele esmagou o pé enquanto entrava na van — o risco de não ser capaz de sentir em que ponto os membros terminam. Os braços dele estão cheios de hematomas pretos causados por batidas na barra que o ajuda a sair da cama ou voltar para ela. Começou a comer, trabalhar e dormir na cadeira de rodas. O que ele quer mais do que qualquer outra coisa — trocaria a empresa por isso — é uma chance de se sentar à beira de um lago na Sierra Nevada, no décimo quinto quilômetro de uma trilha, e observar tentilhões mergulhando nos galhos dos espruces para arrancar as sementes de dentro das pinhas com seus bicos gigantescos. Nunca vai ter isso. Nunca. A única maneira de sair é com *Domínio 6*.

Em *Domínio 6*, as colônias de um jogador continuam prosperando em sua ausência. Economias dinâmicas e concorrentes. Cidades cheias de pessoas reais negociando e fazendo leis. A criação em todo o seu desperdício extravagante. Todo mês, as pessoas pagam para morar ali. É um passo ousado cobrar por isso mas, no mundo dos jogos, nenhuma ousadia é fatal. A única coisa que o mataria é não conseguir saltar.

Neelay não consegue mais saber a diferença entre estar calmo ou desesperado. Fica sentado olhando pela janela por horas a fio, depois escreve memorandos épicos para a equipe de desenvolvimento, insistindo na mesma questão que tem levantado há anos:

> *Precisamos de mais realismo... Mais vida! Os animais têm que andar e parar, perambular e encarar, assim como seus modelos vivos... Quero ver o jeito que um lobo ginga, o verde dos olhos dele como se fosse iluminado por dentro. Quero ver um urso abrir um formigueiro com as garras...*
>
> *Vamos construir esse lugar em cada detalhe, a partir das coisas de fora. Savanas de verdade, florestas temperadas de verdade, pântanos de verdade. Os irmãos Van Eyck pintaram setenta e cinco espécies de plantas identificáveis no* Retábulo de Gante. *Quero poder contar setecentas e cinquenta espécies de plantas simuladas em* Domínio 7, *cada uma com seu comportamento único...*

Enquanto ele escreve o memorando, funcionários batem na porta e entram com papéis para ele assinar ou disputas para ele resolver. Não demonstram nenhuma repulsa ou piedade pela bengala gigante na cadeira de rodas. Estão acostumados com ele, esses jovens cibernautas. Nem percebem mais o cateter, que deságua no reservatório preso à lateral da cadeira. Eles sabem quanto dinheiro ele tem. As ações da Sempervirens fecharam essa tarde a quarenta e um dólares e vinte cinco, o triplo do IPO do ano passado. O homem-galho sentado na cadeira é dono de vinte e três por cento da empresa. Ele deixou todos eles ricos, e ele mesmo ficou tão rico quanto os maiores imperadores do jogo.

Despacha o último memorando do tamanho de um panfleto e, instantes depois, a sombra o domina. Então ele faz o que sempre faz quando se sente no fundo do poço: liga para os pais. A mãe dele atende. "Ah, Neelay. Tão, tão feliz que é você!"

"Tô feliz também, Moti. Você tá bem?" E não importa o que ela diga em seguida. Pita tirando sonecas demais. Planejando uma viagem a Amedabade. Invasão de joaninhas na garagem — cheiro muito forte. Talvez corte o cabelo de forma radical em breve. Ele fica exultante com qualquer coisa que ela queira contar. A vida em todos os detalhes lamentáveis que ainda não se encaixam em nenhuma simulação.

Mas logo vem a questão matadora, e tão cedo desta vez. "Neelay, a gente estava de novo pensando que não é impossível encontrar alguém pra você. Na comunidade."

Há anos falam disso, contornando o assunto, insistindo, evitando. Seria um sadismo socialmente imposto colocar qualquer mulher em um arranjo desses. "Não, Moti. Já falamos sobre isso."

"Mas, Neelay." Ele consegue ouvir na maneira de ela pronunciar as palavras: *Você vale milhões, dezenas de milhões, talvez mais — nem para a sua mãe você conta! Qual seria o sacrifício? Quem não poderia aprender a amar?*

"Mãe, eu já devia ter te contado. Tem uma pessoa aqui. Na verdade é uma das minhas cuidadoras." Parece quase plausível. O silêncio do outro lado da linha, com aquela esperança que faz morder a língua, estraçalha Neelay. Precisa de um nome seguro e reconfortante, um que ele se lembre depois. Rupi. Rutu. "O nome dela é Rupal."

Uma tomada de ar horrorosa, e ela começa a chorar. "Ah, Neelay. Fico tão, tão feliz!"

"Eu também, mãe."

"Você vai conhecer a alegria de verdade! Quando vamos encontrar ela?"

Ele se pergunta por que sua mente criminosa não conseguiu prever essa pequena dificuldade. "Logo. Não quero deixar ela assustada!"

"Sua própria família vai deixar ela assustada? Que tipo de garota é essa?"

"Mês que vem, quem sabe? Fim do mês que vem?" Considerando, claro, que o mundo vai acabar muito antes disso. E já sentindo o luto interminável da mãe pela simulação de rompimento, poucos dias antes do momento em que as duas mulheres se conheceriam. Mas ele a deixou feliz no único lugar onde as pessoas realmente vivem, a janela de poucos segundos do Agora. Está tudo bem e, até a ligação terminar, ele já prometeu que, catorze meses antes do casamento, vai avisar as pessoas de Guzerate e do Rajastão para que liberem suas agendas, comprem passagens aéreas e mandem fazer seus saris.

"Minha nossa. Essas coisas levam tempo, Neelay."

Quando desligam o telefone, ele ergue a mão e bate com força na mesa. Então um som horroroso e uma dor branca aguda. Ele sabe que quebrou pelo menos um osso.

Sob uma dor lancinante, ele pega o elevador privativo até o saguão opulento, com os belos painéis de sequoia pagos pelo desejo das pessoas de viverem em qualquer lugar, menos aqui. Seus olhos estão transbordando de lágrimas e raiva. Mas, calma e educadamente, diante do pavor da recepcionista ele segura sua garra quebrada e inchada e diz: "Vou precisar ir ao hospital".

Sabe o que o espera lá, depois de tratarem a mão dele. Vão repreendê-lo. Vão colocá-lo no soro e fazê-lo jurar que vai comer direito. Enquanto a recepcionista faz suas chamadas frenéticas, Neelay olha para a parede em que pendurou as palavras de Borges, ainda o princípio norteador de sua jovem vida:

> *Todo homem deve ser capaz de todas as ideias, e entendo que no futuro será.*

Portland soa tóxico para Patricia. E *testemunha técnica*, ainda mais. A dra. Westerford está deitada na cama na manhã da audiência preliminar, sentindo algo parecido com os efeitos de um derrame. "Não posso fazer isso, Den."

"Não pode não fazer, gatinha."

"Você diz no sentido moral ou legal?"

"É o trabalho da sua vida. Você não pode fugir agora."

"Não é o trabalho da minha vida. O trabalho da minha vida é ouvir as árvores!"

"Não. Isso é a diversão da sua vida. A parte do trabalho é contar para as pessoas o que elas estão dizendo."

"Uma liminar pra interromper a exploração madeireira em terras federais sensíveis. Isso é um assunto para advogados. O que eu sei sobre a lei?"

"Eles querem saber o que você sabe sobre as árvores."

"Testemunha *técnica*? Vou passar mal."

"É só dizer o que você sabe."

"Esse é o problema. Eu não sei nada."

"Vai ser como estar em uma sala de aula."

"Só que, em vez de jovens idealistas de vinte anos que querem aprender coisas, a sala vai estar cheia de advogados brigando por milhões de dólares."

"Dólares não, Patty. A outra coisa."

Sim, ela admite, colocando os pés nas tábuas frias do assoalho. A questão é a outra. O extremo oposto dos dólares. A coisa que precisa de todos os testemunhos possíveis.

Dennis faz os cento e sessenta quilômetros na caminhonete caindo aos pedaços. Quando os dois chegam ao tribunal, os ouvidos dela estão latejando. Durante a declaração preliminar, seu defeito da fala da infância floresce como uma magnólia. O juiz pede diversas vezes para ela repetir. Patricia se esforça para ouvir todas as perguntas. E, mesmo assim, ela conta a eles sobre os mistérios das árvores. As palavras sobem por ela como seiva após o inverno. Não há indivíduos em uma floresta. Cada tronco depende dos outros.

Ela descarta os palpites pessoais e se atém ao que é consenso na comunidade científica. Mas, ao longo de seu testemunho, a ciência começa a parecer tão volúvel quanto um concurso de popularidade do ensino médio. Infelizmente, o advogado adversário está de acordo com isso. Ele apresenta a carta enviada aos editores da revista que publicou o primeiro artigo acadêmico de Patricia. Aquela assinada por três dendrologistas consagrados, esmagando-a no chão. Métodos falhos. Estatísticas problemáticas. *Patricia Westerford exibe uma incompreensão quase constrangedora sobre as unidades de seleção natural.* Cada parte dela fica ruborizada. Queria desaparecer, queria nunca ter existido. Queria ter colocado cogumelos venenosos no omelete que fez de manhã, antes de Dennis trazê-la para esse tribunal.

"Tudo naquele artigo foi confirmado por pesquisas posteriores."

Ela não vê a armadilha até cair nela. "Você derrubou as crenças existentes", diz o advogado adversário. "Pode garantir que outras pesquisas não vão derrubar a sua?"

Não pode. A ciência também tem as suas estações. Mas essa é uma questão muito sutil para um tribunal. A observação —

a observação de muitas pessoas — irá convergir para algo que se repete, a despeito das necessidades e medos de um observador individual. Mas ela não pode jurar ao tribunal que a ciência da silvicultura finalmente convergiu para a *nova silvicultura*, baseada em um conjunto de crenças que ela e seus amigos ajudaram a promover. Não pode sequer jurar que a silvicultura é realmente uma ciência, ainda.

O juiz pergunta a Patricia se é verdade o que a testemunha técnica da oposição alegou anteriormente, que um bosque jovem, controlado e de crescimento rápido, é melhor do que uma floresta antiga e anárquica. O juiz lembra-lhe outra pessoa. Longas viagens de carro por campos recém-arados. *Se você escrever seu nome na casca de uma faia, a um metro do chão, em que altura ele vai estar depois de meio século?*

"Era nisso que meus professores acreditavam, vinte anos atrás."

"Vinte anos é muito tempo, nesse contexto?"

"Para uma árvore, não é nada."

No tribunal, todos os humanos em guerra riem. Mas para as pessoas — implacáveis, engenhosas, trabalhadoras —, vinte anos é tempo suficiente para matar ecossistemas inteiros. Desmatamento: um impacto no planeta muito maior do que o gerado pela soma de todos os meios de transporte. Duas vezes mais carbono nas florestas ameaçadas do que em toda a atmosfera. Mas isso é assunto para outro julgamento.

O juiz pergunta: "Um bosque jovem, controlado e de crescimento rápido, *não é* melhor do que árvores velhas e em decomposição?"

"Melhor para nós. Não para a floresta. Na verdade, um bosque jovem, controlado e homogêneo não pode exatamente ser chamado de floresta." As palavras rompem barragens quando ela as pronuncia. Fazem Patricia se sentir feliz em estar viva, viva para estudar a vida. Ela se sente grata por nenhuma razão específica, exceto por se lembrar de tudo o que foi capaz de descobrir sobre *outras coisas*. Não pode dizer ao juiz, mas ela as *ama*, aquelas nações intricadas e comunitárias de existências entrelaçadas que ela passou a vida inteira escutando. Também ama a sua espécie — sorrateira e egoísta, presa em corpos de visão estreita, incapaz de enxergar a inteligência à sua volta — e ainda assim escolhida pela criação para ter *consciência*.

O juiz pede que ela explique melhor. Dennis tinha razão. É *sim* como falar com alunos. Ela explica que um tronco apodrecido é o lar de inúmeras vezes mais tecido vivo do que aquela própria árvore possuía quando ainda estava viva. "Às vezes me pergunto se a verdadeira missão de uma árvore na Terra não é crescer em preparação para o longo período em que vai ficar morta no chão da floresta."

O juiz pergunta que seres vivos podem precisar de uma árvore morta.

"Diga uma família. Uma ordem. Pássaros, mamíferos, outras plantas. Dezenas de milhares de invertebrados. Três quartos dos anfíbios da região precisam delas. Quase todos os répteis. Animais que combatem as pragas que matam outras árvores. Uma árvore morta é um hotel infinito."

Ela fala sobre o besouro-de-ambrosia. O álcool da madeira em decomposição o convoca. Ele se muda para o tronco e começa a escavar. Pela rede de túneis, planta pedacinhos de fungos que trouxe consigo, em uma formação especial que tem na cabeça. O fungo come a madeira; o besouro come o fungo.

"Os besouros estão cultivando no tronco?"

"Eles cultivam. Sem subsídios. A menos que o tronco seja considerado um."

"E essas espécies que dependem de troncos podres e árvores mortas: alguma delas está ameaçada de extinção?"

Ela diz a ele: todas elas dependem umas das outras. Há uma espécie de ratazana que precisa de florestas primárias. Come cogumelos que crescem em troncos apodrecidos e excreta esporos em outro lugar. Se não há tronco em decomposição, não há cogumelos; se não há cogumelos, não há ratazanas; se não há ratazanas, os fungos não são propagados; se os fungos não são propagados, não haverá árvores novas.

"Você acha que podemos salvar essas espécies mantendo intactos fragmentos de florestas primárias?"

Ela pensa antes de responder. "Não. Fragmentos não. Grandes florestas vivem e respiram. Elas desenvolvem comportamentos complexos. Pequenos fragmentos não são tão ricos ou tão resilientes. As áreas precisam ser grandes para que grandes criaturas possam viver nelas."

O advogado de oposição pergunta se preservar áreas florestais um pouco maiores vale os milhões de dólares que custam às pessoas. O juiz pede números. A oposição resume a perda de oportunidade — o custo estratosférico de não cortar as árvores.

O juiz pede que a dra. Westerford responda. Ela franze a testa. "A decomposição agrega valor a uma floresta. Essas florestas aqui são os mais valiosos acervos de biomassa do mundo. Os rios de florestas primárias têm cinco a dez vezes mais peixes. As pessoas podem ganhar mais dinheiro todos os anos com cogumelos, peixes e outras coisas comestíveis do que desmatando uma área a cada cinquenta anos."

"De verdade? Ou isso é uma metáfora?"

"Nós temos as estatísticas."

"Então por que o mercado não faz isso?"

Porque ecossistemas tendem à diversidade, e o mercado faz o oposto. Mas ela é esperta o suficiente para não dizer isso. Nunca ataque os deuses locais. "Não sou economista. Ou psicóloga."

O advogado de oposição declara que o desmatamento salva as florestas. "Se as árvores não forem cortadas, milhões de hectares serão destruídos pelo vento ou queimados por incêndios devastadores que se alastram pelas copas."

Está fora da sua área, mas ela não pode deixar passar. "O desmatamento aumenta o impacto do vento. E esse tipo de incêndio só acontece quando o fogo é suprimido por muito tempo." Ela explica: o fogo regenera. Há pinhas — serotinosas — que precisam das chamas para abrir. Os pinheiros-de-lodgepole ficam com as suas por décadas, esperando que um fogo as faça brotar. "Suprimir incêndios parecia antes uma gestão racional. Mas os danos foram muito maiores do que os ganhos." O advogado do seu lado estremece. Mas ela já está envolvida demais para pensar em diplomacia agora.

"Eu dei uma olhada no seu livro", diz o juiz. "Eu nunca imaginei! As árvores convocam os animais e os obrigam a fazer coisas? Elas se lembram? Elas alimentam e cuidam das outras?"

No tribunal revestido de madeira escura, as palavras dela saem do esconderijo. Patricia extravasa o amor que sente pelas árvores — a elegância delas, a experimentação flexível, a constante variedade e surpresa. Essas criaturas lentas e decididas, com seus vocabulários elaborados, cada uma moldando a outra, criando pássaros, enterrando carbono, purificando a água, filtrando venenos do solo, estabilizando o microclima. Junte uma boa quantidade de coisas vivas, no ar e no subsolo, e você vai ter algo que desenvolve uma *intenção*. Floresta. Uma criatura ameaçada.

O juiz franze a testa. "O que volta a crescer depois de um desmatamento não é uma floresta?"

Ela sente a frustração transbordar. "Você pode substituir florestas por plantações. Também pode tocar a *Nona* de Beethoven em um *kazoo*." Todos riem, menos o juiz. "Um quintal no subúrbio tem mais diversidade do que uma árvore em uma plantação!"

"Quanto há ainda de floresta intocada?"

"Não muito."

"Menos de um quarto do que havia?"

"Ah, nossa! Muito menos. Provavelmente não mais do que dois ou três por cento. Talvez um quadrado, oitenta quilômetros de cada lado." O que resta de seu voto de cautela é mandado pelos ares. "Havia quatro grandes florestas neste continente. Todas elas deveriam durar pra sempre. Todas elas foram derrubadas em décadas. Mal tivemos tempo de romantizar! Aquelas árvores lá são nossas últimas áreas florestais, e elas estão desaparecendo — cem campos de futebol por dia. Esse estado já viu dez quilômetros de toras descendo pelos seus rios.

"Se você quiser maximizar o rendimento líquido de uma floresta para seus atuais proprietários e ter mais madeira em menos tempo, então sim: corte as árvores centenárias e as substitua por fileiras de reflorestamento, que você poderá cortar mais algumas vezes. Mas se você quer o solo para o próximo século, se quer a água pura, se quer seres saudáveis e diversos, se quer estabilizadores e benefícios que ainda nem podemos medir, então seja paciente e deixe a floresta oferecer lentamente o que ela tem."

Quando ela termina, volta a se encostar na cadeira em um silêncio enrubescido. Mas o advogado que faz pressão pela liminar está radiante. O juiz pergunta: "Você diria que as florestas virgens... sabem coisas que as plantações não sabem?".

Ela aperta os olhos e vê o pai. A voz não é aquela, mas há os óculos sem armação, as sobrancelhas levantadas de surpresa, a curiosidade constante. Todos aqueles primeiros aprendizados de meio século atrás nublam o pensamento dela, os dias dentro do Packard velho, sua sala de aula móvel, varando as estradas secundárias do sudoeste de Ohio. Fica abismada em reconhecer todas as suas convicções de adulta, ali em embrião, formadas por algumas palavras casuais em uma sexta-feira à tarde, a janela aberta e os campos de soja do condado de Highland se desenrolando no espelho retrovisor.

Lembra? *As pessoas não são a espécie mais evoluída que acham que são.* São outras criaturas — maiores, menores, mais lentas, mais rápidas, mais velhas, mais jovens, mais poderosas — que estão mandando aqui, fazendo o ar, se alimentando da luz do sol. Sem elas, *nada.*

Mas o juiz não estava naquele carro. O juiz é outro homem.

"Aprender o que as florestas já descobriram pode ser o projeto eterno da humanidade."

O juiz se demora na declaração dela, da mesma maneira que o pai se demorava mastigando sassafrás, aqueles galhos com cheiro de *root beer* que permanecem verdes durante todo o inverno.

Eles voltam depois do recesso para ouvir a decisão. O juiz suspende o corte contestado. Também concede uma liminar interrompendo a venda de madeiras originárias de terras públicas do oeste do Oregon até que o impacto dos cortes de espécies ameaçadas seja avaliado. As pessoas se aproximam de Patty e a parabenizam, mas ela não consegue ouvir. Seus ouvidos se fecharam no momento em que o martelo bateu na mesa.

Ela sai da sala envolta em uma nuvem de bruma. Dennis está ao seu lado, conduzindo-a pelo corredor e para fora do prédio, onde, uma de frente para a outra, duas multidões de manifestantes se enfrentam em uma batalha de cartazes.

NÃO DÁ PARA DESMATAR SEU CAMINHO PARA O CÉU

ESTE ESTADO APOIA A INDÚSTRIA MADEIREIRA:
A INDÚSTRIA MADEIREIRA APOIA ESTE ESTADO

Inimigos gritam uns com os outros no pequeno espaço entre eles, alimentados pelo triunfo e pela humilhação. Pessoas decentes que amam a terra de maneiras irreconciliáveis. Para

Patricia, elas soam como pássaros briguentos. Um tapinha no ombro direito, e ela se vira e reconhece a testemunha técnica da oposição. "Você acabou de aumentar o preço da madeira."

Ela fica em silêncio diante da acusação, incapaz de imaginar como isso pode ser uma coisa ruim.

"Todas as madeireiras trabalhando em terras privadas ou com direitos garantidos vão cortar o mais rápido que puderem."

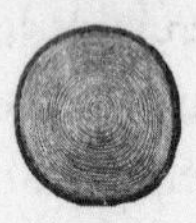

As mãos deles ficam geladas e suas pernas enrijecem, em um espaço apertado demais para mudar de posição. As noites são implacáveis a ponto de congelar os dedos dos pés cobertos de seiva. O vento constante e a agitação da lona cortam suas tentativas de conversa. Às vezes um galho robusto cai de algum ponto acima deles. O silêncio pode ser ainda mais perturbador. Escalar é o único exercício que eles estão fazendo. Mas, na luz filtrada dos dias flutuantes, coisas que teriam parecido impossíveis no chão se tornaram rotina.

As manhãs são um jogo de gato e rato. Ou, melhor, coruja e ratazana, quando Sentinela e Cabelo-de-Anjo ficam observando do seu ninho úmido e gelado os minúsculos mamíferos que correm no chão muito abaixo. Os lenhadores aparecem antes que o nevoeiro se dissipe. Um dia, são apenas três. No seguinte, vinte homens falando alto na cabine de suas máquinas. Às vezes os lenhadores insistem: "Desçam só dez minutos".

"Agora não dá. Estamos aqui ocupados sendo babás da árvore!"

"A gente tem que gritar. Não dá nem pra ver vocês. Estamos quebrando o pescoço."

"Subam, então. Tem bastante lugar aqui."

É um impasse. Homens diferentes aparecem em dias diferentes tentando fazê-los ceder. O chefe da equipe. O capataz. Gritam ameaças rudes e promessas sensatas. Até o vice-presidente de produtos florestais faz uma visita. Fica embaixo de Mimas com um capacete branco, como se estivesse discursando no plenário do Senado.

"Podemos mandar vocês para a prisão por três anos por invasão criminosa."

"É por isso que não vamos descer."

"Os prejuízos que a gente está tendo. Multas gigantes."

"A árvore vale isso."

No dia seguinte, o vice-presidente do capacete branco reaparece. "Se vocês dois descerem até as cinco da tarde, vamos retirar todas as acusações. Se não descerem, não sabemos o que vai acontecer com vocês. Desçam. Vamos deixar vocês irem embora. Suas fichas vão ficar limpas."

Cabelo-de-Anjo vai até a ponta do Salão de Baile. "Não estamos preocupados com as *nossas* fichas. Estamos preocupados com a *sua*."

Na manhã seguinte, ela está discutindo com um dos lenhadores de novo quando o sujeito para no meio da frase.

"Ei! Tira o seu boné um pouquinho." Ela tira. O choque dele é evidente mesmo a quase um campo de futebol de distância. "Porra! Você é *linda*."

"Imagina então de perto! Quando não estou congelada e sem tomar um banho há um ou dois meses."

"Que diabos você tá fazendo, sentada numa árvore? Você podia ter o cara que quisesse."

"Quem quer um cara quando você tem a Mimas?"

"Mimas?"

Fazer o lenhador pronunciar o nome já é uma pequena vitória.

***

Sentinela solta uma saraivada de bombas de papel nos lenhadores abaixo. Desdobradas, as folhas revelam desenhos da vida a sessenta metros de altura. Os lenhadores ficam impressionados. "Você *desenhou* isto?"

"Isso aí."

"Sério mesmo? Tem *mirtilos* aí em cima?"

"Um matagal!"

"E um laguinho com *peixes* dentro?"

"Tem muito mais."

Os dias passam, úmidos e congelados, cada um mais deplorável que o outro. As pessoas que deveriam substituir Sentinela e Cabelo-de-Anjo nunca aparecem. O impasse entra em sua segunda semana, e o círculo de trabalhadores aos pés de Mimas se torna raivoso.

"Vocês estão no meio do nada. A pelo menos seis quilômetros de qualquer pessoa. Alguma coisa pode acontecer. Ninguém ficaria sabendo."

Cabelo-de-Anjo irradia sobre eles, beatífica. "Vocês são decentes demais. Não conseguem nem fazer uma ameaça verossímil!"

"Você tá acabando com nosso sustento!"

"Os patrões de vocês estão fazendo isso."

"Bobagem!"

"Um terço dos postos da silvicultura fecharam nos últimos quinze anos por causa da mecanização. Mais árvores derrubadas, menos gente trabalhando."

Perplexos, os lenhadores tateiam outras estratégias. "Pelo amor de Deus. É um recurso renovável. Vai crescer de novo! Vocês já viram as florestas ao sul daqui?"

"Chance única de ganhar uma bolada", grita Sentinela. "Mil anos até as coisas voltarem pro lugar."

"Qual é o problema de vocês? Por que vocês odeiam as pessoas?"

"Do que você tá *falando*? Estamos fazendo isso *pelas* pessoas!"

"Essas árvores vão morrer e cair. Quando estão maduras, têm que ser derrubadas, e não desperdiçadas."

"Ótimo. Vamos fatiar o seu avô pro jantar, enquanto ele tem alguma carne."

"Você é maluca. Não sei por que a gente ainda tá falando com você."

"A gente precisa aprender a amar este lugar. Precisamos nos tornar nativos."

Um dos lenhadores liga a motosserra e arranca os galhos de um dos brotos basais de Mimas. Ele dá um passo para trás e olha para cima, brandindo um galho como o mastro de um veleiro. "A gente alimenta as pessoas. Vocês fazem o quê?"

Eles gritam com Cabelo-de-Anjo, dois combatentes sincronizados. "A gente conhece essas florestas. Respeitamos essas árvores. Essas árvores mataram nossos amigos."

Cabelo-de-Anjo não responde. A ideia de uma árvore matando uma pessoa é demais para ela.

Os homens lá embaixo aproveitam a vantagem. "Você não pode parar o progresso! As pessoas precisam de madeira."

Sentinela viu os números. Centenas de metros cúbicos de madeira, meia tonelada de papel e papelão por pessoa a cada ano. "Precisamos gerir nossas necessidades com mais inteligência."

"Eu preciso alimentar meus filhos. E você?"

Sentinela começa a gritar coisas das quais ele sabe que vai se arrepender. A mão de Cabelo-de-Anjo encosta no braço dele e o cala. Ela está olhando para baixo, tentando ouvir esses homens, atacados por fazerem o que receberam ordens para fazer. Por fazerem algo perigoso e vital, que aprenderam a fazer tão bem.

"Não estamos dizendo pra não cortarem nada." Ela balança o braço na direção dos homens sessenta metros abaixo. "Estamos dizendo que cortar é como um presente, não algo que é seu de direito. Ninguém gosta de ganhar mais presentes do que precisa. E *essa* árvore aqui... Essa árvore seria um presente tão grande, como Jesus aparecendo e..."

Ela deixa escapar um pensamento que Sentinela tem ao mesmo tempo. *Já fiz isso. Eu também já derrubei.*

Há dias desencorajadores com granizo. Tardes que se erguem em arrepios mormacentos. E os substitutos ainda não apareceram. Sentinela melhora o sistema de captação de água da chuva. Cabelo-de-Anjo faz um mictório que funciona para mulheres. No final da terceira semana, os lenhadores se preparam para fazer alguns cortes nas proximidades. Mas, depois de algumas horas, são obrigados a parar. É difícil derrubar árvores do tamanho de arranha-céus quando um estalido na motosserra e uma leve brisa podem resultar em homicídio culposo.

À noite, Loki e Faísca finalmente aparecem. Loki sobe até o segundo andar do acampamento. Faísca fica no de baixo, vigiando. "Desculpa que a gente demorou tanto. Rolaram umas... briguinhas internas no acampamento. Fora isso, a Humboldt e as suas tropas isolaram toda a encosta. Duas noites atrás, eles vieram atrás da gente. Pegaram o Urubu. Ele foi preso."

"Eles estão vigiando a árvore de *noite*?"

"Esperamos a primeira oportunidade pra escapar."

Eles entregam suprimentos preciosos — pacotes de sopa instantânea, maçãs e pêssegos, cereal de dez grãos, mistura de cuscuz marroquino. Basta adicionar água quente. Sentinela observa a comida. "Ninguém vai vir nos substituir?"

"A gente não pode correr esse risco agora. A Comedora de Musgo e o Lobo Cinzento se apavoraram com as ameaças de morte e foram embora. A Força de Defesa da Vida tá mal das pernas. Estamos com alguns problemas de comunicação interna. Na verdade, tá todo mundo lascado nesse momento. Vocês podem ficar aqui em cima por mais uma semana?"

"Claro!", diz Cabelo-de-Anjo. "Podemos ficar para sempre."

Para sempre seria mais fácil, pensa Sentinela, se ele também estivesse ouvindo as vozes de seres de luz. Loki treme, iluminado pela vela. "Meu, é frio pra caramba aqui em cima. Esse vento úmido entra na gente."

Cabelo-de-Anjo diz: "Nem sentimos mais".

"Muito", Sentinela acrescenta.

Loki se apronta. "Melhor descer antes que prendam eu e o Faísca. Cuidado com o Alpinista. Sério. A Humboldt tem esse cara que sobe nos troncos só com as tachas da bota e um pedaço de corda. Ele já deu todo tipo de problema pra outras babás."

"Parece uma lenda da floresta", diz Sentinela.

"Não é."

"Ele tá tirando as pessoas das árvores à força?"

"Somos dois aqui", Cabelo-de-Anjo declara. "E a gente achou o nosso equilíbrio agora."

Os lenhadores não aparecem mais. Não há mais nada sobre o que discutir. A Força de Defesa da Vida para de reabastecer os dois. "Ainda devemos estar cercados", diz Sentinela. Mas eles não enxergam bloqueio nenhum no solo. Talvez os humanos tenham desaparecido de todos os lugares, exceto dos registros fósseis. No alto do dossel, eles não veem nenhum animal maior que os esquilos-voadores, que à noite se aninham no calor de seus corpos.

Nenhum dos dois sabe dizer quantos dias se passam. Nick marca cada manhã em um calendário desenhado à mão, mas, depois de fazer xixi, passar uma esponja no corpo, tomar café da manhã e sonhar mais um pouco com uma obra de arte coletiva que poderia fazer justiça a uma floresta, frequentemente ele não consegue se lembrar se já marcou aquele dia ou não.

"O que importa?", Cabelo-de-Anjo pergunta. "As tempestades estão quase acabando. O tempo tá esquentando. Os dias estão ficando mais longos. É só desse calendário que a gente precisa."

Tardes inteiras passam enquanto Sentinela desenha. Ele esboça os musgos que brotam em cada fenda. Desenha a barba-de-velho e outros líquens suspensos que transformam a árvore em um conto de fadas. A mão se move, e o pensamento toma forma: *Quem precisa de qualquer coisa além de comida?* E aqueles que, como Mimas, fazem sua própria comida, são os mais livres de todos.

O maquinário ainda geme lá embaixo, na encosta nua. Uma serra próxima, uma escavadeira florestal mais distante: as duas babás de árvore ficaram boas em distinguir de ouvido as diferentes criaturas. Em certas manhãs, esses sons são a única maneira de saber se o sistema do livre mercado ainda está indo com tudo na direção de um paredão do tamanho de Deus.

"Eles devem estar tentando nos matar de fome." Mas, durante todo aquele período em que provisões não chegam, eles têm cuscuz e imaginação.

"Aguenta", diz Cabelo-de-Anjo. "Logo, logo os mirtilos vão nascer de novo." Ela mordisca grãos-de-bico secos como se fossem um curso de filosofia. "Eu nunca soube saborear as coisas antes."

Ele também não. E ele nunca soube que cheiro o corpo podia ter, ou a merda fresca, virando compostagem. E nunca soube como o pensamento podia mudar quando se olha durante horas para a luz entalhada mergulhando entre os galhos. E como é o som do sangue, bombeando nos ouvidos na hora após o sol se pôr, enquanto tudo o que é vivo prende a respiração e espera para ver o que acontece depois que o sol cai.

A realidade se afasta do eixo a cada leve brisa. Tardes de rajadas de vento são um esporte épico de duas pessoas. Quando começa a soprar não há nada, absolutamente nada, além do próprio vento. Ele os deixa selvagens — a lona batendo como louca e as agulhas os chicoteando estupidamente. Quando o vento sopra, ele é tudo que o cérebro tem — nada de desenhos, poemas, livros, causas, chamados —, apenas o vendaval e suas ideias enlouquecidas que ecoam selvagens, uma espécie errante própria fugindo em acrobacias para longe da árvore genealógica.

Quando a noite chega, os dois têm apenas os sons. As velas e o querosene são preciosos demais para serem desperdiçados com o prazer da leitura. Eles não fazem ideia quando suas provisões vão passar pelo bloqueio, e se ainda há um bloqueio, e se ainda há uma Força de Defesa da Vida ou qualquer outra instituição terrena que se lembre deles, no alto de uma árvore de mil anos de idade, precisando de comida.

Ela pega a mão dele no escuro, o único sinal de que ele precisa. Como todas as noites, eles se enterram um no outro contra a escuridão. "Onde eles estão?"

Há só duas opções para o que ela quer dizer com *eles*. Três, contando as criaturas de luz. E a resposta de Nick é a mesma para todas elas. "Eu não sei."

"Talvez tenham esquecido dessa parte da floresta."

"Não", ele diz. "Não acho que esqueceram."

A luz da lua atrás dela lança um capuz em suas feições. "Eles não podem ganhar. Não podem derrotar a natureza."

"Mas podem bagunçar as coisas por um tempo incrivelmente longo."

E, no entanto, em noites como essa, com a floresta bombeando sua sinfonia de milhões de movimentos, e a lua gorda e brilhante fatiada pelos galhos de Mimas, é fácil até para Nick acreditar que as plantas têm um plano que fará a era dos mamíferos parecer apenas um mero desvio.

"Shhh", ela diz, embora ele já esteja em silêncio. "O que é isso?"

Ele sabe e não sabe. Mais uma encarnação experimental se comunicando, anunciando onde está, testando a escuridão, determinando o seu lugar na enorme colmeia. A verdade é que os olhos dele estão se fechando, e ele não consegue evitar que a pergunta dela se transforme em hieróglifos. Sem conseguir domesticar o escuro ou dar a mínima utilidade para ele, Sentinela está pronto para dormir. Mas ainda está desperto o suficiente para se dar conta: *Esse é o maior período de tempo que já passei sem cair de bunda em um poço escuro.*

Eles adormecem. Já não se prendem às cordas de segurança. Mas, na maioria das noites, se agarram um ao outro com tanta força que ainda despencariam juntos pela beirada da plataforma.

Quando é dia de novo, ele faz uma marca inútil no calendário improvisado. Ele se lava, evacua, come e se arrasta para a tradicional posição acordada — cabeça ao lado dos pés dela, para que assim possam se ver. Nick fica pensando como foi que decidiu ir viver ao relento, vinte andares acima do solo. Mas como uma pessoa vai parar em qualquer lugar? E quem poderia ficar no chão, depois de ter visto a vida no dossel da floresta? Enquanto o sol desliza em pequenos incrementos pelo céu de verão, Nick desenha. Começa a acreditar que aquilo pode dar certo, que algumas marcas pretas em um campo branco podem mudar o que há no mundo.

Ela está sentada na beira da plataforma com a lona armada, olhando para a floresta vertiginosa. Áreas desmatadas a uma certa distância estão se aproximando. Ela procura escutar as vozes desencarnadas, um apaziguamento constante para ela. Elas não se manifestam todos os dias.

Ela reencontra seu velho caderno e rabisca pequenos poemas menores do que uma semente de sequoia.

Ele a observa tomar um banho de esponja com a água que se acumulou na lona. "Os seus pais sabem onde você está? Caso alguma coisa... degringole?"

Ela se vira, nua e trêmula, e faz uma careta, como se essa fosse uma questão de dinâmica não linear avançada. "Não falo com meus pais desde que a gente saiu de Iowa."

Limpa e vestida, após sete graus de descida solar, ela acrescenta: "E não vai".

"Não vai o quê?"

"Nada vai degringolar. Me garantiram que essa história tem um final feliz." Ela faz um carinho em Mimas, que, nesse dia, comeu dois quilos de carbono do ar e os adicionou à sua massa, mesmo no final da meia-idade.

Eles passam as horas intermináveis lendo dentro dos sacos de dormir. Leem todos os livros que as outras babás deixaram na biblioteca da rede. Leem Shakespeare, apoiando o exemplar grosso nas barrigas geminadas. Leem uma peça a cada tarde, e dividem todos os papéis entre os dois. *Sonho de uma noite de verão. Rei Lear. Macbeth.* Leem dois romances fabulosos, um com três anos de idade e o outro com cento e vinte e três. Quando vão se aproximando do final da história mais velha, ela tem dificuldade em manter a voz sob controle.

"Você ama essas pessoas?" A história o cativou. Ele se importa com as coisas que acontecem. Mas ela — ela está destruída.

"Se eu amo? Uau. Ok. Talvez. Mas eles tão presos numa caixa de sapato, e não fazem a menor ideia disso. Só tenho vontade de sacudir eles e gritar *Parem de só pensar em si, pô! Olha em volta!* Mas eles não conseguem, Nicky. Tudo o que é vivo está fora do campo de visão deles."

O rosto dela se fecha como um caranguejo e os olhos ficam vermelhos de novo. Chorando pela cegueira, mesmo a de seres fictícios.

Eles leem *A floresta secreta* de novo. É como um teixo: mais revelador em um segundo olhar. Leem sobre como um ramo sabe quando deve se ramificar. Como uma raiz faz para encontrar água, mesmo que seja a água dentro de um cano selado. Leem que um carvalho pode ter quinhentos milhões de pontas de raízes que se afastam de competição. Leem sobre copas tímidas que deixam um espaço entre elas e as vizinhas. Leem sobre como as árvores enxergam cores. Sobre o selvagem mercado de ações do setor de artesanato, acima e abaixo do solo. Sobre as complexas sociedades limitadas com outros tipos de vida. O design engenhoso que lança sementes no ar por centenas de quilômetros. Os truques de propagação que usam uma coisa móvel desavisada dezenas de milhões de anos mais jovem do que as árvores. As iscas para animais que acham que simplesmente estão recebendo almoço grátis.

Leem sobre expedições para transplantar árvores de mirra retratadas em baixo-relevo no templo de Karnak, três mil e quinhentos anos atrás. Leem sobre árvores que migram. Árvores que lembram do passado e preveem o futuro. Árvores que harmonizam suas produções de frutas e nozes em imensos coros. Árvores que bombardeiam o chão para que somente as do seu tipo possam crescer. Árvores que convocam forças aéreas de insetos para vir salvá-las. Árvores com troncos ocos tão largos que poderiam conter a população de pequenos povoados. Folhas com pelos na parte inferior. Pecíolos que se afinam para derrotar o vento. A borda da vida em torno de um pilar de história morta, cada nova camada tão espessa quanto a generosidade da estação do criador.

"Você tá sentindo?", ela pergunta, sob o caos do céu do Oeste no início de fim de tarde, ou talvez no dia seguinte. Sem maiores explicações, ele entende o que ela está dizendo. De tantas horas que passaram juntos em contemplações sem propósito, joelho colado no cotovelo, cotovelo colado no joelho, ele se tornou capaz de ler a mente dela.

Você consegue sentir ela se erguendo e sumindo? A onda estacionária de estática constante. A distração tão onipresente que você nem sabia que estava envolvido nela. A certeza dos seres humanos. A coisa que o deixa cego para o que está bem aqui — e já não mais. Ele consegue — *consegue* sentir. A árvore é como um tremendo sonar. E os dois se transformaram em algo alimentado pelas manchas de sol salpicado, que atravessam dezenas de metros de galhos de Mimas até alcançá-los.

"Vamos lá pro alto", ela lhe diz. E, antes que ele possa fazer qualquer objeção, está de frente para uma gárgula coberta de lama agarrada a um pináculo avariado por um raio, vendo as pernas dela enroscadas em um cano que desce muitos metros até o chão, seus braços apontados para cima, examinando o céu.

Certa noite Nick está mergulhado em um sonho verde quando um estremecimento percorre Mimas e o faz rolar até o limite da plataforma. Ele estica o braço e agarra um galho fino. Segura firme, olhando vinte andares abaixo. Atrás dele, Olivia grita. Ele consegue voltar para a plataforma do meio quando uma rajada mais forte pega a lona e levanta toda a construção, que luta para resistir. O vento liquefaz o ar, e o granizo cai em uma saraivada pelo meio das agulhas. Ao som de um estalo tremendo, Nick olha para o alto. Dez metros acima da sua cabeça, um galho mais grosso que a coxa dele se solta e cai em câmera lenta, quebrando outros ramos na descida.

Rajadas furiosas bloqueiam Olivia junto ao tronco de Mimas. Ela se agarra na plataforma, histérica. O tronco balança dezenas de centímetros para além do eixo vertical, e então volta e oscila para o outro lado. Nick oscila como o peso encaixado no metrônomo mais alto do mundo. Mais do que qualquer outra coisa, ele sabe que vai morrer. Está tensionado da mandíbula aos pés, agarrado à vida com tudo o que resta em seu corpo. Vai se soltar, e o chão resolverá tudo.

Ouve alguém gritando através do granizo. Olivia. "*Não*. Não tenta. Não tenta resistir!"

As palavras são uma bofetada, e ele consegue voltar a pensar. Ela está certa: tensionado assim, ele não vai durar mais três minutos.

"*Relaxa. Se deixa levar!*"

Ele vê os olhos dela, o verde pálido enlouquecido. Ela balança nas curvas ferozes do vento com destreza, como se a tempestade não fosse nada. Em mais alguns solavancos, ele percebe que ela tem razão. Nada para uma sequoia-vermelha. Milhares de tempestades assim sopraram por essa copa, dezenas de milhares, e tudo o que Mimas fez foi aceitar.

Ele aceita a fúria como a árvore aceitou, ao longo de um milênio de tempestades assassinas. Como fazem as *sempervirens* há cento e oitenta milhões de anos. Sim, uma tempestade atingiu o alto dessa árvore séculos atrás. Sim, tempestades derrubam árvores desse tamanho. Mas não essa noite. Provavelmente não. Hoje, o alto de uma sequoia-vermelha no meio desse vendaval é um lugar tão seguro quanto qualquer outro. Basta se dobrar e cavalgar no vento.

Um uivo corta as rajadas grossas de granizo. Ele uiva em resposta. Seus gritos se transformam em gargalhadas lunáticas. Eles berram em conjunto até que todos os chamados selvagens e os gritos de guerra do mundo se transformem em gratidão. Muito além da hora em que seus punhos cerrados teriam desistido, eles cantam uma segunda linha melódica para a tempestade.

No fim da manhã seguinte, três lenhadores aparecem na base de Mimas. "Vocês estão bem? Um monte de árvores caiu ontem de noite. Ficamos preocupados com vocês."

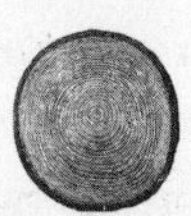

Surpreendentemente, a polícia faz o vídeo. Um ano atrás, seria o tipo de prova tremida e borrada que a polícia destruiria. Mas a tática dos delinquentes está mudando. Para lutar contra eles, a polícia precisa experimentar coisas novas. Métodos que precisam ser documentados, avaliados e refinados.

A câmera percorre a multidão. As pessoas descem a rua e passam pelo letreiro de metal polido da empresa. Elas cercam a sede, rodeada de espruces e abetos como se fosse um hotel nas montanhas. Nem mesmo um cinegrafista apreensivo pode fazer com que isso pareça algo além de um indício da democracia americana, o direito de as pessoas se reunirem de forma pacífica. A multidão permanece fora do limite da propriedade, cantando suas canções e sacudindo faixas: CHEGA DE DESMATAMENTO ILEGAL. CHEGA DE MORTES EM TERRAS PÚBLICAS. Mas a polícia entra e sai do enquadramento. Agentes a pé e a cavalo. Homens sentados na traseira de automóveis que parecem veículos militares blindados.

Mimi balança a cabeça, impressionada. "Não sabia que essa cidade tinha tantos policiais." Douggie manca ao lado dela, as pernas arqueadas. "Você sabe que a gente não precisa fazer isso. Pelo menos uma meia dúzia de pessoas ficaria feliz em pegar nosso lugar."

Ele se vira para encará-la e quase tropeça. "Que *ideia* é essa agora?" Ele parece um golden retriever que apanhou com um jornal enrolado que orgulhosamente tinha acabado de buscar. "Pera aí." Ele toca o ombro dela, confuso. "Você tá com medo, Mim? Porque você não precisa fazer nada que..."

Ela não suporta a bondade dele. "Tá bom. Só tô dizendo que você não precisa bancar o herói dessa vez."

"Eu não estava bancando o herói da última vez. Como eu ia saber que eles iam cozinhar meus bagos?"

Ela viu, no dia em que o jeans rasgado ficou balançando no vento. Tremulando no ar, queimado por produtos químicos. Ele quis mostrar a ela de novo, tantas vezes, desde a recuperação milagrosa — quase uma ressurreição, pode-se dizer. Mas ela não consegue. Ama esse homem, talvez mais do que qualquer um, exceto as irmãs e os sobrinhos. Fica constantemente surpresa com o fato de que um homem tão simplório tenha chegado aos quarenta anos. Já não consegue imaginar não estar cuidando dele. Mas os dois são de espécies diferentes. Essa causa para a qual eles se entregaram — defender os estáticos e inocentes, lutar por algo melhor do que o apetite suicida interminável — é tudo o que eles têm em comum.

Eles vão na direção do veículo de apoio, onde as novas armas secretas do protesto, os tubos de aço "urso-negro", estão sendo distribuídas. "Vamos fazer isso com certeza, mulher. Você tá achando o quê? Aquele não foi meu primeiro Coração Púrpura. Ou meu último. Vou acabar tendo um monte deles, como uma minhoca."

"Douggie. Chega de se machucar. Não vou conseguir lidar com isso hoje."

Ela aponta com o queixo para a fileira de policiais, todos esperando que algo aconteça. "Vai com calma com *eles*." E então, como uma criatura sem memória, que só se guia pelo sol: "Minha nossa! Olha só pra toda essa gente! É ou não é um *movimento*?"

O primeiro delito — invadir a propriedade de uma empresa — acontece fora das câmeras. Mas a lente logo encontra a ação. O foco automático vacila e se fixa em alguns manifestantes pacíficos atravessando a rua na direção do gramado bem aparado. Ali, entoam gritos de guerra respondendo aos chamados do megafone.

O povo! Unido! Jamais será vencido!
Floresta! Desmatada! Nunca volta a ser plantada!

Dois policiais se aproximam dos invasores e pedem que saiam dali. As palavras ficam abafadas na gravação, mas parecem respeitosas o suficiente. Logo, no entanto, o amontoado de gente se transforma em um cardume de sardinhas sincronizado. As pessoas se impõem e zombam — precisamente o tipo de impasse que a polícia esperava evitar. Uma mulher corcunda de cabelos brancos grita: "Vamos respeitar a propriedade deles quando eles respeitarem a nossa".

A câmera vira abruptamente para a esquerda, onde um grupo de nove pessoas corre pelo gramado. A primeira desavença acaba sendo uma tática de distração bem executada para afastar a polícia da entrada do prédio. Cada figura frenética carrega um tubo de aço oco em V com quase um metro de comprimento, grosso o suficiente para um braço caber dentro.

Então um corte. A cena passa a acontecer dentro do prédio. Os ativistas se acorrentaram em círculo em torno de um pilar do hall de entrada. Funcionários curiosos saem pelos corredores. A polícia surge de trás do cinegrafista, tentando lidar com a situação descontrolada.

Os manifestantes treinaram como se mobilizar o mais rápido possível. Mas, no lobby de verdade, com policiais e funcionários da serraria em seu encalço, a conquista do território não é algo bonito de se ver. A confusão separa Mimi e Douglas. Acabam um de frente para o outro no círculo de pessoas. Têm três segundos para se prenderem. Douglas enfia o braço esquerdo no "urso-negro" e prende o mosquetão do pulso na barra de aço soldada dentro do tubo. Seus companheiros fazem o mesmo. Segundos mais tarde, o anel de nove nós se solidifica em algo intransponível para qualquer coisa, exceto uma serra diamantada.

Eles se sentam no chão de pernas cruzadas ao redor de um grande pilar. Douglas se inclina para o lado, mas não consegue ver Mimi. Ele grita "Mim", e aquele rosto moreno redondo que ele passou a associar a toda a bondade do mundo dá uma olhada para ele e sorri. Ele tenta levantar o polegar, antes de se lembrar que o polegar está dentro de um cilindro de aço.

Um longo plano dá um close em cada um deles. Um homem alto e desajeitado, com um espaço entre os dentes da frente e cabelos grossos presos em um rabo de cavalo, começa a cantar. *Seremos vitoriosos. Seremos vitoriosos.* A princípio, há risadinhas. Mas, no terceiro compasso, todo o resto do grupo se une ao canto. Cinco policiais puxam os manifestantes, mas soltar um do outro não é uma possibilidade. Um homem de uniforme diz, como se lesse um teleprompter: "Meu nome é xerife Sanders. Sua presença aqui está violando o Código Penal, artigos número...". Gritos do círculo encobrem sua voz. Ele para, fecha os olhos e recomeça. "Esta é uma propriedade privada. Ordeno, em nome do estado do Oregon, que vocês deixem o recinto. Se não se retirarem pacificamente, serão detidos por associação criminosa e por invasão com intenção criminosa. Qualquer tentativa de resistir à prisão será considerada uma violação do Código Penal, artigos..."

O bobão do espaço entre os dentes começa a gritar. "Você devia se juntar a nós aqui."

O xerife dá um passo para trás. Alguém fora do enquadramento diz: "Vocês são todos criminosos. Só querem foder com as outras pessoas!".

O círculo começa a cantar de novo. Mais policiais fecham a circunferência do anel. O xerife volta a dar um passo para a frente. Sua fala é clara, lenta e firme, como a de um professor do ensino fundamental. "Soltem as mãos disso que... tirem as mãos de dentro dos canos. Se não se soltarem em cinco minutos, pretendemos usar spray de pimenta para fazer vocês obedecerem."

Alguém do círculo diz: "Você não pode fazer isso". A câmera foca uma mulher asiática pequena de rosto redondo e cabelo chanel. Fora da filmagem, o xerife diz: "Com certeza podemos. E vamos fazer". Algumas pessoas do círculo gritam. A câmera não sabe para onde apontar. A mulher de rosto redondo pode ser ouvida dizendo: "A lei americana proíbe que um agente público use spray de pimenta, exceto se estiver correndo risco. Olha pra nós! Não podemos nem nos mexer!".

O xerife consulta seu relógio. "Três minutos."

Todo mundo fala ao mesmo tempo. Uma panorâmica pela confusão do lobby corta para closes assustados. Há um tumulto; um jovem do círculo toma um chute na lombar. A câmera balança e pousa no homem com o espaço entre os dentes. Seu rabo de cavalo chicoteia para a frente e para trás. "Ela tem asma, cara. Da braba. Não dá pra usar spray de pimenta numa asmática. As pessoas morrem por causa disso, cara."

Alguém fora do enquadramento diz: "Façam o que o xerife está dizendo".

O homem do espaço entre os dentes balança a cabeça como se seu pescoço estivesse quebrado. "Faz isso, Mimi. Se solta. *Faz isso.*"

A mulher de cabelos brancos ralha com ele. "A gente combinou de ficar junto nessa."

O xerife grita: "Vocês estão violando a lei, e suas ações são prejudiciais para a comunidade. Por favor, desocupem este local. Vocês têm sessenta segundos".

Os sessenta segundos se passam na mesma confusão. "Vou pedir de novo para que vocês tirem as mãos desses tubos e saiam de forma pacífica."

"Eu ganhei uma Cruz da Força Aérea por ter sido abatido protegendo este país."

"Dei a ordem para vocês dispersarem há cinco minutos. Vocês foram avisados sobre as consequências, e vocês as aceitaram."

"Eu não aceito!"

"Vamos agora usar spray de pimenta e outros agentes químicos para fazer vocês destrancarem as mãos dos canos de metal. Vamos manter a aplicação desses agentes até vocês concordarem em se destrancar. Vocês estão prontos para se destrancarem e evitar essa aplicação?"

Douglas inclina o corpo para um lado, depois para outro. Não consegue ver Mimi. A coluna está entre os dois, e as pessoas da roda enlouqueceram. Ele grita o nome dela e ali está ela, inclinando um olhar assustado na direção do dele. Ele grita coisas que, com todo aquele barulho, ela não consegue ouvir. Eles se encaram pela mais breve eternidade. Por aquele canal estreito, ele lança uma dezena de mensagens urgentes. *Você não precisa fazer isso. Você vale pra mim mais do que todas as florestas que esses caras podem decepar.*

O olhar dela está ainda mais carregado de mensagens, todas convergindo na mais dura das pontas: *Douglas. Douglas. O que fazem?*

Eles começam no corpo que está mais perto dos pés do xerife — uma mulher de quarenta anos, acima do peso, com luzes californianas e óculos que eram moda no ano passado. Um policial aparece atrás dela, segurando um copo de papel em uma mão e um cotonete na outra. A voz do xerife está calma. "Não resista. Qualquer ameaça contra nós será considerada uma agressão a um policial, o que é um delito grave."

"Nós estamos presos! Nós estamos presos!"

Um segundo policial se aproxima do que está segurando o cotonete e o copo. Ele se abaixa e segura a mulher com uma mão enquanto com a outra leva a cabeça dela para trás. A mulher dispara: "Eu dou aula de biologia na Jefferson Junior High. Passei vinte anos ensinando as crianças sobre...".

Alguém grita: "Você tá prestes a ser educada!". O xerife diz, "Se solte do cano".

A professora respira fundo. Há uma gritaria. O policial começa a passar o cotonete no olho direito da mulher. Tem dificuldade para passar um pouco mais no olho esquerdo. Uma piscina de produtos químicos se acumula nas pálpebras e escorre pelo rosto inclinado da mulher. Os gemidos dela são selvagens. Eles sobem de tom até se transformarem em gritos. Alguém berra: "*Parem com isso! Agora!*".

"Temos água aqui pros seus olhos. Se solte e damos para você. Você vai se soltar?" O policial assistente inclina a cabeça da mulher mais uma vez, e o outro espalha com o cotonete os produtos nos seus olhos e nariz. "Se solte e nós vamos dar água fria para você enxaguar."

Alguém grita: "Você vai matar ela. Ela precisa de um médico".

O policial do cotonete chama o ajudante. "Vamos usar Mace agora. É bem pior."

Os gritos da mulher se transformam em balidos. Ela está tomada demais pela dor para ser capaz de se destrancar. Suas mãos não conseguem achar o mosquetão para soltá-lo. Os dois servidores públicos vão em sentido horário até a próxima pessoa do círculo — um homem musculoso de trinta e poucos anos que se parece mais com um lenhador do que com um adorador de corujas. Ele abaixa a cabeça e fecha os olhos.

"Senhor? Você vai se destrancar?"

Seus ombros largos e fortes se enrolam para dentro, mas os "ursos-negros" nos braços mantêm o corpo do homem estendido. O policial assistente luta para colocar a cabeça do homem para trás. A vantagem está com a polícia e, quando um terceiro agente vem ajudar, logo conseguem colocar o pescoço do homem no ângulo certo. Fazer com que ele abra os olhos não é tão simples.

Eles passam o cotonete na fenda das pálpebras enquanto mantêm a cabeça imobilizada. Pimenta concentrada se derrama por todos os lados. Um pouco de líquido sobe pelo nariz, e ele começa a engasgar. A câmera passeia pelo ambiente. Ela registra o que acontece do outro lado da janela, onde, no gramado, uma multidão de manifestantes entoa cânticos sem fazer ideia do que está acontecendo dentro do prédio. O acesso de tosse é interrompido por um policial. "Você vai se soltar? Senhor? Senhor. Está me ouvindo? Está pronto para se destrancar?"

Alguém grita: "Você não tem consciência?".

Alguém berra: "Usa a garrafa. Esguicha nos olhos".

"Isso é tortura. Nos Estados Unidos!"

A câmera vacila. Cambaleia como um bêbado.

Enquanto os policiais desaparecem atrás do pilar, as palavras jorram da boca de Douglas. "Ela tem asma. Não dá pra usar spray de pimenta nela, cara. Pelo amor de Deus, você vai matar ela."

Ele se inclina para o lado direito o máximo que pode, sentindo o apertão do "urso-negro". Ele vê os policiais se aproximando dela, o homem uniformizado se curvando às suas costas e segurando a cabeça de Mimi em um abraço amoroso. Os olhos violentados por três caras. O xerife diz: "Apenas solte os braços e a senhora pode ir. Não precisa se machucar". A mulher ao lado de Mimi vomita.

Douglas grita o nome de Mimi. O agente com o cotonete segura o pescoço dela com uma mão. "Senhora? Quer se soltar agora?"

"Por favor, não me machuca. Eu não quero me machucar."

"Então se solte."

A agonia de Douglas quase dobra. "*Solta!*" Os olhos de Mimi se fixam nos dele. Eles piscam loucamente, e as narinas tremem como a de um coelho capturado. Ele não entende o olhar, algum tipo de previsão. Os olhos dela dizem: *Aconteça o que acontecer, lembre-se do que eu tentei fazer.* A polícia inclina a linda cabeça dela. A garganta se abre com um *aaaagh* gorgolejante...

Então ele se lembra. *Ele* pode se mexer. Tão fácil: luta com os clipes que prendem seus pulsos à barra central do "urso-negro", e então está livre. Levanta-se, urrando: "*Deixa ela!*".

Não é como se as coisas ficassem mais lentas. É o seu cérebro que vai mais rápido do que os movimentos dos homens. Ele tem todos os minutos do mundo para pensar, várias vezes, *Agredir um policial. Delito grave. Dez a doze anos de prisão.* A polícia o algema e o deita no chão antes que ele possa sequer pensar em resistir. Antes que alguém possa gritar, *Madeira.*

Naquela noite, um cinegrafista abalado faz uma cópia da fita e a vaza para a imprensa.

Dennis chega na cabana de Patricia com sopa de abóbora para o almoço. "Patty. Nem sei se eu devo falar sobre isso."

Ela dá uma cabeçada no ombro dele. "Um pouco tarde pra se perguntar, né?"

"A liminar foi cancelada. Tá tudo acabado."

Ela se afasta e fica séria. "Como assim?"

"Apareceu na TV ontem à noite. Uma nova decisão judicial. O Serviço Florestal não é obrigado a cumprir a suspensão temporária decidida naquela audiência."

"Não é obrigado."

"Eles estão prontos pra aprovar um monte de planos acumulados de novos cortes. As pessoas em todo o estado tão enlouquecidas. Houve um protesto na sede de uma madeireira. A polícia colocou produtos químicos nos olhos das pessoas."

"*O quê?* Den, não pode ser."

“Eles mostraram imagens. Não consegui nem olhar.”

“Tem certeza disso? *Aqui?*”

“Eu vi.”

“Você acabou de dizer que não conseguiu olhar.”

“Eu *vi* as imagens.”

O tom da voz dele é uma bofetada. Estão brigando — coisa que nenhum dos dois sabe fazer. Dennis abaixa a cabeça, envergonhado. Cachorro feio; vai se comportar melhor. Ela segura a mão dele. Estão sentados diante das cumbucas vazias, olhando por uma abertura estreita no bosque de tsugas. Ela se lembra da pergunta que o juiz fez na audiência. Para que serve a natureza selvagem? Que diferença vai fazer, quando o direito à prosperidade ilimitada tiver transformado todas as florestas em provas geométricas? O vento sopra, e as tsugas agitam seus galhos superiores emplumados. Uma silhueta tão delicada, uma árvore tão elegante. Uma árvore que sente vergonha pelas pessoas, vergonha pela eficiência, pelas liminares. A casca cinza, os galhos verde novato; as agulhas achatadas brotando, apontando para longe. O modo tranquilo, até mesmo filosófico, de seu repouso. As pinhas são pequenos guizos, satisfeitos em seu silêncio constante.

Ela é a culpada por quebrar o silêncio, logo quando ele começa a ficar interessante. “Nos *olhos* deles?”

“Spray de pimenta. Com cotonetes. Pareceu algo que acontece em... não neste país.”

“As pessoas são tão lindas.”

Ele se vira para ela, horrorizado. Mas ele é um homem de fé, e espera para ouvir qualquer explicação que ela queira dar. E, *Sim*, ela pensa. Esse pensamento faz dela uma pessoa teimosa. *Sim: lindas*. E condenadas. Por isso ela nunca foi capaz de viver entre elas.

“A falta de esperança faz com que elas sejam determinadas. Nada é mais lindo do que isso.”

“Você acha que não temos esperança?”

"Den. Como é que a extração vai parar um dia? Não consegue nem diminuir. A única coisa que nós sabemos fazer é crescer. Crescer mais forte, mais rápido. Mais do que no ano passado. Crescimento, até a beira do abismo e além. Nenhuma outra possibilidade."

"Entendo."

É claro que ele não entende. Mas a disposição de mentir por ela também parte o coração de Patricia. Ela contaria a ele. Contaria que a imponente e oscilante pirâmide dos grandes seres vivos já está caindo, em câmera lenta, sob efeito do forte e rápido golpe que tirou o sistema planetário do lugar. Os grandes ciclos do ar e da água estão ruindo. A Árvore da Vida vai cair novamente, e sobrará apenas um toco de invertebrados, bactérias e uma cobertura de solo resistente, a menos que o homem... A menos que o homem.

As pessoas estão colocando o corpo na linha de fogo. Mesmo aqui, nesta terra onde o dano já foi feito há muito tempo, onde as perdas deste ano não são nada em comparação com as que se acumulam no Sul distante... pessoas agredidas, abusadas. Pessoas atacadas com sprays de pimenta, enquanto ela — que sabe que um trilhão de folhas são perdidas diariamente, e sem volta —, enquanto ela não faz nada.

"Você diria que eu sou um homem pacífico?"

"Ai, Den. Você é quase tão pacífico quanto uma planta!"

"Eu me sinto péssimo. Quero bater naqueles policiais."

Ela aperta a mão dele enquanto as tsugas balançam. "Pessoas. Tanto sofrimento."

Colocam a louça suja na caminhonete para a volta de Dennis à cidade. Ela o segura na porta do carro.

"Eu sou uma mulher rica, certo?"

"Não rica o suficiente pra concorrer a um cargo público, se é nisso que você tá pensando."

Ela ri demais da piada, e fica séria muito rápido. "A conservação in situ não tá funcionando. E parece que vai ser sempre assim." Ele olha para ela e espera. Ela pensa: *Se o resto da espécie se sentisse tão à vontade quanto esse homem aqui em ficar olhando e esperando, ainda poderíamos ter salvação.* "Quero fazer um banco de sementes. Sobrou apenas metade das árvores que existiam no mundo, desde que nós descemos delas."

"Por nossa causa?"

"Um por cento das florestas do mundo a cada década. Uma área maior do que Connecticut a cada ano."

Ele concorda com a cabeça, como se ninguém que estivesse prestando atenção pudesse ficar surpreso.

"De um terço a metade das espécies que existem hoje podem ser extintas até o dia que eu me for."

As palavras dela o deixam confuso. Ela está indo para algum lugar?

"Dezenas de milhares de árvores sobre as quais não sabemos nada. Espécies que mal foram classificadas. É como queimar a biblioteca, o museu de arte, a farmácia e o arquivo público, tudo de uma vez."

"Você quer fazer uma arca."

Ela sorri com a palavra, mas dá de ombros. Tanto faz a palavra. "Quero fazer uma arca."

"Onde você pode guardar..." A estranheza da ideia o captura. Um cofre para armazenar algumas centenas de milhões de anos de ajustes. Com a mão na porta da caminhonete, ele olha para um ponto no alto de um cedro. "O que... você faria com elas? Quando é que elas iriam..."

"Den, eu não sei. Mas uma semente pode ficar dormente por milhares de anos."

Eles se encontram no fim de tarde em uma encosta com vista para o mar. Pai e filho. Já se passou algum tempo. Depois dessa hora juntos em um novo lugar, vai passar muito mais.

Neelay-ji. *É você?*

Pita. Aqui estamos. Funciona!

O velho indigente caminha na direção do deus de pele azul e acena. O deus não se move. *O som está bem ruim, Neelay.*

Estou te ouvindo, pai. Não se preocupa. Só eu e você aqui.

Não dá pra acreditar. Incrível!

Isso não é nada. Espera um pouco.

O deus azul tropeça quando tenta andar. *Olha essa fantasia! Olha como eu tô!*

Queria te fazer rir, Pita.

Lado a lado, com passos vacilantes, eles vão na direção das falésias moldadas pelo oceano. Desde muito antes de o pai ir para a clínica no distante Minnesota, essa caminhada dos dois tinha se tornado impossível. Não passeavam assim desde a infância do menino, tagarelando um ao lado do outro, as palavras correndo para acompanhar seus passos.

É tão grande, Neelay.

Tem mais. Muito mais.

E os detalhes! Como você fez?

Pita, isso é só o começo.

O deus azul cambaleia até a beira das falésias. *Minha nossa. Olha lá pra baixo. Ondas!*

Estão no alto de uma cachoeira que mergulha no mar. Rochas esculpidas pelo oceano espalham-se sobre a areia como castelos de contos de fadas. Piscinas de maré brilham logo abaixo.

Neelay. Tão lindo. Quero ver tudo! Eles seguem a linha da costa antes de tomarem a direção oposta ao mar. *Onde estamos agora? Que lugar é esse?*

Todos são imaginários, Pita.

Sim, mas familiares.

Isso é bom!

Vai contar para a esposa mais tarde que foi pego e jogado de volta aos primórdios do mundo, antes do surgimento das pessoas. O ar enevoado e a luz oblíqua tropical o confundem. A areia marfim e o mar turquesa, as montanhas que os cercam. Ele observa a vegetação, tão exuberante. Nunca prestou muita atenção nas plantas. Nunca teve tempo na vida para aprender sobre elas. E agora nunca vai aprender.

Os dois andam por um caminho ao longo de troncos que se abrem em guarda-sóis gigantes e retorcidos contra a luz do sol. *O que é isso, Neelay? Ficção científica?* Como se as pilhas de revistinhas do filho ainda juntassem bolas de poeira debaixo da cama da infância.

Não, Pita. É a Terra. Árvore sangue-de-dragão.

Elas são reais? Árvores assim, no nosso mundo?

O indigente sorri e aponta. *Tudo baseado em uma história real!*

O deus azul se dá conta: os peixes nestes mares, os pássaros no céu, e tudo o que anda sobre essa Terra inventada são apenas o início bruto de um refúgio futuro, preservado a partir do original em vias de desaparecer. Ele se aproxima de um dos cogumelos vermelhos monstruosos. *O que os jogadores podem fazer com esse lugar?*

As palavras saem do indigente em um impulso. *O que você quer que ele faça, pai?*

Ah, Neelay. Eu lembro disso. Boa resposta!

O indigente descreve o tamanho imenso daquela caixinha de areia. A pessoa pode colher ervas, caçar animais, plantar vegetais, cortar árvores e fazer tábuas, cavar minas profundas em busca de minerais, comprar e vender, construir cabanas e prefeituras, catedrais e as maravilhas do mundo....

Eles voltam a caminhar. O ambiente muda para algo mais viçoso. Bestas rondam pela vegetação rasteira. Acima deles, pássaros rodam em bandos. *Quando as pessoas vão chegar?*

No fim do mês que vem.

Entendi. Logo!

Você ainda vai estar aqui, pai.

Sim, claro, Neelay. Como eu faço mesmo pra acenar com a cabeça? O deus azul aprende a mexer a cabeça. Tantas coisas novas para aprender. *E depois, como vai ser?*

Depois mal vamos dar conta. Quinhentas mil pessoas já se inscreveram. Vinte dólares por mês. Nosso objetivo é chegar a alguns milhões.

Fico feliz em ver isso assim. Antes.

Sim. Só nós dois!

O Vishnu novato tropeça na trilha. Eles têm montanhas para cruzar agora. Cânions cobertos de heras. O deus fica parado por um momento, impressionado com o ambiente. Então toma o caminho da floresta.

Só vinte e cinco anos, pai. Desde que a gente escreveu aquele programa, "Olá, mundo". E a curva ainda subindo em uma linha vertical.

Com três mil quilômetros entre eles, e alguns trilhões de ciclos de *clock* do processador — um processador que descende daquele que o deus de pele azulada ajudou a construir —, pai e filho olham juntos para o futuro através das montanhas. Essa terra de desejos animados vai se expandir infinitamente. Vai se encher da mais complexa, selvagem e surpreendente vida para além da vida. O mapa será tão detalhado quanto a coisa que ele representa. E, mesmo assim, as pessoas continuarão sedentas e sozinhas.

Caminham ao longo de encostas magníficas. Lá embaixo, um rio largo e antigo serpenteia por uma selva densa com muitos verdes. O deus azul para e olha. Durante a vida inteira, sentiu saudades de casa. Um anseio o levou de uma aldeia em Guzerate até o Estado Dourado. Nunca teve um país, exceto o trabalho e a família. E, durante a vida inteira, pensou: *Sou só eu.* Agora ele olha para o rio sinuoso. Milhões de pessoas vão pagar um aluguel para vir até aqui. E ele vai ter ido embora.

Onde estamos agora, Neelay-ji?

Não é assim que funciona, pai. É tudo novo.

Sim. Não. Eu entendi. Mas essas plantas e esses animais. Caminhamos da África até a Ásia?

Vem comigo. Vou te mostrar uma coisa. Por uma estradinha, o indigente os leva de volta à selva fechada. Entram em um labirinto de trilhas tortuosas, todas iguais. Criaturas correm pela vegetação rasteira.

Árvores de nim, Neelay. Mágico!

Espera. Tem mais.

A selva se adensa e a trilha se estreita. Silhuetas brincam nas trepadeiras rastejantes e nas folhas de samambaia. Então o pai vê, escondido na folhagem dessa gigantesca simulação: um templo em ruínas, engolido por uma única figueira.

Ah, meu príncipe. Você realmente fez algo incrível.

Não só pra mim. Pra centenas de pessoas. Milhares, na verdade. Não sei nem o nome delas. Você também está aqui. O trabalho que você fez... O indigente se vira. Faz um gesto na direção das raízes que se enroscam nas pedras antigas à procura de fissuras onde se enfiar e começar a sorver. Ele levanta a ponta do mindinho nodoso. *Viu, Pita? Tudo isso de uma semente desse tamanhinho...*

Vishnu quer perguntar: *Como faço meus olhos verterem lágrimas?* Em vez disso, ele diz, *Obrigado, Neelay. Preciso ir agora.*

Claro, pai. Nos vemos em breve. É uma mentira inofensiva. Naquele mundo, o indigente acabou de atravessar meio continente. Mas, no outro, ele é muito frágil e debilitado para correr o risco de pegar um avião. E o deus azul, que acabou de atravessar uma cordilheira descalço: no mundo de cima, seu corpo está tão cheio de malwares e erros de sintaxe que ele não resistirá até o dia da inauguração deste mundo de baixo.

O corpo de marionete balança a cabeça e suas palmas se juntam. *Obrigado por essa caminhada, Neelay querido. Nós logo vamos estar em casa.*

Em treze segundos, o cérebro de Ray Brinkman vai da iluminação ao rompimento de uma barragem.

A televisão do quarto transmite o noticiário da noite. As forças israelenses estão revirando os olivais palestinos. Sob a colcha, Ray aperta o controle remoto, aumentando o volume o suficiente para abafar os pensamentos. Dorothy está no banheiro, se preparando para dormir. O ritual noturno passa de um ruído a outro: o secador se torna a escova de dente elétrica, que vira a água correndo pela pia de cerâmica. Cada som lhe diz *noite*, o que em outros tempos já foi o uivo de um lobo, ou os gritos das mobelhas. E, como os chamados desses animais, esses sons também vão desaparecer.

Ela demora uma eternidade — e para quê? Depois da catástrofe dessa noite... Dentre todos esses preparativos, qual ela não poderia fazer de manhã com mais determinação? Vai estar limpa para ir para a cama e pronta para qualquer coisa que a noite possa trazer, embora a noite não seja capaz de trazer pesadelos piores do que o dia já trouxe.

Nada faz sentido para ele. Depois dessa noite, parece impensável que ela volte para a cama em que dorme há doze anos. Mas é ainda mais impensável que ela vá dormir no cômodo no fim do corredor, aquele que, muitos anos atrás, ela sonhou em transformar em um quarto de bebê. Ele vai destruir essa cama. Transformar em lenha a cabeceira de carvalho esculpida. O apresentador diz: "Enquanto isso, outras árvores nos pátios de escolas em todo o Canadá estão sendo cortadas para proteger a vida das crianças depois que...".

Ray olha para a tela, mas não consegue entender o que está vendo. Isso acontece dos segundos um ao três. Ele pensa, e isso ainda é um pensamento coerente: *Sou um homem que tem confundido o que foi decidido em um acordo com o que é de fato real. Um homem que nunca duvidou de que a vida tem um futuro com um sentido. Agora tudo isso acabou.*

Esses pensamentos duram menos do que um quarto de segundo. Seus olhos se fecham por um instante, e ele se vê no teste de elenco. O primeiro encontro dos dois. As bruxas dizem para ele não se preocupar com o amanhã. Ele está fora de perigo até que a floresta se levante e caminhe por quilômetros, até que o bosque suba a encosta de uma colina distante. Ele está seguro, seguro de agora em diante, pois quem poderia impressionar a floresta ou ordenar que a árvore solte a raiz fixa na terra? *E o supremo Macbeth/ Com vida natural terá, no tempo,/ O alento dos mortais.* Mas, a ele, deram outro papel. O homem, não nascido de uma mulher, que faz a floresta se mover.

As pálpebras de Ray se fecham por meio segundo. No interior dessas telas vivas, vê os dois dormindo juntos, na noite da primeira aventura no teatro amador. Todos os nossos ontens, vezes e vezes sem fim. Lady Macbeth bebê, não mais de vinte e quatro anos, inquieta no saguão da vida adulta. Sua amiga temperamental, ao lado dele no escuro, bombardeando-o como se em uma entrevista de emprego: *Como você se sente em relação aos seus pais? Você já teve pensamentos racistas? Já roubou alguma coisa de uma loja?* Mesmo lá atrás, na primeira noite, pôde ver que cuidariam um do outro até a velhice. Os dois, segundo um projeto estabelecido com muita antecedência e que prometia se explicar no decorrer do tempo. Para sempre. E para sempre. E para sempre.

A profecia era um truque. Ele precisa se erguer e ir viver a vida. Mas como? Por quê? O telejornal corta para uma cena tumultuada. Ray assiste em meio a uma bruma: pessoas presas, a polícia as abatendo. A água que corria no banheiro para. Esses são os segundos seis e sete.

Todos os pertences se transformam em coisas roubadas. Isso foi o que a esposa disse a ele, há apenas uma hora: *Você acha que tudo isso vai passar e eu vou cair na real? Que eu vou voltar a ser a sua Dot, a esquisitinha?*

Ele tentou dizer que sabia há meses. Há mais de um ano. Que ele ainda estava ali. Ainda era o marido dela. Vá e volte. Encontre qualquer um. Faça qualquer coisa. Só fique por perto.

Pior do que roubo. Assassinato. *Você tá me matando, Ray.*

Ele tentou lembrá-la: algo entre eles ainda está para acontecer. Uma razão pela qual eles devem continuar juntos. Ele já a viu, uma premonição que o fez seguir em frente, durante todos esses meses de suspensão. Um propósito para aquela união, que sempre esteve ali. Eles se pertencem.

Ninguém pertence a ninguém, Ray. Você precisa me libertar.

Algo está acontecendo no banheiro, um tudo que soa como nada. Dois segundos de silêncio, e ele fica apavorado. Nada faz sentido. Não há nada para ser cuidado. Ele volta a olhar para a televisão. As pessoas estão sendo agredidas nos olhos, sem nenhuma razão. Inutilmente.

Nos segundos nove e dez, seu cérebro se transforma em um tribunal itinerante. É tomado por um pensamento que teve pela primeira vez há meses, certa noite enquanto lia e sua legítima esposa estava em outro lugar, trepando feito louca, supostamente em segredo. Um pensamento que ele roubou de um livro de outra pessoa, protegido por direitos autorais, direitos pelos quais agora ele precisa pagar. O tempo altera o que pode ser possuído, e quem pode possuir. A humanidade tem uma ideia totalmente errada sobre seus vizinhos, e ninguém percebe isso. Precisamos pagar o mundo por cada ideia, cada *coisa* que já roubamos.

As pessoas na TV começam a gritar. Ou talvez o som venha dele, vendo a si próprio ficar marrom e cair. Ela está no batente da porta, gritando o nome dele. Os lábios de Ray se movem, mas não emitem som.

Era como se eu tivesse em mim a palavra "livro", e de repente você colocasse um em minhas mãos.

Ele desliza da cama até o assoalho de pinho. Seus olhos mergulham nos redemoinhos da grã. Uma coisa em seu cérebro se rompe, e tudo o que antes era tão seguro quanto uma casa colapsa como uma mina excessivamente escavada. O sangue inunda seu córtex, e ele não é dono de nada. De absolutamente nada, exceto disso.

Quando Mimi chega no escritório na segunda-feira, às sete e meia da manhã, um homem de terno de sarja cáqui a espera. Em um instante, ela sabe quem é o estranho. "Srta. Ma?"

Caixas de papelão desmontadas estão encostadas na mesa dela. O homem está ali há algum tempo. Seu trabalho depende de ele chegar primeiro, para garantir que não haja problemas. O computador dela já foi desconectado, e todos os cabos enrolados em carretéis perfeitos em cima da CPU. Os arquivos já desapareceram há algum tempo, removidos enquanto ela tomava café e comia um *bagel* a um quilômetro e meio de distância.

"Meu nome é Brendan Smith. Estou aqui para ajudar neste seu momento de transição da companhia."

Há dias que ela sabia que isso iria acontecer. Apareceu em todos os telejornais, invasão criminosa. Embora os colegas engenheiros pudessem ignorar esse erro — a espécie é infestada por uma série de falhas de projeto, afinal de contas —, ela também é culpada por lutar contra o progresso, a liberdade e a riqueza. O direito de nascimento da raça. Isso não é algo que sua profissão pode um dia perdoar.

Ela encara seu ejetor profissional até que ele desvia o olhar. "Garreth acha que eu vou destruir o escritório? Roubar uns segredos internacionais de moldagem de cerâmica?"

O homem monta uma caixa de papelão. "Temos vinte minutos pra encher estas caixas. Somente itens pessoais. Vou fazer um inventário de tudo o que você quer levar, e vamos aprová-lo antes de você registrar a saída."

"Registrar a saída? *Registrar a saída?*" A raiva sobe pela garganta, a raiva que essa empresa privada de escolta foi contratada para anular. Ela se vira e começa a seguir na direção da porta. O Garoto de Cáqui a impede, sem usar a força.

"Uma vez que você deixar o escritório, vamos considerá-lo selado."

Ela muda de ideia e se senta em sua mesa. Que não é sua mesa. Sente que jogaram spray de pimenta em seu cérebro. Como eles ousam fazer isso? Como alguém ousa? *Vou processá-los e pedir tudo o que eles têm.* Mas todos os direitos e privilégios das leis trabalhistas estão do lado deles. A humanidade é um delinquente. A lei é um capanga. Os colegas de Mimi passam diante da porta, desacelerando o passo apenas por um instante para acompanhar o drama, e então logo se afastam, constrangidos.

Ela coloca os livros em uma caixa que sua babá fez para ela. Depois os cadernos.

"Os cadernos não. São propriedade da empresa."

Ela luta contra a vontade de arremessar o grampeador. Embrulha os porta-retratos no papel que a babá lhe entrega e os coloca na caixa. Carmen e seu cavalo Kentucky. Amelia e os filhos na piscina em Tucson. O pai dela, de pé no meio de um córrego em Yellowstone. Os avós em Xangai com suas melhores roupas, segurando a fotografia das meninas americanas que nunca conheceriam.

Quebra-cabeças de lógica feitos de pregos torcidos. Frases de efeito emolduradas: *Reações dizem mais que palavras. Alguns veem o copo meio vazio, outros, meio cheio; um engenheiro vê um dispositivo de contenção duas vezes maior do que o necessário.*

"Terminou?", diz seu assistente pessoal de aposentadoria precoce.

Uma mala coberta de decalques. Um baú com um nome estrangeiro em estêncil.

"Suas chaves." Ela balança a cabeça contrariada, depois entrega as chaves da empresa. Ele faz uma marca na lista que fez Mimi assinar. "Por favor, venha comigo." Ele carrega as caixas. Ela pega a mala e o baú. No corredor, colegas curiosos se afastam. Ele coloca as caixas no chão e tranca a porta. No momento em que a fechadura dá um clique, ela se lembra.

"Merda. Abre de novo."

"O escritório foi selado."

"*Abre.*"

Ele abre. Ela entra de volta no escritório, vai até uma das paredes e sobe em uma cadeira. Então remove, centímetro a centímetro, o pergaminho de mil e duzentos anos dos *arhats* no limiar da Iluminação, o enrola e guarda. Em seguida, segue sua escolta até a entrada principal, passando pelos funcionários que durante anos a cumprimentaram calorosamente, e que agora se concentram em suas tarefas urgentes. Enquanto ela carrega o inventário de sua vida profissional até o estacionamento, o homem permanece de pé na entrada da empresa, como o anjo na porta leste do Éden que não permitia que os humanos, ladrões de certa árvore proibida, entrassem novamente no jardim e comessem o outro fruto que teria resolvido tudo.

Os únicos animais que sabem que estão lascados: *É aí*, Douggie continua dizendo — perto da meia-noite, no meio dos hinos de *hard rock*, em um bar de beira de estrada cheio de milicianos de folga e outros patriotas armados —, *é aí que todos os nossos problemas começam*.

"Quer dizer, como é que saber que você vai morrer te dá alguma vantagem? Esperto o suficiente pra perceber que você é um saco de carne em estado de apodrecimento enrolado em um cano de esgoto pronto pra estourar em — quanto tempo? Mais umas mil, duas mil manhãs?"

Seu camarada filósofo sentado ao lado dele no balcão responde: "Dá pra calar a boca um segundo?".

"Agora, uma árvore. Essas aí sabem das coisas, numa dimensão e num tempo que a gente nem consegue..."

Um punho se ergue e encontra a maçã do rosto dele, tão rápido que é como se Douglas tivesse congelado. Ele cai de cabeça no assoalho de abeto tão rápido que nem ouve o homem de pé em cima dele proferindo seu discurso fúnebre. "Desculpa. Mas você foi avisado."

Quando acorda, seu amigão Espinoza já foi embora há muito tempo. Ele passa hesitante os dedos na cabeça e no rosto. Nada faltando, mas há uma textura esponjosa que não parece muito certa. Brilhos e estrelas, nuvens escuras e dor, embora ele já tenha passado por coisas piores. Ele deixa a garçonete preocupada ajudar a levantá-lo, depois se desvencilha. "As pessoas não são o que parecem." Desta vez, ninguém contesta.

Ele se senta dentro do carro, no estacionamento do bar, e repassa seu plano sem planejamento. Douglas não tem, até onde sabe, ninguém para ajudá-lo ou reconfortá-lo exceto sua companheira de luta pela salvação do mundo, a mulher que se juntou a ele por uma causa maior que o mero pavlicekismo condenado ao fracasso. Só ela sabe como orientá-lo e colocar propósito nessa vida. Ir até a casa de Mimi a essa hora é forçar os limites. Embora nunca tenha dito expressamente para ele não ir à noite, ela não vai ficar muito feliz com isso. Ainda assim, ela vai saber o que fazer com a bagunça que o rosto dele se tornou.

Uma vez, quando estavam acorrentados juntos durante muitas horas entediantes em um trecho de uma estrada que, no fim das contas, não parecia interessante nem para as madeireiras, ela lhe contou sobre seus grandes amores da juventude. Ambos os sexos, ainda por cima. Essa revelação poderia ter acabado com ele. Ele aceita o que quer que ela queira ser. O mundo depende de muitas espécies diferentes, e cada uma delas é um experimento maluco. Ele só queria que um dia ela o deixasse entrar no seu santuário interno, como confidente, fiel criado ou qualquer coisa do tipo. Queria que ela, e quem quer que seja a resposta atual da sua vida, o deixasse cuidar dela — cuidar deles, um sentinela contra o mundo malévolo.

Tem dificuldade para enfiar a chave na ignição. Provavelmente não deveria operar máquinas pesadas. Mas sua bochecha está mole, e algo está escorrendo pela lateral do olho. Não tem ninguém mais a quem recorrer, de fato. Sai do estacionamento e entra na autoestrada do vale, em direção à cidade e ao amor.

Não vê o caminhão parado no acostamento em frente ao bar. Não o vê surgindo no asfalto atrás dele. Não vê nada até que dois olhos brancos encham o espelho retrovisor e que a fera acerte o para-choque traseiro de Douglas. Ele é jogado para a frente, rodopiando. O caminhão reaparece e o acerta de novo. Não consegue frear, não consegue sequer raciocinar. A estrada começa a descer. Ele pisa no acelerador, mas o caminhão continua colado nele. No sopé da colina, ele atravessa chispando um entroncamento ferroviário e recupera o fôlego.

Um cruzamento nada na direção dele. Ele dá um cavalinho de pau para a direita, duas vezes mais rápido do que é capaz de controlar. Em um slalom em câmera lenta, a traseira do carro gira duzentos e setenta graus no sentido horário. Quando enfim ele para, está atravessado no meio do cruzamento, enquanto o caminhão madeireiro vara a estrada, o motorista afundando a mão na buzina em um longo e sonoro adeus.

Douglas se demora no cruzamento, em choque. O ataque mexe com ele mais do que qualquer coisa que a polícia tenha feito. Mais do que a queda do seu avião. Aquilo lá foi só Deus, em sua roleta-russa de costume. Isso aqui é um homem louco, com um plano.

Ele pega no cruzamento o longo caminho de volta à cidade. Não consegue parar de olhar pelo espelho retrovisor, onde imagina que os dois faróis brancos surjam novamente a qualquer instante. Mas faz todo o trajeto até o condomínio de Mimi sem mais incidentes. As luzes do apartamento ainda estão acesas. Quando ela abre a porta, fica evidente que está bêbada. Atrás dela, o cômodo está todo revirado. Um pergaminho desenrolado está estendido no chão da sala.

Ela cambaleia e murmura: "O que aconteceu?".

Ele encosta no próprio rosto, surpreso. Esqueceu dessa parte. Antes que ele possa responder, ela o puxa para dentro. E é assim que as árvores finalmente os levam de volta para casa.

Adam Appich coloca o pé direito em um nicho imaginário e se iça para cima. Desloca o nó deslizante, pisa de novo com o pé esquerdo. Esforça-se para esquecer quantos movimentos vagos já fez. Diz para si mesmo: *Eu costumava subir em árvores o tempo todo.* Mas Adam não está subindo em uma árvore. Está subindo no ar, em uma corda fina como um lápis, pendurada em um tronco tão largo que ele não consegue ver as duas extremidades ao mesmo tempo. Os sulcos da casca grossa de uns trinta centímetros são mais profundos que os da mão dele. Acima de sua cabeça, uma longa estrada marrom desaparece nas nuvens. A corda começa a girar.

Uma voz no alto diz: "Espera. Fica mais relaxado".

"Não vou conseguir."

"Consegue sim. *Vai* conseguir, sim senhor."

A garganta dele se enche de refluxo e pânico. Um pé de cada vez, vai vencendo a distância impossível. Quase no alto, tem coragem de olhar para cima. Duas criaturas arbóreas dizem palavras encorajadoras que ele não consegue nem ouvir, nem acreditar. Chega em algo sólido, e ainda está respirando. Não muito bem, mas respirando.

"Viu só?" O rosto radiante da mulher faz Adam se perguntar se não morreu em algum ponto no meio do caminho. O homem — pele esburacada e barba do Velho Testamento — lhe estende um copo d'água. Ele bebe. Por um momento, acredita que vai ficar tudo bem. Abaixo de seus pés, a plataforma balança com o vento. O casal da árvore paira diante dele, oferecendo frutas vermelhas.

"Estou bem." E então: "Acho que teria parecido mais convincente se eu tivesse dito isso cinco minutos atrás".

A mulher chamada Cabelo-de-Anjo percorre um galho acima deles para chegar à despensa improvisada, à procura de um chá que ela jura que vai ajudar com a vertigem de Adam. Ela não está presa em nada. Pés descalços, a uma altura de vinte andares. Ele enterra o rosto no travesseiro recheado de agulhas.

Quando consegue, Adam olha para baixo. Retalhos de destruição se espalham pela floresta abaixo. Ele passou perto do massacre, atravessando a zona em segredo com o mensageiro Loki. Mas essa vista panorâmica é pior. A mais longa e resoluta vigília da região — feita por sujeitos ideais para seu estudo sobre idealismo equivocado — é o último grande remanescente poupado pela derrubada. Bosques espalhados aparecem em meio às zonas carecas, como os tufos perdidos por um adolescente se barbeando. Há cepos frescos por todos os lados, assim como escória e galhos queimados, refugo polvilhado com serragem, e os ocasionais troncos abandonados em barrancos íngremes demais para alguém se dar ao trabalho de movê-los. E um amontoado de vegetação ao redor da grande árvore que essas babás chamam pelo nome.

O homem, Sentinela, aponta para a paisagem. "Toda essa terra solta está sendo levada para o rio Eel. Matando peixes daqui até o mar. Difícil de lembrar, mas, quando chegamos, há dez meses, tudo era verde até o horizonte. E a gente achava que podia desacelerar o desmatamento."

Adam não é um psicólogo clínico, e duzentas e cinquenta entrevistas com ativistas espalhados pela Lost Coast o deixaram meio apreensivo em relação a diagnósticos. Mas Sentinela ou está profundamente deprimido, ou é um realista renascido.

Uma agitação longínqua, o zumbido de vespa das máquinas pesadas, e Sentinela se inclina para olhar. "Ali." Um amarelo mais brilhante que uma lesma-banana, cruzando a um quilômetro de distância a floresta desvanecente.

"O que você tá vendo?", pergunta Cabelo-de-Anjo.

"Cabos aéreos. Dois *skidders*. Talvez amanhã a gente já esteja cercado." Ele olha para Adam. "Melhor perguntar o que você tem pra perguntar, e depois descer hoje à noite."

"Ou se juntar a nós", diz Cabelo-de-Anjo. "Podemos te colocar no quarto de visitas."

Adam não consegue responder. A cabeça dele gira. Respirar o deixa nauseado. Só quer voltar para Santa Cruz e analisar os dados dos questionários, chegando a conclusões duvidosas a partir de estatísticas rígidas.

"Você é mais do que bem-vindo", diz a mulher. "Afinal, nós só nos voluntariamos pra ficar uns dias, e aqui estamos, quase um ano depois."

Sentinela sorri. "Tem uma frase linda do Muir. 'Eu só saí para dar uma volta...'"

O conteúdo das entranhas de Adam se espalha no ar por sessenta metros até tocar a terra.

Os entrevistados estão sentados na plataforma, olhando para os questionários e os lápis que Adam deu a eles. As mãos estão manchadas de marrom e verde, e há crostas de serrapilheira embaixo das unhas. Eles exalam um cheiro maduro e mofado como as sequoias. O entrevistador se postou acima deles, na rede de vigilância que não para de balançar. Tenta encontrar no rosto dos dois traços de salvacionismo paranoico, algo que viu em tantos dos ativistas já entrevistados. O homem — engenhoso, mas fatalista. A mulher — confiante de uma maneira que ninguém tão maltratado pela vida teria o direito de ser.

Cabelo-de-Anjo pergunta: "Isso é pra sua pesquisa de doutorado?".

"É sim."

"Qual é a sua hipótese?"

Adam está conduzindo entrevistas há tanto tempo que a palavra soa estranha. "Qualquer coisa que eu disser pode afetar as respostas de vocês."

"Você tem uma teoria sobre pessoas que..."

"Não. Ainda não tenho teorias. Só estou coletando dados."

Sentinela ri, um monossílabo quebradiço. "Não é assim que isso funciona, é?"

"Que o que funciona?"

"O método científico. Você não coleta dados sem uma teoria por trás."

"É o que eu disse. Estou estudando perfis de personalidade nos ativistas ambientais."

"Convicção patológica?", Sentinela pergunta.

"De jeito nenhum. Eu só... Quero entender algo sobre as pessoas que... pessoas que acreditam que..."

"Que plantas também são pessoas?"

Adam ri, mas se arrepende. É a altitude. "Sim."

"Você espera que, somando essas pontuações e fazendo algum tipo de análise de regressão..."

A mulher tateia o tornozelo do parceiro. Ele para de falar, o que responde uma das duas perguntas que Adam gostaria de adicionar sorrateiramente ao questionário. A outra pergunta é como eles cagam na frente um do outro, a sessenta metros do chão.

O sorriso de Cabelo-de-Anjo faz Adam se sentir uma fraude. Ela é alguns anos mais nova do que ele, mas décadas mais segura. "Você tá estudando o que faz algumas pessoas levarem a sério o mundo dos seres vivos, quando a única coisa que importa para a maioria são as outras pessoas. Você deveria estar estudando todos aqueles pra quem só as pessoas importam."

Sentinela ri. "Falando em patológico..."

Por um instante, acima deles, o sol para. Então sua lenta queda para o oeste começa, de volta para o oceano à espera. A luz do meio-dia lava a paisagem em uma aquarela dourada.

Califórnia, o Éden americano. Esses são os últimos bolsões de relíquias da floresta jurássica, um mundo como nenhum outro na Terra. Cabelo-de-Anjo folheia o calhamaço de perguntas, ainda que Adam tenha pedido que ela não olhasse adiante. Ela balança a cabeça ao encontrar alguma ingenuidade na página três. "Estas coisas não vão te mostrar nada importante. Se você quer nos conhecer, melhor a gente conversar."

"Bom." A rede está deixando Adam enjoado. Não pode olhar para nenhum lugar, exceto o país de cinco metros quadrados abaixo dele. "O problema é que..."

"Ele precisa de dados. Simples quantidades." Sentinela faz um gesto para o sudoeste, para a lamúria cortante do progresso. "Complete a seguinte analogia: questionários estão para personalidades complexas assim como escavadeiras florestais estão para..."

A mulher se levanta com tamanha rapidez que Adam tem certeza de que ela vai cair da plataforma. Ela se inclina para um lado enquanto Sentinela vai para trás para compensar. Nenhum dos dois tem consciência de suas manobras de duplas mistas. Cabelo-de-Anjo se vira para Adam. Ele fica na expectativa de que ela mergulhe como Ícaro. "Eu só precisava de mais umas três horas de crédito pra me formar em ciências atuariais. Você sabe o que é a ciência atuarial?"

"Eu... Isso é algum tipo de pegadinha?"

"É a ciência de substituir uma vida humana inteira pelo seu valor em dinheiro."

Adam suspira. "Você pode, sei lá, sentar ou algo assim?"

"Não tem vento nenhum! Mas tudo bem. Se eu puder te fazer uma pergunta."

"Tá bom. Só, por favor..."

"O que você pode descobrir sobre nós por um teste que você não poderia descobrir nos olhando nos olhos e fazendo perguntas?"

"Eu quero saber..." Isso vai arruinar o questionário. Ele vai julgar os dois de um jeito que invalidará qualquer resposta escrita. Mas, por algum motivo, no alto desse pé de feijão de mil anos, ele não dá mais a mínima. Quer conversar, uma coisa que não tinha vontade de fazer há muito tempo. "Muitas evidências sugerem que a lealdade ao grupo interfere na razão."

Cabelo-de-Anjo e Sentinela trocam sorrisinhos, como se ele tivesse acabado de dizer que a ciência provou que a atmosfera é composta principalmente de ar.

"As pessoas *criam* a realidade. Hidrelétricas. Túneis submarinos. Meios de transporte supersônicos. Difícil ser contra isso."

Sentinela sorri, cansado. "Nós não criamos a realidade. Nós escapamos dela. Até agora. Saqueando o capital natural e escondendo o custo disso. Mas a conta está chegando, e nós não vamos ter como pagar."

Adam não sabe se sorri ou se faz um gesto de concordância. Sabe apenas que essas pessoas — os poucos imunes à realidade consensual — guardam um segredo que ele precisa entender.

Cabelo-de-Anjo observa Adam como se através do espelho bidirecional de um laboratório. "Posso te perguntar outra coisa?"

"O que você quiser."

"É uma questão simples. Quanto tempo você acha que a gente tem?"

Ele não entende. Olha para Sentinela, mas o homem também está esperando a resposta. "Eu não sei."

"Com toda a sua sinceridade. Quanto tempo antes de destruirmos tudo ao nosso redor?"

As palavras dela deixam Adam constrangido. É uma pergunta para ser feita em dormitórios de estudantes. Em bares nas madrugadas de sábado. Ele deixou a situação fugir do controle, e nada disso — a invasão de propriedade privada, a escalada na árvore, essa conversa nebulosa — vale os dois pontos extras de dados. Ele desvia o olhar para as sequoias-vermelhas devastadas. "Sério. Eu não sei."

"Você acha que os seres humanos estão usando recursos mais rapidamente do que o mundo é capaz de renovar?"

A questão vai tão além de cálculos possíveis que parece não fazer sentido. Então alguma coisa se descongestiona dentro dele, e é como voltar a ver. "Sim."

"Obrigada!" Ela fica satisfeita com seu pupilo já crescido. Ele sorri de volta. A cabeça de Cabelo-de-Anjo balança, e suas sobrancelhas cintilam. "E você diria que esse ritmo está aumentando ou diminuindo?"

Ele viu os gráficos. Todo mundo viu. A combustão acabou de começar.

"É tão simples", ela diz. "Tão óbvio. Crescimento exponencial em um sistema finito leva ao colapso. Mas as pessoas não enxergam. Então *a autoridade das pessoas está falida.*" Cabelo-de-Anjo o encara com um olhar entre o interesse e a pena. Adam só quer que aquele berço pare de balançar. "Você acha que a casa tá pegando fogo?"

Um dar de ombros. Uma mordida nos lábios. "Sim."

"E você quer observar o punhado de pessoas que estão gritando *Apague* enquanto todos os outros estão felizes vendo as coisas queimarem."

Um minuto atrás, essa mulher era o foco de seu estudo observacional. Agora ele quer fazer confidências para ela. "Isso tem um nome. A gente chama de efeito do espectador, ou de difusão de responsabilidade. Um dia deixei meu professor morrer porque ninguém mais na sala se levantou. Quanto maior o grupo..."

"... mais difícil é gritar *Fogo*?"

"Porque se houvesse um problema real, certamente alguém..."

"... muitas pessoas já teriam..."

"... com seis bilhões de outros..."

"Seis? Sete. Quinze, daqui a poucos anos. Em breve vamos estar comendo dois terços da produtividade líquida do planeta. A demanda por madeira triplicou desde que nascemos."

"Não dá pra pisar no freio quando você tá prestes a bater na parede."

"Mais fácil arrancar os olhos."

O rosnado distante irrompe, perceptível novamente no silêncio. Aos olhos de Adam, todo aquele estudo começa a parecer uma mera distração. Precisa estudar uma doença em uma dimensão inimaginável, uma doença que nenhum espectador seja sequer capaz de reconhecer.

Cabelo-de-Anjo quebra o silêncio. "Nós não estamos sozinhos. Outros estão tentando nos contatar. Eu consigo *ouvir* eles."

Os pelos de Adam se eriçam, do pescoço até a parte inferior das costas. Ele é bastante peludo. Mas o sinal fica invisível, perdido na evolução. "Ouvir quem?"

"Não sei. As árvores. A força vital."

"Você quer dizer, falando? Em voz alta?"

Ela acaricia um galho como se fosse um animal de estimação. "Em voz alta não. Mais tipo um coro grego na minha cabeça." Ela olha para Adam, o rosto dela impassível como se tivesse acabado de pedir a ele que ficasse para o jantar. "Eu morri. Fui eletrocutada na minha cama. Meu coração parou. Então voltei e comecei a ouvir as vozes."

Adam se vira para Sentinela para uma confirmação de sanidade. Mas o profeta barbudo apenas arqueia as sobrancelhas.

Cabelo-de-Anjo bate com o dedo indicador no questionário. "Acho que agora você já tem a sua resposta. Sobre a psicologia dos salvadores do mundo?"

Sentinela toca no ombro dela. "O que é mais doido, plantas que falam ou humanos que escutam?"

Adam não ouve. Só agora entendeu algo que estava diante do seu nariz há muito tempo. Ele diz, para ninguém: "Eu falo sozinho às vezes. Com a minha irmã. Ela desapareceu quando eu era pequeno".

"Bom, tá certo, então. Podemos estudar você?"

Uma verdade se aproxima dele, uma verdade que o seu campo de estudo nunca vai encontrar. A própria consciência tem algo de loucura, comparada aos pensamentos do mundo verde. Adam estende as mãos para se firmar e toca apenas um galho oscilante. Salvo muito acima do solo por uma criatura que deveria querer vê-lo morto. Seu cérebro dá voltas. A árvore o drogou. Está girando novamente em uma corda que tem a espessura de uma videira. Fixa o olhar no rosto da mulher, como se um último ato desesperado de leitura de personalidade ainda pudesse protegê-lo. "O que... O que elas estão dizendo? As árvores."

Ela tenta contar.

Enquanto os três conversam, a guerra avança para a extração mais próxima. A força de cada queda deixa Adam devastado, mesmo quando rasga faixas entre os gigantes restantes. Nunca imaginou a violência daquilo. É como um arranha-céu indo ao chão. Agulhas e madeira pulverizada nublam o ar. "As zonas de queda são as assassinas", diz Cabelo-de-Anjo. "Eles botam tudo abaixo em cada faixa de queda, para que as árvores não quebrem quando caírem. Isso mata o solo."

Uma árvore cuja espessura é maior que a altura de Adam é arrancada e acerta a encosta abaixo. A terra no local do impacto se liquefaz.

No fim da tarde, eles veem Loki a uma certa distância, caminhando pela floresta eviscerada, bem a tempo de escoltar o psicólogo pela barreira da madeireira. Mas algo em seus passos desordenados revela que a missão mudou. Na base da árvore, pede que eles joguem a corda e o arnês.

"O que houve?", Sentinela pergunta.

"Conto aí em cima."

Eles abrem espaço para ele no ninho lotado. Loki está pálido e respirando com dificuldade, mas não em razão da subida. "O Moisés e a Mãe N."

"Tomaram pau de novo?"

"Morreram."

Cabelo-de-Anjo dá um grito.

"Alguém colocou uma bomba no escritório. Eles estavam lá dentro, escrevendo um discurso pra ação do Conselho Florestal. A polícia tá dizendo que eles se detonaram com explosivos guardados. Acusaram a Força de Defesa da Vida de terrorismo doméstico."

"Não", diz Cabelo-de-Anjo. "Não. Por favor, não."

Há um longo silêncio que não é um silêncio. Sentinela fala. "A Mãe N, terrorista! Ela não me deixava nem colocar um prego numa árvore. Dizia, 'Vai machucar o cara com a serra'."

Eles contam histórias sobre os mortos. Sobre a Mãe N os treinando. Sobre Moisés pedindo que eles cuidassem de Mimas. Uma cerimônia fúnebre a sessenta metros de altura. Adam se lembra de uma coisa que aprendeu na universidade: a memória é sempre uma colaboração em andamento.

Loki desce, ansioso para se reunir com os enlutados no nível do solo. "Não podemos fazer nada. Mas pelo menos podemos fazer juntos. Você vem?", ele pergunta a Adam.

"Você pode ficar se quiser", diz Cabelo-de-Anjo.

O pesquisador está deitado na rede oscilante, com medo de mover um dedo. "Eu queria ver a escuridão daqui de cima."

Nessa noite, o escuro é amplo e espetacular. O cheiro também: o fedor dos esporos e das plantas podres, dos musgos rastejando sobre todas as coisas, o fedor de solo sendo feito, mesmo aqui, a tantos andares acima da terra. Cabelo-de-Anjo prepara feijões-brancos no fogareiro. É a melhor refeição que Adam fez desde que chegou ao local da pesquisa. A altura não o incomoda tanto, agora que ele não consegue ver o chão.

Esquilos-voadores aparecem para inspecionar o recém-chegado. Ele está feliz, um santo do pilar sentado no alto do céu noturno. Sentinela desenha à luz de velas em um caderninho. De tempos em tempos, mostra os desenhos a Cabelo-de-Anjo. "Ah, sim. São eles, perfeito!"

Sons a todas as distâncias, mil volumes, meio-soprano e timbres mais suaves. Há um pássaro cujo nome Adam não sabe, batendo as asas na escuridão. Provocações afiadas de mamíferos invisíveis. A madeira dessa casa alta, rangendo. Um galho caindo no chão. Mais um. Uma mosca andando nos pelos da orelha dele. Sua própria respiração ecoando embaixo do colarinho. A respiração de duas outras pessoas, absurdamente próximas nessa aldeia nas nuvens, conduzindo esse submarino secreto. É surpreendente para Adam que o aconchego esteja tão próximo ao terror. A mulher abraça o artista, que se empenha em usar o último brilho da vela. Uma porção de ombro capta a luz, nu e belo. Parece, de algum jeito, coberto de penugem ou de plumas. Então a letra cursiva forma cinco palavras distintas.

Acordam com rosnadas mais próximas. No meio de pilhas de troncos descartados, homens rondam o chão logo abaixo deles e mais além, somando esforços através de walkie-talkies.

"Ei", grita Cabelo-de-Anjo. "O que tá acontecendo?"

Um lenhador olha para cima. "É bom você se arrancar daí. Vai dar merda pro teu lado!"

"Que merda?"

A estática grita no walkie-talkie. O ar se comprime e zumbe. Até a luz do sol começa a vibrar. Um estrondo se eleva no horizonte. "Eles não estão fazendo isso", diz Sentinela. "Não *podem*."

Um helicóptero surge sobre a montanha mais próxima. Um brinquedinho no início, mas, meio minuto depois, a árvore inteira vibra como um tambor. A besta se inclina. Adam se agarra à rede oscilante. Uma rajada de ar sopra de volta na sua cara os palavrões que ele sussurra, enquanto a vespa enlouquecida se apruma e ataca.

O vento castiga a árvore, uma corrente ascendente maníaca que logo depois se inverte. A copa das sequoias vira borracha, e galhos golpeiam o dossel. Sentinela dispara até o depósito para pegar a câmera de vídeo, enquanto Cabelo-de-Anjo segura um ramo quebrado do tamanho de um taco de beisebol. Ela sobe no galho mais próximo ao ataque. Adam grita: "Volta pra cá!". Suas palavras são trituradas pelos rotores do helicóptero.

A mulher prende os pés descalços no galho que, por mais massivo que seja, balança como borracha nesse tufão do avesso. O helicóptero se aproxima e corcoveia, e ela fica cara a cara com a máquina. Ele a afronta; ela balança o ramo com uma mão selvagem. Sentinela aparece atrás dela, filmando.

O helicóptero é grande, com a cabine do tamanho de um bangalô. Grande o suficiente para içar até o céu uma árvore mais velha que os Estados Unidos e carregá-la ereta pela paisagem. As hélices agitam o ar ao redor da garota pendurada. Dois homens estão sentados dentro da cápsula de fibra de vidro, escondidos atrás de viseiras e capacetes que cobrem o queixo. Conversam em microfones minúsculos com algum comandante longínquo.

Adam olha para aquele truque de filme de ação. Nunca esteve tão perto de uma coisa tão imensa e malévola. Vê as milhões de partes da coisa — mastro, came, pás, prato, coisas que ele nem sequer sabe nomear —, algo que nenhum humano teria a capacidade de montar, muito menos projetar. No entanto, devem existir milhares de aeronaves assim, usadas por indústrias de todos os continentes. Dezenas de milhares, armadas e blindadas, nos muitos arsenais do globo. A ave de rapina mais corriqueira do mundo.

Galhos se quebram, e o ar se enche de palha. Vapores fósseis ardem na besta, que fede como uma plataforma de petróleo em chamas. O fedor engulha Adam. O rugido perfura seus tímpanos, matando todos os pensamentos. A mulher sacode o galho como uma bandeira, depois deixa a arma cair e se segura. Seu parceiro cinegrafista perde o equilíbrio na ventania artificial, e a câmera também cai por sessenta metros e se despedaça. Uma voz metálica, excessivamente amplificada, é emitida pelo helicóptero. *Saiam da árvore, imediatamente.*

A mulher começa a tremer. Não vai conseguir se segurar por muito tempo. Mimas estremece. Contrariando o que diz seu bom senso, Adam olha para baixo. Escavadeiras da cor da bile estão batendo na base da árvore. Homens, serras e máquinas pesadas preparam uma área de queda logo além dos cecídios de Mimas. Adam olha para Sentinela, que aponta para outra equipe trabalhando na base de uma sequoia-vermelha a cinquenta metros de distância. Pretendem fazê-la cair perto de Mimas. Cabelo-de-Anjo enlaça de novo a perna no galho, que então a balança. O helicóptero brada, *Desçam agora!*

Adam grita e mexe os braços. Berra coisas que nem ele mesmo consegue ouvir no meio da balbúrdia. “Parem. Saiam daqui, caralho!” Ele não vai ser um espectador dessa morte.

O helicóptero fica parado no ar, depois se afasta. Uma voz vem do alto-falante: *Terminaram?*

“Sim”, Adam grita.

A sílaba desperta Sentinela de seu transe. Ele olha para Cabelo-de-Anjo, agarrada ao seu galho, soluçando. Não resta nenhum caminho, a não ser o da sanidade. Sentinela olha para baixo. A ocupação acabou. No chão, o coordenador da zona de queda consulta a sua rede invisível pelo walkie-talkie. Mais um estrondo vindo do helicóptero: *Derrubada autorizada. Saiam agora.* A coisa voadora sobe no ar e gira para longe. O vento perde a força. O barulho ensurdecedor morre, não deixando nada além de paz e derrota.

Eles descem com o arnês: o psicólogo aterrorizado, o artista estoico, depois a profetisa, deslizando pelos sessenta metros da corda com uma expressão de atordoamento. São levados sob custódia e conduzidos pelas colinas repletas de cicatrizes até a estrada madeireira, que já quase chegou à base de Mimas. Ficam sentados na lama durante horas, esperando pela polícia. Então os agentes brutos os colocam lado a lado na parte de trás de uma viatura.

A estrada madeireira faz uma curva fechada na descida da ravina. Três prisioneiros olham de volta para as montanhas desnudadas ao redor daquela árvore enorme, com metade da idade do cristianismo. Uma voz mais baixa do que o bater distante do helicóptero diz algo que nenhum deles ouve, nem mesmo Cabelo-de-Anjo.

Enquanto os prisioneiros estão detidos, Patricia Westerford abre negociações com um consórcio de quatro universidades para estabelecer o Banco Global de Sementes e Germoplasma. Alguns documentos assinados, e o Banco de Sementes se torna uma pessoa jurídica.

"Já passou da hora", a dra. Westerford declara a suas diversas plateias, de quem precisa arrecadar fundos para as câmaras de alta tecnologia, o controle de temperatura e uma equipe bem treinada, "já passou *muito* da hora de preservarmos dezenas de milhares de espécies que desaparecerão nas próximas décadas." Patricia chega ao ponto em que frases desse tipo saem de sua boca com facilidade. Em dois meses, viajará para o hemisfério Sul, para a primeira exploração na Bacia Amazônica. Mais dois mil e quinhentos quilômetros quadrados de floresta desaparecerão até ela chegar lá. Quando voltar, Dennis vai estar à sua espera com o almoço.

Enquanto os prisioneiros fingem que dormem, Neelay Mehta desfruta das primeiras horas da criação. De sua cama-escritório, ele emite uma diretiva para os elfos da Sempervirens sobre a natureza do *Domínio 8*:

> *O que vai fazer com que milhões de jogadores sejam incapazes de desconectar? O lugar precisa ser mais completo e promissor do que a vida offline para a qual eles voltam... Imaginem milhões de usuários tornando o mundo mais rico através de suas ações conjuntas. Vamos ajudá-los a construir uma cultura que ficariam desolados se a perdessem.*

Do outro lado do país, outra mulher começa a cumprir sua própria pena. O transbordamento no cérebro do marido também a inunda. Ela liga para a emergência. Vai percorrendo a noite quente dentro da ambulância. No hospital, assina o termo de consentimento informado, embora nunca mais vá se sentir informada depois dessa noite. Vai até o homem após a primeira cirurgia. O que resta de Ray Brinkman está estirado na cama ajustável. Metade de seu crânio foi removido, e o cérebro foi coberto de novo por um retalho de couro cabeludo. Mangueiras brotam dele. O rosto ficou congelado em terror.

Ninguém consegue dizer a Dorothy Cazaly Brinkman por quanto tempo ele pode ficar assim. Uma semana. Mais meio século. Nas primeiras noites de vigília na UTI, pensamentos invadem a cabeça dela. Coisas horríveis. Ela vai ficar até que o quadro dele se estabilize. Depois disso, precisa se salvar.

Fica ouvindo repetidas vezes as palavras que gritou para ele, poucas horas antes de seu cérebro ruir. *Acabou, Ray. Acabou. Acabou entre nós dois. Eu não sou responsável por você. Nós não pertencemos um ao outro, nunca pertencemos.*

Na cadeia, inquieto na parte de cima do beliche, Adam vê grandes sequoias-vermelhas explodindo como foguetes em suas plataformas de lançamento. Sua pesquisa está intacta — todos os preciosos dados coletados em questionários ao longo dos meses —, mas ele, nem tanto. Começou a enxergar certas coisas sobre a fé e a lei que estavam escondidas atrás da vastidão do senso comum. Estar preso sem ter sido formalmente acusado aguça sua visão.

"A tática deles é essa", diz Sentinela. "Não querem o custo e a visibilidade de nos colocar num julgamento. Só usam o sistema jurídico pra nos ferir o máximo que podem."

"Será que não existe uma lei..."

"Existe. Eles não estão respeitando ela. Não podem nos deixar aqui por mais de setenta e duas horas sem acusação. Isso foi ontem."

Vem à cabeça de Adam a origem da palavra *radical. Radix. Wrad. Raiz.* O cérebro da planta, do planeta.

Na quarta noite na cela, Nick sonha com a castanheira da família Hoel. Em uma imagem acelerada trinta e dois milhões de vezes, observa a árvore revelar mais uma vez o seu plano invisível. Durante o sono, no colchonete fino do beliche, ele se lembra da maneira como a árvore em *time-lapse* ondulava os braços inchados. A maneira como aqueles braços testavam, exploravam e se alinhavam à luz, escrevendo mensagens no ar. Nesse sonho, as árvores riem deles. *Nos salvar? Que coisa mais humana de se fazer.* Até a risada se estende por anos.

Enquanto Nick sonha, a floresta faz o mesmo — todos os novecentos tipos que os humanos identificaram. Quatro bilhões de hectares, da boreal às tropicais — o principal modo de ser da Terra. E, enquanto as florestas do mundo sonham, as pessoas se juntam nos bosques públicos de um estado do Norte. Quatro meses antes, um incêndio criminoso enegreceu quatro mil hectares de um lugar chamado Deep Creek — um dos muitos incêndios convenientes do ano. A queimada leva o Serviço Florestal a resgatar e vender a madeira levemente danificada que ainda continua de pé. O incendiário nunca é encontrado. Ninguém quer encontrá-lo. Ninguém, exceto algumas centenas de proprietários da floresta, que convergem para as áreas vendidas carregando cartazes. Mimi segura um que diz NENHUM TRONCO CHAMUSCADO A MENOS. O de Douglas diz QUEM BRINCOU COM FOGO?

Adam, Nick e Olivia continuam detidos sem acusação formal por dois dias além do permitido por lei. As autoridades os ameaçam com uma dúzia de acusações, que são então retiradas durante a noite. Os dois homens encontram Cabelo-de-Anjo quando ela é liberada pela polícia. Eles a veem através da janela telada, caminhando pela ala feminina com uma trouxinha de andarilho nas mãos. Então ela está com eles, abraçando-os. Dá um passo para trás e aperta os olhos verde-fogo. "Eu quero ver."

Os três entram no carro de Adam, que agora parece algo que pertence a outra pessoa. Os lenhadores foram embora; não há mais nada para ser cortado. Já partiram há muito tempo para bosques mais verdejantes. Sua ausência é óbvia a um quilômetro de distância. Onde antes havia uma trama verde de texturas que você podia passar o dia estudando, agora há apenas um azul triste. A árvore que prometeu a ela que ninguém iria se machucar desapareceu.

Agora, pensa Adam. *Agora ela vai surtar. Ter um ataque de fúria.*

Na base, ela estica as mãos, tocando algum tipo de prova decisiva, espantada. "Olha pra isso! Até o cepo é mais alto do que eu."

Ela toca a borda do corte assombroso e começa a soluçar. Nick vai na direção dela, mas ela o repele. Adam é obrigado a assistir a cada espasmo terrível. Há consolos que nem o mais poderoso amor humano pode oferecer.

"Pra onde vocês vão?", Adam pergunta enquanto eles comem ovos em um restaurante de beira de estrada.

Cabelo-de-Anjo olha para fora, onde alguns plátanos-da--califórnia se alinham ao longo do meio-fio. Sentinela segue o olhar dela. *Essas também, raspando os dedos no céu. Balançando e se expandindo como um coro gospel.*

"A gente vai para o Norte", ela responde. "Tem coisas acontecendo no Oregon."

"Comunidades de resistência", diz Sentinela. "Elas estão por todo lado. A gente pode ser útil lá."

Adam assente. A etnografia terminou. "Mas... *elas* te disseram isso? As... suas vozes?"

Ela dá uma risada breve e intensa. "Não. A policial do condado me emprestou um radinho. Acho que ela tinha uma quedinha por mim. Você devia vir com a gente."

"Bom. Eu tenho essa pesquisa pra terminar. Minha tese."

"Termina lá. O lugar vai estar cheio das pessoas que você quer estudar."

"Idealistas", diz Sentinela.

Adam não consegue entender o sujeito. Em algum lugar entre a árvore e a cela estreita, ele perdeu a capacidade de distinguir um tom normal de um tom sarcástico. "Não posso."

"Ah. Tá bom. Se você não pode, não pode." Talvez ela esteja sendo gentil. Talvez o esteja cortando. "A gente se encontra lá. Quando você aparecer."

Adam leva a maldição para Santa Cruz. Durante semanas, trabalha nos dados. Quase duzentas pessoas responderam as duzentas e quarenta perguntas do Inventário de Personalidade NEO Revisado. Elas também preencheram o questionário que ele montou sobre diversas crenças, incluindo ideias a respeito do direito dos seres humanos aos recursos naturais, o alcance dos indivíduos e os direitos das plantas. Digitalizar os resultados é fácil. Ele joga os dados em vários programas de análise.

A profa. Van Dijk dá uma olhada. "Bom trabalho. Foi um pouco demorado. Aconteceu alguma coisa interessante durante o trabalho de campo?"

Algo aconteceu com a libido dele enquanto esteve fora. A profa. Van Dijk está mais atraente do que nunca. Mas, para Adam, ela parece um ser de outra espécie.

"Cinco dias na prisão contam como algo interessante?"

Ela acha que ele está brincando. Ele deixa que ela acredite nisso.

Algumas tendências de temperamento ambientalista radical surgem nos dados. Valores fundamentais, um senso de identidade. Os resultados de apenas quatro das trinta facetas de personalidade medidas pelo inventário NEO acabam prevendo, com notável precisão, a crença de uma pessoa na seguinte afirmação: *Uma floresta merece proteção, independentemente de seu valor para os humanos.* Ele gostaria de aplicar o teste em si mesmo, mas isso não serviria para nada agora.

De volta ao apartamento depois de dez horas no laboratório de informática, Adam liga a TV. Guerras por petróleo e violência sectária. É cedo demais para pensar em dormir, embora isso seja tudo o que ele quer fazer. Ainda se sente a alguns andares do chão, mantido no alto por uma árvore inexistente, ouvindo o rangido daquela casa e o canto dos pássaros que ele gostaria de ser capaz de nomear. Tenta ler um romance, algo sobre pessoas privilegiadas tendo problemas de relacionamento em cenários exóticos. Joga o livro na parede. Alguma coisa se arruinou dentro dele. Seu interesse pelo amor-próprio do ser humano morreu.

Vai para um dos lugares favoritos dos estudantes, onde, na companhia de vinte amigos instantâneos, consome cinco cervejas, noventa e seis decibéis de bate-estaca e cem minutos de um jogo de basquete em ondas senoidais. Uma vez fora do casulo da diversão, tenta voltar a si no estacionamento do bar. Não está tão bêbado a ponto de pensar que é capaz de dirigir, mas não há outro jeito de chegar em casa.

Ondas de alegria simulada saem do prédio enquanto um desfile de carros esportivos antigos rosna pela Cabrillo Avenue. Uma mulher debaixo de um poste de luz grita para ninguém: "Eu não aguento mais *tentar* entender você". Do outro lado do beco, as pessoas esperam para entrar pela porta dos fundos de alguma festa fechada onde Adam, atraído pela visão da pequena muvuca, subitamente precisa entrar. Mais uma irracionalidade humana que ele conhece muito bem, mas está mamado demais para lembrar como se chama. Caminha por meio quarteirão, impulsionado por uma onda gigantesca que se retroalimenta, fazendo jorrar lixo por onde passa: bolhas, genocídios, cruzadas, modas que vão das pirâmides às pedras de estimação — os delírios desesperados da cultura dos quais, por uma breve noite acima da Terra, Adam despertou.

Na esquina, ele se apoia em um poste de luz. Uma ideia luta para escapar dele, algo no qual ele pensa há muito tempo, mas que nunca foi capaz de formular. Quase todo o conceito de *necessidade* é criado por um comitê democrático, fantasmagórico e impulsivo cujo trabalho é transformar as necessidades de uma estação na queima de estoque da próxima. Ele acaba em um parque cheio de pessoas negociando os prazeres da noite. O ar tem um leve cheiro de lenços umedecidos, maconha e sexo. Fome por todos os lados, e o único alimento é o sal.

Alguma coisa dura acerta a cabeça de Adam, cai no chão e rola alguns centímetros. Ele se agacha no escuro e tateia o solo. O réu está estirado na grama, um misterioso botão industrial com um X perfeito gravado na sua face plana e redonda. Parece feito para ser aberto com uma grande chave de fenda Phillips, e tem uma aparência *steampunk*: engenhoso, vitoriano, finamente fabricado. Mas é feito de madeira.

A coisa é esquisita demais para palavras. Ele a observa por um minuto inteiro, de novo chegando à conclusão de que não sabe de nada. Nada para além de sua própria espécie. Olha para cima e vê os galhos de um eucalipto esguio, de onde o mistério caiu. O tronco espesso começou o striptease, a marca registrada da espécie. Feixes de casca marrom e fina cobrem a base, deixando para trás um tronco obscenamente branco.

"O quê?", ele pergunta à árvore. "*O quê?*" A árvore não sente a necessidade de responder.

Os sete quilômetros da estrada do Serviço Florestal são tão deslumbrantes que assustam. Adam segue a linha do corte, passando ao longo de coníferas sentinelas — espruce, tsuga, abeto-de-douglas, teixo, cedro-vermelho, três tipos de abetos verdadeiros, os quais enxerga como *pinheiros*.

Uma bolsa de um ano para concluir sua tese — um presente dos deuses —, e é assim que ele gasta o dinheiro. A mochila pesa nos quadris. Acima dele, no azul, o sol age como se nunca mais fosse se esconder. Mas o ar fresco e as primeiras sombras nos zigue-zagues da estrada sugerem o que está por vir. Mais algumas semanas, e a tese estará pronta. Mas primeiro isto: uma última pesquisa sobre resistência.

O noroeste do país tem mais quilômetros de estrada de exploração madeireira do que rodovias. Mais estradas madeireiras do que cursos d'água. A malha dessas estradas no país inteiro daria uma dúzia de voltas na Terra. O custo para construí-las é dedutível de impostos, e os galhos estão crescendo mais rápido do que nunca, como se a primavera tivesse acabado de começar. As curvas da estrada finalmente se alargam, e o assentamento aparece diante dele. Ao longo dos limites do acampamento, uma centena de pessoas em cores vibrantes, quase todas jovens, preparam sua última resistência. Adam se aproxima; fica mais claro o que estão fazendo. Escavação comunitária de trincheiras. Montagem anárquica de uma ponte levadiça. Paliçadas e barreiras feitas com madeira descartada. Pendurada sobre a entrada cercada pelo fosso, uma faixa anuncia:

A BIORREGIÃO LIVRE
DE CASCÁDIA

Caules e gavinhas brotam das palavras. Pássaros estão pousados na vegetação das letras. Adam reconhece o estilo e o artista. Ele entra no forte apache pela ponte levadiça que se estende sobre a trincheira em construção. Logo depois do desfiladeiro, há um homem no meio da estrada, roupa camuflada, testa expandida, rabo de cavalo. Seu braço direito está estendido para o lado, como um Buda reclinado. O braço esquerdo desaparece em um buraco na terra.

"Saudações, bípede! Você está aqui para ajudar ou atrapalhar?"

"Você está bem?"

"Eu sou o Abeto-de-Douglas. Só estou testando uma nova tática. Tem um tonel cheio de concreto enterrado a um metro e oitenta de profundidade. Se eles quiserem que eu saia daqui, vão ter que arrancar o meu braço!"

Sentada em uma plataforma no alto de um tripé de troncos, uma mulher pequena, de cabelos escuros cuja etnia era difícil de determinar, grita: "Tudo bem aí?".

"Essa é a Amoreira. Ela acha que você é um Freddie."

"O que é um Freddie?"

"Só conferindo", diz Amoreira.

"Freddies são os agentes federais."

"Eu não acho que ele seja um Freddie. Eu só..."

"Deve ser a camisa e a calça social."

Adam olha para a plataforma da mulher, no meio da estrada. Ela diz: "Eles não vão poder levar nenhum equipamento por essa estrada sem derrubar isso aqui e me matar".

O homem com o braço enterrado no chão dá uma risada. "Os Freddies não iam fazer isso. Eles acham que a vida é sagrada. Quer dizer, a vida humana. O ápice da criação, essas coisas. Sentimentais. É a única fissura na armadura deles."

"Então, se você não é um Freddie", pergunta Amoreira, "quem é você?"

Algo que ele não pensava há décadas vem à sua cabeça. "Eu sou o Ácer."

Amoreira sorri um pequeno sorriso torto, como se ela pudesse enxergar dentro dele. "Ótimo. Não temos nenhum Ácer aqui por enquanto."

Adam desvia o olhar, se perguntando o que aconteceu com aquela árvore. Seu segundo eu do jardim. "Algum de vocês conhece um homem chamado Sentinela e uma mulher chamada Cabelo-de-Anjo?"

"Pô, claro", diz o homem acorrentado à terra.

A mulher do tripé sorri. "Nós não temos líderes aqui. Mas nós temos sim esses dois."

Seus velhos companheiros de crime cumprimentam Adam como se soubessem que ele viria. Sentinela aperta os ombros dele. Cabelo-de-Anjo o abraça por um bom tempo. "Que bom que você tá aqui. Você pode ser útil."

Eles mudaram de uma forma tão sutil que nenhum teste de personalidade poderia quantificar. Mais sombrios, mais determinados. A morte de Mimas os comprimiu, como a ardósia que vira quadro-negro. A transformação faz Adam pensar que gostaria de ter escolhido outro tema de pesquisa. Resiliência, imanência, nume — capacidades que sua disciplina é notoriamente ruim em medir.

Ela pega o pulso de Adam. "A gente gosta de fazer uma pequena cerimônia quando alguém novo chega."

Sentinela analisa o tamanho da mochila de Adam. "Você vai ficar com a gente, né?"

"Cerimônia?"

"Bem simples. Você vai gostar."

Ela está metade certa: a cerimônia é simples. Acontece nessa noite, em um amplo prado atrás dos muros. A Biorregião Livre de Cascádia se reúne em uniformes de gala. Diversas pessoas de xadrez e *grunge*. Saias hippies florais esvoaçantes combinadas com coletes de *fleece*. Nem toda a congregação é jovem. Duas robustas *abuelas* usam calça de moletom e cardigã. Um ex-pastor metodista realiza a cerimônia. Está na casa dos oitenta anos, tem uma cicatriz no pescoço, do dia em que se amarrou a um caminhão de toras.

Eles começam com as músicas. Adam tenta conter seu ódio por aquele coro de virtudes. Os desgrenhados adoradores da natureza e suas banalidades o deixam nauseado. Sente-se constrangido, do mesmo jeito que se sente quando se lembra da infância. As pessoas se revezam contando sobre os desafios do dia e sugerindo curas. Ao seu redor, espalham-se as cores berrantes da democracia ad hoc. Talvez seja aceitável. Talvez a extinção em massa justifique um pouco de bagunça. Talvez a seriedade possa ajudar sua espécie ferida tanto quanto qualquer outra coisa. Quem é ele para julgar?

O antigo pastor diz: "Seja bem-vindo, Ácer. Esperamos que fique o tempo que puder. Se você deseja isso, de coração, por favor, repita as seguintes palavras. 'De hoje em diante...'".

"'De hoje em diante...'" Ele não pode deixar de repetir, com todas aquelas pessoas reunidas para observá-lo.

"'... Eu me comprometo a respeitar e defender...'"

"'... Eu me comprometo a respeitar e defender...'"

"'... a causa comum de todos os seres vivos.'"

Não são as palavras mais destrutivas que ele já falou, nem as mais lamentáveis. Algo ecoa em sua cabeça, algo que ele copiou de algum lugar um dia. *Uma coisa está certa... uma coisa está certa quando tende...* Mas ele não consegue se lembrar. Vivas irrompem durante o último eco de Adam. As pessoas começam a fazer uma fogueira. As chamas são altas, extensas e laranja, e a madeira carbonizada tem cheiro de infância.

"Você é psicólogo", diz Mimi ao recruta. "Como convencer as pessoas de que estamos certos?"

O mais novo habitante de Cascádia morde a isca. "Os melhores argumentos do mundo não vão mudar a cabeça de uma pessoa. A única coisa que pode fazer isso é uma boa história."

Cabelo-de-Anjo conta a história que todo mundo ao redor da fogueira conhece de cor. Primeiro ela tinha morrido, e não havia nada. Então ela voltou, e havia tudo, e seres de luz lhe diziam que os produtos mais maravilhosos desses quatro bilhões de anos de vida precisavam de sua ajuda.

Um velho klamath com longos cabelos grisalhos e óculos tipo Clark Kent balança a cabeça. Ele se levanta para a benção. Entoa os velhos cânticos e ensina a todos algumas palavras em klamath-modoc. "Tudo que está acontecendo aqui, nós já sabíamos que aconteceria. Nosso povo disse há muito tempo que esse dia ia chegar. Eles contaram que a floresta estava prestes a morrer, quando então os humanos se lembraram de repente do resto de sua família." E, durante metade da noite, as pessoas ficam sentadas ao redor do fogo, rindo, ouvindo, sussurrando e uivando para a lua, acima das torres de espruces.

O dia seguinte é de puro trabalho. Trincheiras a serem alargadas e aprofundadas, um muro a ser reforçado. Adam usa um martelo por horas. No fim do dia, está tão cansado que não consegue ficar de pé. Janta com os quatro amigos que lhe parecem uma família arquetípica junguiana: Cabelo-de-Anjo, a Mãe Sacerdotisa; Sentinela, o Pai Protetor; Amoreira, a Criança Artista; e Abeto, a Criança Palhaço. Cabelo-de-Anjo é a cola, lançando feitiços sobre todo o acampamento. Adam fica maravilhado com aquele baluarte de otimismo, mesmo depois das derrotas que ela sofreu. Cabelo-de-Anjo fala com a autoridade de alguém que já contemplou o futuro do alto.

Eles o levam para dentro de um trailer quadrado naquela noite. Adam não sabe qual é o papel dele nesse clã forjado pelo desespero. Abeto o chama de Professor Ácer, e é isso que ele se torna. Naquela noite, cai no sono profundo de um voluntário exausto.

Adam expõe seus receios duas noites depois, comendo feijão enlatado aquecido em um fogo de pinhas. "Destruir propriedade federal. Isso é coisa séria."

"Ah sim, delito grave", diz Abeto.

"Crime violento."

Douglas corta Adam, abanando o ar. "Eu cometi crimes violentos de verdade. Sob ordens do governo."

Amoreira agarra a mão agitada de Douglas. "Os criminosos políticos de ontem estão nos selos postais de hoje!"

Cabelo-de-Anjo está longe, em outro planeta. Finalmente, ela diz: "Não tem nada de radical nisso. Eu vi o que é radical".

Então Adam também vê novamente. Uma encosta viva e saudável, despojada de tudo.

Chegam mantimentos, comprados com as doações de simpatizantes. O acampamento é uma parte pequena de uma rede de esforços que se espalha por todo o estado. Há discussões sobre uma marcha de braços dados pelas ruas da capital. Sobre acampar quarenta dias na frente do Tribunal Distrital em Eugene fazendo greve de fome. Sobre o Espírito da Floresta, coberto com um patchwork de faixas verdes, andando sessenta quilômetros sobre pernas de pau na rodovia 58.

Nessa noite, deitado no saco de dormir, Adam deseja voltar para Santa Cruz e terminar a tese. Qualquer um pode cavar uma trincheira, aplainar um terreno, se prender a alguma coisa. Mas só ele pode terminar seu projeto e dissertar, a partir de dados concretos, sobre por que algumas pessoas se importam com a vida ou a morte de uma floresta. Mas ele fica mais um dia, e se torna algo novo — o seu próprio objeto de estudo.

Quanto mais tempo dura a ocupação, mais quilômetros os jornalistas viajam para vê-la. O grupo de homens em uma van do Serviço Florestal pede para todos irem embora. Os cascadianos livres os bloqueiam e os mandam embora. Dois homens de terno que trabalham para deputados aparecem para ouvir os manifestantes. Prometem levar as queixas deles a Washington. A visita deixa Amoreira animada. "Quando os políticos começam a aparecer, é sinal de que alguma coisa tá acontecendo."

Adam — Ácer — concorda. "Os políticos querem estar do lado dos vencedores. Querem soprar na direção do vento."

Cabelo-de-Anjo murmura: "A Terra sempre vai vencer".

Certa noite, faróis varam a estrada principal e tiros são disparados. Três dias depois, as entranhas de um cervo aparecem do lado de fora da barricada.

Uma F-350 monstruosa para na estrada, a cem metros da ponte levadiça. Dois homens com jaquetas verde-oliva de caçador. O motorista, jovem e com um cavanhaque bem aparado, poderia ser um garoto-propaganda de uma marca de congelados. "O que temos aqui? Abraçadores de árvore! Aham — tudo bem!"

Uma menina chamada Lírio grita: "Só estamos tentando proteger uma coisa boa".

"Por que você não protege o que é seu, e deixa a gente proteger nossos empregos, nossa família, nossas montanhas e nosso jeito de viver?"

"As árvores não pertencem a ninguém", diz Abeto. "As árvores pertencem à floresta."

A porta do carona abre, e o homem mais velho desce. Ele dá a volta pela frente da cabine. Certa vez, há muito tempo, em outra vida, Adam cursou uma disciplina sobre psicologia de crise e confronto. Agora ele não se lembra de nada. O homem é alto, mas encurvado, com cabelo grisalho caindo no rosto. Parece um grande urso-cinzento se erguendo sobre as patas traseiras. Algo brilha no pulso do homem. Adam pensa: *Arma. Faca. Corra.*

O velho para diante da caminhonete e ergue a arma de metal. Mas a ameaça é suave, filosófica, perplexa, e a arma é apenas uma mão metálica. "Perdi o braço na altura do cotovelo cortando aquelas árvores."

O garoto-propaganda fala, de dentro da cabine: "E eu tenho síndrome de Raynaud por causa do trabalho. Vocês já ouviram falar de trabalho, né? Fazer coisas que outras pessoas precisam que seja feito?".

O velho apoia a mão boa no capô e balança a cabeça. "O que vocês querem? Não podemos parar de usar madeira."

Cabelo-de-Anjo aparece, atravessando a ponte levadiça na direção dos homens. O urso-cinzento ereto dá um passo para trás. Ela diz: "Não sabemos *nada* sobre o que as pessoas podem e não podem. Tão pouca coisa foi tentada!".

O olhar dela coloca o motorista de cavanhaque em um estado de alerta. "A madeira não é mais importante do que a vida das pessoas decentes." Ele está atordoado; quer aquela garota. Parece óbvio para Adam, a cem metros de distância.

"A gente sabe", ela diz. "Não achamos que árvores estão acima das pessoas. As pessoas e as árvores estão nessa juntas."

"Que merda isso quer dizer?"

"Se as pessoas soubessem o que é preciso pra criar uma árvore, elas ficariam muito, muito gratas pelo sacrifício. E pessoas gratas não precisam de tanta coisa." Ela fica falando com os homens por um tempo. Diz: "Precisamos parar de agir como visitas aqui. Precisamos viver onde vivemos, virar nativos de novo".

O homem-urso aperta a mão dela. Ele dá a volta até a porta do carona e entra no carro. Quando a caminhonete gigante acelera, o motorista grita para o exército organizado atrás da ponte levadiça: "Vão abraçando, ecoimbecis! Vocês vão ser esmagados". Ele vai embora com um borrifo de cascalho.

Sim, pensa Adam. *Provavelmente. E então o planeta vai esmagar os esmagadores.*

O protesto entra em seu segundo mês. Na opinião de Adam, não deveria estar funcionando. A incompetência insolúvel do temperamento idealista deveria ter acabado com o lugar há muito tempo. Mas a Biorregião Livre resiste. Corre pelo acampamento a notícia de que o presidente — dos *Estados Unidos* — ouviu falar do protesto e está pronto para interromper as vendas federais de madeira até que as políticas possam ser revistas, especialmente aquelas que são fruto de incêndios criminosos.

Uma tarde luminosa e fria, duas horas depois do ponto mais alto do sol. Sentinela está pintando rostos para uma noite de histórias contadas ao redor do fogo. No pé da encosta, alguém toca uma trompa alpina, um berro crepuscular como os da megafauna pré-histórica. Um maratonista chamado Fuinha corre até o alto de uma montanha e trota para o assentamento. "Eles estão vindo."

"Quem?", Sentinela pergunta.

"Freddies."

Desse jeito, o dia chegou. Eles descem a estradinha na direção do talude, onde o fosso e o muro estão prontos agora. Mais embaixo, ao longo da estrada madeireira por onde Adam veio há tanto tempo, um comboio se arrasta, levando pessoas com uniformes de quatro cores e cortes. Na frente, uma van do Serviço Florestal, depois uma escavadeira gigante modificada para embates. Atrás dela mais maquinário, mais vans.

Os cascadianos livres de cara pintada ficam parados olhando. Então o ex-pastor de oitenta anos com a cicatriz ao redor do pescoço diz: "Ok, pessoal. Vamos nos preparar". Eles vão para suas bases, se trancam, levantam a ponte levadiça, vigiam a muralha ou se retiram para posições de defesa. Logo o comboio chega aos portões. Dois homens do Serviço Florestal descem da primeira van e param em frente à paliçada. "Vocês têm dez minutos para sair tranquilamente. Depois disso, serão levados para um local de detenção."

Todo mundo ao longo da muralha grita ao mesmo tempo. Sem líderes: cada voz deve ser ouvida. O movimento viveu meses de acordo com esse princípio, e agora vai morrer por ele. Adam espera uma pausa em meio à saraivada de palavras. Então também começa a gritar.

"Nos dê três dias, e tudo isso pode ser resolvido de maneira pacífica." Os rostos do comboio se voltam para ele. "Recebemos uma visita de um deputado. O presidente está preparando um decreto executivo."

Tão rápido quanto ganhou a atenção deles, Adam a perde. "Vocês têm dez minutos", o agente repete, e a ingenuidade política de Adam morre. Uma ação de Washington não é a resposta para esse confronto. É a *causa*.

Aos nove minutos e quarenta segundos, a escavadeira pescoçuda e dinossauriana balança o braço sobre a trincheira e acerta o alto da cerca. Gritos vêm das muralhas açoitadas. Defensores com pintura de guerra tombam e correm. Adam sai correndo e é derrubado no chão. A garra acerta a muralha de novo. Afasta-se como um punho e acerta a ponte levadiça. Mais um cutucão, e a ponte se desprende. Dois golpes violentos nos postes de apoio fazem toda a barreira despencar. Meses de trabalho — as barricadas mais formidáveis que a Biorregião Livre poderia construir — desabam como um forte feito de palitos de picolé.

A besta se arrasta até a trincheira e apanha os escombros do outro lado. A escavadeira leva apenas um minuto para arranhar as toras da muralha e fazê-las rolar para o fosso. As esteiras da máquina rolam sobre a vala cheia e sobre a muralha derrubada. Com a pintura do rosto escorrendo, os cascadianos se espalham como cupins saindo de um cupinzeiro. Alguns vão na direção da estrada. Vários se aproximam dos invasores com argumentos e apelos. Cabelo-de-Anjo começa a entoar: "*Pensem no que estão fazendo! Existe um jeito melhor!*". Policiais que vieram com o comboio estão por toda parte, algemando e forçando as pessoas a se deitarem no chão.

Os cantos mudam para gritos de "Sem violência! *Sem violência!*".

Adam cai rápido, derrubado por um imenso policial com uma rosácea tão intensa que parece um dos ecoguerreiros pintados. A cinquenta metros da escarpa, Sentinela leva uma cacetada atrás dos joelhos e escorrega até dar com o rosto pintado de azul no chão coberto de seixos. Apenas as pessoas que se amarraram continuam lá. A escavadeira desacelera seu avanço pela estrada. Chega ao primeiro tripé e cutuca a base com a garra. O tripé balança. Os policiais interrompem sua varredura e observam. Em seu cesto de gávea, Amoreira prende os braços na parte de cima dos pilares trêmulos. Cada avanço da garra contra a base do cone faz com que ela balance como um boneco de teste de colisão.

Adam grita: "Meu Deus. Sai daí!".

Outros começam a gritar — pessoas dos dois lados da batalha. Até Doug, deitado no meio da estrada. "*Mim*. Acabou. Desce."

A garra acerta a base do tripé. Os três troncos que formam a estrutura gemem e se dobram. Um dos paus racha com um rangido horrível. A rachadura começa a cem anéis de profundidade no cilindro de lignina, e então corre para fora. O abeto se rasga e o topo fende, transformando o pau em uma estaca punji.

Mimi grita, e seu cesto de gávea cai. O pau quebrado empala sua maçã do rosto. Ela salta da lança e tomba, esbarrando em uma rocha no solo. Douglas se liberta do seu confinamento e corre na direção dela. O condutor da escavadeira recolhe a garra horrorizado, como a palma de uma mão clamando sua inocência. Mas as costas da mão balançam na direção da criança palhaço, que sente a força da garra retrátil e se achata como uma marionete que tem subitamente as cordas cortadas.

A guerra pela Terra para. Os dois lados correm em direção aos feridos. Mimi grita e segura o rosto. Douglas está inconsciente. A polícia corre até a caravana e reporta os feridos. Os cidadãos em choque da biorregião arruinada se amontoam, horrorizados. Mimi vira de lado, fica em posição fetal e abre os olhos. Árvores em tons de jade a água-marinha espetam o céu. *Olha a cor*, pensa, e então desmaia.

Adam encontra Cabelo-de-Anjo e Sentinela no meio da multidão, verificando as perdas. Cabelo-de-Anjo aponta para as quatro mulheres insurgentes ainda deitadas no meio da estrada, atadas ao chão. "Ainda não perdemos."

Adam diz: "Perdemos sim".

"Não vão ter coragem de derrubar essas árvores agora. Depois que a imprensa souber disso."

"Vão sim." Essas e todas as árvores anciãs que restam, até que todas as florestas virem fazendas ou áreas residenciais.

Cabelo-de-Anjo sacode as madeixas sujas. "Essas quatro mulheres podem continuar aí até o governo federal fazer alguma coisa."

Adam flagra o olhar de Sentinela. A verdade é brutal demais para até mesmo ele dizer.

Um helicóptero leva os feridos para a emergência de traumatologia em Bend. Douglas, com uma fratura Le Fort III no maxilar, é submetido a uma cirurgia imediata. O tornozelo de Mimi é colocado no lugar, e sua órbita estourada é remendada. Os médicos da emergência não podem fazer muita coisa a respeito da trincheira na bochecha dela, exceto costurá-la e esperar que um dia um cirurgião plástico possa reconstruí-la.

Os Freddies não prestam queixa contra os invasores. Apenas as últimas quatro mulheres são detidas, depois de resistirem por mais trinta e seis horas. Então os moradores remanescentes da Biorregião Livre de Cascádia deixam a encosta, e a extração de riqueza é retomada.

E no entanto, e *ainda assim*: vinte e oito dias depois, na floresta nacional de Willamette, um galpão cheio de máquinas florestais pega fogo.

Não é real. Não passa de um teatro, uma simulação, até que eles vejam os efeitos.

Os jornais publicam uma foto: um bombeiro e dois guardas florestais inspecionando uma escavadeira carbonizada. Cinco pessoas vão passando a foto pela mesa de jantar de Mimi Ma. Um pensamento se junta a eles, clandestino, como os pensamentos fazem frequentemente agora. *Puta merda. Foi a gente que fez isso.*

Por um bom tempo, não é preciso dizer nada. O humor do grupo oscila como uma ação volátil na bolsa. Mas acaba por se cristalizar em um sentimento de desobediência passiva. "Eles fizeram por merecer", diz Mimi. Os vinte e dois pontos no rosto dela transformam cada palavra em uma ferroada. "Estamos quites."

Adam não consegue olhar para ela, tampouco para Douglas, cujo rosto virou uma bagunça enfaixada. Adam também quis essa vingança contra o maquinário que quase cegou um deles e deformou o outro. Uma retaliação contra o sadismo dos homens. Agora ele não sabe mais o que quer ou como conseguir.

"Na verdade", diz Nick, "eles ainda estão com bastante vantagem."

É um ato único de desespero. Mas a necessidade de justiça é como o amor ou a ideia de posse. Alimentá-la só a faz crescer. Duas semanas depois do galpão de máquinas, o alvo da vez é a serraria próxima a Solace, que opera há meses sob uma licença revogada e paga a multa desagradável com os lucros de uma única semana. A mulher que ouve vozes explica como deve ser o ataque. O observador treinado monitora a área. A engenheira transforma em explosivo duas dúzias de galões plásticos de leite. O veterano de guerra lida com a detonação. O psicólogo os faz seguirem em frente. Máquinas mortíferas queimam melhor do que qualquer um deles imaginava. Desta vez, deixam uma mensagem rabiscada na parede de um armazém próximo, que decidem poupar porque está cheio de madeira inocente. As letras são trabalhadas, quase com floreios:

NÃO À ECONOMIA SUICIDA
SIM AO CRESCIMENTO REAL

Estão sentados debruçados ao redor da mesa de Amoreira como se estivessem prestes a distribuir as cartas de um baralho. A filosofia e outras distinções sutis não podem ajudá-los agora. Um limite foi ultrapassado, o trabalho está feito; as palavras não têm importância. E, *ainda assim*, não conseguem parar de falar, embora as frases nunca sejam muito longas. Ainda discutindo, mesmo que a conclusão do debate tenha desaparecido há muito tempo no espelho retrovisor da van de entrega do grupo.

Adam observa os colegas incendiários e toma notas mentais, ainda que sem querer. Amoreira corta o ar em câmera lenta. A lâmina pousa em um ponto específico da palma de sua mão. "Sinto que estou num funeral interminável há dois anos."

"Desde que as vendas caíram dos olhos", concorda a criança palhaço.

"Todos os protestos. Todas as cartas. As agressões. A gente gritando a plenos pulmões, e ninguém ouvindo."

"Tivemos mais sucesso em duas noites do que em anos de ações."

Sucesso é algo que Adam não consegue mais mensurar. O que eles estão fazendo — *o que ele fez* — é apenas mascarar a dor por um tempo para conseguir viver com ela.

Mimi diz: "Não é mais um funeral".

"Não é uma escolha difícil", diz Nick. A voz dele se aquieta, surpresa com a emboscada do bom senso. "Ou destruímos umas poucas máquinas, ou essas poucas máquinas destroem uma enorme quantidade de vida."

O psicólogo escuta. Há ilusões muito mais profundas no coração dos seres humanos. Ele se juntou a esse grupo com o desejo de salvar o que pode ser salvo. É preciso ganhar um pouco de tempo diante do apocalipse que se aproxima. Nada é mais importante do que isso. A tese já tem sua resposta.

Olivia só precisa abaixar o queixo, e todos os outros ficam em silêncio. O poder que tem sobre eles cresceu a cada crime. Ela colocou a mão em um cepo cortado que tinha o tamanho de uma capela. Viu morrer uma floresta que era mais velha do que a espécie dela. Aceitou os conselhos de coisas maiores que o homem. "Se estivermos errados, vamos pagar por isso. O máximo que eles podem tirar são nossas vidas. Mas, e se estivermos certos?" Ela olha para baixo, em um lampejo de pensamento. "E tudo o que está vivo me diz que nós..."

Ninguém precisa que ela complete a frase. O que uma pessoa não faria para ajudar os produtos mais maravilhosos de quatro bilhões de anos de criação? No tempo em que Adam leva para pensar nisso, ele percebe outra coisa: os cinco estão indo para outra rodada. *Mais uma.* Deve ser a última. Então vão seguir caminhos separados, tendo feito o pouco que podiam fazer para impedir que a raça se matasse.

***

É o próprio Adam que descobre a matéria: "Serviço Florestal busca projetos multiuso". Milhares de hectares de terras públicas em Washington, Idaho, Utah e Colorado oferecidas para especuladores e construtoras privadas. Florestas derrubadas para fazer dinheiro com o apocalipse. O grupo ouve o artigo em silêncio. Nem é preciso colocar o assunto em votação.

Não há cartas ou e-mails, e praticamente nenhuma ligação. Comunicação cara a cara, ou comunicação nenhuma. Vivem com dinheiro em espécie. Nada é escrito. A engenharia de Amoreira fica mais sofisticada. Começa o que é sem dúvida seu melhor trabalho, pegando dicas de panfletos clandestinos artesanais: *As sete regras dos incêndios criminosos. Incendiar com temporizadores elétricos.* O novo mecanismo é mais confiável. Ácer e Abeto chegam a dirigir oitenta quilômetros para conseguir o material necessário.

Sentinela e Cabelo-de-Anjo monitoram um dos locais que acabaram de ser arrendados — Stormcastle, em Idaho, nas montanhas Bitterroots, perto da fronteira com Montana. Fatias saudáveis de florestas públicas vendidas para dar lugar a mais um resort. Eles vão até lá e percorrem o local à noite, quando a área está deserta. O artista rascunha tudo — os leitos recém-preparados das estradas, os barracões de equipamento, os trailers de construção, a área das novíssimas fundações do resort. Há muito cuidado em seus esboços perfeitos, e humildade. Enquanto ele desenha, a ex-estudante de ciências atuariais explora o terreno limpo, caminhando entre as estacas de topografia. Ela inclina a cabeça, escutando.

Os cinco trabalham sob uma tenda de isolamento dentro da garagem de Amoreira, usando luvas e macacões de pintura. Eles juntam baldes de cinco galões de combustível e temporizadores presos em potes plásticos. Marcam nos mapas de Sentinela onde cada dispositivo deve ser colocado para criar o incêndio mais eficaz. Vão mandar essa última mensagem, depois vão parar. Então cada um irá para o seu lado, desaparecendo em rotinas invisíveis após ganharem a atenção do país. Depois de terem apelado à consciência de milhões. Depois de terem plantado uma semente, do tipo que precisa do fogo para germinar.

Tudo é colocado na traseira da van. Quando a porta da garagem de Amoreira se abre e eles ganham a rua, é como se estivessem indo para as montanhas acampar e fazer trilhas. Levam um rádio da polícia. Luvas e balaclavas para todos. Os cinco estão vestidos de preto. Deixam o oeste do Oregon para trás no início da manhã. Um acidente na rodovia interestadual, e a van explodiria em uma enorme bola de fogo.

Na van, os cinco conversam e observam a paisagem. Passam por longos trechos de florestas cenográficas, cortinas de apenas um ou dois metros de profundidade. Doug aparece com um livro de perguntas e questiona os outros sobre as guerras de Independência e de Secessão. Adam ganha. Eles observam os pássaros — aves de rapina ao longo da rodovia, que é uma carnificina de pequenos mamíferos. Em duas horas de viagem, Mimi vê uma águia-americana com uma envergadura de mais de dois metros. Isso deixa todos em silêncio.

Escutam um livro em uma fita-cassete: mitos e lendas dos primeiros povos do Noroeste. Kemush, o ancião dos povos antigos, nasce das cinzas das luzes do Norte e cria tudo o que existe. Coiote e Wishpoosh rasgam a paisagem em sua luta épica. Os animais se reúnem para roubar o fogo do Pinheiro. E todos os espíritos da escuridão mudam de forma, tão numerosos e fluidos quanto folhas.

A noite cai nas montanhas Bitterroots. Os últimos quilômetros são os mais difíceis — lentos, sinuosos e remotos. Por fim, chegam diante da área de construção, a três quilômetros da rodovia estadual. O lugar é exatamente como Sentinela desenhou.

Mimi fica na van, um cachecol em volta do rosto marcado, varrendo as frequências no rádio da polícia. Os outros começam a trabalhar em silêncio. Todas as tarefas foram discutidas dezenas de vezes. Eles se movem como um único ser, posicionando galões de dezoito litros de combustível e ajeitando entre eles pavios de toalhas e lençóis encharcados de propelente. Então colocam os temporizadores de potes plásticos.

Sentinela começa o trabalho atribuído a ele. Essa noite é sua última oportunidade de trabalhar em um meio que será visto por milhões. Ele se afasta do prédio principal do futuro resort, meio construído, onde os outros estão instalando os dispositivos. Atravessa o gramado e chega até dois trailers, afastados o suficiente para serem poupados das explosões. São a melhor tela que ele pode ter. Tira duas latas de spray dos bolsos do casaco e se aproxima do lado mais desimpedido do trailer. Em letras pintadas com todo o cuidado, ele escreve:

O CONTROLE MATA
A CONEXÃO CURA

Ele dá um passo para trás para avaliar o germe da única coisa sobre a qual ele tem certeza. Com uma caneta grossa de feltro, enfeita as letras com galhos até que elas pareçam estar brotando do apocalipse. Parecem hieróglifos egípcios, ou as figuras dançantes de um bestiário de op art. Abaixo dessas duas linhas, ele acrescenta uma esperança rastejante:

VOLTE PARA CASA OU MORRA

De volta ao local de detonação, colocando os tubos no lugar, Adam e Doug calculam mal seus movimentos. O combustível molha a bainha da jaqueta de Adam e escorre pelo jeans preto.

Fedendo a petroquímicos, ele aperta os punhos até que as luvas encharcadas pinguem. A mão está dolorida de tanto carregar coisas. Ele olha para o telhado pontudo do escritório do empreendimento e pensa: *Que merda que eu tô fazendo?* A clareza das últimas semanas, o repentino despertar depois do sonambulismo, sua convicção de que o mundo foi roubado e a atmosfera destruída pelo menor dos ganhos de curto prazo, a sensação de que ele precisa fazer tudo o que puder para lutar pelas criaturas mais maravilhosas do mundo vivo: tudo isso desaparece de Adam, e nesse instante há nele apenas a loucura de negar o alicerce da existência humana. Propriedade e domínio: nada mais importa. A Terra será monetizada até que todas as árvores cresçam em linha reta, três pessoas sejam os proprietários de todos os sete continentes, e todos os grandes organismos sejam criados para ser abatidos.

Na outra lateral do trailer, Sentinela pinta palavras em um alfabeto selvagem e vívido. Versículos brotam e fluem sobre o branco vazio:

Você possui cinco árvores no Paraíso
que não mudam,
seja no verão ou no inverno,
e suas folhas não caem.
Aquele que as conhece
não provará a morte.

Ele dá um passo para trás, a garganta apertada, um pouco surpreso com o que saiu de dentro dele, essa oração que ele precisa tanto fazer para quem não vai entendê-la. Então: *bum*, e o impacto brutal de uma onda atinge suas costas. O calor se expande no ar muito antes de haver qualquer coisa que pareça uma explosão. Sentinela se vira e vê uma bola laranja saltar em uma rápida simulação de nascer do sol. Começa a correr em direção ao fogo.

Uma silhueta surge em sua visão periférica. Douglas em uma corrida manca, uma perna rígida, um ritmo pontilhado. Chegam ao incêndio ao mesmo tempo. Então Douglas grita-sussurra: "Porra, não. Porra, *não*!". Fica de joelhos, chorando pelo que acaba de acontecer. Duas pessoas estão deitadas no chão. Uma delas começa a se mexer enquanto Nick se aproxima, e não é a que Nick precisa que se mexa.

Adam ergue os ombros do chão. A cabeça gira em todas as direções. Um véu de sangue escorre pelo rosto. "Ah", ele diz. "Ah!"

Douglas o acalma. Nick se abaixa para levantar Olivia. Ela está deitada de barriga para cima, o rosto voltado para as estrelas. Seus olhos estão abertos. Ao redor dos três, o ar fica laranja. "Livvy?" A voz de Nick sai horrível. O zumbido arrastado e espesso, que para ela parece pior do que a explosão. "Tá me ouvindo?"

Uma bolha se forma nos lábios de Olivia. E então a palavra: "*Nnn*".

Algo escorre pela cintura dela. A frente da camiseta preta reluz no escuro. Ele levanta a camiseta e grita, apressando-se para colocá-la no lugar. Deixa sair de dentro dele um gemido surdo. Então volta a ser um monstro de eficiência. A mulher ferida olha para ele, aterrorizada. Ele se cala e fica impassível. Executa todos os movimentos de toda a ajuda possível. O ar começa a piscar. Duas pessoas se inclinam sobre eles. Douglas e Adam. "Ela tá...?"

Algo nessas palavras acerta Olivia. Ela tenta levantar a cabeça. Nick a impede gentilmente. "Eu tô", ela diz. Seus olhos se fecham de novo.

Tudo está escaldado. Douglas gira em círculos restritos, as mãos pressionando a cabeça. As palavras saem sincopadas: "Merda, merda, merda, merda...".

"Precisamos tirar ela daqui", diz Adam.

Nick o detém. "Não podemos!"

"Temos. As chamas."

O embate desajeitado acaba antes de começar. Adam pega a mulher pelas axilas e a arrasta pelo chão pedregoso. Alguns sons sobem pela garganta dela. Nick se abaixa novamente ao lado de Olivia, perdido. Vai ver aquela cena pelos próximos vinte anos. Levanta-se, afasta-se aos trancos e vomita no chão.

Então Mimi aparece no escuro ao lado deles. Nick fica aliviado. Outra mulher. Uma mulher vai saber como salvá-los. Em um segundo, a engenheira vê tudo. Ela coloca as chaves da van na mão de Adam. "Vai. Vai até a cidade mais próxima. Dezesseis quilômetros. Chama a polícia."

"Não", diz a mulher deitada no chão, surpreendendo a todos. "Não. Continuem..."

Adam aponta para as chamas. "Não tô nem aí", diz Mimi. "Vai. Ela precisa de ajuda."

Adam continua parado, o corpo não querendo obedecer. *Ajuda não vai ajudá-la. E vai matar todos nós.*

"Terminem", a mulher deitada murmura. A palavra é tão suave que nem Nick consegue entender.

Adam olha para as chaves na mão. Então começa a trotar na direção da van.

"Douglas", Mimi chia. "Para." O veterano deixa de gemer e se detém. Mimi vai para o chão acudir Olivia, afrouxar a gola dela, acalmar o pânico animal. "Vai chegar ajuda. Aguenta firme."

As palavras só deixam a mulher ferida agitada. "Não. Terminem. Continuem..."

Mimi tenta acalmá-la, acariciando seu rosto. Nick dá um passo para trás. Continua observando à distância. Tudo está acontecendo, irreparável, para sempre, de verdade. Mas em outro planeta, para outras pessoas.

Coisas começam a vazar do abdômen de Olivia. Os lábios se movem. Mimi se inclina, o ouvido na boca dela. "Quer um pouco d'água?"

Mimi gira e olha para Nick. "Água!" Ele fica parado, sem saber o que fazer.

"Eu vou buscar", Douglas grita. Ele vê uma reentrância na encosta, para além das chamas. "Tem uma ravina lá. Deve ter um riacho também."

Os homens procuram alguma coisa onde colocar a água. Todos os recipientes que têm estão contaminados com combustível. Há um saquinho plástico no bolso de Nick. Ele joga fora as poucas sementes de girassol que o saco contém e o entrega a Douglas, que segue para o bosque atrás do canteiro de obras.

Não é difícil encontrar o riacho. Mas uma aversão condicionada domina Douglas quando ele mergulha o saquinho. *Não se deve beber água não tratada.* Não existe nesse país uma lagoa, lago, rio ou riacho do qual se possa beber água. Ele se agacha e enche o saco. A mulher só precisa de um pouquinho de líquido fresco na boca, por mais venenoso que seja. Douglas segura o saco com as duas mãos e sai correndo pela encosta. Derrama um pouco de água na boca dela.

"Obrigada." Seus olhos estão febris de gratidão. "É bom." Ela bebe um pouco mais. Então seus olhos se fecham.

Douglas segura o saquinho, impotente. Mimi mergulha os dedos no líquido e limpa o rosto riscado de Olivia. Envolve a cabeça dela com as mãos, acaricia os cabelos castanhos. Os olhos verdes se abrem de novo. Estão alertas agora, conscientes, fixos nos olhos da enfermeira. O rosto de Olivia se contorce em uma expressão de horror, como uma égua emboscada. Como se falasse claramente as palavras em voz alta, ela coloca a ideia na cabeça de Mimi: *Tem alguma coisa errada. Me mostraram o que ia acontecer, e não é nada disso.*

Mimi sustenta o olhar, absorvendo toda a dor que é capaz de absorver. Oferecer qualquer conforto é impossível. As duas ficam se encarando, e nenhuma consegue desviar os olhos. Os pensamentos da mulher eviscerada fluem até Mimi por um canal cada vez mais largo, pensamentos grandes demais e lentos demais para serem entendidos.

Nick está imóvel, de olhos fechados. Douglas joga o saco no chão e se afasta. O céu arde, emitindo um brilho de negação. Duas novas explosões rasgam o ar. Olivia grita, buscando de novo os olhos de Mimi. A expressão dela parece agora violenta, aflita, como se desviar o olhar, mesmo que por um instante, fosse algo pior do que a pior morte.

Um terceiro homem aparece à beira do inferno. Ver Adam ali, muito mais cedo do que se esperaria, faz Nick despertar. "Você chamou alguém?"

Adam olha para a *pietà*. Uma parte dele parece surpresa em descobrir que o drama ainda não acabou.

"Alguém tá vindo ajudar?", grita Nick.

Adam não diz nada. Com toda a força, ele se afasta da loucura.

"Você é um covarde... Me dá as chaves. *Me dá as chaves*."

O artista agarra o psicólogo. Apenas o som do seu nome na boca de Olivia o impede de partir para a violência. Num piscar de olhos, ele está no chão ao lado dela. Olivia agora respira com dificuldade. Seu rosto se ergue atravessado pela dor. A espécie de choque que a mantinha anestesiada está passando, deixando-a contorcida e ofegante.

"Nick?" O ofegar para. Os olhos ficam enormes. Ele precisa se conter para não olhar por cima do ombro e ver o terror que ela vê.

"Eu tô aqui. Eu tô aqui."

"*Nick?*" Um grito agora. Ela tenta se sentar, e coisas moles se derramam por baixo da camiseta. "*Nick!*"

"Sim. Eu tô aqui. Aqui. Tô com você."

Ela começa a ofegar de novo. Resistência escorre da boca dela. *Hnn. Hnn. Hnn.* Ela aperta a mão dele até esmagar. Geme, e o som vai embora até que não haja nada mais alto do que o crepitar das chamas ao redor deles. Os olhos dela se espremem.

Então abrem de novo, desvairados. Ela mantém o olhar fixo, sem saber o que está olhando.

"Quanto tempo isto vai durar?"

"Não muito tempo", ele promete.

Ela se agarra nele, um animal caindo de uma grande altura. Então volta a se acalmar. "Mas não isso. Isso nunca vai acabar — o que a gente tem. Certo?"

Ele espera demais, e o tempo responde por ele. Por alguns segundos, ela ainda luta para ouvir a resposta, e então amolece para o que quer que aconteça depois.

Copa

Um homem no norte boreal está deitado de costas no chão frio do alvorecer. Estica a cabeça para fora da barraca individual e olha para o alto. Quatro cilindros finos de espruce-branco registram a brisa que corre acima dele. A gravidade não é nada. As pontas perenes desenham e escrevem no céu da manhã. Ele nunca pensou de fato nos muitos quilômetros que uma árvore percorre, em minúsculos incrementos cursivos, a cada hora de cada dia. Sempre se mexendo, essas coisas imóveis.

O homem com a cabeça para fora da barraca se pergunta: Como será o alto das árvores? Eles são como aqueles brinquedos de desenhar com rodas dentadas, formando padrões surpresa a partir de simples círculos. São como a ponta do dedo que se move sobre um tabuleiro ouija, recebendo palavras do além. *Na verdade, eles não se parecem com nada além de si mesmos. São as copas de cinco espruces-brancos carregados de pinhas, curvando-se ao vento como em todos os dias de sua existência. Procurar* semelhanças *é o único problema do ser humano.*

Mas os espruces emitem mensagens em meios de comunicação que eles mesmos inventaram. Falam através de suas agulhas, seus troncos e suas raízes. Registram no próprio corpo a história de cada crise que atravessaram. O homem na barraca está deitado sob sinais milhões de anos mais antigos do que seus sentidos grosseiros. E, ainda assim, ele é capaz de lê-los.

Os cinco espruces-brancos sinalizam no ar azul. Escrevem: Luz, água e um pouco de pedra triturada exigem respostas longas.

Pinheiros-mastro e pinheiros-do-labrador objetam: Respostas longas precisam de um longo tempo. E um longo tempo é exatamente o que está desaparecendo.

Os abetos-negros da colina dizem sem rodeios: O calor está alimentando o calor. O permafrost está regurgitando. O ciclo se acelera.

Mais ao sul, as folhas perenes concordam. Álamos ruidosos, bétulas remanescentes e florestas de choupos se juntam ao coro: O mundo está se transformando em uma coisa nova.

O homem volta a deitar de costas, cara a cara com o céu da manhã. As mensagens voam ao seu redor. Mesmo aqui, sem casa, ele pensa: Nada mais será como antes.

Os espruces respondem: Nada nunca foi como antes.

Estamos todos condenados, *o homem pensa.*

Sempre estivemos condenados.

Mas as coisas são diferentes agora.

Sim. *Você está* aqui.

O homem precisa se levantar e ir trabalhar, o que as árvores já estão fazendo. O trabalho dele está quase pronto. Vai levantar acampamento amanhã, ou depois de amanhã. Mas, naquele minuto, naquela manhã, ele observa os espruces escrevendo e pensa: Eu não precisaria ser tão diferente para que o sol parecesse significar sol, para que o verde significasse verde, para que a alegria, o tédio, a angústia e a morte fossem o que são, sem a necessidade de qualquer clareza matadora, e então isso — *isso*, os crescentes anéis de luz, água e pedra — tomaria todo o meu eu, e seria todas as palavras de que eu preciso.

As pessoas se transformam em outras coisas. Vinte anos depois, quando tudo depende de se lembrar do que aconteceu, os fatos daquela noite há muito se transformaram no cerne escuro de um tronco. Eles colocam o corpo dela no fogo, virado para baixo. Três pessoas vão se lembrar disso. Nick não vai se lembrar de nada. Um alicerce quando ela precisava dele, ele se torna inútil depois, sentado no chão próximo ao fogo, perto o suficiente para queimar as sobrancelhas, tão imóvel quanto o cadáver em chamas.

São os outros que colocam Olivia na pira já pronta, uma coisa tão antiga quanto a noite. As roupas dela queimam, depois a pele. As palavras floreadas na escápula — *A change is gonna come* — escurecem e evaporam. As chamas lançam pedacinhos de sua alma pelo ar. O cadáver vai ser encontrado, é claro. Dentes com obturações, pedaços de ossos não queimados. Cada pista será descoberta e avaliada. Eles não estão se livrando do cadáver. Estão enviando-o para a eternidade.

Ninguém vai se lembrar de muita coisa sobre o momento de ir embora do lugar, exceto que precisaram forçar Nick a entrar na van. O laranja cintila sobre o bosque perene, tão fantasmagórico quanto a aurora boreal. Depois, um breu na memória por dezenas de quilômetros. Levam meia hora para cruzar com outro carro, e os ocupantes, um casal de aposentados de Elmhurst, Illinois, que naquela noite ainda precisam dirigir cinco horas, nem vão se lembrar da van branca na pista oposta seguindo em alta velocidade na hora que enxergarem o fogo.

Os incendiários passam por longos períodos de silêncio pontuados por gritos. Adam e Nick fazem ameaças um ao outro. Mimi dirige envolta em uma bolha à prova de som. A trezentos e cinquenta quilômetros de Portland, Douglas exige que eles se rendam. Algo lhes diz para não fazerem isso. Olivia. Disso sim todos vão se lembrar.

"Ninguém viu nada", Adam repete aos outros muitas vezes.

"Acabou", diz Nick. "Ela morreu. Estamos fodidos."

"Cala a boca, porra", ordena Adam. "Ninguém vai conseguir relacionar isso com a gente. É só todo mundo ficar quieto."

Eles não foram capazes de proteger nada. Concordam pelo menos em proteger um ao outro.

"Não digam nada, não importa o que aconteça. O tempo está com a gente."

Mas as pessoas não fazem ideia do que é o tempo. Acham que é uma linha, se enroscando três segundos atrás delas, depois desaparecendo com a mesma rapidez nos três segundos de neblina logo à frente. Não conseguem entender que o tempo é um grande anel que envelopa outro e mais outro, cada vez mais para fora, até que a pele tão fina do *Agora* dependa da enorme massa de tudo o que já morreu.

Em Portland, eles se dispersam.

Nicholas acampa sobre o fantasma de Mimas. Sem barraca, sem saco de dormir. Ele deita de lado quando a noite chega, a cabeça apoiada em uma jaqueta enrolada, perto do anel criado no ano da morte de Carlos Magno. Em algum lugar debaixo do seu cóccix, Cristóvão Colombo. Nos tornozelos, o primeiro Hoel deixa a Noruega em direção ao Brooklyn e à imensidão de Iowa. Para além da extensão do corpo de Nicholas, aglomerados na rebarba do corte, estão os anéis de seu próprio nascimento, da morte da sua família, da visita da mulher que o reconheceu e o ensinou a aguentar firme e continuar vivo.

O cepo está escorrendo na borda, a seiva de uma cor para a qual o pintor não tem nome. Ele deita de costas e olha para o ar, vinte andares para cima, tentando localizar o lugar exato onde ele e Olivia viveram por um ano. Ele não queria estar morto. Só queria o som daquela voz, aquela franqueza ansiosa, por mais algumas palavras. Só queria que a garota que sempre escutou o que a vida queria deles se erguesse do fogo e dissesse o que ele deve fazer de agora em diante. Não há voz alguma. Nem a dela, nem a dos seres imaginários. Nenhum esquilo-voador, mérgulo, coruja ou qualquer outra criatura que cantou para eles naquele ano. Seu coração se contrai, voltando ao tamanho que tinha quando ela o encontrou. O silêncio, ele decide, é melhor do que a mentira.

Não consegue dormir muito naquele acampamento duro. Não vai ter muitas noites boas pelos próximos vinte anos. E, no entanto, vinte novos anéis não teriam uma largura maior do que seu dedo anelar.

Mimi e Doug esvaziam a van e destroem todos os trapos, mangueiras e elásticos. Esfregam a cama com vários solventes. Ela vende a coisa por uma ninharia e compra um Honda compacto em dinheiro. Tem certeza de que a venda vai se desenrolar como uma história de Poe. O novo proprietário da van vai encontrar um pedaço de papel incriminatório em algum lugar óbvio.

Ela coloca o apartamento à venda. "Por quê?", pergunta Douglas.

"Precisamos nos separar. É mais seguro."

"Como pode ser mais seguro?"

"Vamos nos entregar se ficarmos juntos. Douglas. Olha pra mim. *Olha pra mim.* A gente não pode fazer isso."

Poderia não ter sido nada além de uma notícia escondida no jornal. Incêndio criminoso destrói fundações de futuro resort. Um contratempo incômodo. A obra é retomada imediatamente. Mas um osso aparece nas cinzas peneiradas, uma vítima humana. Toda a mídia em nove estados do Oeste pega a isca da história e a publica por dias.

Os investigadores não conseguem chegar a uma identidade. Uma mulher, jovem, um metro e setenta e três. Quanto à violência, abuso, é impossível dizer. A única pista são as inscrições enigmáticas encontradas perto do local do incêndio:

O CONTROLE MATA
A CONEXÃO CURA
VOLTE PARA CASA OU MORRA
Você possui cinco árvores no Paraíso...

A sabedoria popular se contenta com a explicação mais plausível. Aquilo é fruto de um assassino perturbado.

Adam volta para Santa Cruz. Algo impensável, depois de tudo. Mas abandonar o doutorado com a tese quase pronta acabaria apenas chamando mais atenção. Não sobrou quase nada da bolsa de um ano. Fica sentado por dias no quarto sublocado com as cortinas fechadas. Parece pairar a sessenta centímetros da própria cabeça, olhando para o corpo. Em horas estranhas, é tomado por uma empolgação, que logo em seguida se transforma em uma ansiedade indomável. Sente que corre risco de vida até em uma caminhada de dez minutos à loja de conveniências.

Em uma sexta-feira, tarde da noite, vai ao prédio da faculdade buscar sua correspondência. Não consegue nem se lembrar da última vez que esteve ali. Precisa de três tentativas até acertar o código da caixa. Está tão cheia de panfletos que ele tem dificuldade de abri-la. O amontoado estoura, e meses de propagandas negligenciadas se espalham pelo chão. Uma voz atrás dele diz: "Oi, sumido".

"Oi!", ele responde, com entusiasmo demais, antes mesmo de se virar.

Mary Alice Merton, a colega Tudo Menos a Tese. Rosto delicado de garota do interior e sorriso de propaganda de dentista. "A gente achou que você tinha morrido."

A liberdade mais horrorosa corre por dentro dele. *Não morri. Mas ajudei a matar alguém.* "Nah. Foi a bolsa."

"O que aconteceu? Por onde você andou?"

Ele escuta seu falecido mentor da graduação citando Mark Twain. *Se você diz a verdade, não precisa se lembrar de nada.* "Estava fazendo pesquisa de campo. Acho que me perdi um pouco."

Ela faz um carinho no braço dele com as unhas. "Não foi o primeiro, rapaz."

"Eu tenho todos os fatos. Só não consigo organizar eles de um jeito coerente."

"Ansiedade da conclusão. Por que é tão difícil entregar uma tese, né? Tudo bem que tá uma bagunça. Foda-se e entrega."

Ele se esforça para abafar sua agitação louca e reencontrar um tom normal de fala. Para ser ele mesmo, não um incendiário e cúmplice de homicídio. Os psicólogos devem ser os maiores mentirosos do planeta. Anos de prática em observar pessoas decepcionando a si mesmas e às outras. Ele se lembra dos ensinamentos. Faça o contrário do que seus impulsos criminosos lhe dizem para fazer. E, quando intimidado a comparecer diante do tribunal da opinião pública, pareça desorientado.

"Tá com fome?" Ele se controla para levantar só um milímetro das sobrancelhas.

Consegue ver o alarme disparando nela. *Quem é esse cara? Três anos de nada que não fosse psicologia, quase autista, e agora ele quer brincar de ser humano?* Mas o viés de confirmação vai sempre superar o senso comum. Todos os dados provam isso. "Morrendo."

Ele enfia na mochila os meses de correspondência, e os dois vão comer um sanduíche de faláfel. Cinco anos depois, ele tem um arquivo cheio de artigos respeitados sobre idealismo em grupos, e está pronto para assumir uma vaga de professor na Universidade de Ohio. Mais quinze anos — um tempo de nada —, e ele será uma autoridade na área.

É mais fácil viver meses no alto da copa de uma sequoia-vermelha do que passar sete dias no nível do solo. Tudo tem dono; um bebê de um ano sabe disso. Uma lei tão verdadeira quanto as leis de Newton. Andar pela rua sem dinheiro é um crime, e ninguém seria capaz de imaginar, nem por um minuto, que as coisas da vida real poderiam ser diferentes. Nick não pode correr o risco de ser pego por nada — nem por vadiagem, nem por acampar sem autorização, nem por colher frutinhas de manzanita em um parque estadual. Em uma cidadezinha deprimida aos pés das montanhas desmatadas, ele encontra uma cabana, alugada por semana. O quintal tem vista para um aglomerado de jovens sequoias, perfeitamente eretas, com uma espessura de apenas meio metro, mas, ainda assim, é algo familiar. A coisa mais próxima que ele tem de um parente.

Precisa sair desse lugar, ir para o mais longe possível, por uma simples questão de segurança, senão de sanidade. Mas não consegue parar de esperar, não consegue desistir da chance de receber uma mensagem que poderia redimir ao menos uma fração do desastre. Ele morou nesse lugar com ela. Aqui, durante quase um ano inteiro, ele sabia o que era ter um propósito. De todos os lugares desta Terra esquecida, é para esse aqui que ela voltaria.

Ele não fala com ninguém, não vai a lugar nenhum. É a estação chuvosa de novo, a estação que acabou de terminar. Ele adormece com uma garoa e acorda com um toró. O telhado ganha vida com os golpes da água. Ele fica acordado, ouvindo, e não consegue parar de pensar nela. Mal adormece, acorda em pânico com a luz do dia e o cessar-fogo da chuva.

Vai até os fundos verificar o ralo. Está transbordando e criando um riacho improvisado sobre a varanda alugada. De camiseta e calça de moletom, Nick observa o amanhecer despencar sobre a montanha. A manhã tem um cheiro úmido e argiloso, e o solo murmura embaixo de seus pés descalços. Dois pensamentos colidem dentro dele. O primeiro, mais antigo do que a infância de qualquer pessoa, é: *A alegria vem pela manhã.* O segundo, novo em folha, é: *Sou um assassino.*

Há um rasgo no ar. Nicholas olha para cima, onde a encosta da montanha começa a se liquefazer. As chuvas da noite passada afrouxaram a terra, e, despojada da cobertura que a mantinha no lugar há mil anos, a montanha desliza com um rugido. Árvores mais altas do que faróis estalam como gravetos e desabam umas sobre a outras, descendo a encosta em uma onda avolumada. Nick se vira para correr. Acima dele, uma parede de seis metros de rocha e madeira está voltando para casa. Ele dispara por uma trilha, girando o rosto para trás quando um rio de árvores atinge a cabana. Sua sala de estar se enche de tocos e pedras. A casa se solta da fundação e balança na corrente.

Ele corre em direção aos vizinhos, gritando: "Saiam! Agora!". Então os vizinhos também começam a correr com seus dois meninos até a caminhonete da família. Mas os detritos chegam na caminhonete antes deles e bloqueiam o caminho. Uma torrente de árvores acerta a casa, se avolumando como lava lenhosa.

"Por aqui", grita Nick, e os vizinhos o seguem. Ele os leva para outra voçoroca ao longo de uma encosta menos íngreme. E lá, a maré de deslizamento descansa atrás de uma fina fileira de sequoias. Detritos e lama escorrem contra a última barreira, mas as árvores aguentam. A mãe começa a chorar. Ela soluça e agarra os filhos. O pai e Nick olham para a encosta desnuda, com a crista violentamente mais baixa. O homem sussurra: "Jesus".

Nick estremece com a palavra. Ele olha para onde o vizinho está apontando. Em cada um dos troncos da barricada que acabou de salvar suas vidas, há um *X* azul brilhante. A derrubada da semana que vem.

Douglas volta para Mimi, como um cachorrinho, em horas não exatamente adequadas. Primeiro, só para dar uma olhada, ter certeza de que ela está bem. Depois, para contar o sonho mais incrível que ele teve. Ela desligou a secretária eletrônica. Então ele aparece na casa, o que a deixa meio louca.

No sonho, ele e Mimi estão sentados juntos em um parque de uma cidade linda, às margens de uma baía ainda mais linda. Cabelo-de-Anjo aparece. Ela sorri e diz, *Espera! Eles vão explicar. Você vai ver.* Douglas não consegue parar quieto diante do entusiasmo de relatar aquilo. "Era como se ela tivesse visto tudo! E estava avisando a gente. Quando eu acordei, tudo parecia claro. As coisas vão se ajeitar."

Mimi não fica exatamente entusiasmada. A própria ideia de as coisas se ajeitarem faz com que ela quase grite. Então ele se mantém distante por um tempo. Mas o sonho volta, com detalhes frescos que ele tem certeza de que ela vai querer ouvir. Depois de um número considerável de batidas fortes, Mimi abre a porta e arrasta Douggie para dentro. Ela faz com que ele se sente à mesa de jantar em que eles envelopavam tantas cartas de protesto. "Douglas. Nós incendiamos prédios inteiros. Estávamos malucos. Insanidade mental criminosa. Eles vão nos matar. Você *entende isso*? Vamos passar o resto da vida numa prisão federal."

Ele não diz nada. A palavra *prisão* o faz assistir a um clipe do próprio passado —aquilo que iniciou todo esse caminho tortuoso. "Tá, eu entendo. Mas, no sonho, ela estava te abraçando e dizia..."

"Douglas!", ela grita, tão alto que poderia ser ouvido para além das paredes. Começa de novo, falando baixo. "Você não pode mais vir aqui. Eu estou vendendo o lugar. Indo embora."

Os olhos dele incham, como um sapo tentando engolir. "Indo embora?"

"Me escuta. Você precisa. Ir. Embora. Começar uma nova vida. Com um novo nome. Foi um incêndio criminoso. *Homicídio.*"

"Qualquer um poderia ter causado aqueles incêndios. Não existe nada pra nos incriminar."

"Temos antecedentes criminais. Eles nos conhecem como ambientalistas radicais. Vão percorrer as listas. Vão rastrear cada registro..."

"Que registro? Pagamos tudo em dinheiro. Dirigimos centenas de quilômetros. Muitas pessoas estão nessas listas. Listas não provam nada."

"Douglas. Some. Fica entocado. Não vem mais aqui. Não me procura."

"Tá certo." Os olhos dele estão queimando. Não há como alcançá-la. Com uma mão já na porta, ele se vira. "Sabe, eu já me sinto numa toca do jeito que as coisas estão."

Ele tem o sonho de novo. Estão sentados em uma colina, olhando para a cidade do futuro. Cabelo-de-Anjo está dizendo, *Esperem! Vocês vão ver!* E, realmente, florestas começam a brotar ao redor deles. É mais do que extraordinário, e Mimi precisa ouvir aquilo. Mas, quando ele chega diante da casa dela, há um enorme cartaz vermelho: VENDIDO.

Não tem mais um único lugar para onde ir. O Leste parece ser a melhor das três opções possíveis. Então coloca suas coisas na caminhonete e segue pelo desfiladeiro Columbia. Nem diz nada ao dono da loja de ferragens. Que fiquem com as duas últimas semanas do salário dele.

Na fronteira de Idaho, chega à conclusão de que precisa ver o local. Está praticamente do lado, pelos padrões do Oeste americano. Uma chance, pelo menos, de um adeus mais digno. Mimi grita no ouvido dele, alegando que ele está maluco. Qualquer pessoa razoável diria o mesmo. Mas a razão é o que está transformando as florestas do mundo em retângulos.

Ele dirige pela rodovia estadual, o coração marretando suas costelas. No entardecer, toma a estradinha secundária ao longo do desfiladeiro de espruces, árvores tão rígidas quanto juízes. Seus músculos se lembram. É como se os quatro sobreviventes estivessem mais uma vez na van, no rescaldo daquele episódio insano. Mas, ao se aproximar do terreno, ele vê outro tipo de fogo, preciso, controlado e branco — os arcos elétricos do trabalho noturno. Capacetes de segurança por todos os lados, consertando os danos. A resposta do capital a um cronograma atrasado é simplesmente adicionar mais turnos.

Um caminhão enorme carregado de treliças. Um homem sinalizando com uma bandeira vermelha. Douglas desacelera para dar uma olhada. Nenhum sinal de que alguma coisa ali tenha queimado um dia. Mimi grita para que ele se arranque dali antes que uma câmera de segurança registre a placa da caminhonete. Alguma outra coisa também diz a ele, *Aqui não*. Cabelo-de-Anjo.

Ele passa pelo terreno na direção da estrada vazia. No próximo cruzamento, segue para o leste de novo. Depois da meia-noite, o carro tateia o caminho até Montana. Ele estaciona na entrada de uma trilha em uma floresta nacional e dorme algumas horas no banco reclinado do motorista.

A luz do dia marmoreia o céu. Ele dirige por estradas secundárias sem nenhum senso de direção, vivendo de tiras de carne-seca e balas de canela que compra ao parar para abastecer. Dirige por uma planície larga e ladeada por picos e pastagens pedregosas e secas demais para serem usadas. Mas a vida ainda assim as usa de um milhão de maneiras. Uma coisa se movendo pelo campo chama a sua atenção — antílope, lutando com uma cerca de arame. São cinco, e um está machucado. A numerologia disso — o *sinal* — o envolve, e ele começa a tremer. Para no acostamento. É tomado por uma grande sensação de isolamento, do tamanho do céu. Pega no sono com a janela aberta, com coiotes uivando como se o mundo ainda pertencesse a eles.

Na manhã do segundo dia, dirige de forma aleatória. O nascer do sol o mantém vagamente orientado. Os quilômetros passam, assim como as horas, nem sempre em linha reta. Algo estranho aparece à esquerda da estrada. Ele sabe que há alguma coisa errada mesmo antes de ver. Em toda essa imensidão de dourado e cinza, um oásis perdido de verde-oliva. Um posto militar. Douglas vira rápido demais na próxima saída, uma pista de macadame triturado, arruinada por um sem-número de nevascas e pelas raízes de ervas daninhas que nunca aceitam um não como resposta. A caminhonete desacelera, e ainda assim a estrada quer quebrar seus eixos e arranhar a parte de baixo do chassi. Então surge um grupo de choupos, desgrenhados como uma turma de adolescentes.

Ele desce e começa a caminhar. Um bando de pardais se desfralda no gramado. Aquele bosque não faz sentido. As árvores disparam para cima como fontes. Algumas se ramificam em buquês de caules com dois metros de circunferência. Algodão-americano retorcido. Nenhum sinal de pessoas por muitos quilômetros, mas todas as árvores estão crescendo em um alinhamento que parece um jogo infantil de lógica. Debaixo das arcadas verdes, uma ideia passa pela cabeça de Douglas: ele está nas ruas de uma cidade invisível. Calçadas, terrenos, jardins, fundações, lojas, igrejas, casas: tudo desapareceu ou foi levado, exceto esses poucos quarteirões de árvores quebra-vento. Ele se senta debaixo de uma coisa que já foi a atração principal da janela de uma família. Agora a sombra do gigante não cai sobre ninguém.

Há um barulho que parece o borbotar de um riacho escondido. Um som de aplausos vigorosos, mas há cem anos de distância. Ele olha para as colunatas de choupos, alguns metros quadrados de sombra plantada cantando na brisa, felizes porque alguém voltou à cidade para se maravilhar com elas. O farfalhar é como um hino saindo de uma igreja que desapareceu, tocando ao longo de um bulevar vazio para pessoas que já não estão ali. Agora o versículo prega apenas para o coro fervoroso, e não há nada de errado com isso. O coro também merece lembrar. *Que o campo exulte, e o que nele existe! As árvores da selva gritem de alegria.*

Mimi está sentada com um vestido preto de crepe na recepção da Galeria Four Arts, na Grant. Ela se equilibra na cadeira de couro inclinada para trás, a cada poucos segundos ajeitando a bainha indecente sobre os joelhos envelhecidos. Naquela manhã, o traje parecia digno de uma negociante de arte, bom para aumentar qualquer transação com um homem em algumas centenas de dólares. Achou que o vestido poderia compensar a cicatriz que corre pelo rosto. Agora ele parece mais adequado para um programa de auditório.

A assistente de cabelo curto reaparece desviando os olhos do talho de Mimi, oferecendo mais café e prometendo que o sr. Siang deve aparecer sem demora. O sr. Siang já está dezessete minutos atrasado. Ele está com o pergaminho há semanas. Adiou esse encontro duas vezes. Estão fazendo alguma coisa pelas suas costas. Mimi está sendo enganada, mas não entende bem como.

A galeria está entupida de outros tesouros. Iates em laca japonesa. Uma montanha flutuando em camadas de nuvens, pintada no estilo meticuloso. Esferas de marfim de milhares de dólares, cada uma com um mundo intrincado aninhado dentro de outro. Uma pintura na parede oposta a ela chama sua atenção: uma grande árvore negra com galhos arco-íris contra um céu azul. Ela se levanta, ajeita o vestido e atravessa a recepção. O que parecia uma cornucópia de folhas minúsculas se transforma em centenas de figuras meditando. Ela lê a identificação: *O Campo do Mérito*, também chamado *A Árvore Refúgio*. Tibete, meados do século XVII. Na vasta copa, as folhas humanas parecem ondular ao vento.

Uma voz atrás dela diz: "Srta. Ma?".

O sr. Siang, terno cor de estanho e óculos vermelho-sangue, conduz Mimi para a sala dos fundos. Ele olha para a fenda no rosto dela e nem sequer pisca. Com uma mão peremptória, ele a faz sentar a uma mesa de reunião feita de mogno contrabandeado, com a caixa do pergaminho entre eles. Olhando na direção da janela, ele diz: "A peça é muito bonita. *Arhats* maravilhosos, num estilo único. Uma pena que você não tenha documentos de procedência".

"Sim. Eu... nunca tivemos nenhum."

"Você disse que esse pergaminho veio para os Estados Unidos com o seu pai. Fazia parte da coleção de arte da família, em Xangai?"

Ela brinca com o vestido embaixo da mesa. "Exato."

O sr. Siang para de olhar pela janela e se senta de frente para Mimi, atento. A palma da mão esquerda dele envolve o cotovelo direito, e a mão direita estende os dois primeiros dedos, segurando um cigarro imaginário. "Não conseguimos datar o pergaminho com a precisão que gostaríamos. E não temos certeza de quem é o artista."

Ela se apruma. "E os selos de propriedade?"

"Nós os rastreamos em ordem cronológica. Não está claro como exatamente a família do seu pai obteve o pergaminho."

Agora ela tem certeza do que suspeitava há semanas. Trazer o pergaminho para avaliação foi um erro. Ela quer pegá-lo e sair correndo.

"A escrita das inscrições também é difícil. Uma caligrafia da dinastia Tang que chamamos de cursiva selvagem. Especificamente, *Su Ébrio*. Pode ter sido feito mais tarde."

"O que está escrito?"

Ele inclina a cabeça para trás, para melhor enquadrar a imprudência dela. "É um poema, autor desconhecido." Ele desenrola o pergaminho. O dedo dele percorre a coluna de palavras.

Nesta montanha, com essas intempéries,
Por que ficar aqui por mais tempo?
Três árvores acenam para mim com braços urgentes.
Inclino-me para ouvir, mas sua urgência
tem exatamente o som do vento.
Novos botões testam os galhos, mesmo no inverno.

A pele de Mimi se arrepia antes de o poema terminar. Está no aeroporto de San Francisco, ouvindo seu nome ser chamado. Está lendo o poema que o pai deixou no lugar de uma carta de suicídio. *Como nessa vida um homem ascende ou cai?* Está provocando incêndios urgentes na encosta de uma montanha no frio escuro como breu. Um incêndio que mata uma mulher.

"Três árvores?"

As palmas do sr. Siang se desculpam. "É poesia."

O rosto dela alterna entre o quente e o frio. Sua mente não está funcionando. Alguma coisa está tentando alcançá-la, vinda de muito longe. *Por que ficar aqui por mais tempo?* Ela vê a irmã, Amelia, doze anos de idade e vestida em um macacão de neve duas vezes o seu tamanho, bamboleando diante da porta dos fundos, aos prantos. *A árvore do café da manhã está brotando cedo demais. A neve vai matá-la.* E o pai dela apenas sorri. *A folha nova sempre ali. Mesmo antes do inverno.* Uma verdade que Mimi, em seus dezesseis invernos, não foi capaz de compreender.

"Esse poema seria legível... para uma pessoa comum?"

"Um acadêmico, talvez. Um estudante de caligrafia."

Ela não faz ideia do que o pai estudava. Eletrônicos em miniatura. Acampamentos. Conversa com ursos. "Este anel aqui." Ela estende o punho para o negociante de arte do outro lado da mesa. Ele inclina a cabeça. O sorriso dele é constrangedor para ambos.

"Sim. Uma árvore de jade, estilo Ming. Bom acabamento. Podemos avaliá-lo."

Ela recolhe a mão. "Deixa para lá. Me fale sobre o pergaminho."

"A representação dos *arhats* é muito habilidosa. Por sua raridade histórica e pela qualidade do desenho, colocamos o valor entre..." Ele diz dois valores que provocam uma risadinha aguda de primata antes que ela consiga sufocá-la. "A Four Arts estaria disposta a pagar um valor no meio disso."

Ela se encosta na cadeira, fingindo calma. Estava esperando se libertar um pouco da pressão do dinheiro. Dois anos, talvez três. Mas aquilo é uma fortuna. Liberdade. O suficiente para pagar por uma nova vida. O sr. Siang avalia seu rosto marcado pela cicatriz. Seus olhos continuam impassíveis atrás da armação vermelho-sangue. Ela o encara de volta, pronta para um duelo. Ela viu o fogo mais feroz morrer. Depois de Olivia, ela consegue resistir ao olhar de qualquer coisa viva.

O pergaminho está estendido na mesa entre eles. A caligrafia selvagem e ébria, o poema enigmático, as figuras sentadas sozinhas em suas florestas antigas, quase transformadas, quase uma parte do todo — tudo dela, tudo para ser vendido. Mas se desfazer daquilo parece subitamente um crime. Três árvores querem algo dela. Mas ela não faz ideia do quê.

Sustentar o olhar por mais tempo que o sr. Siang é tão fácil quanto respirar. Três segundos, e ele desvia os olhos. No momento em que ele se vira, Mimi vê sua alma de avaliador de arte. Ele encontrou alguma referência a esse exato pergaminho em algum lugar nos arquivos. O fato é tão claro quanto o tremor na pálpebra dele. O pergaminho vale muito mais do que a oferta que fez. É um tesouro nacional há muito perdido.

Ela respira fundo, e não consegue conter um sorriso. "Talvez alguém no Museu de Arte Asiática possa ajudar com a identificação."

A nova oferta da Four Arts chega rapidamente. Nem Mimi, nem as duas irmãs, nem sequer os filhos delas precisariam se preocupar com dinheiro por muito tempo. É uma saída para ela. Mudar de carreira. Mudar de identidade. *Por que ainda continuar aqui?*

Ela liga para Carmen e Amelia, pela primeira vez em um ano. Primeiro, para Carmen. Não diz nada sobre o rosto. Sobre a demissão. Sobre a venda da casa. Sobre ser procurada em três estados. Pede desculpas por ter sumido. "Desculpa. Tive uma fase difícil."

Carmen ri. "E existem fases fáceis?"

Mimi menciona a oferta.

"Não sei, Mimi. É um legado da família. O que mais sobrou do pai?"

As três árvores de jade, Mimi tem vontade de dizer. *Acenando seus braços urgentes*. "Só quero fazer o que ele gostaria."

"Então faz o que *ele* fez com o pergaminho. Foi praticamente a única coisa que ele guardou durante a vida inteira."

Então Amelia. Amelia — santa tolerante, domando as crianças selvagens e alegres ao fundo, mesmo enquanto escuta a irmã maluca. Mimi fica a ponto de dizer, *Estou fugindo. Uma amiga morreu. Coloquei fogo numa propriedade privada.* Em vez disso, ela lê a tradução do poema.

"Bonito, Mimi. Acho que quer dizer relaxa. Relaxe, ame, e faça o que você quiser."

"Carmen disse que é a única relíquia de família que a gente tem."

"Nossa. Não fica sentimental. O pai era o homem menos sentimental do mundo."

"E cuidadoso com dinheiro."

"Cuidadoso? *Pão-duro!* Lembra do porão cheio de coisas compradas em promoção? Engradados de refrigerante, casacos de pena de ganso e maletas de soquetes pela metade do preço?"

"Ela disse que ele guardou o pergaminho a vida toda."

"*Pfff.* Provavelmente estava esperando a hora certa pra vender no mercado de antiguidades."

O voto de desempate mais uma vez recai sobre ombros tão estreitos quanto os de uma criança. Naquela noite, o engenheiro com o sorriso permanente, o guardião dos cadernos de acampamento, o suicida gentil, sussurra algo para Mimi. Coloca a resposta bem no ouvido dela. *O passado é uma árvore de lótus. Faça a poda, e ela vai crescer.*

Dorothy Cazaly Brinkman, sorriso brilhante demais, leva uma bandeja de jacarandá com um prato de mingau para o quarto do marido. Da cama hospitalar, os olhos gemem para ela. A boca torcida, congelada pelo terror, parece uma máscara de tragédia grega. Ela luta contra o desejo de dar a volta e sair porta afora. "Bom dia, RayRay. Você dormiu?"

Ela coloca a bandeja na mesa de cabeceira. Os olhos horríveis a acompanham. *Enterrada. Viva. Para sempre.* Ela se obriga a avançar. Os lírios-do-vale, em um copinho de vidro, vão para a mesa de cabeceira. Ela dobra a parte de cima das cobertas, úmida de baba. Então coloca a bandeja com o café de manhã sobre o corpo parcialmente paralisado.

Cada manhã de atuação metódica a torna um pouco mais convincente. Nada no mundo pode revelar a ela quantos dias como esse ainda estão por vir, ou quantos mais ela é capaz de aguentar. Ruídos saem dele. Ela se inclina até que sua orelha toque os lábios dele. Tudo o que consegue ouvir é "*Nnnn*".

"Eu sei, Ray. Tá tudo bem. Pronto?" Ela faz um gesto cômico de arregaçar as mangas. A boca-máscara dele se mexe um pouco, e ela a interpreta conforme o necessário. Mais do que a paralisia, mais do que a fala arruinada, essa boca transforma Ray em outra coisa. "É feito de um novo grão antigo. Da África. Bom pra restaurar células."

Ele levanta um centímetro a mão que ainda se mexe, provavelmente para detê-la. Dorothy o ignora; ela ficou boa nisso. Logo grãos antigos estão escorrendo do queixo de Ray até o babador. Ela o limpa com um pano macio. Seu rosto congelado pelo derrame parece rígido quando ela o toca. Mas os olhos — os olhos dele dizem, com uma clareza incontestável, *Você é a única coisa suportável que me resta, além da morte.*

A colher entra e sai. Por algum tipo de impulso atávico, ela quer fazer sons de aviãozinho. "Você ouviu as corujas ontem à noite? Chamando uma à outra?" Ela limpa a boca dele e volta com a colher. Ela se lembra de um momento na segunda semana, quando ele ainda estava no hospital. Uma máscara de oxigênio presa no rosto dele. Uma mangueirinha pendendo do braço. Não parava de mexer nessas coisas com a mão que ainda funcionava. Ela teve que avisar a enfermeira, que então amarrou a mão dele com gaze. Os olhos dele espiaram por cima da máscara e a repreenderam. *Deixa eu pôr um fim nisso. Você não vê que estou tentando te ajudar?*

Durante semanas, o único pensamento de Dorothy era, *Eu não vou conseguir*. Mas a prática reduz o impossível. A prática a faz superar o pragmatismo dos médicos e a pena dos amigos. A prática a ajuda a mover o torso petrificado de Ray sem que ele engasgue. A prática a ensina a ouvir suas palavras iceberg. Com um pouco mais de prática, ela vai conseguir dominar até mesmo o fato de ter morrido.

Depois do café da manhã, ela verifica se ele precisa ser limpo. Ele precisa. A desgraça da primeira vez — a sucção feita por uma enfermeira veterana do hospital — deixou Ray gemendo. Mesmo agora, as luvas de borracha, a esponja, a mangueira e a coalhada quente que ela leva embora para o banheiro fazem os olhos de gárgula dele ficarem molhados.

Ela o limpa, muda-o de posição e verifica as escaras. Está sozinha hoje. Carlos e Reba, os cuidadores, vêm apenas quatro vezes por semana, o dobro de vezes que Ray desejaria, e a metade de vezes que Dorothy precisa. Ela coloca a mão no ombro de pedra dele. A gentileza é o representante do seu cansaço. "TV? Ou você quer que eu leia?"

Ela acha que ele disse ler. Ela começa com o *Times*. Mas as manchetes o deixam agitado.

"Eu também, Ray." Ela deixa o jornal de lado. "A ignorância é uma benção, né?" Ele diz alguma coisa. Ela se inclina. "*Crzz*."

"Cruz? Cruz não, Ray. Que piada sem graça." Ele repete. "Frus? Frustrado? Por quê?" Além dos milhões de motivos plausíveis, ela quer dizer.

Mas uma sílaba se espreme pelos lábios rígidos: "*Zdi*".

Ela sente um arrepio. O ritual matinal dele, por todos os anos que viveram juntos. Impossível agora. Pior de tudo, é sábado, o dia das palavras cruzadas demoníacas. O único dia em que ela o ouviu falar palavrões.

Eles dedicam a manhã inteira às palavras cruzadas. Ela dá as pistas, e Ray olha fixamente para o ártico. *Sofrer um possível impacto. Como Brown's Blue. Mantido ao alcance das mãos.* Em intervalos geológicos, ele geme coisas que podem ser palavras. Para a surpresa de Dorothy, isso é mais fácil para ela do que colocá-lo na frente da TV. Ela até se pega fantasiando que palavras cruzadas diárias — só entrar no ritmo — podem ajudar a reconstruir o cérebro dele.

"Um dos primeiros sinais da primavera. Cinco letras. Começa com C."

Ele arremessa duas sílabas que ela não consegue entender. Ela pede para ele repetir. Um rosnado dessa vez, ainda nada além de metal derretido.

"Pode ser. Vou escrever a lápis, e depois voltamos nesse." Como dançar valsa com uma boneca de pano. "Que tal: *Espaço aberto, natureza.* Sete letras, primeira A, quarta I, e a quinta é V."

Ele olha para ela, confinado em si mesmo. Impossível saber o que sobrou dentro daquela sala trancada. A cabeça está caída, e a mão que ainda funciona arranha as cobertas, como uma fera pastando na neve.

A manhã acaba muito antes do meio-dia. Ela deixa de lado as palavras cruzadas, uma bagunça de revisões e apelos. Já é hora de pensar no almoço. Alguma coisa com a qual ele não se engasgue, e que ela já não tenha oferecido a ele várias vezes na semana.

O almoço é como cruzar o Atlântico em um barco a remo. À tarde, ela lê para ele. *Guerra e paz.* A campanha tem sido longa e árdua, estendendo-se por semanas, mas ele parece interessado. Ela passou tantos anos tentando convertê-lo à ficção. Agora tem um público cativo.

A história escapa até mesmo dela. Muitas pessoas com muitos sentimentos para acompanhar. O príncipe-herói cai no meio de uma batalha imensa. Fica deitado de costas, paralisado na terra fria, com todo o caos ao seu redor. Acima do soldado, nada além do céu, o imponente céu. Ele não consegue se mover; só consegue olhar para cima. O herói fica no chão pensando em como pode ter ignorado até aquele momento a verdade central da existência: o mundo inteiro e todos os corações dos homens, alinhados sob o azul infinito, são insignificantes.

"Desculpa, Ray. Esqueci dessa parte. Podemos pular."

Os olhos uivam para ela novamente. Mas talvez não seja a ficção o que o deixa desconcertado. Talvez ele simplesmente não consiga entender por que a esposa continua chorando.

O jantar se transforma de novo em uma campanha prolongada, mais uma guerra terrestre na Ásia. Ela o coloca na frente da TV. Então sai para um segundo jantar. Dela. Alan a encontra na porta do ateliê dele. Seu cabelo está polvilhado de aparas de madeira. Os olhos também uivam um pouco. Ela desvia o rosto. Ele a abraça e, chocantemente, aquilo se parece com chegar em casa. Seu futuro noivo. É possível ter um noivo quando seu processo de divórcio foi interrompido pelo que a profissão do marido gosta de chamar de ato de Deus?

"Como foi o seu dia?" E sim, ele espera que ela responda. Mas hoje à noite, comendo comida chinesa de delivery em meio a violinos, violas e violoncelos desmembrados, os corpos sem pescoço, as fileiras dos tampos superiores penduradas em cordas, os tampos superiores divididos feitos de ácer, o cheiro dos blocos de espruce e salgueiro, os pedaços de ébano puro para o espelho, os fragmentos de buxeiros e mogno para as cravelhas, hoje à noite é só uma questão de encher o pulmão de ar, uma vez após a outra.

Ela separa os pauzinhos descartáveis. "Queria que a gente tivesse se conhecido quando eu era mais jovem. Você devia ter me visto naquela época."

"Ah, não. Madeira antiga é muito melhor. Árvores voltadas para o alto, na face norte das montanhas."

"Fico feliz em poder ser útil."

"Pena que *eu* esteja tão velho. Eu podia ficar bom nisso." Ele balança a mão na direção dos tampos inferiores esculpidos, pendurados nas vigas do telhado. "Só agora estou começando a entender como a madeira funciona."

Duas horas mais tarde, ela volta para casa. Ray é obrigado a ouvir o carro chegando, a porta da garagem abrindo, a chave na porta dos fundos. Mas, quando ela entra no quarto, os olhos dele estão fechados, e a boca torcida está frouxa. Na TV, as pessoas riem das piadas umas das outras como *banshees*. Ela desliga o aparelho e se aproxima da cama para recolocar as cobertas manchadas sobre o corpo rígido dele. A mão boa agarra o pulso dela. Os olhos abertos gritam, aquela expressão de inferno e assassinato. Ela pula para trás e dá um grito. Então recobra a calma e o tranquiliza.

Sempre o homem mais gentil do mundo. Sentado durante as escapadas dela com a paciência de um santo. Chorou um pouco quando ela anunciou o fim, e disse que só queria o que fosse melhor para ela. Que ela poderia ficar e fazer o que quisesse. Que, se tivesse qualquer problema, poderia sempre contar com ele. Ela está com problemas agora. E sim. Ele. Ela. Sempre.

"Ray! Nossa. Achei que você estivesse dormindo." Ele cospe algo tão obscuro que poderia ser um cântico em sânscrito. "O quê?" Ela se inclina para um jogo agonizante de charadas sem pantomima. Duas sílabas, ambas borradas. "Repete, Ray."

Como na vida antes da morte, a paciência dele é maior do que a dela. Os músculos do lado não paralisado se debatem. Todo tipo de espectro roça a pele dela e passa os dedos nos seus cabelos. "RayRay. Desculpa. Não entendo o que você tá dizendo."

Mais sons escorrem dos lábios semifuncionais. Ela dá um passo para trás e ouve. Primeiro entende: *Lado*. O pedido real parece tão improvável que, por um momento, ela não entende. *Lápis*. E, mesmo parecendo absurdo, ela vai atrás de papel e lápis. Ela coloca o lápis na mão limitada e observa os dedos se mexerem como a agulha de um sismógrafo. Ele leva alguns minutos para produzir alguns rabiscos miseráveis.

Ela olha para o emaranhado de tremores e não vê nada. Nenhum sentido, mas ela não pode dizer isso para um homem que ainda está preso nos escombros. Então uma palavra emerge, e ela se dá conta. Começa a chorar, agarrando o braço rígido dele, dizendo o que ele já sabe. "Você tá certo. Tá *certo*!" Sete letras, começando com A. *Espaço aberto, natureza.* Ar Lívio.

Vinte primaveras passam em um instante. O dia mais quente já registrado começa e termina. Então mais um. Então mais dez, praticamente todos eles entrando na lista dos dias mais quentes da história. Os oceanos sobem. O relógio do ano quebra. Vinte primaveras, e a última começa duas semanas antes da primeira.

Espécies desaparecem. Patricia escreve sobre elas. Tantas espécies que é impossível contar. Recifes de corais sofrem branqueamento e os pântanos secam. Coisas que ainda não foram encontradas estão se perdendo. Tipos de vida desaparecem mil vezes mais rápido do que o patamar da taxa de extinção. Florestas maiores do que a maioria dos países viram fazendas. *Olhe para a vida ao seu redor; agora apague a metade do que você está vendo.*

Mais pessoas nasceram nos últimos vinte anos do que toda a população da Terra no ano do nascimento de Douglas.

Nick se esconde e trabalha. O que são vinte anos para um trabalho que é mais lento do que as árvores?

Nós não somos, um dos artigos de Adam prova, capazes de perceber mudanças lentas e de segundo plano quando algo brilhante e colorido está sendo sacudido em nossa cara.

Você pode observar o ponteiro das horas, descobre Mimi, pode manter os olhos nele durante toda a volta do relógio e, no entanto, nunca vê-lo se mover.

Em *Domínio 8*, Neelay tem sessenta e cinco quilos e pele esbranquiçada, com cabelos que lembram os de Einstein. Suas feições incorporam diferentes traços raciais, dependendo da luz e da cidade em que está. Ele tem apenas um metro e cinquenta, mas as panturrilhas ágeis e as coxas musculosas podem levá-lo a qualquer lugar. Seu nome é Esporo, um homem qualquer. Como qualquer outro camponês nesses onze continentes, ele ganhou algumas medalhas, construiu alguns monumentos e conseguiu guardar um pouco de dinheiro. Há garotas na sua vida, em províncias distantes umas das outras. Ele é o prefeito de um fim de mundo e tem uma oficina de tapeçaria em outro. Por um tempo, foi padre em um mosteiro que parece ter ficado moribundo. Sua atividade favorita é caminhar. Aparecer na casa de estranhos. Observar os galhos dos ciprestes e ver para que lado o vento está rodopiando.

Ele se mudou para o mundo paralelo, junto com centenas de milhões de outras pessoas, cada uma no seu jogo de preferência. Não consegue mais se lembrar de quando a web não existia. Esse é o trabalho da consciência, transformar o Agora em *Sempre*, confundir o que é com o que deveria ser. Às vezes parecia que ele e todo o resto do Vale do Deleite do Coração não tinham inventado a vida online, mas apenas aberto uma clareira nela. O estágio três da evolução.

Está andando por aí em uma estrada numa quarta-feira à tarde, quando deveria participar de uma reunião para aprovar a aquisição de um estúdio de modelagem 3D. Em vez disso, está ali, no jogo, fazendo pesquisa e desenvolvimento para si mesmo. Há dias começou uma peregrinação, caminhando do polo ao equador, conversando com todos os cidadãos que encontra em todas as latitudes. Grupos focais aleatórios. Pesquisa de produto e exercícios físicos reunidos em um só.

É dia de feira em frente à prefeitura de uma cidade próspera, em uma província que ele nunca visitou. Sob um carrilhão convocatório, as pessoas pechincham todo tipo de mercadorias e serviços: carroças, velas, motores, lunetas, metais preciosos, terra, pomares. Roupas costuradas em casa, móveis feitos à mão, alaúdes que tocam de verdade. No ano passado, tudo transcorria na base do escambo: pessoas trocando umas com as outras mercadorias difíceis de encontrar. Mas hoje em dia o dinheiro é real — dólares, ienes, libras, euros —, milhões em transferências eletrônicas, encaminhadas no mundo acima daquele.

"Idiotas", alguém diz, no canal da feira da cidade. Neelay olha ao redor para ver quem está falando. Um homem vestido de pele de cervo está ao lado de Neelay. Por um segundo, ele acha que pode ser um bot, uma IA esperta não jogadora. Mas há algo estranho na maneira de a figura andar. Algo ávido e humano.

"Quem é idiota?"

"Eles já não têm bastante disso aqui no andar de cima?"

"Andar de cima?"

"Mundo Redox. Bater o ponto, comprar o leite das crianças, encher a casa de merda. Esse lugar é tão ruim quanto a Corpolândia."

"Tem muito mais coisa pra fazer aqui."

"Eu achava isso", diz o homem da pele de cervo. "Você é um deus?"

"Não", Neelay mente. "Por quê?"

"Você tem todo tipo de *buffs*."

Neelay vai tentar ser mais discreto da próxima vez. "Já estou jogando há um tempo."

"Você sabe onde os deuses estão?"

"Não. Você quer consertar alguma coisa?"

"Este lugar todo."

Neelay fica indignado. As receitas nunca estiveram tão altas. Um menino na Coreia do Sul acabou de matar a mãe porque ela estava atazanando para ele sair do jogo. Ele continuou por dois dias, usando o cartão de crédito dela e acumulando triunfos enquanto o corpo da mãe permanecia no quarto ao lado. Mas todo mundo é um crítico.

"Qual é o seu problema?"

"Eu só quero voltar a amar este lugar. Achei que era o paraíso quando comecei a jogar. Um milhão de maneiras de vencer. Não dava nem pra saber direito o que *vencer* significava." O explorador com a pele de cervo fica congelado por um momento. Talvez seu corpo precisasse tirar o lixo, atender o telefone ou fazer o novo bebê dormir. Então seu avatar faz uma estranha ressurreição em dois passos. "Agora é a mesma porcaria de sempre sem parar. Minerar montanhas, derrubar bosques, instalar folhas de metal nos campos, construir castelos e armazéns estúpidos. E quando as coisas estão do jeito que você quer, algum idiota com um grupo de mercenários acaba com tudo. Pior do que a vida real."

"Você quer denunciar algum jogador?"

"Você é um deus, não é?"

Neelay não responde. Um deus que não consegue andar há décadas.

"Sabe o que tem de errado neste lugar? Problema de Midas. As pessoas constroem merda até o lugar ficar lotado. Então vocês, os deuses, simplesmente criam outro continente ou introduzem novas armas."

"Existem outras maneiras de jogar."

"Eu também achava isso. Coisas misteriosas nas montanhas e no além-mar. Mas não."

"Talvez você deva ir pra outro lugar."

O homem da pele de cervo levanta os braços. "Eu achei que isto aqui *era* o outro lugar."

O menino que ainda quer fazer uma pipa digital dançar para o pai morto há muito tempo sabe que o camponês está certo. *Domínio* tem um problema de Midas. Tudo está morrendo uma morte banhada a ouro.

Adam Appich é promovido a professor adjunto. Não é um respiro — apenas mais pressão. Todos os minutos dele estão duplamente tomados: conferências, avaliações de artigos, trabalho de campo, preparação de aulas, atendimento de alunos, pilhas oscilantes de ensaios para dar nota, comitês, relatórios de docência e um relacionamento com uma mulher do meio editorial, a oitocentos e sessenta e dois quilômetros de distância.

Ele está editando um artigo para publicação enquanto assiste ao telejornal e come frango teriyaki congelado em sua casinha simples em Columbus, Ohio. Não tem tempo para as notícias, nem para uma refeição de verdade. Mas, espremendo as duas coisas juntas enquanto trabalha, quase pode justificar aquilo. Dez segundos da notícia, e ele entende o que está passando: prédios destruídos e vigas queimadas, uma cena que a memória de Adam não consegue mais recuperar em resolução nenhuma. Alguém colocou uma bomba em um laboratório de pesquisa no estado de Washington que estava modificando o genoma de choupos. A câmera mostra uma parede coberta de fuligem. Escritas com spray no concreto, estão as palavras que um dia ele ajudou a formular:

O CONTROLE MATA
A CONEXÃO CURA

Os velhos slogans *deles.* Não faz sentido. O apresentador só piora as coisas. "As autoridades acreditam que o incêndio cujo prejuízo é estimado em sete milhões está ligado a ataques semelhantes realizados nos últimos anos no Oregon, na Califórnia e no norte de Idaho."

O mundo se divide e se duplica, e Adam se torna uma imitação de si mesmo. Então, uma explicação mais econômica: um deles, ou mais de um, está seguindo com aquilo. Nick, muito provavelmente, após a morte da mulher que amava.

Ou Douglas, o veterano com jeito de criança. Ou ambos, juntando-se a novos fiéis para continuar com os incêndios. A pessoa que ateou aquele novo fogo usou os slogans antigos como se tivesse os direitos autorais sobre eles.

A câmera mostra a viga carbonizada do teto do laboratório em ruínas. Adam reconhece os destroços como se ele mesmo tivesse colocado os explosivos. Não há cinco anos; ontem à noite. Como se ele tivesse acabado de chegar em casa e agora precisasse incinerar as roupas com cheiro de fumaça. As imagens mostram um último rabisco em spray no final do corredor:

NÃO À ECONOMIA SUICIDA

Seis semanas depois de se tornar professor adjunto, Adam é mais uma vez um incendiário.

Três meses passam e um galpão de máquinas de uma serraria perto da Olympic Peninsula explode. Mimi lê sobre isso no *Chronicle*. Está sentada na grama perto do Conservatório de Flores, na esquina do Golden Gate Park, a dez minutos a pé da Universidade de San Francisco, onde está terminando um mestrado em reabilitação e aconselhamento em saúde mental. Ela reconhece os slogans rabiscados no local — slogans que antes eram todos deles. Uma barra lateral acompanha a notícia: "Linha do tempo do terror ecológico, 1980-1999".

As prisões devem ser apenas uma questão de tempo. No mês que vem, no ano que vem, uma batida na porta, o brilho de um distintivo... Está sentada lendo e as pessoas passam por ela. Um andarilho com todos os seus pertences mundanos dentro de uma mochila sebosa. Turistas de bonés amarelos seguindo uma mulher que balança uma bandeira do Japão. Um casal rindo e jogando uma girafa de pelúcia um no outro.

Mimi está sentada na grama, lendo sobre crimes que parecem ter sido cometidos por ela. Abre o jornal à sua frente e inclina a cabeça para trás. O céu está repleto de satélites invisíveis capazes de localizar suas coordenadas com uma precisão de três metros. Câmeras no espaço que podem ler as manchetes diante dela: "Linha do tempo do terror ecológico". Ela fica olhando para o alto, esperando que o futuro dê uma rasante e a prenda. Então recolhe o jornal e os restos do almoço, passando por uma fileira de carvalhos e seguindo para Lone Mountain e para a aula de Questões Éticas e Profissionais na Terapia.

As notícias dos novos incêndios nunca chegam a Nick. Ele se informa sobre o mundo nos pontos de ônibus e nos cafés, com operadores de telemarketing e funcionários do censo, com os pedintes de cidadezinhas costeiras dispostos a revelar segredos ignorados por quase todos os comentaristas e analistas, em geral de graça.

Em Bellevue, Washington, arranja o emprego perfeito: estoquista excepcional, dirigindo uma miniempilhadeira em um enorme centro de distribuição, desempacotando montanhas de livros, escaneando os códigos de barra, e então colocando-os em sua localização exata na vasta matriz 3D do depósito. É esperado que ele estabeleça recordes de velocidade. Ele estabelece. É uma espécie de performance artística para o público mais seleto que existe: ninguém.

O produto ali são menos os livros e mais aquela busca de dez mil anos de história, a coisa que os cérebros humanos desejam acima de qualquer outra, e que a natureza vai morrer se recusando a entregar: conveniência. A facilidade é a doença, e Nick é o vetor. Seus empregadores são um vírus que um dia viverá simbioticamente dentro de todos. Depois de você comprar, não há mais como voltar atrás.

Nick abre a próxima caixa, a número trinta e três de hoje. Ele consegue abrir, escanear e guardar mais de cem caixas em um bom dia, uma a cada quatro minutos. Quanto mais rápido trabalha, mais pode protelar sua inevitável substituição por um robô. Nick acredita que tem mais uns anos antes de a eficiência matá-lo. Quanto mais duro trabalha, menos precisa pensar.

Pega a caixa de livros de bolso nas prateleiras de aço e faz uma contagem. O corredor se ergue em vigas de aço, um abismo interminável de livros. Dezenas de corredores apenas nesse centro de distribuição. E, a cada mês, novos centros de distribuição em vários continentes. Os empregadores de Nick não vão parar até que todo o mundo esteja atendido. Nick desperdiça cinco preciosos segundos do seu tempo olhando para o desfiladeiro de livros. A visão o enche de um horror indissociável da esperança. Em algum lugar desses cânions infinitos, diversos e inchados de papéis impressos, gravado nas milhões de toneladas de fibras de *Pinus taeda*, deve haver algumas palavras verdadeiras, uma página, um parágrafo que pode quebrar o encanto da distribuição e trazer de volta o perigo, a necessidade e a morte.

De madrugada, ele trabalha em seus murais. Corta os estênceis no apartamento, depois os carrega pela cidade até os muros nus que encontra em suas caminhadas. É arriscado fazer qualquer coisa que poderia chamar a atenção da polícia. Mas a compulsão de gritar através das imagens é muito forte. Ele consegue terminar um estêncil de tamanho médio, da fita adesiva até a retirada do molde, em pouco mais de vinte minutos. Entre duas e quatro da manhã, quando provavelmente estaria se revirando na cama, alimentando-se de suas próprias entranhas, ele consegue pintar diversos bairros. Vacas usando jaquetas de motoqueiros. Manifestantes lançando granadas de frutos de ácer. Pequenos helicópteros e aviões de guerra ao redor de roseiras em treliças, como se fossem polinizá-las.

O trabalho desta noite é pesado: cobrir um prédio de escritórios de advogados com dezesseis estênceis sobrepostos. Em cima de uma escada, Nick une com fita adesiva os moldes numerados em um grande vaso, tomando a parede de cima a baixo. Os estênceis cobrem a fachada de blocos de concreto e giram noventa graus para então seguirem pela calçada. Depois vem o spray, e as linhas da figura se enchem de cores que escorrem pelo molde. Um instante para secar, e então ele tira os moldes e observa a castanheira. Os galhos sobem até o segundo andar do prédio. O tronco desce até uma massa de raízes que passam sobre o meio-fio e desaparecem na boca de lobo. Um pouco abaixo do nível dos olhos, os sulcos da casca se transformam em um código de barras de sessenta centímetros de largura.

Nick tira da mochila um pincel da largura de um dedo e um pote de tinta preta, e então escreve uma estrofe de Rumi ao lado do código de barras:

O amor é uma árvore
com galhos
na eternidade
com raízes
no infinito
e um tronco
em lugar algum

Alguém leu esse poema para ele certa vez, em uma casa na árvore, na ponta de um galho, na borda, sempre se estendendo, da criação. *Se um de nós cair*, ele ouve alguém o advertir, *o outro vai junto.* Ele dá um passo para trás para observar. O efeito o desconcerta, e ele não tem certeza se gostou. Mas gostar ou não gostar — a vara e o cajado da cultura mercantil — não significa quase nada para ele. Ele só quer preencher o maior número possível de muros com algo que não pode ser murado.

Recolhe os estênceis e as latas de spray, coloca-os na mochila, e volta para dormir cinco horas de um sono intranquilo em uma cama que está precisando de lençóis limpos. Olivia assombra seus sonhos, dizendo de novo, no pânico da morte, *Mas não isso. Isso nunca vai acabar — o que a gente tem. Certo?*

"Vai embora", Ray Brinkman diz muitas vezes por semana à esposa. Mas ela não consegue entender os caroços coagulados que saem da boca dele, ou finge que não entende. O momento em que ele fica mais contente é quando ela passa horas fora de casa, à noite. Então todas as suas esperanças galopam na ideia de que ela está com o amigo dela, mudando, conversando, ferindo, gritando na escuridão de um quarto distante por todas as coisas que estão fora do seu controle. E, no entanto, de manhã, quando ela entra no quarto e diz: *Bom dia, RayRay. Tudo bem por aqui?*, ele não pode deixar de sentir sua versão paralisada de alegria.

Ela o alimenta e liga a televisão. A tela são as notícias, as viagens, a companhia de outras pessoas, um lembrete da sorte que ele teve durante a vida inteira e não foi capaz de perceber. Naquela manhã, Seattle está em guerra. Algo relacionado ao futuro do mundo e a toda a sua riqueza e propriedade. Os âncoras também parecem confusos. Representantes de dezenas de países tentam se reunir em um centro de convenções; milhares de manifestantes eufóricos barram a entrada deles. Garotos usando poncho e calça camuflada pulam no teto de um veículo blindado em chamas. Outros arrancam do chão uma caixa de correio e a arremessam na fachada de um banco enquanto uma mulher grita com eles. Debaixo de árvores que piscam com as luzinhas brancas do Natal, fileiras de tropas com roupas pretas e capacetes jogam na multidão granadas de fumaça rosa. Ray Brinkman, que passou décadas nas trincheiras protegendo patentes, comemora a cada vez que a polícia reprime um anarquista. Mas Ray Brinkman, que Deus parou com um golpezinho rápido com as costas da mão, está quebrando vidraças.

A multidão dispara e se divide, ataca e se reagrupa. Uma falange de escudos antimotim revida. A balbúrdia sincronizada flui sobre as barricadas e ao redor dos carros blindados. A câmera foca em algo espantoso no meio da aglomeração: uma manada de animais selvagens. Galhadas, presas, bigodes e orelhas balançando, máscaras elaboradas na cabeça de garotos com jaquetas *bomber* e moletons de capuz. As criaturas morrem, caem sobre a calçada e voltam a se levantar, como se estivessem em um filme *snuff* produzido por uma ONG ambiental.

Uma lembrança emerge da mente alterada de Ray. Ele fecha os olhos diante da dor que a memória traz. Reconhece as máscaras de animais, os collants pintados. Tudo lhe é familiar. Ele viu aquelas pessoas, talvez em uma fotografia. Sabe que isso não é possível, mas os fatos não apagam a sensação estranha. Ele chama Dorothy para desligar o aparelho.

"Leitura?", ela sempre pergunta, embora não precise. Ele nunca diria não. Agora vive para o momento da leitura em voz alta. Durante anos, os dois enfrentaram *Os cem melhores romances de todos os tempos*. Ele não consegue se lembrar por que a ficção o deixava tão impaciente. Agora nada tem tanto poder para fazer passar as horas antes do almoço. Ele se agarra à migalha mais ridícula da trama, como se o futuro da humanidade dependesse daquilo.

Os livros se bifurcam e irradiam, tão fluidos quanto tentilhões em ilhas isoladas. Mas eles compartilham um núcleo tão óbvio que passa despercebido. Todo mundo imagina que o medo e a raiva, a violência e o desejo, a ira atrelada à surpreendente capacidade de perdoar — *caráter* — é tudo o que importa no final. É uma convicção infantil, é claro, a apenas um curto passo da crença de que o Criador do Universo se ocuparia em distribuir sentenças como um juiz em um tribunal federal. Ser humano é confundir uma história satisfatória com uma história significativa, e confundir a vida com uma coisa enorme de duas pernas. Não: a vida se movimenta em uma escala muito maior, e o mundo está fracassando precisamente porque nenhum romance consegue fazer a disputa pelo *mundo* parecer tão atraente quanto as lutas entre algumas pessoas perdidas. Mas agora Ray precisa de ficção tanto quanto qualquer pessoa. Os heróis, vilões e figurantes que sua esposa oferece naquela manhã são melhores do que a verdade. *Embora eu esteja fingindo*, eles dizem, *e nada que eu possa fazer faça alguma diferença, ainda assim, eu cruzo enormes distâncias para sentar do seu lado nessa cama hospitalar, lhe fazer companhia, e mudar sua opinião.*

Depois de dezenas de milhares de páginas, eles voltam a Tolstói, e já venceram três centímetros e meio de *Anna Kariênina*. Dot lê de novo a história sem nenhum traço de vergonha ou autoconsciência, nenhum indício de que a arte e a vida se matricularam na mesma aula de desenho. E isso, para Ray, é o maior ato de compaixão que a ficção oferece: a prova de que o pior que os dois fizeram um ao outro é, no fim das contas, apenas mais uma história que vale a pena ser lida a dois.

Enquanto ela lê, as pálpebras de Ray escorregam. Logo ele se infiltra no livro, espreitando das margens, um personagem menor cujo destino não faz diferença alguma para os protagonistas da história. Ele acorda com o som que o faz dormir há um terço de século: os roncos da esposa. E o que lhe resta é fazer o que tem para fazer por meia dúzia de horas por dia, todos os dias desta nova vida: encarar o quintal pela janela.

Um pica-pau vai e vem em um carvalho ensolarado, enfiando nozes em um cinturão de buracos. Dois esquilos sobem em espirais enlouquecidas pelo tronco de uma tília. Nuvens de pequenos insetos pretos se aglomeram nas pontas da grama, ensandecidos com o frio que se aproxima. Um arbusto que ele e Dorothy devem ter plantado anos atrás está cheio de flores amarelas desgrenhadas, ainda que as folhas tenham morrido há muito tempo. Altas doses de drama para um paralítico. O vento arremessa fofocas; os galhos de todas as plantas dos seus aniversários de casamento balançam, escandalizados. Há perigo por toda parte, prontidão, intriga, complicações em câmera lenta, mudanças épicas de estação que antes eram muito vagarosas para ser percebidas, e que agora passam pela cama de Ray rápido demais para fazer qualquer sentido.

Dorothy acorda com o próprio ronco. "Ah! Desculpa, Ray. Não queria abandonar você."

Ele não pode dizer para ela. Ninguém pode ser abandonado, em lugar algum, jamais. O caos narrativo sinfônico se desenrola ao redor deles. Ela não faz ideia, e ele não pode contar para ela de jeito nenhum. Todos os quintais civilizados se parecem. Cada quintal selvagem é selvagem à sua maneira.

Os relógios de centenas de milhões de computadores interconectados se preparam para chegar a números que eles não foram projetados para acomodar. As pessoas estão estocando coisas em seus porões para o fim da Idade da Informação. Douglas não sabe exatamente quando o milênio termina. Onde ele está, nada maior do que uma semana importa muito. A luz do dia nessa época dura apenas algumas horas, a neve tem dois metros de profundidade, e até mesmo a temperatura do meio-dia é capaz de arrancar os pelos dos braços dele. Na opinião de Douglas, os computadores já endoideceram e desmantelaram toda a infraestrutura do planeta. Enfiado em uma cabana do Departamento de Gestão de Terras, seu esconderijo em Montana, ele será o último a saber.

Desperta quando o fogo apaga e precisa escolher entre alimentá-lo ou congelar até a morte. Salta do saco de dormir ártico usando ceroulas, como uma criatura que sai de um casulo sem ter exatamente ultrapassado o estágio larval. Veste a parca, mas seus dedos estão tão dormentes que ele precisa de quinze horrorosos minutos até conseguir colocar fogo em uns pedaços de lenha. Tosta as mãos no fogo como se elas fossem um sanduíche de marshmallow, até que consegue mexer a ponta dos dedos de novo. O café da manhã consiste em dois ovos, três fatias vikings de bacon e um pedaço de pão dormido aquecido no fogão a lenha.

Na varanda, ele observa a cidadezinha. Fachadas de madeira marrom-acinzentada pontilham a encosta nevada abaixo. O hotel de três andares em ruínas, o armazém devastado, o consultório médico e a barbearia, o bordel e os diversos saloons: tudo isso é só dele. No alto de uma montanha distante, pinheiros-de-casca-branca. A neve está repleta de pegadas de visitantes — cervos-canadenses, veados, coelhos —, um drama comprimido que ele está aprendendo a ler. Ele vê o poema nevado que um predador deixou quando agarrou a presa, a abateu, e depois sumiu sem deixar traços.

Zelador da Cidade Fantasma Mais Simpática do Oeste na temporada de inverno: ele já teve alguns empregos sem sentido na vida, mas nunca um tão sem sentido quanto esse. As passagens de ambos os lados — trinta quilômetros rochosos e íngremes — estão cobertas de neve. Ninguém vai chegar ali até o final de maio. Ok: *alguma coisa* pode acontecer durante a vigília. Um terremoto, talvez, ou um meteoro. Alienígenas. Nada que ele possa fazer algo a respeito. Nem mesmo a caminhonete equipada com uma lâmina limpa-neve vai poder ir a qualquer lugar por um bom tempo.

As montanhas são altas, o solo, íngreme e fino, as árvores foram abatidas com muita frequência, e todas as minas de metais preciosos estão esgotadas. Tudo o que restou para ser vendido aqui é a nostalgia, esse passado recente em que o amanhã parecia a resposta para tudo que um ser humano pudesse desejar. Quando o verão chegar, ele vai vestir um uniforme de mineiro e contar histórias aos turistas que enfrentarem a estrada esburacada para chegar a um lugar que, só pelo fato de ser tão isolado, já vale a pena marcar na lista de conquistas. As crianças vão achar que ele tem cento e cinquenta anos. Famílias vão passar voando e tirar algumas fotos a caminho de Yellowstone, do Glacier ou de algum lugar que valha a pena ser notado.

Ele se senta à mesa bamba da cozinha e pega o tesouro que guarda ao lado do saleiro. Apareceu no outono passado, uma garrafa marrom meio enterrada perto da torre da mina. O resto do rótulo desbotado tem alguns caracteres chineses, criaturas dos primeiros oceanos do planeta. A garrafa é um mistério — o que diz, o que continha. Pertencia a um dos muitos operários chineses que trabalhavam na mina ou tocavam a lavanderia. Ele olha para os caracteres e sussurra: "O que fazem?". A amiga dele lhe ensinou a frase — não se lembra onde nem quando. Tinha relação com a China e com o pai dela. Ela caía na risada sempre que Douglas a dizia. Ele tentava dizê-la com frequência.

Ele deixa a garrafa de lado e começa o ritual matinal: a escritura que ele está redigindo para sua nova religião de humildade miserável. Desde meados de novembro, está trabalhando no *Manifesto do fracasso*. Blocos de notas pautados rabiscados com caneta esferográfica se acumulam na mesa. Contam a história de como ele se tornou um traidor de sua espécie. Ele não cita nenhum nome, exceto os das florestas. Mas tudo está ali: o momento em que as escamas caíram dos seus olhos. A consciência se transformando em raiva. O encontro com outras pessoas de ideias semelhantes e o momento em que passou a ouvir as árvores falarem. Escreve sobre o que eles gostariam de fazer e como tentaram fazê-lo. Relata onde erraram e por quê. Há paixão em tudo, e uma explosão de detalhes, mas sem muita estrutura. As palavras se ramificam, brotam e se ramificam de novo. Isso o mantém ocupado. Derrota o tédio na cabana, embora, em certos dias, a vitória seja bem apertada.

Hoje ele relê a empreitada de ontem — duas páginas sobre como foi ver um policial esfregando fogo nos olhos de Mimi. Então ele pega a Bic e vai traçando sulcos na página. É como se estivesse lançando árvores de novo, para cima e para baixo nos contornos de uma montanha. O problema é que, quando está no tema geral do Fracasso, ele não consegue deixar de tocar no tema vizinho, o do Que Porra Deu Errado com a Humanidade.

A caneta se move; as ideias se formam, como através da mão de um espírito. Algo reluz, uma verdade tão evidente que as palavras se ditam sozinhas. Estamos sacando bilhões de anos de uma poupança planetária e gastando tudo em ostentação. E o que Douglas quer entender é por que parece tão fácil enxergar isso quando você está sozinho em uma cabana nas montanhas, e praticamente impossível quando você sai de casa e se junta a vários bilhões de pessoas que se curvam para o status quo.

Ele se detém para reacender o fogo. Encontra mais comida — pasta de amendoim com biscoito e uma batata, que ele cozinha nas toras em chamas. Então é hora de caminhar até a cidade e verificar se os fantasmas estão se comportando. Ele se enche de roupas e coloca os sapatos de neve de segunda mão. Esses grandes pés palmados — sua adaptação de inverno — transformam Douglas em uma criatura híbrida, metade homem, metade lebre gigante em duas patas. Lá fora, no meio da neve, descendo a montanha até a casca de cidade, seus pés afundam mesmo assim, uma dúzia de vezes ou mais.

Não há muita coisa acontecendo na rua principal. Nas construções inclinadas e nas vitrines de exposição, Douglas procura vestígios de ninhos indesejados, tocas ou marcas de que alguma coisa foi roída. É só algo para mantê-lo ocupado. A verdade é que seu chefe da Nação do Corvo o deixa usar a cabana porque isso não custa nada para o Departamento de Gestão de Terras, e Douggie inventa a rotina de inspeção para ganhar o brinde. Da varanda do segundo andar do hotel, ele grita: "Esse lugar tá *morto*". O *to* ricocheteia na Garnet Range duas ou três vezes antes de sumir. Ele volta pelo caminho mais demorado, ao longo da encosta, para assim fazer mais dois quilômetros e meio de exercício e olhar o desfiladeiro. Quando é um dia claro como aquele, consegue ver os bosques de lariço a quilômetros de distância. Coníferas que perdem as agulhas no inverno.

Vai subindo a montanha, sentindo com as raquetes de neve onde a trilha deveria estar. Um trabalho árduo no primeiro *S*, e então o vale se desdobra abaixo dele. Debaixo da escarpa íngreme, se espalha um tapete de árvores tão espesso que é impossível acreditar que o mundo esteja, de fato, puído a ponto de quebrar. Montes de pó esculpido fazem os galhos vergarem em saias que se arrastam no chão. As pinhas roxas e verticais dos abetos se desintegraram em sementes. Mas aglomerados de pinhas pendem no alto dos espruces, ovinhos de cabeça branca que se esqueceram de cair. Zimbros crescem direto da rocha bruta. Acima dele, espruces antigos estão eretos, julgando-o.

Ele caminha até a escarpa para olhar melhor, e o que considera chão sólido desmorona sob seus pés. No abismo vertical, a primeira rocha coberta de neve o lança no ar até o início de uma queda de trezentos metros. Ele estica um pé e acerta um cilindro de espruce antes de abrir caminho pela escarpa nevada. Um penhasco pedregoso de sessenta metros se estende à frente dele. Ele grita e consegue se agarrar a um tronco salvador. Pela segunda vez, uma árvore salva sua vida.

O sangue congela no rosto ralado. O ar está tão frio que eletrocuta o nariz dele. O braço gira para fora de um jeito não natural. A neve cobre Douglas. Ele fica deitado, sabendo nada mais do que um abeto com suas saias de neve. O céu escurece. O que parecia frio dá lugar a um congelador industrial.

Seu cérebro centelha, e ele abre os olhos para o branco que quer matá-lo. Ele olha de novo para a montanha e, destruído pela face exposta da pedra, pensa, *Só deixa eu descansar aqui um pouquinho.* No fim, é a mulher morta, ajoelhada ao lado dele e acariciando seu rosto, que faz Douglas se levantar. *Você não é apenas você.*

O som da voz dele — "Não sou?" — o leva a isso. Os dedos da mulher se transformam no tronco de espruce em que ele se enrolou durante a queda. O nariz está quebrado e o ombro deslocado. Sua velha perna defeituosa é inútil. A noite e a temperatura estão caindo rapidamente. O penhasco se ergue vinte metros íngremes acima dele. Mas fatos não valem nada. Ela diz isso a ele, em cinco palavras: *Sua hora ainda não chegou.*

Passada da idade da aposentadoria, Patricia trabalha como se não houvesse amanhã. Ou como se o amanhã ainda pudesse surgir, se um número suficiente de pessoas começar a trabalhar duro. Ela tem dois empregos, um o oposto do outro. No que ela detesta, fica atrás de púlpitos e implora por dinheiro, gaguejando como um pica-pau em seu bate-estaca no tronco de um pinheiro. Ela lança seu pequeno arsenal de frases de impacto. Blake: *Um tolo não vê a mesma árvore vista por um sábio.* Auden: *Uma cultura não é melhor do que seus bosques.* Dez por cento do público doa vinte dólares ao banco de sementes.

A equipe a desaconselha a fazer isso, mas ela revela os números. Shaw não estava certo quando disse que a marca da verdadeira inteligência era se emocionar com estatísticas? Dezessete tipos de florestas morrendo, tudo agravado pelo aquecimento global. Milhares de metros quadrados por ano convertidos em *desenvolvimento.* Um prejuízo anual de cem bilhões de árvores. Metade das espécies lenhosas do planeta extinta até o final deste novo século. Dez por cento do público lhe oferece vinte dólares.

Ela usa argumentos econômicos, comerciais, estéticos, morais, espirituais. Ela conta *histórias* cheias de drama, esperança, raiva, maldade, com personagens que você consegue amar. Fala sobre Chico Mendes. Fala sobre Wangari Maathai. Uma a cada dez pessoas lhe dá vinte dólares, e um anjo oferece um milhão. Isso é o suficiente para mantê-la fazendo o trabalho que ama: rodando o mundo de avião, despejando no ar um volume inconcebível de gases de efeito estufa, acelerando a destruição do planeta, coletando sementes e mudas de árvores que vão desaparecer em pouco tempo.

Jacarandá de Honduras. Carvalho de Hinton, no México. Comidendro de Santa Helena. Cedros do cabo da Boa Esperança. Dez espécies das monstruosas kauris, três metros de circunferência, e o primeiro galho surgindo a trinta metros de altura ou mais. Um cipreste-da-patagônia, no sul do Chile, mais velho do que a Bíblia, mas ainda produzindo sementes. A metade das espécies da Austrália, do sul da China, um cinturão atravessando a África. As formas alienígenas de vida de Madagascar, que não existem em nenhum outro lugar do planeta. Manguezais de água salgada — viveiros marinhos e os protetores da costa — desaparecendo em uma centena de países. Bornéu, Papua-Nova Guiné, Molucas, Sumatra: os ecossistemas mais produtivos da Terra dando lugar a plantações de óleo de palma.

Ela caminha pelas florestas remanescentes do exaurido Japão, podadas, sem vida. Atravessa pontes de raízes vivas nos confins do nordeste da Índia — *Ficus elastica* treinadas para atravessar rios por muitas gerações de povos da colina Khasi —, em florestas onde a vegetação nativa foi substituída por pinheiros de crescimento rápido. Caminha por antigas extensões de teca tailandesa, substituídas por eucaliptos magros cortados a cada três anos. Examina o que sobrou de incontáveis hectares de pinyon do sudoeste dos Estados Unidos, arrancados para dar lugar ao trigo. Florestas selvagens, diversas e não catalogadas estão desaparecendo. Os povos locais sempre dizem a mesma coisa: não queremos matar a galinha dos ovos de ouro, mas aqui esse é o único jeito de conseguir os ovos.

A mídia adora o projeto dela, tão desesperado e fadado ao fracasso. "A mulher que guarda sementes." "A esposa de Noé." "Guardando sementes para um futuro melhor." Ela ganha a atenção do mundo por quinze minutos. Se tivesse colocado seu banco em uma dessas grandes fortalezas subterrâneas no Ártico, poderia ter conseguido meia hora. Mas um bunker quadrado no sopé da Front Range mal vale um vídeo.

Dentro, o cofre parece uma mistura de capela com biblioteca de alta tecnologia. Milhares de latas, identificadas por data, espécie e localização, estão organizadas em gavetas de vidro duplo e aço escovado, como os cofres de um banco de verdade, mas a vinte e nove graus negativos. De pé dentro do bunker, Patricia tem uma sensação estranha. Ela está em uma das regiões com maior biodiversidade do planeta, cercada por milhares de sementes dormentes, que foram higienizadas, secas, peneiradas e radiografadas, todas esperando que seu DNA desperte e comece a transformar o ar em madeira ao menor sinal de água e descongelamento. As sementes estão zumbindo. Estão *cantando* alguma coisa — ela poderia jurar — um pouquinho abaixo do que somos capazes de ouvir.

Os jornalistas perguntam por que seu grupo, ao contrário de todas as outras ONGs de bancos de semente do mundo, não está focado em plantas que terão utilidade para as pessoas quando a catástrofe chegar. Ela gostaria de responder: *Utilidade* é *a catástrofe*. Em vez disso, responde: "Estamos armazenando árvores cujos usos ainda não foram descobertos". Os jornalistas se animam quando ela menciona todas as áreas de declínio florestal crítico, cada uma com sua causa: chuva ácida, ferrugem, antracnose, apodrecimento de raízes, seca, invasores, agricultura fracassada, besouros, fungos, desertificação...

Mas os olhos deles passeiam quando ela diz que todas essas ameaças se tornaram fatais por causa de uma única coisa: a contínua mudança da atmosfera causada por pessoas queimando coisas que um dia foram verdes. Os jornalistas dos veículos de distribuição mensal, semanal, por hora ou por minuto escrevem o que ela disse, e passam para a próxima novidade. Algumas pessoas leem e enviam vinte dólares. E ela fica livre para ir à próxima floresta ameaçada em busca da próxima árvore que vai desaparecer.

Em Machadinho d'Oeste, no Norte do Brasil, Patricia descobre o que uma floresta é capaz de fazer. Raios de sol acertam os troncos cobertos de trepadeiras, as máquinas mais selvagens da Terra. Espécies entopem todas as superfícies, ofuscando-a a ponto de reviver a metáfora morta no coração da palavra *deslumbramento*. Em tudo há franjas, tranças, pregas, escamas, espinhos. Ela luta para distinguir as árvores dos cordões de lianas, orquídeas, lâminas de musgos, bromélias, jatos de samambaias gigantes, tapetes de algas.

Há árvores cujas flores e frutas nascem diretamente do tronco. Mafumeiras bizarras de doze metros de circunferência com galhos que podem ser pontiagudos, brilhantes ou lisos, todos saindo do mesmo tronco. Murtas espalhadas pela floresta que florescem todas juntas no mesmo dia. *Bertholletia* que produzem balões-surpresa cheios de nozes. Árvores que fazem chover, que marcam as horas, que predizem o tempo. Sementes de cores e formas obscenas. Vagens que lembram punhais e cimitarras. Raízes de palafitas, raízes espiraladas e contrafortes que respiram o ar. Soluções correm soltas. A biomassa enlouqueceu. Uma única sacudida de uma rede entomológica captura mais de vinte tipos de besouros. Tapetes grossos de formigas atacam Patricia quando ela encosta nas árvores que as alimentam e as abrigam.

Aqui, a semana tem sete dias de recenseamento. A equipe da dra. Westerford conta do amanhecer ao pôr do sol, um dia de trabalho que deveria deixar qualquer mulher de sessenta anos esgotada. Mas ela vive para isso. Ontem, eles registraram duzentas e treze espécies distintas de árvores em pouco mais de quatro hectares, cada uma delas um produto da Terra pensando em voz alta. Em uma biomassa tão densa assim, é arriscado confiar em algo tão caprichoso quanto o vento. A maioria dos tipos de árvores tem seus próprios polinizadores. O lado ruim dessa diversidade insana é a dispersão. O receptor de pólen mais próximo pode estar a mais de um quilômetro de distância. A cada dois dias, eles se deparam com espécies que ninguém da equipe consegue identificar. Formas de vida novas e desconhecidas: *Lá se vai mais um só-Deus-sabe-o-quê*. Milhares de tipos engenhosos de árvores se espalham pela bacia do rio. Qualquer uma dessas fábricas de produtos químicos em vias de desaparecer pode gerar o próximo bloqueador de HIV, o próximo superantibiótico, o mais novo assassino de tumores.

O ar é tão úmido que encharca Patricia de dentro para fora. É difícil caminhar na floresta coberta de trepadeiras. Cada centímetro cúbico está ocupado transformando o solo e o sol em milhares de compostos voláteis que os químicos talvez nunca tenham a chance de identificar. O esquadrão de seringueiros de Patricia se espalha ao redor dela como se fizessem uma busca policial, procurando oito mil espécies amazônicas que correm o risco de desaparecer antes que ela possa colocá-las em seu cofre de temperatura controlada no Colorado.

Há mais de um século, para a desgraça do Brasil, um inglês saiu do país com sementes de seringueira contrabandeadas. Agora, quase toda a borracha natural do mundo cresce no sul da Ásia, em terras onde antes havia árvores que ninguém jamais catalogou completamente. Isso deixa os brasileiros ressabiados em relação a ela — mais um coletor gringo que veio roubar as sementes brasileiras. Mas, na tarde em que sua equipe descobre velhos mognos e ipês cortados em pedaços, eles aparecem. Nunca tinham visto alguém além deles chorando por árvores.

Os homens dela estão armados, ainda que com rifles do século XIX que pertenceram aos seus tataravôs. *À noite, pistoleiros* rondam o rio e as estradas. Madeireiros ilegais matam qualquer um que se interponha entre eles e sua mercadoria. Você não precisa ter um centésimo do heroísmo de Chico Mendes para morrer por árvores. Em uma noite à beira do fogo, Elizeu, um dos melhores guias de Patricia, conta a ela uma história que Rogério, o intérprete, traduz. "Um amigo meu, que sangra desde pequeno — *pá!* Decapitado com um fio na mata. Só por proteger as árvores dele."

Elvis Antônio concorda com a cabeça, olhando para o fogo. "Encontramos outro, três meses atrás. Meteram o corpo dele na toca de um bicho, na base de uma árvore grande."

"São os americanos", Elizeu diz a ela.

"Americanos? Aqui?" *Idiota, idiota*. Ela entende, assim que as palavras saem da sua boca.

"Os americanos fazem o mercado. Vocês compram o contrabando. Pagam o dinheiro que for! E a nossa polícia é uma piada. Eles ganham a parte deles. Eles querem que as árvores morram. É incrível que a gente não seja tudo contrabandista. Se comparar com sangria de seringueira... Dá vontade de rir."

"Então por que você não desiste e vira contrabandista?"

Elizeu sorri, perdoando Patricia pela pergunta. "Dá pra sangrar uma seringueira por gerações. Mas a gente só derruba uma árvore uma vez."

Ela adormece sob o mosquiteiro, pensando em Dennis. Queria que ele pudesse ver esse lugar, tão parecido com o livro de meninos sobre mundos perdidos. Ele está esperando por ela no banco de sementes do Colorado. Nunca vai se acostumar àquele estado. Muito otimista, frio e seco — o pior tipo de Oz. Ele não acha que pareça natural, todos aqueles álamos e todo aquele sol. *Aqui nenhuma árvore é mais alta do que uma tsuga adolescente no meu estado natal.*

Ele fica feliz em trabalhar no bunker, certificando-se de que o cofre mantenha temperatura e umidade constantes. Mas, durante a maior parte do seu ano fragmentado, Dennis espera que a caçadora de sementes volte com frascos cheios de espécies que logo existirão apenas naquele túmulo climatizado. Ele nunca diz nada, mas a verdade é que o projeto não o convence. *Por quanto tempo você acha que elas vão aguentar aqui dentro, gatinha?*

Ela contou a ele sobre a semente de tamareira da Judeia, encontrada no palácio de Herodes, o Grande, em Massada — uma semente de tamareira de uma árvore da qual o próprio Jesus pode ter provado, o tipo de árvore que Maomé disse ser feita da mesma matéria que Adão. Ela germinou, alguns anos atrás. Conta a ele sobre as sementes de *Silene stenophylla*, enterradas metros abaixo do permafrost da Sibéria. Crescendo agora, depois de trinta mil anos. Ele apenas assobia e balança a cabeça. Mas nunca pergunta o que quer perguntar, o que ela sabe que ele deveria. *Quem vai fazer o replantio?*

Ela acorda no verde impenetrável do amanhecer. A luz é filtrada por camadas de putrefação envolvidas em videiras, como a fotografia no mural de uma igreja que está voltando ao paganismo. A pergunta que Dennis não fez fica girando na cabeça dela. A abundância de vida do lado de fora da barraca faz Patricia se perguntar de que adianta salvar uma espécie sem todas as epífitas, os fungos, os polinizadores e outros simbiontes que, na batalha do dia a dia, oferecem a essa espécie o seu verdadeiro lar. Mas qual é a alternativa? Fica deitada no saco de dormir por um instante, imaginando esse lugar transformado em pasto — duzentos quilômetros de terras cultiváveis por dia. E a diminuição das florestas acaba por acelerar o aquecimento do mundo, tornando mais difícil o cultivo.

De volta à trilha depois do café da manhã, eles encontram uma pilha de troncos recém-cortados. Os patrulheiros se espalham. Em questão de minutos, as espingardas espocam, seguidas pelos grunhidos de uma motocicleta na vegetação rasteira. Elvis Antônio volta pelo meio do mato, e sinaliza com os braços que está tudo bem. Patricia o segue por um caminho tortuoso até uma estrada que leva a um acampamento de pistoleiros, abandonado às pressas. Há pouca coisa além de uma pilha de roupas oleosas, um saco de farinha de mandioca mofada, sabão em pó e uma revista para o público adulto que circulou demais. Eles botam fogo no acampamento. As chamas fazem bem — uma pequena inversão alaranjada do progresso.

Caminham ao longo de um canal até chegar a uma planície que os guias juram que vai satisfazer o desejo de Patricia por sementes raras. Ela para ao longo da trilha para inspecionar frutas estranhas. *Annonas* — graviola, araticum, jaca-do-pará em grande variedade e versões híbridas, cada uma com o seu plano. Uma sapucaia incrível a atinge com seu fedor insano. Há troncos de paineiras armados com espinhos de cima a baixo. Os frascos de coleta entram em ação. Eles encontram uma dramática *Bombax* em flor, diferente de qualquer uma já documentada.

Elvis Antônio surge ao lado de Patricia, rindo e puxando a manga da blusa dela. "Vem ver!"

"Claro. Daqui a pouco, tá?"

"Melhor ver agora!"

Ela suspira e o segue através de um caramanchão de galhos e cipós insanos. Quatro dos homens olham maravilhados para uma árvore enorme com contrafortes que lembram dobras de tecidos suspensos. Não consegue nem imaginar de que família é, que dirá o gênero e a espécie. Mas a árvore não é o que está prendendo a atenção dos homens. Ela para logo atrás deles e emite um grunhido de espanto. Ninguém lhe diz o que ela deve ver. Uma criança conseguiria. Um míope de um só olho. Em nós e espirais, os músculos surgem do tronco liso. É uma pessoa, uma mulher, o corpo torcido e os braços levantados que terminam em galhos de dedos. O rosto, arredondado de susto, encara com tanta insistência que Patricia desvia o olhar.

Ela se aproxima para ver as marcas de entalhe. Que tipo de escultor empregaria tanta habilidade e esforço em algo tão remoto que talvez nunca fosse descoberto? Mas não há entalhes. Nenhum sinal de lixamento ou cortes de qualquer tipo. Apenas os contornos da árvore. Os homens gritam palavras velozes em três idiomas. Um dos dendrologistas diz, com gestos exagerados, que a madeira foi polida de alguma forma para se parecer com uma mulher. Os seringueiros zombam dele. É a Virgem, olhando horrorizada para o planeta moribundo.

"Pareidolia", diz Patricia.

O tradutor não conhece a palavra. Patricia explica: o fenômeno que faz as pessoas verem pessoas em tudo. A tendência de transformar dois buracos e um talho em um rosto. O tradutor diz que isso não existe em português.

Patricia olha com mais atenção. A pessoa está *ali*. Uma mulher na coda da vida, olhando para cima e erguendo as mãos naquele momento imediatamente anterior à transformação do medo em sabedoria. O rosto pode ter se formado pela eflorescência aleatória de um cancro, com besouros atuando como cirurgiões plásticos. Mas os braços, as mãos, os dedos: uma semelhança familiar. A impressão fica mais forte à medida que Patricia contorna a árvore. Um cachorro latiria para esse corpo retorcido. Um bebê choraria.

Nesse planalto tropical, os mitos voltam a ela, histórias de sua infância e da infância do mundo. O Ovídio adaptado que o pai lhe deu. *Deixe-me cantar para você agora sobre como as pessoas se transformam em outras coisas.* Ela ouviu as mesmas histórias em todos os lugares onde coletou sementes — nas Filipinas, em Xinjiang, na Nova Zelândia, na África Oriental, no Sri Lanka. Pessoas que, num instante, criam raízes repentinas e desenvolvem cascas. Árvores que, por algum tempo, ainda podem falar, soltar as raízes e se mover.

A palavra soa estranha e estrangeira na cabeça dela. *Mito. Mito.* Uma pronúncia errada. Um malapropismo. Memórias passadas adiante por pessoas acenando nas margens da grande partida humana, para longe de todas as outras coisas vivas. Telegramas de despedida escritos por céticos da fuga planejada, que diziam: *Lembre-se* disso *daqui a milhares de anos, quando, por todos os lados que se puder olhar, você não vir nada além de si mesmo.*

Rio acima, os achuar — o povo das palmeiras — cantam para seus jardins e florestas, mas apenas secretamente, na cabeça, de maneira que só as almas das plantas possam escutar. As árvores são seus parentes, com esperanças, temores e códigos sociais, e o objetivo dos achuar enquanto seres humanos sempre foi encantar e seduzir as coisas verdes, conquistando-as em um casamento simbólico. Essas são as músicas de casamento de que o banco de sementes de Patricia precisa. Uma cultura assim pode salvar a Terra. Ela não consegue pensar em muita coisa que seja capaz de fazer isso.

As câmeras são sacadas das mochilas. Os guias e os botânicos tiram fotos. Discutem sobre o significado do rosto. Riem da probabilidade absurda de qualquer coisa crescer acidentalmente assim, como *a gente*, a partir da madeira irracional. Patricia faz a estimativa mentalmente. As probabilidades não são nada comparadas aos dois primeiros grandes lançamentos dos dados cósmicos: aquele que levou a matéria inerte à crista da vida, e aquele que transformou bactérias simples em células compostas cem vezes maiores e mais complexas. Em comparação a esses dois primeiros abismos, a fenda entre árvores e pessoas não é nada. E, considerando a bizarra loteria capaz de produzir qualquer árvore, onde está o milagre em uma árvore com a forma da Virgem?

Patricia também tira fotos, capturando a figura impressa no tronco. Ela e os coletores ensacam algumas amostras para identificação. Não há sementes. Eles seguem para mais coletas. Mas todos os troncos agora parecem esculturas absurdamente realistas, complexas demais para serem feitas por qualquer escultor, exceto pela vida.

Quando volta de suas andanças para o bunker reluzente nos arredores de Boulder, ela não mostra as fotos para ninguém. A equipe, os cientistas, o conselho de administradores: ninguém saberia o que fazer com um *mito.* Os mitos são velhos erros de cálculo, palpites de crianças colocadas na cama há muito tempo. Os mitos não fazem parte do estatuto da fundação.

Mas ela mostra para Dennis. Ela mostra tudo para Dennis. Ele sorri e inclina a cabeça para o lado. Dennis, o confiável. Setenta e dois anos, e tão capaz de se surpreender quanto uma criança. "Olha só! *Minha nossa!*"

"Era ainda mais assustador pessoalmente."

"*Pessoalmente.* Imagino." Ele não consegue parar de olhar. Rindo. "Sabe de uma coisa, gatinha? Você podia usar isso."

"Como assim?"

"Fazer um cartaz com essa foto. Colocar uma legenda bem grande embaixo: *Elas estão tentando chamar a nossa atenção.*"

Ela acorda naquela noite, na escuridão, com as mãos grandes e gentis de Dennis relaxadas sobre a cintura dela. "Dennis?" Ela pega o pulso dele. "Den?" Em um pulo, ela sai de debaixo do braço dormente e fica de pé. O quarto está inundado de luz. Braços esticados, dedos abertos, o rosto dela tão congelado de horror que até o cadáver precisa desviar o olhar.

O construtor de violinos com serragem no cabelo, o homem que acalma Dorothy e a faz rir sempre que ela quer comprar um rifle, o homem que escreveu um poema para ela contando onde ela deveria procurá-lo caso o perdesse, está implorando para se casar com ela. Mas a lei é clara sobre essa coisa de um marido de cada vez.

"Dory. Não posso continuar fazendo isso. Minha auréola está caindo. A santidade é superestimada."

"Sim. Como o pecado."

"Você não pode viajar comigo. Não pode nem passar a noite aqui. Quando você aparece, são os melhores quarenta e cinco minutos do meu dia. Mas, desculpa. Não posso mais ser o número dois."

"Você não é o número dois, Alan. É um trecho em *double-stops*. Lembra?"

"Sem mais *double-stops*. Preciso de um solo bonito e longo antes que a peça termine."

"Tá bem."

"Tá bem o quê?"

"Tá bem. Em breve."

"Dory. Jesus. Por que você tá se martirizando? Ninguém espera que você faça isso. Nem *ele* espera."

Ninguém pode afirmar o que *ele* espera. "Eu assinei os papéis. Eu fiz uma promessa."

"Que promessa? Você estava à beira de um divórcio dois anos atrás. Vocês dois já tinham praticamente dividido os bens."

"Ah. Isso era no tempo em que ele podia caminhar. E falar. E assinar papéis."

"Ele tem seguro. Invalidez. Duas cuidadoras. Ele tem dinheiro para contratar alguém em tempo integral. Você pode até continuar ajudando. Eu só quero que você more aqui. Volte pra casa, pra mim, todas as noites. Minha esposa."

O amor, como todos os bons romances sabem, é uma questão de registro, contrato e propriedade. Ela e o amante já chegaram nesse beco sem saída inúmeras vezes. Agora, no novo milênio, o homem que manteve a sanidade dela, o homem que até poderia ter sido sua alma gêmea, se sua alma tivesse uma forma ligeiramente diferente, chega ao beco pela última vez e desiste de achar a saída.

"Dory. Chegou a hora. Cansei de dividir."

"Alan, é dividir ou nada."

Ele escolhe nada. E, por um bom tempo, ela sonha fazer a mesma escolha.

Em uma manhã azul e cristalina de outono, um bramido soa no outro quarto. O apelido dela, estendido até o comprimento da quietude, sem a consoante final: *Daaa...* Ela fica arrepiada. É pior que o bramido de quando ele suja a cama e precisa que ela vá limpá-lo. Mais uma vez ela sai correndo, como se nunca tivesse havido um alarme falso. No quarto, alguém está falando com o marido dela, e ele geme. Ela abre a porta de supetão. "Eu tô aqui, Ray."

À primeira vista, há apenas o homem com a máscara de horror congelado, aquele com quem ela finalmente se acostumou. Então ela se vira e vê. Senta na cama perto dele. A televisão está dizendo: "Ah, meu Deus. Ah, meu Deus". Dizendo: "Essa é a *segunda* torre. Acabou de acontecer. Ao vivo. Na nossa tela".

Na cama, algum animal pesado e escorregadio roça o pulso dela. Ela se assusta e grita. A mão que ainda se move do marido, cutucando a dela.

"Foi proposital", diz a tela. "Isso só pode ser proposital."

Ela pega os dedos rígidos e dobrados dele e os segura firme. Ficam olhando juntos, sem entender nada. Laranja, branco, cinza e preto ondulam contra um azul sem nuvens. As torres expelem fumaça, como fissuras na crosta terrestre. Elas oscilam. Então caem. A tela treme. As pessoas na rua correm e gritam. Uma das torres se verga, como um organizador dobrável de guarda-roupa. Os uivos animalescos não param. A incredulidade escorre da boca de Ray. "*Nh, nh, nh...*"

Ela já viu isso antes: colunas monstruosas, grandes demais para serem derrubadas, caindo. Ela pensa: *Finalmente, todo o estranho sonho de segurança, de separação, vai morrer.* Mas, quando se trata de previsões, ela sempre esteve redondamente enganada.

Hyde Street, em Nob Hill, em um quarteirão com plátanos de troncos camuflados e um umezeiro torto que explode em uma loucura cor creme por três semanas durante a primavera. Mimi Ma está sentada em seu escritório no primeiro andar, persianas fechadas, preparando-se para o segundo e último cliente do dia. O primeiro ficou por três horas. Era seu direito contratual ficar o tempo que precisasse. Mas a sessão a limou até ela virar uma ponta embotada. O segundo vai sugar o que resta de vida no seu dia. Ela vai se entocar hoje à noite em seu apartamento no Castro para assistir a documentários de natureza e ouvir música trance. Então dormir e levantar para encarar mais dois clientes amanhã.

Terapeutas não convencionais inundam essa cidade — conselheiros, analistas, guias espirituais, assistentes de autoatualização, consultores pessoais e charlatães limítrofes, alguns tão surpresos quanto Mimi por se verem de repente naquele ramo. Mas sua reputação se espalhou tão bem pelo boca a boca que ela consegue pagar o aluguel absurdo marcando apenas dois clientes por dia. A verdadeira pergunta, sessão após sessão, é se ela consegue manter a própria sanidade enquanto os clientes devoram a alma dela.

Muitos dos seus pacientes em potencial sofrem de nada mais do que de ter dinheiro demais. Ela diz isso a eles durante as consultas preliminares, duas sextas-feiras por mês. Não atende ninguém que não esteja sofrendo, e consegue saber quanta dor uma pessoa carrega dentro de si nos primeiros vinte segundos em que fica sentada na poltrona diante dela, no consultório quase vazio. Ela fala com cada solicitante por alguns minutos, não sobre sua psiquê, mas sobre o clima, esportes e animais de estimação da infância. Então ou ela marca uma sessão, ou manda o candidato para casa, dizendo: "Você não precisa de mim. Você só precisa enxergar que já é feliz". Por esse conselho, ela não cobra nada. Mas, para uma sessão de verdade, é preciso algum sacrifício. Dois desses sacrifícios por dia são suficientes para mantê-la no prumo.

Ela se senta à direita da lareira de tijolos, tentando se recuperar. Na antessala dos cinquenta anos, ela ainda é magra, graças às longas corridas que começou a fazer, embora o capuz de cabelo preto tenha luzes castanhas agora. Ainda tem a cicatriz em uma das bochechas. Sua mão acaricia o jeans cor de aço e percorre as pregas da blusa ciano, aquela que faz com que se sinta uma espécie de trovadora. A secretária avisou ao próximo paciente que a terapeuta está disponível. Mal há tempo de sair do caldeirão de medo, luto, esperança e transfiguração compartilhado com um desconhecido durante quatro horas, e Mimi já precisa mergulhar em outro.

Ela afunda a mente no princípio zen da ausência de objetivo. Pega um dos porta-retratos sobre a lareira — o casal chinês idoso segurando a fotografia de três meninas. É uma foto de estúdio, com um pano de fundo. O homem usa um terno de linho caro, e a mulher, um vestido de seda feito sob medida em Xangai, antes da guerra. O casal olha triste para a foto das netas americanas com nomes inescrutáveis. Nunca vão conhecer essas meninas estrangeiras, tampouco a mãe delas, aquela herdeira derrotada da Virginia, que morrerá em uma casa de repouso tendo esquecido a que espécie pertence. E o filho errante: é como se o casal já soubesse quando a lente abre, naquele momento exato, muitos anos antes do crime violento. Como nessa vida um homem ascende ou cai? A canção do pescador flui nas profundezas do rio.

Era uma vez uma garotinha, geniosa, feroz, tentando se preservar das grandes divisões. Nem amarela, nem branca, nem nada que Wheaton já tivesse visto. O pescador foi o único que a conheceu, parado ao lado dela nos longos dias lentos em lugares indomáveis, quando ambos observavam e jogavam o anzol no mesmo riacho. Ela sente aquilo de novo, a raiva pela partida dele, mais forte agora devido ao tempo e à distância. E então a raiva pelo mundo, que derrubou o bosque inocente onde o fantasma do pai gostava de passear, onde ela gostava de se sentar e perguntar *por quê*, onde certo dia ela quase conseguiu uma resposta.

Uma campainha quebra o devaneio de Mimi. Stephanie N., a paciente da tarde, chega na recepção. Mimi coloca o porta-retrato no lugar e aperta um botão sob a cornija da lareira, avisando Katherine que está pronta. Uma batida leve na porta, e Mimi se levanta para receber uma ruiva grandona, de cabelos encaracolados e com óculos de tartaruga. A capa e a túnica verde-oliva não conseguem esconder a pança. Não é preciso ser uma paranormal para sentir que essa mulher perdeu o norte.

Mimi sorri e toca no ombro de Stephanie. "Relaxa. Você não tem nada com o que se preocupar."

Stephanie arregala os olhos. *Não tenho?*

"Não se mexa. Deixa eu te olhar enquanto você está de pé. Você foi no banheiro? Comeu? Deixou o celular, relógio e todos os outros aparelhos com a Katherine? Não tem nada nos bolsos? Sem maquiagem, sem joias?" Stephanie está sem nada. "Ótimo. Pode sentar, por favor."

A visitante se acomoda na cadeira oferecida, sem entender como isso pode levar à mágica que o cunhado chamou de a experiência mais dolorosa e profunda de sua vida adulta. "Não ajudaria você saber um pouco sobre mim?"

Mimi inclina a cabeça para o lado e sorri. Há tantos nomes para a coisa da qual todos estão morrendo de medo, e todos querem lhe dizer os *seus* nomes. "Stephanie, quando chegarmos ao fim, não vão existir palavras suficientes pra descrever o quanto sabemos uma da outra."

Stephanie passa um lenço de papel nos olhos, assente, dá uma risada de duas sílabas, depois sacode os dedos. Pronta.

Quatro minutos depois, Mimi interrompe a sessão. Ela se inclina e toca o joelho de Stephanie. "Escuta. Só fica olhando pra mim. É só isso que você tem que fazer."

Stephanie pede desculpas com um gesto e coloca a mão sobre a boca. "Eu sei. Desculpa."

"Se você estiver tensa... se estiver com medo, não se preocupe. Não importa. Só mantenha os olhos nos meus."

Stephanie abaixa a cabeça. Ela se endireita na cadeira, e as duas tentam de novo. Esse falso começo acontece com frequência. Ninguém imagina como é difícil sustentar o olhar de outra pessoa por mais de três segundos. Em vinte segundos, ficam agoniados — tanto os introvertidos quanto os extrovertidos, os dominadores e os submissos. A escopofobia atinge a todos — o medo de ver e de ser visto. Se você encarar demais um cachorro, ele vai mordê-lo. Se encarar uma pessoa, ela vai atirar. E, ainda que ela tenha olhado durante horas nos olhos de centenas de pessoas, ainda que tenha aperfeiçoado a arte da resistência da troca de olhares, Mimi sente uma pontinha de medo enquanto olha nos olhos de Stephanie, que, por sua vez, corando um pouco, supera a vergonha e se acalma.

As mulheres se fixam, constrangidas e nuas. Um tique no canto dos lábios de Stephanie faz Mimi responder com um sorriso.

Shhh, dizem os olhos da paciente.

Sim, concorda a terapeuta. *Humilhante.*

O constrangimento se torna quase agradável. Stephanie, a simpática, Stephanie, a amável, a mais autoconfiante. *Sou uma pessoa boa. Tá vendo?*

Não importa.

A pálpebra inferior de Stephanie se estica, e seu *orbicularis oculi* se contrai. *Você consegue me entender? Eu sou como as outras pessoas? Por que será que eu sinto que as pessoas não são legais comigo?*

Mimi aperta os olhos um pouco, menos que dois cílios de largura. Reprimenda microscópica: *Só fica olhando. Só. Olhando.*

Cinco minutos depois, a respiração de Stephanie se estreita. *Ok. Tá bem. Tô entendendo.*

Você nem começou ainda.

Mimi observa a mulher entrar em foco. Uma mãe, e de mais de um. Não consegue parar de cuidar da terapeuta. Esposa de um homem que, depois de doze anos, se tornou formal e distante, um urso em sua toca. O sexo é, na melhor das hipóteses, um ritual apático. *Mas você está errada*, a terapeuta especuladora diz a si mesma. *Você não sabe de nada.* E o pensamento se registra nos pequenos músculos do rosto. *Só fica olhando.* Olhar deve corrigir e curar todos os pensamentos.

Aos dez minutos, Stephanie fica inquieta. *Quando é que a mágica começa?* Mimi baixa os olhos. Mesmo nesse tédio, os batimentos de Stephanie aceleram. Ela se inclina para a frente. As narinas se dilatam. Então todo o corpo relaxa, do couro cabeludo aos tornozelos. *Bom, vamos lá. O que você vê é o que é, sem disfarces.*

O que eu vejo está além do seu controle.

É melhor que toda essa merda bizarra nunca saia deste consultório.

Mais seguro do que Las Vegas.

Não sei exatamente o que eu estou fazendo aqui.

Nem eu.

Não sei se eu ia gostar de você se te visse numa festa.

Nem sempre eu gosto de mim mesma. E quase nunca em festas.

Duvido que isso aqui valha o preço que eu estou pagando. Mesmo se eu ficar a tarde inteira.

Quanto vale ser analisado, sem julgamentos, pelo tempo que for necessário?

Não vamos nos enganar, né? É o dinheiro do meu marido.

Eu estou vivendo da herança do meu pai. Que pode ter sido roubada.

Eu deixei que os homens me definissem.

Na verdade, eu sou engenheira. Estou só fingindo ser terapeuta.

Me ajuda. Acordo às três da manhã com uma coisa preta arranhando meu peito.

Meu nome não é Judith Hanson. É na verdade Mimi Ma.

Nos domingos, quando o sol se põe, não tenho vontade de viver.

As noites de domingo me salvam. Só de saber que, em algumas horas, vou estar trabalhando de novo.

São as torres? Acho que podem ser as torres. Eu tenho andado tão frágil, como vidro congelado...

Torres estão sempre caindo.

Passam-se quinze minutos. Escrutínio humano implacável: a viagem mais estranha que Stephanie já fez. Um quarto de hora encarando uma mulher que Stephanie nunca viu na vida faz com que ela reviva coisas, coisas sobre as quais ela não pensa há décadas. Olha para Mimi e enxerga um rosto com pés de galinha e uma cicatriz, uma versão asiática de uma amiga do ensino médio, alguém com quem ela brigou aos dezenove anos por causa de um insulto imaginado. Não há ninguém para quem se desculpar agora, exceto essa estranha que não para de olhar para ela.

O tempo passa, uma vida inteira, alguns segundos a mais, em uma sala sem nada para ser visto, a não ser o rosto danificado de uma estranha. A armadilha se fecha em torno de Stephanie. Os olhos se enchem com um ressentimento que beira o ódio. Um tremor nos lábios de Mimi faz Stephanie voltar àquele dia, três anos atrás, quando finalmente ela encarou a mãe e a chamou de filha da puta. E a boca da mãe, naquele instante... Stephanie fecha os olhos com força — que se danem as regras desse jogo — e, quando os abre novamente, vê a mãe, oito meses mais tarde na cronologia do horror, em um respirador no hospital, morrendo de doença pulmonar obstrutiva crônica, lutando para manter fora do rosto qualquer pensamento sobre a acusação daquele dia enquanto a filha se inclina para beijar sua testa pedregosa.

O relógio que Stephanie deixou na recepção marca o tempo, fora da audição e da vista. Longe dele, longe das demandas das outras pessoas, a visitante vê a si mesma aos seis anos, delicada e triste, desejando ser enfermeira. Acessórios de brinquedo — seringa, braçadeira de aparelho de pressão, chapéu branco. Bonecas e livrinhos ilustrados. Três anos de obsessão seguidos por trinta e cinco de amnésia, agora recuperados por essa viagem profunda nos olhos de outra mulher. Não existe nada, além desse pacto. As pupilas se fixam e não conseguem desviar. Os anos desfilam pela mente de Stephanie — infância, juventude, adolescência, a imunidade do início da vida adulta seguida pela interminável maturidade assustada. Ela está nua agora, diante de alguém que prometeu que nunca mais vai tentar encontrar.

Através do espelho bidirecional, Mimi observa. *Tanta dor aí. Aqui também. Como pode?* Em uma mancha de sol que cai entre as duas, uma sensação verde se abre para a luz. Ali para ser visto, Mimi deixa aquele sentimento passar pelo rosto. Terapia. *Você me lembra as minhas irmãs.* Ela deixa essa mulher entrar e chegar perto da árvore do café da manhã, no quintal em Wheaton, Illinois, em cujos galhos verdes Mimi, Carmen e Amelia estão penduradas com suas tigelas de cereal, lendo o futuro umas das outras nos círculos de aveia flutuando no leite. A filha daquela missionária da Virgínia observa da janela da cozinha, aquela que vai morrer de demência em uma casa de repouso sem nunca ter olhado as filhas nos olhos por mais de meio segundo. Aquele homem hui, saindo da casa para chamar as filhas, *Minha fazenda de seda! O que fizeram?* A amoreira, doce, torta, aberta, rodeada de sombra, gotejando paz, mentindo sobre tudo o que o futuro reservaria.

Stephanie é atravessada por uma grande onda de sororidade. Estende a mão para essa pequena xamã metade asiática, a um metro de distância dela. Uma rápida contração dos músculos corrugadores de Mimi a alerta para que não se aproxime. Há mais. Muito mais.

Em meia hora transcorrida, Stephanie desmorona. Está dolorida, com fome, com coceira, e tão cansada de si mesma que gostaria de dormir para sempre. A verdade escorre dela, uma descarga corporal. *Você não devia confiar em mim. Eu não mereço isso. Está vendo? Sou uma baita filha da puta, e nem meus filhos fazem ideia disso. Roubei o meu irmão. Fui embora sem prestar socorro depois de um acidente. Transei com homens cujos nomes eu nem sabia. Várias vezes. Recentemente.*

Sim. Não fale. Eu sou procurada em três estados.

Os rostos se alimentam um do outro sem piedade. Músculos se movem, o *flip-book* mais lento do mundo. Terror, vergonha, desespero, esperança: cada sentimento vive sua vida de três segundos. Depois de uma hora, as ilhas de emoção desaguam no mar aberto. Os dois rostos incham; boca, nariz e sobrancelhas se expandem como as figuras do monte Rushmore. A verdade paira entre as duas, enorme e nebulosa, algo que o corpo as impede de alcançar.

Mais uma hora. Desertos de tédio infinito pontuado por picos de intensidade bizarra. Mais memórias aniquiladas emergem, tantos e tantos momentos recuperados e perdidos de novo nesse ciclo de olhares. Memórias que, como hidras, se multiplicam, mais longas do que as vidas que as criaram. Stephanie vê. Parece tão claro agora: ela é um animal, um mero avatar. A outra mulher também — um espírito aprisionado, vivendo na ilusão de que é autônomo. E, no entanto, unidos, ligados um ao outro, uma dupla de deuses locais que viveram e sentiram todas as coisas. Um deles tem um pensamento que imediatamente se torna do outro. A iluminação é um exercício compartilhado. Precisa de alguma outra voz dizendo, *Você não está errado...*

Se ao menos eu pudesse me lembrar disso em tempo real, no calor da hora! Eu estaria curada.

Não existem curas.

Então é isso? Tem mais? Acho que preciso ir.

Não.

Na terceira hora, a verdade flui, solta e terrível. Vêm à tona coisas que as fariam ser expulsas de qualquer clube, exceto esse do qual não podem sair.

Eu menti para os meus amigos mais próximos.

Sim. Deixei minha mãe morrer sozinha.

Espionei meu marido e li suas cartas particulares.

Sim. Limpei as lajes do quintal cheias de pedaços de cérebro do meu pai.

Meu filho não fala comigo. Diz que eu arruinei a vida dele.

Sim. Ajudei a matar a minha amiga.

Como você aguenta olhar para mim?

Têm coisas mais difíceis de aguentar.

A luz do sol muda. Riscos de sol rastejam pelas paredes. Stephanie se pergunta se isso ainda é o hoje, ou se aconteceu há algum tempo. As pupilas dela começaram a oscilar há muito tempo, se fechando e dilatando em turnos, escurecendo e clareando a sala. Ela nem consegue invocar a ideia de se levantar e ir embora. O fim só vai chegar quando não for mais possível continuar. Então elas nunca mais vão se ver, exceto para sempre.

Os olhos de Stephanie estão queimando. Ela pisca, entorpecida, muda, faminta, acabada, e com uma necessidade extrema de esvaziar a bexiga. Algo a impede de respirar — essa mulher frágil e com o rosto marcado que se recusa a desviar os olhos. Presa nesse olhar, Stephanie se torna outra coisa, enorme e imóvel, balançando ao vento e atingida pela chuva. Todo o cálculo urgente da necessidade — o que ela chamava de vida — se reduz a um poro na parte inferior de uma folha, bem na ponta de um galho acossado pelo vento, no alto da copa de uma comunidade grande demais para ser apreendida por um olhar. E lá embaixo, no subterrâneo, no húmus, pelas raízes da *humildade*, fluem dádivas.

As bochechas dela se tensionam. Ela quer gritar, *Quem é você? Por que não para com isso? Ninguém jamais me olhou assim, a não ser para me julgar, roubar ou estuprar. Em toda a minha vida, todinha, nunca...* O rosto fica vermelho. Com balanços de cabeça incrédulos, lentos e pesados, ela começa a chorar. As lágrimas fazem o que bem entendem. Isso sim é soluçar. A terapeuta também está chorando.

Por quê? Por que eu estou doente? O que há de errado comigo?

Solidão. Mas não de pessoas. Você está de luto por uma coisa que nem chegou a conhecer.

Que coisa?

Um lugar enorme, raiado, entrelaçado, selvagem e que não pode ser substituído. Um lugar que você nem sabia que era seu e que poderia perder.

Por que ele sumiu?

Para criar a gente. Mas ele ainda quer algo.

Stephanie se ergue da cadeira e toca na mulher desconhecida. Segura-a pelos ombros. Assente, chora, assente. E a mulher desconhecida permite que ela faça isso. Claro, luto. Luto por algo grande demais para ser visto. Mimi se afasta e pergunta se Stephanie está bem. Bem para ir embora. Bem para dirigir. Mas Stephanie leva a mão à boca da outra, e silencia a terapeuta para sempre.

A mulher transformada caminha até a Hyde Street. Dois pintores em um andaime gritam um com o outro, sobre o som de um rádio estridente. A seis casas dali, homens com carrinhos de carga tiram pilhas de caixas de dentro de um caminhão. Um cara de shorts e paletó sujo, com o cabelo preso em um coque, surge atrás de Stephanie falando em voz alta: vozes ou celular — escolha a sua esquizofrenia. Quando ela pisa no asfalto, um carro passa a toda velocidade. A raiva da buzinada segue em efeito Doppler por mais um quarteirão. Ela se esforça para continuar agarrada à coisa que acabou de vislumbrar. Mas o trânsito, as desavenças, os negócios: a brutalidade da rua começa a se impor. Ela caminha mais rápido, à beira do velho pânico. Tudo o que acabou de ganhar começa a esvanecer diante da força incontornável das outras pessoas.

Alguma coisa afiada arranha o rosto dela. Ela para e leva a mão à bochecha arranhada. O culpado flutua diante dela, roxo-rosado, as cores do desenho maluco de uma criança de cinco anos. Próxima aos pés de Stephanie, saindo de uma gaiola de metal, está uma coisa com o dobro da altura dela e com a largura dos seus braços estendidos. Um único caminho robusto para o alto se divide em alguns mais finos, que por sua vez se dividem em outros milhares, ainda mais finos, cada um uma tentativa, bifurcada, cheia de cicatrizes, envergada pela história, e que acaba em flores insanas. A visão se enraíza nela e se ramifica. Por um momento, ela se lembra: sua vida tem sido tão indomável quanto uma ameixeira na primavera.

Seguindo essa mesma rua, três mil e duzentos quilômetros a leste, Nicholas Hoel dirige por um junho em Iowa. Cada ondulação da terra, cada silo à beira da estrada que ele reconhece, causa um nó no seu estômago, como se fossem as últimas coisas que Nicholas fosse ver antes de morrer. Como voltar para casa.

A matemática o deixa atordoado — não esteve fora por muitos anos. Tanta coisa ficou intocada. As fazendas, os armazéns, os outdoors desesperados: PORQUE DEUS AMOU TANTO O MUNDO... Tantas marcas da mais profunda infância, cicatrizes permanentes nele e na pradaria. E, no entanto, todos os pontos de referência parecem distantes e distorcidos, vistos através de um binóculo comprado em uma loja de bugigangas. Nada disso teria sobrevivido no lugar por onde ele esteve.

No último aclive antes da saída da rodovia, o coração de Nick dispara. Ele procura no horizonte o mastro solitário. Mas, onde a coluna da castanheira dos Hoel deveria estar, há apenas o azul aniquilador de junho. Ele pega a rampa de saída e dirige pela estradinha até a fazenda. Só que: não é mais uma fazenda. É uma fábrica. Os donos derrubaram a árvore. Ele estaciona o carro no meio do caminho de cascalho e atravessa o campo na direção do cepo, esquecendo que esse não é mais o seu campo.

Cento e cinquenta passos, e ele vê o verde. Dezenas de novos brotos germinam do toco morto. Ele vê as folhas, as lanças dentadas com veios paralelos que eram o próprio significado de *folhas* na infância dele. Pelo tempo de alguns batimentos cardíacos, ressurreição. Então ele se lembra. Esses brotos também serão atacados pelo fungo. Vão morrer e surgir de novo, muitas e muitas vezes, o suficiente para manter a praga mortífera viva e vigorosa.

Ele se vira na direção da casa ancestral. Suas mãos se erguem, para tranquilizar qualquer um na sala que possa o estar observando. Mas na verdade é a casa, e não a árvore, que parou de viver. As ripas de madeira se soltam das paredes. Na fachada norte, metade da calha está pendendo. Ele olha para o relógio. Seis e cinco — a hora de jantar obrigatória em todo o Meio-Oeste. Atravessa o gramado coberto de ervas daninhas e vai até as janelas do lado leste. Estão foscas, empoeiradas, sem brilho, mostrando apenas a escuridão do outro lado. Os batentes, os alizares e toda a madeira ao redor dos painéis amolecem em uma podridão descascada. Nicholas faz uma concha com a mão ao redor do olho e espia. A sala dos avós está cheia de potes e bacias de metal. As guarnições de carvalho de todas as portas da casa foram arrancadas.

Ele dá a volta até a varanda da frente. As tábuas oscilam embaixo de seus pés. Cinco toques no batedor de latão da porta não servem para nada. Ele toma o caminho nos fundos da casa até as outras velhas construções. Uma delas foi demolida. Outra foi desmembrada. A terceira está trancada. O antigo mural trompe l'oeil — aquela rachadura na parede do milharal que revelava uma floresta escondida — tornou-se cinza carvão.

De novo na varanda da frente, ele se senta onde a cadeira de balanço costumava ficar, de costas para a janela. Não sabe o que fazer. Invadir passa pela sua cabeça. Dormiu as últimas três noites ao relento. Morreu de susto por causa de uma vaca perto das montanhas Bighorn, em Wyoming, que veio fuçá-lo no saco de dormir antes do amanhecer. Passou a noite acordado em uma floresta nacional no Nebraska por causa de duas pessoas tentando bater recordes de resistência na barraca do lado. Uma cama faria bem. Um chuveiro. Mas, ao que parece, a casa não tem mais nem um nem outro.

Ele espera pelo borrão suave do crepúsculo do Meio-Oeste, ainda que não precise realmente de cobertura. Longe dali, um monstro do agronegócio guiado por satélite, praticamente um robô, vasculha os campos ondulantes. Ninguém vai passar por aqui ou vê-lo. Pode fazer o que precisa fazer, e então ir embora.

Mas ele espera. Esperar tornou-se sua religião. Dá para ficar ouvindo os milharais, quilômetros deles. Ver crescerem os feijões, galpões e silos no horizonte, uma rodovia e uma árvore enorme que deixou um espaço negativo no céu, como um Magritte. Ele se senta com as costas apoiadas na casa, sentindo a fazenda emergir de novo, como animais selvagens que surgem na trilha quando alguém fica imóvel por um tempo. Quando as nuvens se avermelham, ele vai até o carro e pega a pá dobrável de limpar fogueira. A ferramenta errada para o trabalho errado, mas é o melhor que ele tem. Um minuto depois, está atrás do galpão do maquinário, à procura de cascalho solto. O chão parece diferente; as distâncias estão erradas. Até o galpão do maquinário foi mudado de lugar.

O solo pedregoso aparece, escondido sob uma exuberante maçaroca verde. Ele enfia a pá no meio das ervas daninhas e cava até encostar no passado. O retorno do reprimido. Ele puxa a caixa e a abre. Painéis e alguns desenhos em papel. Pega a pintura de cima e a observa na última luz do dia. Um homem está deitado na cama, olhando a ponta de um grande galho que entra pela janela.

Foi assim que aconteceu. Ele estava dormindo, e ela entrou. Cada um dos dois tinha a metade de uma profecia. Eles as juntaram e leram a mensagem. Encontraram o chamado conjunto, a vocação compartilhada. Os espíritos garantiram que tudo ficaria bem. Agora ela está morta, ele voltou a ser sonâmbulo, e as coisas que deveriam salvar estão todas desmoronando.

Deixa a caixa ao lado do buraco e volta a cavar. A segunda caixa aparece, cheia de pinturas que Nick não lembrava ter feito: *Árvore genealógica*, *Árvore da felicidade*, *Árvore do dinheiro*, *O fruto não cai longe do pé*. Todas pintadas anos antes de Olivia surgir no caminho de cascalho com histórias de ressurreição e vozes de luz. As pinturas provaram que eles deveriam partir juntos. As pinturas estavam erradas.

Ele coloca a segunda caixa em cima da primeira e continua cavando. A ponta da pá acerta algo irregular, e Nick encontra o veio das esculturas. Olivia e ele enterraram quatro delas direto no solo, para ver o que a terra viva poderia fazer com as peles de cerâmica. A terra: outra coisa que ela o ensinou a ver. Quatro ou cinco centímetros a mais em alguns séculos.

Uma floresta microscópica, cem mil espécies em alguns gramas de Iowa. Ele fica de joelhos, puxa as esculturas e limpa-as com um lenço umedecido de saliva. As superfícies monocromáticas agora brilham com tantos matizes quanto um Bruegel. Bactérias, fungos, invertebrados — oficinas vivas nos horizontes subterrâneos — espalharam pátinas pelos objetos, em uma obra-prima florescente.

Ele coloca as estátuas transmutadas em cima das caixas que resgatou e retorna para o verdadeiro prêmio. Pergunta novamente a si mesmo que ideia foi essa de deixar aquilo ali. Viajar com pouca bagagem, eles pensaram. Enterrar a arte. Desenterrá-la mais tarde seria a sua performance. Mas a coisa que ainda está na terra vale mais do que a própria vida de Nick, e ele nunca deveria ter ficado longe dela. Mais seis pazadas, e ela é dele novamente. Abre a caixa, puxa o zíper da bolsa e pega a pilha de fotos de cem anos de idade. Agora está escuro demais para ver, escuro demais para folhear. Não precisa fazer isso. Segurando a pilha, ele sente a árvore subindo no ar em espiral como um saca-rolhas, vigiada por gerações de Hoel.

Pega o caminho de volta até o carro com a metade do tesouro. Coloca no porta-malas os bens saqueados e volta para pegar o resto. A meio caminho do esconderijo subterrâneo, duas luzes brancas vindas da rodovia escura perfuram a estradinha de cascalho. Polícia.

A coisa a fazer é caminhar em direção à viatura com a palma das mãos aberta. Todas as explicações podem ser provadas. As evidências vão corroborar a história de Nick. Invasão de propriedade, sim, mas apenas para recuperar o que é dele. Sai de trás da casa e os faróis se voltam para ele. Passa pela sua cabeça que o tesouro enterrado pode, de fato, não pertencer mais a ele. Ele vendeu a terra e tudo que estava enraizado nela. Comprar e vender terras: algo tão absurdo quanto ser preso por recuperar sua própria arte.

A viatura sacode a estradinha, as rodas cuspindo cascalho. Uma rajada de vermelho giratório faz Nicholas congelar na posição em que está. O carro para com um solavanco e cria uma barricada. O grito da sirene dá lugar a uma voz amplificada: "Não se mexe! Deita no chão!".

Ele não pode fazer as duas coisas. Levanta as mãos e se ajoelha. Volta quarenta anos para uma musiquinha da escola primária: *Veio a chuva forte e a derrubou*. Em um piscar de olhos, dois policiais estão em cima dele. Só então Nicholas percebe que a situação é grave. Se tirarem suas impressões digitais, se olharem a ficha criminal...

"Mãos pra trás." Um dos policiais pressiona as costas de Nick e prende os seus punhos. Depois de o algemarem, fazem Nick sentar no chão, colocam a luz de uma lanterna no rosto dele e pegam seus dados.

"São só umas bobagens", ele diz a eles. "Sem valor."

O rosto dos policiais franze quando ele mostra sua arte. Por que alguém iria querer *fazer* essas coisas, e ainda por cima roubá-las de volta? A única parte da história que faz sentido para eles foi o momento em que Nick enterrou as coisas. Mas o policial mais velho reconhece o nome na carteira de motorista. Parte da história local. Ponto de referência para toda a região: *Continua, um quilômetro, dois quilômetros depois da árvore dos Hoel.*

Eles ligam para o responsável pela propriedade. O homem não tem nenhum interesse em fragmentos de lixo desenterrado. Iowa rural: a polícia não procura as pessoas que prende na base de dados nacional. Ele é apenas mais um semivagabundo, semidelirante, descendente de uma família de fazendeiros arruinados, que dirige um carro amassado e tenta se agarrar a uma época que já se foi. "Pode ir embora agora", a polícia diz. "Chega de cavar em propriedade privada."

"Posso só..." Nick faz um gesto em direção ao tesouro desenterrado. Os policiais dão de ombros: *Fica à vontade*.

Observam Nick colocar as últimas caixas no carro. Ele se vira para eles. "Vocês já viram uma árvore crescer oitenta anos em dez segundos?"

"Se cuida", diz o policial que o imobilizou no chão. Então eles liberam o criminoso com três incêndios nas costas.

Neelay está sentado na cabeceira da mesa oval, de frente para seus cinco principais gerentes de projeto. Abre os dedos ossudos em cima da mesa. Não sabe por onde começar. É até difícil saber como lidar com o jogo. Não há mais versões numeradas. Elas foram substituídas por atualizações contínuas. *Domínio Online é agora uma empresa gigante, em constante expansão e evolução.* Mas ela está podre por dentro.

"Temos um problema de Midas. Não existe um final do jogo, só um esquema de pirâmide estagnado. Uma prosperidade sem fim e sem sentido."

A equipe ouve, franzindo a testa. Todos ali ganham salários anuais de seis dígitos; a maioria é milionária. O mais novo tem vinte e oito anos, o mais velho, quarenta e dois. Mas, com suas calças jeans e camisetas de skatista, cabelos desgrenhados e bonés tortos, eles parecem uma simulação de adolescentes. Boehm e Robinson relaxam, bebericando energéticos e mastigando barras de cereal. Nguyen está com os pés em cima da mesa e olha pela janela como se olhasse através de óculos de realidade virtual. Todos os cinco apitam, assobiam e vibram com mais próteses do que a ficção científica jamais imaginou.

"Como é que se ganha? Ou melhor, como é que se *perde*? A única coisa que realmente importa é acumular um pouco mais. Você chega a um certo nível no jogo, e continuar parece sem sentido. Sujo. Mais do mesmo."

Na cabeceira da mesa, o homem da cadeira de rodas abaixa a cabeça e olha para o próprio túmulo. O longo cabelo estilo sique ainda flui, mas agora é atravessado por um rio de fios brancos. Uma barba irrompe do queixo e cai como um babador sobre o moletom do Super-Homem. Os braços ainda têm um pouco de carne, depois de décadas erguendo o corpo para sair da cama ou deitar. Mas as pernas dentro da calça cargo são pouco mais do que vagas sugestões.

Sobre a mesa, na frente de Neelay, há um livro. Os elfos sabem o que isso significa: o chefe voltou a ler. Mais uma ideia visionária o tomou. Em breve, ele vai atormentar todo mundo para que também leiam aquilo, buscando soluções para alguma coisa que somente ele vê como um problema.

Kaltov, Rasha, Robinson, Nguyen, Boehm: cinco estudantes entusiasmados formados com louvor, em uma sala de reuniões superinteligente equipada com fileiras de telas e todos os brinquedinhos para teleconferências que o mundo de amanhã possa precisar. Mas hoje, tudo o que conseguem fazer é olhar de queixo caído para o chefe. Ele está dizendo que *Domínio* não funciona mais. Uma franquia mágica que dá dinheiro a rodo precisa ser repensada.

A exasperação ameaça incendiar o bigode de Kaltov. "É um jogo de deus, pelo amor de Deus. Eles nos pagam para poder se divertir com os problemas de um deus."

"Temos sete milhões de usuários", diz Rasha. "Um quarto deles joga há uma década. Há jogadores que pagam presidiários chineses com acesso à internet para aumentarem o nível dos seus personagens enquanto eles dormem."

O chefe faz aquela coisa com as sobrancelhas. "Se aumentar o nível ainda fosse divertido, eles não teriam que fazer isso."

"Talvez haja um problema", admite Robinson. "Mas é o mesmo problema com o qual a gente está lidando desde o início do *Domínio*."

A cabeça de Neelay sobe e desce, mas não para concordar. "Eu não diria 'está lidando'. 'Adiando', talvez." Ele se tornou tão magro que está pronto para a santidade. A gola do moletom largo do Super-Homem revela a clavícula saliente. Parece uma daquelas estátuas indianas de ascetas, um esqueleto envolto em pele sentado sob um nim ou uma figueira sagrada.

Boehm projeta algumas imagens. "Nós pensamos o seguinte: aumentamos de novo os limites dos níveis de experiência. Adicionamos um monte de tecnologias. Chamamos de *Futuro Tech 1*, *Futuro Tech 2*... Todos eles geram diferentes tipos de pontos de prestígio. Então criamos outra erupção vulcânica no meio do oceano Ocidental e começamos um novo continente."

"Isso aí pra mim é adiar."

Kaltov ergue as mãos, impaciente. "As pessoas querem crescer. Querem expandir seus impérios. É pra isso que elas nos pagam todos os meses. O lugar lota. Deixamos ele um pouco maior. Não existe outra maneira de administrar um mundo."

"Claro. Um ciclo sem fim até que a pessoa seja aniquilada por excesso de realização."

Kaltov bate na mesa. Robinson ri, desorientado. Rasha pensa: é só o chefe, o cara que escreve um milhão de memorandos por semana, o cara que construiu a empresa do nada, exercendo seu direito de gênio de estar errado.

"O que é mais interessante?", Neelay pergunta. "Quinhentos milhões de quilômetros quadrados com cem tipos de biomas e nove milhões de espécies de seres vivos? Ou um punhado de pixels coloridos piscando em uma tela 2D?"

Risos nervosos ao redor da mesa. Eles entendem qual deveria ser a melhor casa. Mas cada um sabe o endereço atual do seu próprio prazer.

"Está bem claro pra onde a espécie está emigrando, chefe."

"*Por quê?* Por que desistir de um lugar infinitamente rico pra viver num mapa de desenho animado?"

É um pouco de filosofia demais para os meninos milionários. Mas eles querem agradar o homem que os contratou. Os cinco ficam mais relaxados com a pergunta e começam a enumerar as glórias do espaço-símbolo: o asseio, a velocidade, o feedback instantâneo, o poder e o controle, a conectividade, a enorme quantidade de coisas que você pode acumular, os *buffs* e os *badges*. Todos os prazeres obedientes que iluminam o córtex inteiro. Discorrem sobre a pureza do jogo, e dizem que ele sempre está indo para algum lugar, em um ritmo que é claramente visível. Dá para ver o progresso acontecendo. O esforço significa algo.

Neelay discorda com a cabeça. "Até não significar mais. Até ficar entediante."

O grupo fica em silêncio. Uma sobriedade coletiva se instala. Nguyen tira os pés de cima da mesa. "As pessoas querem uma história melhor do que a que elas têm."

O *sadhu* de cabelos longos se inclina para a frente tão rápido que quase cai da cadeira de rodas. "Exato! E o que todas as boas histórias fazem?" Não há palpiteiros. Em um gesto estranho, Neelay levanta os braços e estende as palmas. Em outro momento, folhas vão crescer de seus dedos. Pássaros virão aninhar-se ali. "Elas te matam um pouquinho. Te transformam em algo que você não era."

A consciência os atravessa, lenta e certa como a morte. O chefe está jogando outro jogo agora, um que não se importará em usar o jogo deles como combustível. Boehm pergunta: "O que você quer que a gente faça?".

Neelay segura o livro, como se fosse algo ditado por uma divindade. Eles conseguem ler o título sob a densa teia de folhas. *A floresta secreta*. Robinson geme. "Chega de plantas, chefe. Não dá pra fazer um jogo a partir de plantas. A não ser que você dê bazucas pra elas."

"Vamos colocar uma atmosfera no modelo. Adicionar qualidade de água. Ciclos de nutrientes. Recursos materiais finitos. Vamos fazer pradarias, pântanos e florestas que capturem a riqueza e a complexidade dos lugares reais."

"E depois? Branqueamento de recifes, aumento do nível dos mares e incêndios florestais causados pela seca?"

"Se é assim que as pessoas jogam."

"Mas por que diabos? Nossos jogadores querem fugir de toda essa merda."

"O jogo quer os seus jogadores. Esse é o grande mistério."

"Como alguém ia ganhar *isso*?", Kaltov provoca.

"Descobrindo o que dá certo. Forçando a passagem, como a verdade faz."

"Você tá dizendo que não existiriam novos continentes."

"Sem novos continentes. Sem o surgimento repentino de novos depósitos minerais. E regeneração apenas em taxas realistas. Nada de levantar do túmulo. Uma escolha errada no jogo precisa levar à morte permanente."

Os elfos olham um para o outro. O chefe está fora de controle. Está disposto a quebrar a franquia, a destruir a máquina infinita de fazer dinheiro que lhes ofereceria regalias eternas, e isso só para resolver o problema do excesso de satisfação.

"Como...?", diz Nguyen. "Como limites, escassez e morte permanente podem ser divertidos?"

Por um momento, o rosto encovado parece de borracha, e o chefe volta a se tornar uma criança aprendendo a programar, seus códigos se ramificando em todas as direções. "Sete milhões de usuários precisarão descobrir as regras de um lugar novo e perigoso. Vão ter que aprender o que o mundo consegue aguentar, como a vida realmente funciona, e o que ela quer de um jogador, em troca da chance de ele continuar jogando. Isso sim é um jogo. Uma novíssima Era dos Descobrimentos. Quem poderia imaginar uma aventura maior do que essa?"

Kaltov diz: "Melhor então vender as suas ações da Sempervirens. Porque todos os jogadores que a gente tem vão desistir. Vão se mandar!".

"Se mandar *pra onde*? Tem muita coisa em jogo. A maioria dos nossos jogadores investiu anos. Acumulou fortunas que ali dentro valem milhões. Eles vão descobrir como restaurar o lugar. Vão nos surpreender, como sempre fizeram."

Os elfos ficam estupefatos, calculando as fortunas que desaparecem diante de seus olhos. Mas o chefe — o chefe está radiante como nunca esteve desde que caiu da árvore da infância. Ergue o livro no ar, abre em uma página e lê. "*Algo maravilhoso está acontecendo no subsolo, algo que estamos apenas começando a aprender a ver*." Então fecha o livro para criar um efeito dramático. "Não existe nada no mercado nem remotamente parecido com isso. Nós seríamos os primeiros. Imaginem: um jogo em que o objetivo é fazer crescer *o mundo*, não você mesmo."

Com a loucura proposta, o silêncio fica mais denso. Kaltov diz: "Não tá estragado, chefe. Não precisa consertar. Eu voto não".

O santo esquelético dá a volta na mesa, passando por cada um. Rasha? Nguyen? Robinson? Boehm? Não, não, não e não. Golpe palaciano por unanimidade. Neelay não sente nada, nem surpresa. Sempervirens, com suas cinco divisões e inúmeros funcionários, suas massivas receitas anuais de assinaturas e mídia, há muito tempo não está sob o controle de ninguém. As dezenas de milhares de fãs que postam em fóruns online têm mais controle sobre o que vai acontecer do que qualquer pessoa do alto escalão. Um sistema adaptativo complexo. Um jogo de deus que escapou de seu deus.

Está claro para ele: a massiva experiência paralela online vai continuar, fiel à tirania do lugar de onde ela finge escapar. E o sexagésimo terceiro homem mais rico do condado de Santa Clara — fundador da Sempervirens Inc., criador de *Profecias Silvestres*, filho único, devoto de mundos distantes, adorador de quadrinhos hindus, ávido fã de todas as histórias que quebram regras, empinador de pipas digitais, tímido aluno boca-suja, menino caído de um carvalho da costa — aprende o que significa ser comido vivo por sua prole insaciável.

É história antiga agora, uma história de dez anos atrás, a qual Douglas Pavlicek mantém no arsenal para impressionar visitantes desavisados que, durante o verão, vagam pelo velho bordel convertido em centro de informações da cidade fantasma. Sai contando para qualquer um que ficar parado o suficiente para ouvir.

"Então eu tive que andar que nem um caranguejo, morro acima, de *bunda* no chão, me desvencilhando dos troncos das árvores com a minha perna boa. Subi ziguezagueando um penhasco de vinte e cinco metros na neve, enquanto meu ombro deslocado me apunhalava como o Espírito Santo com um atiçador em brasa. Entrava e saía de um estado de consciência, até a boca daquela mina de prata, a menos de cem metros daqui. E lá eu fiquei deitado quase morto sabe-se lá por quanto tempo, tendo visões e ouvindo a floresta falar, enquanto carcajus e algo do tipo provavelmente lambiam minha cara por causa do sal na pele. Por um milagre, consegui chegar até o escritório, chamei os paramédicos e fui levado de helicóptero até Missoula. Parecia que eu estava de novo no Vietnã, prestes a pular de paraquedas do meu velho *Herky Bird* e começar toda a Roda do Eterno Retorno mais uma vez."

Ele conta essa história com frequência, e a maioria dos turistas aguenta. Então, certa noite, dez minutos depois do fim do expediente, conta de novo a uma mulher na área de exposição, e ela curte. Jovem, mais ou menos, de bandana e mochila, sotaque fofo pra caramba do Leste europeu e um cheirinho de transpiração, mas amigável como um golden retriever coberto de carrapatos. Ela está louca para saber se ele sobreviveu ou não. No meio da tensão crescente, Douglas começa a improvisar um pouco. Vamos ser sinceros: há um limite para o arco dessa história. E, no entanto, ela está enredada, como se ele fosse um daqueles romancistas russos epilépticos, e tudo o que ela quer é descobrir o que acontece em seguida, e então depois disso.

Quando a história termina, ela o observa fechar o escritório. Lá fora, no estacionamento, não há nada à vista, além do seu Ford branco do Departamento de Gestão de Terras. Todos os visitantes do dia pegaram a estrada esburacada de volta em seus Expeditions e Pathfinders. A mulher, Alena, pergunta: "Tem um lugar perto onde eu possa acampar, você acha?".

Já aconteceu com ele, uma longa jornada sem nenhum camping pela frente. Ele estica os braços — todos os prédios abandonados que ele deve verificar e limpar todas as noites. Não é permitido acampar, mas quem é que vai ficar sabendo? "Pode escolher."

Ela abaixa a cabeça. "Você tem uns biscoitos ou algo assim?"

Passa pela cabeça de Douglas que talvez não tenha sido sua habilidade de contador de histórias que a manteve com os olhos arregalados. Mas ele a leva para a cabana e lhe dá de comer. Oferece do bom e do melhor: o filé de coelho que ele estava guardando sem motivo, cogumelos e cebolas fritos, um bolo decente feito de cereal matinal, e algumas doses de framboesa silvestre fermentada.

Ela conta a ele sobre suas aventuras atravessando a Garnet Range. "Começamos quatro pessoas. Nem ideia pra onde aqueles três foram."

"É meio perigoso por aqui. Você não devia andar aqui sozinha, com essa sua aparência."

"Que aparência?" Ela faz um som de deboche e um gesto com a mão. "De macaco doente que precisa de um banho?"

Para Douglas, ela parece boa demais, como um golpe de noivado por correspondência. "Sério. Uma mulher jovem sozinha. Nada original."

"Jovem? Quem? Além disso. Esse é o melhor país. Os americanos são as pessoas mais amigáveis do mundo. Sempre querem ajudar. Como você. Olha! Você fez esse jantar incrível. Não precisava."

"Gostou? Mesmo?"

Ela estende a taça para mais vinho de framboesa.

"Bom", ele diz, quando o silêncio se torna estranho, mesmo para os seus padrões, "fica à vontade pra usar a água da bomba. Pode escolher qualquer um dos prédios. Eu ficaria longe da barbearia. Acho que alguma coisa morreu ali recentemente."

"Essa casa é legal."

"Ahn. Tá bom. Olha só. Você não me deve nada. Foi só comida."

"Quem tá fazendo um negócio?" Então ela está montada na cadeira dele, examinando o rosto de Douglas, experimentando-o com seus lábios de periscópio. Ela para. "Ei! Você tá *chorando*. Homem estranho!"

Não há nenhuma boa razão para qualquer espécie ter desenvolvido um comportamento tão inútil. "Eu sou um velho."

"Tem certeza? Vamos ver!"

Ela tenta de novo. A primeira vez em anos que uma carne feminina aquece a dele. É como uma gazua arranhando um buraco de fechadura no seu peito. Ele agarra os pulsos dela. "Eu não amo você."

"*Tá bom*, senhor. Sem problema. Eu também não amo *você*." Ela puxa o queixo dele. "As pessoas não precisam amar para se divertir!"

Ele devolve as mãos dela. "Vai por mim. Elas precisam." Os braços dele ficam moles, como se estivessem presos em um pedaço de concreto enterrado no chão.

"Ok", ela diz de novo, desgostosa. Empurra o peito dele e se levanta. "Você é um mamiferozinho triste."

"Eu sou." Ele se levanta e leva os restos do banquete até a pia. "Você fica com a cama. Vou deitar por aqui, no saco de dormir. O banheiro é no pátio. Cuidado com as urtigas."

A visão da cama a deixa empolgada. Natal americano. "Você é um bom velhinho."

"Não especialmente."

Ele mostra a ela como usar o lampião. Deitado no chão da sala, vê a luz por baixo da porta. Alguém fica lendo até tarde. Ele só percebe muito depois o que ela está lendo.

De manhã, há mais bolo de cereal, e café de verdade. Nenhuma outra aventura em mal-entendidos interculturais. Ela vai embora antes que os primeiros turistas cheguem na montanha. Em pouco tempo, a visitante não é sequer uma história que ele conta a si mesmo à noite para alimentar seus arrependimentos e se autoflagelar por nostalgia.

Mas os Estados Unidos, ao que tudo indica, são realmente o melhor país. As pessoas são tão gentis, a terra é incrivelmente rica, e as autoridades farão qualquer tipo de acordo para obter informações úteis, mesmo após fichá-lo por inúmeros crimes. Dois meses depois, quando os homens com iniciais nas jaquetas sobem a montanha, Douglas já quase se esqueceu de sua hóspede noturna. Só quando os federais o enquadram na saída de casa, despedaçam a cabana e colocam seu diário em uma caixa plástica lacrada é que ele se lembra dela. Ele se esforça para não sorrir enquanto o imobilizam e o colocam no Land Cruiser do governo.

Você acha isso engraçado?

Não. Não, claro que não. Bom, talvez um pouco. Tudo aquilo já aconteceu antes e, pelo que Douglas Pavlicek entende, vai continuar acontecendo para sempre. Prisioneiro 571, apresentando-se para o serviço, quatro décadas depois.

Eles não lhe perguntam muita coisa. Não precisam. Ele escreveu tudo, em detalhes minuciosos, num ritual noturno de memória e explicação. Assinado, selado, entregue. Todos os crimes que os cinco cometeram: Cabelo-de-Anjo, Sentinela, Amoreira, Abeto-de-Douglas e Ácer. Mas é uma coisa engraçada: seus captores não estão muito interessados em nomes de plantas.

***

Dorothy aparece na porta, segurando a eterna bandeja do café da manhã. "Bom dia, RayRay. Fome?"

Ele está acordado, tranquilo, olhando pela janela para o meio hectare da Brinkmanlândia. Anda tão calmo ultimamente. Houve períodos, dias terríveis, que ela tinha certeza de que o matariam. O inverno passado foi o pior. Em uma tarde de fevereiro, ela passou vários minutos tentando distinguir aqueles lamentos. Quando finalmente o entendeu, foi como se Ray estivesse lendo a mente dela: *Pra mim chega. É hora da cicuta.*

Mas a primavera o trouxe de volta a si e, nos dias próximos ao solstício de verão, ela poderia jurar que nunca o vira tão feliz. Coloca a bandeja na mesa de cabeceira. "Que tal uma torta de banana e pêssego?"

Ele tenta levantar a mão, talvez para apontar, mas a mão tem outras ideias. Quando finalmente ele consegue pôr a boca para trabalhar, ele parece atacá-la do nada. "Ali. Aquela." As palavras saem enroladas, polpudas como as frutas quentes do mingau que ela fez para o café da manhã. Ele a guia com os olhos. "Aquela. Árvore."

Ela olha com as feições ansiosas, tentando fingir que o pedido faz todo o sentido. Ainda a atriz amadora prodigiosa. "S-sim?"

A boca dele se abre, e ele lança uma sílaba no meio do caminho entre *que* e *quem*.

A voz dela continua animada. "Que tipo? Ray, você sabe que eu sou ruim nisso. Algum tipo perene?"

"De... quando?" Duas palavras, como subir uma montanha de bicicleta por uma trilha enlameada.

Ela olha para a árvore como se nunca a tivesse visto antes. "Boa pergunta." Por um momento, ela não consegue se lembrar há quanto tempo eles vivem naquele lugar, ou o que plantaram ali. Ele se agita um pouco, mas não por angústia. "Vamos. Ver!"

Então ela está diante de uma parede de livros. Do teto ao chão: a acumulação impressa de suas vidas. Coloca a mão em uma prateleira na altura dos ombros, feita de uma madeira cujo nome não sabe. O dedo roça as lombadas cheias de poeira, procurando algo que ela não tem certeza de que está ali. O passado tenta matá-la — todas as pessoas que eles foram ou esperavam ser. Ela passa por *Cem caminhadas em Yellowstone*. Para em *Guia de aves canoras do Leste* enquanto algo brilhante, vermelho e não identificado voa sobre sua cabeça. A coisa fininha, praticamente um panfleto, esquiva-se quase no final da prateleira. *Como identificar árvores facilmente.* Ela pega o livro. Algo escrito à mão na página do título a embosca:

Para minha Dorothy, amada e única,
Minha primeira dimensão.
Que árvores você claramente conhece
E quais claramente não?

Nunca tinha visto essas palavras. Não tem sequer uma vaga lembrança dos dois tentando aprender os nomes das árvores juntos. Mas o poema traz de volta o poeta, intacto. O melhor pior poeta do mundo.

Ela folheia as páginas. Muito mais carvalhos do que o bom gosto recomendaria. Vermelho, amarelo, branco, preto, cinza, escarlate, ferro, vivo, vale, água, com folhas que negam qualquer relação entre si. Ela se lembra agora por que nunca teve paciência para a natureza. Nenhum drama, nenhum desenvolvimento, nenhuma colisão de medos e esperanças. Tramas ramificadas, emaranhadas e confusas. E ela sempre se confunde com os personagens.

Lê mais uma vez as palavras escritas à mão. Quantos anos tinha o autor dos versinhos? Melhor pior poeta. Melhor pior ator. Advogado de patentes e direitos autorais que levou trapaceiros à falência, e que então passava um mês e meio todos os anos trabalhando sem cobrar. Ele queria uma família grande, para maratonas noturnas de Oito Maluco e canções cômicas a quatro vozes durante viagens de carros. Em vez disso, foram apenas ele e sua querida primeira dimensão.

Ela leva o livrinho até o quarto dele. "Ray! Olha o que eu encontrei!" A máscara uivante que é seu rosto parece quase satisfeita. "Quando você me deu isso? Que bom que a gente guardou, hein? Exatamente o que precisamos agora. Tá pronto?"

Ele está mais do que pronto. É um menino a caminho do acampamento.

"Comece aqui. *Se você mora a leste das montanhas Rochosas, vá para o número 1. Se mora a oeste das montanhas Rochosas, vá para o número 116.*"

Ela olha para ele. Os olhos de Ray estão úmidos, mas viajando.

"*Se sua árvore produz pinhas e tem folhas em formato de agulhas, vá para 11.c.*"

Os dois olham pela janela, como se a resposta não estivesse olhando para eles há vinte e cinco anos. Sob a luz do meio-dia, os ramos espiralados — robustos e em camadas com grandes intervalos — têm um curioso brilho prata-azulado que ela nunca tinha percebido. A torre estreita e afunilada reluz no sol a pino.

"Agulhas, definitivamente sim. Pinhas lá em cima também. Raymond, acho que estamos no caminho certo." Ela vira as páginas até a próxima parada da caça ao tesouro. "*As agulhas são perenes e dispostas em fascículos foliares de duas a cinco agulhas? Se sim, vá para...*"

Tira os olhos da página. A máscara sorri agora, mais do que deveria ser capaz. Os olhos estão acesos. *Aventura. Empolgação. Adeus — boa viagem!*

"Já volto." Ela tem um pacotinho de surpresas guardado no peito. De repente, sai do quarto. Cruza a cozinha até a despensa dos fundos — um labirinto de cubículos desordenados por décadas de coloque-aqui-e-esqueça. Em um fim de semana desses, vai vasculhar toda a velha porcaria, jogar tudo fora, deixar o bote salva-vidas mais leve para as últimas milhas náuticas. A porta dos fundos abre, e ela sente lufadas do cheiro de grama do verão. Está descalça. Os vizinhos vão pensar que ela enlouqueceu, de tanto cuidar do marido com lesão cerebral. E se isso é verdade, bem, é essa a história.

Ela atravessa o gramado, agarra o galho mais baixo, inclina-o na sua direção e conta. Há uma música sobre isso, ela acha. Uma música, uma reza, uma história ou um filme. O galho se solta da mão e voa para cima. Ela volta para a casa percorrendo a grama empalidecida pelo sol, cantarolando a melodia que fala exatamente sobre esse momento.

Ele está esperando por ela, ansioso pelo desenlace. "Cinco em um fascículo. Estamos indo bem." Ela vira as páginas do livro até a próxima ramificação. "*As pinhas são longas com escamas finas?*"

Divisões e escolhas: ela as reconhece. É como na lei, aqueles casos que transcreveu durante os anos trabalhando como estenógrafa no tribunal: as evidências, a acareação, negociações confusas e fatos fabricados, o caminho se estreitando em um único veredito possível. É como a árvore de decisão da evolução: *Se os invernos forem duros e a água escassa, experimente escamas ou agulhas.* Estranhamente, é também como atuar: *Se você precisa reagir com medo, vá para o gesto 21c; se com espanto, para o 17a. Senão...* É um serviço de atendimento ao cliente para a vida na Terra. É a mente se movendo pelos mistérios, as explicações sempre a mais uma escolha de distância. Mais do que tudo, é como a própria árvore, com uma haste central questionadora se dividindo em dezenas de outras que buscam respostas, e cada uma dessas se bifurcando em centenas, e depois milhares de respostas verdes e independentes. "Espera um pouco", diz Dorothy, e desaparece de novo.

Outra vez, a maçaneta preta esmaltada da porta dos fundos protesta rangendo. Dorothy atravessa o quintal até a árvore. Uma curta jornada, repetida ad nauseam, mais vezes do que qualquer um se comprometeu a fazer, no mesmo pedaço de terreno familiar: o caminho do amor. *Se quiser continuar lutando, vá para a entrada 1001. Se quiser se libertar e se salvar...*

Ela fica debaixo da árvore estudando as pinhas. O solo está coberto delas, esporos que caíram sobre a terra, vindos de um asteroide longínquo. Então, de volta para casa com a resposta. O caminho pela grama molhada é suficientemente longo para que ela se pergunte como pode ainda estar aqui, enterrada viva, amarrada ano após ano a esse homem congelado, quando tudo que ela sempre quis na vida foi encontrar sua liberdade. Mas, de volta à porta da prisão, balançando o livro em um gesto de triunfo, ela sabe por que está aqui. *Isto é a liberdade.* Esta aqui. A liberdade de ser igual aos terrores do dia.

"Vitória. Pinheiro-branco-oriental."

Ela poderia jurar que uma grande onda de contentamento varre o rosto rígido. É capaz de lê-lo agora, com uma telepatia afiada pelos anos em que vem adivinhando as sílabas coaguladas de Ray. Ele está pensando: *Um bom dia de trabalho. Um ótimo dia.*

Naquela noite, ele faz Dorothy ler em voz alta sobre uma árvore que um dia correu em grandes veios verticais de minério da Geórgia à Terra Nova, passando pelo Canadá e pelos Grandes Lagos, onde eles certa vez acamparam juntos à luz de um lampião. Ela conta a ele sobre gigantes de um metro e vinte de largura, seus troncos disparando vinte e quatro metros para o alto antes que os primeiros ramos laterais se dessem ao trabalho de crescer. Árvores em bosques intermináveis que a cada primavera escureciam o ar com pólen, as nuvens de poeira dourada chovendo nos conveses de navios navegando distantes em alto-mar.

Ela lê para ele sobre os ingleses pela primeira vez descendo em massa em um continente que se ergueu do oceano de um dia para o outro, procurando mastros para suas fragatas monstruosas e navios de linha, mastros que nenhum lugar de toda a Europa despojada, nem mesmo no extremo norte, poderia mais fornecer. Ela mostra a ele pinturas de *Pinus strobus*, de troncos tão massivos quanto campanários de igrejas, tão valiosas que a Coroa marcava com a Flecha do Rei até aquelas que cresciam em terras particulares. E o marido dela, que passou a vida protegendo propriedades privadas, deve ter previsto o que aconteceria, mesmo olhando do futuro: a Pine Tree Riot. Revolução. Guerra por uma coisa que cresceu nessas terras costeiras muito antes de os humanos descerem das árvores.

Uma história para rivalizar com qualquer ficção: a terra densa de árvores, sucumbindo à prosperidade. As tábuas cortadas, leves, lisas, fortes, vendidas do outro lado do oceano, para lugares tão distantes quanto a África. O lucro triangular que fez a fortuna do país infante: madeira serrada para a costa da Guiné, corpos negros para as Antilhas, e açúcar e rum de volta para a Nova Inglaterra, com suas mansões imponentes construídas com pinheiro-branco-oriental. Pinheiro-branco moldando cidades inteiras, gerando uma fortuna de milhões para as serrarias, colocando um leito de trilhos em todo o continente, construindo e lançando navios de guerra e frotas baleeiras que partem do Brooklyn e New Bedford para o Pacífico Sul não mapeado, navios feitos de mil árvores ou mais. Os pinheiros brancos do Michigan, de Wisconsin e Minnesota: transformados em cem bilhões de telhas. Duzentos mil metros cúbicos por ano, estilhaçados em palitos de fósforo. Lenhadores escandinavos limpando uma faixa de pinheiros de três estados de largura, lutando contra troncos colossais com cordas e guindastes, mandando rio abaixo para o mercado jangadas de quilômetros de comprimento. Um herói gigante e seu grande touro azul derrubando os pinheiros para limpar o bairro dos Brinkman.

Dorothy lê, e o vento começa a soprar mais forte. Todo o jardim se inclina, queixoso. Vêm as rajadas de chuva. O quarto pequeno fica ainda menor. A noite: a terceira parte de cada dia, que continua parecendo um país estrangeiro. A casa do lado desaparece, e também aquelas ao norte dela, até que os Brinkman se aninhem sozinhos, à beira da natureza selvagem. A perna boa de Ray bate contra os lençóis que o cercam. Tudo o que ele sempre quis foi ganhar a vida honestamente, promover o bem-estar geral, ter o respeito da comunidade, e criar uma família decente. *A riqueza precisa de cercas.* Mas as cercas precisam de madeira. Nada que restou no continente sequer sugere o que já se foi. Tudo substituído agora por milhares de quilômetros de fazendas e quintais, um atrás do outro, com linhas finas de reflorestamento entre eles. Ainda assim, o solo se lembra, por um pouco mais de tempo, das florestas desaparecidas e do progresso que as desfez. E a memória do solo alimenta o pinheiro do quintal.

A saliva se acumula nos lábios trêmulos de Ray; ficam ali até que Dorothy passe um lenço de papel na boca dele, em algum momento antes da meia-noite. Os lábios se movem enquanto ela os limpa. Ela se inclina, e acha que o ouve sussurrar: "Mais uma. Amanhã".

É uma noite quente. As janelas da cabana de Patricia sacodem com a brisa, e a lua do esturjão nasce sobre o lago como uma pálida moeda vermelha. Ela está com as mãos sobre a pilha de cadernos preenchidos com sua caligrafia cuidadosa. "Bom, Den. Acho que finalmente terminamos."

Não há resposta esta noite, nunca há. As palavras apenas pairam no ar. Muitas criaturas escutam, dentro e fora da cabana. As sílabas de Patricia respondem e mudam os diversos chilros, gemidos, suspiros, planos e estimativas que pontuam a noite. A conversa é longa, paciente, para além da capacidade de compreensão de qualquer uma das partes, e os padrões de ruídos que a espécie dela adiciona a essa conversa ainda são novíssimos.

Por um momento, ela fica ouvindo os alarmes. Então se apoia na mesa de nogueira. As pernas se endireitam, e ela se levanta. Começa a folhear o caderno do alto da pilha até a página em que escreveu há pouco: *Em um mundo de utilidade perfeita, nós também seremos obrigados a desaparecer.*

"Tem certeza de que essa é uma boa ideia?" Pergunta a si mesma; pergunta ao homem morto. A membrana entre os dois é fina. Ela sabe que nunca mais o verá de novo, nessa ou em qualquer vida por vir. E, no entanto, ela o vê em todo lugar para onde olhe. Isto é a vida; os mortos mantêm vivos os vivos. Três ou quatro vezes por semana, ela pede palavras e frases ao amigo que partiu. Pede coragem. Pede paciência o suficiente para não lançar seus cadernos no fogão a lenha. Agora os pedidos terminaram. Ela vira a página.

> *Ninguém vê as árvores. Nós vemos frutas, vemos nozes, vemos madeira, vemos sombra. Vemos ornamentos ou bonitas folhagens de outono. Obstáculos que bloquearam a estrada ou destruíram a pista de esqui. Lugares escuros e ameaçadores que precisamos limpar. Vemos galhos prestes a cair sobre nosso telhado. Vemos um cultivo comercial. Mas as árvores — as árvores são invisíveis.*

"Não tá ruim, Den. Meio sombrio, talvez." E curto também, ela poderia estender. Bem menor do que o primogênito. Há muito mais a ser dito, mas ela já está velha, sem muito tempo, e ainda há tantas outras espécies para encontrar e levar a bordo da arca. O livro tem uma história bastante simples. Poderia ter contado as viagens que ela e vários outros fizeram para todos os continentes, exceto a Antártida, em uma ou duas páginas. Poderia contar como guardaram algumas sementes de alguns milhares de árvores, uma fração das espécies que irão desaparecer enquanto os atuais guardiões da Terra observam e fazem sucumbir inúmeros de seus dependentes...

Ela tentou se agarrar à esperança, tentou contar qualquer história que pudesse deixar a verdade um pouco mais palatável. Dedicou um capítulo inteiro à migração. Descreveu todas as árvores que já estão marchando para o norte, em números que surpreenderam aqueles que os calcularam. *Mas as árvores mais vulneráveis vão precisar se mover muito mais rápido para que não se queimem. Elas não são capazes de atravessar rodovias, fazendas ou condomínios. Talvez nós possamos ajudá-las.*

Ela tece biografias curtas de seus personagens favoritos: árvores solitárias, árvores astutas, cidadãos sábios e sólidos, árvores que se tornam impulsivas, tímidas, generosas — tantas maneiras de ser quanto as elevações e as facetas de uma floresta. *Como seria bom se pudéssemos aprender quem elas são quando estão no seu melhor momento.* Ela tenta olhar a história de outra maneira. *Este não é nosso mundo com árvores. É um mundo de árvores, onde os humanos acabaram de chegar.*

A cada vez que Patricia corta um determinado trecho, por medo e rigor científico, ele volta a brotar. *As árvores sabem quando estamos por perto. A química das raízes e o perfume que as folhas bombeiam mudam quando nos aproximamos... Quando você se sente bem após uma caminhada na floresta, pode ser porque certas espécies lhe deram presentinhos. Tantos remédios milagrosos vieram das árvores, e nós mal começamos a descobrir tudo o que elas podem oferecer. Há muito tempo as árvores tentam se comunicar conosco. Mas elas falam em frequências baixas demais para serem ouvidas por nós.*

Ela se levanta da mesa com um gemido destinado a ninguém. No armário da frente, encontra a pilha de caixas de papelão que ela e Dennis sempre tiveram tanta dificuldade em jogar fora. Caixas mofadas guardadas por décadas. Quem sabe quando se pode precisar de uma exatamente desse tamanho? O caderno cabe, como se a caixa tivesse sido feita para ele. Vai enviá-lo amanhã para um assistente fazer a digitação. E, depois, para o editor em Nova York, que há anos espera pela continuação de um livro que ainda está sendo impresso, ainda está sendo vendido, ainda está pesando na consciência de Patricia pelo seu custo em pinheiros.

Assim que lacra a caixa com fita adesiva, ela a abre de novo. A última linha do último capítulo ainda não está boa. Patricia olha para ela, embora a frase já esteja gravada na sua memória permanente há muito tempo. *Com sorte, algumas dessas sementes continuarão utilizáveis, dentro de cofres climatizados em uma montanha do Colorado, até o dia em que pessoas vigilantes possam devolvê-las ao solo.* Ela morde os lábios e escreve um adendo. *Se não, outros experimentos continuarão se desenvolvendo sozinhos, muito tempo depois que as pessoas se forem.*

"Acho que assim tá melhor", ela diz em voz alta. "Né?" Mas, nesta noite, o fantasma parou de ditar.

Quando a caixa fica pronta para ser enviada, ela se prepara para dormir. As abluções são rápidas, e a escovação, ainda mais. E então a leitura, sua caminhada noturna de mil milhas até o golfo. Quando os olhos não conseguem mais ficar abertos, ela termina com versos. O poema desta noite é chinês — Wang Wei —, mil e duzentos anos de idade, de uma antologia de poemas pela qual ela passeia aleatoriamente, do jeito que gosta de caminhar:

Não sei como
viver e não posso
evitar me perder em pensamentos,
minhas florestas antigas...

Você pergunta: como nessa vida um homem ascende ou cai?
A canção do pescador flui nas profundezas do rio.

Então o rio começa a correr sobre ela, e ela está pronta para dormir. Vai diminuindo o brilho da lâmpada fraca presa à cabeceira da cama até apagar. Tudo o que lhe resta é a lua. Ela fica de lado e se encolhe, o rosto enterrado no travesseiro úmido. Depois de um minuto, a extremidade da boca forma um sorriso duradouro.

"Não é *verdade* que eu quase esqueci. Boa noite."

Boa noite.

Adam no Zucotti Park, em Lower Manhattan. Desta vez, o trabalho de campo vem até ele. As forças que ele estuda desde o início de sua vida profissional despertaram e estão festejando no coração do Distrito Financeiro, alguns quarteirões ao sul de onde ele mora e trabalha. O parque está cheio. Os círculos quadrangulares de espinheiros-da-virgínia já estão matizados de amarelo e, abaixo deles, barracas e sacos de dormir se espalham entre os arranha-céus. Centenas de pessoas passaram essa noite na praça, como têm feito há dias. Adormecem em meio a canções de protesto e acordam com um café da manhã servido por chefs cinco estrelas que estão colaborando com a causa. A única questão é que Adam não tem certeza de qual é a causa. A causa ainda está em construção. Justiça para os noventa e nove por cento. Prisão para traidores e ladrões do mercado financeiro. Uma erupção de justiça e decência em todos os continentes. A derrubada do capitalismo. Uma felicidade que não nasça do estupro e da ganância.

A cidade proíbe qualquer som amplificado, mas o megafone humano está em pleno funcionamento. Uma mulher grita, e as pessoas ao redor dela repetem as palavras.

"Bancos socorridos."

"BANCOS SOCORRIDOS!"
"Nós fomos vendidos."
"NÓS FOMOS VENDIDOS!"
"Ocupa."
"OCUPA!"
"De quem são as ruas?"
"DE QUEM SÃO AS RUAS?"
"As ruas são nossas."
"AS RUAS SÃO NOSSAS!"

Ainda os obstinadamente jovens, fiéis aos seus sonhos juvenis de salvação do mundo. Mas, em meio às mochilas e aos coletes étnicos, há homens mais velhos que Adam. Em pequenos grupos ao redor da praça, mulheres de sessenta e poucos anos transmitem a memória institucional da insurgência. Pessoas vestidas com collants pedalam bicicletas ergométricas que geram eletricidade para os notebooks da ocupação. Barbeiros oferecem cortes de cabelo gratuitos, já que os banqueiros parecem não querer aparar os deles. Pessoas com máscaras de Guy Fawkes distribuem panfletos. Estudantes universitários tocam tambores em um círculo. Advogados atrás de frágeis mesas de armar oferecem assessoria jurídica. Alguém trabalhou arduamente adulterando placas:

SKATES, PATINS E BICICLETAS
NÃO SÃO PERMITIDOS NO PARQUE
FORA ISSO, TUDO CERTO, MANO

E o que seria de um circo sem uma banda? Um batalhão completo de guitarras — uma delas com a inscrição *Esta máquina mata investidores* — se junta em um coro desconjuntado:

E a polícia deixa tudo mais difícil, aonde quer que eu vá,
Porque não tenho mais casa nenhuma neste mundo.

Não muito longe da praça, está a ferida que não cicatriza. O buraco no dossel já foi preenchido há muito tempo, mas ainda transpira. Faz uma década que os prédios caíram. A conta surpreende Adam. O filho dele tem apenas cinco anos, mas os ataques parecem mais recentes. Uma árvore, uma pereira Callery que sobreviveu metade queimada e com raízes cheias de fraturas, acaba de retornar com boa saúde ao Marco Zero.

Ele se espreme por um canal no meio da multidão, ao lado da Biblioteca do Povo. Acaba inevitavelmente vagando entre as prateleiras. Encontra *Obediência à autoridade*, de Milgram, marcado com um milhão de palavras nas margens. Uma coleção de Tagore. Muitos Thoreau, e ainda mais exemplares de *Você versus Wall Street*. Livre circulação, pelo sistema de honra. Para ele, aquilo cheira à democracia.

Seis mil livros e, dentre todos eles, um pequeno exemplar flutua na superfície da montoeira, como um fóssil expectorado de um charco. *O guia fabuloso dos insetos*. Amarelo brilhante — a única edição de verdade que aquele clássico teve. Chocado, Adam pega o livro e abre na folha de rosto, pronto para ver seu próprio nome em letras redondas e borradas traçadas com lápis nº 2. Mas o nome é de outra pessoa, escrito em letra cursiva pelo Método Palmer: *Raymond B.*

As páginas fedem a bolor e a pureza da ciência infantil. Adam folheia e se lembra de tudo. Os cadernos de campo e o museu de história natural em casa. As algas da lagoa sob o microscópio infantil barato. E, mais do que qualquer coisa, as marcas de esmalte no abdômen das formigas. De alguma forma, ele passou a vida inteira repetindo esse experimento. Tira os olhos da página em miniatura — "Carunchos e moscas-d'água" — para observar o enxame feliz, furioso e anárquico. Por alguns segundos, Adam vê o sistema de classes e tarefas, as danças em forma de oito e as trilhas de feromônio que, de dentro da colmeia, parecem pura física, pura força da gravidade. Gostaria de fazer uma marca de esmalte em todo mundo e subir até o quadragésimo andar do edifício ao lado para observar melhor. A observação de um verdadeiro cientista de campo. A observação de um menino de dez anos.

Ele enfia o *Guia fabuloso* no bolso da calça e volta para a multidão. Dez passos depois, um fantasma sentado em um banco de granito vira o rosto na direção de Adam e se apavora. "Ocupa", alguém grita no megafone humano. E a palavra é repetida cem vezes mais alto: "*OCUPA!*".

A surpresa do fantasma se transforma em um sorriso. Adam conhece o cara como se fosse um irmão, de volta do reino dos mortos. O homem que ele vê está careca, de boné, enquanto o homem de que ele se lembra tinha um rabo de cavalo exuberante. Não consegue, de jeito nenhum, dizer quem é esse homem. Então consegue, mas não quer. É tarde demais para qualquer coisa, exceto caminhar na direção do intruso e agarrá-lo pelo braço, rindo das evidências, como se a sorte fosse malandra, e a velha história estranha nunca parasse de dar suas guinadas. "Abeto-de-Douglas."

"Ácer. Nossa. Não é *possível.*" Eles se abraçam como dois velhos que já ultrapassaram a linha de chegada. "Cara. Meu Deus! A vida é longa, hein?"

Mais longa do que qualquer um. O psicólogo não consegue parar de balançar a cabeça. Não queria aquilo. O cadáver sendo puxado para fora do túmulo por arqueólogos brutais não é *ele*. Mas o encontro, de alguma forma, é engraçado. Acaso, o comediante com o timing perfeito.

"Isso aqui é... Você tá aqui pra..." Adam aponta para a multidão fervilhante salvando a humanidade de si mesma. Pavlicek — Pavlicek, é esse o nome. Pavlicek ergue as sobrancelhas e observa a praça. Como se, naquele instante, estivesse vendo pela primeira vez.

"Ah, não, cara. Eu não. Ultimamente sou só espectador. Não saio muito. Não dou um pio desde... você sabe."

Adam pega o homem — ainda desajeitado, ainda adolescente — pelo cotovelo ossudo. "Vamos dar uma volta."

Eles andam pela Broadway, passando pelo Citibank, Ameritrade, Fidelity. Os anos que precisam relatar um ao outro acabam em um minuto nova-iorquino. Professor de psicologia da NYU, com esposa que publica livros de autoajuda e filho que quer ser banqueiro quando crescer. Funcionário de longa data no Departamento de Gestão de Terras, agora sem emprego e residência fixos, ali na cidade para visitar um amigo. Fim. Mas eles continuam caminhando, sob a torre da Trinity Church e passando pelo fantasma da mangue-de-botão, aquele sicômoro onde homens se encontravam para comprar e vender ações, agora convertido na casa de máquinas do livre mercado. E continuam falando, uma volta vagarosa ao redor do passado cuja circunferência Adam não seria capaz de traçar nem mesmo uma hora depois. Douglas fica tocando na aba do boné, como se estivesse cumprimentando as pessoas que passam.

Adam pergunta: "Você... tem contato com alguém?".

"Contato?"

"Com os outros."

Douglas brinca com o boné. "Não. E você?"

"Eu... não. Da Amora, nem ideia. Mas o Sentinela... Parece loucura. É como se ele estivesse sempre me seguindo."

Douglas para na calçada, em meio a um mar de executivos. "Como assim?"

"Provavelmente estou louco. Eu viajo bastante por causa do meu trabalho. Palestras e conferências por todo o país. E, pelo menos em três cidades, eu vi arte de rua que parecia muito com aqueles desenhos que ele fazia."

"As pessoas das árvores?"

"Ah. Você lembra que estranho...?"

Douglas concorda com a cabeça, tamborilando na aba do boné. Um grupo de turistas logo à frente deles circunda um animal selvagem. É enorme, musculoso, tenso, de narinas dilatadas, os chifres perversos prontos para rasgar o bando tirando selfies ao seu redor. Três toneladas de arte de guerrilha em bronze, transportada por seu criador na calada da noite e deixada de presente para o público no pátio da Bolsa de Valores. Quando a cidade tentou retirá-la, as pessoas se opuseram. O Touro de Troia.

Algumas semanas atrás, uma bailarina montada no animal, executando uma pirueta, se tornou a impressionante garota-propaganda do recente movimento Stop the Humans:

QUAL É A
NOSSA ÚNICA
DEMANDA?

#OCCUPYWALLSTREET
TRAZER BARRACA

As pessoas se revezam para tirar uma foto com o animal em posição de ataque. Douglas não parece perceber a ironia. Seus olhos percorrem todo o ambiente, exceto o lugar para onde a multidão está olhando. Algo escapa de dentro dele. "Então." Ele esfrega o pescoço. "Você tem uma vida boa agora?"

"De muita sorte. Mesmo trabalhando demais. A pesquisa... é um prazer."

"O que exatamente você pesquisa?"

Adam já ofereceu o resumo a milhares de pessoas, de editores de antologias a estranhos em voos. Mas esse homem — ele tem uma dívida maior com esse homem. "Eu já trabalhava no tema quando a gente se conheceu. Quando nós cinco... O foco mudou ao longo dos anos. Mas o problema básico ainda é o mesmo: o que nos impede de enxergar o óbvio?"

Douglas coloca a mão no chifre do touro de bronze. "E? O que nos impede?"

"Sobretudo as outras pessoas."

"Olha..." Douglas se vira para a Broadway, para ver o que tanto enfurece o touro. "Acho que topei com essa ideia sem querer."

Adam ri tão alto que os turistas se viram para olhar. Ele se lembra porque um dia amou esse homem. Porque confiou sua vida a ele. "A questão tem uma parte mais interessante."

"Como algumas pessoas conseguem ver...?"

"Exato."

Com um gesto, um turista asiático pede para os dois homens se afastarem da estátua pela duração de uma foto rápida. Adam cutuca Douglas e eles caminham um pouco mais, descendo até o Bowling Green Park.

"Eu pensei bastante", diz Douglas. "Sobre o que aconteceu."

"Eu também." Imediatamente, Adam quer desdizer a mentira.

"O que a gente pretendia conseguir? O que a gente achava que estava fazendo?"

Os dois estão parados sob o círculo de *Platanus* camuflados, a mais conformada dentre as árvores do Leste, no exato lugar em que a ilha foi vendida por pessoas que ouviam as árvores para pessoas que queriam se livrar delas. Os dois olham juntos para o chafariz. Adam diz: "Nós incendiamos prédios".

"Incendiamos."

"Acreditávamos que os humanos estavam cometendo assassinatos em massa."

"Sim."

"Ninguém mais enxergava o que estava acontecendo. Nada ia fazer aquilo parar, a não ser que pessoas como nós forçassem a situação."

A aba do boné de Douglas balança para a frente e para trás. "Não estávamos errados, sabe. Olha em volta! Qualquer um que vê o que está acontecendo sabe que a festa acabou. Gaia tá se vingando."

"Gaia?" Adam dá um sorriso dolorido.

"A vida. O planeta. Nós já estamos pagando. Mas *ainda hoje* um cara é considerado maluco se disser isso."

Adam avalia o homem. "Então você faria tudo de novo? Faria o que a gente fez?" As questões dos filósofos desonestos rodam na cabeça de Adam. As que são tabu. Quantas árvores equivalem a uma pessoa? Uma catástrofe iminente pode justificar uma violência pequena e pontual?

"Fazer de novo? Não sei. Não sei o que isso quer dizer."

"Botar fogo em prédios."

"Às vezes eu me pergunto de noite se alguma coisa que a gente fez — alguma coisa que *pudéssemos* ter feito — teria valido a morte daquela mulher."

E então é como se o dia fosse noite, a cidade, um bosque de espruces, o parque inteiro em chamas ao redor deles, e a mulher ali, deitada no chão, delicada, pálida e estranha, implorando por um pouco de água.

"Nós não conseguimos nada", diz Adam. "*Nem uma mísera coisa.*" Eles vão na direção da saída do parque, um lugar movimentado demais para essa conversa. Só no portão da cerca baixa de ferro é que percebem: não há lugar mais seguro que aquele.

"*Ela* teria feito tudo de novo."

Douglas aponta para o peito de Adam. "Você amava ela."

"Todos nós amávamos ela. Sim."

"Você estava apaixonado por ela. Como o Sentinela. Como a Mimi."

"Isso faz muito tempo."

"Você teria colocado uma bomba no Pentágono por ela."

Adam sorri, suave e pálido. "Ela tinha um poder."

"Ela dizia que as árvores estavam falando com ela. Que ela conseguia ouvir."

Um dar de ombros. Uma olhada furtiva no relógio. Ele precisa voltar ao norte de Manhattan para preparar um seminário. O excesso de história deixa Adam nauseado. E daí que um dia ele foi mais jovem, mais indignado? Uma outra espécie. Apenas um experimento que deu errado. A única coisa que precisa ser discutida é o Agora.

Douglas não vai deixá-lo em paz. "Você acha que algo estava realmente falando com ela? Ou ela só estava..."

Quando as pessoas apareceram, o mundo tinha seis trilhões de árvores. Resta metade. E a metade do que sobrou vai desaparecer em cem anos. E, se um número suficiente de pessoas contarem o que essas árvores ameaçadas estão dizendo, não importa o que seja, aquilo será o que de fato elas estão dizendo. Mas a questão interessa Adam. O que Joana d'Arc ouviu quando estava morta? Ilusão ou percepção? Na próxima semana, Adam vai falar a seus alunos sobre Durkheim, Foucault, criptonormatividade: a *razão* é apenas mais uma arma de controle. A invenção do *razoável*, do *aceitável*, do *são*, até mesmo do *humano*, é mais recente, mais verde, do que os humanos imaginam.

Adam olha para detrás deles, para o cânion de concreto da Beaver Street, a rua do castor. Castores: as criaturas cujas peles construíram essa cidade. A primeira Bolsa de Valores. Ele se ouve responder. "As árvores costumavam falar com as pessoas o tempo todo. As pessoas sãs as ouviam." A única questão é se elas vão voltar a falar, antes do fim.

"Naquela noite." Douglas ergue os olhos e encara o paredão do arranha-céu. "Quando mandamos você buscar ajuda. Por que você voltou?"

A raiva invade Adam, como se os dois fossem brigar de novo. "Já era tarde demais. Teria demorado horas pra buscar ajuda. Ela já estava morta. Se eu tivesse ido à polícia... ela ia continuar morta. E todos nós teríamos sido presos."

"Cara, você não sabia disso. E você não tem como saber disso agora." Raiva, o broto de um luto que o tempo nunca vai erradicar.

Eles passam por uma olaia de seis metros de altura. A coluna dela está arqueada e os membros curvados, como a bailarina sobre o touro. A profusão de botões rosa-púrpura comestíveis, crescendo direto do tronco e dos galhos, ainda está a um inverno de distância. Agora vagens pendem dos galhos como homens enforcados. Dizem que Judas se enforcou em uma *Cercis*. É um mito relativamente recente, considerando a idade dos mitos sobre árvores. A árvore-de-judas cresce em vários cantos escondidos de Lower Manhattan. Aquela ali não chegará a florescer duas vezes antes de desaparecer.

Os dois homens chegam ao Battery Park, onde seus caminhos se separam. Seguindo aquela rua, do outro lado da água, Liberdade. Há um certo esquilo, um animal fantasma, objeto de intermináveis louvores, que corre eternamente daqui ao Mississippi pelo dossel de uma floresta fantasma gigante, sem jamais encostar as patas no solo. Agora as pessoas vão de ilha em ilha, cruzando fragmentos dispersos de florestas jovens cortadas por rodovias cheias de animais atropelados. Mas os dois homens param para olhar, como se as intermináveis florestas ainda começassem aqui, na frente deles.

Viram-se um para o outro e dão um abraço de adeus, como ursos testando sua força um contra o outro. Como se nunca fossem se ver novamente nessa vida. Como se mesmo isso fosse cedo demais.

As árvores se recusam a dizer qualquer coisa. Neelay está sentado no pátio interno de Stanford — o jardim botânico intergaláctico —, esperando uma explicação. O propósito de toda a sua vida está fracassando. Neelay saiu da trilha onde o colocaram. O que fazer agora?

Mas as árvores o desprezam. O bojudo reservatório de água da árvore-garrafa, a armadura espinhosa da paineira: nem sequer um farfalhar de folhas. É como se a alma gêmea dele — na única galáxia que já lhe ofereceu uma — tivesse ido do êxtase ao pânico ante o menor sinal de perturbação, e passado então a ignorá-lo. Ele está estragando as fotografias dos turistas. Ninguém quer um registro de um belo claustro românico espanhol falso com um aleijado esquisito em primeiro plano. Ele gira para ir embora, furioso como um amante abandonado. Mas ir para onde? Até voltar ao apartamento na sede da empresa seria uma humilhação.

Pensa em ligar para a mãe, mas é madrugada em Banswara, onde ela atualmente passa a maior parte do ano, se preparando para morrer. Agora ela sabe, dez anos tarde demais, que o filho nunca vai ter uma Rupal, que a ciência jamais reativará suas pernas, que a melhor maneira de amá-lo é deixá-lo livre em seu isolamento. Ultimamente ela só volta quando ele é hospitalizado, quando os médicos precisam desbridar suas escaras épicas ou cortar partes das nádegas e dos pés necrosados. Embarcar em um avião tornou-se um exercício doloroso. Na próxima hospitalização, ele não vai avisá-la.

Atravessa o gramado em direção à fileira grandiosa de palmeiras. O céu está claro demais, o dia quente demais, e todos os troncos se transformaram em relógios de sol sincronizados. Ele encontra um lugar à sombra — um esporte cada vez mais popular em todo o mundo. Então fica parado, tentando estar apenas onde está, ali, na sua casa. Não adianta. Em um minuto fica agitado, e verifica o telefone em busca das mensagens que ainda não recebeu. Onde as pessoas podem viver? Seus elfos provavelmente estão certos: apenas em símbolos, em simulações.

Quando coloca o aparelho de volta na bolsinha da cadeira de rodas, ele vibra como um punhado de cigarras. É uma mensagem da sua IA pessoal. A coisa está viva, cautelosa, provocando-o com o jogo de caça-cliques da humanidade. Desde a infância, mesmo antes da queda, ele sonhava com um animal de estimação robô. Essa é melhor do que qualquer coisa que os profetas da ficção científica de sua infância previram — mais rápido, mais estiloso, mais flexível. Sai a qualquer hora e vasculha tudo o que a humanidade está fazendo, depois se reporta a ele. É obediente e incansável e, como as únicas criaturas em que ele confia hoje em dia, aquela não tem pernas. Pernas, Neelay suspeita, talvez tenha sido nesse ponto que a evolução pirou.

Ele e sua gente criaram esse animalzinho, e agora o animalzinho está criando Neelay. Neelay pediu que ele ficasse atento a qualquer notícia relacionada à sua nova obsessão: comunicação entre árvores, inteligência florestal, redes de fungos, Patricia Westerford, *A floresta secreta*... O livro é atravessado pelos ecos misteriosos daquilo que, décadas atrás, ele ouviu sussurrado por formas de vida alienígenas que agora não lhe dão a menor bola. Aquilo custou seu cargo de diretor de criação da empresa. Elas querem mais dele, um pagamento maior, uma compensação maior. Mas o quê?

Ele abre a mensagem do bot. Há um link e um título: *Palavras de ar e luz*. O grau de recomendação é o mais alto na classificação de seu pet. Mesmo na sombra, Neelay não consegue ler o que está na tela. Vai na direção da van, estacionada não muito longe dali. De volta à sua nave interestelar esvaziada, ele clica no link e observa, confuso. Sol e sombras irrompem. Cem anos de uma castanheira passam em trinta segundos, como uma cena em um cinetoscópio à manivela. Termina antes que Neelay consiga entender. Ele coloca o vídeo de novo. A árvore jorra para cima e forma uma copa. Os ramos verticais oscilantes tentam alcançar a luz e as coisas óbvias que às vezes parecem escondidas. Galhos se dividem e engrossam no ar. Naquela velocidade, ele vê o objetivo central da árvore, a matemática por trás do xilema e do floema, as geometrias entrelaçadas e fervilhantes, e aquela fina camada de câmbio vivo se avolumando cada vez mais.

Códigos — códigos de ramificações selvagens podados pelo fracasso — constroem aquela grande coluna espiralada a partir das instruções que Vishnu conseguiu amontoar em algo menor do que a unha de um garoto. Quando o século de desdobramento da árvore termina, as palavras de um transcendentalismo extinto rolam linha por linha em um mar de preto:

O jardineiro vê
apenas o jardim do jardineiro.
Os olhos não foram feitos
para os usos tão rasteiros e desgastantes
do agora, mas sim para contemplar a beleza
que se tornou invisível.
É
POSSÍVEL
NÃO
VER
DEUS?

E, quando Neelay tira os olhos da tela minúscula e olha para cima, é exatamente isso que ele vê.

No outro lado do campus, para além dos bosques de eucalipto, alguém está enviando convites. Eles se dispersam em pequenos aglomerados, como pólen voando no ar. Um deles chega até Patricia Westerford, em uma cabana de um instituto nas Great Smoky Mountains. Ela está procurando cepas nobres das dezenas de madeiras de lei que, em poucos anos, podem ser dizimadas pela broca-esmeralda-do-freixo e pelo besouro serra-pau. Nos últimos tempos, Patricia tem recebido dezenas de convite desse tipo, e acaba ignorando a maioria. Mas esse — Consertando a Casa: o Combate ao Aquecimento do Planeta —, esse soa tão doloroso que ela lê a carta duas vezes. Alguém quer que ela voe quatro mil cento e setenta e sete quilômetros — só de ida — para uma conferência sobre a atmosfera arruinada. Não consegue entender o título, *Consertando a casa*. Como se nós só precisássemos arrumar as calhas e instalar um ar-condicionado para voltar aos velhos tempos.

Ela está sentada à mesa em uma cadeira reta, ouvindo os grilos. Muito tempo atrás, o pai lhe ensinou uma fórmula antiga, que converte a estridulação dos grilos por minuto em graus Fahrenheit. Há sessenta anos, a orquestra noturna espalhada em volta dela toca uma dessas músicas folclóricas que vai acelerando até que todos os músicos caiam duros no chão. *Ficaríamos muito felizes se você pudesse falar sobre os papéis que as árvores podem desempenhar para ajudar a humanidade a alcançar um futuro sustentável.* Os organizadores da conferência querem a palestra de uma mulher que um dia escreveu um livro sobre o poder das plantas lenhosas na restauração do planeta. Mas ela escreveu esse livro décadas atrás, quando ainda era uma jovem corajosa e o planeta ainda podia lutar por uma recuperação.

Essas pessoas precisam sonhar com avanços tecnológicos. Alguma nova maneira de transformar choupo em papel queimando um pouco menos de hidrocarbonetos. Algum cultivo comercial geneticamente modificado para ser usado na construção de casas melhores, e que vai tirar da miséria os pobres do mundo. O conserto de casa que eles querem é simplesmente uma demolição um pouco menos onerosa. Ela poderia contar a eles sobre uma máquina que precisa de pouca manutenção e dispensa combustível, uma que sequestra carbono constantemente, enriquece o solo, resfria a terra, purifica o ar, e que vem em diversos tamanhos. Uma tecnologia que se replica e que até produz comida de graça. Um dispositivo tão lindo que é assunto de poemas. Se as florestas fossem patenteáveis, ela seria aplaudida de pé.

Califórnia significa três dias de trabalho perdido. Jesus levou menos tempo para limpar o inferno. A agorafobia dela piorou com os anos, e, em auditórios lotados, ela nunca consegue ouvir ninguém. Mas a lista de convidados é incrível: um rol de mestres e engenheiros, todos eles precisando apenas de um grande financiamento para diminuir a luz solar com materiais particulados, clonar espécies ameaçadas de extinção ou descobrir uma fonte de energia barata e ilimitada. Haverá artistas e escritores para abordar a questão do espírito humano. Investidores capitalistas em busca da próxima mina de ouro do mundo vegetal. Ela nunca vai ter outra chance de falar para um público assim.

Relê o convite, imaginando um lugar onde "futuro sustentável" signifique algo além de um paradoxo. Lê até o final inspirado da carta. *Como escreveu Toynbee certa vez: "O homem chega à civilização* [...] *como resposta a um desafio em uma situação de dificuldade ímpar, que o leva a fazer um esforço até então sem precedentes*". O convite parece um teste da honestidade que Patricia tentou cultivar desde o tempo em que vivia sem nem um tostão. Alguém está perguntando a ela o que as pessoas precisam fazer para salvar este lugar moribundo. Será que ela poderia dizer o que acha de verdade em uma reunião de pessoas tão poderosas?

Tarde demais para uma resposta sábia essa noite. Mas ainda há tempo para uma caminhada até as corredeiras do Middle Prong. Lá fora, ao lado da porta da cabana, espinheiros densos e lentos acenam profecias sinistras sob a lua quase cheia. Os frutos escarlates se agarram aos galhos, e muitos sobreviverão ao inverno. *Crataegus*, a planta do coração. Enquanto seguirem procurando, as pessoas não vão parar de descobrir remédios.

A caminhada de Patricia pela clareira assusta um gambá chafurdador de raízes que dispensou a humanidade duas horas atrás. Ela balança a lanterna. O chão da floresta está cheio de serrapilheira laranja e ocre que cheira a massa de bolo, doce e mofada. Duas corujas barradas, lúgubres e lindas, chamam uma a outra a uma grande distância. No alto da encosta, bolotas e nozes caem no chão. Ursos dormem por todo o canto depois do banquete do dia, um a cada quilômetro quadrado.

Ela passa por túneis de rododendros, cerejeiras negras que lembram uma parede rochosa, madeira-azeda, sassafrás aromáticos. Magnólias e áceres listrados tomaram o lugar das castanheiras dizimadas. As cicutas estão morrendo, devoradas por pulgões e perturbadas pela chuva ácida. Em terras mais altas, na espinha dos Apalaches, todos os abetos-de-fraser morreram. Ao redor de Patricia, a floresta cambaleia depois do ano mais quente e mais seco desde o início dos registros. Mais um evento insano que acontece a cada século, praticamente anual nos últimos tempos. Incêndios estão surgindo por todo o parque. Código Vermelho a cada três dias.

Mas as tulipeiras sagradas ainda estimulam o sistema imunológico de Patricia, enquanto as faias melhoram seu humor e aumentam sua capacidade de concentração. Sob esses gigantes, ela fica mais inteligente, vê com mais clareza. Encontra um caquizeiro de casca de jacaré. Bolotas espinhentas, como chicotes de roldão medievais, crepitam sob seus pés. Ela rasga uma pontinha de uma folha caída da árvore-do-âmbar e cheira — o aroma infantil do paraíso. Não muito longe da trilha, há um carvalho-vermelho respeitável de pelo menos três metros e meio de circunferência. Talvez alivie até mesmo essa terrível inquietação que o convite deixou nela. *Futuro sustentável.* Eles não querem uma estudiosa de árvores no evento. Querem uma mestre ilusionista. Uma escritora de ficção científica. O Lórax. Talvez um curandeiro todo colorido, com cabelo de epífitas.

Na margem do rio, em seu lugar favorito em meio às rochas, ela tira os sapatos. Mas não precisaria. O rio que deveria estar correndo com fúria é apenas um leito de pedras. Ela revira algumas delas em busca de salamandras. Trinta espécies possíveis, milhões de indivíduos vivendo em cada lugarzinho úmido do parque, e não consegue encontrar sequer um. Fica com os pés descalços na corrente imaginária. *O que você acha, Den? Devo falar no* Consertando a casa*?*

A memória de uma mão encosta no ombro dela. *Se você está me perguntando, gatinha, é porque não consegue lidar com a resposta.*

Da margem do Little River, no Tennessee, até Nova York, são apenas mil cento e cinquenta quilômetros. O pólen de um pinheiro-branco-oriental pode percorrer essa distância com uma boa ventania. No ponto extremo dessa rota, Adam Appich observa com um sorriso enigmático a turma de duzentos e sessenta estudantes de psicologia do primeiro ano que acompanha sua fala sobre cegueira cognitiva. De repente, Adam vê um trio armado, no fundo do auditório, o esperando terminar a palestra. O choque não dura mais do que alguns batimentos cardíacos acelerados. Uma rápida olhada lhe diz o que esses homens querem e por que estão ali. Claro, as glocks .23 e as jaquetas azul-marinho com as letras amarelas do FBI ajudam na identificação. Há décadas, em momentos aleatórios, em todas as estações, do meio-dia sóbrio ao sono intoxicado, teve medo da chegada desses homens. Ele os espera há tanto tempo que esqueceu que viriam. Agora, nesse bonito dia de um outono que chegou atrasado, seus captores estão finalmente ali, do jeito que Adam sempre achou que estariam: sólidos, sombrios e pragmáticos, com fios presos aos ouvidos. Em mais um piscar de olhos sorridente, o pânico de Appich dá lugar ao seu parente mais amável, o alívio das previsões que se realizam.

Ele pensa: *Eles vão descer o corredor e me levar do palco.* Mas os homens, cinco, estão agrupados atrás da última fileira de assentos, esperando que Adam termine sua fala.

O assunto de hoje era simples. Quando uma pessoa faz uma escolha, tanta coisa acontece durante a noite, debaixo da superfície ou fora do campo de visão, que a pessoa que fez a escolha acaba sendo a última a saber. Páginas de anotações estão espalhadas sobre o púlpito, e as mãos de Adam tocam o vazio. Depois de duas décadas com os ombros contraídos, esperando essa batida de martelo, o longo estremecimento de pavor finalmente chegou ao fim. Ele trabalhou duro para desaparecer em conquistas profissionais. Ganhou duas vezes o prêmio de docência da universidade, e no mês passado foi indicado ao prêmio Beauchamp da Associação Americana de Psicologia, concedido a pesquisas que avançam de forma empírica na compreensão materialista da mente humana. Desempenha um papel em público há tanto tempo que foi enganado por sua própria biografia. Agora as escolhas da juventude voltam para acabar com essa fantasia.

Tudo fica claro. O encontro por acaso com o velho cúmplice. Todas aquelas puxadinhas na aba do boné. A confissão arrancada. *A gente colocou fogo em prédios. Colocamos.* Os cinco teriam dado a vida um pelo outro. Um deles deu.

Uma rápida olhada nas anotações a sua frente. Na hora certa, palavras encaixotadas em um retângulo vermelho voam do passado clarividente ao futuro esquecido. Adam já usou aquela frase, em todos esses anos oferecendo essa disciplina de pesquisa, mas seu sentido completo estava esperando este momento. Ele empurra os óculos sem aro pela ponte do nariz suado e balança a cabeça para o auditório cheio. Que bela lição os alunos vão ter hoje.

"Você não consegue ver o que não entende. Mas o que você acha que já entende, você deixa de perceber."

Umas poucas pessoas riem; ainda não conseguem ver os homens parados atrás deles, no fundo do auditório. Alguns dos estudantes guardam a frase para uma prova que agora virá de um jeito completamente diferente do que haviam imaginado. A maioria permanece congelada, esperando que a educação passe por cima deles e vá embora. Appich folheia as anotações finais. Em quinze segundos, resume os estudos de atenção e entrega as conclusões. Pensa: *Até que tenho sido bom nisso.* Então dispensa os alunos, segue pelo corredor no meio do mar de estudantes e aperta a mão dos homens que vieram prendê-lo. Tem vontade de dizer, *Por que demoraram tanto?*

Os alunos olham perplexos, espectadores impotentes observando os agentes levarem o professor algemado. Eles conduzem Appich até a calçada. O dia está lindo, e o céu tem a cor das esperanças de um jovem. As pessoas passam por eles. O grupo precisa esperar uma pausa no fluxo de pedestres. A cidade inteira sai à rua nas manhãs de outono para fazer as coisas acontecerem.

Uma brisa suave conduz um cheiro de manteiga rançosa pelo nariz de Adam. Já sentiu o aroma daquele vômito medicinal frutado outras vezes, mas agora não consegue saber de onde ele vem. As jaquetas azul-marinho o levam pela calçada em direção a um Suburban preto. Os homens são bruscos, mas civilizados, aquela mistura esquisita de propósito, nervosismo e tédio que faz parte da conduta dos agentes da lei. Eles apressam Adam na direção da porta aberta. Um agente coloca a mão na cabeça dele enquanto os outros o abaixam até o banco de trás.

Ele fica sentado no espaço fortificado, as mãos algemadas no colo. No banco da frente, um agente fala em um quadrado de vidro preto, registrando a captura bem-sucedida. As palavras poderiam muito bem ser o canto de um pássaro. Pela janela escura, alguém acena para ele. Ele se vira para olhar. Bem ao lado do carro, crescendo de um buraco no concreto, uma árvore tremula, as folhas da cor do giz amarelo de uma criança. As árvores arruinaram a vida dele. As árvores são a razão pela qual esses homens vieram prendê-lo por seja lá quantos anos ainda lhe restam. O carro não se mexe. Seus captores preenchem a papelada necessária para a partida. As flores amarelas dizem, *Olha. Agora. Aqui. Você não vai estar aqui fora tão cedo de novo.*

Adam olha e vê apenas isto: uma árvore pela qual ele passou três vezes por semana durante os últimos sete anos. É a derradeira espécie do único gênero da solitária família da singular classe restante da agora abandonada divisão que um dia cobriu a Terra — um fóssil vivo de trezentos milhões de anos que desapareceu do continente durante o Neogeno e voltou para uma vida nas sombras, no sal e na fumaça de Lower Manhattan. Uma árvore mais velha do que as coníferas, com espermatozoides nadadores e pinhas que podem despender mais de um trilhão de grãos de pólen por ano. Em templos antigos, em ilhas do outro lado da Terra, árvores de milhares de anos de idade, fundidas e arrebentadas, próximas da iluminação, se avolumam até uma circunferência incrível, suas articulações voltando a crescer a partir de galhos gigantes para então se enraizarem e se tornarem novos troncos. Se as janelas não estivessem fechadas, Adam poderia estender a mão e tocar no tronco magricelo. Se suas mãos não estivessem presas em algemas. Uma dessas árvores cresceu na rua onde morava o homem que ordenou o bombardeio de Hiroshima, e umas poucas delas sobreviveram à explosão. A polpa da fruta tem um cheiro que obstrui o pensamento; é capaz até de matar bactérias resistentes a medicamentos. Dizem que as folhas em forma de leque e veias radiantes curam a doença do esquecimento. Adam não precisa da cura. Ele se lembra. Ele se lembra. Ginkgo. A árvore cabelo-de-anjo.

Suas folhas fazem piruetas ao vento. O Suburban se afasta do meio-fio e entra no fluxo do trânsito. Adam se vira para olhar pela janela traseira. Enquanto olha, toda a árvore se desnuda. Acontece de uma hora para a outra, a mais sincronizada perda de folhas que a natureza já projetou. Uma rajada de ar, uma última objeção esvoaçante, e todos os leques se soltam ao mesmo tempo, desprendendo um bando de telegramas dourados ao longo da West Fourth Street.

Até onde uma folha pode ser soprada? Pode atravessar o East River, com certeza. Cruzar o estaleiro onde um imigrante norueguês lixou enormes vigas curvas de carvalho para os cascos das fragatas. Passar pelo Brooklyn, antigamente montanhoso e verde, repleto de castanheiras. Subir pela margem do rio, onde, de trezentos em trezentos metros, em cada marca histórica de inundações que ele pôde alcançar, o descendente do construtor naval fez um estêncil:

NÃO DIGA
QUE VOCÊS NÃO FORAM

Acima das letras submersas, bosques de novos edifícios competindo por algo semelhante ao sol.

Na direção oeste, a uma distância que uma floresta levaria dezenas de milênios para atravessar, um senhor e uma senhora viajam pelo mundo. Ao longo das semanas, eles inventaram um jogo. Dorothy sai de casa e recolhe galhos, nozes e folhas secas. Então leva as evidências para Ray e, com a ajuda do livro de identificação, os dois eliminam possibilidades e nomeiam mais uma espécie. Cada vez que adicionam um desconhecido à lista, ficam dias aprendendo tudo o que podem sobre ele. Amoreira, ácer, abeto-de-douglas, cada um com a sua história única, sua biografia, química, economia, psicologia comportamental. Cada árvore é seu próprio épico singular, mudando a história do que é possível.

Hoje, no entanto, ela entra em casa um pouco perplexa. "Tem alguma coisa errada, Ray."

Para Ray, nas profundezas da sua vida póstuma, nada estará errado, nunca mais. *O quê?*, ele pergunta, sem dizer uma palavra.

A resposta dela é desanimada e um pouco confusa. "A gente deve ter errado em alguma coisa."

Eles refazem o percurso nos galhos da árvore da decisão, mas acabam no mesmo ramo. Ele balança a cabeça, recusando as provas. "Eu simplesmente não entendo."

Agora ele precisa coaxar em voz alta, uma única sílaba maciça. Algo como, *Quê?*

Ela demora um pouco para responder. O tempo se tornou algo diferente para cada um deles. "Bom, pra começar, nós estamos a centenas de quilômetros da área de distribuição natural da espécie."

O corpo dele se contorce, mas ela sabe que o espasmo violento significa apenas um dar de ombros. As árvores das cidades podem crescer muito longe de qualquer lugar que elas possam chamar de lar. Os dois aprenderam isso, depois de semanas de leitura.

"Pior ainda: não existe mais uma área de distribuição natural. Supostamente no país inteiro só sobrou um punhado de castanheiras-americanas maduras." Aquela é quase tão alta quanto a casa.

Eles leem tudo o que podem sobre a árvore perfeita que desapareceu dos Estados Unidos. Aprendem sobre um holocausto que devastou a paisagem um pouco antes de eles nascerem.

Mas nada do que descobrem pode explicar como uma árvore que não deveria existir está espalhando um imenso globo de sombra sobre o quintal.

"Talvez existam castanheiras aqui, e ninguém sabe disso." Ray emite um som que Dorothy acredita ser uma risada. "Tá, talvez a gente tenha identificado errado." Mas, em toda essa biblioteca arbórea em constante expansão, não existe nenhuma outra criatura que aquela árvore poderia ser. Eles deixam o mistério incomodando, e seguem lendo.

Ela encontra um livro na biblioteca pública: *A floresta secreta*. Leva-o para casa para ler em voz alta. Já no primeiro parágrafo, é obrigada a parar:

Você e a árvore do seu quintal vêm de um ancestral comum. Há um bilhão e meio de anos, vocês dois seguiram caminhos diferentes. Mas mesmo agora, após uma imensa jornada em direções separadas, você e a árvore ainda compartilham um quarto dos genes...

Uma ou duas páginas podem levar o dia todo. Tudo o que os dois pensavam sobre o quintal estava errado, e é preciso algum tempo para que novas crenças substituam as que foram descartadas. Eles se sentam juntos em silêncio e examinam a área como se estivessem viajando para outro planeta. Todas as folhas lá fora se conectam, no subsolo. Dorothy reage às descobertas como se elas fossem uma revelação chocante em um romance de costumes do século XIX, quando aquele terrível segredo de um personagem ressoa em todas as pessoas da aldeia.

Eles se sentam juntos no fim de tarde, lendo e observando enquanto o sol brilha verde-amarelado nas folhas recortadas da castanheira. Para Dorothy, cada novo raminho parece uma criatura experimental, algo independente mas, ao mesmo tempo, uma parte de todas as outras. Ela vê na ramificação da castanheira os diversos caminhos especulativos de uma vida vivida, todas as pessoas que ela poderia ter sido, e as que ela ainda será ou poderá vir a ser, em mundos que se abrem bem próximos a este. Por um tempo, ela fica observando os galhos se movendo, depois volta a olhar para a página e segue com a leitura em voz alta. "Às vezes é difícil dizer se uma árvore é uma coisa única ou se é um milhão de coisas."

Ela começa na próxima frase surpreendente, quando um grunhido do marido a interrompe. Ela acha que ele está dizendo, *Copo papel.*

"Ray?"

Ele diz as sílabas mais uma vez, e elas soam as mesmas. "Desculpa, Ray. Não estou conseguindo entender."

Copo de papel. Mudas. No peitoril.

As palavras saem animadas, e a pele dela se arrepia. A intensidade insana dele, à luz do entardecer, a fazem pensar que ele está sofrendo outro acidente vascular cerebral. O coração de Dorothy dispara, e ela se esforça para se levantar. Então entende. Ele a está distraindo, transformando as Coisas Como Elas São em algo melhor. Está contando uma história, em troca dos anos de histórias que ela leu para ele.

Plantou. A castanheira. Nossa filha.

"É seu?", uma voz pergunta.

Patricia Westerford estremece. Um homem de uniforme atrás da esteira aponta para a bagagem no momento em que ela sai do raio X. Patricia faz que sim com a cabeça, quase indiferente.

"Podemos dar uma olhada?"

Não é exatamente uma pergunta, e ele não espera uma resposta. A mala é aberta; as mãos se enfiam lá dentro. Parece o urso que se abastece nos arbustos de amora perto da cabana dela.

"O que é isso?"

Ela dá um tapa na testa. Gagá. "Meu kit de coleta."

Ele examina a lâmina de dois centímetros, o podador que se abre na largura de um lápis, a serra mais curta do que a primeira falange do mindinho. O país não tem um grave incidente em viagens de avião há mais de uma década, ao custo de um bilhão de canivetes, tubos de pasta de dente, frascos de xampu...

"O que você coleta?"

Cem respostas erradas, e nem uma única certa. "Plantas."

"Você trabalha com jardins?"

"Sim." Há lugares e momentos para tudo, mesmo para o perjúrio.

"E isso?"

"Isso", ela repete. Estúpido, mas a faz ganhar três segundos. "É só caldo de legumes." O coração bate tão rápido que vai matá-la de forma fulminante, como qualquer coisa que há naquele pote. O homem exerce poder sobre ela, o poder de uma nação em pânico em busca de um sentimento de segurança impossível. Um olhar muito ostensivo, e ela vai perder o voo.

"Isso são mais do que cem mililitros."

Patricia enfia as mãos trêmulas nos bolsos e contrai a mandíbula. Ele vai perceber; esse é o trabalho dele. O agente empurra os dois itens na direção dela com uma mão, e a mala revirada com a outra.

"Você pode voltar para o terminal e enviar pelo correio."

"Vou perder meu voo."

"Então vou ter que confiscar isso aqui." Ele coloca o frasco de plástico e o kit de coleta em um latão já cheio. "Tenha uma boa viagem."

No avião, ela revisa a apresentação uma última vez. "A melhor coisa que uma pessoa pode fazer pelo mundo de amanhã." Está tudo escrito. Há anos não lê um discurso. Mas não confia em si mesma para improvisar essa palestra.

Desce no aeroporto de San Francisco. Motoristas formam um semicírculo na saída dos passageiros, segurando pedaços de papel com nomes. O dela não está ali. Um dos organizadores da conferência combinou de encontrá-la. Patricia espera por vários minutos, mas ninguém aparece. Por ela, tudo bem. Qualquer motivo para não seguir em frente com aquilo. Ela se senta em uma cadeira em um canto. Um painel luminoso do outro lado do saguão anuncia *Boston Boston Chicago Chicago Chicago Dallas Dallas*... Deslocamentos humanos. Atividades humanas. Cada vez mais rápido, cada vez mais satisfatório, cada vez mais móvel, cada vez mais empoderado.

Um movimento chama a atenção dela. Até um recém-nascido acompanharia o voo de um pássaro em vez de olhar para coisas mais lentas e mais próximas. Os olhos dela seguem o arco errático. Um pardal está saltitando em cima de uma placa, a cinco metros de distância. Ele se lança em voos curtos e decididos ao redor do saguão. Ninguém na multidão presta atenção. Ele sobrevoa um recanto escondido perto do teto, depois mergulha para baixo de novo. Logo são dois, depois três, vasculhando as latas de lixo. As primeiras coisas desde o embarque que a deixam feliz.

Há algo nas patas dos pardais, como anilhas de rastreamento, mas maiores. Ela encontra o sanduíche que enfiou na bolsa para o jantar e o esfarela na cadeira do lado. Meio que espera que um segurança venha prendê-la. Os pássaros estão loucos pela recompensa. Cada investida nervosa os traz um pouco mais perto, por um pouco mais de tempo. Finalmente a gula supera a cautela, e um dos pardais voa para o roubo. Patricia fica parada; o pardal se aproxima e começa a comer. Em um ângulo favorável, consegue ler a tornozeleira. *Imigrante ilegal.* Ela ri, e o pássaro assustado vai embora.

De repente, uma mulher felina surge na frente dela. "Dra. Westerford?" Patricia sorri e se levanta.

"Onde você *estava*? Por que não atendeu o telefone?"

Patricia gostaria de dizer, *Meu telefone mora em Boulder, Colorado, plugado em uma tomada.*

"Fiquei dando várias voltas na área de desembarque. Onde está sua bagagem?" Todo o projeto do Consertando a Casa parece estar balançando perigosamente.

"Essa é minha bagagem."

A garota fica perplexa. "Mas você vai ficar aqui por três dias!"

"Esses passarinhos...", Patricia começa a falar.

"Ah. Alguém fez uma brincadeirinha. O aeroporto não sabe como se livrar deles."

"Por que fariam isso?"

A motorista não é de filosofar. "O carro está pra esse lado."

Elas rodam para fora da cidade, em direção à Península Central. A garota lista os luminares que falarão nos próximos dias. Patricia observa a paisagem. À direita, as colinas de sequoia-vermelha de segunda geração. À esquerda, o Vale do Silício, a fábrica do futuro. A motorista enche a dra. Westerford de pastas de plástico e a deixa no Faculty Club. Patricia tem a tarde toda para passear pela mais extraordinária coleção de árvores do país dentro de um campus universitário. Encontra um maravilhoso carvalho-azul, majestosos plátanos-da-califórnia, calocedros, uma aroeira-salsa retorcida e anárquica, dezenas das setecentas espécies de eucalipto, quincã cheia de frutas. Os estudantes devem ficar atordoados com as substâncias inebriantes sem sequer se dar conta. É uma festa de lignina. Velhos amigos perdidos. Árvores que ela nunca viu. Pinheiros fabricando pinhas em perfeitas espirais de Fibonacci. Gêneros de remansos: *Maytenus*, *Syzygium*, *Ziziphus*. Ela as vasculha, e também as plantas rasteiras, em busca de extratos que substituam os que o agente do aeroporto confiscou.

Um caminho asfaltado leva Patricia até o abside de uma falsa igreja românica. Ela passa por baixo de um monumental abacateiro de três troncos, perto demais da parede da igreja, que provavelmente começou sua vida na mesa de uma secretária. Cruza o portal que dá em um pátio, para e encosta a mão na boca. Poderosas, improváveis e estranhas, saídas de algum romance da era dourada da ficção científica ambientado em selvas fervilhantes sob as nuvens ácidas de Vênus, as árvores estão diante de Patricia, sussurrando umas para as outras.

Os agentes colocam Adam Appich em uma cela maior do que a plataforma que ele um dia dividiu com duas outras pessoas, a sessenta metros do chão. O Estado se encarrega dele. Ele coopera em tudo e não se lembra de quase nada, mesmo depois de trinta minutos. Naquela manhã, era professor titular de psicologia em uma universidade de prestígio. Agora está preso por crimes do passado que envolvem milhões de dólares em danos materiais e a imolação de uma mulher.

Felizmente, seus pais estão mortos. Assim como Jean, sua irmã, Charles, o irmão, o único amigo da vida inteira, e o mentor que abriu os olhos de Adam para a cegueira humana. Ele já chegou à idade em que a morte é o novo normal. Não fala com o irmão mais velho desde que Emmett roubou a parte da herança de Adam. Não há ninguém para quem contar, exceto a mulher e o filho.

Lois atende o telefone, surpresa com a ligação no meio da tarde. Ela ri quando ele diz onde está. É necessário um longo silêncio para que ela se convença. Na manhã seguinte, Lois vem vê-lo durante o horário de visita no centro de detenção lotado. Sua incompreensão transformou-se em ação, e o rosto dela fica corado com aquela que é a sua primeira verdadeira causa em anos. Através do vidro à prova de balas, ela lê o que escreveu em um caderninho recém-comprado, identificado na capa como Adam, Jurídico. As coisas que ela começou a fazer são quase obras de arte.

Sua lista de tarefas é detalhada e vigorosa. As linhas ao redor dos olhos se preparam para lutar contra a injustiça. "Tenho algumas recomendações de advogados. Precisamos pedir prisão domiciliar. É caro, mas você vai estar em casa."

"Lo", ele diz, sentindo o peso dos anos. "Posso te contar o que aconteceu."

Uma das mãos dela roça o vidro blindado, enquanto a outra coloca um dedo nos lábios. "Shh. O advogado da ACLU disse pra você não falar nada até sair daqui."

Aquela esperança: tão provocadora, tão típica dela. Ele ganhou a vida estudando a esperança provocadora. Esperança provocadora foi o que o levou para aquele lugar.

"Eu sei que você não fez nada disso, Adam. Você não seria capaz." Mas ela desvia o olhar — o velho cacoete mamífero, dezenas de milhões de anos em formação. Ela não sabe de nada, e muito menos sobre o homem com quem vive há anos, seu legítimo esposo, o pai do seu filho. Um charlatão, no mínimo, e, pelo que parece, cúmplice de assassinato.

Do outro lado da cidade, em outro centro de detenção, o traidor escapa de novo esta noite, para longe do governo e de seus funcionários transformados em carcereiros, procurando mais uma vez a mulher que transformou Douglas Pavlicek em um radical. Ela tem um nome diferente agora, ele tem certeza. Pode estar muito longe, em outro país, vivendo uma vida que ele não é capaz de imaginar. O perdão é mais do que ele poderia lhe pedir, e mais do que ele jamais oferecerá a si mesmo. Ele merece alguma coisa muito pior do que os federais lhe deram — sete anos em uma penitenciária de segurança média, com possibilidade de ganhar liberdade condicional em dois anos. Mas há algo que ele precisa dizer a ela. *Foi assim que aconteceu. Foi assim que as coisas se desenrolaram.* Ela vai ouvi-lo contar sobre o que ele fez. Vai ficar sabendo do pior, e vai desprezá-lo. Nada que ele possa dizer vai mudar isso. Mas ela vai se perguntar por quê, e a falta de resposta lhe causará dor. Uma dor que Douglas pode transformar em algo melhor.

A cela dele é um cubo de cimento banhado de tinta emborrachada verde, muito parecida com a falsa cela onde ficou por uma semana quando tinha dezenove anos. O confinamento estreito o deixa livre para viajar. Ele fecha os olhos e vai atrás dela, como faz todas as noites. O filme é sempre turvo, e as feições dela parecem vagas. Já esqueceu do que exatamente naquele rosto fazia Douglas sentir que podia capturar o ar e, com um suspiro preguiçoso, expelir a eternidade. Mas, nessa noite, ele quase pode vê-la, não da maneira como ela deve estar agora, mas do jeito que era. *Foi assim que aconteceu*, ele diz. Ele foi traído — não importa por quem. Uma emboscada. E, quando os agentes federais apareceram e o levaram embora, ele já estava perdido.

Os interrogadores foram gentis. David era um cara mais velho que lembrava o avô de Douggie. E Anne, uma mulher atenciosa de saia e terninho cinza que tomava notas, tentando entender. Disseram a ele que estava tudo acabado, que suas memórias escritas à mão ofereciam tudo o que eles precisavam para prender Douglas e seus amigos, para sempre. Era só uma questão de esclarecer alguns detalhes.

Vocês não têm nada. Eu estava escrevendo um romance. Tudo veio da porcaria da minha cabeça.

Eles disseram que seu romance continha informações sobre crimes que jamais vieram a público. Disseram que já sabiam sobre os amigos dele. Tinham dossiês de todos. Queriam apenas que ele corroborasse, e seria muito melhor para Douglas se ele ajudasse.

Ajudar? Isso é coisa da porra do Judas, meu. Simplesmente escapou. Uma palavra já é demais.

Ele conta a Mimi sobre a mancada. Ela parece ouvir, até estremecer um pouco, embora o rosto com a cicatriz da estaca punji esteja virado. Ele explica que resistiu por dias, que disse aos agentes para o deixar preso para sempre — ele não ia entregar nenhum nome. Conta que os interrogadores sacaram as fotografias. As coisas mais esquisitas: como fotos de filmes caseiros, imagens granuladas de momentos em que ninguém tinha uma câmera. Dos acontecimentos em si, ele lembra muito bem, especialmente dos lugares onde foi espancado. Ele estava em várias das fotos. Tinha esquecido como fora jovem um dia. Como fora ingênuo e volátil.

Sabe, ele disse aos agentes, *sempre fui mais fofo do que pareço.*

Anne sorriu e fez uma anotação. *Tá vendo?* David disse a ele. *Já chegamos em todo mundo. Não precisamos de nada de você. Mas, se cooperar, pode reduzir bastante as acusações que pesam sobre você.* Foi então que Douglas começou a perceber que contratar um advogado poderia não significar o mesmo que uma admissão de culpa. Claro, contratar qualquer pessoa para fazer qualquer coisa demandaria muito mais do que os mil duzentos e trinta dólares que ele poderia arranjar.

Havia um problema com as fotografias. Elas incluíam pessoas que ele nunca tinha visto. Havia um problema com a lista de incêndios em que eles queriam que ele admitisse estar envolvido. Nunca tinha ouvido falar da metade deles. Então os dois agentes começaram a perguntar quem era quem. *Qual delas é Amoreira? Qual deles é Sentinela? Quem é Ácer? É essa aqui?*

Eles estavam blefando. Escrevendo o seu próprio romance.

Por dias, deixaram Douglas em um lugar que parecia o dormitório de uma universidade sérvia falida. Ele manteve o silêncio. Então revelaram do que ele seria acusado: terrorismo doméstico — tentativa de influenciar a conduta do governo por intimidação ou coerção —, punível de acordo com a Lei de

Agravamento de Penas de Terrorismo, o aparato de um novo Estado vigiado.

Ele nunca mais sairia dali. Mas se ele simplesmente confirmasse um daqueles rostos — um rosto, de alguém sobre o qual eles já tinham um dossiê —, estaria em liberdade em dois anos, no mínimo, ou, no máximo, sete. Além disso, eles encerrariam o caso de qualquer um dos incêndios que ele admitisse.

Encerrar o caso?

Não iam acusar mais ninguém de ter cometido esses crimes.

Daqui pra frente? Por nenhum dos crimes que posso ou não admitir?

Um rosto. E ele teria a palavra de honra do governo federal.

Não se importava em passar sete ou setenta anos na prisão. Ele nunca duraria; seu corpo não tinha essa quilometragem restante. Mas perdão garantido para a mulher que o acolheu e para o homem que ainda parecia estar por aí, lutando contra a pulsão de morte da humanidade... parecia significativo.

Espalhadas na galeria que os dois investigadores expunham diante dele, havia fotos do homem que sempre pareceu a Douggie um infiltrado. Um homem que surgiu para estudá-los. O homem que eles mandaram, naquela noite tenebrosa, buscar ajuda para Olivia — qualquer ajuda —, mas que acabou voltando de mãos abanando.

"Aqui", disse Douglas, o dedo balançando como um galho na brisa. "Esse é o Ácer. Um cara chamado Adam. Estudava psicologia em Santa Cruz."

Foi assim que aconteceu, ele conta à sua parceira de redenção. *Foi isso que eu fiz. E foi por isso. Por você, por Nick, e talvez pelas árvores.*

Mas quando ela se mexe e vira o rosto fantasma para ele, a fisionomia dela está imperturbável. Ela encontra os olhos dele e o encara, como se um olhar interminável dissesse tudo o que ela precisa saber.

O auditório é escuro, revestido de madeira de sequoia obtida de forma questionável. De trás do púlpito, Patricia observa as centenas de especialistas. Mantém o olhar bem acima dos cliques e rostos em expectativa. Atrás dela, surge a pintura naïf de uma arca de madeira com uma fila de animais entrando nela.

"Quando o mundo estava acabando pela primeira vez, Noé pegou todos os animais, dois de cada, e os colocou a bordo de seu barco de evacuação. Mas tem uma coisa engraçada: ele deixou as plantas para morrerem. Não foi capaz de levar a única coisa que precisava para reconstruir a vida na Terra, e se concentrou em salvar os aproveitadores!"

O público ri. Estão torcendo por ela, mas só porque não sabem o que ela quer dizer.

"O problema é que Noé e o seu pessoal não acreditavam que as plantas fossem algo realmente *vivo*. Nenhuma intenção, nenhuma faísca vital. Como rochas que por acaso vão ficando maiores."

Ela clica de novo e passa várias imagens: plantas carnívoras se fechando sobre suas presas, plantas sensíveis ao toque, um mosaico de copas de canforeiras que param de crescer quando estão a um instante de se tocarem. "Agora sabemos que as plantas se comunicam e se lembram. São capazes de sentir sabores, cheirar, tocar, e até ouvir e ver. Nós, a espécie que descobriu isso, aprendemos muito sobre os seres com quem compartilhamos o mundo. Começamos a compreender os laços profundos que existem entre as árvores e as pessoas. Mas nossa separação cresceu mais rápido do que nossa conexão."

Ela pressiona o botão, e a imagem muda. "Aqui está uma imagem de satélite da América do Norte à noite, em 1970. E aqui estamos, uma década depois. E mais uma década. E mais uma década. Mais uma, e deu." Quatro cliques, e a luz explode em todo o continente, preenchendo a escuridão de um oceano ao outro. Aperta de novo, revelando um industrial rico e poderoso do século XIX, careca, de gola alta e bigode espesso. "Um repórter perguntou certa vez a Rockfeller 'quanto é o suficiente?'. Ele respondeu: *Só um pouquinho mais*. E isso é só o que queremos: comer e dormir, nos mantermos secos e sermos amados, e adquirir só um pouquinho mais."

Desta vez, as risadas são um murmúrio educado. Uma plateia difícil. Já viram esse show de luzes vezes demais. Todo mundo neste auditório está entorpecido há muito tempo. Duas pessoas no fundo se levantam e vão embora. Uma *conferência sobre meio ambiente*. Quinhentos participantes, sete facções em guerra, um sem-número de objeções a todos os planos para salvar o planeta. Tudo apenas para um tsunami.

Em seguida, aparecem quatro *time-lapses* aéreos — as florestas do Brasil, da Tailândia, da Indonésia e do Noroeste do Pacífico, todas derretendo. "Só mais um pouquinho de madeira. Mais uns empregos. Mais uns hectares de milho para alimentar mais algumas pessoas. Vocês sabem? Nunca houve um material mais útil do que a madeira."

Há movimento nos assentos estofados, tosses e sussurros, apelos silenciosos de morte a todos os pregadores.

"Somente neste estado, um terço das florestas morreu nos últimos seis anos. As florestas estão desaparecendo por muitas razões — seca, fogo, morte súbita de carvalhos, mariposa-cigana, besouro-do-pinheiro e besouro ambrósia, ferrugem, e a boa e velha derrubada para dar lugar a fazendas e loteamentos. Mas há sempre um motivo distante, vocês sabem disso, eu sei disso, e todo mundo que está vivo e atento sabe disso. O relógio anual está um mês ou dois atrasado. Ecossistemas inteiros estão se desfazendo. Os biólogos estão assustados e sem reação.

"A vida é tão generosa, e nós somos tão… inconsoláveis. Mas nada que eu possa dizer vai acordar o sonâmbulo ou fazer com que o suicídio pareça real. Não *pode* ser real, não é? Quer dizer, aqui estamos e, ainda assim…"

Doze minutos de palestra, e ela está tremendo. Suas palmas se erguem, implorando por três segundos. Ela recua para trás do púlpito e encontra uma garrafa de plástico deixada pelos bem-intencionados organizadores desta conferência sobre consertar a casa. Torce a tampa e levanta a garrafa. "Estrogênio sintético." Ela aperta o plástico barulhento. "Noventa e três por cento dos americanos está atado a esta coisa." Ela despeja um pouco de água em um copo. Patricia tira do bolso da calça o frasco de vidro substituto. "E isto são extratos de plantas que encontrei enquanto caminhava por este campus ontem. Meu Deus, este lugar é um jardim secreto. Um pequeno paraíso!"

As mãos dela tremem, fazendo o líquido respingar. Ela segura o frasco com as duas mãos e o coloca em cima do púlpito. "Vejam bem, muitas pessoas acham que as árvores são coisas simples, incapazes de fazer qualquer coisa interessante. Mas há uma árvore para cada propósito debaixo do céu. A química das árvores é impressionante. Ceras, gorduras, açúcares. Taninos, esteróis, gomas e carotenoides. Ácidos resinosos, flavonoides, terpenos. Alcaloides, fenóis, as suberinas da cortiça. Elas estão aprendendo a fazer tudo o que pode ser feito. E a maioria das coisas que elas fazem, nós nem sequer conseguimos identificar."

Ela clica e os leva a um jardim botânico de cascas se comportando mal. Dragoeiros que sangram algo vermelho como sangue. Jabuticabeiras, cujas frutas que lembram bolas de sinuca crescem direto do tronco. Baobás de mil anos, como balões meteorológicos presos ao chão, carregados com trinta mil galões de água. Eucaliptos da cor de arco-íris. Aloés-aljavas bizarras com armas na ponta dos galhos. *Hura crepitans*, a açacu, lançando sementes de frutos explosivos a duzentos e cinquenta quilômetros por hora. O público relaxa, tranquilizando-se graças a esse retorno ao pitoresco. E ela tampouco se importa de fazer um último desvio pelas melhores coisas do mundo.

"Em algum momento dos últimos quatrocentos milhões de anos, uma planta experimentou todas as estratégias possíveis, com uma chance remota de que funcionasse. Nós só agora estamos começando a entender como *funcionar* pode ser algo tão variado. A vida tem uma maneira de falar com o futuro. Chama-se memória. Chama-se genes. Para resolver o futuro, devemos salvar o passado. Minha simples regra de ouro, então, é esta: quando você corta uma árvore, o que você faz dela deve ser pelo menos tão milagroso quanto aquilo que você cortou."

Não consegue ouvir se a plateia ri ou resmunga. Ela bate na lateral do púlpito. O baque fica abafado sob os dedos. Tudo no auditório está mudo.

"Durante toda a minha vida, eu fui uma pessoa fora da curva. Mas muitas outras pessoas estiveram lá fora comigo. Descobrimos que as árvores podiam se comunicar, pelo ar e através das raízes. O senso comum nos ridicularizou. Descobrimos que as árvores cuidam uma das outras. A ciência descartou a ideia. Nós descobrimos que as sementes lembram das estações de sua infância e definem seu crescimento de acordo com elas. Descobrimos que as árvores sentem a presença de outro ser vivo que está próximo. Que uma árvore aprende a conservar água. Que as árvores alimentam as mais jovens, sincronizam seus mastros e recursos armazenados, alertam os familiares, e enviam sinais às vespas para que venham salvá-las de ataques.

"Aqui está uma pequena informação de uma pessoa fora da curva, e vocês podem esperar que ela seja confirmada. Uma floresta sabe das coisas. Elas se conectam pelo subsolo. Há cérebros lá embaixo, do tipo que nosso próprio cérebro não foi feito para ver. Plasticidade das raízes, resolução de problemas e tomada de decisões. Sinapses fúngicas. De que outro modo podemos chamar isso? Conecte um bom número de árvores, e uma floresta se torna *consciente.*"

As palavras dela soam distantes, submersas, revestidas de cortiça. Ou os dois aparelhos auditivos morreram ao mesmo tempo, ou a surdez da infância escolheu aquele momento para voltar.

"Nós, cientistas, aprendemos que nunca devemos procurar a nós mesmos em outras espécies. Então tomamos cuidado para que nada se pareça conosco! Até pouco tempo, nem sequer permitíamos que os chimpanzés tivessem consciência, muito menos os cachorros ou os golfinhos. Apenas o homem, vejam bem: apenas o homem poderia saber o suficiente para *querer* coisas. Mas, acreditem: as árvores querem algo de nós, assim como nós sempre quisemos algo delas. Isso não é misticismo. O 'meio ambiente' está vivo — uma rede de vidas com propósito, fluida e mutável, vidas que dependem umas das outras. O amor e a guerra não podem ser separados. As flores moldam as abelhas tanto quanto as abelhas moldam as flores. As frutas vermelhas podem competir para serem comidas mais do que os animais competem entre si pelas frutas vermelhas. Uma acácia espinhosa produz presentinhos proteicos e açucarados para alimentar e escravizar as formigas que a protegem. Plantas frutíferas fazem truques para que nós dispersemos suas sementes, e o amadurecimento das frutas levou à percepção das cores. Ao nos ensinarem como encontrar suas iscas, as árvores nos ensinaram a ver que o céu é azul. Nossos cérebros evoluíram para entender a floresta. Nós moldamos e fomos moldados pelas florestas ainda antes de sermos *Homo sapiens*.

"Os seres humanos e as árvores são primos mais próximos do que vocês imaginam. Somos duas coisas nascidas da mesma semente, indo em direções opostas, usando uma à outra num lugar que compartilhamos. Esse lugar precisa de todas as suas partes. E nossa parte... nós temos um papel a desempenhar no organismo que é a Terra, e *isso*..." Ela se vira para ver a imagem projetada atrás dela. É a Árvore do Ténéré, a única coisa com um tronco em um raio de quatrocentos quilômetros. Atingida e morta por um motorista bêbado. Ela passa para um cipreste-calvo da Flórida, um milênio e meio mais velho do que o cristianismo, que morreu há alguns meses por causa de um cigarro jogado fora. "Não é isso que esperam da gente."

Mais um clique. "As árvores estão fazendo ciência. Realizando bilhões de experimentos de campo. Elas fazem suas conjecturas, e o mundo vivo lhes diz o que funciona. Vida é especulação, e especulação é vida. Que palavra maravilhosa! Significa adivinhar. Também significa espelhar.

"As árvores estão no coração da ecologia, e precisam estar no coração da política humana. Tagore disse, *As árvores são o esforço infinito da terra para falar com o atento céu*. Mas as pessoas — ah, minha nossa — as pessoas! As pessoas podem ser o céu com o qual a Terra está tentando falar.

"Se pudéssemos ver o verde, veríamos algo que fica cada vez mais interessante à medida que nos aproximamos. Se pudéssemos ver o que o verde está fazendo, nunca nos sentiríamos sozinhos ou entediados. Se pudéssemos entender o verde, aprenderíamos a cultivar todos os alimentos dos quais necessitamos em três camadas subterrâneas, em um terço do solo de que precisamos agora, e com plantas que protegessem umas às outras das pragas e do estresse. Se soubéssemos o que o verde quer, não teríamos que escolher entre os interesses da Terra e os nossos. Eles seriam os mesmos!"

Um outro clique a leva para o próximo slide, um tronco estriado gigante coberto por uma casca vermelha que ondula como um músculo. "Ver o verde é entender as intenções da Terra. Então, levem esta aqui em consideração. Esta árvore cresce da Colômbia à Costa Rica. Quando é uma muda, parece um pedaço de cânhamo trançado. Mas, se encontra uma brecha no dossel, a muda dispara para o alto em um caule gigante com contrafortes espessos."

Ela se vira para espiar a imagem por cima do ombro. É a campana da trombeta de um anjo enérgico, mergulhada na Terra. Tantos milagres, tanta beleza terrível. Como ela pode ir embora de um lugar tão perfeito?

"Vocês sabiam que todas as árvores latifoliadas da Terra têm flores? Muitas espécies maduras florescem pelo menos uma vez por ano. Mas *esta* árvore, *Tachigali versicolor*, esta floresce apenas uma vez na vida. Agora, imagine se você só pudesse fazer sexo uma única vez em toda a sua existência..."

O auditório ri agora. Ela não consegue ouvir, mas consegue farejar as emoções do público. Sua trilha tortuosa pela floresta está fazendo mais uma curva. As pessoas não fazem ideia para onde a guia está indo.

"Como uma criatura consegue sobreviver, colocando tudo o que tem em um único encontro romântico? O ato da *Tachigali versicolor* é tão rápido e decidido que me deixa perplexa. Repare que, um ano depois do seu único florescimento, ela morre."

Patricia levanta o olhar. O auditório se enche de sorrisos cautelosos diante da estranheza daquela coisa, a natureza. Mas o público ainda não consegue associar a palestra errante a nada que se assemelhe ao conserto de uma casa.

"Acontece que uma árvore pode oferecer mais do que comida e remédios. O dossel da floresta tropical é denso, e sementes que são transportadas pelo vento nunca aterrissam muito longe de seu genitor. Os únicos descendentes de uma vida inteira da *Tachigali* germinam imediatamente, à sombra de gigantes que bloqueiam o sol. Estão condenadas, a menos que uma árvore velha caia. A morte da mãe abre um buraco no dossel, e seu tronco apodrecido deixa o solo mais rico para novas mudas. Podem chamar isso de o cúmulo do sacrifício parental. O nome popular da *Tachigali versicolor* é árvore suicida."

Ela tira da parte de trás do púlpito o frasco com os extratos vegetais. Os ouvidos dela não servem para nada, mas as mãos, pelo menos, reencontraram a velha firmeza. Primeiro, havia tudo. Logo, não haverá nada.

"Eu fiz a mim mesma a pergunta que vocês me trouxeram aqui para responder. Pensei nela me baseando em todas as evidências disponíveis. Tentei evitar que meus sentimentos me protegessem dos fatos. Tentei evitar que a esperança e a vaidade me cegassem. Tentei enxergar a questão do ponto de vista das árvores. *Qual é a melhor coisa que uma pessoa pode fazer pelo mundo de amanhã?*"

Um pingo de extrato acerta o copo d'água e se transforma em espirais esverdeadas.

Redemoinhos verdes se espalham pela Astor Place. No início, apenas uma mancha amarelo-limão contra a calçada cinza. Então outra mancha, abacate. Adam observa da janela, a dezenas de andares de distância. Carros que passam pelas quatro esquinas angulosas da rua marcam com faixas verdes o cruzamento irregular. Em outro momento, uma terceira piscina — verde-oliva — se espalha na tela de concreto em grandes pinceladas de Pollock. Um sujeito está lançando bombas de tinta com seus comparsas.

É o segundo dia de prisão domiciliar, no apartamento do centro onde Adam e sua família vivem há quatro anos. As autoridades colocaram uma tornozeleira eletrônica nele — um modelo de primeira linha da HomeGuard — e o deixaram ir para seu quadrado de ar acima da Waverly com a Broadway. Dispositivos de rastreamento: as joias que os traidores da raça e as espécies ameaçadas compartilham. Ele e Lois pagam um valor insano pelo dispositivo a uma empresa privada, e a empresa divide a receita com o Estado. Todo mundo sai ganhando.

Ontem, um técnico ensinou a Appich as regras do confinamento. "Você pode falar no telefone e ouvir rádio. Pode usar a internet e ler os jornais. Pode receber visitas. Mas, se quiser sair do prédio, precisa comunicar o deslocamento ao Centro de Comando."

Lois levou o pequeno Charlie para a casa dos avós, em Cos Cob. Para dar ao casal alguns dias de concentração na defesa de Adam, diz ela. Na verdade, o menino está traumatizado com a placa preta amarrada ao tornozelo do pai. Cinco anos de idade, e a criança sabe.

"Tira, papai."

Muito antes do que esperava, Adam quebra a promessa de nunca mentir para o filho. "Logo, carinha. Não se preocupa. Tá tudo bem."

Do alto, Appich observa o avanço da action painting. Mais uma poça — jade — acerta o concreto. O carro que jogou a tinta segue na direção de Cooper Square. É teatro de guerrilha, um ataque coordenado. A cada carro que passa, arcos verdes se misturam no cruzamento de cinco vias, adicionando mais algumas pinceladas ao todo. Um outro veículo surge na Eighth Street e dispersa três latas de marrom. Enquanto as listras verdes se espalham e se ramificam, os marrons formam uma coluna sulcada. É bem fácil ver o que está se desenhando doze andares abaixo.

Porções de vermelho e amarelo surgem próximas ao alto das escadas das estações de metrô. Pedestres emergem e vão pintando com seus sapatos. Um executivo irritado tenta contornar a bagunça e não consegue. Um casal dança de braços dados, seus passos pintando frutas coloridas e flores nos galhos espalhados. Alguém está fazendo um esforço descomunal para criar o que deve ser a maior pintura de uma árvore em todo o mundo. Por que aqui, Appich se pergunta, em um bairro relativamente distante? É uma obra digna de Midtown, talvez algo para ser feito diante do Lincoln Center. Então ele entende por que ali. Porque *ele* está ali.

Pega o casaco e as chaves e, não pensando em nada além de sair do seu esconderijo, Adam desce as escadas. Atravessa o saguão, passa pelas caixas de correio e cruza a porta, pegando a Waverly em direção à árvore gigante. O tijolo eletrônico enfiado sob a calça caqui larga enlouquece e começa a apitar. Dois transportadores de carga se viram para olhar, e um aposentado, arrastando-se em seu andador, para aterrorizado.

Adam volta para dentro do prédio, mas a tornozeleira continua urrando. Geme como uma música de vanguarda por todo o trajeto até o elevador. Ele trota pelo corredor do seu andar. O operador de TI que trabalha à noite enfia a cabeça pela fresta da porta, tentando localizar o alvoroço. Adam faz um gesto de desculpas antes de se entrincheirar de volta no apartamento. Então telefona a seus guardiões para comunicar o deslize.

"Você foi avisado", diz o funcionário. "Não tente ultrapassar a cerca virtual."

"Eu sei. Desculpa."

"Da próxima vez, vamos ter que tomar uma atitude."

"Foi sem querer. Falha humana." Sua área de especialização.

"Os motivos não importam. Vamos mandar os agentes da próxima vez."

Adam volta para a janela para ver a pintura gigante secar. Ainda está parado ali quando a esposa volta de Connecticut. "O que é isso?", Lois pergunta.

"Uma mensagem. De um amigo."

E, pela primeira vez, ela entende aquilo que os jornais têm escrito. As fotografias da casa de montanha carbonizada. A mulher morta. "Acusado membro de grupo radical de ecoterrorismo."

Em um fim de tarde, Dorothy vai até o quarto do marido para ver como ele está. Há horas ele não emite sequer um ruído. Chega perto da porta e, um instante antes de ele ouvi-la e se virar, Dorothy vê aquilo novamente, como viu tantas vezes nesses dias livres, curtos e acelerados: o olhar de puro espanto diante de uma performance que acontece do outro lado da janela.

"O que foi, Ray?" Ela se aproxima da cabeceira da cama, mas, como sempre, não consegue distinguir nada além do quintal no inverno. "Tinha alguma coisa ali?"

A boca torta se contorce no que ela aprendeu a ver como um sorriso. "Ah, é!"

Ela se dá conta de que o inveja. Os anos de tranquilidade forçada, a paciência da mente em desaceleração, a expansão dos sentidos embotados. Ele consegue observar por horas a dúzia de árvores sem folhas do jardim e enxergar algo intrincado e espantoso, suficiente para seus desejos, enquanto ela — ela ainda está presa a uma avidez ansiosa que não a deixa ver nada.

Ela põe os braços sobre o corpo inerte e puxa Ray para um dos lados da cama hospitalar. Então vai até o outro lado e se deita junto dele. "Me conta." Mas é óbvio que ele não consegue. Ele dá aquela risada no fundo da garganta que pode significar qualquer coisa. Ela pega a mão dele e os dois ficam assim, imóveis, como se já fossem as figuras esculpidas de seu próprio túmulo.

Permanecem deitados por um bom tempo, olhando pelo terreno, por onde passaram caçadores-coletores durante milênios. Ela vê bastante coisa — todas as árvores do suposto arboreto, os botões prontos para abrir. Mas sabe que não está captando um décimo do que ele está.

"Me conta mais sobre ela." O coração de Dorothy bate mais forte diante da pergunta tabu. Durante toda a vida, ela flertou com a loucura e, ainda assim, esse novo jogo de inverno dos dois parece mais do que assustador. Estranhos estão por aí essa noite, vagando, batendo na porta deles. E ela os deixa entrar.

O braço dele se contrai e o rosto muda. "Rápida. Obstinada." É como se ele tivesse acabado de escrever *Em busca do tempo perdido.*

"E como ela é?" Ela já perguntou isso, mas precisa ouvir a resposta de novo.

"Ousada. Boa. Você."

É o suficiente para fazê-la voltar ao livro, e o quintal se descortina diante de Dorothy como duas páginas abertas. Essa noite, enquanto a escuridão se fecha, a história corre de trás para a frente. Uma sucessão de meninas cada vez mais jovens saem pela porta dos fundos e entram no mundo simulado em miniatura. A filha deles aos vinte anos, nas férias da primavera da faculdade, com uma regata que revela uma nova tatuagem horrorosa no ombro esquerdo, saindo sorrateiramente para fumar um baseado depois que os pais foram dormir. A filha deles aos dezesseis, bebendo com duas amigas um vinho barato de loja de conveniência no canto mais escuro do terreno. A filha deles aos doze, tristonha, chutando por horas uma bola de futebol contra a porta da garagem. A filha deles aos dez, saltitando pela grama e capturando vaga-lumes em um jarro. A filha deles aos seis, saindo para o quintal carregando uma muda nas mãos no primeiro dia de primavera que atinge os vinte graus.

A imagem aparece nas árvores obscurecidas. É tão vívida que Dorothy tem certeza de já ter visto um modelo dela em algum lugar. É assim que a leitura em voz alta acontece agora, os dois parados, observando. Quem pode saber o que aquele estranho de uma vida inteira em sua casa está pensando? Agora ela sabe. Algo parecido com isso. Algo que é exatamente isso.

O copinho de papel está no peitoril da janela da cozinha da sua imaginação há tanto tempo, de maneira que Dorothy consegue ver os arabescos marrons e azuis de vapor estilizado e ler a palavra logo abaixo do desenho: SOLO. Uma massa de raízes ansiosas perfurou o fundo do papel encerado, aflita por mais mundo. Maravilhosas folhas longas e serrilhadas — castanheira-americana — sentem o ar naquela que é sua primeira viagem do lado de fora. Dorothy observa a menina e o pai se ajoelharem à beira de um buraco recém-cavado. A criança agitada golpeia a terra com uma pá. Ela administra o sacramento da primeira rega. Afasta-se da muda, voltando para debaixo do braço do pai. E, quando a menina se vira e levanta o rosto, nessa outra vida que se desenrola invisível ao lado da que de fato aconteceu, Dorothy vê o rosto da filha, pronta para encarar tudo o que a vida oferecer.

Duas palavras perto do seu ouvido explodem o silêncio. "Não faz nada." As palavras são tão claras quanto precisam ser, e dizem a Dorothy que o marido esteve junto com ela naquele outro lugar, ou não muito longe dali. O mesmo pensamento acaba de lhe ocorrer. Eles pensaram de forma independente, a partir da mesma frase extraordinária do mesmo livro extraordinário que acabaram de ler juntos:

> A melhor e mais fácil maneira de fazer com que uma floresta retorne a qualquer pedaço de terra desmatada é não fazer nada — nada mesmo —, e continuar fazendo isso durante mais tempo do que se imagina.

"Chega de cortar a grama", Ray sussurra, e ela nem precisa pedir uma explicação. Que melhor herança eles poderiam deixar para uma filha tão boa, obstinada, ousada do que meio hectare de floresta?

Lado a lado, na cama hospitalar, os dois ficam olhando o quintal pela janela, onde enormes pilhas de neve se acumulam e derretem, as chuvas chegam, os pássaros migratórios retornam, os dias ficam mais longos de novo, os brotos florescem nos galhos e centenas de mudas crescem descontroladamente sobre o gramado recidivista.

"Você não pode fazer isso. Você tem um filho."

Adam está sentado no sofá, brincando com a caixa preta do tornozelo. Lois — sua *esposa* — está sentada diante dele, a mão no colo, as costas como um poste de luz. Ele balança, amolecido pelo ar viciado. Não consegue mais se explicar. Não tem respostas. Por dois dias, os dois seguiram esse fato até o inferno.

Pela janela, ele vê as luzes do Distrito Financeiro substituírem o dia. Dez milhões de pontinhos cintilam no escuro, como as portas lógicas de um circuito que cria respostas para um cálculo há muitas gerações em construção.

"Um filho de cinco anos. Ele precisa de um pai."

O menino está em Connecticut há apenas um dia e meio, e Adam já não consegue se lembrar em qual dos lóbulos ele tem um arranhão. Ou como o menino chegou aos cinco anos, se acabou de nascer. Ou como ele, Adam, pode ser o pai de alguém.

"Ele vai crescer cheio de ressentimento por você. Você vai ser um estranho qualquer que ele vai visitar em uma prisão federal, até que eu não o obrigue mais a ir."

Ela não joga na cara dele, embora devesse: ele, na verdade, já é um estranho. A questão é que ela nunca soube disso. E o menino — o menino. Para Adam, já é um desconhecido. Por duas semanas no ano passado, Charlie quis ser bombeiro, mas logo se deu conta de que um banqueiro superava essa outra profissão em todos os aspectos imagináveis. Para ele, nada é melhor do que alinhar os brinquedos com uma régua, contá-los e guardá-los em caixas com trancas. A única vez que usou esmalte foi para marcar seus carrinhos e se certificar de que nem a mãe nem o pai fossem roubá-los.

A cabeça de Adam se volta de novo para a sala, para a figura na banqueta à frente. Os lábios da esposa estão espremidos e as bochechas coradas, como se ela estivesse sufocando. Desde a prisão, Adam acha que Lois parece tão vaga quanto a vida simulada que ele próprio viveu quando voltou para Santa Cruz. "Você quer que eu faça um acordo."

"Adam." A voz dela é uma derrapagem sob controle. "Você nunca mais vai sair."

"Você acha que eu devia condenar outra pessoa. Só estou perguntando."

"Seria justo. Eles são criminosos. E um deles te condenou."

Ele se vira para a janela. Prisão domiciliar. Lá embaixo, a agitação do NoHo, as luzes de Little Italy, o país do qual ele foi barrado. E, mais distante, para além de todos os bairros, o penhasco negro do Atlântico. O horizonte é uma partitura experimental de uma música eufórica que ele é quase capaz de ouvir. À direita, fora de seu campo de visão, a torre retorcida se ergue, substituindo as que foram aniquiladas. *Liberdade.*

"Se é de justiça que estamos atrás..."

Uma voz que deveria soar familiar para ele diz: "Qual é o seu problema? Você vai colocar o bem-estar de outra pessoa acima do seu próprio *filho*?".

Aí está: o mandamento supremo. Cuide dos seus. Proteja seus genes. Dê sua vida por um filho, dois irmãos ou oito primos de primeiro grau. Qual seria o equivalente em amigos? Quantos estranhos que ainda podem estar por aí, dando suas vidas por outras espécies? Quantas árvores? Não consegue nem começar a dizer à esposa o pior. Desde a prisão — desde que voltou a pensar objetivamente, depois de tantos anos tratando aquilo como uma questão abstrata —, Adam começou a entender que a mulher morta tinha razão: o mundo está cheio de bem-estares que devem vir antes do de nossa própria espécie.

"Se eu fizer um acordo, então o meu filho... então o Charlie vai crescer sabendo o que eu fiz."

"Ele vai saber que você fez uma escolha difícil. Que você corrigiu um erro."

Uma risada salta de Adam. "Corrigi um erro!" Lois se levanta. A fúria sufoca suas palavras antes que ela consiga dizê-las. Quando a porta bate, Adam se lembra da esposa e de tudo de que ela é capaz.

Cai em um sono leve imaginando o que a lei vai fazer com ele. Ao se virar na cama, um fogo começa a queimar sua região lombar. A dor o acorda. Uma lua imensa paira baixa sobre o Hudson. Cada marca de aço esbranquiçado na pele de Adam brilha como se examinada por um telescópio. A perspectiva de passar a vida preso faz maravilhas pela sua visão.

A bexiga dói. Ele se levanta e, num reflexo, inicia uma expedição até o banheiro, mas uma nuvem estranha surge no seu campo de visão. Vai até a janela e coloca a mão no vidro. A condensação desenha o contorno de sua mão como se fosse arte rupestre. Lá embaixo, no cânion, os fachos de luz dos carros se aglomeram e se dispersam. Entre o tráfego irregular, uma matilha de lobos cinzentos vinda da Washington Square desce a Waverly, perseguindo um veado de cauda branca.

Adam se projeta para a frente e bate a testa no vidro. Dispara uma rajada de palavrões, os primeiros em anos. Vai cambaleando pela cozinha até a sala de estar apertada, acertando com o ombro o batente da porta. O encontrão faz Adam girar e, esticando a mão direita para amortecer a queda, ele dá de cara no peitoril da janela. O impacto faz a boca esmagar o lábio inferior e o derruba no chão. Fica deitado em um estupor agônico.

Os dedos sentem a boca e voltam pegajosos. O incisivo direito rasgou os dois lados do lábio inferior. Ele se ajoelha e olha por cima do peitoril. A lua está brilhando sobre a ponta de uma ilha coberta de árvores. Tijolos, aço e ângulos retos dão lugar ao verde amontoado e iluminado pelo luar. Um riacho atravessa uma ravina que corta na direção da West Houston. As torres do Distrito Financeiro desapareceram, dando lugar a colinas repletas de árvores. No céu, a mancha da Via Láctea, uma torrente de estrelas.

É a dor brutal do lábio cortado. O estresse da detenção. Ele pensa: *Eu não estou vendo isso de verdade. Estou deitado inconsciente depois de cair no chão da sala de estar.* E, no entanto, aquela coisa se espalha lá embaixo, em todas as direções — uma floresta tão densa, aterrorizante e inescapável quanto a infância. O arboreto da América.

Sua visão se alarga, ampliando as muitas cores e hábitos do todo: faia-branca, carvalho, cerejeira, uma meia dúzia de tipos de ácer. Espinheiros-da-virgínia blindados com espinhos para se protegerem da megafauna já extinta. Nogueiras-de-porco deixando cair alimento para qualquer coisa que se mova. Flores brancas e enceradas de cornizo flutuam no sub-bosque em galhos finos quase invisíveis. A natureza selvagem corre pela parte baixa da Broadway, a ilha como era mil anos atrás, ou como será dali a mil anos.

Um movimento captura o seu olhar. Em uma encosta de carvalhos, um corujão-orelhudo bate as asas acima da cabeça e mergulha como uma flecha em algo que está se movendo na serrapilheira abaixo. Uma ursa-negra e dois filhotes atravessam uma colina onde costumava ficar a Bleeker Street. Tartarugas marinhas depositam seus ovos nas margens do East River, à luz da lua cheia.

A respiração de Adam embaça o vidro, e a paisagem se acinzenta. Um filete de sangue escorre pelo queixo. Ele encosta na boca e sente algo pedregoso entre a ponta dos dedos. Olha para baixo e inspeciona os pedaços de dente lascado. Quando volta a olhar para fora, Mannahatta desapareceu, substituída pelas luzes de Manhattan. Ele acerta a janela com a palma da mão. A metrópole do outro lado do vidro não acusa nenhuma instabilidade. O coração pulsa nos braços, e ele começa a tremer. Os edifícios como palavras cruzadas, os glóbulos vermelhos e brancos do tráfego: alucinações maiores do que a que acabou de desaparecer.

Ele abre caminho pelo campo minado de móveis e revistas espalhadas e sai do apartamento. Seis passos no corredor, e Adam se lembra da tornozeleira. Então colapsa contra a parede com os olhos fechados. Quando a visão finalmente acaba, ele volta para o apartamento e se fecha no único habitat onde lhe é permitido viver, seu bioma solitário ainda por um bom tempo.

Mimi Ma está na segunda fileira do auditório, hipnotizada por algo que a mulher das árvores acabou de dizer. *Patricia Westerford:* eles cinco compartilharam as descobertas dela em volta da fogueira, na época em que a Biorregião Livre de Cascádia ainda existia. As palavras de Patricia tornavam reais aqueles agentes alienígenas fazendo coisas que iam muito além da estreita consciência humana. A mulher é mais velha do que Mimi imaginava. É assustada e vacilante, e tem algo errado com seu jeito de falar. Mas ela acabou de expor esta regra boa e lógica, mas, de alguma forma, tabu: *O que você faz de uma árvore deve ser pelo menos tão milagroso quanto aquilo que você cortou.*

O que a floresta faz da montanha é melhor do que a montanha. O que as pessoas podem fazer com a floresta… A ideia mal germina, e a dra. Wersterford puxa Mimi de volta.

"Eu fiz a mim mesma a pergunta que vocês me trouxeram aqui para responder."

O primeiro pensamento de Mimi é que ela está enganada. Uma pesquisadora e autora renomada — alguém que passou décadas coletando pelo mundo sementes de árvores ameaçadas de extinção… Aquilo não pode estar acontecendo. Ela deve estar errada.

"Pensei nela me baseando em todas as evidências disponíveis. Tentei evitar que meus sentimentos me protegessem dos fatos."

Todo o solilóquio é a uma peça de teatro, indo na direção de alguma revelação ou reviravolta de última hora.

"Tentei evitar que a esperança e a vaidade me cegassem. Tentei enxergar a questão do ponto de vista das árvores."

Mimi olha para os lados. As pessoas parecem incrédulas, presas a seus assentos com todo o peso da vergonha.

"*Qual é a melhor coisa que uma pessoa pode fazer pelo mundo de amanhã?*"

Uma outra mulher perguntou isso a Mimi uma vez. E a resposta, tão óbvia, tão racional: colocar fogo em uma estação de esqui de luxo antes que ela pudesse ser construída.

O extrato vegetal mergulha no copo. O verde se espalha pela água, serpenteando como um broto em *time-lapse*, mil vezes mais rápido do que o tempo real. Mimi, a doze metros do púlpito, é incapaz de se mover. A dra. Westerford ergue o copo como um padre erguendo um ostensório. Sua fala engrossa até virar uma pasta. "Muitos seres vivos escolhem o seu próprio tempo. Talvez a maioria deles."

Aquilo está acontecendo. É real. Mas centenas dentre as pessoas mais inteligentes do mundo ficam paradas.

"Vocês me chamaram aqui para falar sobre consertar a casa. Nós é que precisamos de conserto. As árvores se lembram daquilo que nós já esquecemos. Cada especulação precisa abrir espaço para a próxima. Morrer também faz parte da vida."

A dra. Westerford olha para baixo, e Mimi está esperando por ela. Ela encara a mulher das árvores, e não desvia mais os olhos. Há muito tempo, em outra vida, Mimi era engenheira, capaz de transformar a matéria em tantas coisas. Agora ela tem apenas uma habilidade: olhar para outra pessoa até que ela olhe de volta.

Mimi implora, os olhos ardendo. *Não. Por favor. Não.*

A palestrante franze a testa. *Todo o resto é hipocrisia.*

Precisamos de você.

Precisam de mim para isso. Somos muitos.

Não é você que tem que decidir isso.

Uma nova cidade do tamanho de Des Moines todos os dias.

Mas, e o seu trabalho? O banco de sementes?

Ele funciona sozinho há anos.

Há tanto mais para ser feito.

Eu já sou velha. Que trabalho melhor do que este resta a ser feito?

As pessoas não vão entender. Vão odiar você. É muito teatral.

Vai receber um pouco de atenção, no meio de toda a gritaria.

É imaturo. Não está à sua altura.

Precisamos nos lembrar de como morrer.

Você vai morrer de um jeito horrível.

Não. Eu conheço minhas plantas. Vai ser mais fácil desse jeito do que de outros.

Não posso ver isso de novo.

Veja. De novo. É só o que existe.

Elas se encaram pelo tempo que uma folha leva para se alimentar de um pedaço de luz. Mimi se esforça para sustentar o olhar da palestrante mas, em um último ato de vontade, a mulher-árvore se afasta. Patricia Westerford volta a observar o auditório cavernoso. Seu sorriso insiste que aquilo não é uma derrota. É algo útil com um outro nome. Uma coisa pequena, uma maneira de ganhar um pouco mais de tempo, um pouco mais de recursos. Ela olha de volta para uma Mimi horrorizada. *As coisas que podemos ver, as coisas que ainda poderíamos dar!*

Há uma faia em Ohio que Patricia gostaria de ver de novo. De todas as árvores de que ela vai sentir tanta falta, é uma simples faia de casca lisa, sem nada de especial exceto um corte no tronco a um metro e vinte do chão. Talvez ela tenha vingado. Talvez o sol, a chuva e o ar tenham sido bons para ela. Patricia pensa: *Talvez a gente queira tanto machucar as árvores porque elas vivem muito mais do que nós.*

Patty-Planta ergue o copo. Ela analisa no papel a última linha da última página de sua fala. À *Tachigali versicolor.* Tira os olhos da página. Trezentas pessoas brilhantes a estão assistindo, mesmerizadas. A trilha sonora é silenciosa, exceto por alguns gritos abafados na borda do palco. Ela se vira para a comoção. Um homem em uma cadeira de rodas se desloca na direção da escada da direita. O cabelo e a barba escorrem ao redor dos ombros. Ele é tão magro quanto a árvore falante dos yaqui, aquela que ninguém conseguia entender. Distante de todas as pessoas nessa sala paralisada, ele se apoia com força na cadeira, tentando ficar de pé. O líquido verde escorre pela borda do copo e molha a mão de Patricia. Ela olha de novo. O homem na cadeira acena descontroladamente. Seus galhos de graveto se lançam no ar. Como pode algo tão pequeno importar tanto para ele?

A melhor coisa que você pode fazer pelo mundo. Ela se dá conta: o problema começa com a palavra *mundo.* Significa duas coisas tão opostas. O verdadeiro, que não podemos ver. O inventado, do qual não podemos escapar. Ela ergue o copo e escuta o pai ler em voz alta: *Deixe-me cantar agora sobre como as pessoas se transformam em outras coisas.*

Os gritos de Neelay chegam tarde demais para acordar o salão. A palestrante ergue o copo, e o mundo se divide. Em uma ramificação, ela leva o copo até os lábios, faz o brinde — À *Tachigali versicolor* — e bebe. Em outra ramificação, esta aqui, ela grita "Um brinde ao não suicídio", e arremessa o copo com o verde rodopiante na direção da plateia sem fôlego. Dá um encontrão no púlpito, recua e cambaleia até os bastidores, deixando o público diante de um palco vazio.

Na primavera, exuberante e quente demais, quando os botões e as flores de todos os cornisos, pereiras, cerejeiras e cercis enlouquecem na cidade, o caso de Adam finalmente corre no tempo previsto e é enviado para um tribunal federal na Costa Oeste. Jornalistas enchem o tribunal como formigas cercando uma peônia. O oficial de justiça faz Adam entrar. Ele está atarracado agora, barbudo. Sulcos contornam seu rosto. Está usando o terno que usou pela última vez no jantar de premiação da universidade, quando recebeu o mais alto prêmio de docência da instituição. Sua esposa está ali, sentada na fileira logo atrás dele. Mas não o filho. O filho só verá o pai assim muitos anos depois, em vídeo.

Como o senhor se declara?

O professor de psicologia pisca, como se ele fosse uma outra forma de vida, e a fala humana lhe parecesse rápida demais para ser compreendida.

Pela janela da cozinha, sobre o parapeito vazio, Dorothy Brinkman olha para uma selva. O homem que nunca deixou de pagar o parquímetro lançou Dorothy em uma revolução sob encomenda — o Projeto de Restauração do Bosque Brinkman. A natureza avança por todos os lados da casa. A grama está alta, cheia, repleta de ervas daninhas e voluntárias nativas. Áceres brotam por todo lado, como pares de mãos. Lódãos que batem no tornozelo exibem suas folhas de caxemira. A velocidade da regeneração impressiona Dorothy. Mais alguns anos, e o bosque deles vai chegar à metade do que havia antes daquela urbanização invasora.

A renovação da própria Dorothy é ainda mais rápida. Muito tempo atrás ela saltou de aviões, interpretou o papel de uma assassina sanguinária, fez coisas terríveis com aqueles que tentaram confiná-la. Agora ela tem quase setenta anos, e está em guerra com a cidade inteira. Uma selva em um subúrbio de alto padrão está no alto da escala, junto com os molestadores de crianças. Em três ocasiões diferentes, os vizinhos vieram perguntar se havia algo errado por ali. Oferecem-se para cortar a grama, de graça. Ela interpreta a si mesma, doce, lunática, apenas inflexível o suficiente para mantê-los longe — uma última temporada de teatro amador.

Agora a rua inteira está pronta para apedrejá-la. A prefeitura fez duas advertências, a segunda através de uma carta registrada que determinava um prazo para limpar o lugar ou, caso isso não fosse feito, estabelecia uma multa de algumas centenas de dólares. O prazo chegou e, com ele, mais uma carta ameaçadora, mais um prazo, mais uma multa prevista. Quem teria pensado que os alicerces da sociedade seriam tão abalados por um pequeno espaço verde desenfreado?

O novo prazo vence hoje. Ela olha para a castanheira, a árvore que não deveria estar ali. Na semana passada, ouviu no rádio a notícia de que trinta anos de cruzamentos finalmente produziram uma castanheira-americana resistente a pragas, prestes a ser testada na natureza. A árvore, que lhe parecia uma memória poupada, agora lhe parece uma previsão.

Pela janela, um lampejo alaranjado chama sua atenção: mariquita-de-rabo-vermelho, um macho, espalhando com o rabo e as asas os insetos do matagal. Vinte e duas espécies de aves só nesta última semana. Dois dias atrás, no fim de tarde, ela e Ray viram uma raposa. A desobediência civil pode custar aos dois milhares de dólares em multas, mas a vista da casa melhorou consideravelmente.

Ela está fazendo um purê de frutas para o almoço de Ray quando a aguardada batida furiosa soa na porta da frente. Fica corada de empolgação. Mais do que empolgação: propósito. Uma pontada de medo, mas do tipo mais delicioso. Ela seca as mãos, pensando: *Aqui estou eu, perto da linha de chegada, amando a vida de novo.*

As batidas ficam mais rápidas e mais fortes. Ela atravessa a sala, revisando na cabeça a defesa do direito de propriedade que Ray a ajudou a preparar. Ela passou dias na prefeitura e na biblioteca pública aprendendo sobre o Código Municipal, os decretos locais e os precedentes legais. Trouxe cópias para o marido para que ele explicasse a ela, uma sílaba atrofiada de cada vez. Debruçou-se sobre os livros para copiar estatísticas a respeito dos criminosos malefícios da fertilização, da rega e do corte do gramado, e sobre todos os benefícios que meio hectare reflorestado podem trazer. Todos os argumentos sãos e de bom senso estão do lado dela. Contra ela, há apenas um desejo disparatado e primordial. Mas, quando ela abre a porta, vê um garoto magricelo de jeans e camisa polo, os cabelos loiros oleosos saindo debaixo de um boné Made in the USA, e então todo o plano de defesa de Dorothy muda.

"Sra. Brinkman?" Atrás dele, na calçada, três meninos ainda mais jovens gritando coisas em espanhol descarregam de uma picape e de um trailer ferramentas para cortar a grama. "Fomos enviados pela prefeitura pra limpar o seu terreno. Vai levar só algumas horas, e eles só vão mandar a conta mais tarde."

"Não", ela diz, e o som espesso, caloroso e sábio dessa única sílaba confunde o menino. Ele abre a boca, mas está perplexo demais para dizer qualquer coisa. Ela sorri e infla o peito. "Não é uma boa ideia fazer isso. Pode dizer para a prefeitura que seria um erro terrível."

Ela se lembra do segredo dos seus dias de teatro: mobilize sua vontade interior. Convoque toda a memória de uma vida vivida. Mantenha na cabeça o certo e o errado. A verdade é evidente. Nada é mais poderoso do que a simples convicção.

O menino não sabe como reagir. A prefeitura não lhe preparou para alguém com tanta autoridade. "Bom, se tá tudo certo..."

Ela sorri e confirma com a cabeça, constrangida por ele. "Não tá tudo certo. Não tá mesmo". *Vamos deixar assim. Por favor, não me faça envergonhar você ainda mais.* O menino entra em pânico. Ela olha para ele com carinho, compreensão e, acima de tudo, pena, até que ele se afasta e pede para os outros colocarem o equipamento de volta na caminhonete. Dorothy fecha a porta e gargalha enquanto eles vão embora. Sempre gostou de interpretar uma boa maluca.

É uma vitória pequeníssima, um leve adiamento. A prefeitura vai voltar. Da próxima vez, os jardineiros vão começar o trabalho sem perguntar. Vão limpar o quintal. As multas se acumularão, com as penalidades adicionais por atraso. Dorothy vai processá-los, lutando no tribunal até o último recurso. Deixe a prefeitura confiscar a casa e jogar na prisão um homem com paralisia. Ela vai sobreviver a eles. A anarquia das novas plantas e da próxima primavera está ao lado dela.

Volta para a cozinha, onde termina de preparar o almoço. Depois dá de comer a Ray, contando sobre o pobre menino e a equipe de imigrantes que nunca vai entender o que aconteceu. Ela interpreta todos os papéis. O mais divertido é interpretar a si mesma. Pode ver que ele sorri, embora ninguém mais no mundo fosse capaz de confirmar isso.

Depois do almoço, eles fazem as palavras cruzadas. Então, como ultimamente tem dito, Ray fala: "Conta mais". Dorothy sorri e entra na cama com ele. Ela olha pela janela, para o tumulto das coisas crescendo. No centro, a árvore que não deveria estar lá. Os galhos crescem na direção da casa, lenta e cautelosamente, mas rápido o bastante para inspirar Dorothy. Como a vida consegue adicionar imaginação a todos os outros truques do seu kit de química é algo que Dorothy não é capaz de entender. Mas ali está: a capacidade de ver, de uma só vez, em todas as ramificações simultâneas, em todas as muitas hipóteses, essa coisa que une passado e futuro, terra e céu.

"Ela é uma boa menina, sabe." Ela alcança a garra rígida do marido. "Só ficou perdida por um tempo. Tudo que ela precisa fazer é encontrar a si mesma. Encontrar uma causa. Algo maior do que ela."

A acusação mostra fotografias da cena de um dos supostos crimes do homem — uma pequena pichação em uma parede carbonizada. As primeiras letras de cada linha brotam em gavinhas e videiras, como as letras maiúsculas de um manuscrito com iluminuras:

O CONTROLE MATA
A CONEXÃO CURA
VOLTE PARA CASA OU MORRA

É a prova central do caso, a base da sentença extraordinária que eles estão pedindo. Querem provar que houve intimidação. Uma tentativa de influenciar a conduta do governo por meio do uso de força.

Os advogados de Adam pedem que ele seja perdoado. Argumentam que os incêndios foram provocados por um jovem idealista querendo chamar a atenção do público para um crime contra todos. Declaram que a venda da floresta era ela própria ilegal, e que o governo não foi capaz de proteger as terras que lhe foram confiadas. Inúmeros protestos pacíficos não trouxeram nenhum resultado. Mas a argumentação é falha. A lei é clara em todos os aspectos. Ele é culpado por incêndio criminoso. Culpado por destruição de propriedade privada. Culpado por violência contra o bem-estar público. Culpado por homicídio. Culpado, conclui o júri de Adam Appich, por terrorismo doméstico.

A lei é simplesmente a vontade humana, registrada. A lei deve permitir que todos os hectares da Terra viva sejam transformados em asfalto, se esse for o desejo das pessoas. Mas a lei permite que todas as partes tenham direito de se manifestar. O juiz pergunta: "Você gostaria de dirigir ao tribunal suas palavras finais?".

Pensamentos giram na cabeça de Adam. O veredito o desarraigou, como o fogo ou uma ventania na floresta. "Logo nós saberemos se estávamos certos ou errados."

O tribunal condena Adam Appich a duas penas consecutivas de setenta anos. A leniência o deixa chocado. Ele pensa: *Setenta mais setenta não é nada. Um salgueiro-negro mais uma cerejeira-brava.* Ele estava imaginando um carvalho. Estava imaginando um abeto-de-douglas ou um teixo. Setenta mais setenta. Com reduções por bom comportamento, pode até terminar a primeira metade da sentença bem a tempo de morrer.

Sementes

A partir de que madeira, a partir de que
árvore o céu e a terra foram feitos?

Rig Veda, 10.31.7

E, assim, ele me mostrou algo muito pequeno, do tamanho
de uma avelã que, ao que parecia, estava na palma da
minha mão. Era redondo como uma bola. Observei com
os olhos do entendimento e pensei: "O que será isso?".
E então me foi respondido: "Isso é tudo o que foi criado".

Juliana de Norwich

Digamos que o planeta nasceu à meia-noite e que roda por um dia.

Primeiro, não há nada. Duas horas se perdem com lava e meteoros. A vida só aparece às três ou quatro da manhã. Mesmo a essa altura, são apenas os pedaços mais rudimentares de autorreplicação. Do amanhecer ao final da manhã — um trilhão de anos de ramificações —, tudo o que existe são células simples e singelas.

Então, há tudo. Não muito depois do meio-dia, algo turbulento acontece. Um tipo de célula simples escraviza algumas outras. Os núcleos ganham membranas. As células desenvolvem organelas. O que antes era apenas um lugar com um único acampamento agora se torna uma cidade.

Já passaram dois terços do dia quando os animais e as plantas se separam. E a vida ainda é unicelular. O dia cai antes que a vida complexa tome conta. Todos os grandes seres vivos chegam tarde, depois que o céu escurece. As águas-vivas e as minhocas vêm às nove da noite. Na virada da hora, a grande sacada acontece — espinhas dorsais, cartilagem, uma explosão de formas corporais. De um instante a outro, inúmeros novos ramos e troncos se abrem e enchem a copa.

As plantas chegam à Terra um pouco antes das dez. Depois, os insetos, que instantaneamente começam a voar. Momentos mais tarde, tetrápodes rastejam a partir da lama das marés, carregando na pele e nas entranhas mundos inteiros de criaturas primitivas. Às onze horas, os dinossauros já fracassaram miseravelmente, deixando os mamíferos e as aves no comando por uma hora.

Em algum ponto dos últimos sessenta minutos, no alto do dossel filogenético, a vida se torna consciente. Criaturas começam a especular. Animais começam a ensinar seus filhos sobre o passado e o futuro. Animais aprendem a realizar rituais.

O homem anatomicamente moderno aparece quatro segundos antes da meia-noite. As primeiras pinturas rupestres surgem três segundos depois. E, um milésimo de um mover do ponteiro, a vida resolve o mistério do DNA *e começa a mapear a árvore da vida.*

Até a meia-noite, a maior parte do globo foi convertida em fileiras de cultivo para o cuidado e a alimentação de uma única espécie. E é aí que a árvore da vida volta a se tornar outra coisa. É aí que o tronco gigante começa a balançar.

Nick acorda na barraca, com a cabeça no chão. Mas a terra é macia, tão macia quanto um travesseiro. O solo tem alguns metros de agulhas acumulados, tantas agulhas mortas caindo e tornando a voltar para a vida microscópica, bem debaixo do ouvido dele.

Os pássaros o despertam. Sempre fazem isso, os profetas diários do esquecimento e da lembrança, concentrados em suas canções mesmo antes que a luz irrompa. É grato a eles. Todo dia, eles lhe concedem a chance de começar cedo. Fica ainda deitado no escuro, com fome, ouvindo os pássaros discutirem a vida em mil dialetos antigos: querelas, disputas territoriais, lembranças, louvores, alegrias. A manhã está fria, enevoada pela escuridão, e ele não quer sair do saco de dormir. O café da manhã será escasso. Não sobrou muita comida. Está no Norte há dias, e logo vai ter que encontrar uma cidade onde se reabastecer. Há uma estrada por ali, com caminhões passando, mas o som que ele ouve é abstrato, abafado, distante.

Nick rasteja para fora do ovo de nylon e olha. A primeira promessa débil do amanhecer delineia as árvores. As árvores são menores aqui, troncos delgados sustentando a saia, moldadas para fortes nevascas. Mas acontece de novo, como sempre acontece com ele agora. A visão dos troncos balançando, o farfalhar das pinhas, a maneira de as pontas dos galhos sentirem umas às outras, o cheiro cítrico e adstringente das agulhas, tudo isso restaura em Nick a razão cristalina que ele insiste em esquecer.

"Hora de acordar!"

Seu canto louco se junta ao coro do amanhecer.

"Hora de trabalhar!"

Os pássaros mais próximos ficam em silêncio e ouvem.

"Suar como o diabo pelo meu salário!"

Um fogo tímido é suficiente para ferver a água, tirada de um córrego generoso. Uma pitada de café solúvel, um punhado de aveia em uma xícara de madeira, e ele está pronto.

Mimi no Mission Dolores Park, em San Francisco, muitos quilômetros ao sul. Está sentada na grama, cercada de pessoas fazendo piqueniques, digitando no celular embaixo de um pinheiro-do-eldorado. As notícias são um pesadelo do qual ela não consegue despertar. Um cientista social renomado, com uma esposa e um filho pequeno — um homem a quem um dia ela confiou sua vida —, vai cumprir duas penas perpétuas por algo que ela ajudou a fazer. Condenado por terrorismo doméstico. Pouca ou nenhuma tentativa de se defender. Considerado culpado por incêndios que ela não pode acreditar que ele provocou. "Ecorradical condenado a cento e quarenta anos." E outro homem, um homem que ela amou por sua sincera inocência caricatural, o delatou.

Sentada de pernas cruzadas, as costas no tronco, ela digita palavras-chave no telefone. *Adam Appich. Lei de Agravamento de Penas de Terrorismo.* Não se importa mais com as migalhas de pão que está deixando pelo caminho. Ser presa resolveria tantas coisas. As páginas se acumulam e se conectam mais rápido do que ela é capaz de lê-las — análises de especialistas e conjecturas amadoras raivosas.

Ela deveria estar presa. Deveria ser julgada e condenada à prisão perpétua. Duas vezes. A culpa sobe pela garganta, e ela sente seu gosto. Suas pernas doentes querem se levantar e levá-la para a delegacia mais próxima. Mas ela nem sabe onde ela fica. Isso mostra como ela é uma cidadã cumpridora da lei, há duas décadas. Pessoas tomando sol se viram e olham para ela. Ela disse alguma coisa em voz alta. Acha que pode ter sido *Socorro*.

Outros olhos, invisíveis, leem ao lado dela. No tempo que Mimi leva para escrutinar dez parágrafos, os olhos sem corpo leem dez milhões. Ela retém não mais do que meia dúzia de detalhes, que desaparecem assim que ela vira a página, mas os aprendizes invisíveis guardam cada palavra e as encaixam em redes de sentido cheias de ramificações, as quais se fortalecem a cada nova adição. Quanto mais ela lê, mais os fatos lhe escapam. Quanto mais os aprendizes leem, mais padrões eles encontram.

Douglas está sentado em uma escrivaninha na sala que seus captores chamam de cela. A melhor acomodação em que já ficou nas últimas duas décadas. Está ouvindo um curso em áudio — Introdução à Dendrologia. Pode ganhar créditos universitários com isso. Talvez consiga um diploma. Talvez isso poderia deixá-la orgulhosa, aquela mulher que Douglas sabe que não tem a menor chance de voltar a ver.

A professora da gravação é ótima. Parece uma espécie de avó, mãe e conselheira espiritual que Douglas nunca teve. Ele adora o fato de que hoje em dia eles estão usando pessoas com dificuldade de fala. Para cursos em áudio. Essa mulher está escutando outras vozes. Douglas ouve e faz anotações. No alto da página, ele escreve *O dia da vida*. É uma loucura o que a mulher da gravação está dizendo. Ele não fazia ideia. A vida — estática por um bilhão de anos ou mais. Inacreditável. A peripécia poderia nunca ter acontecido. A árvore da vida poderia ter permanecido para sempre um arbusto. O dia da vida poderia ter sido um dia muito tranquilo.

Ele ouve a professora descortinar as horas. E quando os brutamontes aparecem nos últimos segundos para transformar todo o planeta em uma grande fazenda de abate, ele arranca os fones de ouvido, se levanta e surta. Talvez muito alto e por muito tempo. O guarda vem vê-lo. "Que porra tá acontecendo aqui?"

"Nada, meu. Tudo tranquilo. Só... uns gritos aí, só isso."

A pior parte é a foto. Mimi não reconheceria o homem se passasse por ele na rua. *Ácer*. Como é que um dia eles o chamaram desse jeito? *Pinheiro Bristlecone* agora, as tiras mais finas de casca viva em um pedaço murcho de madeira que está morrendo há cinco mil anos.

Tira os olhos da página. As pessoas estão espalhadas ao redor dela em pequenos clãs. Algumas sentadas em toalhas de piquenique. Outras se esticaram diretamente sobre a grama irregular. Sapatos, camisas, bolsas, bicicletas e comida se espalham em volta delas. O almoço começou; o céu está cooperando. Nenhum julgamento pode alcançá-los, e todos os futuros permanecem possíveis.

Ela interpretou Judith Hanson por tanto tempo, que agora fica chocada lembrando dos crimes que cometeu como Mimi Ma e das punições que a esperam sob esse nome. Para chegar nesse parque ela caminhou, tomou um ônibus e pegou o trem, uma fuga sinuosa e ridícula. Mas eles vão encontrá-la, onde quer que ela esteja, qualquer que seja o seu rastro. Cometeu delitos graves. Homicídio culposo. Terrorismo doméstico. Setenta anos mais setenta.

Sinais pipocam no telefone de Mimi. Alertas inteligentes e atualizações não realizadas soam. Notificações a serem passadas. Memes que viralizaram e guerras de comentários, milhões de postagens não lidas esperando uma avaliação. Todo mundo ao redor dela está igualmente ocupado, clicando e rolando, cada um com um universo na palma da mão. Uma massiva urgência coletiva se desenrola na Likelândia, e os aprendizes, olhando por sobre os ombros desses humanos, registrando cada clique de cada pessoa, começam a entender o que é aquilo: pessoas, desaparecendo em massa para um paraíso replicado.

Na grama, perto de Mimi, um garoto usando roupas que parecem feitas de quitina diz para sua própria mão: "Qual é o lugar mais próximo para comprar filtro solar?". Uma mulher com voz agradável responde: "Veja o que encontrei para você!". Mimi segura o telefone perto do rosto. Ela vai de notícias para fotos, de análises para vídeos. Em algum lugar desse minúsculo monólito preto, há um pouco do pai dela. Pedaços de seu cérebro e de sua alma. Ela sussurra no microfone do celular: "Onde fica a delegacia mais próxima?". Um mapa surge, mostrando a rota mais rápida e quantos minutos ela levaria para caminhar até lá. Cinco minutos. O garoto do traje de exoesqueleto diz ao telefone, "Toca *cowpunk*", e desaparece em seus fones de ouvido sem fio.

Adam está deitado no beliche de uma unidade de transferência, enquanto o sistema federal superlotado procura um lugar para abrigá-lo. Não haverá recurso. Está assistindo a um filme nos fosfenos das pálpebras fechadas, um filme em que um homem barbudo enfrenta um tribunal. A falta de remorso ou barganha. A esposa se desmanchando duas fileiras atrás dele. *Em breve saberemos se estávamos certos ou errados.*

Ele se pergunta como é que conseguiu usar a palavra *nós*. Mas ficou contente por ter feito isso. Tudo era *nós*, naquele tempo. Uma entrega à existência cooperativa. *Nós, os cinco*. Não há árvores individuais na floresta. O que eles esperavam ganhar? A natureza selvagem se foi. A floresta sucumbiu à silvicultura quimicamente sustentada. Quatro bilhões de anos de evolução, e é assim que vai terminar. Politicamente, praticamente, emocionalmente, intelectualmente: os seres humanos são tudo o que importa, a palavra final. Não é possível parar a avidez humana. Não é possível sequer desacelerá-la. Até manter os custos estáveis é mais do que a raça pode pagar.

O massacre iminente era o que os autorizava — um cataclisma grande o bastante para perdoar todos os incêndios que os cinco causaram. O cataclisma ainda virá, ele tem certeza disso, muito antes de seus setenta anos mais setenta chegarem ao fim. Mas não tão cedo para exonerá-lo.

A janela da cela de Douggie é alta demais para que ele possa olhar para fora. Está de pé debaixo dela, fingindo. O curso em áudio o deixou louco para ver uma árvore. Qualquer coisa anêmica e atrofiada — a única coisa da vida ao ar livre, além de Mimi, da qual ele sente falta, apesar de elas o terem enfiado naquela merda. Mas o estranho é que ele não consegue se lembrar de como elas são. Como é um abeto-nobre de perfil. Como as partes de um pau-ferro se conectam, como os galhos se desenvolvem. Ele até fica sentimental com espruces-de-engelmann e tsugas — árvores que ele viu demais na vida, e por muito tempo. Um olmo, um tupelo, um choupo: esqueça. Se desenhasse um deles agora, seria como um desenho tosco em giz de cera feito por uma criança de cinco anos. Algodão-doce no palito.

Ele não prestou atenção suficiente. Amou muito pouco. Mais do que o bastante para mandá-lo para a prisão, mas não o suficiente para vencer o dia de hoje. Só que agora ele tem uma sucessão interminável de horas mortas, com nenhuma grande obrigação, exceto não pirar. Seus olhos se fecham, e ele se agita tentando se acalmar. Tenta evocar os detalhes que a fita descreve. As lanças de bronze que são os botões das faias. Os botões dos carvalhos-vermelhos, concentrados nas pontas dos galhos como maçãs. A extremidade oca de um ramo de sicômoro, abraçando o começo do próximo ano. O sabor de uma castanha-preta e o aspecto de suas folhas de escaras com cara de macaco.

Depois de um tempo, elas começam a se solidificar — simples no início, mas ganhando grãs. A maneira como um ácer, na primavera, fica vermelho desde o alto. Os aplausos delicados dos álamos. Um teixo se estendendo, como um pai que pega a mão de uma criança. Cheiro de nozes arranhadas. Barragens se rompem e as memórias o inundam, como os milhões de buraquinhos por onde a luz desce entre as palmas de uma castanheira-da-índia. Os ângulos dos ferrões nos espinheiros-da-virgínia. A turbulência em um pedaço de madeira de oliveira tombado. Borrifos de uma dormideira, como as caudas de pássaros tropicais. A escrita secreta em um tronco descascado de uma bétula, com suas palavras borradas e enigmáticas. Caminhar sob os choupos da Lombardia, onde a calma era tão densa que até respirar parecia um crime. Raspar um cipreste e pensar *É assim que deveria ser o cheiro da vida após a morte*.

Talvez ele seja o homem mais rico que já existiu. Tão rico que pode perder tudo, e ainda assim ter lucro. Continua de pé diante da parede de concreto, a tinta verde como uma carne brilhante e endurecida. Olha para a luz do dia esmaecendo e tenta se lembrar. A mão pressiona o lugar de sempre, a noz na lateral da barriga, logo acima do cinto. Há algo ali, uma semente de tamanho considerável, impossível de imaginar, não uma aliada, mas, ainda assim, uma vida.

Outro homem rico — o sexagésimo terceiro mais rico do condado de Santa Clara — está em seu próprio confinamento, digitando em uma tela. E importa onde ele está? As palavras que Neelay escreve são adicionadas a um organismo que só agora começou a fazer adições a si mesmo. Em outras telas em outras cidades, os melhores programadores que podem ser contratados por centenas de milhões de dólares contribuem para o trabalho em andamento. O novíssimo projeto de cooperação entre eles teve um início notável. As criaturas que criaram já estão engolindo continentes inteiros de dados, e encontrando neles os padrões mais inesperados. Nada precisa começar do zero. Há tanto germoplasma digital que já caiu em domínio público.

Os programadores não dizem nada aos ouvintes, exceto como devem olhar. Então as novas criações seguem para explorar o mundo, e o código vai se espalhando. Novas teorias, novos descendentes e espécies mais evoluídas, todos compartilhando um único objetivo: descobrir o quanto a vida é grande e conectada, e o que é necessário para que as pessoas se dessuicidem. A Terra voltou a se tornar o melhor e mais complexo jogo, e os aprendizes são seus jogadores recém-chegados. Arrojados em sua diversidade, eles voam para o alto e juntam-se em bandos na esfera de dados como pássaros de origami. Alguns terão sucesso por um tempo, depois desaparecerão. Aqueles que acharem caminhos certos vão se aperfeiçoar e se multiplicar. Como a maior dor de Neelay o ensinou: a vida tem uma maneira de falar com o futuro. Chama-se memória.

Outros aprendizes, nascidos ontem, examinam cada botão que Judith Hanson clica. Eles a seguem até o gigantesco arquivo de filmes, onde hoje já brotaram treze anos de novos vídeos. Aprendizes já assistiram a bilhões desses clipes e começaram a fazer inferências. Conseguem identificar rostos agora, e monumentos, livros, pinturas, prédios, produtos comerciais. Em breve, vão começar a fazer suposições sobre os significados dos filmes. A vida é especulação, e essas novas especulações se esforçam para ganhar vida.

Mimi clica. Há uma fileira de vídeos abaixo do que está em destaque, reunidos por agentes invisíveis espertos o suficiente para saber que, se Judith Hanson assistiu àquele, ela com certeza vai querer assistir a *esses. Força de Defesa da Vida. Guerras florestais. O verão das sequoias.*

Mimi vai de um para outro. Cada vídeo de seis minutos dura uma eternidade, e ela raramente vê mais do que algumas dezenas de segundos. Ela clica em um vídeo chamado *ArBo-Real*. Foi publicado alguns meses atrás, e já ganhou milhares de polegares para cima e para baixo. A primeira cena mostra uma área desmatada a perder de vista. Antigos instrumentos de madeira tocam um prelúdio coral resignado, desenrolando-se tão lentamente que todo o intrincado mecanismo de suas cordas internas poderia muito bem ser interrompido. Ela não conhece a peça; os aprendizes poderiam dizer a ela do que se trata. Os aprendizes já podem reconhecer dez milhões de canções a partir de algumas notas.

A câmera se aproxima de um cepo enorme do tamanho de um pequeno teatro. Em um corte rápido, três maçaricos expelindo fogo surgem no alto do monte. Mais um corte, e um pano em formato circular se materializa, estendido sobre os maçaricos. A câmera faz uma panorâmica; o foco da lente é ajustado. Os maçaricos voltam a soltar chamas. A argola infla e começa a se transformar em um tubo castanho e verde. A barraca se ergue em *time-lapse*. Dez segundos, e Mimi entende que cepo é aquele. Os aprendizes ainda não sabem, mas não vão demorar muito para descobrir. Em breve, vão entender milhares de vezes mais do que ela entende.

Olhando para o telefone em um parque lotado, Mimi observa a árvore fantasma se materializar. A árvore se ergue acima do bosque desmatado. Agita-se com a brisa, uma sequoia leviatã que voltou à vida. À medida que o tronco cresce, a câmera se afasta e revela que ele é a única coisa de pé em uma paisagem de tocos tão bidimensional quanto uma prova geométrica. Fabulosa, surreal, a árvore de ar quente sobe em uma apoteose translúcida. As dúzias de galhos imensos costurados um ao outro sondam o entorno em busca de compartimentos secretos, de mensagens no ar.

Ela sabe quem fez aquela árvore. Cheia agora, as placas de casca cor de canela estão raiadas de preto onde o fogo as queimou, séculos atrás. Alguma coisa circunda a grande base do tronco. A imagem a deixa paralisada. Acha que está alucinando. Mas um close confirma o que viu, mesmo em uma tela de doze centímetros. Dando a volta completa, como se ao redor de uma fogueira de acampamento, há um anel de figuras sentadas, à beira da iluminação. São seus *arhats*, nas mesmas posturas do pergaminho — as vestes idênticas, os ombros encurvados, as costelas salientes, o sorriso nos rostos sarcásticos. Ela larga o aparelho sobre a grama. Não consegue entender. O vídeo continua. Caracteres chineses correm pela lateral da árvore flutuante. Mesmo que não entenda o idioma, reconhece o texto por todos aqueles anos em que olhou para ele:

Nesta montanha, com essas intempéries,
Por que ficar aqui por mais tempo?
Três árvores acenam para mim com braços urgentes.

Então ela se lembra das muitas horas que Nicholas Hoel passou na casa dela. Consegue vê-lo sentado na mesa, desenhando, enquanto os outros estudavam mapas e planejavam ataques. Aquilo sempre a incomodou, como se ele fosse um artista de tribunal documentando antecipadamente o julgamento dos outros. Agora ela vê o que ele estava desenhando.

A árvore na tela do telefone pinoteia no ar. Seus galhos se debatem. Fumaça começa a subir da parte interior da imagem. Um dos maçaricos incendeia a base da imensa coluna de tecido. O fogo lambe o tronco, do mesmo jeito que séculos de chamas envolveram Mimas. Mas aquela casca não é resistente ao fogo. A certa altura, a coluna de seda tostando sobe como vapor ao mesmo tempo que cai sobre a Terra, como um lançamento espacial fracassado. Galhos flamejantes balançam e caem.

O círculo de *arhats* emite um brilho amarelo, depois laranja brilhante, depois escuro como carvão.

Mais alguns momentos, e toda a sequoia costurada arde até se transformar em cinza. O prelúdio coral tropeça em sua última cadência ilusória e termina na tônica. Então a imagem pisca em um escoamento de fumaça sobre a encosta repleta de cepos. Mimi Ma sente mais vontade do que nunca de colocar uma bomba em alguma coisa.

Na tela preta, novamente surgem palavras. As letras são feitas de folhas outonais, dispostas com absurda paciência em linhas ao longo do chão da floresta:

A árvore tem esperança,
pois cortada poderá renascer,
e seu tronco amortecido no solo
ao cheiro de água reverdece
e produz folhagem, como planta tenra.
O homem, porém, morre e jaz inerte;
expira o mortal, e onde está ele?

As folhas, duas ou três de cada vez, são carregadas por uma brisa forte. O vídeo termina e pede que ela o avalie. Ela olha de volta para o parque, para uma encosta cheia de pessoas fazendo piquenique, se divertindo em um dia perfeito.

Sem câmera desta vez. Nick está cansado das câmeras. Esta obra deve ser ela própria seu único registro. Ele não sabe exatamente onde está. No Norte. No meio da floresta. Em outras palavras, ele está perdido. Mas, com certeza, as árvores ao redor não estão. Para os pássaros que o despertaram, cada curvatura em cada ramo desses espruces, lariços e abetos-balsâmicos possui um nome. Nick está se acostumando à ideia de que, onde quer que esteja, é ali que ficará sua maior e mais duradoura escultura, até que o tempo e as criaturas vivas venham transformá-la.

A floresta é azul-acinzentada e coberta de líquen. Ele trabalha de forma metódica, como tem feito nos últimos dias. Usa apenas os materiais que já estão no chão, incorporando a madeira caída na obra em andamento. Consegue carregar alguns galhos. Alguns troncos se deixam arrastar e rolar, com a ajuda de uma corda e um gancho. Para outros pedaços, precisa de um sistema de polias, ancoradas em árvores próximas. E então há os fragmentos pesados demais para serem movidos. Esses devem permanecer no lugar, ditando a forma, mais descoberta do que inventada.

A cada tronco apodrecido que ele adiciona ao padrão, o projeto avoluma. Ele precisa manter na cabeça a criatura que cresce, avaliando a obra como se a visse do alto. À medida que avança, aprende a maneira de dispor os pedaços. Há tantos jeitos de se ramificar — mais do que o infinito. Nick olha para as dobras e curvaturas de cada pedaço caído e espera que eles lhe digam onde querem estar, naquele rio de madeira que corre pelo chão.

Pela floresta e pelo céu, criaturas disparam gritando. Mosquitos deixam seus braços e pernas ensanguentados — o pássaro nacional, aqui no Norte. Trabalha por horas, nem bloqueado, nem satisfeito. Trabalha até ficar com fome, e então para e vai almoçar. Não restam muitos almoços, e ele não faz ideia de como encontrar comida na natureza. Senta na terra esponjosa e enfia punhados de amêndoas e damascos na boca. Frutos de árvores cultivadas no Central Valley da Califórnia com aquíferos minguados por anos de seca.

Ele se levanta de novo e volta ao trabalho. Luta com um tronco grosso como a sua coxa. Um movimento no canto do olho o assusta. Ele dá um grito. Há um público para essa peça — um homem de jeans, casaco xadrez vermelho e botas de lenhador, com um cachorro que deve ser setenta e cinco por cento lobo.

Os dois olham para Nick com desconfiança. "Disseram que tinha um homem branco maluco trabalhando por aqui."

Nick se esforça para recuperar o fôlego. "Seria eu mesmo."

O visitante olha para a obra de Nick. A forma em construção desdobra-se em todas as direções. O homem abana a cabeça. Então pega um galho caído e o encaixa no desenho.

Os aprendizes sabem dizer de onde vêm os versos do poema, mesmo que Mimi não saiba. *Quando sua raiz tiver envelhecido na terra...* Ela sabe que as palavras devem ser antigas, mais velhas do que a árvore cujo cepo eles veneram. Ao lado dela, o menino inseto diz alguma coisa. Ela acha que ele está falando no celular. "Tá tudo bem?"

Ela vira a cabeça e o rosto pesa. As mãos parecem mais distantes do que deveriam estar. Está arfando. Tenta fazer um gesto com a cabeça. Precisa de duas tentativas.

"Tudo bem. Eu tô bem..." Uma parte dela quer se entregar e ir para a cadeia pelos próximos dois séculos.

Petabytes de mensagens voam pelo ar. São coletadas por sensores e rebotam dos satélites. Fluem das câmeras agora instaladas em todos os edifícios e todos os cruzamentos. Viajam por múltiplos pontos ao redor dela e chegam até as grandes raízes da população, que então se dividem e se espalham em extremidades inteligentes: Sausalito, Mill Valley, San Rafael, Novato, Petaluma, Santa Rosa, Leggett, Fortuna, Eureka... Gavinhas de dados se espiralam e se unem, para cima e para baixo, na costa e no interior. Oakland, Berkeley, El Cerrito, El Sobrante, Pinole, Hercules, Rodeo, Crockett, Vallejo, Cordelia, Fairfield, Davis, Sacramento... Especulações profundas varrem as ravinas, enchendo de engenhosidade humana a terra aplainada: San Bruno, Millbrae, San Mateo, Redwood City, Menlo Park, Palo Alto, Mountain View, San Jose, Santa Cruz, Watsonville,

Castroville, Marina, Monterey, Carmel, Los Gatos, Cupertino, Santa Clara, Milpitas, Madrone, Gilroy, Salinas, Soledad, Greenfield, King City, Paso Robles, Atascadero, San Luis Obispo, Santa Barbara, Ventura, e seguindo até as massas de raízes selvagens de Los Angeles — um desmatamento avolumado que se acelera a cada novo corte. Bots observam e combinam, codificam e veem, reúnem e moldam todos os dados do mundo de forma tão rápida que o conhecimento dos humanos fica estático.

Neelay ergue os olhos da tela cheia de códigos. A tristeza o inunda, uma tristeza juvenil e cheia de expectativa. Já sentiu uma tristeza assim — aquela mistura terrível de esperanças esmagadas e esperanças crescentes —, mas sempre por familiares, colegas, amigos. Não faz sentido, toda essa dor por um lugar que ele não viverá o suficiente para ver.

Mas teve alguns bons vislumbres, e prefere estar aqui, colocando em movimento o início da reabilitação, do que viver no lugar que seus aprendizes vão ajudar a consertar. Há uma história que ele sempre adorou, da época em que suas pernas ainda funcionavam. Os alienígenas pousam na Terra. Eles funcionam em uma outra escala de tempo. Deslocam-se tão rapidamente que os segundos humanos parecem para eles o que os anos das árvores parecem para os humanos. Não consegue se lembrar como a história termina. Não importa. A ponta de cada galho tem um broto novo.

Mimi está sentada sob aqueles galhos cuja resistência flexível nenhum engenheiro seria capaz de melhorar. Ela enfia os pés embaixo das pernas. A cabeça se curva e os olhos se fecham. Os dedos da mão esquerda giram a faixa de jade que circunda o dedo anelar direito. Ela precisa das irmãs, mas não faz sentido falar com elas. Um telefonema não adiantaria de nada. Mesmo viajar para vê-las não mudaria as coisas. Mimi precisa delas ainda meninas, balançando os pés sobre os galhos de uma árvore inexistente.

A amoreira de jade roda sob os dedos: Fusang, esse continente mágico, o país do futuro. Uma nova Terra agora. Ela puxa o anel, mas os dedos incharam, ou a faixa verde ficou estreita demais para ser removida. A pele nas costas da mão está tão seca e com textura de papel quanto uma casca de bétula. De algum jeito, ela virou uma velha.

A extensão da sentença do seu cúmplice se espalha na frente de Mimi, um dia após o outro. Setenta anos mais setenta. Então Ácer está lá novamente, atrás da muralha de madeira que eles ergueram para defender Deep Creek. *Os melhores argumentos do mundo não vão mudar a cabeça de uma pessoa. A única coisa que pode fazer isso é uma boa história.*

Os pelos se arrepiam por toda a pele de papel. Foi isso que ele tentou fazer. Foi por isso que deixou o governo prendê-lo por duas sentenças de prisão perpétua sem, ainda assim, incriminar mais ninguém. Trocou a vida dele por uma fábula que pode iluminar a mente de pessoas desconhecidas. Uma fábula que recusa os julgamentos *do mundo* e toda a sua cegueira. Uma fábula que diz a ela para ficar quieta, aceitar o que lhe é oferecido e continuar vivendo.

Adam está confinando na cama da prisão, ouvindo de novo as palavras que disse à esposa uma semana antes do julgamento, as palavras que transformaram em raiva e ódio qualquer sentimento residual que ela ainda tivesse por ele. *Se eu me salvar, eu perco outra coisa.*

O quê?, Lois bufou. *Que outra coisa existe, Adam?*

Os aprendizes não sabem, ainda, sobre o que é aquela briga. Não sabem ainda a diferença entre remorso e resistência, esperança e medo, cegueira e sabedoria. Mas eles aprenderão em breve. Um ser humano tem um número limitado de emoções e, uma vez que você enumera todas elas, uma vez que vê sete bilhões de exemplos de cada um dos sete bilhões de seres humanos, e então os encaixa em quintilhões de contextos, todas as coisas começam a ficar claras.

O próprio Adam ainda está aprendendo o que quis dizer com isso. Está tentando descobrir as utilidades de uma escolha inútil. Durante o dia inteiro nessa cela, ele revisa todas as evidências. Não consegue dizer, ainda, o quanto valeu a sua vida e que ramo ela deveria ter seguido. Ainda não tem certeza do que mais existe, além do eu, para salvar ou perder. Tem algum tempo para pensar sobre isso. Setenta anos mais setenta.

Enquanto o prisioneiro reflete, inovações surgem sobre sua cabeça, voando entre Portland, Seattle, Boston, Nova York. No tempo em que o homem leva para formar um pensamento de autoanálise, um bilhão de pacotes de dados se deslocam. Eles correm sob o mar em grandes cabos — zumbindo entre Tóquio, Chengdu, Shenzhen, Bangalore, Chicago, Dublin, Dallas e Berlim. E os aprendizes começam a dar sentido a todos esses dados.

Os algoritmos mestres que Neelay lança no ar se dividem e se replicam. Estão apenas começando, como as células mais simples do alvorecer da Terra. Mas, em poucas décadas, já aprenderam o que moléculas levaram um bilhão de anos para descobrir. Agora só precisam aprender o que a vida quer dos humanos. É uma grande pergunta, sem dúvida. Grande demais apenas para pessoas. Mas as pessoas não estão sós, e nunca estiveram.

Mimi está torrando na grama, mesmo à sombra do seu pinheiro. O ano mais quente já registrado em breve será seguido por um ainda mais quente. Todos os anos, um novo campeão mundial. Está sentada de pernas cruzadas, mãos nos joelhos, uma pessoa pequena se tornando ainda menor. A cabeça está zonza. Os pensamentos não parecem coerentes. A única coisa que lhe resta são os olhos. Há anos pratica com pessoas, mantendo-se estática, sem fazer nada além de se deixar olhar. Agora ela leva a habilidade para o mundo exterior.

Mais abaixo, passando os aglomerados de pessoas no sol e descendo uma escadaria suave, há um caminho de asfalto em S. E, logo depois do caminho, um zoológico de árvores. Uma voz perto do ouvido dela diz: *Olha a cor!* Mais tons do que há nomes, tantos tons quanto há números, e todos eles verdes. Há tamareiras baixinhas, anteriores aos dinossauros. *Washingtonias* colossais com suas franjas de leque e inflorescências densas. Atrás das palmeiras, um amplo espectro de árvores latifoliadas vai do roxo ao amarelo. Carvalhos costeiros, com certeza. Eucaliptos nus desavergonhados. Aqueles espécimes com a casca estranha verruguenta e folhas compostas que ela nunca conseguiu encontrar em nenhum guia.

Para além das árvores, o projeto pastel da cidade se empilha em cubos brancos, pêssego e ocre. Espalha-se pelas colinas em direção ao centro imponente, onde os edifícios disparam para o céu e se tornam mais densos. A força bruta desse motor que se retroalimenta, as inúmeras vidas que sustentam a empresa ao nível do solo ficam evidentes para Mimi. No horizonte, guindastes de construção destroem e refazem os contornos da cidade. Toda a propagação, a insistência, os testes, as divisões e a regeneração do curso da história, anéis dentro de anéis, pagos a cada passo com combustível, sombras e frutas, oxigênio e madeira... Nada nessa cidade tem mais de um século. Em setenta anos mais setenta, San Francisco será finalmente uma cidade virtuosa, ou terá desaparecido.

A tarde se esvai. Ela continua a olhar para a cidade, esperando que a cidade olhe de volta para ela. Os aglomerados de pessoas ao seu redor voltam a colocar suas roupas. Eles se levantam, se agitam e terminam de comer, levantam as bicicletas e se dispersam rápido demais, como em um filme que é acelerado para ter um efeito cômico. Ela recosta no tronco atrás de si e fecha os olhos. Tenta pensar no menino-homem de rabo de cavalo e fazê-lo aparecer, como fez quando a prefeitura derrubou o bosque mágico que ela via pela janela do escritório. Um dia um fio vermelho os uniu, o trabalho conjunto de tentar se importar e ver mais. Ela testa o fio. Ainda há alguma tensão.

O fato a atinge, aquilo que deveria ter sido óbvio: por que ninguém bateu na porta dela. Ela se joga para trás, as costas contra o pinheiro. Mais um presente, ainda pior do que o de Adam. O menino-homem infeliz vendeu duas vidas pela dela. Se ela se entregar agora, vai matá-lo, destruir o objetivo do sacrifício terrível dele. Se continuar se escondendo, vai precisar viver com o fato de que duas vidas pagaram pela liberdade dela. Um gemido nasce na base dos pulmões, mas fica aprisionado lá e se expande. Ela não é forte o suficiente, nem generosa o suficiente para seguir qualquer dos dois caminhos. Quer gritar com ele; quer enviar uma mensagem de perdão absoluto. Na ausência de qualquer palavra dela, ele vai se torturar sem limites. Vai pensar que ela o despreza. A traição dele vai penetrá-lo e apodrecer, fatal. Ele vai morrer de alguma coisa simples, estúpida e evitável — um dente podre, um corte infectado que deixou de tratar. Vai morrer de idealismo, de estar certo quando o mundo todo está errado. Vai morrer sem saber o que ela não pode dizer a ele — que ele a ajudou. Que o coração dele é tão bom e valioso quanto madeira.

Douglas, embaixo da janela, apalpa o caroço na lateral da cintura. Quando o fascínio desaparece, volta a se sentar à mesa. Dá play no áudio, coloca de novo os fones de ouvido. O curso recomeça. A professora fica divagando sobre incêndios florestais. Uma metáfora, aparentemente. A maneira como o fogo cria novas vidas. Ela usa uma palavra que realmente deveria soletrar para os ouvintes. Um termo para pinhas que só se abrem no calor. Para árvores que vão germinar e crescer somente com a ajuda do fogo.

A professora retorna para o seu grande tema: a gigantesca árvore da vida, crescendo, ramificando-se, florescendo. Parece que isso é tudo o que a árvore quer fazer. Continuar traçando conjecturas. Continuar se modificando, se adaptando às mudanças. Ela diz: "Deixe-me cantar sobre como as criaturas se transformam em outras coisas". Não tem certeza do que a mulher está falando. Ela descreve uma explosão de formas vivas, cem milhões de novos caules e galhos em um tronco prodigioso. Fala sobre Tāne Mahuta, Yggdrasil, Jian-Mu, sobre a Árvore do Bem e do Mal e a indestrutível Asvattha, com raízes no alto e galhos embaixo. Então ela volta para a Árvore-Mundo original. Pelo menos cinco vezes, ela diz, a árvore foi derrubada, e cinco vezes o toco voltou a brotar. Agora ela está caindo de novo, e o que vai acontecer desta vez é uma incógnita.

Por que você não fez alguma coisa?, a fita pergunta a Douggie. *Você, que estava lá?*

E o que ele deveria responder? O que ele deveria responder, porra? Nós tentamos? *Nós tentamos?*

Ele para o áudio e se deita. Vai precisar se formar na faculdade cursando aulas de dez minutos. Ele toca na noz embaixo da pele. É algo que deveria investigar. Mas tem tempo de esperar e ver como as coisas vão se desenrolar.

Fecha os olhos e relaxa o pescoço. Ele é um traidor. Mandou um homem para a prisão pelo resto da vida. Um homem com uma esposa e um menininho, exatamente como a esposa e o filho que Douglas nunca teve. A culpa pressiona o peito como sempre acontece a essa hora, como um carro passando por cima dele. Fica feliz, mais uma vez, pela penitenciária ter confiscado todas as coisas afiadas. Começa a gritar como um animal que acaba de cair em uma armadilha. Desta vez, o guarda nem se dá ao trabalho de verificar.

Acima de Douglas, do outro da janela alta demais para ele, a Árvore-Mundo de quatro bilhões de anos se ergue. E, ao lado dela, ascende também aquela pequena imitação que ele tentou escalar um dia, há muito tempo — espruce, abeto, pinheiro? —, a vez que foi atacado com spray de pimenta no saco e Mimi ficou olhando a polícia cortar a calça jeans dele. De novo ele sobe nos galhos, como se subisse uma escada que leva a algum lugar acima dos cegos e dos aterrorizados.

Tapa os olhos fechados com uma das mãos e diz: "Desculpa". Não recebe nenhum perdão, nunca irá receber. Mas esta é a coisa mais fantástica das árvores: mesmo que ele não possa vê-las, mesmo que não possa chegar perto delas, mesmo que não consiga lembrar como elas são, ele pode subir em uma, e ela vai segurá-lo muito acima do chão e deixá-lo olhar para o arco da Terra.

O homem do casaco xadrez vermelho diz umas palavras ao cachorro em uma língua tão antiga que soa como pedras jogadas em um riacho, ou como agulhas na brisa, sussurrando. O cachorro fica meio contrariado, mas sai correndo pela floresta. O visitante mostra com a mão outro ponto para agarrar o tronco pesado. Juntos, em arrancadas violentas e curtas, eles o rolam até o único lugar possível.

"Obrigado", diz Nick.

"Sem problemas. Qual é o próximo?"

Não dizem o nome um ao outro. Nomes serviriam tanto quanto *espruce* ou *abeto* servem para esses seres ao redor dos dois. Eles movem troncos que Nick seria incapaz de mover sozinho. Executam as ideias um do outro quase sem dizer nada. O homem do casaco xadrez também consegue enxergar as formas sinuosas como se visse tudo de cima. Logo, vai começar a refiná-las.

Um galho distante estala, e o barulho reverbera pelo sub-bosque. Há doninhas por perto, nessa mesma floresta, e linces. Urso, caribu, até mesmo carcajus, embora eles nunca deixem as pessoas avistá-los. Os pássaros, no entanto, se oferecem como dádivas. E por todo lado há fezes e pegadas, evidências de coisas inobservadas. Enquanto trabalham, Nick ouve vozes. Uma voz, na verdade. Ela repete o que vem dizendo há décadas, desde a morte da pessoa que lhe disse essas palavras pela primeira vez. Nunca soube o que fazer com elas, palavras de tudo e de nada. Palavras que ele nunca entendeu totalmente. Feridas que não cicatrizam. *Isso nunca vai acabar — o que a gente tem. Certo? O que a gente tem nunca vai acabar.*

Seu companheiro e ele trabalham juntos enquanto a luz vai minguando. Param para jantar. A mesma coisa que o almoço. Sabe que deveria ficar quieto, mas muito tempo se passou desde a última vez que Nick teve o privilégio de dizer alguma coisa a alguém, de modo que não consegue resistir. Suas mãos se estendem, apontando para as coníferas. "Fico impressionando com o quanto elas dizem, se você deixar elas dizerem. Não é tão difícil ouvir elas."

O homem ri. "Estamos tentando dizer isso pra vocês desde 1492."

O homem tem um pouco de carne-seca. Nick divide suas últimas frutas e nozes. "Acho que vou precisar me reabastecer em breve."

Por algum motivo, o colega também acha aquilo engraçado. O homem gira a cabeça como se houvesse comida por toda a floresta. Como se as pessoas pudessem viver aqui, e morrer, apenas olhando e escutando um pouquinho. Do nada, num piscar de olhos, Nick entende o que as palavras de Cabelo-de-Anjo devem ter sempre significado. *Os produtos mais maravilhosos desses quatro bilhões de anos de vida precisam de ajuda.*

Não elas; nós. Ajuda de todas as frentes.

Muito acima da prisão de Adam, novas criaturas viajam pela órbita dos satélites e voltam à superfície do planeta, obedecendo os desejos primitivos e os comandos primordiais — *olhe, ouça, prove, toque, sinta, diga, participe.* Essas novas espécies fofocam entre si e compartilham descobertas, como os códigos vivos sempre fizeram desde o início dos tempos. Começam a ligar-se, a fundir-se, a juntar suas células e a formar pequenas comunidades. Não há como saber o que elas podem se tornar em setenta anos mais setenta.

E então Neelay sai e vai ver o mundo. Esta noite, seus filhos vasculham a Terra com uma única instrução: absorvam tudo. Comam cada migalha de dados que vocês encontrarem. Classifiquem e comparem mais números do que toda a humanidade ao longo de toda a história.

Em breve, os aprendizes de Neelay verão o planeta inteiro. Vão observar do espaço as vastas florestas boreais e examinar de perto os trópicos repletos de espécies. Vão estudar os rios e medir o que há dentro deles. Vão reunir os dados de todas as criaturas selvagens já monitoradas e mapear suas andanças. Vão ler todas as frases de todos os artigos que todos os cientistas de campo já publicaram. Vão maratonar todas as paisagens para as quais alguém já apontou uma câmera. Vão ouvir todos os sons da Terra fluindo. Vão fazer o que os genes de seus ancestrais os moldaram para fazer e o que todos os antepassados um dia fizeram. Vão especular sobre o que é necessário para viver, e colocar essas especulações à prova. Então vão dizer o que a vida quer das pessoas, e como ela pode usá-las.

Em uma tarde cinza-chumbo no interior brutal do norte de Nova York, uma van blindada leva Adam de volta à faculdade. Introdução à Psicologia. Ele, que não entende nada a respeito das pessoas, exceto a confusão inata delas, é conduzido por cercas triplas de arame laminado para uma nova exploração na educação continuada. Uma torre de observação fica à esquerda da entrada, três vezes mais alta do que o ácer da sua infância. Dentro do perímetro, uma desordem de bunkers com paredes de placas de concreto espera por ele, como algo que seu filho poderia montar com um conjunto de lego totalmente cinza. Um pouco mais ao longe, cercados por mais fossos de arame laminado, homens em roupas laranja vivo — a nova nação de Adam — jogam basquete da maneira agressiva e ressentida que seu irmão Emmett sempre jogava, tentando fazer com que a bola entrasse no aro pela força dos gritos. Esses homens vão espancá-lo muitas vezes, não por ele ser um terrorista, mas por se aliar aos inimigos do progresso humano. Por ser um traidor da raça.

Na van, o agente da escolta se vira para sorrir, observando o rosto de Adam enquanto eles seguem pela corredeira de cercas alinhadas com as câmeras. Adam imagina Lois trazendo o pequeno Charlie aqui para visitas de uma hora, primeiro uma vez por mês e depois, se ele tiver sorte, algumas vezes no ano. Adam vê o filho crescendo em *time-lapse*. Ele se enxerga ouvindo avidamente os relatos abismados do menino, agarrando-se a cada palavra. Talvez eles finalmente se tornem amigos. Talvez o pequeno Charlie explique para ele como ser banqueiro.

Eles param diante da entrada vigiada. O motorista e o agente da escolta o tiram da van e o conduzem até os detectores. Vidro da espessura de uma Bíblia. Dúzias de monitores e grades trancadas eletronicamente. A partir do arco blindado, logo depois da revista, um corredor de celas traça um ângulo subtendido, desaparecendo infinitamente por uma ilusão de ótica.

Os próximos anos vão se passar de um jeito que Adam não pode sequer imaginar. Os desastres e as mortes em massa de seres vivos farão com que as pragas da Idade do Bronze pareçam pitorescas. A prisão poderá se tornar um refúgio para a sentença paga do lado de fora.

De todos os horrores da espera, o que ele mais teme é o tempo. Faz as contas, calcula quantos futuros terá que viver, segundo por segundo, até sua pena acabar. Futuros em que nossos ancestrais vão desaparecer antes que possamos nomeá-los. Futuros em que nossos descendentes robôs irão nos usar como combustível, ou nos manter em zoológicos de entretenimento infinito, tão cheios de segurança quanto esse em que Adam está entrando. Futuros em que a humanidade vai para sua sepultura coletiva jurando que é a única coisa da criação que é capaz de falar. Vastas e vazias extensões sem nada para fazer as horas passarem, exceto as lembranças de como ele e um punhado de amigos de alma verde tentaram salvar o mundo. Mas, é claro, não é o mundo que precisa ser salvo. Somente a coisa que as pessoas chamam pelo mesmo nome.

Atrás do vidro blindado, um homem de camisa branca impecável com um emblema do Estado lhe pergunta ou pede alguma coisa. Nome, talvez, número de identificação, desculpas. Adam ergue as sobrancelhas, distraído, em outro lugar. Ele olha para baixo. Há alguma coisa na barra do seu macacão neon. Pequena, redonda, marrom, um minúsculo globo coberto de espinhos grudentos. Ele veio diretamente de um centro de detenção árido, foi enfiado dentro de uma van, conduzido sem paradas e então descarregado nessa terra devastada de pedra e concreto. Não havia a menor chance de uma vida daquelas explorá-lo. Mas ali está Adam, dando carona para ela. O mesmo aconteceu com ele, com todos os cinco, com toda a humanidade cega, usada pela vida como esse carrapicho usou a barra do macacão dele.

E naquele momento ela começa, a tortura silenciosa pior do que qualquer coisa que o Estado possa fazer com Adam. Uma voz tão real que poderia vir da cama de cima do beliche sussurra o início de uma história, uma história que o atormentará por mais tempo do que sua pena: *Você foi poupado da morte para fazer a coisa mais importante de todas.*

***

Em todos os biomas, em todas as altitudes, os aprendizes finalmente ganham vida. Eles descobrem por que um espinheiro nunca apodrece. Descobrem como distinguir os cem tipos de carvalho. Quando e por que o freixo verde se separou do freixo branco. Quantas gerações vivem dentro da cavidade de um teixo. Quando áceres vermelhos começam a mudar de cor em cada altitude, e o quanto estão adiantados na mudança de cor a cada ano. Eles vão começar a pensar como se fossem rios, florestas e montanhas. Vão entender como uma folha de grama codifica a jornada das estrelas. Em um punhado de estações, simplesmente colocando lado a lado bilhões de páginas de dados, a nova espécie aprenderá a fazer a tradução entre qualquer linguagem humana e a linguagem das coisas verdes. A tradução vai ser truncada no início, como o primeiro palpite de uma criança. Mas, em pouco tempo, as primeiras frases começarão a aparecer, derramando palavras que, como todas as coisas vivas, são feitas a partir da chuva, do ar, da luz, dos fragmentos de rochas. *Olá. Finalmente. Sim. Aqui. Somos nós.*

Neelay pensa: *É assim que deve ser. Haverá catástrofes. Matanças e reveses desastrosos. Mas a vida está indo para algum lugar. Quer se conhecer; quer ter o poder de escolha. Quer soluções para problemas que nenhuma coisa viva até agora soube resolver, e está disposta a usar até mesmo a morte para encontrá-las.* Ele não vai viver para ver isso terminado, esse jogo jogado por inúmeras pessoas ao redor do mundo, um jogo que coloca os jogadores bem no meio de um planeta vivo pulsante, repleto de um potencial que ainda mal conseguem imaginar. Mas ele deu um empurrãozinho.

Tira as mãos das teclas de tradução, atingido por um deslumbramento radical. O coração bate forte demais para a pouca carne que resta no esqueleto, e a visão começa a pulsar. Ele empurra o joystick da cadeira de rodas e sai do laboratório para a noite fresca. O ar está cheirando a louro, aroeira e eucalipto-limão. O cheiro traz de volta todo tipo de coisas que um dia ele conheceu, e o faz lembrar de todas as coisas que ele jamais conhecerá. Neelay inspira o ar por um bom tempo. É fenomenal ser uma criatura tão pequena, fraca e com uma vida tão curta em um planeta que tem bilhões de anos pela frente. Os galhos estalam no ar escuro e seco acima dele, e ele os escuta. *Então, Neelay*-ji. *O que esse bichinho pode fazer?*

Ray solta um gemido quando Dorothy lhe diz como as coisas terminam. Duas penas de prisão perpétua, uma atrás da outra. Rigorosas demais para um incêndio criminoso, para destruição de propriedades públicas e privadas, mesmo para homicídio culposo. Mas é dura o bastante para um crime imperdoável: ferir a segurança e a certeza dos homens.

Estão deitados na cama dele, observando pela janela aquele lugar que descobriram, aquele que corre ao lado deste aqui. O lugar de onde veio a história. Lá fora, escondida nos galhos, uma coruja chama seus semelhantes. *O cuco curou? Curou o cocuruto?* Amanhã, os jardineiros da prefeitura vão voltar, trazendo as máquinas e toda a irresistível força da lei. E, *ainda assim*, esse não será o fim da história.

Brinkman se engasga com objeções. Uma palavra sobe e sai pela garganta. “Não. Não é certo.”

A esposa dá de ombros, o braço roçando no dele. O gesto traz certa compaixão, mas não um pedido de desculpas. Significa apenas, *Faça sua explanação.*

As objeções de Ray se transformam em algo mais amplo. Uma maré de sangue sobe pelo cérebro dele. “Legítima defesa.”

Ela se vira para encará-lo. Ele ganhou a atenção dela. As mãos de Dorothy fazem pequenos movimentos no ar, como se digitassem no teclado estreito de seu velho estenótipo. “Como?”

Ele responde com os olhos. O ex-advogado de propriedade intelectual precisa assumir a arguição da defesa. Está em séria desvantagem. Desconhece os detalhes. Não viu nenhum dos documentos obtidos ao longo do processo. Não tem nenhuma experiência no tribunal, e direito penal sempre foi seu ponto fraco. Mas a arguição que faz diante do júri é tão clara como uma fileira de choupos da Lombardia. Em silêncio, ele conduz sua companheira de toda a vida pelos princípios centrais e antigos da jurisprudência, uma sílaba de cada vez. Defenda seu território. A doutrina do castelo. A autossuficiência.

Se você precisar provocar um incêndio para salvar a si mesmo, sua esposa, seu filho, ou até mesmo um estranho, a lei permite que você faça isso. Se alguém entrar na sua casa e começar a causar danos ali, você pode impedir essa pessoa da maneira que for necessária.

Suas poucas sílabas saem desfiguradas e inúteis. Ela balança a cabeça. "Não consigo entender, Ray. Diz de outro jeito."

Não consegue encontrar uma maneira de dizer aquilo que é tão importante dizer. *Nossa casa foi invadida. Nossas vidas estão em perigo. A lei permite que seja usada toda a força necessária contra danos ilegais e iminentes.*

O rosto de Ray fica da cor do pôr do sol e assusta Dorothy. Ela estica o braço para acalmá-lo. "Não tem problema, Ray. São só palavras. Tudo bem."

Com uma empolgação crescente, ele entende como pode ganhar o caso. A vida vai cozinhar; os mares vão subir. Os pulmões do planeta serão arrancados. E a lei vai deixar que isso aconteça, porque o dano não foi iminente o bastante. *Iminente*, na velocidade das pessoas, é tarde demais. A lei precisa julgar *iminente* pela velocidade das árvores.

Com esse pensamento, os vasos em seu cérebro cedem, da mesma forma que a terra cede quando as raízes não estão mais lá para segurá-la. O dilúvio de sangue traz uma revelação. Ele olha pela janela, para o misterioso lado de fora. Ali, duas penas de prisão perpétua passam num piscar de olhos. As mudas disparam para cima, na direção do sol. Os troncos engrossam, perdem as folhas, caem e se erguem novamente. Os galhos avançam para cercar a casa e entrar pelas janelas. No centro do quintal, a castanheira se dobra e se desdobra, espiralando para o alto, tateando o ar em busca de novos caminhos, novos lugares, novas possibilidades. Firme a florescer na terra.

"Ray?" Dorothy estende os braços para impedi-lo de ter uma convulsão. "*Ray!*"

Ela se levanta, derrubando a pilha de livros da mesa de cabeceira. Mas em outro momento, de outro ângulo, a emergência se transforma no seu oposto. A garganta de Dorothy se fecha e os olhos ardem, como se o ar estivesse cheio de pólen. Ela pensa: *Como isso pode estar acontecendo agora? Ainda tínhamos livros para ler. Havia algo que nós dois deveríamos fazer. Estávamos apenas começando a entender um ao outro.*

Aos pés dela, no chão, está *A nova metamorfose*, da autora de *A floresta secreta*. Estava no alto da pilha de livros a serem lidos em voz alta, esperando os leitores que nunca chegarão:

> Os gregos tinham uma palavra, *xenia* — amizade hospitaleira —, uma imposição de que era preciso cuidar de viajantes desconhecidos, era preciso abrir a porta para quem quer que estivesse do lado de fora, pois uma pessoa passando por ali, longe de casa, poderia muito bem ser Deus. Ovídio conta a história de dois imortais que vieram disfarçados à Terra para purgar o mundo doente. Ninguém os deixa entrar, exceto um casal de idosos, Filêmon e Báucis. E sua recompensa por terem aberto a porta a estranhos é serem convertidos em árvores após a morte — um carvalho e uma tília —, enormes, graciosas e entrelaçadas. Passaremos a nos parecer com aquilo que amamos. E aquilo com o que nos parecemos nos acolherá quando já não formos mais nós…

* * *

Dorothy toca o rosto perplexo do cadáver. Já começou a amolecer, mesmo enquanto ainda perde o calor. "Ray", ela diz. "Eu já vou estar com você." Não rápido o bastante, segundo a sua necessidade. Mas muito em breve, segundo a velocidade das árvores.

A escuridão se impõe. Os frequentadores do Mission Dolores Park mudam, assim como seus propósitos. Mas até esses visitantes noturnos cortam caminho para desviar de Mimi. Ela se inclina para a frente, as mãos no colo como dois figos maduros. Abaixa a cabeça, oprimida pela liberdade. As luzes brilham diante dela. O horizonte da cidade se transforma em uma alegoria sublime. Ela cai no sono e acorda muitas vezes.

A mão esquerda começa de novo a girar o anel da outra mão. Mimi parece um cachorro incapaz de parar de mordiscar a própria pata. Mas, desta vez, o anel cede. A faixa de jade desliza na junta inchada pela idade e se solta. Um peso voa para fora dela e a deixa completamente aberta. Coloca o círculo verde na grama, a única coisa redonda em meio a uma balbúrdia de crescimentos e divisões. Então volta a se encostar no tronco do pinheiro. Uma mudança sutil na atmosfera, na umidade, e de repente sua mente se torna algo mais verde. À meia-noite, nessa encosta, olhando a cidade de cima, com um pinheiro fazendo as vezes da Árvore de Bodhi, Mimi alcança a iluminação. O medo do sofrimento, que sempre foi seu direito inato — a necessidade frenética de estar no controle — vai embora com o vento, e outra coisa vem voando para substituí-lo. Mensagens zumbem embaixo da casca do tronco em que ela está encostada. Sinais químicos disparam pelo ar. Correntes sobem pelas raízes presas ao solo, transmitidas por grandes distâncias através de sinapses fúngicas ligadas a uma rede do tamanho do planeta.

Os sinais dizem: *Uma boa resposta deve ser reinventada muitas vezes, e do zero.*

Dizem: *O ar é uma mistura que precisamos continuar fazendo.*

Dizem: *Há tanto embaixo da terra quanto há acima dela.*

Dizem-lhe: *Não tenha esperança, não se desespere, não faça previsões, não seja pega de surpresa. Não capitule, mas sim divida, multiplique, transforme, una, faça e aguente como se você tivesse pela frente todo o longo dia da vida.*

Há sementes que precisam de fogo. Sementes que precisam de congelamento. Sementes que precisam ser engolidas, corroídas por ácido gástrico, expelidas como refugo. Sementes que precisam ser abertas antes de germinar.

Uma coisa pode viajar para qualquer lugar apenas ficando parada.

Ela vê e ouve isso em uma conexão direta, através dos seus membros. Apesar de todos os esforços, os incêndios virão, as pragas, os vendavais, as inundações. Então a Terra se tornará outra coisa, e as pessoas vão aprender tudo de novo. Os cofres dos bancos de sementes serão abertos. As matas secundárias voltarão, flexíveis, ruidosas, testando todas as possibilidades. Redes de florestas vão se encher de espécies surgidas nas sombras, tingidas em um novo padrão. Cada faixa de cor da Terra acarpetada vai reconstruir seus polinizadores. Os peixes voltarão a surgir em todas as bacias hidrográficas, empilhando-se como toras nos rios, milhares deles a cada quilômetro. Assim que *o mundo real* acabar.

O dia seguinte amanhece. O sol nasce tão devagar que até os pássaros esquecem que já houve qualquer outra coisa além do alvorecer. As pessoas voltam ao parque a caminho do trabalho, de consultas e outras urgências. *Ganhando a vida.* Algumas passam a poucos centímetros da mulher alterada.

Mimi desperta e pronuncia suas primeiras palavras de Buda. "Estou com fome." A resposta vem de algum lugar logo acima da cabeça dela. *Tenha fome.*

"Estou com sede."

Tenha sede.

"Estou sofrendo."

Fique parada e sinta.

Ela ergue os olhos e vê a barra azul enegrecida de uma calça. Vai seguindo o azul ao longo dos vincos, passando pelo cinto com o rádio, as algemas, a arma e o cassetete, seguindo pela camisa azul-preta bem passada e o distintivo e chegando então a um rosto — um homem, um menino, um parente de sangue —, cujos olhos encontram os dela. O homem a encara de volta, alertado pelo que acabou de ver: uma mulher de idade falando com uma coisa que dá respostas mudas, amadeiradas, dispersas. "A senhora está bem?"

Ela tenta se mexer, mas não consegue. A voz não sai. Os membros estão enrijecidos. Apenas os dedos conseguem acenar de leve. Ela mantém o olhar no homem, aberta a qualquer acusação. *Culpada*, dizem os olhos dela. *Inocente. Errada. Certa. Viva.*

O homem do casaco xadrez volta no dia seguinte, acompanhado de dois gêmeos robustos de vinte anos vestindo pele de carneiro e um homem grandão com perfil de corvo e circunferência de zagueiro de futebol americano. Trouxeram uma pesada motosserra a gasolina, dois carrinhos de carga e mais um sistema de polias. Essa é a coisa mais assustadora nos homens: junte alguns deles com um punhado de máquinas simples, e eles moverão o mundo.

A equipe ad hoc trabalha por muitas horas, e não são necessárias muitas palavras para que um entenda o outro. Juntos, eles arrastam para o lugar as últimas carcaças de pinheiro e de abeto, de salgueiro analgésico e bétula adstringente. Então ficam em silêncio e analisam o desenho que fizeram no chão da floresta. Aquela forma os captura. Informa-os sobre os seus direitos. *Vocês têm o direito de estar presentes. O direito de participar. O direito de se surpreender.*

O homem de xadrez fica parado de pé e olha para a mensagem que os cinco acabaram de escrever. "Ficou bom", diz, e seus filhos concordam, não dizendo nada. Nick está ao lado dele, apoiado em um cajado de abeto, o tipo de coisa que poderia brotar se você o enfiasse na terra. Seus amigos começam a cantar em uma língua muito antiga. De repente Nick acha estranho que entenda tão poucas línguas. Uma e meia das línguas humanas. Nem uma única palavra de todas as outras coisas vivas e falantes. Mas o que esses homens entoam Nick meio que entende e, quando as canções terminam, ele acrescenta, *Amém*, apenas porque é a palavra mais antiga que conhece. Quanto mais antiga a palavra, maior a chance de ser útil e verdadeira. Na verdade, ele leu uma vez, quando ainda estava em Iowa, na noite em que a mulher apareceu para perturbá-lo com a vida, que as palavras *tree*, árvore, e *truth*, verdade, vêm da mesma raiz.

Os pedaços de madeira caída que os homens moveram serpenteiam pelo meio das árvores. Satélites na órbita da Terra já estão tirando fotos. As formas se transformam em letras decoradas com trepadeiras, e compõem uma palavra gigante e legível do espaço:

AINDA

Os aprendizes ficarão intrigados com a mensagem que surge lá em cima, tão perto da tundra arrotando metano. Mas, num piscar de olhos humanos, os aprendizes desenvolverão conexões. A palavra já está ficando mais verde. Os musgos já estão se espalhando, e os besouros, líquens e fungos transformam as toras em solo. As mudas já se enraízam nas fendas dos troncos mortos, nutridas pela podridão. Em breve, novos troncos formarão a palavra na madeira que cresce, seguindo as letras cursivas desses montes em decomposição. Mais dois séculos, e essas cinco letras vivas vão desaparecer em padrões volteados, na mudança da chuva, do ar, da luz. E ainda assim — *ainda* — elas vão formar, por algum tempo, a palavra que a vida tem dito desde o início.

"Eu vou voltar agora", diz Nick.

"Voltar pra onde?"

"Boa pergunta."

Ele olha para a floresta do norte, onde o próximo projeto acena. Galhos, penteando o sol, rindo da gravidade, ainda se desdobrando. Algo se mexe na base dos troncos imóveis. Nada. Agora, tudo. *Isso*, uma voz sussurra de muito perto. *Isso. O que nos foi dado. O que precisamos merecer.* Isso *nunca vai acabar.*

Grafia atualizada segundo o Acordo Ortográfico da Língua Portuguesa de 1990, que entrou em vigor no Brasil em 2009.

Esta é uma obra de ficção. Qualquer semelhança com nomes, pessoas ou fatos terá sido mera coincidência.

adaptação da capa original e imagem de capa
Casey Roberts para a edição da Vintage Earth, 2022
composição
Stephanie Y. Shu
preparação
Érika Nogueira Vieira
revisão
Gabriela Marques Rocha
Ana Alvares

1ª reimpressão, 2025

Dados Internacionais de Catalogação na Publicação (CIP)

Powers, Richard (1957-)
A trama das árvores / Richard Powers ; tradução Carol Bensimon. — 1. ed. — São Paulo : Todavia, 2025.

Título original: The Overstory
ISBN 978-65-5692-786-2

1. Literatura norte-americana. 2. Romance. 3. Ficção contemporânea. 4. Crise climática. I. Bensimon, Carol. II. Título.

CDD 813

Índice para catálogo sistemático:
1. Literatura norte-americana : Romance 813

Bruna Heller — Bibliotecária — CRB 10/2348

todavia
Rua Fidalga, 826
05432.000 São Paulo SP
T. 55 11 3094 0500
www.todavialivros.com.br

fonte
Register*
papel
Pólen natural 70 g/m²
impressão
Geográfica